二つの旅の終わりに

POSTCARDS FROM NO MAN'S LAND

エイダン・チェンバーズ作　原田 勝訳

【POSTCARDS FROM NO MAN'S LAND】
by Aidan Chambers

First published in the United Kingdom
in the English language in 1999
by The Bodley Head Children's Books,
Random House Group Ltd.
Japanese translation rights arranged with
The Bodley Head Children's Books, London
through Tuttle-Mori Agency, Inc., Tokyo.

二つの旅の終わりに

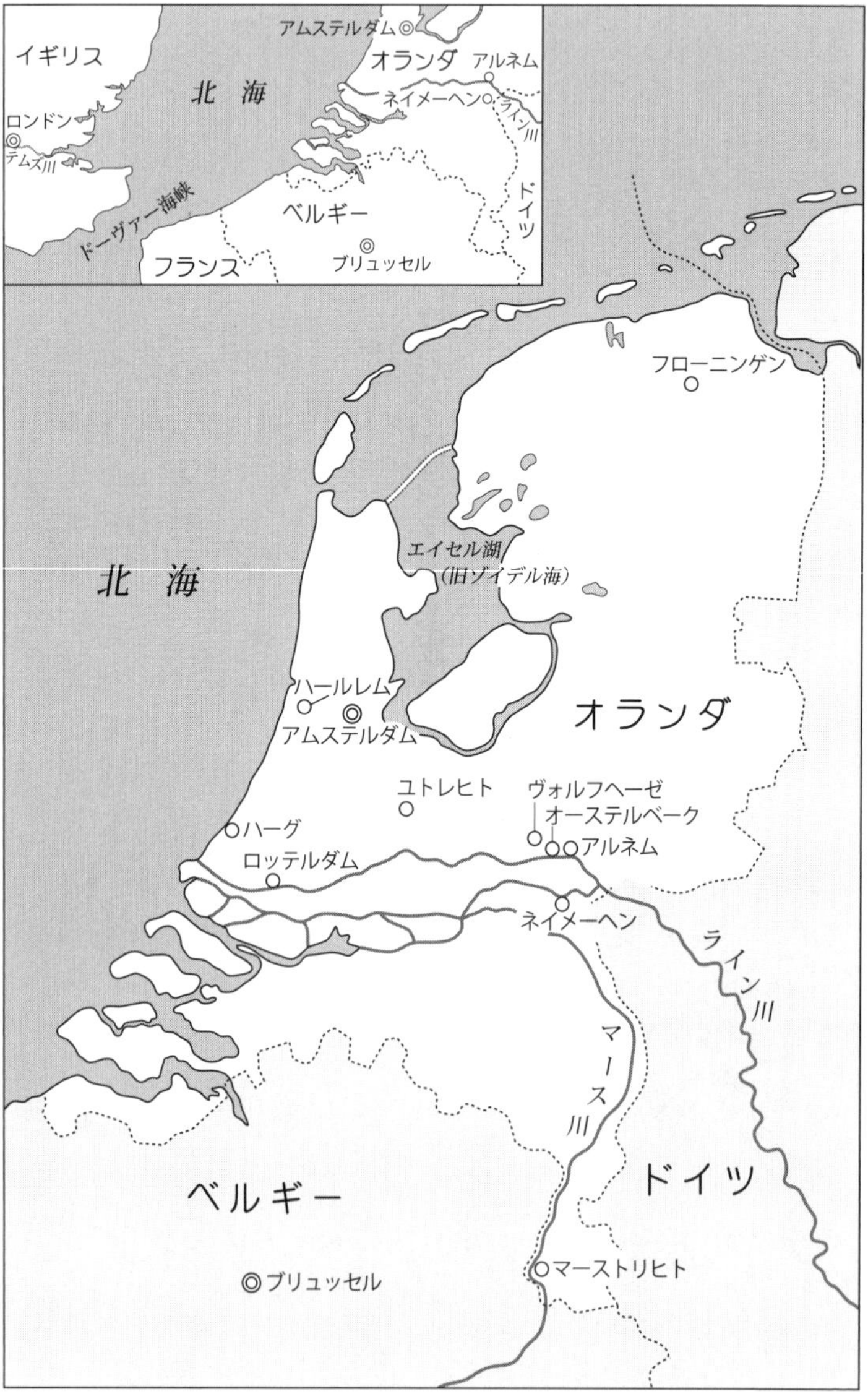
アムステルダム
イギリス
オランダ
アルネム
北　海
ネイメーヘン
ロンドン
ライン川
テムズ川
ドーヴァー海峡
ベルギー
ドイツ
フランス
ブリュッセル
フローニンゲン
エイセル湖
（旧ゾイデル海）
北　海
ハールレム
アムステルダム
オランダ
ユトレヒト
ヴォルフヘーゼ
オーステルベーク
ハーグ
アルネム
ロッテルダム
ネイメーヘン
ライン川
マース川
ドイツ
ベルギー
マーストリヒト
ブリュッセル

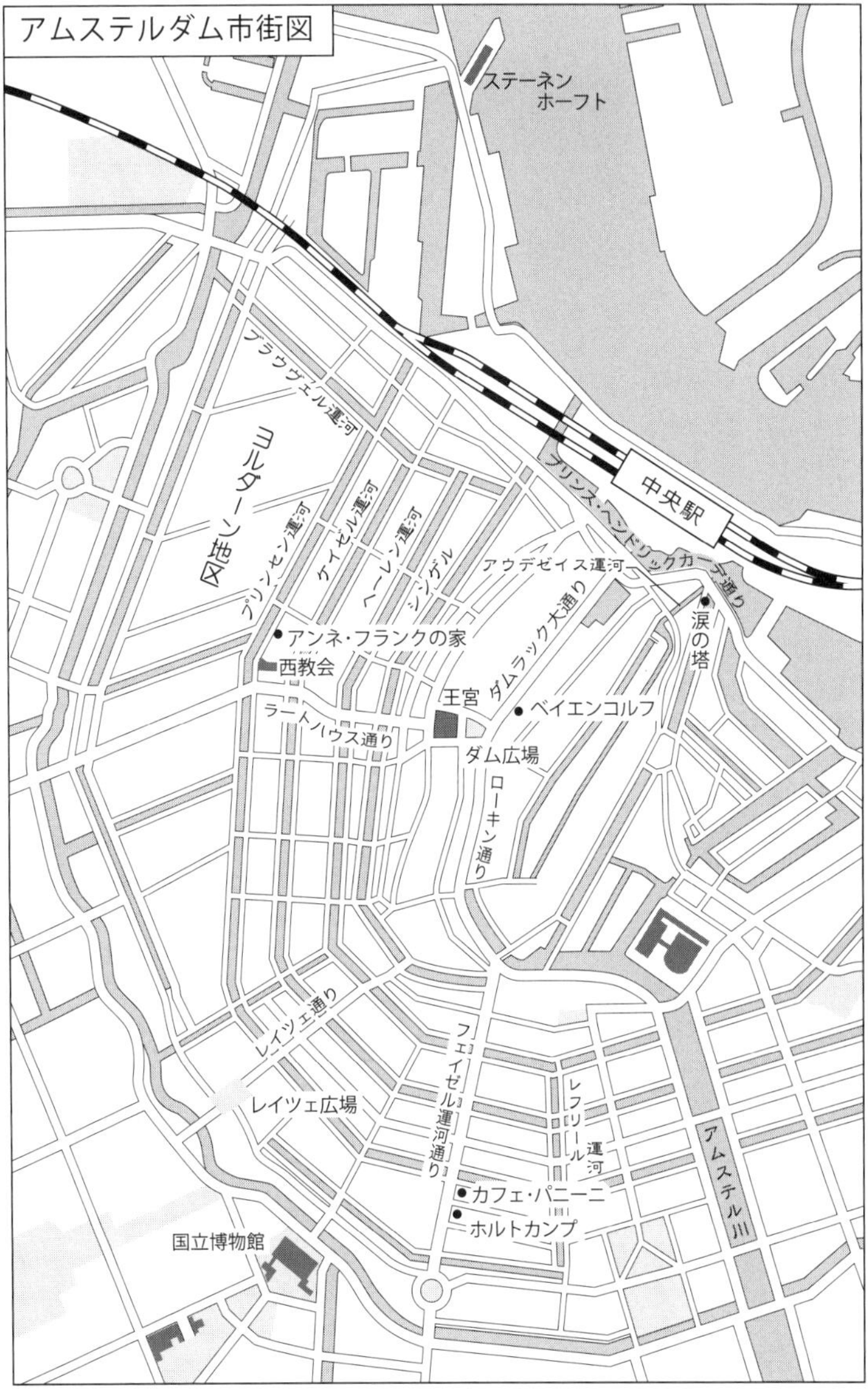
アムステルダム市街図
ステーネン
ホーフト
中央駅
ブラウヴェル運河
ヨルダーン地区
プリンセン運河
ケイゼル運河
ヘーレン運河
シンゲル
アウデゼイス運河
プリンス・ヘンドリックカーデ通り
涙の塔
ダムラック大通り
アンネ・フランクの家
西教会
王宮
ベイエンコルフ
ラートハウス通り
ダム広場
ローキン通り
レイツェ通り
レイツェ広場
フェイゼル運河通り
レフリール運河
アムステル川
カフェ・パニーニ
ホルトカンプ
国立博物館

地図作成：相澤裕美

すべて人が書き記すことは記憶《きおく》である。

1　ジェイコブ(1)

アムステルダムは
若者たちに占領《せんりょう》された古い町です。

――セアラ・トッド

どこにいるのかわからなくなって、彼《かれ》はもと来た道を引き返し始めた。しかしまだアムステルダムからハールレムに戻《もど》る気にはなれず、中央駅へ行く路面電車《トラム》に乗るのはやめ、プリンセン運河沿いを歩き続けた。今見てきたばかりの光景にいらだちがおさまらぬまま、自分がどこにいるのかわからず、どこへ向かっているのか考える余裕《よゆう》もなかった。

十分ほどたって、前を横切るトラムのカランカランという鐘《かね》の音にわれに返った。急に人混みが恋《こい》しくなった。人に押《お》されたりこづかれたりしていたい、喧噪《けんそう》やざわめきの中で気をまぎらせ、心をからにしたい。この二十四時間は気のたつようなことばかりだった……。のどが渇《かわ》いていた。観光客相手のカフェで、店先に並ぶテーブルに向かい、行きかう人をながめながらなにか飲みたかった。そして、この時は気づいていなかったが、冒険《ぼうけん》を求めていたのだ。

そっと肌《はだ》をなでられたような気がして震《ふる》えが走ったが、なぜかはわからない。空はどんより曇《くも》り、今にも雨が落ちてきそうだったが、まだ九月なかば、過ごしやすい気温で少し汗《あせ》ばむほどだ。アノラックなど着てこなければよかったと思ったけれど、ポケットが多いのでお金やアドレス帳、オランダ語の会話集、地図など、ひとりで外国の町を歩きまわるのに必要なものや、途中《とちゅう》で買ったものを入れるのに便利だったのだ。

右に折れて運河にかかる橋を渡《わた》るとまもなく、開けた場所に出た。どっしりとした劇場の建物がそびえ、たくさんの街路やトラムの軌道《きどう》が集まっている。劇場の横には舞台《ぶたい》を臨《のぞ》む観客席のように、広場が見渡《みわた》せる小さな四角いスペースがある。その中にぎっしり並んだテーブルのあいだをウェイターたちが行きかい、まるで巣箱に出入りする小鳥のように、日よけを張り出した何軒《なんげん》かのカフェから出てきてはまた戻《もど》ってゆく。

劇場側の端《はし》の、前から三列目のテーブルを選ぶと、腰《こし》を下ろして待った。

じっと待った。が、ウェイターは来ない。どうしよう。おまえは客なんだぞ、給仕するのがやつらの仕事だ、おどおどするんじゃない、堂々と呼びつけろ。父さんならそう言うだろう。しかし内気なせいで喉《のど》がしめつけられ、声が出ない。だから、ただじっと座っていた。が、退屈はしない。見るものはたくさんあった。

広場の中央に陣《じん》どった三人組の演奏がバックグラウンド・ミュージックになった。自分と同じくらいの年格好《かっこう》のちょっと不良っぽい若者が二人、白人の方がフィドルを、アフロヘアの黒人が縦笛《たてぶえ》を手にして左右に立ち、真ん中には人目を引くむっちりした体つきの少女が、ひっくり返したごみバケツの上に座って、目を閉じ、長い金髪《きんぱつ》を振《ふ》り乱《みだ》して一心不乱にボンゴをたたいていた。日焼けした二の腕《うで》を惜《お》しみなく見せ、両手の動きは目に止まらぬほどすばやく、柔《やわ》らかく豊かな胸が黒いタンクトップの下で生き物のようにはずんでいる。スパンデックスのパンツに包まれたはちきれんばかりの太腿《ふともも》が、使いこんだ小さな二つのボンゴをがっちりはさみつけていた。突然《とつぜん》、そのボンゴが、喜んでぶたれているだれかの尻《しり》だったら、という想像が浮《う》かんだ。もしあれが、ぼくの……。おいおい、いったいどこからそんな想像が出てくるんだ。少なくとも自分のこととしては、全然考えたことがない。

彼《かれ》は座り直し、ひそかにほほえんだ。自己発見の喜びだった。

ウェイターを待ってるぼく《ウェイト》、でもウェイターはぼくを給仕して《ウェイト》はくれない。ボンゴのリズムに合わせて小さく口ずさんでいると、ふいに、レザーに包まれたほっそりした腕《うで》が目の前に突《つ》き出され、けだるそうになにかを指さした。一人の少女が笑みを浮《う》かべ、もの問いたげにこちらを見下ろしている。ペタペタとボンゴをたたいている女の子とくらべると、はっとするほど整った顔だちだ。空いている隣《となり》の席のことだとわかったので、身を縮《ちぢ》めて椅子《いす》をずらし、後ろを通してやると、かろやかな身のこなしですりぬけた。使いこんだ革と温まったジーンズの匂《にお》いが鼻をくすぐる。

少女が腰《こし》を下ろすと、背がそれほど高くないわりにはすらりと長い足が狭《せま》いテーブルの下に伸《の》び、彼《かれ》の足に軽くふれながら置きどころを捜《さが》した。もう少しそのまま、と、心の中で願う。ちょっと乱れたショートカットの黒髪《くろかみ》がボーイッシュな印象で、色白の顔に化粧気《けしょうけ》はなく、白いTシャツの上に大きめの黒い革のハーフジャケットをはおり、細身の黒いジーンズをはいていた。

彼女《かのじょ》は、ありがとう、というように笑みを浮《う》かべ、「イギリスの人?」と尋《たず》ねてきた。

「イングランド」

「その気持ち、わかる。自分だって、オランダ人でくくられるより、ホラント人って言いたいもの」

彼《かれ》は、杓子定規《しゃくしじょうぎ》なもの言いを言いわけするように肩《かた》をすくめた。おまえは言葉にこだわりすぎる、とよく非難される。（つまり父親と姉のペネロペ、通称《つうしょう》ポピーから、ということだが。）「ウェールズでもアイルランドでも、スコットランドの出でもない、って言いたかっただけさ」

「こっちだって、北のフリースラントや南のフランドルの出じゃなくてよかった。別に嫌《きら》ってるわけじゃないけど、ただ……」そこで、彼女《かのじょ》はちらりとテーブルを見た。「注文は？」

「まだ」

彼女《かのじょ》はふり返ってあちこち見まわした。ものうげに上げた手の指はほっそりとなまめかしく、彼《かれ》のような、人の手に惹《ひ》かれる人間にとっては、性的な興奮を呼び覚ます力があった。彼女《かのじょ》の気安い態度に、ただでさえ頼《たよ》りない自信はぐらついたが、一方で期待もふくらんだ。どこか謎《なぞ》めいたところがあるが、ふつうの女の子とどこがちがうのかよくわからない。

「休暇《ホリデイズ》？」と尋《たず》ねられたが、ホリデイズが、ホリデイシュに聞こえる。うまくしゃべれないのか、それともオランダなまりだろうか。どっちにしても、ちょっといい感じだ。

「まあね」彼《かれ》は嘘《うそ》をついた。こみ入った事情なんか説明したくない。

「少し話してもいい？」

その声には独特の深みがあり、それがまた魅力的《みりょくてき》だった。

「ああ、もちろん」

ウェイターがやってくると、彼女《かのじょ》はオランダ語でなにか言った。

ウェイターがこちらを向いた。「ムネール？」

「コーラを」

「ビールじゃないの？」彼女《かのじょ》が言う。「おいしいオランダビールを飲んでみたら？」

ふだんは飲まないのだが、郷に入《い》っては、だ。「じゃあ、ビール」

「トラピスト？」ウェイターの言葉はそう聞こえたが、そんなはずはない。

彼女《かのじょ》がうなずくと、ウェイターは戻《もど》っていった。

アノラックなんか着こんでこの子の隣《となり》に座っているのは、急にまぬけなことに思え、立ちあがって脱《ぬ》ぎ、椅子《いす》の背にかけてみた。今度は、席に落ち着こうとするこっちの足が彼女《かのじょ》の足にふれる。思いきって誘《さそ》ってみようか？　うまくいくだろうか？　会ったばかりの女の子に、こんなことはいつもは考えない。誘《さそ》いたくないからではなく、ことわられるのが怖《こわ》いからだ。それにセックスだけが目当てで声をかけるのがいやで、欲望むき出しで誘《さそ》っているやつを見ると、けだものみたいな感じがしてむかついてくる。そんな潔癖性《けっぺきしょう》は、父親から、軟弱者《なんじゃくもの》の証拠《しょうこ》だと軽蔑《けいべつ》されていた。

彼女《かのじょ》の顔を見たくてしかたないが、それを気《け》どられたくなくて無理に広場の方に目をやり——ボンゴの三人組は片づけに入っていた——バーガー・キングやペプシ、ハイネケンといった世界じゅうどこにでもある現代の象徴《しょうちょう》ともいえる看板が、昔ながらの屋根のとがった縦長のオランダ風建築を飾《かざ》り、汚《けが》している風景をながめる。

「オランダは初めて？」むこうから口をきいてくれたおかげで、また彼女《かのじょ》に目をやることができた。

「うん。昨日着いた」

「どう、ここは？　オランダは、っていう意味だよ、この広場じゃなくて」彼女《かのじょ》は目の前の広場に向かって、こんなもの、というように顎《あご》をしゃくってみせた。「観光客を食い物にするところだから、ここは」

「きみは観光客じゃないんだ?」

彼女《かのじょ》は口の端《はし》にゆがんだ笑みを浮《う》かべた。「ううん。ただ——英語でどういうんだっけ——パッシング・オーヴァーかな?——で、なにか飲みたくなって」

「通りがかりって意味なら、パッシング・バイだよ。パッシング・オーヴァーじゃあ、きみは死にかけてることになる」

今度は皮肉っぽい、低い笑い声。「まだ死にたくないな」

「じゅうぶん元気そうに見えるよ」

「よかった!」胸をなでおろすしぐさ。そして手をさし出してくる。「名前はトン、よろしく」

「ぼくはジャック」答えながら束《つか》の間の手の接触《せっしょく》を楽しむ。イギリス流のしっかり握《にぎ》って手を上下させる握手《あくしゅ》が抱擁《ほうよう》なら、すばやくて力を入れないこの握手《あくしゅ》は、さしずめ手と手のキスといったところか。

「ジャーク?」

「その方がよければ」

「ジャークがいいな」

ウェイターが戻《もど》ってきて、栗色《くりいろ》のビールを入れた丸みのある大きなグラスを二つ、テーブルに置いた。ジェイコブは座ったまま身をひねり、アノラックから金を出そうとしたが、ジッパーつきのポケットを開け、財布《さいふ》をとり出し、紙幣《しへい》を一枚つまみ出した時にはもう、トンが支払《しはら》いをすませ、ウェイターの姿はなかった。

「ねえ、そういうわけにはいかないよ」ジェイコブは言ったが、本気でそう思っているわけではなかった。彼女《かのじょ》に払《はら》ってもらえばひとつ借りができたことになり（パッシング・オーヴァーの意味を教えてやったことは勘定外《かんじょうがい》だ）、お返しに次の一杯《ぱい》をおごれば、もっと長くいっしょにいられる。

「初めてのオランダなんでしょう、おごらせてよ」

「でも……」

「次はおごってもらうから」

ということは、もう一杯《ぱい》飲むんだ。「じゃあ……」ジェイコブは財布《さいふ》をアノラックのポケットにすべりこませると、グラスをもちあげた。「遠慮《えんりょ》なく」

「プロースト《乾杯》」

「プロースト」ジェイコブはまねをした。

ビールに口をつける。

「どう？」

「ずいぶん強いな！　これ、本当にトラピストっていうの？」

「そう。トラピスト会の修道士が作ってるんだから、純粋《じゅんすい》、混《ま》じり気《け》なしのはず」

二人は笑った。

「オランダへはだれと？」

「ひとりで」

「ホテルに？」

「いや、ハールレムの近くに知り合いがいて」

「それはいいな」トンは言った。「でしょ？」

「まあね」ジェイコブはまた嘘《うそ》をつき、この話題にそれ以上ふれたくなくて濃《こ》いビールをもうひと口すったが、今まで飲んだことのあるどんなビールより口に合わないことに気づき始めていた。すでに胃が重くもたれてきている。トンはぐいぐい流しこむように飲んでいた。

「アムステルダムの町はわかってるの？」

「いや。じつは、ここがどこなのかもさっぱり」

「地図はもってる？」

「もちろん」

「教えてあげる」

トンは、ここはレイツェ広場だと教え、トラムの路線を説明し、ジェイコブのペンを借りて、おもしろそうな場所に印をつけていった。

「旧市街はクモの巣の半分だと思えばいいんじゃないかな。ほら、駅を中心に運河が何重にも半円を描《えが》いていて、それとまじわる通りは、中心から伸《の》びる……ひも？」

「糸？」

「そう、糸」

「ぼくには迷路に見える」

「まあ、それもあたってるけど」

「ひとつ通りをまちがえたら、もう次の通りで迷子だよ」

地図をのぞきこんでいるうちに二人の頭は近づき、肩《かた》と肩《かた》がふれあっていた。トンはジェイコブを肘《ひじ》で軽くこづくと、からかうような笑みを浮《う》かべた。彼女《かのじょ》の顔はほんの拳《こぶし》ひとつぶんしか離《はな》れていない。

「悲観論者なんだね、ジャーク」

トンの緑の瞳《ひとみ》から目をそらせなくなったジェイコブは、ほほえみ返した。この大きめの口にキスしたいと思ったが、実際はこう言っただけだった。「クモの巣を思い浮《う》かべるのは女の発想で、迷路は男の発想なんじゃない？」

「えっ！　あの……」トンは顔を伏《ふ》せ、地図に目を落とした。

「なに？」

「なんでもない」

ジェイコブはトンの反応にとまどいながら、次の言葉を待った。

「もう行かなきゃ」トンはそう言うと、すっと体を離《はな》した。

「えーっ？　残念だな」

トンはビールの残りを飲み干した。「でも、もう行かないと」

ジェイコブは早口で一気に言った。「また会えるかな？　あの……きみにその気があれば、ってことだけど」

トンは無表情のままジェイコブを見返した。「本気？」

「もちろん。きみは?」

トンは笑ってみせたが、すぐに口はへの字に結ばれた。「電話番号を教えとくから。その気があったら電話してよ」トンはポケットを探《さぐ》って紙マッチをとり出すと、テーブルの上にあったジェイコブのペンを手にとった。ジェイコブは、トンが書いているあいだに地図をたたみ——どうしてこう、新しい地図をもとどおりにたたむのはやっかいなんだろうか?——アノラックの前にカンガルーの袋《ふくろ》みたいにつっいているポケットにつっこんだ。

向き直ると、トンはテーブルの下でジェイコブの手を固く握《にぎ》りしめ、正面から顔を近づけて言った。

「もう一度会いたいな。観光客が絶対行かない場所に連れていってあげる。約束するよ。でも、ほら……ほんのちょっと話しただけだし。あとでしまったと思うかもしれないよ」

「いや、そんなこと——」

同時に行われた二つの動作に、ジェイコブは言葉を失った。トンの唇《くちびる》がほんの一瞬《いっしゅん》、さっとジェイコブの唇《くちびる》にふれた。そして、握《にぎ》られていた手がトンの股間《こかん》に押《お》しつけられると、そこには、ジーンズの下におさまったペニスと睾丸《こうがん》のふくらみがあった。

ジェイコブはめまいを覚えながら、次々に起こることをぼんやりと目で追っていた。トンが席を立ち、「あのトラムに乗らなきゃ」と言う。ふらふらと立ちあがったジェイコブの後ろを彼女《かのじょ》(彼《かれ》)が押《お》しわけるように通りぬける。彼女(彼)は、「元気で……」と言ったのだろうか、なにごとか挨拶《あいさつ》を口にした。人混みをすりぬけてトラムのタラップを上《のぼ》っていく彼女(彼)の姿、窓のむこうで振《ふ》られる彼女(彼)の手……。ドアが閉まり、トラムはカランカランとベルを鳴らしながら走り去った。

その時、ようやく声が戻《もど》り、ジェイコブは力の入らぬ片手を振《ふ》りながら、知らぬ間に叫《さけ》んでいた。

「おーい、ぼくのペン、返せよ！」

ぼくのペン……。テーブルに目を落とすと、たしかにペンは彼女《かのじょ》（彼《かれ》）にもっていかれたが、からになった彼女《かのじょ》（彼《かれ》）のグラスの横に紙マッチが残されていた。また考えるより早く手が動き、マッチをつかんで、表、裏、とひっくり返してみる。なにも書いてない。二つ折りの紙マッチを開こうとした瞬《しゅん》間《かん》、椅《い》子《す》の端《はし》が膝裏《ひざうら》に勢いよくあたり、体勢を崩《くず》して座面に尻《しり》もちをついた。思わずふりむくと、目の前を飛びすぎるアノラックと、それをつかんでいるやせた少年の手が見えた。ひさしを後ろにまわしてかぶった真っ赤な野球帽《やきゅうぼう》が、航路《こうろ》を示す表示灯のように、右に左に人混みをすりぬけていく。

「おい、待てよ！　それはぼくのだぞ！」ジェイコブは大声で叫《さけ》びながらあわてて立ちあがると、よろめくようにテーブルを離《はな》れ、グラスがこなごなに割れる音を背中に聞きながら、ひったくりのあとを追い始めた。

見ると、少年は広場の中央で立ちどまり、さっきまでボンゴの少女が座っていたごみバケツの上にのって、これ見よがしの笑みを浮《う》かべている。ジェイコブはかっとなった。どうやら、カモにしたジェイコブが自分に気づくのを待っているらしい。まるで追いかけてくれといわんばかりだ。「あいつを捕《つか》まえてくれ！」ジェイコブは人混みの中を走りぬけながら、指をさし、叫《さけ》んだが、まわりの人たちは目を丸くしてふりむき、道を開けてくれるのがせいぜいだった。

ジェイコブが三、四メートルの距離《きょり》まで近づいたとたん、少年はバケツから飛びおり、今度は広場の隅《すみ》に向かって走ると、バーやカフェ、みやげ物屋が立ち並ぶ狭《せま》い通りに駆《か》けこんだ。「赤帽子《あかぼうし》」は足が速いうえに、明らかにこの手のことをやり慣れているらしく、ジェイコブはやすやすと水を開けられ、通りに入った時にはもう、敵は左に曲がろうとしていた。ジェイコブがその角まで追っていくと、少年は二十メートルほどの路地のむこう端《はし》に立ち、アノラックをかかげてみせた。こちらが追いつくのを待っていることはもう疑いない。少年は最初の通りと平行して走る狭《せま》い通りに曲がりこみ、走りだした。

そんな調子で追いかけっこが続いた。二番目の通りが運河沿いの道につきあたったところを右へ曲がり、運河がまた別の運河と合流する手前を左に折れて橋を渡《わた》ると、斜《なな》め左に入る、住宅のあいだを抜《ぬ》ける狭《せま》い通りを走り、左、右と曲がって、また左に折れ、商店が並び、中央をトラムが行きかうにぎやかな大通りに出た。「赤帽子《あかぼうし》」は猟犬《りょうけん》のように敏捷《びんしょう》だったが、ジェイコブは脇腹《わきばら》の痛みに足どりが重くなり、息が切れ始めていた。広い運河にかかる橋の上で「赤帽子」はだっとむこう側に渡《わた》り、もう一ブロック走ってから、ふいにまた右手の狭《せま》い通りに駆《か》けこんだ。少し長めのその通り沿いには小さな店やギャラリーが点在していたが、あとは住宅ばかりで、行く手をさえぎる人や車もほとんどない。あまり力も残っていないと感じたジェイコブは、これが最後とばかりに必死に走った。通りが終わろうとするあたりで、もうひと息で少年を捕《つか》まえられそうになったが、「赤帽子」はひょいと右に折れ、また別の運河沿いの道を、ジェイコブの意気をくじくように軽々と加速して走り去った。

息も気力も切らしたジェイコブは、たまらず運河沿いの立木にしがみついた。肩《かた》で息をしながらなさけない格好で怒《いか》りに震《ふる》えて見ていると、「赤帽子《あかぼうし》」は百メートルほど先の太鼓橋《たいこばし》の上で悠然《ゆうぜん》と立ちどまり、ふり返って得意げに手を振《ふ》り、今ジェイコブが岸に立って息を切らしている運河とまじわる別の運河沿いの道に、ついに姿を消してしまった。「赤帽子」がさんざんジェイコブをひっぱりまわし、もてあそんでいたことはまちがいない。でも、なんのために？　なんの意味もないじゃないか。

すっぱいビールが喉《のど》の奥《おく》からこみあげ、ジェイコブは運河に向かって吐《は》いた。ありがたいことにあたりに人影《ひとかげ》はなく、ぶざまな姿を見られることはなかった。運河のまわりには人っ子一人いない。しかしまた、ここがどこなのか尋《たず》ねる相手もいなかった。

雨がぱらぱらと寂《さび》しげに降り始めた。最初は顔を洗い、口をすすぐのにもってこいだと思ったが、トレーナーとジーンズだけでは、じきにずぶぬれになる。近くで雨宿りができそうな場所といえば、運河のむこうの広場のようなところに、レストランだろうか、『the Kort《ザ・コルト》』と書かれた奇妙《きみょう》な外観の木造の建物があるだけだ。しかし、金もなく、こんなみじめなありさまで入っていけば、どんなあつかいを受けるか想像はつく。

どうしようか？　今いる場所がどこか見当もつかないのだから、どっちへ行けばいいかもわからない。ジェイコブはちょっとしたパニックに陥《おちい》り、胃がきりきりと痛み始めた。

追いつめられた時、ジェイコブはいつも、なにもせずにいるよりはなにかする方を、引き返すよりは前に進むことを選ぶ。そこで、深呼吸してごくりと唾《つば》をのみ、げっぷをひとつ出してから、運河のまじわるあたりをめざしてとぼとぼと歩き始めた。交差している運河は、たどってきた運河より幅《はば》が広く、両側に立つ建物も大きくて立派《りっぱ》なところを見ると、主要運河のひとつにちがいない。標識を探すと、角に立つ建物の二階と三階のあいだの壁《かべ》に見つかった。プリンセン運河。

やった！

アムステルダムはおろか、オランダじゅうでただひとつ、そらで覚えている住所がプリンセン運河二六三番地だ。第二次大戦中、アンネ・フランクの一家がナチスの目をのがれて隠《かく》れ住んだ秘密の部屋がある家。アンネがあの有名な、そしてジェイコブの大好きな本、『アンネの日記』を書いた家。今はもうふつうの家ではなく展示館になっている家。そして今朝方、ジェイコブが足を運び、目にした光景に心を痛めて逃《に》げるように立ち去った場所だ。

いくらうろたえているとはいえ、方向をまちがえず、運河に沿って歩けば二六三番地に着くことくらいはわかっていた。そうすれば館員が助けてくれるかもしれない。それに見学者だっている。朝行った時には大勢の人がいた。大半はリュックを背にしたジェイコブと同年代の若者たちで、英語を話している者もいた。入場するのに長い列に並ばねばならなかったのだ。

しめつけられていた胃が楽になった。

角の建物には番地が表示されていなかったが、次の家は一〇四五、その隣《となり》が一〇四三だった。方向はこれでいい。ジェイコブは足を早めた。しかし雨は本降りとなり、これでは二六三に着く前にびしょぬれになってしまう。そのうちやむかもしれないし、いい場所があれば、どこかで雨を避《さ》けてひと休みしたいところだ。適当な場所を探しながら歩いていると、ほどなく一軒《けん》の家が目にとまった。玄関《げんかん》の上にひさしが張り出し、急な石段を六段上がったところにどっしりとした木の扉《とびら》があった。その前に座れば、ともかく雨は避《さ》けられる。

石段の最上段で、隠《かく》れ場所を調べる犬のように二、三度まわってから腰《こし》を下ろすと、首筋に水が落ちてこないようハンカチで髪《かみ》をふき、そのハンカチを乾《かわ》かそうとドアノブにかけた。ほかに役にたちそうなものはないかとジーンズのポケットをあちこち探《さぐ》ってみる。やはり金はない。全部アノラックのポケットだ。尻《しり》のポケットにはいつもどおり櫛《くし》が入っていた。軽く髪《かみ》をとかしてから戻《もど》す。ハンカチを入れていた右前のポケットには、もうなにも入っていない。左前には例の紙マッチ。すっかり忘れていた。そこにつっこんだことさえ覚えていなかった。

もう一度そのマッチを調べてみたが、やはり外側にはなにも書かれていない。開けてみると、中に並んでいるはずの厚紙製のマッチはなく、マッチがあるはずの場所がポケット状になっていて、丸くてしわの寄った半透明《はんとうめい》のピンク色のものがのぞいていた。ジェイコブはなにげなくその物体をとり出して初めて、自分がコンドームを手にしていることに気がついた。そして、ようやく、トンが走り書きしたクモの糸のような細い筆跡《ひっせき》を見たのだった。電話番号の下には、こう書いてあった。

そなえよ

NIETS IN AMSTERDAM IS WAT HET LIJKT

2　ヘールトラウ(1)

澄《す》みきった青空から、紙吹雪《かみふぶき》のように落下傘《らっかさん》が舞《ま》いおりていました。彼《かれ》の到着《とうちゃく》を告げる、わたしの一番あざやかな記憶《きおく》です。

一九四四年九月十七日、日曜日。

「出撃《しゅつげき》にはもってこいの天候だな」その朝、父さんは言いました。「空襲《くうしゅう》が激《はげ》しくなるぞ」

一週間前から、イギリス軍の飛行機が近くを爆撃《ばくげき》し続けていました。アルネムでは線路がレジスタンス（占領下で敵に抵抗する運動を続ける人たち）の破壊工作《はかいこうさく》で爆破《ばくは》され、前日の土曜日には、オランダを占領《せんりょう》しているドイツ軍当局から、日曜の正午までに犯人が名乗り出なければ多くのオランダ人を射殺する、という声明が出されていました。だれもが気を張りつめ、ことあるごとに一喜一憂《いっきいちゆう》していました。英米を中心とする連合軍がすでにオランダ国境に達したことは知られていて、きっともうすぐ、ここまで来てくれるよ、とみんな言っていたのです。でも、ドイツ兵は相変わらず活発に動きまわっていましたし、わたしたちの村には、むしろそれまでにないほど多くのドイツ兵が駐屯《ちゅうとん》していました。

「自由のためにすべてを犠牲《ぎせい》にする覚悟《かくご》ができていますか？」当時の地下新聞『デ・ズワルテ《黒い》・オムループ《放送》』は読者に問い、続いてこう呼びかけていました。「カバンに下着や食料《しょくりょう》、貴重品をつめておきましょう」母さんはわたしたちの服にお金を縫《ぬ》いこんでくれました。父さんはわたしに、最悪の事態が起きて自分と会えなくなってしまったらどうすべきか教えました。それはもちろん、父さんが死んでしまったらどうするか、という意味でした。

わたしは十九歳《さい》の誕生日《たんじょうび》を迎《むか》えたばかりで、それもあって、その日曜の朝は両親と教会にいるはずでした。しかし、兄のヘンクと兄の友人ディルク・ヴェッセリングは、ドイツ軍によって強制労働に駆《か》り出されないよう、ディルクの家族が暮らす農場に身を隠《かく》していました。すでにたくさんのオランダ人の若者が徴用《ちょうよう》されていたのです。わたしは兄のことが心配でした。そこで、朝早く、やめておけという父さんの言葉も聞かず、危険を冒《おか》してオーステルベーク村にある家からディルクの農場まで、自転車を走らせたのでした。

飛行機の爆音《ばくおん》が聞こえ、落下傘《らっかさん》が降《ふ》ってきたのは、その帰り道のことです。

「ほら、見て！」わたしはまわりにだれもいないのに、思わず声をあげました。「見て！　なんてきれいなんでしょう！」それから、わたしは家に向かって自転車を飛ばしました。頭の中で何度もこうくり返しながら。「イギリス軍が来た！　イギリス軍が来た！　解放だ！　解放だ！」

父さんの予想はあたりました。わたしが村を離《はな》れているあいだに、また爆撃《ばくげき》があったのです。今度は家からすぐのところで線路がやられ、鉄道が走っている土手近くの家々では、窓がこなごなに割れました。イギリス軍のスピットファイアが一機、牧草地にすえられたドイツ軍の高射砲《こうしゃほう》に機銃掃射《きじゅうそうしゃ》を加え、ドイツ兵に死傷者が出ました。家に続く通りに入るころには、ドイツ兵はすでに整列し、撤退《てったい》の準備を終えていました。わたしは、トラックがドイツ兵の一部を乗せて動き始める中を、わが家に帰り着いたのです。

家の中でじりじりしながらわたしの帰りを待っていた父さんは、娘はきっと死んでしまったんだ、と思いこんでいました。母さんはいつものように落ち着いて、地下室に食料品を下ろすのに忙《いそが》しくしていました。でも、見た目ほど落ち着いているわけではないことがわかりました。地下室から上がってくるたびに階段の上で立ちどまり、せわしなく眼鏡《めがね》をふいていたからです。興奮している時の母さんのくせでした。わたしも、毛布を腕《うで》いっぱいにかかえて下りてゆき、途中《とちゅう》で母さんの横で立ちどまり、キスしました。「四年間」と母さんは言いました。「四年間この日を待ちわびていたのよ」わたしは母さんを尊敬し、心から愛していましたが、この時ほどそう思ったことはありません。でも、わたしたち二人がふたたび心休まる日をそろって迎《むか》えるのは、何カ月もたって、すべて片がついてからのことになるとは知るはずもありませんでした。

それから二人でさらに二、三度往復して階段を上《のぼ》りかけた時、ドイツ兵が「ディー・エングレンダー《イギリス軍だ》、ディー・エングレンダー《イギリス軍だ》!」と叫《さけ》びながら走りすぎていく足音が聞こえました。わたしは外へ出てみたかったのですが、父さんは、だめだ、おびえた兵士ほど始末に負えないものはない、中で待つんだ、と言いました。母さん、父さん、わたしの三人は、玄関扉《げんかんとびら》の内側で身を寄せあっていましたが、待つほどもなく、アルネム方面に向かって通りすぎてゆく大勢の足音や、ドイツ語でもオランダ語でもない声が聞こえてきました。わたしたちはそれまで何度ラジオを囲んで座り、ロンドンから聞こえてくるBBC放送のニュースにひそかに耳をかたむけてきたことでしょう。待ち望んでいた解放者がやってきたら、できるだけたくさんの言葉が理解できるようにと、父さんとわたしは互《たが》いに英語で話す練習までしていたのです。それなのに、突然《とつぜん》、わが家の玄関《げんかん》のすぐ外から英語の声が聞こえてくるのは、やはり大変な驚《おどろ》きでした。なにをしゃべっているのか、はっきり聞きとれたわけではありません。ただ、響《ひび》きがドイツ語やオランダ語とは全然ちがっていましたから、英語だとわかったのです。

父さんはわたしに向かって英語でささやきました。「ミュージック・トゥー・マイ・イヤーズ《なんと耳に心地よい響きだ》！」それは、二人で練習する時に使っていた表現集にあった言いまわしでした。わたしたちは、長いあいだ楽しみにしていたパーティーに出かける前の幼い子どものように、くすくす笑いだしました。「そこの二人！」母さんが言いました。「お行儀《ぎょうぎ》よくしてなさい！」母さんは昔学校の先生をしていたせいか、いつもとてもきちんとしていて、家族しかいない時でさえその態度を崩《くず》しません。でも、それは一種の遊びでもありました。母さんは、父さんとわたしをいたずらっ子に見立てるのが好きだったのです。

と、その時、いっせいに銃声《じゅうせい》がとどろき、玄関扉《げんかんとびら》になにかがぶつかったような、ドスンドスンという音がしました。まるでジャガイモの袋《ふくろ》を二つ投げつけたような音でしたが、その後はまた、すぐに静かになりました。わたしたち三人は互《たが》いにしがみついていました。ずいぶん長いあいだ、なにごとも起きませんでした。そしてようやく、男の声が聞こえてきました。その乱暴《らんぼう》な英語にとても驚《おどろ》いたわたしは、今でも一言一句《いちごんいっく》正確に覚えています。「ちくしょう、ジャッコ、喉《のど》がからからで唾《つば》も出やしねえ」声は、扉《とびら》のすぐむこうから聞こえたので、わたしたちは飛びあがりました。言葉の意味をのみこむまでしばらくかかりましたが、意味がわかると、わたしは台所へ走っていき、水さしに水を入れ、グラスをひとつつかんで玄関《げんかん》に駆《か》けもどりました。

「気をつけて、気をつけて」母さんが小声で言いました。父さんはわたしを後ろへ押《お》しやり、そろそろと扉《とびら》を開けて隙間《すきま》から外をうかがいました。そして、そこに立っているのが二人のイギリス軍兵士だとわかると、扉《とびら》を大きく開き、歓迎《かんげい》のつもりで両腕《りょううで》をさしのべたのです。でも、わたしたち三人は、まるで舌を抜《ぬ》かれたようにひとこともしゃべれませんでした。そして、兵士たちがやってきたことにわたしたちが驚《おどろ》いたように、兵士たちも、扉《とびら》が開いたことに肝《きも》をつぶしたようでした。二人はさっとふりむき、銃《じゅう》をかまえました。でも、父さんが両腕《りょううで》をさしのべ、わたしの後ろでは母さんが、けわしいけれど口もとに笑みを浮《う》かべた顔をのぞかせ、そして、あいだでわたしがばかみたいに歯を見せ、片手に水さし、片手にグラスをもって立っているのを見ると、さっきしゃべった兵士がこう言ったのです。「いやあ、これぞサービスってもんだ」

それを聞いた父さんは、ようやく口がきけるようになり、せいいっぱいの英語でこう言いました。

「ようこそオランダへ。ようこそオーステルベークへ。ようこそわが家へ」

みんな声をあげて笑いだし、手がふさがっているわたしをのぞいて、握手《あくしゅ》が何度も行きかいました。わたしはグラスに水をそそぎ、挨拶《あいさつ》がすんだのを見はからって、まだ口をきいていない方の兵士に渡《わた》しました。すると彼《かれ》は、「ありがとう、お嬢《じょう》さん。あなたは恵《めぐ》みの天使だ」と言いました。その兵士は、うっとりするようなきれいな瞳《ひとみ》をしていました。二人が水を飲んでいるあいだに、みな、名前を教えあいました。兵士たちの名はマックス・コードウェルと、ジェイコブ・トッドでした。

そのころには通りじゅうの家々の扉《とびら》がすべて開き、人々が花や食べ物、飲み物をもち、オランダを象《しょう》徴《ちょう》する色、オレンジ色のリボンを振《ふ》りながら表に出てきていました。中には、ドイツ当局から厳《きび》しくフェアボーテン《禁止》されていたオランダ国旗を手にした者さえいます。抱《だ》きあったりキスをしたりする人たちもいました。

二人の兵士は水を飲み終えると、アルネムまではどれくらいあるのか、と尋《たず》ねました。「五キロ」と、父さんが答えたところへ、一台のジープがやってきて、乗っていた士官が立ちあがり、大声でなにか命令しました。「すみません、もう行かなくては」マックスが言いました。父さんは英語を忘れて「フェール・スクセス《成功を祈る》」と声をかけました。「スクセス《成功を》！」母さんがくり返します。「さようなら、お嬢《じょう》さん」ジェイコブが言いました。「水をありがとう」

二人が背を向けて歩き始めた時、地域の空襲警戒団《くうしゅうけいかいだん》の一人が大股《おおまた》で通りを歩いてきて、叫《さけ》びました。

「みなさん、中へ入ってください！　中へ入ってください！　まだ危険です！」

イギリス兵たちが立ち去り、父さんは扉《とびら》を閉めました。母さんは、見たこともないほど一生懸命《いっしょうけんめい》に眼鏡《めがね》をふき始めました。ようやくその時になって、わたしは自分がひとこともしゃべらなかったことに気づいたのです。「ああ、父さん」笑ったらいいのか泣いたらいいのかわかりませんでした。「わたし、『ハロー』も言わなかったわ」父さんと母さんは、気でも狂《くる》ったか、という目つきでわたしを見ました。が、すぐに、父さんははじかれたように笑いだし、母さんは父さんとわたしの体に両腕《りょううで》をまわし、ぐるぐるまわり始めたのです。「フレイ《自由》、フレイ《自由》、フレイ《自由》！」そのうちに三人とも目がまわって立っていられなくなりました。あんなに頭がくらくらしたことはありません。

わたしはこうした出来事のすべてを細かいことまではっきり覚えていて、今でも思い出すと目頭《めがしら》が熱くなります。

翌日の月曜日、さらに多くのイギリス兵が落下傘《らっかさん》やグライダーでやってきました。わたしたちはヴォルフヘーゼの上空を飛ぶ飛行機を見あげていました。前日と同じように、赤、白、茶、緑、青の落下傘《らっかさん》が空いっぱいに開きました。心躍《こころおど》るながめでした。

でも、そのころになると、前日に通過していった兵士たちの一部が、疲《つか》れ、汚《よご》れた姿で引き返してきて、教会近くの牧草地に大砲《たいほう》をすえ、アルネムの方角に向かって絶えまなく砲撃《ほうげき》を始めたのです。わたしたちは母さんが作ったサンドイッチを兵士たちに届けてやりました。彼《かれ》らはわずかな食料しかもっていなかったからです。兵士たちは、「第二波」が新たな傭兵《りょうへい》と物資を補給しつつあるのを見て、とてもうれしそうでした。「もうだいじょうぶだ。すぐにドイツ野郎《やろう》を追い散らしてやるぜ！」そして、自分たちはアルネムの橋を確保せよと命じられているのだ、と説明してくれました。そうすれば、ネイメーヘンから北上してくるはずの主力部隊が川を渡《わた》り、ドイツ軍を分断《ぶんだん》することができる。終戦はそれによって早まるはずだ、と。兵士たちは快活で、冗談《じょうだん》を飛ばし、互《たが》いに、そしてわたしのことまでからかいながら、サンドイッチに群《むら》がっていました。ドイツ兵とは大ちがいです。

もちろんわたしたちは、そんな彼《かれ》らの姿を見るのがうれしかったし、おかげで気のもちようもずいぶんちがってきました。解放された喜びのあまり、電気やガスが止まり、昔ながらの美しい村が空襲《くうしゅう》や砲撃《ほうげき》にさらされていることを、だれも気にしていませんでした。「自由の代償《だいしょう》だ」と父さんは言いながら、手を貸したいのになにをしたらいいかわからず、そわそわしていました。でも空襲警戒団《くうしゅうけいかいだん》は、気をゆるめず、外に出ないようにと呼びかけていました。安全だと言いきるには早すぎたのです。ドイツ軍は村の北側にとどまり、そのあたりでは戦闘《せんとう》が続いていました。レジスタンスからの情報では、アルネム橋の付近で激《はげ》しい攻防《こうぼう》がくり広げられていたようです。

夜になって近所の人が教えてくれた話では、ユトレヒト通りの角、村の中心部の交差点に立つスホーンオールト・ホテル――ドイツ軍に接収されるまでは村一番のホテルでした――を、負傷したイギリス兵のための病院にする準備が進められていて、手伝ってくれる人たちを求めているそうでした。すでに負傷者が運びこまれているというのです。わたしは行きたかったのですが、父さんは許してくれませんでした。きっと今なら、わざわざ聞いたりしないでしょうが、そういう時代だったのです。十代の娘《むすめ》は両親の言うとおりにするものでした。わたしは、お願いだから行かせて、と頼《たの》みましたが、父さんはにべもなく、だめだ、と言いました。父さんは、わたしや母さんほど楽観的ではなくなっていました。

「なぜイギリス軍は戻《もど》ってきたんだ？」父さんは言いました。「なぜ牧草地に大砲《たいほう》をすえた？　どうしてひっきりなしに撃《う》ちまくってると思う？　砲手《ほうしゅ》たちが言うように、明日にでも南から援軍《えんぐん》がやってくるというなら、なぜホテルを病院にしなければならないんだ？　すべて思いどおりに進んでいるのなら、こんなことにはならないはずだろう」

「ねえ、あなた、戦争というのは、細かいことまですべてあらかじめ決めておけるような、すっきりしたものじゃないのよ」母さんは言いました。「予想のつかないやっかいなしろもので、潮の満ち引きのように、押《お》したり引いたりしているうちには負傷者も出るわ」

「そうかもしれない。だが、少なくとも、どっちの側が満ち潮で、どっちが引き潮なのか、わが家は浜《はま》のどのあたりにあたるのかがわかるまでは、娘《むすめ》はわたしたちといっしょに家に置いておく」

ただでさえ、と父さんは続けました。息子は家を出ていき、生きてるか死んでるかもわからない。そのうえに一人娘《ひとりむすめ》の命まで危険にさらせると思うか？　おまえは、子のない老後を送れというのか？　だれに世話をしてもらうんだ？

父さんがこんなふうに意固地《いこじ》で悲観的になっている時には、反論しない方がいいと母さんは知っていました。そこでわたしは家にとどまり、幼いころに買ってもらったテディベアのソージといっしょに、寝室《しんしつ》の窓から兵士たちの様子をながめていたのです。大砲《たいほう》が発射されるたびに、衝撃《しょうげき》で家が揺《ゆ》れ、窓ががたがた震《ふる》えて埃《ほこり》が舞《ま》いあがりました。

その夜は、二晩続けて服を着たまま寝《ね》ることになりました。眠《ねむ》ろうとしたのですが、戦闘《せんとう》の音が四方から聞こえてくるように思え、眠れませんでした。しばらくすると、さらに大勢の兵士たちが、ジープやキャタピラーのついたトラックとともに、通りのはずれを進んでいく音が聞こえました。

火曜日の朝六時、音はさらに激《はげ》しくなっていました。うちに水をもらいに来た砲兵《ほうへい》たちが、おそらくドイツ軍が撃《う》ち返してくるだろうから気をつけるように、と教えてくれました。そのとおりでした。牧草地で砲弾《ほうだん》が炸裂《さくれつ》し始め、その後すぐに、うちの近くにも落ちてきたのです。わたしたちは初めて地下室に避難《ひなん》しました。砲撃《ほうげき》はそれほど続いたわけではありませんが、母さんの確信は揺《ゆ》らぎました。

でも、あれこれ考えている暇《ひま》はありませんでした。砲撃《ほうげき》がやんでまもなく、頭上からあわただしい物音が聞こえてきたのです。階段を上がってみると、応接間に三人の兵士がいました。一人は脇腹《わきばら》の傷からひどく出血し、ほかの二人に支えられています。兵士たちの姿にわたしは度肝《どぎも》を抜《ぬ》かれました。彼《かれ》らがいるだけで、部屋はもういっぱいのように見えました。土で汚《よご》れた戦闘服《せんとうふく》を着て、かさばる装備を身につけ、武器をガチャガチャいわせながら、泥《どろ》だらけの大きな軍靴《ぐんか》でわが家で一番いい家具を並べてある部屋に立ち、しかも一人はぽたぽたと血をしたたらせているのですから。

たぶんその瞬間《しゅんかん》まで、なんとなく、戦争や戦場は家の外にあるもの、自分たちとは切り離《はな》されたものと考えていたのでしょう。ところが突然《とつぜん》、それがわたしたちの住む家の真ん中に降《ふ》って湧《わ》いたようにもちこまれたのです。父さんとわたしは、その光景を見て石になったように立ちすくみ、ただ戸口から彼《かれ》らをながめているだけでした。でも、母さんはちがいました。母さんはいつも、せっぱつまった状《じょう》況《きょう》に強い人でした。こういう時にこそ真骨《しんこっ》頂《ちょう》を発揮するのです。わたしは一度、母さんがドイツ軍の将校に食ってかかるのを見たことがあります。将校はわたしたちの家が自分の宿舎にふさわしいかどうか調べに来ていたのですが、母さんは、その将校が靴《くつ》の泥《どろ》も落とさず、帽子《ぼうし》も脱《ぬ》がずにうちの敷居《しきい》をまたいだ、といって、まるでいたずらぼうずを相手にするように、すさまじい剣幕《けんまく》でどなりつけたのでした。おかげで将校は、自分の宿舎に指定するという名誉《めいよ》をわたしたちには与《あた》えないことに決め、代わりに伍長《ごちょう》を送りこんできたのですが、結局その伍長《ごちょう》も、まもなく庭の物置小屋で寝起《ねお》きするようになりました。毎日母さんに軽蔑《けいべつ》の目で見られ、あれこれ言われるより、物置の方がましだというのです。そういうわけで、この時も母さんは迷わず行動に移りました。

「ヘールトラウ、ぬるま湯と消毒薬をもってきなさい」そして、父さんには「バーレント、救急箱を」と言ったのです。それから、自分はソファの上にクッションを並べ、英語はほとんど知らなかったので、「コメン《こっち》、コメン《こっち》」と言いながら、兵士たちに、けが人を寝《ね》かせるよう身ぶりで示しました。

わたしがお湯をもって戻《もど》ってくると、負傷兵は装備をはずされ、上着とズボンを脱《ぬ》がされてソファの上に横たわり、激痛に顔をゆがめていました。母さんはその横に膝《ひざ》をつき、傷口を調べています。すでに救急箱をもってきていた父さんは、今度はくるぶしまである軍靴《ぐんか》を脱《ぬ》がせるのに懸命《けんめい》でした。かわいそうな青年は兄のヘンクと変わらない若さで、顔は泥《どろ》と汗《あせ》で汚《よご》れていましたが、死んだように血の気が引いているのが見てとれました。仲間の兵士たちは静かな声で話しかけ、努《つと》めて明るくふるまい、もう大丈夫《だいじょうぶ》だ、と言っています。一人が煙草《たばこ》に火をつけ、手を使わずに吸えるよう、負傷兵の口もとまでもっていってやりました。負傷兵はほほえもうとしましたが、目に恐怖《きょうふ》の色を浮《う》かべ、母さんが手当をしているあいだじゅう、何度も身をすくませていました。傷はひどいものでした。

占領下《せんりょうか》の四年間で負傷した兵士を見るようになったのは、最近、空襲《くうしゅう》が始まってからのことで、それも決まって遠目からでした。近くで見るのはこれが初めて。しかも、わが家の応接間での出来事なのです。この部屋は、よそゆきの服を着た礼儀正《れいぎただ》しい客たちが座るところ、聖ニコラスの祝日や、家族の誕生日、両親の結婚《けっこん》記念日のパーティーを開く場所でした。楽しい行事。家族の時間。祝いごとのためにある部屋。なのに今、目の前では胸が痛むほど若い男が、わが家のソファの上に血を流し、部屋には静かに彼《かれ》の苦痛が満ち、汗《あせ》と垢《あか》の臭《にお》い、嗅《か》ぎ慣れぬイギリス煙草《たばこ》の甘《あま》い香《かお》りが漂《ただよ》っているのです。なすすべなく横たわっている青年があまりに哀《あわ》れで、抱《だ》きしめてあげたい、なんとかして魔法《まほう》のように苦痛をとり去り、ほんの一時間前まではそうだったはずの元気な体に戻《もど》してあげたい、そう思いました。そしてわたしは、やはりこの時初めて、目の前で起きていること、そしてそれまでのやりきれない数年間のあいだにわたしたちの身に降《ふ》りかかっていたことのむごたらしさを、ようやくはっきりと理解したのです。

母さんが立ちあがり、わたしに向かって言いました。「どちらか一人、わたしたちといっしょに来るよう言ってちょうだい」わたしは一番年かさに見える兵士に、母が話したいことがある、とせいいっぱいの英語で伝えました。その兵士と父さん、そしてわたしは、母さんのあとについて台所に入りました。母さんがわたしに、説明してあげなさい、と言ったのは、次のようなことでした。傷はとても深いので、自分の力ではどうしようもない、自分は医者ではないけれど、あのかわいそうな兵士は、すぐにでもちゃんとした治療《ちりょう》を受けさせなければ、死ぬのはまちがいない……。わたしが通訳すると、兵士はうなずき、そこではもう、戦友のために明るくふるまう必要もないからか、疲《つか》れきり、意気消沈《いきしょうちん》した顔を見せました。そして、負傷した兵士の名はジョーディー、もう一人はノーマンで、自分はロンという名であることを告げ、うちにやってきたのは、ここを監視所《かんしじょ》として使わせてほしいと頼《たの》んでこい、と命じられたからだ、と言いました。この家の二階の窓は一方から牧草地を見渡《みわた》すことができ、もう一方は通りに面しているから好都合だ、ドイツ軍はこの家が立つ村の東側から攻《せ》めてくる恐《おそ》れがある。ところがここへ来る途中《とちゅう》で砲撃《ほうげき》にさらされ、ジョーディーが腹に破片を受けてしまった、というのです。自分たちはここにとどまり、監視《かんし》を始めなければならない。できることは、部隊に連絡《れんらく》して衛生兵をよこせと頼《たの》むことくらいだ、そう、ロンは言いました。

傷をふさぐだけではだめです、手術が必要でしょう、と母さんは言いました。父さんも同じ意見でした。「村のホテルが病院になっているそうだ。そこへ連れていってやりたまえ」

ロンはホテルの場所を知らなかったので、わたしが説明しました。坂を登った村の中心にあって、ここから一キロもない、と。

「その距離《きょり》では、ノーマンとわたしの二人で運ばなければならない」ロンは言いました。「そろって持ち場を離《はな》れることはできない、たとえ重傷を負った兵のためであっても」

わたしが通訳すると、母さんは言いました。「それでは、あの人は死んでしまう。なんとかしようがあるはずよ」

「わたしたちで運べるんじゃないかしら」わたしは言いました。「父さんとわたしで。手押《てお》し車に乗せれば押《お》していけると思うんだけど」

「だめだ」父さんがすかさず言いました。「危険すぎる」

「砲撃《ほうげき》はやんでるわ。それに、どっちみち大砲《たいほう》をねらって撃《う》ってくるんだから、わたしたちは遠ざかることになる。だいじょうぶよ、父さん」

「だめだ。わたしがひとりで行く。おまえはお母さんとここにいなさい」

「母さん、なんとか言ってよ、お願い」

母さんは父さんの顔を見すえて言いました。「ヘールトラウの言うとおりだわ。ひとりじゃ無理よ。この子を連れていきたくないのなら、わたしが行くわ」

「だめだ、だめだ」父さんは、もう冷静ではありません。「この子をひとりで兵隊たちと残していくわけにはいかない。それはできない。安全とはいえない。そんなことは許さんぞ」

母さんは父さんの手をとり、優しく語りかけました。「ねえ、あなた、考えてもみて。わたしたちはこの人たちに借りがあるのよ。わたしたちを救うために来てくれたんですもの。助けになることはなんでもしなくちゃ。それに、娘《むすめ》のことも考えて。この子が、自分も役にたちたいと思うのは当然のことじゃないかしら？　この悲惨《ひさん》な戦争が終わったあと、この子はきっとこう言うわ。あぶないことはみんなほかの人たちがしてくれた、わたしはただ横に立って、それを見てなくちゃならなかった。いざという時も手を貸すことは許してもらえなかった、ってね。それに、あのかわいそうな若者を病院へ連れていくのは正しいことでしょう、ちがう？　あの人がヘンクだったら、って考えてごらんなさいな」

父さんが絶対にこうだと決めた時には、母さんはどうしても逆らえません。同じように、母さんが優しく筋道《すじみち》たてて話すと、父さんは逆らえませんでした。父さんはよく、母さんがいなかったら自分はなにもできない人間だ、と言っていました。二人は互《たが》いに身も心も捧《ささ》げあっていたので、離《はな》ればなれになるなんて考えられないことでした。父さんが抱《いだ》いていた最大の不安、それはいつも、なんらかの事情で母さんを失うことでした。占領下《せんりょうか》の暮らしを通じてうろたえたりすることのなかった父さんでしたが、いざ解放の日が近づくと（その時はみな、そう思っていたのです）、突然《とつぜん》、心が揺《ゆ》らぎ始めたようでした。当時のわたしは、それに驚《おどろ》き、父さんはなんて弱い人なんだろう、とさえ思いました。でも、今ではわたしも歳《とし》をとり、さまざまな経験を重ねてきましたから、理解しているつもりです。あと一歩で成功をつかめそうな時にこそ、かえって人間の存在がいかにあやういものかわかり、失敗の可能性はけっして消えない、それどころか、失敗は避《さ》けられないとさえ思えてきます。それゆえ、人はためらうのです。

父さんはしばらく押《お》し黙《だま》っていましたが、やがてため息をひとつつくと、「おまえの言うとおりだ」と言って、両手で母さんの顔を包みこみ、そっとキスしました。わたしは見てはいけないものを見ているようで、思わず横を向きました。父さんが静かに言葉を続けるのが聞こえてきます。「ここ何年か、なんとかやってきたのはおまえがいてくれたからこそだ。おまえなしには生きていけない」

すると母さんは小声で答えました。「そういう時期も、もうすぐ終わるわよ、あなた」

それから大急ぎで支度《したく》が始まりました。ジョーディーができるだけ楽に乗っていけるようにと、手押《てお》し車には毛布とクッションが置かれました。ロンとノーマンが、ジョーディーを抱《だ》きあげて乗せました。みな、努《つと》めて明るい声をかけあったあと、父さんとわたしはユトレヒト通りのスホーンオールト・ホテルめざして家を出たのです。

途中《とちゅう》、知り合いの人たちが、わずかな持ち物をつめたカバンをさげて歩いていくのに行きあいました。アルネムの橋をめぐる攻防《こうぼう》ではイギリス軍の旗色が悪いと聞いた、このままではきっと村が戦場になり、地下室にこもるくらいでは身を守れなくなるだろうから疎開《そかい》する、ということでした。さらにその先で、たくさんの荷物をかかえた一団の人たちに出会いました。その人たちはみな、線路のむこう側の、アルネムに近いクリンゲルベーク通りから来た人たちでした。ドイツ軍はそのあたりの住民全員に退去命令を出したのだそうです。でも、いったいどこへ行けというんだ？　彼《かれ》らはそう言って嘆《なげ》いていました。線路のこちら側にあるベネーデンドルプ通りの住民も全員強制的に退去させられている、とのことでした。

父さんは不安そうにわたしを見ました。口には出しませんでしたが、父さんもわたしも、これがとても悪い知らせだとわかっていました。ドイツ軍がアルネムからイギリス軍を押《お》し返し、わたしたちの村へ向かっている証拠《しょうこ》だったからです。「急ごう」父さんが言いました。「早くお母さんのところへ帰らなくては」

ユトレヒト通りに近づくにつれて、砲声《ほうせい》はさらに大きくなりました。村の北を横切る線路のむこう側、一キロほどのところから聞こえます。アルネムの方角、東からも聞こえてきました。わたしたち二人は手押《ており》し車を押《お》す力仕事に加え、恐怖《きょうふ》と興奮のせいで、息を切らし、汗《あせ》びっしょりになっていました。砂利《じゃり》敷きの道をかなりの速度で進んでいましたから、かわいそうに、ジョーディーは激《はげ》しく揺《ゆ》すぶられました。でも、たぶん彼《かれ》は意識を失っていたのでしょう、目を閉じたまま、声も出しませんでした。

スホーンオールト・ホテルは惨状《さんじょう》を呈《てい》していました。わたしたちがよく座ってコーヒーを飲んでいたベランダは、担架《たんか》に寝《ね》かされて治療《ちりょう》を待つ負傷兵であふれていました。イギリス兵の中に、数人のドイツ兵が混じっているのには驚《おどろ》きました。どうしてイギリス兵たちは、敵の隣《となり》で平気で横になっていられるのでしょう？　ドイツ兵に煙草《たばこ》をあげている人までいます。わたしはびっくりしました。

中に入ると、どの部屋も担架《たんか》やマットレスに寝《ね》ている人たちでいっぱいです。むき出しの床《ゆか》の上に寝《ね》かされている人もいました。けが人が収容しきれず、道のむかいにある別のホテルも病院として接収《せっしゅう》されていました。スホーンオールト・ホテルの中は血と泥《どろ》と汗《あせ》の臭《にお》いでむせ返るようで、胃がむかむかしてきました。

村からは女たちだけでなく、男の子たちもやってきて、せいいっぱいの手助けをしています。同級生だった女の子、メイクとヨーティが負傷兵たちの体を洗っていました。メイクは相変わらずてきぱきと、ヨーティは彼女《かのじょ》の一番の笑顔を見せて。兵士たちは、中には激痛に襲《おそ》われている人もいたでしょうに、驚《おどろ》くほど我慢《がまん》強《づよ》く、静かにしていました。どう見てもわたしより年上とは思えない若い兵士は、両腕《りょううで》に五カ所、銃弾《じゅうだん》を受けた傷が口を開けていました。ホテルのオーナーの娘《むすめ》さんで、戦争前は学校の先生をしていたヘンドリカが、そのかわいそうな若者の体を洗っていると、手術室に連れていくために人がやってきました。ヘンドリカは若者の体をふいてやりながら、運び出されるまで明るい話で励《はげ》まそうとしていました。

わたしはヘンドリカを連れて、外で待っている父さんとジョーディーのところへ戻《もど》りました。ヘンドリカはひと目見て、急いで治療《ちりょう》する必要があると判断し、そばにいた二人の少年に声をかけました。二人はジョーディーを担架《たんか》にのせ、中に運びこみました。それがジョーディーを見た最後でした。彼《かれ》がその日の夜亡くなったと知ったのは、終戦後のことです。

わたしは残って手伝いたいと懇願《こんがん》したのですが、父さんは、だめだ、すぐ戻《もど》るとお母さんに約束したじゃないか、と言いました。あの時はどれほど父さんが憎《にく》かったことか！　ヘンドリカに、手はじゅうぶん足りているから、と言われなかったら、わたしは父さんに歯向かっていたかもしれません。教育を受けた看護婦は不足していたようですが、もちろん、わたしはそうではありません。でも、ヘンドリカは、わたしが罪の意識を覚えずに帰れるよう、手は足りていると言っただけなのではないか、あれ以来ずっとそう思っています。

とにかく、わたしたちはホテルを出て、からになった手押《てお》し車をせいいっぱいの速さで押《お》しながら坂道を下りましたが、戦闘《せんとう》の音はすでに行きよりも大きくなっていました。舌に苦く、鼻をつく硝煙《しょうえん》の臭《にお》いに、空気が焦《こ》げているような気がしたことを覚えています。

家に帰ると、母さんは、二階で見張りをしているロンとノーマンのために、ジャガイモと、アップルソースをかけた豚《ぶた》の冷肉を用意していました。父さんとわたしは食べながら、目にしたこと耳にしたことを母さんに話しました。午後はずっと、アルネムの方角から戻《もど》ってくる兵士の列が絶えず、彼《かれ》らはみなくたびれきっているようでした。士官が一人、ロンとノーマンの様子を見に来て、通りに面した二階の部屋で短い会話を交わしていました。士官が出ていくと、ロンは暗い顔をしていましたが、多くは語らず、ただ、戦況《せんきょう》は望んでいたほど思わしくない、とだけ言いました。ほかにも兵士たちがやってきて、水をくれ、体を洗わせてくれないか、と頼《たの》んできます。もちろん、わたしたちは協力しました。

日が暮れたころ、冷たい夕闇《ゆうやみ》の中に出て南のネイメーヘンの方角を見ると、空が炎《ほのお》で赤く染まり、炸《さく》裂《れつ》する大砲《たいほう》の発射音がいつ果てるともなく聞こえました。ロンは、主力部隊が戦闘《せんとう》を続けながらこちらに向かっているのだ、と説明してくれました。ロンとノーマンは三晩寝《ね》ていなかったので、このころには疲《つか》れきっていました。父さんは、娘《むすめ》と二人で見張るから少し眠《ねむ》ったらどうか、と提案しました。しかしロンは、任務の最中にそろって寝《ね》ているのを見つかったら、どんな罰《ばつ》を受けるかわからない、と言いました。そこで父さんは、ノーマンが寝《ね》ているあいだ、わたしがロンと二人で見張り、その後、父さんとノーマンが見張りについて、ロンが寝《ね》ればいい、と言ったのです。ノーマンが、それなら大丈夫《だいじょうぶ》だ、と言って、ロンを説得しました。というわけで、夜が更《ふ》けるまではわたしと母さんが裏手の窓の前に座って牧草地を見張り、ロンが正面を見張ったのでした。

水曜日。恐ろしい日々が始まりました。それまではアルネムの戦いでした。それがオーステルベークの戦いになったのです。その時は知りませんでしたが、アルネムの橋にたどりついたイギリス兵はわずか千名ほどで、それだけで、圧倒的《あっとうてき》な敵兵力をむこうにまわして橋を確保していたのです。ドイツ軍は、西のあと八千名ほどいたイギリス軍部隊を彼《かれ》らと切り離《はな》し、オーステルベークに囲いこんだのでした。西の境界は村の西部とその外側にある林、北は線路、南は川を境にした長方形の区域です。

その朝、ドイツ軍はいっせいに砲撃《ほうげき》を開始し、この時は、近所の家もすべて被害《ひがい》を受けました。砲弾《ほうだん》はそこらじゅうに落ち、わが家の窓はすべて内側に吹《ふ》き飛ばされ、煙突《えんとつ》のひとつは直撃弾《ちょくげきだん》を受けました、外壁《がいへき》もやられました。

わたしたちは、砲撃《ほうげき》が始まると必ず地下室に避難《ひなん》しました。まもなく、わが家の近くに防衛線を築けと指示されていたイギリス兵たちも、うちに避難《ひなん》してくるようになりました。彼《かれ》らは以前から砲撃《ほうげき》の合間を縫《ぬ》ってわが家の裏庭に塹壕《ざんごう》を掘《ほ》っていたのですが、その朝の砲撃《ほうげき》が始まるとすぐ、地下室に避難《ひなん》してもいいかと言ってきました。直撃弾《ちょくげきだん》や飛び散る破片から身を守るすべのない孤独《こどく》なたこつぼに隠《かく》れるより、わたしたちといっしょにいたい、というのです。

夕刻、ドイツ軍戦車がこちらに進撃《しんげき》してくるのが目撃《もくげき》され、全員、食料《しょくりょう》や水、そのほか籠城戦《ろうじょうせん》になったら役だつと思われるものをすべてもって地下室に下りろ、という命令が出ました。数えてみると二十七人がぎゅうぎゅうづめになり、だれ一人足を伸《の》ばして横になる場所などありません。頭上からは、世界が崩《くず》れ落ちているのではないかと思うほどの音が聞こえていました。電灯はつきませんでしたが、ロウソクはふんだんにありました。兵士たちは装備の一部として、一人一本ずつ支給されていたからです。一番つらかったのは、ちゃんとしたトイレがないことでした。石炭を入れておく穴にバケツを置いただけなのです。わたしはそれを使うのがいやで、用を足さずにすむよう、できるだけ水を飲まないようにしました。でも、恐《おそ》れや不安を感じると、トイレが近くなるものです。次の日、父さんは物置にしまってあった、ふたつきの大きな金属製の容器を捜《さが》し出してきました。そして、石炭用の穴にそれを置くだけの場所を作り、天井《てんじょう》に毛布を釘《くぎ》で打ちつけてぶらさげ、ささやかながら個室らしきものをこしらえてくれたのです。おかげで、毎日が少しだけ我慢《がまん》しやすいものになったのでした。

そのころにはもう、近くに救護所も作られ、重傷者はそこへ運ばれていきましたが、軽傷の者はわたしたちのところにとどまり、母さんとわたしで、傷を消毒し、包帯を巻いてあげました。そうです、結局、わたしも看護婦になったのです。初めはびくびくしていました。でも、その時わかったのですが、人間は、選択《せんたく》の余地がなければ、恐《おそ》ろしいことにもあっという間に慣れるものです。そして幸運にも、わたしは母さんからものごとを現実的に見る目を受け継《つ》いでいました。手当をしていると、兵士たちはわたしたちに向かって、家や家族のこと、友人やガールフレンドのことを話し始め、写真を見せてくれました。兵士たちの多くはとても若く、十九、二十歳くらいだったでしょうか。彼《かれ》らは母親から受けるような優しい世話を、なによりも望んでいたのです。

恐ろしい音が四方八方からとだえることなく聞こえ、神経がすりへっていくようでした。でも、初めは怖《こわ》かったのですが、そのうち平気になりました。たぶんそれは、兵士たちが明るくふるまい、しかもその多くがわたしと同年代だったからなのでしょう。わたしのように、親に守られ、きちんとしつけられた娘《むすめ》にとっては、よその国からやってきた若い男たちと狭《せま》い場所に押《お》しこまれ、互《たが》いのことを語りあい、すぐ横で食べたり眠《ねむ》ったり、あるいは用を足したりすること自体が、解放のようにも思えました。身をおおっていた殻《から》が一枚一枚はぎとられていったのです。ひどい臭《にお》いも音も気になりません。爆弾《ばくだん》が炸裂《さくれつ》するたびに埃《ほこり》が舞《ま》い、壁《かべ》からはげ落ちた漆喰《しっくい》がピンク色の粉になって降りかかってきましたが、わたしは、戦場の下となったきゅうくつな地下室の中から、自分の未来が開けていくような気がしていました。

ときどき集中砲火《しゅうちゅうほうか》がとだえると、兵士たちは「きっとドイツ野郎《やろう》は士気が落ちないようにシュナップス（香りをつけた強い蒸留酒）でも飲んでるんだぜ！」などと言ったものです。そして、ノーマンがよくヒトラーのものまねをしましたが、これがまたそっくりで、笑わせてくれました。それから、みなおぼつかない足どりで庭に出て、こった体をほぐし、新鮮《しんせん》な空気を吸うのです。ただ、あんな臭《にお》いのするものを「新鮮《しんせん》な」と呼ぶのは、言葉の使い方がまちがっているのでしょうね。通りには燃えている家も、めちゃめちゃになって、とり壊《こわ》し中の残骸《ざんがい》としか見えない家もありました。わが家の屋根や壁《かべ》も穴だらけで、煙突《えんとつ》はすべてなくなり、家の表側の上の角が吹《ふ》き飛《と》ばされ、ぎざぎざの裂《さ》け目から両親の寝室《しんしつ》がのぞき、壊《こわ》れたベッドの上で破れたベッドカバーが風にはためいていました。わたしはばつが悪い思いをしました。父さんと母さんが破れた下着姿でいきなり人前に出てきたような気がしたからです。

「戦争がどういうものか、ようやくわかったわね」と、母さんが言いました。

わたしは我慢《がまん》しようと思ったのですが、砲撃《ほうげき》で壊《こわ》されたわが家を見て、思わず涙《なみだ》を流さずにはいられませんでした。そばにいたロンは、なにも言わず、ただ、わたしの肩《かた》に手を置き、慰《なぐさ》めるように抱《だ》き寄せてくれました。

3　ジェイコブ(2)

書いていれば、どんなことでも振《ふ》りはらうことができます。
悲しみは消え、
勇気はよみがえります。

――アンネ・フランク

この国が嫌《きら》いになりかけていた。

昨日着いた時は、ばつの悪い思いをした。一番楽しみにしていたアンネ・フランクの家では、いやな気分を味わった。男を女と思いこみ、すっかり落ちこみもした。ひったくりにやられたことが追い打ちをかけ、その後の追いかけっこで疲《つか》れきっていた。それに、しとしとと降り続く雨に服も濡《ぬ》れている。とどめはこいつ、一見紙マッチに見えるコンドーム、そして、走り書きのメモだ。

たぶんコンドームは粗悪品《そあくひん》だろうし、メモはなんと書いてあるのかわからない。ともかく、ほとんどは意味のわからない言葉だ。数字はたぶん電話番号なんだろう――でもトンの電話なのか、それとも、だれか別のいかさま野郎《やろう》の電話か？　「NIETS」はきっと「no」だろう。オランダ語の「IN」は英語の「in」と同じなんだろうか？　アムステルダム、これは知っている。でも、今までに知ったアムステルダムなら知らなくてもよかった。「IS」は英語の「is」と同じか？　そんなに簡単なはずはない。

「WAT HET LIJKT」? ああ、もうどうでもいい! なにが書いてあろうとかまうもんか!

どうしてこういつも、手遅《ておく》れになってから、あれこれ考え始めるんだろう? なぜ、すべて終わってしまってから、好き嫌《きら》いがわかったりするんだろうか? 自分の考えがはっきりするころには、決まって、もうそんなことはどうでもよくなっている。昨日だってそうだ。面倒《めんどう》なことになると感じた時すぐに、わかりました、でも、やめときます、そう言って、飛んで帰ればよかったんだ。ところが気づいたのはベッドに入ってからだった。自分がどれほど居心地悪い思いをしているか、はっきり自覚したのは……。それに、なぜトンが男だってことに気づかなかったんだろうか? まったく、どうかしてる! 今思えば、たぶん最初からわかっていたんだろう。なんとなく感じていた。でも、女の子であってほしかった。あまりに強くそう思ったものだから、そうじゃないってことに目をふさいでた。自分で自分をだましてたんだ。そして、結局、トンが自分の望みどおりのものではないと知らされると、どう反応したらいいかわからなくなって、なにを言えば、どうすればいいのかわからないまま、ただ、でくのぼうのように突《つ》っ立っているだけだった。

たぶん、父さんが言うことはあたっていて、ぼくは本当に生まれつきの意気地《いくじ》なしなのかもしれない。

雨がみじめな気分に拍車《はくしゃ》をかけ、自己嫌悪《じこけんお》の言葉ばかりが次々に思い浮《う》かぶ。ハムレット(シェイクスピアの戯曲の主人公)のせりふは、ずばり核心《かくしん》をついている。『この世の営《いとな》みいっさいが、つくづく厭《いや》になった。わずらわしい、味気ない、すべてかいなしだ!』このぼく自身も、なんて『穢《けが》らわしい』んだろう。いったい、どうやって『この生の形骸《けいがい》から脱《だっ》』すればいいんだ。もちろん、『短剣《たんけん》の一突《ひとつ》き』というわけにはいかないから、もっと今風のやり方にしようか。ヤクをがばっと飲むか、車の排気《はいき》ガスを吸いこむか……。

もちろん、車は父さんのだ。

しばらくあれこれ考えたあと、自分に向かって、おまえはなんて鼻もちならない、屈折《くっせつ》した、潔癖《けっぺき》性《しょう》のばか野郎《やろう》なんだ、と言ってみる。（ほかにもいろいろ、豊富な語彙《ごい》から、ありとあらゆる大げさな卑下《ひげ》の言葉を足してみた。）でも、そんなことをしても、自分がどれほど意気地《いくじ》なしで、世間知らずで、役たたずなのかがはっきりして、結局、自殺したくなるくらいに落ちこむ理由がそろっているとわかっただけだった。これで話はぐるりとまわってもとに戻《もど》り、堂々《どうどう》めぐりの鬱状態《うつじょうたい》から抜《ぬ》けられなくなってしまった。

家でなら、こんなふうに気分が沈《しず》んでいる時、悪循環《あくじゅんかん》から抜《ぬ》け出すのを助けてくれる人が二人はいる。一人はアンネ・フランク。『日記』を読めば必ず元気が出るのだが、今、ここには助けてくれるはずのいつもの本はない。もってきていれば盗《ぬす》まれていただろうから、それはそれでよかった。あの本をなくしたりしたら、とても耐《た》えられない。

もう一人は祖母だ。セアラは、孫のふさぎの虫を「ネズミ気分」と呼び、それはおまえが悪いんじゃないし、おまえの中から出てきたものじゃないから、自分を責める必要なんてない、と説き聞かせてくれた。それでもやはり、ひとしきりふさぎこんだあとは、いつも罪の意識を覚える。すると祖母はこうも言った。そいつはね、近眼になったり、ハウスダストのアレルギーになったりするのと同じ、ただの成長痛、思春期につきものの悩《なや》みなんだよ。だれだって生まれつきの問題や、毎日の暮らしの中でなにかもちあがって、そのせいで苦しむ。だけど、やがては我慢《がまん》したり、うまくつきあっていくやり方を身につけるものさ、と。

ジェイコブは、あの時部屋の隅《すみ》に逃《に》げこんでこちらをうかがっていたネズミの気分で、ひさしの下からじっと通りを見ていた。セアラはあのネズミの姿から、孫の「発作」に名前をつけたのだが、彼《かれ》にとっては思い出したくない出来事だった。その記憶《きおく》は、何度もくり返して見るある夢と結びついていて、昨夜も同じ夢を見たのだから、今日、また「ネズミ気分」に襲《おそ》われることは予想しておくべきだったのだろう。憂鬱《ゆううつ》の前兆となるだけでなく、この夢を見るといつも胸騒《むなさわ》ぎを覚える。理解しておく必要があるのにどうしてもつかみきれない、なにか、自分自身に関するとても大切なことを教えてくれているような気がするのだ。高揚《こうよう》し、活気にあふれ、うきうきしている時でさえ、夢の記憶《きおく》は、これといった理由もなく頭の中に入りこみ、気がつけばその謎《なぞ》のことしか考えられなくなっている。

今もそうだった。彼《かれ》は雨がやむのを待ちながら、夢を反芻《はんすう》した。

大好きな祖母の家に移り、そこで暮らすようになってからまもないある晩のこと、ジェイコブは、羽目板の下をちょろちょろ走る一匹《ぴき》のネズミを見つけた。セアラは金切り声をあげ、あわてて膝《ひざ》を折り、足を椅子《いす》の上にもちあげた。けっして気が小さい人ではないが、どうしようもないネズミ恐怖症《きょうふしょう》なのだ。子どものころからネズミと聞けば汚物《おぶつ》や病気を思い浮《う》かべるらしく、予測のつかないすばやい動きを怖《こわ》がり、神経過敏《しんけいかびん》になって、ネズミにさわるとか、ましてや、さわられることを考えただけで耐《た》えられないようだった。それはジェイコブも同じで、この点に関してもほかのこと同様、祖母によく似ていた。ジェイコブが反射的にとった行動は、まず飛びあがり、次にののしり声をあげながら読んでいた本を振《ふ》りまわして、『身をすくめた、つややかな毛並みの臆病《おくびょう》そうな小さな獣《けもの》』（ロバート・バーンズの詩『ネズミへ』より）を追いまわすことだった。（あとでセアラは、なんてまぬけな、ありきたりの反応だったんでしょう、と言った。女は足を閉じ、高いところに登って危険からのがれようとし、男は口汚《くちぎたな》い言葉をわめきながら反撃《はんげき》に転じ、敵を追いつめようとするなんて。）

二人に負けず劣《おと》らず驚《おどろ》いたネズミは、尻尾《しっぽ》を巻いて、最初に見つけた安全そうな場所に駆《か》けこんだ。それはたまたま、本箱と壁《かべ》のあいだにあるとても狭《せま》い隙間《すきま》だった。本箱が壁《かべ》にぴったりとはくっついていなかったのだ。なにも音がしない。ネズミはなにをしているの？　セアラは知りたがった。ジェイコブは少し離《はな》れたところから、腰《こし》をかがめてのぞきこもうとした。暗くてなにも見えない。セアラが、懐《かい》中電灯《ちゅう》をとっておいで、と言った。

懐中電灯《かいちゅう》で照らしながら、床《ゆか》に頬《ほお》を強く押《お》しつけ、目を細めて本箱の裏をのぞいてみると、灰色がかった茶色の小さなネズミが一番奥《おく》で丸くなり、こちらに顔を向けていた。透《す》き通るほど薄《うす》い大きな耳と、赤ん坊《ぼう》のようなつぶらな黒い瞳《ひとみ》をしていて、毛のない前足はピンク色、まるで小さなサルの手のようだった。ネズミは体を丸めてうずくまり、息をはずませ（『おお、汝《なんじ》の小さき胸に、どれほどの恐慌《きょうこう》があるのだろうか』）、ひげを掃除《そうじ》しながら、じっとこちらを見ていた。

ただの野ネズミだよ、とジェイコブは言った。するとセアラは、何ネズミだか知らないけど、こんなところにいてもらっちゃ困る、と答えた。だいたい、野ネズミなら、居場所をまちがってるじゃない。外に出さなきゃ。でないと眠《ねむ》れないよ。そこでジェイコブはこう言ったのだ。たぶん、棒があれば、かき出して、さっとタオルでもかぶせて外へつまみ出せると思うよ。

使えそうな棒ですぐに見つかったものは、けば立ったデッキブラシの細い竹の柄《え》だけだった。そいつはよくしなり、このやっかいな隙間《すきま》にさしこむことができた。それでも、床《ゆか》すれすれにしか入らず、ピストンのように出し入れするしかなかった。

次に起きたことは、思い出すのもいやだった。かき出すつもりが、ちょっと強く棒を押《お》しこみすぎてしまったのだ。ジェイコブの手には、ネズミに死をもたらした、ぐいと突《つ》き刺《さ》すような感触《かんしょく》が、その後何日も残っていた。

夢を見たのは二、三日たってからのことだった。その時はそれほど不快ではなかったし、ネズミが出てきたのは、長い夢の終わりの部分にすぎなかった。前の部分は忘れてしまったくらいだ。覚えているのは……。

ジェイコブはだれかと話していた。だれを相手に、なにを話しているかはわからない。ただ、とても楽しそうだ。壁《かべ》で囲まれた薄暗《うすぐら》い場所にいる。納戸《なんど》の中だろうか、窓はひとつもない。話していると、右の方、ちょうど胸の高さくらいにある幅《はば》の広い木製の棚《たな》が視界の隅《すみ》に入った。棚《たな》の上には、拳《こぶし》くらいの大きさしかない、ごつごつしたこげ茶色の小さなかたまりがぽつんとのっている。そちらに顔を向け、かたまりを正面から見て、短くて細い鉄の棒でつついてみる。棒の先には上唇《うわくちびる》のような形をした突起《とっき》がついていて、こちら端《はし》を握《にぎ》っているのは自分の右手だ。つついたとたんにかたまりは割れ、ウサギほどもある二匹《ひき》の大きなネズミに変わった。一匹《ぴき》がごろりとあおむけになり、犬が腹を掻《か》いてほしい時によくやるように、足を四方に広げてみせた。ピンク色をした腹には柔《やわ》らかそうな薄《うす》い灰色の毛がまばらに生えている。しかし、彼《かれ》はもう一匹《ぴき》の方に目を引かれる。そいつは脇腹《わきばら》を下にして横たわり、頭を前足でかかえこんで、胎児《たいじ》のように丸まっていた。ぴくりともしない。生きているのだろうか？　棒の先についている唇形《くちびるがた》のものでつついてみる。反応はない。頭の横を軽くたたいてみる。気がつくと、ネズミはもはやネズミではなく、人間の子どもに姿を変えている。頭が異様に大きく、顔つきは彼《かれ》を不安にさせる。もう一度、今度はさっきより強めに、こめかみのあたりをたたいてみる。子どもはウーンとうめくが、目は閉じたままだ。もう一度たたいてみる。さらに二度、三度、意図的に、少しずつたたく力を強めていく。手にこめた力が前腕《ぜんわん》へ、さらに上腕《じょうわん》へと伝わってくるのがわかる。彼《かれ》はたたくたびに子どもの様子をじっとうかがう。子どもは男の子で、たたかれるごとに苦痛のうめきをあげながら、だんだん大きくなり、ジェイコブに近づいてくる。どちらも動いていないはずなのに、子どもがこちらに近づいてくるように思える。映画の中で、カメラがクローズアップしていく場面のようだ。四度目か五度目に殴《なぐ》ったあと、子どものこめかみに傷口が開き、どろりとした鮮血《せんけつ》がにじみ始めるが、それほどの量ではない。噴《ふ》き出たり、顔に流れたりはせず、凝固《ぎょうこ》して男の子のこめかみに光沢《こうたく》のある菱形《ひしがた》を作っていく。血を見て興奮したジェイコブは、さらに強く殴《なぐ》りつける。強く、さらに強く。だが、このころになると、ジェイコブは棒を振《ふ》りおろすたびに考えるようになる。ぼくはなにをしているんだろう？こんなことはしちゃいけない！　なぜしてるんだ？　したくないのに！　しかし、そのまま、さらに何度も殴《なぐ》り続けるうちに、子どもは巨大《きょだい》なクローズアップとなり、ジェイコブの視野に入るのは、傷つき血を流す頭だけになる。子どもは最初、殴《なぐ》られるたびにかすかにうめくだけだったが、その声は徐々《じょじょ》に悲痛な泣き声に変わり、やがて恐《おそ》ろしい金切り声となる。だが、子どもの目は、眠《ねむ》っているかのように閉じたままだ。

ついにその目が開き、ジェイコブは気づく。子どもはジェイコブ自身なのだ。

4　ジェイコブ(3)

老いも若きも、
みな、いつも今が最後の航海だ。

――R・L・スティーヴンスン

「ヴァット・イス・エル・アーン・デ・ハント《どうしたの》? カン・イック・ユ・ヘルペン《なにか困ったことでも》?」

階段の下から年配の女性が声をかけてきた。丸顔に優しそうな目、型崩《かたくず》れした丈《たけ》の長い緑のコート、雨をはじく空色の傘《かさ》の下には、白髪《しらが》混じりの縮《ちぢ》れ毛を後ろで丸くまとめた頭が見え、傘《かさ》をもっていない方の手には、布の買い物袋《ぶくろ》をぶらさげている。

「え、なんですか?」

「フール・ユ・ユ・ニート・フート《気分でも悪いの》?」

「英語は?」

ジェイコブはうなずいた。

「だいじょうぶ?」

ジェイコブはもう一度うなずき、肩《かた》をすくめてみせてから、ああ、きっとこんなとこに座りこむなって言いたいんだろうな、と思いながら立ちあがった。「じゃまですよね?」

「いいえ、そうじゃないのよ」

「雨宿りしてたんです」

「なんだか悲しそうな顔をしてたから」

「なんでもありません。ただ、あの……。ひったくりにあって」

「まあ！　けがは？」

「ありません。ただ、ちょっとびっくりして。というか、腹がたって」

「なにを盗《と》られたの？」

「アノラック、お金……、じつは、全部やられちゃったんです」

「それは大変！」

階段を下り始めたジェイコブが下から二段目まで来た時、女性が尋《たず》ねた。

「わたしになにかできることはない？」

ジェイコブは、『アンネの家』で頼《たの》んでみようと思っていたことを口にした。「電話帳があれば、お借りしたいんですが……」

「ええ、いいわよ」

「泊《と》まってるのはハールレムの人のところなんですけど、電車の切符《きっぷ》もアノラックのポケットに入れてたものですから……。じつは、アムステルダムに住んでる息子さんの住所と電話番号を教えてもらってたんです。そのメモもアノラックのポケットに……。でも、電話帳には載《の》ってると思うんです……」

「調べてあげるわ。その人の名前は？」

「ファン・リート。ダーン・ファン・リートです。たしか駅の近くに住んでるはずです」

「ファン・リートね。駅の近くの。調べてあげるわ」

「すみません」

「そこで待っててちょうだい」

女性は階段を上《のぼ》ってくるものだとばかり思っていたが、横を向き、通りの先へ歩いていくようなそぶりを見せた。どこへ行くのかと歩道まで下りてみると、女性のどっしりしたお尻《しり》は、たれさがったツタと生《お》い茂《しげ》るバラの中へ消えていくところだった。その下には、赤と白の花を咲《さ》かせた無数の鉢植《はちう》えで華《はな》やかに飾《かざ》られた地下室の窓が二つ並んでいた。よく見ると、片方は外側の鉄格子に草花の鉢《はち》をひっかけてある扉《とびら》で、通りから階段を下りて直接出入りできるようになっている。女性は中に姿《すがた》を消した。まるで扉《とびら》のついた洞穴《ほらあな》か魔法《まほう》の岩屋みたいだ。

女性は、待つほどもなくふたたび姿を現した。頭がちょうど歩道の少し上くらいの高さにある。「ねえ！」彼女《かのじょ》は声をあげると、草花の隙間《すきま》からこちらを見あげ、下をのぞいているジェイコブの顔を見つけた。「あったわよ！」そして、開いたままの電話帳をもちあげてみせた。「ファン・リートはたくさんいるけど、一人、名前がDで始まってて、住所が駅の近くのアウデゼイス運河の人がいるの」その地名は、ぐちゃぐちゃに嚙《か》んだ母音とじゃぶじゃぶ洗った子音でできているように聞こえた。「電話してみるから、さっきのひさしの下で待ってらっしゃい。もうずいぶん濡《ぬ》れてるわよ」

たしかにそうだったが、雨はこやみになり、空が明るくなってきていた。ジェイコブは地下の家をもっとよく見てみたかったが、言われたとおり階段上のポーチに戻《もど》った。

待っているあいだに、屋根がガラス張りで、船腹に大きく『Lovers《ラヴァーズ》』と書かれた流線型をした白い遊覧船が、運河の上をすべるように通りすぎていった。船の中に並んだ小さな四人がけのテーブルは半分ほど埋《う》まっていて、ぽかんと口を開けた観光客たちの中には、カメラやビデオを顔の前にかまえている者もいる。その姿はまるで、鼻づらの大きな動物たちが、くんくん臭《にお》いを嗅《か》いでいるようだった。ごみをあさる「カメラ豚《ぶた》」だな、とジェイコブは思った。ちょうど彼《かれ》と同じくらいの歳《とし》だろうか、後ろの席にひとりで座っていたドレッドヘアのきれいな黒人の女の子が、片肘《かたひじ》をついて頭を支え、ものうげな表情でこちらをじっと見ていたが、船が通りすぎる瞬間、ふいに輝《かがや》くばかりの笑顔を浮《う》かべ、小さく手を振《ふ》った。手を振《ふ》り返したジェイコブは、急に元気が出てきた。

雨がやんだ。

自転車に乗った若い男が、ピンクのTシャツをはためかせながら目の前の通りを走りすぎてゆく。日焼けした足がひょろ長く、腿《もも》に貼《は》りつく短めの白いショーツをこれ見よがしにはいている。小さなパグ犬がハンドルにつけたかごの中に座り、耳を寝《ね》かせ、歯をむき出し、顔で風を切っていた。

運河のむこう側を赤いアルファ・ロメオがかなりのスピードで走り、あたりをはばからぬ爆音《ばくおん》が水の上に響《ひび》いた。

ようやく女性が階段の下に姿を見せた。まだ片手にからの買い物袋《ぶくろ》をさげているが、傘《かさ》はもっていない。

「だれも出ないのよ。三回かけてみたんだけど」

「ありがとうございます」

「住所と電話番号を書いておいたから」女性はメモをさし出した。「いろいろご親切に」

ジェイコブは、そのあとなにを言えばいいのかわからないまま、目をそらした。助けてもらいたいのはやまやまだが、これ以上なにか頼《たの》むのも気が引ける。お互《たが》い知らぬ者同士で、一人がもう一人を助けてやろうとしたのにうまくいかなかった時、どちらも罪の意識といらだちを覚え、こうした気まずい沈《ちん》黙《もく》が流れるものだ。

やっぱりアンネ・フランクの家まで行こう、とジェイコブは思った。

ところが、腰《こし》を上げるより早く、その年配の女性が口を開いた。「そこにいてもしかたないわ。買い物の前にコーヒーを飲もうと思ってたんだけど、いっしょに行かない？　時間をおいて、カフェからもう一度電話してみましょうよ」

ジェイコブはその誘《さそ》いをことわれなかった。

「お名前は？」

「ジェイコブ。ジェイコブ・トッドです」

「わたしのことはアルマと呼んで」

ジェイコブはほほえみながらうなずいた。

二人は、トラムが走る大通り沿いにある『カフェ・パニーニ』の中二階で、テーブルをはさんで座っていた。この大通りは、「赤帽子《あかぼうし》」を追いかけている時に走った覚えがある。コーヒーと温めたクロワッサンを運んできた若いウェイトレスは、がっしりした体つきで、刈《か》りあげた髪《かみ》を赤く染め、白く塗《ぬ》った顔に紫《むらさき》色の唇《くちびる》、ノーブラの小さなバストを白いタンクトップでおおい、黒い革のミニスカート、黒のストッキング、『ドック・マーテン』のブーツというでたちだった。アルマとおしゃべりをしている様子から、二人が顔見知りで、自分のことを話題にしているのがわかった。テーブルを離《はな》れていくウェイトレスから、ぞくりとするような笑みを投げかけられ、ジェイコブは、遊覧船の女の子が手を振《ふ》ってくれた時にもまして元気づけられた。

「あの娘《こ》は学生でね」アルマは二人の様子を好もしそうにながめながら言った。「ここで働いて学費をかせいでるのよ。さあ、まずはゆっくりコーヒーを飲みましょう。そのあと、もう一度ファン・リートさんに電話してあげるから。電話がつながったら、道を聞いて、教えてあげるわ。つながらなかったら……そうね、それはまたその時に考えることにして。いい？」

「わかりました」ジェイコブはアルマの口調《くちょう》に合わせ、明るい声で答えた。

じっとりと冷たくなったトレーナーの下で肩《かた》の力を抜《ぬ》き、いかにも腹が空いているというしぐさでクロワッサンにむしゃぶりつく。アルマが静かにコーヒーを飲みながら、こちらを見ているのに気づいたジェイコブは、せいいっぱいの感謝をこめてほほえんだ。そしてコーヒーの心地よい温かさをゆっくりと味わいながら言った。「ごちそうさま。とってもおいしかった」

「わたしは毎朝ここへ来るの。コーヒーを飲みながら、新聞を読んだり、知ってる人がいればおしゃべりをして。いろいろな人に出会えるいいお店なのよ。作家とか俳優、音楽家もよく来るし。わたしみたいに歳《とし》をとってひとりで暮らしてると、人とまじわるのは大事なことだから」

ジェイコブは店の中を見まわしてみたが、腹の出た中年の男が二人、ひとつテーブルに向きあい、煙草《たばこ》を吸ったり、新聞を読んだりしているだけだった。フォーマイカ製のテーブルは趣味《しゅみ》のいい青、緑、黄色、オレンジ色で、椅子《いす》は黒い金属製だ。天井《てんじょう》を走る太い梁《はり》は黄色に塗《ぬ》られ、クリーム色の壁《かべ》には エッチングや筆づかいもあざやかな馬の線描画《せんびょうが》などが飾《かざ》られている。すぐ横の壁《かべ》は床《ゆか》から天井《てんじょう》まで鏡張りで、自分とアルマ、そして反対側のテーブルが映っていた。労働者むけカフェの、イタリア人デザイナー版といったところか？　金持ちっぽいきどった雰囲気《ふんいき》にはしたくないらしい。

「それで、あなたは？」アルマが尋《たず》ねた。「休暇《きゅうか》かなにか？」

「ええ、まあ。祖父がアルネムの戦いで負傷したんです。地元の人たちにお世話になったんですが、結局亡くなりました。戦場跡《せんじょうあと》にある墓地に墓参りに行くんです」

「オランダは初めて？」

「はい。いえ、両親に連れられて一度来たことがあるらしいんですが、まだ小さかったんで覚えていないんです」

「ハールレムで泊《と》まっているお宅っていうのは？」

「祖父を介抱《かいほう》してくれた女性の家族です。その女性と祖母は連絡《れんらく》をとりあってきました。本当は今回も祖母が来るはずだったんですが、来られなくなってしまって。ころんで腰《こし》の骨を折ったんです」

「それはお気の毒に。じゃ、あなたは今度の日曜日の記念式典に行くのね？」

「祖母が、見ておいた方がいい、と」ジェイコブは肩《かた》をすくめた。「ぼくは祖父の名をとってジェイコブと名づけられましたから」

家族のことを口にしていると、急に気持ちが内むきになり、もうこれ以上その話はしたくなくなった。

ジェイコブはクロワッサンの食べかすに指先を押《お》しつけて拾い、きれいになめた。

「わたしのもどうぞ」アルマが皿をさし出した。「おなかは減《へ》ってないから」そして、ジェイコブがもごもごと礼を言うのを待って、また尋《たず》ねた。「で、ひったくりにあった時のことを話してくれない？」

「カフェにいたんです、えーっと……レイツェ広場です。レ、レイツェプレイン？」

アルマが発音してくれたので、ジェイコブはくり返した。アルマはおかしそうに「そう、そう、いい感じ」と言った。二人とも、ジェイコブがうまく言えないのがおかしくて、声をたてて笑った。

「とにかく、そこにいたんです！　アノラックを椅子《いす》の背にかけておいたんですけど、突然《とつぜん》それが目の前を飛んでいくじゃないですか！　ぼくは盗《ぬす》んだ男を追いかけました。というか、まだ子どもでしたけど。うーん、ぼくくらいの歳《とし》かなあ。赤い野球《やきゅう》帽《ぼう》のつばを後ろにまわしてかぶってました。いかにも、って感じでしょう」

「そうね、たしかに」

「そいつはあっちこっち走りまわって、運河から運河、路地から路地へと逃《に》げまわり、ぼくはしまいに自分がどこにいるかもわからなくなってしまったんです。じつは、この店の前の通りも走ったんですよ。ほら、あの橋、見覚えがありますから」

「フェイゼル運河通りよ」

「また、ややこしい名前！」

アルマは幼い子に見せるような笑顔になった。「言ってごらんなさい」

「あと、あと。あとで言いますって！」生意気な口をきいてしまったのは、コーヒーのせいもあるが、むしろ、ほっとして気が大きくなっていたからだろう。それに、アルマもこうしたやりとりを楽しんでいるようだ。「とにかく、そいつを捕《つか》まえられなかったんです。ぼくはそれほど足が速い方じゃないし、相手は恐《おそ》ろしくすばしこいやつで。でも奇妙《きみょう》なのは、そいつはまちがいなく追いかけられたがってた、ってことなんです」

「どうしてそんなふうに思うの？」

「ときどき、ぼくが追いつきそうになるまで待っていて、それからまた走りだしたからです。どうしてあんなことしたのかなあ？　ふつうなら、顔を覚えられないように、できるだけ早く逃《に》げようと思うじゃないですか」

「遊び半分だったんじゃないかしら」

「遊び半分？」

「話の様子からして、その子は常習犯みたいだけど、麻薬《まやく》を買うお金に困って思わず盗《ぬす》んだって感じじゃないわね。残念だけどアムステルダムはひったくりが多くて、大半はそれが理由なのよ。近ごろは、よその町でも増えてるらしいし。でもね、そうじゃなくて、人さまのものを盗《ぬす》むのがその子の仕事だとしたら、たぶん……フェルヴェーレントな気分になるんじゃないかしら。うんざり、っていうの？」

「飽《あ》きる？」

「そう。飽《あ》きるのよ。どんな仕事でも飽《あ》きがくるものだわ。泥棒《どろぼう》だって同じだと思うの。わざと追いつかれそうになったりすれば、ひょっとして捕《つか》まるかも、なんてスリルが味わえるというわけ。それに、あなたのことが気に入ったのかもしれないわね。こいつは骨がありそうだ、って。光栄に思ってもいいんじゃない？」

「そいつはありがたい！　とんだ光栄ですよ、おかげで何もかも盗《と》られて苦労してるんですから」

「若い時の苦労は買ってでもしろ、っていうでしょう」

ジェイコブは笑った。「英語がお上手ですね」

「あなたたちイギリス人ときたら！　よその国の言葉が話せる人に会うと、いつだってそんなふうに大げさに驚《おどろ》くんだもの」

「ぼくがなんとかしゃべれるのは、しゃちこばったフランス語くらいですよ」

「必要に迫《せま》られれば覚えるものよ。英語は国際語だから、イギリス人はどこへ行ってもなんとかなるでしょう。でもオランダ語はよそじゃ通じないし、おまけにまわりは世界でも通用する言語の国ばかり。歴史的に見ても、オランダ人は貿易で生きてきましたからね。生き残るためには、よその国の言葉をしゃべらないわけにはいかないの」

「それはそうでしょうけど……」

「どんどん使えばいいのよ。その国でしばらく暮らせば言葉も使えるようになるわ」

「そうしてみようかな。来年高校を卒業したら、その後の進路にかかわらず、しばらく自由になにかやりたいと思ってるんです」

「決まってないの？」

「なにをやるかですか？　ええ、まだ」

アルマはコーヒーをひと口飲んだ。「そのひったくり少年のことに戻《もど》るけど、たぶん、その子としては盗《ぬす》みを働いてるという意識はなかったんじゃないかしら」

「じゃあ、どういう意識なんです？」

「ゲームよ。試合みたいなものだったんじゃない？　あなたにもチャンスを与《あた》えた。でも最後は自分が勝った。だから賞品はいただき、っていう」

「ちょっと、どっちの味方なんですか！」冗談《じょうだん》で言ったつもりが、声がとげとげしくなってしまった。

「あなたの味方だと思うけど？」その口調《くちょう》には、どこかしかるような響《ひび》きがあった。

「ごめんなさい。助けてもらったっていうのに」

「気持ちはわかるわ。ショックにはちがいないわよね。ただね、言いたかったのは、あなたはさほど傷ついてないってこと。たしかにお金を少しと、ほかにもちょっとしたものをいくつか盗《と》られたわ。プライドも傷ついたでしょうけど、そんなに大切なものかしら、プライドって？　あなたはお友だちのところへ帰って、なにごともなかったようにもとの暮らしに戻《もど》り、すぐにこの事件もいい話のネタになるに決まってる。でも、あなたのものを盗《ぬす》んだ男の子はどう？　どんな生活を送ってるのかしらね。面倒見《めんどうみ》てくれる大人はいるのかしら」

「階段に座りこんでたのがあいつだったら、今ぼくを助けてくれてるのと同じように助けてた、そういうふうに聞こえますよ」

「その子は自分の機転だけを頼《たよ》りに、路上で暮らしてるんじゃないかと思うの。あなたは盗《ぬす》まれる値打ちのあるものをもってたけど、その子にはたぶんなんにもない。あなたを助けて、その男の子を助けない理由はないわ」

「まるでぼくの祖母みたいだな。必ず別の見方をするんですよ」

「それはそんなに悪いことじゃないんじゃない？」

「ええ。ただ、言われる身としてはちょっといらつくだけです」

「別にお説教しようなんて気はなかったのよ。年寄りの悪いくせね」

「そんなことないです。ぼくだって、自分のことじゃなければ同感だと思ったでしょう」

「はたで見てるだけなら、えらそうな口をきくのも簡単よね。コーヒーのお代わりはどう？」

ジェイコブがためらっていると、アルマは言い足した。「わたしはいつも二杯《はい》飲むのよ」

アルマは二人ぶんの注文をすませると話を続けた。

「戦時中を思い出すわ。占領《せんりょう》されていたころを。解放前の最後の冬のことはとくにね。オランダではその冬を『デ・ホンゲルヴィンター』、『飢餓《きが》の冬』と呼んでるの。それはひどい状態だった。食べるのが本当に手に入らなくて、燃料もなかった。みんな家具を燃やしたり、家まで燃やしたの――ドアや壁板《かべいた》、床《ゆか》をはがして。なんにもなかった。ドイツ兵でさえおなかを空かしてた。だから狼藉《ろうぜき》を働くようにもなったわ。それまではそんなことはなかったのよ。占領《せんりょう》時代の最初の二、三年、少なくともわたしがこのアムステルダムに住んでいたころは、ひとりで通りを歩いてもドイツ兵が怖《こわ》いとは思わなかった。わたしは若くて、まだ十八、九だったけれど、怖《こわ》くなんかなかった。ドイツ兵は好きじゃなかったわよ。というより、憎《にく》んでた。でも、彼《かれ》らはわたしたちに対してけっして節度を崩《くず》すことのないよう厳《きび》しく命じられていたの。今となっては、みんなそんなことは忘れてるけど。もちろんユダヤ人は、当時のことを忘れてないでしょうね。きっと恐怖《きょうふ》の連続だったでしょう。彼《かれ》らのユダヤ人に対する仕打ちは……」アルマは片手をテーブルから上げ、ふたたび下ろした。「赦《ゆる》されるものではないわ」

アルマはしばらく黙《だま》りこんでいたが、気をとり直したように先を続けた。

「それはともかく、あなたに言いたかったのは、最後にはつらい時期を過ごしたけど、あのころのわたしたちはみな同じ状況《じょうきょう》にいたということ。でも、今はそうじゃない。あなたの国でも、この国でも、大部分の人は当時とくらべて裕福《ゆうふく》で快適な暮らしを送っているというのに、一方で家のない若者をたくさん生んでしまったんですもの。見捨てられて路上で暮らすような若者をね。子育てに誇《ほこ》りを感じる人の多いこのオランダでさえ、そういう子たちがだんだん増えてるのよ。ゴミ袋《ぶくろ》みたいに戸口に座りこんで物乞《ものご》いしてる若い人を見かけるわ。そういう人にはお金をあげちゃいけない、って言われるの。乱暴な人たちだし、そんなことをしたら増長するだけで、どうせ麻薬《まやく》に使ってしまうんだからって。でも、わたしはなにを言われてもかまわない。できる時はなにかあげるようにしてる。だれにでもあげるわけじゃないのよ。きりがありませんからね。それで助かるんじゃないか、って思った人にだけ」

「でも、選べますか？　どうやって見わけるんです？」

「勘《かん》よ。直感を働かせるの」

アルマは湧《わ》きあがる熱い思いに色白の頬《ほお》を染め、薄《うす》いブルーの瞳《ひとみ》に涙《なみだ》をにじませ、怒《いか》りに声を震《ふる》わせながら語った。ジェイコブは心を動かされ、同時に少しとまどってもいた。コーヒーが運ばれてこなかったら、アルマはきっとまだ思いのたけを語っていたのだろうが、ため息をついてわれに返ると、カップに口をつけ、おだやかで落ち着いたもとのアルマに戻《もど》った。しかしジェイコブは、アルマの勝ち気な娘《むすめ》時代をかいま見た気がして、そのころに出会っていたらどれほど惹《ひ》かれたことだろう、と思った。いや、今だって……。

ジェイコブは、若いころのアルマと目の前のアルマを思いくらべながら言った。「ぼくは『アンネの日記』のおかげで戦時中のアムステルダムのことを少し知っています。けっこう好きなんですよ、あの本。いえ、ぼくの愛読書なんです」

「それなら一家が隠《かく》れ住んでいて、アンネが日記を書いた秘密の部屋を見るといいわ。ここからそれほど遠くないから」

「ええ、知ってます」ジェイコブは今朝訪れた時のことはアルマに話したくなかった。「アンネは日記に、若者は老人より孤独《こどく》だ、と書いています。これは正しいと思いますか?」

「考えたことないわ。あなたはそう思う?」

「わかるわけないですよ。まだ歳《とし》をとってないんですから」

「それはアンネも同じじゃない。なのに、どうしてわかったのかしらね」

ジェイコブはほほえんだ。「ぼくも、どうしてかなと思います。でも、アンネはほかにも、どうしてわかったんだろうって思わせるようなことをたくさん書いてます」

「あなたは孤独《こどく》?」

ジェイコブはためらった。そっちに話を振《ふ》られるのはいやだったが、思いきって答えた。「ええ」

「あの本を読んだのはずいぶん昔だから、よく覚えてないわ。アンネは、若者の方が老人より孤独《こどく》だと思う理由は書いてないの?」

「アンネがどう言ってるか、そらで覚えてますよ。その箇所《かしょ》はぼくのオレンジ文のひとつですから。暗唱しましょうか？」

「オレンジ文？」

「あの本を読むたびに、気に入った文章には必ずオレンジ色のマーカーを引くんです。ばかばかしいと思うかもしれませんけど」

「いいえ、全然。わたしの場合はもっとずっと地味で、本に印をつける時は鉛筆《えんぴつ》しか使わないけれど。なぜオレンジ色を？」

「そりゃ、オレンジは——」

「オランダのシンボルカラーだから？」

「そう！」

「決まってるわよね！」

二人は声をそろえて笑った。

「じゃあ、あなたは本好きなのね？」

「はい、かなり。あの祖母と暮らしてるんですから」

「今ごろこっちにいるはずだったお祖母さま？」

「そうです。セアラといいます。朝から晩までなにか読んでるんですよ。その虫がぼくにうつったんです」

「それは幸運だと思わなきゃ。じゃあ、その老人についての一節を聞かせてちょうだいな。こうなると、知りたくてうずうずするわ」

ジェイコブは自分の記憶《きおく》を確かめてから、暗唱し始めた。「いいですか、始めますよ。『「魂《たましい》の奥底《おくそこ》では若者は老人より孤独《こどく》だからだ」わたしはなにかの本でこの言葉を読み、ことあるごとに思い出し、そして真実だと知りました。では、この隠《かく》れ家《が》で、わたしたちより大人の方がつらい時を過ごしている、というのは真実でしょうか？　いいえ。わたしは、そうではないことを知っています。歳《とし》を重ねた人たちは、すでになにごとにも自分の意見をもち、行動する前に迷ったりしません。今のように、あらゆる理想がこなごなに打ち砕《くだ》かれ、破壊《はかい》されていく時、人間が最悪の面をさらけ出している時、真実や正義や神を信じてよいかわからない時、わたしたち若い世代にとっては、立場を守り、自分の意見を変えないことは、大人の倍も困難なことなのです』」

アルマはまるで祈《いの》りに耳をかたむけるようにコーヒーカップの上に頭をたれて聞き入り、そのあともしばらく黙《だま》っていたが、やがて静かな声で言った。「アンネがそれを書いたのは、すべてがめちゃくちゃになっていた戦時中のことよ」

「知ってます」ジェイコブはテーブルに肘《ひじ》をついて身を乗り出すと、アルマにしか聞こえないように言った。「今は、当時ほどひどくありませんよね。でも、それほどよくもなってないんじゃないかと思うんです。たとえば、ボスニアや、アフリカのあちこち、カンボジアなどの国々、放射能汚染《ほうしゃのうおせん》や麻薬《まやく》、エイズ、ストリート・チルドレンもそうです。それ以外にも数えあげればきりがない」

「わたしも、そういう話には心が痛むわ」

「人種的な偏見《へんけん》だってあるじゃないですか。いたるところに残っている。ユダヤ人を迫害《はくがい》したナチスのような連中が、そこらじゅうにまだたくさんいるようにぼくには思えます。最悪の面をさらけ出した人たちが」

「毎日、そんなニュースだらけですものね」

「アンネは理想についてふれています。でも、心の底から信じられるような理想がありますか？　真実とはなにか、わかっている人がどこにいます？」

アルマはちらりと目を上げてジェイコブの表情をうかがってから、どこか冷たい口調《くちょう》できっぱりと答えた。

「あなた自身の真実を見つけて、それを守るのよ。けっして絶望しないこと。あきらめちゃだめ。いつだって希望はあるわ」そして、ちょっと厳しく言いすぎたと思ったのか、にっこり笑って肩《かた》をすくめ、つけ加えた。「これはわたしが戦時中に得た教訓」

ジェイコブはうなずいた。「じゃあ、彼女《かのじょ》は正しいんですね、アンネは？」

「わたしにはわからない。たしかに歳《とし》をとると頼《たよ》れるものは増えるわ。経験が増えるのよ。それが役にたつ時もある」

「そして残された人生は短くなる」ジェイコブは思わず言ってしまった。

アルマは鋭《するど》い目でジェイコブを見た。「そのとおりね。だからといって、楽になるなんて絶対思わないで」アルマはコーヒーを飲み干した。「どっちにしてもわたしは、人間って、だいたいは善良なものだと信じてるの」

ジェイコブは、ふと思い出した一節を口にした。「『いやなこともあるけれど、わたしはまだ、人間は心の底では善良なのだと信じています。何百万もの人々が苦しんでいるのが感じとれるけれど、それでも、いずれすべては正しい道に戻《もど》り、この悲劇もやがては終わると思っています』」

「それもアンネ・フランク？」

ジェイコブはうなずいた。

「あなた、本当にあの本が好きなのね」

「白状すると、ぼくはアンネに恋《こい》してるんじゃないかと思います」

思わぬ告白に自分でも驚《おどろ》いたジェイコブは、座り直し、コーヒーを飲み干すと、両手を腿《もも》にこすりつけた。気がつくと爪先《つまさき》がコツコツ床《ゆか》をたたき、頰《ほお》が熱くなっている。ジェイコブは心の乱れを隠《かく》そうと、声をたてて笑いながら言った。「ぼくはほかのだれのことより、アンネのことをよく知ってるような気がするんです。自分の家族や友だちのことよりよく知ってる、という意味ですよ」

「いったい、彼女《かのじょ》のどこがそんなに好きなのかしら？」

「全部です。まず、アンネは愉快《ゆかい》な人です。ウィットにあふれているし。そして、なにごとにも真剣《しんけん》で」

「でも、一番好きなのはどういうところ？」

ジェイコブは答えを考えながら座ったまま後ろに体をかたむけ、椅子《いす》の後ろ脚《あし》二本だけでバランスをとった。「誠実さですね。自分に対して、そして、すべての人に対しての。アンネはあらゆることを知ろうとするんです。裏にひそむものも見のがしません。思索家《しさくか》なんです。アンネは十五歳《さい》の時に……連れていかれました」アンネが連行され、地獄《じごく》のような収容所で日々しいたげられ、悲惨《ひさん》な死を迎《むか》えたことを考えるたびに感情の高ぶりがおさえられなくなる。ジェイコブは椅子《いす》をもとに戻《もど》して座り直し、テーブルの上で握《にぎ》りあわせた自分の手をじっと見つめた。「たった十五歳《さい》で、アンネはもう自分自身について、ほかの人たちや人生について、ぼくよりたくさんのことを理解していました。ぼくはもう十七なのに。彼女《かのじょ》はあんな——」ジェイコブはその朝感じたことをうまく表現する言葉を見つけられなかった。「——あんな部屋に隠《かく》れていたんですよ」組んだ両手がテーブルをドンとたたいた。「アンネはとても勇《ゆう》敢《かん》でした。そして、自分が人生になにを望んでいるのか、ちゃんとわかっていたんです。ぼくにも彼女《かのじょ》の勇気があれば。アンネくらいよく自分のことがわかればいいのに」

ジェイコブは、しばらく考えてから先を続けた。

「うまく説明できませんけど、でも……。アンネがなにについて語っているかはそれほど大事なことじゃありません。ぼくが好きなのは彼女《かのじょ》の考え方なんです。いえ、ただ考え方がどうとか、アンネがこう思ったからとかではないんです。それだけじゃないんですよ。いつもより自分自身を感じるんです。自分でいることがふだんより心地よく感じるんですよ、彼女《かのじょ》といっしょにいると——彼女《かのじょ》の言葉を読んでいると。もちろん、本当にアンネといっしょにいるわけじゃないことくらいわかってますよ。本の中の言葉にすぎないってことは」

ジェイコブはちらりと顔を上げて、アルマを見た。

「こんなこと、今までだれにもしゃべったことないのに」

「ここは家から遠く離《はな》れた外国で、あなたはひったくりにあってショックを受けたばかり。で、わたしは同情してくれる赤の他人。しゃべりたくなる条件がそろってるのよ」

「でも、きっと頭がおかしいと思ってるんでしょう。本の言葉としてしか存在しない女の子に熱を上げるなんて」

「恋《こい》に落ちることはいつだってある種の狂気《きょうき》だ、と言う人もいるわ。もしそうなら、言えることはひとつ。わたしだったら正気より狂気《きょうき》を選ぶわね」

二人は秘密を共有した友人同士らしい、温かい笑い声をあげた。

「メーア・コッフィー？《コーヒーのお代わりは》」通りかかったウェイトレスが尋《たず》ねた。店はさっきより混んできている。

「ネー、ダンキュ《いいえ、けっこう》」アルマは答えると、テーブルに手をついて立ちあがった。「もう一度、電話してきてあげる」

「ヘルクト！《うまくいったわ》」戻《もど》ってきたアルマは言った。「いたわよ。あなたが来るのを待ってるって。さあ、駅行きのトラムに乗せてあげるわ。わたしのストリッペンカールト《回数券》を使ってちょうだい。二回ぶんしか残ってないから、気がねしないでもってって。今朝着いた場所だから、駅はわかるわね。そのトラムは駅が終点だから。降りたら目の前のプレイン《広場》のむこう、ちょっと左寄りを見て。建物の屋根の後ろに大きな教会が見えるはずよ。その教会をめざして歩いて。運河沿いの道を渡《わた》って、教会の裏を走る細い通りを進むの。通りと教会のあいだに狭《せま》い運河があるわ。さっき渡《わた》した紙に住所が書いてあるから。この五ギルダーは、また電話する必要があったら使って。もうだいじょうぶだとは思うけど」

「本当にお世話になりました」

「話ができて楽しかった。お世話したかいがあったわ！」

ジェイコブは硬貨《こうか》をかざして言った。「お金は必ず返しますから」

「いいのよ。通りで暮らしてる子どもたちにはいつもしてることなんだもの、自分もその一人だと思って」

ポケットに硬貨《こうか》を入れた時、指が例の紙マッチにふれた。ジェイコブはそれをとり出してアルマに見せた。

「ひったくりにやられる少し前に、ある人がこれをぼくにくれたんです。中を見てください」

アルマは声をたてて笑った。「ティピス・フォー・アムステルダム《アムステルダムらしいわね》！」

「彼《かれ》が書いた言葉は、どういう意味なんですか？」

「『そなえよ』は英語だからわかるわね。『油断するな』の方がいいのかもしれない。ニーツ・イン・アムステルダム・イス・ヴァット・ヘット・レイクト。『油断するな。アムステルダムでは、見かけどおりのものはなにもない』」

「なるほど」ジェイコブは紙マッチに似せたコンドームをポケットにしまいながら、トンとの一件はまさにそうだったな、と思った。

「さあ、行きましょう」

「トイレに行く時間はありますか？」

「もちろん。そのあいだにレーケニング《会計》をすませておくわ」

黄色いトラムがすべるように近づいてきた。まるでローラーブレードをはいたイモムシだ。

「あなたがへこたれないように、わたしもひとこと書いてみたわ」アルマはそう言うと、きれいに四角く折《お》りたたんだカフェの紙ナプキンをジェイコブに渡《わた》した。「それじゃあ、ダーッハ・ホーア、さようなら。残りのオランダ滞在《たいざい》が、ひったくりに出会わない、楽しいものになりますように」

さし出されたアルマの手をとると、ジェイコブはふいに感謝の気持ちで胸がいっぱいになり、思わず頰《ほお》に軽くキスせずにはいられなかった。アルマはうれしそうな短い驚《おどろ》きの声をもらすと、頰《ほお》に手をやり、にっこり笑った。ジェイコブは自分の衝動的《しょうどうてき》な行為《こうい》にうろたえ、停車していたトラムのステップをあたふたと駆《か》けあがった。ドアがシューッと音をたてて閉まり、ベルがカランカランと鳴ると、トラムはがくんと揺《ゆ》れて動き始めた。黄色い箱形の機械を見つけて回数券にスタンプを押《お》し、一番後ろの窓の前に空いた席を見つけた時には、トラムはプリンセン運河を渡《わた》り、アルマの姿は視界から消えていた。

ジェイコブは気を落ち着かせようと、窓の外を流れていく小さな商店や大きなオフィスビル、行きかう人々を見るともなくぼんやり見ていた。しかし、トラムが混雑した角をぐいと曲がって、ローキンという広い通りに入り、右手に客待ちをする遊覧船がところ狭《せま》しと並ぶ運河が見えるころには、だいぶリラックスしていた。そしてようやく、握《にぎ》りしめたままだった紙ナプキンを開いてみようと思いついた。ナプキンにはていねいな筆跡《ひっせき》でこう書いてあった。

5　ヘールトラウ(2)

ジェイコブが戻《もど》ってきたのは、水曜の夜遅《おそ》くのことでした。いえ、運びこまれたのは、と言った方がいいかもしれません。ひとしきり砲撃《ほうげき》が続いたあとのことでした。けがをして意識を失った人がうちの庭で見つかり、地下室に運びこまれてきたのです。わたしたちは彼《かれ》をマットレスに寝《ね》かせて傷を調べましたが、その時はだれもジェイコブだとは気づきませんでした。顔も手も、すすと泥《どろ》のようなものがこびりついて真っ黒でしたし、ズボンもびりびりに破れ、むき出しの脚《あし》も同じように黒くなっていました。こめかみの深い切り傷と右脚《みぎあし》のふくらはぎにできたひどい傷口から、出血していました。

兵士の一人が衛生兵を捜《さが》しに行きました。そのあいだに母さんとわたしはボウルに水を汲《く》み、きれいな布を用意して、慎重《しんちょう》に装備を解《と》き、戦闘服《せんとうふく》のボタンをはずしてやりました。でも、ほかにも傷があれば、それを悪化させてしまうかもしれないと思い、そこまでしかできませんでした。

三十分ほどして衛生兵がやってきましたが、その人自身も疲《つか》れきっているようでした。衛生兵は言いました。こうした例はたくさん見てきたので、なにがあったのか想像はつく。近くに落ちた砲弾《ほうだん》に吹《ふ》き飛《と》ばされて意識を失い、体じゅうに泥《どろ》や焼けた爆薬《ばくやく》がこびりつき、飛び散った破片で傷を負ったのだ、と。そしてすばやく負傷兵の体を調べ、見たところ内臓に損傷はなさそうだ、と言い、けがをした脚《あし》を消毒し、包帯を巻き始めました。

「これくらいの傷ですんだのは運がいい」衛生兵は手を動かしながら続けました。「黒くなった皮膚《ひふ》は、一度沸騰《ふっとう》させた湯でふいてやる必要がありますが、気をつけなければなりません。汚《よご》れで見えませんが、皮膚《ひふ》に細かい破片でできたすり傷《きず》がたくさんあって、痛むかもしれませんから。それに汚《よご》れの中に小さな破片が残っていて、乱暴にすると傷を増やしてしまうかもしれないんです。時間をかけてやってくださいい。この地区の部隊は多数の死傷者を出しているので、わたしはあちこちまわらなければなりません。あなたたちでこの男の体をきれいにして、頭の傷に包帯を巻いてやってもらえませんか？」

わたしが通訳すると、母さんは、できるだけのことはやってみましょう、と答え、さらに、この人はあとどれくらい意識を失ったままなのか、気がついたらどうすればいいのか、と尋《たず》ねました。すると衛生兵は、はっきりとはわからない、こういう例でも、数分で意識を回復することもあれば、何日もそのままのこともある、と言いました。さらに、意識が戻《もど》った時にどんな行動をとるか予測はできない。まったく正常な者もいれば、ショックが激しくて、「錯乱状態《さくらんじょうたい》」――彼《かれ》は「バスケット・ケース」という言葉を使いました――になる場合もある。あなたたちが最善と思うことをしてください、と言うではありませんか。

病院に連れていかなくてもいいんですか、と母さんが尋《たず》ねると、衛生兵は、ここから一番近い救護所までのあいだは戦闘《せんとう》や砲撃《ほうげき》がかなり激しく、残念ながら連れていこうとしても途中《とちゅう》でやられてしまうだろう、と答えました。そして、今のところ、この地下室より安全な場所はほかにないし、「二人の献身《けんしん》的《てき》な看護婦」がつきそっていてくれるんだから、と言い足しました。彼は、傷口に塗《ぬ》る軟膏《なんこう》と痛みどめの薬をわたしたちに渡《わた》し、時間がとれたらまた様子を見に来ます、と言い、地下室にいたほかの負傷兵のけがのぐあいを確かめてから、足早に夜の闇《やみ》の中へ消えていきました。なんという勇気でしょう。わたしたちは、それきりその衛生兵と会うことはありませんでした。わたしはその後もよく、あの人は生き延《の》びることができたのだろうか、と考えたものです。

そのころには、兵士たちの大半は一階に上がり、砲撃《ほうげき》がおさまっているあいだにと、できるだけ体を休めていました。父さんは、トイレ用の容器のほかにも、庭の物置から、しまいこまれていた古いランプと灯油を見つけ出していました。父さんがそれに火を灯《とも》し、その明かりの中で、母さんが負傷兵の顔を、私が手をふき始めました。父さんは、きれいなぬるま湯を絶やさず（それはもう簡単《かんたん》なことではなくなっていました）、使った布を洗う係を引き受けました。わたしと母さんが、かわいそうな兵士の肌《はだ》に分厚くこびりついた汚《よご》れをゆっくりぬぐいとっていくと、布はすぐどろどろになり、頻繁《ひんぱん》にゆすがなくてはならなかったからです。父さんは、その合間に兵士の軍靴《ぐんか》を脱《ぬ》がせ、ズボンの残りを切り裂《さ》いてとりのぞき、毛布をかけてやりました。

そうして三十分ほどたったころ、母さんが言いました。「まあ、ヘールトラウ、ほら、あの人よ！」すでに母さんが、額と閉じた目、鼻や口もきれいにしてあげていたので、兵士の顔は黒く汚《よご》れたままの頭に真っ白な仮面をつけたように見えました。顔じゅうに血のように赤い小さなすり傷《きず》が残っています。

「日曜日に来た兵隊さんじゃない？」

「まちがいない。ジェイコブという名前だった」と、父さん。

わたしがなにも答えずにいると、母さんはさらにつけ加えました。「ほら、あなたが最初に水をあげた人よ」

わたしも、だれのことを言っているのか、すぐに気づいていました。ああ、あのうっとりするような目をした人だな、と考えていたのです。「わたしのことを、恵《めぐ》みの天使、って呼んだわ」

「自分でも知らずに予言してたわけね」母さんが応じました。

顔や手をすませると、脚《あし》と下半身にとりかかりましたが、どこもひどい状態でした。やがて陰部《いんぶ》をふかなくてはならなくなりました。これはわたしにとって衝撃的《しょうげきてき》な出来事でした。初めて成人男性のペニスを見ただけでなく、さわらなくてはならなかったのですから。男性が男性である秘密をあんなに近くで見て、わたしは引きつけられ、同時にかすかな恐怖《きょうふ》を覚えました。わたしたち当時の若者はなんてうぶだったんでしょう。こうしたことには本当にうとかったのです。わたしは恥《は》ずかしくてどうしたらいいかわからなくなり、目をそむけました。でも、今思うと、若い女性ならそういうしぐさをするものだろうと思ったからで、目をそむけたかったからではありません。それどころか、見たくてしかたなかったくらいです。

母さんがわたしの腕《うで》にさわり、寂《さび》しそうに笑いながら言いました。「この一週間で、あなたもとうとう子ども時代を抜《ぬ》け出したわね」そしてふたたび手を動かし始め、わたしもそれにならいました。

傷つけるのが怖《こわ》かったので、きっと必要以上に時間をかけていたのでしょう。ふき終わるのに二時間近くもかかったのですから。

それから数日間、戦闘《せんとう》はますます激しくなっていきました。家が煉瓦《れんが》をひとつひとつもぎとられ、ばらばらにされていくように思えることもありました。さらに多くの負傷兵が地下室に運びこまれ、母さんも父さんも、そしてわたしも、その世話に追われました。兵士たちは毅然《きぜん》と痛みに耐《た》えていました。

ところが、サムというかわいそうな青年は、いわゆる砲弾《ほうだん》ショックになっていて、あの衛生兵が言っていた「バスケット・ケース」でした。完全に正気を失っていたのです。地下室の隅《すみ》にうずくまり、ときおり発作のようにぶるぶる体を震《ふる》わせ、突然《とつぜん》大声で叫《さけ》んだかと思うと両手で頭をかかえて泣き始めます。でも、ひとこともしゃべらず、慰《なぐさ》めようとしてもだれも寄せつけませんでした。

「スホーンオールト・ホテルで看護婦をしたいと言っていたな」と、父さんがわたしをからかったのは、ジェイコブが運びこまれてから四日目のことでした。「結局、願いはかなったじゃないか。ただ、自分の家でのことになってしまったが」そして、父さんはひとつ英語の格言を口にしました。それは当時二人で英語の練習用に使っていた表現集にあったものでした。といっても、練習したのは落下傘《らっかさん》部隊が降下してくる前の話で、あれからもう一世紀もたったような気がしていましたが。それはともかく、その格言とはこうです。「待てば海路の日和《ひより》あり」

するると、ちょうどわたしが手当していた兵士がそれを聞いて言いました。「でも、『ためらう者は好機をのがす』ですよ」

父さんが応じました。「『歳月《さいげつ》、人を待たず』だからな」

わたしも負けじと言いました。「だから『今日の一針、明日の九針』なのよね」

すると、別の兵士が声をあげました。「『なんでも来るがいい。時はどんなにつらい日でも流れていくものさ』(シェイクスピアの戯曲『マクベス』より)」

また別の兵士が「『セイウチいわく、とうとう時がやってきた。いろんなことを語る日が――』」と始めると、「『靴《くつ》や、船や、封蠟《ふうろう》のことを――』」と、だれかがその先を続けます。

すると、いくつかの声がそろってどなりました。「『キャベツと王さまのことを！』（ルイス・キャロル作『セイウチと大工』より）」もう、みんな声をたてて笑っています。

「『ある時代のー、すべての人々をー、だますことはできーる』」歌うような茶化した声が響《ひび》きました。

「『すべての時代のー、ある人々をー、だますこともできーる……』」

すると、みんないっせいにどなり返しました。「『しかーし、すべての時代のー、すべての人々をー、だますことはできなーい』（リンカーンの言葉）」

このあとは大爆笑《だいばくしょう》でしたが、ようやくその笑いもおさまりかけた時、だれかが紙きれを振《ふ》りまわしながら、きーきー声で言いました。「『われらが時代に平和を！』（一九三八年のミュンヘン会議の際のイギリスの首相チェンバレンの言葉）」これを聞くと、全員たまらなくなって、腹をかかえて大笑いするはめになりました。あまりの大声に、上にいた兵士たちが、なにごとかと階段を下りてきました。当然、それまでのやりとりがくり返されることになり、さらに笑いの渦《うず》が巻き起こったのでした。わたしはチェンバレンのことも、彼《かれ》がミュンヘンでヒトラーと結んだ協定（英、仏、伊はドイツのヒトラーと協定を結び、ドイツがチェコスロヴァキアのズデーテン地方を併合することを認めた。当時イギリスの世論は、戦争を回避したチェンバレンを賞讃したが、その後ヒトラーはさらに領土拡大に走り、結局第二次世界大戦を招いた）のことも知りませんでしたから、なにがそんなにおかしいのか理解できませんでした。それなのに、みんなの笑いは父さんとわたしにも伝染し、気がつくと二人ともおなかをかかえていたのです。

「なんなの、なんなのよ？」母さんは何度も聞いてきました。「みんな、なんて言ってるの？」でも、わたしも父さんも息が継《つ》げず、説明してやれませんでした。

みんなだんだん落ち着いてきて、洟《はな》をかんだり、涙《なみだ》をぬぐったりしていると、無理に明るく装った声が響《ひび》きました。「いやあ、よく言ったもんだな。『人生はサクランボを盛った皿みたい』に楽しい、ってさ」一瞬《いっしゅん》、静まり返った地下室に、今度は芝居《しばい》がかった悲しげな声が響《ひび》きました。「でも、おれのサクランボは、だれかが食っちまった」これでまた、みんな腹をよじらせて大笑いする始末。

みんながふたたび落ち着きをとりもどしかけたころ、あのサムがいっしょに笑っているのに気づきました――いいえ、わたしにはそう思えた、と言った方がいいかもしれません。笑ってなどいないとわかったのは、サムが突然《とつぜん》まばたきもせずにわたしをじっと見つめ始めたからでした。ぎらぎらと燃えるような目をして、涙《なみだ》が頰《ほお》を伝い落ち、顔の皮膚《ひふ》が頭蓋骨《ずがいこつ》の上にぴんと張《は》りつめて白く見えました――そう、笑っているどころか、むせび泣いている、というべきでした。

だれもがみな同時に、サムの様子に気づいたようでした。わたしがサムに近寄ろうとすると、隣《となり》にいた兵士がわたしの腕《うで》に手を置き、首を横に振《ふ》りました。するとサムが、うちに連れてこられてから初めて口をきき、高く澄《す》んだ、歌うような声で言ったのです。

「わたしが行きたかったのは、泉が涸《か》れず、霰《あられ》が頰《ほお》を打たず、百合がいくらか咲《さ》くところ。わたしが連れていってほしいのは、嵐《あらし》が来ず、静かな港に緑の波もおだやかな、海のうねりのないところ」

わたしはなぜこんなことを覚えているのでしょうか。あんなに昔の、しかも自分の国の言葉ではない会話なのに。よく、年寄りはおとといのことより若いころのことをはっきり覚えている、といわれます。でも、そういうことではありません。あの数日間とそれに続く数週間がとても濃密《のうみつ》で、人生のほかのどの時期より重い時間だったので、忘れようにも忘れられないのです。それにあれ以来、何度も思い返してきたせいでもあります。人は時に、一時間で数週間ぶんを生き、ほんの数週間で残りの全人生をしのぐ経験をすることがあります。わたしにとって、一九四四年のあの日々はそうした時間でした。そしてまた、わたしが英語で――あのときすでに愛するようになっていた外国の言葉で聞いた話を覚えているのは、これから説明するように、こうした戦闘《せんとう》の合間の出来事を、その後何度もジェイコブと語りあうことになったからでもあります。

覚えているどころではありません。わたしにとっては、忘れられないことが問題なのです。

サムがしゃべるのを聞いた時は、かわいそうに、この人は苦しみのあまり、精神錯乱《さくらん》が生んだ美しくも奇妙《きみょう》な言葉を口にしたのだ、と思いました。でも、ジェイコブはそれが詩だと知っていて、あとでそっくり教えてくれました。そしてもうひとつ、あとでそれも書きますが、わたしが生涯《しょうがい》宝物のように大切にしてきた詩も。

サムが口をつぐんだあとの静けさの中、かすれ声が響《ひび》きました。「ホプキンズ」わたしたちがみな、声のした方をふりむくと、それはジェイコブでした。片肘《かたひじ》をついて体を起こし、やつれて落ちくぼんだ目をこちらに向け、腹を空かせた野良犬のような顔に笑みを浮《う》かべていました。わたしたちの笑い声で意識をとりもどしたのです。のちにわたしに教えてくれた話では、地中深くに埋《う》められていたところへみんなの声が聞こえてきて、その笑い声が自分を掘《ほ》り出してくれたように感じたそうです。みんながジェイコブを見つめていました。すると彼《かれ》は、「ジェラルド・マンリー・ホプキンズの詩だ」と言いました。近くに座っていたヒューという兵士が寄っていって体を支え、「これはこれは、生者の国へよくぞ帰ってきた」と言いました。わたしもすぐにそばへ行き、水を飲むのを助け、ビスケットを食べさせてあげました。このころにはもうパンも底をつき、ほかの食べ物もほとんど残っていませんでした。たくわえてあった食料はみな兵士たちに食べさせてしまい、母さんが地下室に置いていた果物のびんづめがいくつか残っているくらいだったのです。

ジェイコブはちゃんとしゃべれるようになるとすぐ、当然ながら、ここはどこで、なにがあったのか知りたがりました。最初のうちは頭が混乱していましたし、水も食べ物も口にしていなかったうえに、ひどいけがをしていたのですから、体もかなり弱っていました。長いあいだ意識を失っていたと言われても信じようとせず、炸裂《さくれつ》した砲弾《ほうだん》にやられた時、自分がなにをしていたのかもまったく思い出せないと言って、不安そうでした。脚《あし》の傷も痛むようで、自分の目で確かめたいと言いましたが、わたしたちは包帯を替《か》える時まで待つよう説得しました。また、その時はどんなに痛むか知っていたので、あらかじめ鎮痛剤《ちんつうざい》を飲ませました。しばらくするとジェイコブも平静をとりもどしました。それでも「今ごろはもう、ここまで来てるはずなんだ」と何度もくり返します。主力部隊のことでした。

「もうすぐ来るさ」ヒューが言いました。「おれたちを見捨てるはずないだろ」そんな話をしている最中にも、友軍の大砲《たいほう》が、さほど遠くないドイツ軍陣地《じんち》に砲撃《ほうげき》を加え続けていて、耳をつんざく轟音《ごうおん》があがり、そのたびにわたしたちが座っていた地下室の床《ゆか》も震《ふる》えました。

そのあいだじゅうずっと、ジェイコブはわたしの顔をしげしげと見つめ、だれなのか必死で思い出そうとしているようでした。そして、とうとう記憶《きおく》がよみがえりました。ふいに小さな声で、わたしだけに聞こえるよう言ったのです。

「ぼくの恵《めぐ》みの天使だ！」

「あなたはジェイコブ・トッドでしょう」わたしは答えました。

彼《かれ》が小さく笑うと、瞳《ひとみ》がまた、あの心をとかすような色になりました。「みんなにはジャッコ、って呼ばれてる」

「ジェイコブの方がいいわ」

「ぼくもだ。きみの名前は?」

教えてあげると、彼《かれ》はそれを口にしようとするのですが、オランダ語の発音がうまくできないのはほかの兵士たちとさして変わらず、今度は、わたしが小さく笑い返す番でした。「あなたのお友だちはみんな、ガーティーって呼んでるわ」

「ぼくはいやだ」

「なぜ?」

「そいつは天使らしくない。さあ、なんて呼ぼうかな? セカンドネームはないのかい? ぼくが発音できるようなのは?」

「あるわ。でも、自分でも使ったことがないの」

「どうして?」

「どうして、って、とにかく使わないのよ」

「なんて名前? ねえ、教えてくれよ。ほら、負傷兵の頼《たの》みはことわれないだろ? ことわっちゃいけないんだ」

「マリアよ」(本当はマレイエというのですが、言いやすくしてあげたかったのです。)

「マリア」ジェイコブはくり返しました。「天使にぴったりだ。マリアって呼んでもいいかな、マリア？」
あの瞳《ひとみ》で見つめられては、もちろん、いやとは言えません。わたしも若かった、ということです！　わたしは笑いながら答えました。「わかったわ。でも、あなただけよ。ほかの人には教えないでね」

気温がぐっと下がり、その夜はオランダ語でいうレーヘンデ・ヘット・ペイペンステーレン、つまり、土砂《どしゃ》降《ぶ》りの雨になりました。わが家もろとも空が崩《くず》れ落ちてくるのではないかと思うほどの雨でした。みんなすっかり気がめいり、ジェイコブはがたがた震《ふる》え始めました。戦闘《せんとう》が小康状態になったのを見はからって、父さんは階段を上がり、ジェイコブに着せようと、瓦礫《がれき》の中から自分のズボンとセーターを捜《さが》してきました。ジェイコブの軍服はとても着られるような状態ではなかったからです。「その服でドイツ兵に見つかるなよ」ヒューがジェイコブに向かって言いました。「スパイだと思われて撃《う》ち殺《ころ》されるぞ」ヒューは冗談《じょうだん》のつもりだったと思いますが、わたしは思わず身震《みぶる》いしました。見ると、ジェイコブも少し考えてから、落下傘《らっかさん》部隊の赤いベレーを手にとってかぶり、やはり落下傘兵《らっかさんへい》であることを示すスカーフを首のまわりに結びました。「これでやつらもごまかせる！」冗談《じょうだん》にするようなことではありませんでしたが、それでもわたしたちは声をたてて笑い、暖《だん》を求めて身を寄せあいました。

翌日の月曜日、一人の士官が、撤退《てったい》命令を携《たずさ》えてやってきました。わたしたちはその時初めて、アルネムの橋を確保していたイギリス軍部隊が、木曜日に橋を明けわたさざるをえなかったことを知りました。その部隊は、当初計画していた四十八時間どころか、四日間にもわたって、戦車や大砲《たいほう》、迫撃砲《はくげきほう》をそなえ、数の上でも圧倒的《あっとうてき》に優勢なドイツ軍の攻撃《こうげき》をもちこたえていたのですが、ついに弾薬《だんやく》がつき、ほぼ全員が捕虜《ほりょ》となるか死傷するかで、残ったわずかな兵も投降したということでした。

最初の落下傘《らっかさん》部隊が降下してからすでに八日がたち、オーステルベークで身動きのとれなくなったイギリス兵たちは、増強されたドイツ軍に包囲されていました。このままでは、あと一日か、せいぜい二日もすれば壊滅《かいめつ》状態に追いこまれかねません。助かる道はひとつ、川を渡《わた》って撤退《てったい》し、主力部隊に合流することです。しかも、わずかでもこの作戦に成功の望みがあるとすれば、今夜、この月曜の夜に決行するしかない、とのことでした。川の南に陣《じん》どった主力部隊が、撤退《てったい》を援護《えんご》するために激しい一斉砲撃《いっせいほうげき》を行い、ドイツ軍を攪乱《かくらん》し、釘《くぎ》づけにする手はずでした。

砲撃《ほうげき》はその夜二〇時五〇分に、撤退《てったい》は二二時〇〇分に開始する、という命令が下されました。村の北側で敵と対峙《たいじ》している部隊が川からもっとも遠い位置にいるので、最初に撤退《てったい》を開始し、その後は潮が引くように川岸にいる最南の部隊まで、順に引きあげてゆく計画でした。わたしたちの家は村の中でも川に近いところにあったので、地下室にいる兵士たちは最後に撤退《てったい》することになります。

兵士たちは、あらかじめ顔を黒く塗《ぬ》り、足音がたたないよう毛布を裂《さ》いたものを靴《くつ》に巻きつけ、武器は歩いても音が出ないようにしておけ、と命じられました。武器以外の装備は処分しなければなりません。

負傷兵に関しては、歩ける者は全員引きあげることになりました。しかし、歩けない者や重傷者は軍医や衛生兵とともに、今いる場所にとどまるように、という指示でした。ドイツ軍が村をふたたび占《せん》領《りょう》すれば、投降し、戦時捕虜《せんじほりょ》になれ、というのです。

こうした一連の命令が伝えられるまで、兵士たちはみな、戦闘中《せんとうちゅう》でありながら、いつも明るく楽観的にふるまおうとしていました。でも今は、奇妙《きみょう》なムードが漂《ただよ》っていました。その日の日中は、戦闘《せんとう》が激しさを増し、それまでで最悪の状態でした。すでに崩《くず》れかけていたわたしたちの家にもしばしば砲弾《ほうだん》があたり、一度は二階の部屋が燃えだしましたが、負傷していない兵士たちが、通りのむかいの家に陣《じん》どった敵に銃弾《じゅうだん》を浴びせているあいだに、父さんと軽傷の兵士たちでなんとか火を消しとめたのです。ドイツ兵が、二度、あやうく地下室に入ってくるところでしたが、白兵戦の末、撃退《げきたい》しました。しかし、犠牲者《ぎせいしゃ》も出ました。この恐《おそ》ろしい一週間をともに過ごし、しばしばわたしたちを助けてくれたロンが、この時、わが家をめぐる攻防《こうぼう》で命を落としました。いつもロンといっしょに行動していたノーマンが、地下室にいたわたしたちに知らせてくれました。母さんとわたしは、この勇敢《ゆうかん》で優しい人の死を悲しんで泣きました。ロンは、戦闘《せんとう》に巻きこまれたわたしたち一家の暮らしをなんとか耐《た》えられるものにしようと、不平ひとつ言わずに奮闘《ふんとう》してくれていたのです。そして、ロンが、まだ若い奥《おく》さんと幼い娘《むすめ》を祖国に残してきていることを、わたしたちは知っていました。よく写真を見せてくれたからです。ノーマンはわたしたちのそばに黙《だま》って腰《こし》を下ろし、友人を亡くした悲しみに茫然《ぼうぜん》としていましたが、気をとり直す暇《ひま》もなく上から呼ばれ、ふたたび敵と向きあうために駆《か》けあがっていきました。

結局自分たちはまだ解放されたわけではなく、すぐにまた侵入者《しんにゅうしゃ》であるドイツ軍の手に落ちてしまうらしいとわたしが悟《さと》ったのは、おそらくこの瞬間《しゅんかん》だったように思います。そしてこの一週間で初めて、心の底から恐怖《きょうふ》を感じました。あまりの恐《おそ》ろしさに膝《ひざ》の力が抜《ぬ》けて体を支えられず、おさえようとしても両手がぶるぶる震《ふる》えました。叫《さけ》びたくてしかたないのに、声も出ません。胃がしめつけられ、同時にトイレに駆《か》けこみたくなりました。

わたしたちといっしょに地下室に残っていた負傷兵たちは、押《お》し黙《だま》り、内にこもっていました。自分たちを恥《は》じて、わたしたちを――父さん、母さん、そしてわたしの方を見たくなかったのでしょう。わたしたちを置いて出ていくのは裏切り行為《こうい》のような気がする、と言う人もいました。当然ながらみな、作戦が失敗したことで自分たちを責めていたのです。彼《かれ》らとともに味わったどんな不自由より、こうした様子を見ることの方がはるかにつらく思えました。

その日、夜が来るまで、わたしたちは、あきらめと開き直りの入りまじった気持ちで、夜間の危険な行軍にそなえる兵士たちをせいいっぱい手伝いました。あのサムでさえ引きあげることになっていました。彼《かれ》は歩けるし、今なにが起きているか理解できるだけの平静さをとりもどし、だれかがひっぱってやれば川まで行けるくらいには落ち着いていたからです。おそらく彼《かれ》も、乱れた頭ながら、とり残されれば捕虜《ほりょ》になることがわかり、なんとか自分をおさえようと決意したのでしょう。サムが自分の苦しみに正面から向きあった勇気は、わたしたちを救うために戦い続けている人たちの勇気とくらべても、なんら劣《おと》るものではないと、わたしは、あの時すでに強く感じていました。

そういうわけで、全員が地下室から引きあげることになりました。ジェイコブを残して全員が……。彼《かれ》は衰弱《すいじゃく》していたので、手を借りずには立ちあがれず、まして歩くことなど、ふくらはぎの負傷を考えればとうてい不可能でした。最初のうち彼《かれ》は、二人手を貸してくれればなんとかなるから、とみなを説得しようとしていました。が、責任者の軍曹《ぐんそう》が、だめだ、それは許さん、と言いました。たとえ川岸まで連れていけたとしても、それからどうする？　泳いで渡河《とか》することになるかもしれんのだぞ……。

みんなはわたしに、川について尋《たず》ねました。わたしは、幅《はば》は二百メートルくらいある、と答えました。そして、水は冷たいし、流れも速くて、今降っているような激しい雨のあとではとくにそうだ、と言わないわけにはいきませんでした。「危険すぎる」軍曹《ぐんそう》はジェイコブに言いました。「おまえはここに残れ」

ところが、ジェイコブは納得しません。自分の直属の上官が状況《じょうきょう》を見に来た時、その士官を捕《つか》まえて、手を貸してもらえれば行動をともにできる、と認《みと》めさせようとしました。しかし、士官は許可せず、逆に、ここに残れ、と厳命しました。

ジェイコブは、その後しばらくふさぎこんでいましたが、ふいに、無理に明るく装った声で、残らなければならないのなら、少しでもみんなの役にたとうじゃないか、と言い放ったのです。「出ていく前に、おれを運びあげてくれ」ジェイコブは兵士たちに向かって言いました。「銃《じゅう》と弾薬《だんやく》をたっぷり置いてってくれよ。みんなが裏から逃《に》げ出すあいだ、ドイツ野郎《やろう》を釘《くぎ》づけにしといてやる」

わたしは、兵士たちがこの提案を受け入れたことが信じられませんでした。

「どうしてみんな、そんなことをあなたにさせられるの？」

ジェイコブは肩《かた》をすくめて笑いました。「おかげでやることができた。脚《あし》の痛みを忘れられるよ」

「あなたはまだそんな体じゃないわ。きっと殺されてしまう」

「捕虜《ほりょ》になるよりましさ。狭《せま》いところに閉じこめられるのはごめんだ。戦って死んだ方がいい。本心だよ」

「だめ！」わたしはもう、すっかりわれを忘れていました。「そんなのまちがってる！」

「いいかい」ジェイコブはわたしの手をとり、落ち着かせようとしましたが、わたしはその手をひっこめました。「きみはわかってない。仲間を無事に逃《に》がす手助けなんだぞ。ぼくの立場だったら、だれでも同じことをする。そういう訓練を受けてるんだ。本当だって。ただ、運悪く、ぼくがそういう役まわりになっただけだ」

「運悪くですって！」わたしは声を張りあげました。「よくそんな言い方ができたものね？　これは運の問題じゃないわ。戦ったからでしょ。戦争のせいじゃないの。悪いのは戦争よ！　憎《にく》いわ！　戦争も、こんなことを始めた人たちも、大嫌《だいきら》いっ！　どうしてこんなことを！　なぜ！」

わたしの言葉は地下室じゅうに聞こえていました。みんな手を止め、悲しそうな目でわたしを見ています。こんなふうに感情をあらわにするつもりはなかったのですが、恐《おそ》れと怒《いか》りが空腹や疲労《ひろう》と混ざりあい、爆発《ばくはつ》したのでしょう。そして、そこには、自分でもまだ気づいていなかった、ジェイコブに対するある感情も混じっていたのです。いいえ、なによりそのせいだったように思います。

母さんがやってきて、わたしを抱《だ》きしめながらささやきました。

「礼儀《れいぎ》をわきまえなさい、ヘールトラウ。みんなつらい思いをしてるのよ、このうえ迷惑《めいわく》をかけちゃいけないわ。この人たちこそどんな気持ちでいるか考えてごらんなさい。もうじき、命がけで脱出《だっしゅつ》しなきゃならないのよ。命を落とす人もいるでしょう。みんな、それがわかってるのよ」

「わたしたちにも、なにかできることがあればいいのに……」わたしは落ち着いて話せるようになるのを待って言いました。

母さんはわたしの目をじっとのぞきこみました。「できることはすべてやったわ。これ以上なにかあるとは思えない」

でも、あったのです。わたしたちは、じきにそれを思いつくことになりました。

6　ジェイコブ(4)

死ぬまでの時間はいかほどかを、
問わねばならぬ。

――ジョン・ウェブスター

トラムがアムステルダム中央駅に着くころには、雨がまた激しく降り始めていて、弱まる気配はなかった。ジェイコブは多くの人が行きかう駅の構内に立って、しばらく雨宿りしていたが、しだいに、ダーン・ファン・リートが待ちくたびれて、また外出してしまうのではないかと心配になってきた。が、びしょぬれになって訪ねていきたくはない。

コンコースの一角に花屋があった。ジェイコブは祖母から、オランダでは人の家に行く時は花をもっていくのがしきたりだ、と口やかましく言い聞かされていた。アルマからもらったギルダー硬貨《こうか》をポケットの中でまさぐる。しかし、本当の目的は花ではなかった。

「すいません」ジェイコブは店番をしていた男に声をかけた。

「いらっしゃい」男はにこりともせずに答えた。

ジェイコブは硬貨《こうか》を見せながら花を指さした。「四ギルダーで買える花はありますか?」

男はそれはちょっと、という顔をしたが、すぐに笑みを浮《う》かべると、しみったれた客のために首をひねりながら花を見まわし、小さめのヒマワリを一本選んだ。

「それと、あの袋《ふくろ》も」ジェイコブは、花を入れた桶《おけ》のそばにほうってあった、大きな茶色いビニール袋《ぶくろ》を指さした。

「もうけが飛んじまうぜ」花屋はそう言いながらも、ビニール袋《ぶくろ》をヒマワリの茎《くき》にきっちり巻きつけ、できあがった一輪だけのブーケを仰々《ぎょうぎょう》しい手つきでさし出した。「これだけの大金をはたくんだ。あんた、さぞかしその娘《こ》に惚《ほ》れてるんだろうな。フェール・スクセス！」

ジェイコブは駅の外に出るとヒマワリの茎《くき》を口にくわえ、ビニール袋《ぶくろ》の横を片側だけ破って、頭巾《ずきん》のように頭と肩《かた》にかぶった。こうして雨よけをこしらえると、アルマが教えてくれた目印に向かって足早に歩き始めた。

ファン・リートの住所は割合簡単に見つかった。古い倉庫のような建物で、右端《みぎはし》にすりへって色あせた間に合わせのストゥープ、つまり木のステップが四段あり、その上に古びた頑丈《がんじょう》そうな黒塗《くろぬ》りの扉《とびら》があった。ジェイコブは、扉《とびら》の左側に消えかけた表札と目立たない呼《よ》び鈴《りん》のボタンが二組あるのに気がつくと、「ヴェッセリング、ファン・リート」とある方のボタンを押《お》した。

待っているあいだに短い通りの前後を見渡《みわた》してみると、どの建物も、もとは古い倉庫だったように見えた。が、今は、ファン・リートの住むアパートの右側はレストランと新しそうなホテルに変わり、左側の建物はもとは五階建ての倉庫だったらしいが、表をすっかり改装したばかりのようで、各階にあったはずの大きな搬入口《はんにゅうぐち》は窓に造り変えられていた。狭《せま》い通りに沿って、にごった水をたたえたやはり狭《せま》い運河が走っていた。運河のむこうには教会の裏のどっしりした壁《かべ》がそびえている。汚《よご》れた古い赤煉《あかれん》瓦《が》の壁《かべ》には、金網《かなあみ》でおおわれたアーチ型の汚《きたな》い窓がいくつか見えた。その左には古い教会に挑《いど》むように、対照的に真新しい建物がそびえている。こちらも裏側だが、近代的な四角い窓が規則的に並んでいるところを見ると、きっとホテルなのだろう。降りしきる雨であたりは灰色に煙《けむ》り、低くうずくまる教会と、こちら側に並ぶのっぺりとした大きな倉庫群、そのあいだを走るよどんだ細い運河と狭《せま》い石だたみの通りは、まるで足を踏《ふ》み入れてはならない峡谷《きょうこく》のようだ。ジェイコブは濡《ぬ》れた服の下で身震《みぶる》いすると、ビニール袋《ぶくろ》を深くかぶり直した。

かんぬきがはずれる音がして、重そうな扉《とびら》が勢いよく、それも思いがけず外側に開くと、長身の若者が姿を見せた。黒い巻き毛に色白で顎《あご》のとがったハンサムな顔だち、明るいブルーの鋭《するど》い瞳《ひとみ》、まっすぐな高い鼻、大きくて薄《うす》い唇《くちびる》をしている。細身の体にグレーのトレーナーを着て、裾《すそ》を黒いジーンズに入れ、裸足《はだし》に革のサンダルをはいていた。「メイン・ホット！《こいつは驚いた》 ティトゥス！」

「ジェイコブ・トッドです」

「ソーリー《いやあ》、ホーア《まちがえた》」一瞬《いっしゅん》『surrey whore（サリー州の売春婦）』に聞こえたが、まさかそんなはずはない。「ダーンだ」今度は『darn（くそったれ！）』のように聞こえる。「入れよ」

扉《とびら》の奥《おく》は、建物の横手を走る照明の薄暗《うすぐら》い廊下《ろうか》で、つきあたりに赤さび色に塗《ぬ》られた急な木の階段が見えた。壁《かべ》は片側がむき出しのざらざらした古い煉瓦《れんが》、もう一方は白い板壁《いたかべ》で、青いドアがひとつついていた。湿《しめ》った埃《ほこり》と真新しい紙の臭《にお》いがする。

「いい帽子《ぼうし》じゃないか」

「ちょっと濡《ぬ》れちゃったけど」

「脱《ぬ》いだら？」

「そうだね」ジェイコブはヒマワリをさし出した。「これ、どうぞ」

「盗《ぬす》んだのか、おれのために？　まだ会ってもいないやつのためにか？　やることが派手《はで》だな」

「盗《ぬす》んだ？」

「電話してきた女の人は、きみがあり金そっくりやられたって言ってたぞ」

「ああ、うん、でもその人が五ギルダーくれたんだ、万一のためにって。花は四ギルダー出して買った。正直言うと、ほしかったのは雨よけにするこのビニール袋《ぶくろ》で――」

「じゃあ、おれはただのだしか。会う早々、がっくりくるね」

ジェイコブはさし出された手を握《にぎ》った。雨に濡《ぬ》れた冷たい手が、ダーンの乾《かわ》いた温かい手に包まれる。

「来いよ。もうオランダのトラップ（オランダ語では「階段」、英語では「罠」）には慣れたかい？」

「階段のこと？」

「階段でもあり、罠《わな》でもある。オランダ語もかなりいけるらしいな」

ジェイコブはなにか気のきいたことを言い返さなければ、と思った。「きみの英語もかなりくせものだね」

ダーンは、クックッという笑い声らしき音をもらした。「おれの部屋は上だ」

ダーンの部屋はそれまで見たことのないようなもので、ジェイコブは目を丸くして見まわした。広々とした部屋の床《ゆか》はつやのある風変わりなタイル張りで、オリーブグリーンや空色、紺色《こんいろ》のタイルが、白いタイルのあいだに花のような円形や角を丸くした四角に見える凝《こ》った配列で並べられている。その模様が何度も斜《なな》めにくり返され、横は建物の幅《はば》いっぱいに、縦は窓際から、奥《おく》に立てられた黒い枠木《わくぎ》に紙を張った中国風の屏風《びょうぶ》まで、床《ゆか》一面をおおっていた。屏風《びょうぶ》のむこうはちらりとしか見えないが、どうやら寝室《しんしつ》として使われているようだった。

とてつもなく広い部屋で、幅《はば》はテニスコートほど、奥行《おくゆき》はもっとありそうだ。壁《かべ》は古い煉瓦造《れんがづく》りのままで、あちこちに絵や写真が飾《かざ》られている。古びた油絵もあれば――ダーンが歳《とし》をとったらこうなるだろうというような男の肖像《しょうぞう》が一枚、昔のオランダの風景を描《えが》いたものが一枚――、現代的な写真や彩色《さいしょく》をほどこした線描画《せんびょうが》もある。天井《てんじょう》には太い木の梁《はり》が走り、まるで帆船《はんせん》の甲板《かんぱん》を支える横木のようだ。通りに近い側は天井《てんじょう》が一部とりはずされていて、これも船の甲板《かんぱん》のように手すりのついたロフトが見える。そこへ上《のぼ》ってゆく白塗《しろぬ》りの階段には手すりがなく、船に乗りこむタラップのようだった。見あげていると、足もとの床《ゆか》が海のうねりで上下しているような気がしてきた。

通りに面した壁《かべ》には、倉庫だったころの搬入口《はんにゅうぐち》を利用して造った、上部がアーチ型の大きな窓がひとつあり、その外に教会の裏が見えた。窓の両脇《りょうわき》には鉢植《はちう》えがいくつか置いてあり、窓の前には大きな黒い革張りのソファがひとつと、やはり大きな革張りの肘《ひじ》かけ椅子《いす》が二脚《きゃく》、木製のどっしりしたコーヒーテーブルを囲むように並べてあった。入ってきた扉《とびら》とは反対側の長い壁際《かべぎわ》にはアンティークのサイドテーブルが寄せてあり、高級そうなテレビやスピーカーがのっていた。その隣《となり》にはガラス扉《とびら》のついた大きなサイドボードがあり、こまごまとした飾《かざ》り物や、見ただけではなんだかわからないようなものがたくさん並べてある。奥《おく》に目を向けると、入口側の壁《かべ》が横手にひっこんだところにキッチンがあった。階段室が建物の外側についているので、入口の前の踊《おど》り場は煉瓦造《れんがづく》りの壁《かべ》の外に張り出している。その踊《おど》り場《ば》から床続《ゆかつづ》きで、部屋の中から見ればくぼんだ部分がキッチンになっているのだ。キッチンのむこうには寝室《しんしつ》のスペースを隠《かく》す屏風《びょうぶ》が立ててあった。

しかし、もっとも目を引いたのは、窓際から入口の扉《とびら》まで、壁《かべ》を床《ゆか》から天井《てんじょう》まで埋《う》めつくす本棚《ほんだな》だった。部屋の奥行《おくゆき》の半分近くを占《し》めている。ジェイコブはこの壮大《そうだい》な書物の壁《かべ》に度肝《どぎも》を抜《ぬ》かれ、茫然《ぼうぜん》とながめた。しかも棚《たな》の中には、見知らぬ人たちに混じった友人たちの顔のように、たくさんの英語の本があり、背表紙がこちらに向かって飛び出してくるように見える。

部屋全体が古さと新しさの入りまじった奇妙《きみょう》な魅力《みりょく》に満ち、うれしいやら、うらやましいやらで、頭がくらくらしてきた。こんなところに住めるなんて！　でも、ダーンはどうやって家賃を払《はら》ってるんだろう？

ダーンは、ヒマワリをからのワインボトルに生け、コーヒーテーブルの上に置くと、ロフトへ上がっていった。そして、ジーンズと赤いトレーナーをもって下りてくると、ジェイコブに手渡《てわた》しながら言った。「トイレは入口の横だ。なにか食べるか？」

「ありがとう。ちょっと服も濡《ぬ》れてるし、じつは腹も少し減ってるんだ」

「着替《きが》えてこいよ。なにか支度《したく》しといてやるから」

二人はキッチンと部屋をへだてているカウンターをはさんで高いスツールに腰《こし》かけ、電子レンジで温めた缶詰《かんづめ》の野菜スープと、オランダ産の農家自家製チーズ、ハム、ニンニクと生《なま》のバジルとオリーブオイルで作ったドレッシングをかけたトマト、それにフランスパンを食べながら話をした。

ダーンはひったくりの件を聞きたがった。ジェイコブはアルマに話した経験を生かし、おもしろおかしく話したが、トンとの出会いは軽くふれるだけにした。恥《は》ずかしくてまだ話す気になれない股間《こかん》の話ははぶいたので、結局トンは女の子という設定のままになった。ジェイコブは、ダーンにも「赤帽子《あかぼうし》」のわざと追いつくのを待つようなそぶりをどう思うか尋《たず》ねてみた。

ダーンは肩《かた》をすくめて言った。「きっと、きみに気があったんだろう」

「えーっ？　じゃあ、あいつは誘《さそ》ってたっていうのか？」

「そうさ」

「ぼくを？　そんなばかな！　きっとゲームのつもりだったんだよ。からかってたのさ。ちがうかな？」

ダーンは笑みを浮《う》かべた。「そう思いたいのなら、それでいいんじゃないか」

「おれたちがきみの家へ行った時のこと、覚えてるか？」ダーンが言った。「きみは五歳《さい》くらいだったと思う。おれは十二だった」

「いや、覚えてない」

「庭の砂場で遊んでやったんだぜ」

「今は池になってる」ジェイコブはにやりとして肩《かた》をすくめた。「父さんの中年の危機ってやつのおかげでね。庭をそっくり造り直したんだ」

「きみは仲間に入りたがったお姉さんとけんかして、顔に砂をかけた」

「やりそうなことだ」

「お父さんがきみをしかった」

「しょっちゅうだった」

「きみはお父さんに向かってどなった。『ファック・ユー』ってね」

「嘘《うそ》だ！」

「本当さ」

「信じられない」

「それで大騒《おおさわ》ぎになった」

「だろうね」

「おれはそれまでそんな英語は聞いたことなかったから、どうして騒《さわ》ぐのかわからなかった。きみの両親はおろおろしてたな。うちの親たちはおもしろがってた。あとで説明してくれたんだけど、その時もまた、思い出して二人で笑ってたっけ」

「それで、どうなった？」

「きみは、自分の部屋に行ってろ、と言われて、泣きわめきながら出ていった。でも、しばらくすると、お祖母さんがきみを部屋から連れてきた。きみはもうにこにこ笑ってた。まるで――ほら、英語でなんていうんだっけ――ミルクを飲んだ猫《ねこ》？　そんな感じだった」

「そして、父さんはかんかんだった、だろ？」

「いや、あまりしゃべらなかったな」

「きみたちがいたからさ」

「ただ、お祖母さんに向かって、そんなことしちゃ困る、甘《あま》やかしてる、って。お祖母さんがなんて言い返したか、今でも覚えてるよ。とにかくおかしな言葉だったからね」

「あててみようか？　トッシュ、だろ？」

「そのとおり」

「ばかばかしい、って意味なんだ。お祖母ちゃんのお気に入りの言葉さ」

「今はそのお祖母さんといっしょに暮らしてるんだって？」

「うん」

「ヘールトラウが教えてくれた。きみのお祖母さんとはときどき手紙のやりとりをしてるから」

「知ってる」

「お祖母さんとはとても仲がいいんだろう？」

「うん、とても。小さいころからそうだった」

　食事を終え、スツールの座り心地《ごこち》も悪くなってきたので、二人はコーヒーをもって場所を移した。ダーンはソファに、ジェイコブは話しながら部屋の様子を見られるように、窓を背にしている方の肘《ひじ》かけ椅子《いす》に腰《こし》を下ろした。

ジェイコブが話し始めた。「この通り沿いの建物はみんな、前は古い倉庫だったみたいだね」

「そうだ。昔は船がすぐそこに横づけになったのさ。ここに停泊《ていはく》して荷を降ろしたんだ。この建物には、ある時は紅茶が、ある時はケルンから運ばれてきた香水《こうすい》が保管されていた。通りの端《はし》に立ってる塔《とう》のような建物を見たか?」

「円筒形《えんとうけい》のやつかな、てっぺんがとがってる?」

「あれは『涙《なみだ》の塔《とう》』って呼ばれてる。昔、女たちは、夫や息子たちが出航してゆく時、あそこから手を振《ふ》って別れを告げたらしい」

「ここはすごくいいアパートだね」

「以前は、セーリングが大好きな男が住んでた。スペイン製のタイルも好きだったらしいな。その人からヘールトラウが買いとったのさ。おれがここに住み始めたのは、ヘールトラウが『フェルプレーフハウス』に入ってからで……。英語ではなんだっけ?」

「老人ホームのことだろ。それでわかったよ」

「なにが?」

「家具や置いてあるものの組み合わせがおかしいから」

「おかしい?」

「笑っちゃう、って意味じゃないよ。風変わりで、おもしろいってこと」

「どこが?」

ジェイコブは、こんな話、始めるんじゃなかった、と思った。「なんていうか、古いものと現代的なものが入りまじってる。たとえば、壁《かべ》の絵もそうだ」ジェイコブはごまかすように笑った。「ほとんどはヘールトラウのもので、おれのものは少ししかないんだがな。彼女《かのじょ》のものだけじゃ暮らせないが、あまり変えてしまいたくない。なんといっても、ここはまだヘールトラウのものだから」

「本も？」

「もちろんそうだ。おれの本は自分のスペースに置いてある。おれはヘールトラウみたいな本好きじゃないし」

「大学生なんでしょう？」

「ああ」

「じつは、それもあって、どうしてこんなアパートに、って思ったんだ」

「貧乏《びんぼう》学生がどうやって家賃を払《はら》ってるか、って？」

「専攻《せんこう》は？」

「分子生物学。美術史もやってる」

「うわー」

「なにが『うわー』なんだよ？」

「難しそうじゃないか」

「おい、頼《たの》むぜ！　おべんちゃらはよせよ」

ジェイコブは濡《ぬ》れた靴下《くつした》でひっぱたかれたような気がした。せっかくいい感じで話がはずんでたのに。

いつだって不意打ちを食らうのはいやだし、とくに、ただ話を合わせようとしただけなのに、そんなことを言われるとたまらない。しかも、こうなると、次になにを言えばいいのか思いついたためしがなかった。うまい切り返しが頭に浮《う》かぶのはあとになってから、それもひとりになり、やりこめられたことを思い出してあれこれ悩《なや》んでいる時で、もう手遅《ておく》れなのだ。

「コーヒーのお代わりは?」ダーンが尋《たず》ねた。

ジェイコブはやっとのことでうなずくと、沈《しず》んだ声で答えた。「ありがとう」

キッチンから戻《もど》ってきたダーンが言った。「ヘールトラウのことだけど、テッセル――おれの母親は、きみにはなんて?」

ジェイコブはコーヒーをひと口飲むと、気をとり直して答えた。「きみのお祖母さんはとてもぐあいが悪くなったので介護《かいご》老人ホームに入った、って。お祖母さんは家族のだれにも相談せずにぼくの祖母、セアラを呼んだので、きみたち家族は二、三日前まで、ぼくが来るのも知らなかった。それと、きみのお祖母さんはとてもがんこな人で、しかも病気のせいでときどきおかしなふるまいをする、とも言ってた」

「そのとおりだ」

「昨日この話を聞いた時はずいぶんとまどったよ。正直、ぼくはここにいちゃいけないんじゃないかと思った」

「テッセルはおろおろして、きみがどう思ったか心配してた」

「どうしたらいいかわからなかったよ。今もまだわからない。きみのお父さんが、今日はアムステルダムへ行ってアンネ・フランクの家を見てくるといい、と言ってくれた。ぼくは『アンネの日記』が大好きなんだ。お父さんは、今夜ぼくが戻《もど》ったら、みんなでちゃんと話しあおうと言ってた。そして、ここの住所を教えてくれたんだけど、そのことはきみのお母さんには話すなって」

「知ってる。父さんは、今朝、会社からおれに電話してきた」

「どうしてそんなことを言うのか説明してはくれなかった。こんな言い方は失礼かもしれないけど、なんだか、なにもかも気味が悪いよ」意図したわけではないが、声に不満の色がにじんでしまった。「濡《ぬ》れた靴下《くつした》でたたかれた」ことがまだこたえていたのだ。

ダーンは、今度はなにかに耐《た》えているような冷たい声で言った。「ヘールトラウの病気はもう治らない。ほとんど一日じゅう、激しい痛みに襲《おそ》われてる。それをおさえる薬を飲んでいるせいで、ときどき、いわゆる奇妙《きみょう》な行動をとるのさ。でも、じつはそれだけじゃない」

「知らなかった。セアラもそんな話は知らない。きみのお祖母さんがぐあいがよくないということは知ってたけど、そこまで重い病気だとは。わかってたら、ぼくは来なかっただろう。だって、お祖母さんは手紙で、大事な行事があるから、と書いてよこしたんだ」

「あることはあるんだが、きみの思ってるような行事じゃないな」

「じゃあ、どんな?」

ダーンは椅子《いす》の上でもぞもぞして、視線をそらした。

「あとで教えてやるよ。ほかにもまだ、きみに説明しなきゃならないことがある。でも、その前にテッセルと話しておかないと。今日はヘールトラウのところにいるんだ」

「知ってる。だから、きみのお父さんは、アムステルダムに行ったらどうか、ってすすめてくれたんだ」

「ヘールトラウのところにいるうちは、テッセルと話ができない。五時ごろには帰ってるだろうから、そのあとだな」

ジェイコブは、不安と怒《いか》りとどちらが大きいのか、よくわからなかった。「ねえ、悪いんだけど、だんだんいやになってきたよ。ぼくはみんなの頭痛の種になってるだけのような気がする。イギリスに帰るのが一番なんじゃないかな?」

ダーンはジェイコブの顔を正面から見すえ、真剣《しんけん》なまなざしで答えた。「なにもかも説明してやれるまで待った方が絶対にいい。とても大事なことなんだ。おれを信じてくれ。きみが知っておくべきことがある。うちの家族だけにかかわることじゃない。きみにも関係あるんだ」

不安が怒《いか》りを追いやった。「ぼくに? なにが? どんなふうに?」

ダーンは、まるで殴《なぐ》られそうになって身を守る時のように、両手をジェイコブに向かって上げた。「あとだ。テッセルとの話がすんでからにしよう。信じてくれ。もう二、三時間のことじゃないか。そのあとでどうしたらいいか決めよう」

「どうしよう」

「どうせ今すぐなんか帰れないだろ? ひと晩くらい、大したちがいじゃない」

「それでいいのかな」

ダーンは立ちあがり、からになった二つのマグカップを手にとった。

「さあ、時間つぶしにちょうどいいことがある。見せたいものがあるんだ。きっとおもしろいと思うよ。な?」

「……わかった」


トイレの中で、ジェイコブは鏡に映った自分の顔をにらみつけた。あることを知ってるんだが、きみには教えられない、なんて言われるのはやりきれない。でも、なにができる? 出ていく? どこへ? パスポートと飛行機の切符《きっぷ》があるハールレムへ戻《もど》るのか? 金はどうする? ダーンから借りるか? 「頭にきたからきみのお母さんの家に帰る。ついては電車賃を貸してくれないか?」そんなまぬけなことが言えるか! 戻《もど》ったとして、それでどうなる? ダーンの両親は家にいないはずだ。迷い犬みたいに玄関《げんかん》前に座りこんで待つのか? またかよ! そんなことしてなんになる?

ぼくが今、いい気分じゃないってことはたしかだ。

でも、あの表情からして、ダーンの方もそれは同じらしい。

ジェイコブはトイレを使い、もう乾《かわ》いていた自分の服に着替《きが》えながら、ダーンのことはかなり気に入った、と思った。黒をベースにしたいでたちには惚《ほ》れぼれする。それに、あの自信はうらやましいかぎりだ。歯に衣《きぬ》着せぬもの言いは、ぐさりとくることもあるが、少なくとも自分がどう思われてるかわかるし、ごまかしがない。でも、それだけじゃない。血が騒《さわ》ぐような、なにかがある。それがなんなのか、はっきりとはわからないが……。同時に、気に食わないところもあった。自信たっぷりの、なんでも見通しという態度。セアラなら、頭のよさを鼻にかけてる、と言うだろう。自分の方が優《すぐ》れてると相手に認めさせたがっている。おれが仕切ってるんだ、おれが一番だ、ってことを。まあ、好きにさせておけばいいさ。どうしてぼくがそんなこと気にしなきゃいけないいんだ？　あと数時間いっしょにいるだけなんだから。

ジェイコブはトイレから出ようとして、アルマがくれたナプキンがジーンズのポケットに入っているのに気がついた。ダーンに見せると、彼《かれ》はにやりとしながら言った。

「昔からあるオランダの格言だ。その気になればなんでもできる、という意味さ」

ジェイコブは声をたてて笑った。「イギリスにも似たようなことわざがある」そう言うと、アルマの整った筆跡《ひっせき》の下に書き足した。

NOTHING VENTURED
NOTHING GAINED
（危険を冒《おか》さない人は
成果も得られない）

7　ヘールトラウ(3)

撤退《てったい》の日の午後遅《おそ》くになって、兄のヘンクと兄の友人ディルクが、階段をころげ落ちるようにして地下室に入ってきました。二人ともあまりに薄汚《うすぎたな》い格好をしていたので、ほの暗い明かりの中では、最初はだれだかわかりませんでした。母さんはヘンクを溺愛《できあい》していました。ですから兄とわかったとたん、それまで保っていた平静さを失い、だっと駆《か》け寄《よ》りました。通り道に横になっていた負傷兵たちをあわてて踏《ふ》みつけてしまったほどです。そして腕《うで》を広げてヘンクを抱《だ》きしめ、言いました。「ヘンク！　ヘンク！　こんなところでなにしてるの？　イギリス兵たちが引きあげようとしてるのを知らないの？」母さんは何度も何度もヘンクにキスして、幽霊《ゆうれい》ではないことを確かめるように顔をなでました。その間《かん》、父さんはディルクと挨拶《あいさつ》を交わしていました。ディルクは父さんのお気に入りで、「うちの次男坊《じなんぼう》」と呼ぶことさえありました。「いったいどうしたんだ？」父さんが尋《たず》ねています。「なにかあったのか？　なぜここにいる？」ディルクが答えました。「万事順調ですよ。うちではみな元気でやってます。おじさんたちがだいじょうぶかどうか見に来たんです」

こういう場面がくり広げられている時、わたしはいつもなんとなく一歩引いてしまうのですが、この時も最初の興奮がおさまるのを待っていました。しばらくすれば兄をひとり占《じ》めできるとわかっていたからです。兄は、まだ抱《だ》きしめたりさすったりしている母さんの肩越《かたご》しにこっちを見て、片目をつむり、にっこり笑いました。そこでわたしは、なにか大変なことがあったわけではなく、ひと息ついたらちゃんと説明してくれるだろうとわかりました。ヘンクはなにごとにも時間をかけるたちで、わたしが知っている中でもっとも冷静沈着《れいせいちんちゃく》な人の一人だったのですから。わたしはヘンクが大好きで、そんなことは口にしない方がいいとわかる歳《とし》になるまでは、面と向かって、兄さんが兄さんじゃなければいいのに、そしたらわたしと結婚《けっこん》してもらうんだけどな、などと言っていたものです。

ようやく母さんが落ち着きをとりもどしてヘンクの体を放し、なりゆきを見守っていた兵士たちの方に向き直りました。みんないかにも興味ありげにわたしたちを見ていましたが、ちょっぴりうらやましそうでもありました。（なにしろ彼《かれ》らの大半はヘンクと同じ年ごろで、中にはもっと若い人もいたのですから。）母さんは目に涙《なみだ》をため、大きな声で言いました。「メイン・ゾーン《息子です》、メイン・ゾーン《わたしの息子です》」

家族が再会したのだとわかると、兵士たちはジェイコブが横になっている隅《すみ》のあたりに場所を空け、混みあった地下室の中ではあるけれど、わたしたち家族がいっしょに座って内輪の話ができるようにしてくれました。負傷した腕《うで》をつっているアンドリューという若い兵士が近づいてきて、イギリス製のチョコレート・バーを一本さし出して言いました。「これ、なにか特別な時のためにと思って、とっておいたんです。これまでみなさんは、ぼくたちにとって特別な存在でした。受けとってください」

わたしは自分の経験や、戦後、友人や近所の人たちから聞いた話で、あの悲惨《ひさん》な日々の中でも、こうした心温まる行為《こうい》はめずらしくなかったことを知っていますが、この時のことをとくにはっきり覚えているのは、わたしも家族も、感情がとても高ぶっていた瞬間《しゅんかん》だったからなのでしょう。そしてまた、贈《おく》り物を渡《わた》す時のあの若い兵士の寂《さび》しげな瞳《ひとみ》に気づいたからでもあります。彼《かれ》が祖国イギリスにいる家族のことを思い出し、ヘンクとわたしたちのように、自分が家族と再会する日を夢見ていたことは、想像にかたくありません。彼《かれ》の瞳《ひとみ》が寂《さび》しそうだったのは、もしかしたら、自分が二度と祖国を見ることがないと虫の知らせで感じていたからではないのか、そう思わずにはいられません。のちにわたしたちは、彼《かれ》がその夜、渡河《とか》するための船を待っている際に命を落としたことを知りました。オーステルベークにある戦没兵士《せんぼつへいし》の墓地で、わたしは今まで何度も彼《かれ》の墓の前に立ち、そのたびに感謝の気持ちを捧《ささ》げてきました。

わたしたちは、彼《かれ》がくれたお祝いの品を食べながら、ヘンクの話に耳をかたむけました。ああ、あのすばらしい味を思い出すたびに、今でもよだれが出そうです。あんなにおいしいチョコレートは二度と口にしたことがありません。今、アムステルダムにあるチョコレート専門店『ポンパドゥール』で手に入る最高級チョコレートでさえ、あの時の味には及《およ》ばないでしょう。

ヘンクの話はこうでした。先週の日曜日、わたしが兄たちのもとを出たあと、ヘンクとディルクも落下傘《らっかさん》を見ました。二人はすぐに降下地点に駆《か》けつけて、最初に出会ったイギリス兵たちに声をかけ、手助けを申し出たのです。それから一週間、ほかのオランダ人協力者たちとともに、通訳や道案内、伝令として働き、それ以外にもイギリス軍将校たちのためにできることならなんでもやったそうです。自分たちも戦えるように武器をくれないかと頼《たの》んだのですが、それは許可されなかったといいます。そしてちょうどジェイコブが運びこまれたあの水曜からは、イギリス軍司令部が置かれたハルテンステイン・ホテルで働いていたのでした。ホテルは今では、この時の戦闘《せんとう》を記念した博物館になっています。

ほかにも話したいことは山ほどあるが、またの機会にしよう、とヘンクは言いました。ヘンクとディルクは撤退《てったい》計画を知り、作戦が始まる前に、わたしたちが生きていて無事なのか確かめに来たのでした。

でも、二人はこちらにとどまることはできません。すぐにディルクの家へ戻《もど》り、隠《かく》れなければなりませんでした。

「ドイツ兵がどんな連中かはよくわかってるだろ」ヘンクは言いました。「イギリス軍が出ていったら、協力した者には容赦《ようしゃ》しないはずだ。若い男は今まで以上に強制労働に駆《か》り出そうとするよ」

「ヘンクの言うとおりだ」と、父さん。

「でも、男だけじゃない」ディルクが口を開きました。「これからは若い女性も安全ではなくなる。報《ほう》復行為《ふくこうい》があると思うんです」

「ヘールトラウも、ぼくらといっしょに来た方がいいと思うんだ」と、ヘンクが続けました。

これを聞いた父さんが色めきたったことはいうまでもありません。「ヘールトラウも？　いや、それはだめだ、ヘンク。ドイツ兵が気に入らないのはわたしも同じだが、今まで彼《かれ》らが若い娘《むすめ》たちに対して行儀《ぎょうぎ》よくしてたことは知ってるだろう。それがなぜここへきて変わるんだ？」

「ドイツ兵たちは今回のことでいらだってる」ヘンクが答えました。「ここではイギリス軍が負けたけど、オランダの解放は時間の問題さ。あと数週間。もしかしたら数日後かもしれない。イギリス軍の地上部隊はそれほど遠くないところまで来てるし、ベルギーを解放した英米連合軍は、オランダ領内へ向かって北へ勢力範囲《せいりょくはんい》を広げようとしている。ドイツ兵たちは、もう自分たちはおしまいだとわかってるはずだ。やけっぱちになった彼《かれ》らがどんな行動に出るか、だれにもわからないだろ？」

「ヘンクの言うとおりです」とディルク。「それに、村は壊滅《かいめつ》状態です。住める家なんて一軒《けん》もない。農場にいどうやって暮らしていくんですか。ヘールトラウをぼくたちといっしょに来させてください。

る方が安全です。それに、あっちなら食料も手に入りやすいし」

「ねえ、父さんと母さんもいっしょに来た方がいいんじゃない？」ヘンクが言いました。「ここにはなにも残ってないじゃないか」

両親は手をとりあい、不安そうに顔を見かわしていましたが、やがて母さんが口を開きました。「ここに大したものが残ってないのはわかってます。でも、わたしたちは——父さんとわたしは、結婚《けっこん》してからずっとここで暮らしてきたのよ。あなたとヘールトラウが生まれたのもこの家の寝室《しんしつ》だわ。ここはわたしたちの家。ここがわたしたち二人の居場所なの。それを捨てて逃《に》げ出せると思う？　どうしてそんなことしなくちゃならないの？」

父さんが言いました。「おまえとディルクは行け。おまえの話はもっともだ。若い男にとって安全ではなくなるだろう。でも、母さんとわたしはここに残る。どうにかやっていくさ。これまでだって、いつもなんとかしてきたんだ。ヘールトラウもわたしたちと残る。いっしょにいればだいじょうぶ。ドイツ兵が危害を加える理由なんてないじゃないか。なにも悪いことはしてないんだから」

「悪いことはしてないだって！　いいかい、父さんたちはイギリス兵をかくまったんだよ。ドイツ兵にしてみれば敵に手を貸したことになるんだ」

「それを言うなら、近所の人たちだってみんなそうでしょう」と、母さん。

「いや、それならなおさら危険です」とディルク。「わかりませんか？　そのことで彼《かれ》らはわれわれをうらむはずです」

「父さんだってぼくらの言うことが正しいとわかってるはずだろ」ヘンクがたたみかけました。「父さんたちが来ないのなら、ヘールトラウだけでも連れていってやりたい」

「ヘンク。正しかろうが、まちがっていようが、母さんとわたしはここに残る。ヘールトラウもいっしょだ」

わたしは黙《だま》ってこのやりとりを聞いていましたが、しだいに怒《いか》りがこみあげてきました。オランダ人の特徴《とくちょう》のひとつだといわれますが、わたしたちはよくオーヴァーレフ、つまり相談をします。なのに、この時はわたしの命を――もしかしたら死を――左右する決定が、わたしになんの相談もなしに下されようとしていました。両親も、兄も、そしてほんの数週間前には「きみをどれほど愛しているかわかってくれ、きみさえよければ結婚《けっこん》したい」と言ったディルクまでもが、危機が迫《せま》っていたこの時、わたしのためにひとつの決定を下そうとしていながら、だれ一人、わたしがどう思っているか、どうしたいか尋《たず》ねてくれなかったのです。家族に無視されたあの時の怒《いか》りは、今でも心に残っています。

父さんとヘンクの意見が対立したので、話はそこで行きづまってしまいました。二人ともけんかはしたくなかったのでしょう。けんかなどしてはならないのです。あってはなりません！　わたしたちオランダ人は、こうした対立に直面するととまどってしまいます。わたしは、そろそろだれかがわたしの意見を聞いてくれるのではないかと思い、待っていました。でも、だれにもそのつもりがないとわかったので、口を開きました。その口調は、まだ若い女性にもなりきっていない少女がせいいっぱい背《せ》のびした、ひとりよがりで生意気なものだったと思います。

「だれか、わたしがどう思ってるか、どちらの道を選ぶか、聞きたいと思う人はいないの？　それとも、そこまで期待するのはわがままなのかしら？」

ディルクがすかさず言いました。「もちろん、きみはぼくたちといっしょに来たいんだろ？」母さんが言います。「おまえの気持ちをないがしろにするつもりはなかったのよ。ただ、一番いい道を選んであげたいだけ」父さんが言いました。「当然、おまえは父さんや母さんといっしょにここに残らなきゃならん。わたしたちがおまえをどれほど愛してるかわかってるだろう」でも、ヘンクだけはこう言いました。「考えてなかった。ごめんよ。かわいい妹なのにな」

人間というのはなんてへそ曲がりな生き物なんでしょう！　みんなが申しわけなさそうに次々に声をかけてくると、よけい腹がたってきたのです。そして、その怒《いか》りの矛先《ほこさき》は、最愛の兄ヘンクに向かいました。こういう時にはよく、自分が一番愛している人にあたりたくなるものです。

「たしかにわたしはあなたの妹よ、ヘンク。でもね、もうかわいいだけの子どもじゃないわ。知らなかったの？　わたしはもうとっくに自分でものごとを決められる歳《とし》になってるし、自分のことは自分でできます。おあいにくさま」

もちろん、言い終えるころにはみんないやな気持ちになり始めていて、とくに母さんは、こうした言い争いを見すごせない性分《しょうぶん》でした。

「ヘールトラウ」母さんは教師の声で言いました。「やめなさい！　口をつつしむのよ！　けんかはやめてちょうだい」

気まずい沈黙《ちんもく》がわたしたちを包みました。父さんはじっと長靴《ながぐつ》の先を見つめ、母さんはのろのろと眼鏡をふき、ディルクは砲撃《ほうげき》の震動《しんどう》でひびの入った地下室の壁《かべ》を調べるふりをしています。ヘンクだけがまだ、わたしの目をまっすぐに見ていましたが、ようやく氷のような静けさを破って言いました。

「わかったよ。おまえはもう大人になった妹だ」ヘンクはにっこり笑いました。このほほえみには、わたしが逆らえないと知っているのです。「決めたことを聞かせてくれ。みんな聞きたがってる。ほんとだって！」

そう言われてもまだ、憤《いきどお》りをおさえて愛想よく話すのは難しかったのですが、どうにかやってのけました。「できることなら、兄さんたちといっしょに行きたいわ。なぜって、イギリス兵が撤退《てったい》したあとにどんなことが起きるかという兄さんの予想や、田舎の方がまだましだという意見は正しいと思うから」わたしはそこで口をつぐみましたが、今思うと、芝居《しばい》がかった効果を楽しんでいたように思います。そしてこう続けました。「でも、わたしはここに残ります」恥《は》ずべきことですが、わたしはまたここで効果を考えて言葉を切りました。「だけど父さん、それは父さんがいっしょにいろと言ってるからじゃないわ」

「じゃあ、なぜ？」と、ヘンク。

「ジェイコブのためよ」

「ジェイコブ？」ディルクが口をはさみました。「ジェイコブって？」

「隣《となり》で横になってるイギリス兵だ」と父さん。

「どうして？　この男がどうしたっていうんです？」と言うディルクの言葉に、母さんの声がかぶさりました。

「おまえはどうかしてるわ」

「わからんな」父さんが言いました。わたしは先を続けました。

「ほかの人たちが引きあげていくあいだ、この人はひとりで戦うって言ってるのよ。まだ体もちゃんと動かせないのに。きっと殺されてしまう。そんなことさせておける？　わたしはここに残ってジェイコブを助けます。彼《かれ》をただ森の中へ送りこむようなまねはできないもの」（英語にこんな言いまわしはあったでしょうか？　思い出せません。オランダ語では、だれかを裏切るとか、見捨てる、といった意味なのですが。）

父さんは仰天《ぎょうてん》しました。「なんの話をしてるんだ？　ジェイコブを見捨てるだって！　わたしたちにはなんの関係もないだろう。彼《かれ》は軍人なんだ。しかも自分で言いだしたことじゃないか。本人がそうやって仲間を助けたいというのなら、わたしたちが口を出すことじゃない。これはジェイコブの問題だ」

「そんなことはどうでもいいのよ、父さん。わたしは彼《かれ》を助けるために、自分ができることをするわ」

「ヘールトラウ、おまえは理性を失ってるぞ」

「理性ですって！　父さん、今、わたしたちの身に起きてることで、理性で説明できるものなんてある？　理性的だったらこの戦争は防《ふせ》げたの？　理性的だったら占領《せんりょう》されずにすんだ？　理性的でいればわたしたちは解放されるの？」

「言いすぎですよ」母さんが言いました。「お父さんに向かって、そんな口をきくもんじゃありません」

「がっかりだわ。母さんだけはわかってくれると思ったのに」

「なにをわかれっていうの？　おまえの考えてることなんて、わたしにはさっぱりわかりません。神経がまいってるのよ。しっかりしてちょうだい！」

でも、このころにはわたしも相当腹をたてていたので、母さんにどれほど厳しく言われたとしても黙《だま》る気はありませんでした。

「母さん」わたしはできるかぎり気を落ち着かせて言いました。「八日前の日曜日、わたしたちはこの人を解放者としてわが家に迎《むか》え入れたわ。彼《かれ》に水をあげ、うれしさのあまり踊《おど》りだしたほどだったのよ。忘れちゃったの？　そのあと、彼《かれ》はひどいけがをしてうちに運びこまれた。今日でもう五日、この人の世話をしてる。傷に包帯を巻いてあげた。体を洗ってあげた。服を着せてあげた。子どもみたいに食べさせてもあげた。用を足すのさえ手伝ったわ。世話をしてるうちに、それまでは見たこともさわったこともなかった男の人の体のあちこちを見たり、ふれたりした。敵の砲撃《ほうげき》で家が崩《くず》れていく下で、ジェイコブと身を寄せて温めあいながら眠《ねむ》ったこともある。この人をわたしたちの一人、家族の一人としてあつかってきたじゃない。母さんと父さんとわたし、三人で力を合わせてジェイコブを救ってあげたのよ。なのに、彼《かれ》が自分の仲間のために——言っときますけど、わたしたちのためでもあるのよ——今の体力では無理なことをしようと決め、そのせいで死んでしまうかもしれないのに、父さんは、わたしたちには関係ない、口を出すことじゃない、ジェイコブに手を貸したいと言うわたしは理性的じゃない、そう言ってる。ねえ、考えてもみてよ。もし彼《かれ》がヘンクだったら、一も二もなく手を貸すでしょう？　いい、この何日か、わたしは今まで自分の兄にしてあげたよりたくさんのことを、この人のためにしてきたわ。今、ジェイコブに手を貸そうと思うのはすごくまともなんじゃない？　それこそ、当然やるべきことじゃないの？　理性的って、そういうことをさすと思うんだけど、ちがう、父さん？　それに母さん、母さんだけはわかってくれると思ったのに」

わたしはそれまで、あんな弁舌《べんぜつ》をふるったことは一度もありませんでしたし、できるとも思っていませんでした。そして、それきり今まで、あんな演説をぶったことはありません。たぶん、あの日わたしを捉《とら》えたような怒《いか》りは、二度と湧《わ》き起こらなかったからなのでしょう。頭上では、崩《くず》れかけたわが家で異国の兵士たちがわたしの祖国のために戦っていました。わたしは地下室で、自分自身のために戦っていたのです。

しばらく、だれもなにも言わず、ただ驚《おどろ》いた顔でわたしを見ていました。まわりに集まっていた兵士たちでさえ黙《だま》りこんでしまったのは、おそらく話の様子から、なにかもめていると気づいたからなのでしょう。ジェイコブはわたしの横で壁《かべ》に背をもたせかけ、終始わたしの顔を見つめていました。わたしはジェイコブを見ないようにしていました。そんなことをしたら、わっと泣きだし、毅然《きぜん》とした態度も吹《ふ》き飛んで、わたしの演説で動いたみなの気持ちももとに戻《もど》ってしまうとわかっていたからです。

外では砲声《ほうせい》が高く低く響《ひび》き、冷たい雨がたたきつけるように降っていました。地下室の空気も湿《しめ》り気《け》を帯び、氷のように冷たくなっています。しゃべったあとの興奮で汗《あせ》をかいた肌《はだ》に、部屋の空気が冷たくまとわりついていたことを覚えています。

ちょうどその時、二日前から地下室を照らしてくれていたランプが、計《はか》ったように灯油ぎれになり、部屋は暗闇《くらやみ》に包まれました。しかたなく、以前のように天井《てんじょう》の梁《はり》から麻《あさ》ひもでぶらさげた空きびんにロウソクをさして火をつけると、ちらちら揺《ゆ》れる弱い明かりがあたりを照らしました。ありがたいことに、この出来事で、わたしたちはちょっと気分を切り替《か》えることができたのです。

みながまた座り直すと、ディルクが口を開きました。「ヘールトラウ、なぜこのイギリス兵がそんなに大事なのかわからないが、きみの決心が変わらないというのなら、ぼくが思いつく解決策はひとつしかない。この兵士もいっしょに連れていくしかないだろう」

想像がつくでしょうが、この発言がまた議論に火をつけました。父さんは、そんなことをするのは狂《きょう》気《き》の沙《さ》汰《た》だ、四人そろって殺されてしまうぞ、と言いました。するとディルクは、ユダヤ人をかくまったり、レジスタンスのために働いたりするのにくらべれば大したことじゃありません、と言い返しました。友人や近所の人たちの中には、そうしたことをしている人もいたのです。母さんは、それは現実的じゃない、と言いました。三人で一人の負傷兵を運びながら、どうやって捕《つか》まらずに、あちこちで配置についているドイツ兵のあいだをすりぬけるつもりなのか、と。

「意志あるところに道は開ける、ですよ」とディルク。

「きみの思いつきは、首を落とされたメンドリ並みだ」父さんが言いました。「どうしてもそんなばかげたことをやるというのなら、少なくとも、ちゃんと計画をたてるんだな。そして、頼《たの》むからヘールトラウを巻きこまないでくれ」

「いいえ、父さん」とわたしは口をはさみました。「わたし、行くわ。ヘンクとディルクが方法を考え出してくれるわよ。でしょう、兄さん?」

「確率の問題だよ」ヘンクが答えました。「ジェイコブは、この体で上に残ってひとりで銃《じゅう》をかまえてるより、ぼくたちといっしょに来た方が生き残れる可能性が高い」

「ほかに道はないわ。彼《かれ》もわたしたちと行くしかないのよ」

ヘンクはわたしを見て、くすりと笑いました。「おい、今度はおまえ自身が、本人の意見も聞かずにしゃべってるじゃないか。おまえの大事なイギリス兵がいっしょに来たがるかどうか、なぜわかる？本人に確かめたのか？　それとも、おまえが代わりに決めようとしてるのかい？」

兄の言うことはもっともで、わたしは恥《は》ずかしくなりました。父さんと使っていた英語の表現集に、「自分の仕掛《しか》けた罠《わな》にかかる」というのがありましたが、オランダ語では「ヴィー・エン・カウル・グラーフト・フォー・エン・アンデル、ファルト・エル・ゼルフ・イン」、つまり「他人のために落とし穴を掘《ほ》る者は、自分がその穴に落ちる」といいます。

「もう、兄さんたら！」わたしが言うと、父さんたちも笑いだし、張《は》りつめた雰囲気《ふんいき》が少しやわらぎました。

わたしは静かに話ができるよう、ジェイコブのそばに寄り、説明してやりました。ヘンクとディルクがわたしの兄とその友人だということ、わたしをディルクの家族が住む農場へ連れていきたがっていること、二人は前から、ドイツ軍の目をのがれてその農場に隠《かく》れていたこと、そして今回の撤退《てったい》のあとはオーステルベークよりもそちらへ移った方が、わたしの身が安全だし、農場には食べるものもあるから、という二人の言いぶんも話しました。ジェイコブはヘンクたちと握手《あくしゅ》し、二人は「ハロー《やあ》」と言いました。それからわたしは、農場へ行くのをことわった、それは、ジェイコブとここに残る決心をしたからだ、と言いました。

初めのうちジェイコブは、わたしの考えを一笑にふそうとして、こんなふうに答えました。「そんなことしちゃだめだ。ばかを言うな！　ぼくはだいじょうぶだ。気持ちはうれしいけどね」

「いいえ、あなたにばかと言われても、わたしはここに残るわ。でも――」わたしは、ジェイコブに反論の隙《すき》を与《あた》えませんでした。「ディルクがもうひとつの案を考えてくれたの」そしてわたしは、三人でジェイコブを連れていくという案を説明しました。農場に隠《かく》れて、イギリス軍がオランダを解放してくれるのを待てばいいし、その日はそれほど遠くはないはずだ、と。「そうすれば、あなたはうちの二階で死なずにすむわ。だいたい、そんなこと、考えるだけでわたしには耐《た》えられない。たとえ殺されなかったとしても、捕虜《ほりょ》になるなんて、考えるのもいやだって言ってたじゃない」

ジェイコブの表情が変わり、この計画を大いに気に入ったことがわかりました。彼《かれ》の瞳《ひとみ》は、初めて出会ったあの日以来、一度も見たことがないほど輝《かがや》いていました。まだ口では反対していましたが、それは、体裁《ていさい》を考えてのことなのは明らかでした。危険すぎる、とジェイコブは言いました。ぼくの面倒《めんどう》も見なくちゃならないとなると、きみたちまで捕《つか》まったり、撃《う》ち殺されたりするぞ。手押《てお》し車のせいで動きはにぶくなる。もし捕《つか》まれば、ドイツ兵は、敵兵の逃亡《とうぼう》を助けた罪でヘンクとディルク、そしてきみも射殺するだろう……。そんな調子で、しばらくあれこれ言っていました。男の人というのは、議論したいと思うと、そのためになんという迷路を作り出すものでしょう。出たり入ったりまわり道をしたり！　わたしはじきに我慢《がまん》できなくなりました。

「ジェイコブ」まだ英語を話すのに言葉を探しながらでしたが、わたしはできるだけ断固とした口調で言いました。「土を盛って堤防《ていぼう》を作ってるわけじゃないのよ。あれこれ話してる暇《ひま》なんてないわ。あなたが自分で決めてちょうだい。でも、わたしの気持ちはもう決まってる。行こうと残ろうと、あなたのそばにいます」

「それじゃあまるで、すべてはぼくしだい、って聞こえるじゃないか」

「ええ、そうよ」

「それはちがうな。きみもいっしょなんだから。天使マリア、もしきみがぼくをひとりにしたくないというのなら、ぼくが決めたことはきみにも影響《えいきょう》するだろう？」

「アッハ《ぁぁ》、へりくつはやめてよ！」わたしはジェイコブをたたきたくなりました。

「でも、ぼくの言ってることは正しい。だろう？」

「そうよ！」

「なら、きみが一番いいと思うことはなにか、そしてきみはどうしたいのか、教えてくれなくちゃ」

あれほど、まずわたしの考えや願いに耳をかたむけるべきだと言いはったあとなのに、いざ最終決定を下し、責任を負う段になると、そんなことはしたくないと思いました。だれかが代わりに決めてくればいいのに、と強く願っていたのです。結局これは、わたしを愛してくれるなら、望むとおりにしてほしいと願う、同じ根から出た行動でした。何年もかけてこのことに気づいた今では、なんてわたしらしかったんだろう、と思います。

「わたしは、あなたが望むことならなんでもする」わたしはやっとのことで、そんな言葉を口にしました。「だって、わたしが助けようとしているのは、あなたの命なんですもの」

「そして、きみはそのために自分の命を危険にさらそうとしている。つまり、ぼくらの運命は同じなんだから、いっしょに考えて決めるべきだ」

そう言われても、わたしは答える気になれず、うつむいたまま、あのあらがうことのできない瞳《ひとみ》を見ないようにしていました。

ジェイコブは手をついて体を起こすと、わたしの顔をすぐ近くからのぞきこみ、ほほえみました。

「へえ、きれいな顔が怒《おこ》ってるぞ！」

「だって、怒《おこ》ってるんですもの」わたしはまだ、英語で言われると、からかわれていると気づきませんでした。

ジェイコブは指を一本わたしの頬《ほお》にあてました。「ぼくらまで敵味方に分かれて戦わなきゃいけないのかい？」

わたしは蚊《か》の鳴くような声で答えました。「いいえ」

「じゃあ、休戦だ」

あの笑顔で言われたら、黙《だま》りこんでいることなどできません。わたしは咳《せき》ばらいして言いました。

「わたしは、ヘンクたちといっしょに行くのが一番いいと思う」

「よし。ぼくもそう思う。あいつも言ってるしな。『それはとてつもない大冒険《だいぼうけん》になるだろう』って（ピーターパンのせりふ。「それ」とは原文では「死ぬこと」）」

「あいつ？　あいつってだれ？　その格言は聞いたことないわ。あなた真面目に言ってるの？　ねえ？」

「こんな調子で話してる時間はあるのかい？」

「いいえ」気がつくと、外からはまだ砲撃音《ほうげきおん》が聞こえてくるし、ヘンク、ディルク、そして両親がわたしたちの様子を見守っていました。「あとで必ず説明してね。今からみんなに二人で決めたことを話すから」

父さんと母さんはうれしい顔をしていたとはいえませんが、でも、あきらめたようでした。なにごとも相談が肝心《かんじん》、というわたしたちオランダ人の本能を満足させるだけのオーヴァーレフをすませたのですから。それ以上話すこともなくなったので、わたしたちは準備にかかりました。

決断が下され、一歩踏《ふ》み出してなにかにとりかかれると、いつもどれほどほっとすることでしょう！まるで重い荷物が背中からとりのぞかれたようで、たちまち気分は軽くなり、活力が湧《わ》き、新たな希望で心が満たされるものです。この時ほど、それを身にしみて感じたことはありませんでした。わたしたちのまわりには多くの死が訪れていましたし、生き残ったとしても、そのまま家に残れば、みじめで屈《くっ》辱《じょく》的《てき》な日々がやってくるのはわかっていたのですから。たとえこの先なにが起きるにしても、少なくともわたしは自分の人生を自分で引き受ける努力をし始めていましたし、むざむざ敵の手に落ちるつもりはありませんでした。わたしはけっして両親ほど信心深いわけではありませんが、このような時には幼いころから耳にしていた聖書の言葉が浮《う》かんできます。わたしは、地下室に閉じこもっていた数日間を象《しょう》徴《ちょう》する乱雑な荷物の中から、自分のものをつめてある非常用の小さなスーツケースをひっぱり出しながら、知らぬ間にこんな言葉をつぶやいていました。

わたしにふさわしいときに、御手《みて》をもって
追い迫《せま》る者、敵の手から助け出してください。

万軍の主はわたしたちと共にいます。
ヤコブの神はわたしたちの砦《とりで》の塔《とう》。

思わずほほえんだわたしは、また別の一節を思い出しました。

（主は）われらのために嗣業《しぎょう》を選び
愛するヤコブの誇《ほこ》りとされた。
（いずれも『旧約聖書―詩篇』より。「嗣業」は「住まう土地」、つまりイスラエルをさす）

わたしは、今度は声をたてて笑いました。そして、手もとにある服の中から、とりあえず汚《よご》れていない、少なくともすりきれてはいないものを見つけると、簡易《かんい》トイレの心もとない仕切りの中で着替《きが》えながら、ヤコブ、つまりジェイコブの神に向かってこう言いました。「どうか、お風呂場《ふろば》のある住まいを選んでくださいますように」その時、わたしたちが相当エルフ・ヘストンケン《ひどく悪臭を放つ》だったにちがいないと思うと、今でもぞっとします。

そのあいだに、ヘンクとディルクは裏庭に出て、手押《てお》し車を準備しました。一方、ジェイコブは二人の兵士に向かって、なにをしようとしているのか説明しました。わたしがトイレから出ていくと、そのうちの一人がジェイコブに自分の戦闘服《せんとうふく》を着せ終えていましたから、それで彼も多少は暖かくなり、ずぶぬれにならずにすみそうでした。それに、捕《つか》まったとしても軍服を着ているので正規の捕虜《ほりょ》としてあつかわれ、スパイとして射殺されることもないはずです。兵士たちはさらに、軽機関銃《けいきかんじゅう》をジェイコブに渡《わた》し、戦闘服《せんとうふく》の大きなポケットに弾薬《だんやく》をつめこみました。「銃《じゅう》ももっていかなくちゃだめなの？」わたしが尋《たず》ねると、ジェイコブは「保険さ」と答え、飼い犬にでもするように軽くたたいてみせました。わたしはこれには大反対で、ヘンクに、置いていくよう言ってくれ、と頼《たの》みました。ところがヘンクはうらやましがるばかりで、自分も一挺《ちょう》ほしいくらいだ、と言いだす始末です。男の人と死のおもちゃ。この組み合わせは、いつまでたってもなくならないのでしょう。

ヘンクとディルクが相談し、イギリス軍が川の南側から二〇時五〇分に砲撃《ほうげき》を開始したら、すぐに出発することになりました。ヘンクの予想では、イギリス軍の勢力範囲《せいりょくはんい》の中を、家がある南東の端《はし》から、わたしたちが逃《に》げこむことにしている森に接する西の端《はし》まで移動するには、その時間帯が一番安全だったからです。

夜の訪《おとず》れとともに、雨が滝《たき》のように激しくなりました。そして嵐《あらし》のような砲撃《ほうげき》が始まると、砲弾《ほうだん》が雨風をついて霰《あられ》のように降ってきました。予期していたとおり、ドイツ軍の攻撃《こうげき》はやみました。出発の時が来たのです。とてもつらい瞬間《しゅんかん》でしたが、だれのためにも、平静を装い、明るくふるまう必要がありました。父さんとはもう会えないと知っていれば、そんなふりはとてもしていられなかったでしょう。父さんは、連合軍が不幸なわが祖国を解放するのに失敗したこの秋から、翌一九四五年春まで続いた『飢餓《きが》の冬』のあいだに亡くなったのです。未来はいつも、まだ読んでいない本のようなものだと思います。もし父さんとはこれきりだとわかっていれば、わたしは家を出ていくことなどできなかったでしょう。若いころに味わったこうした運命のいたずらは、歳《とし》をとってから説明のつかない罪の意識とともによみがえり、心をさいなみます。わたしがいっしょに残っていさえすれば、父さんが生き延《の》びる手助けができたかもしれないのですから。ああしていればよかった、こうしていればよかった。歳《とし》をとると、胸の中は「していれば」だらけになるものです。

家族との別れの場面をながながと書きたくないわけがわかってもらえたでしょうか。わたしたちは抱《だ》きあい、キスを交わし、手を握《にぎ》って、愛しているよ、必ずまたいっしょに暮らせるから、と言葉をかけあいました。すべては、わたしたちオランダ人特有の礼儀《れいぎ》正しさの極致《きょくち》ともいうべき、ぶっきらぼうなのに優しい、感情をおさえたやりとりでした。

身内同士の別れの挨拶《あいさつ》がすむと、今度はうちの地下室でともに暮らしてきた兵士たちの番です。外国からやってきたこの若者たちは、たった数日間の恐怖《きょうふ》の日々をともに過ごすあいだに、何年もすぐ隣《となり》で暮らしてきた近所のオランダ人たちより親密な友人になっていました。たぶん、ほかにどうやって気持ちを表せばいいかわからなかったのでしょう、兵士たちはみな、わたしが一人一人にお別れを言うたびに、とっておいたそれぞれのわずかな私物の中から、ささやかな贈《おく》り物を押《お》しつけるように渡《わた》してよこしました。煙草《たばこ》（わたしは吸わないのですが）、お菓子《かし》、帽子《ぼうし》の記章、肩章《けんしょう》、ペン（「きっとそのうち、おれたちに手紙を書けるようになるだろ」）、マッチ、落下傘《らっかさん》部隊のスカーフ、腕《うで》時計をくれる人までいましたし（「どこへ行っても時間がわからないとな、ガーティー」）、砲弾《ほうだん》ショックの癒《い》えないかわいそうなサムは、なんとか正気を保つのがせいいっぱいだというのに、英詩の本をくれました（「英語上達の助けにしてくれ！」）。その本は、これを書いている今もわたしのそばにあります。一番歳上《としうえ》で、わたしたちと過ごした時間も一番長かったノーマンは、その立場にふさわしく、お別れの列の最後に控《ひか》えていました。そして、家族といっしょに写った写真を入れたままの小さな黒い革の財布《さいふ》をくれました。「元気でな、ガーティー。きみは勇敢《ゆうかん》で美しい娘《むすめ》さんだ。これをもっていてほしい。また会えるといいんだが」

その後は冗談《じょうだん》やからかいの言葉が飛びましたが、それはたぶん、こうしたつらい時、オランダ人なら無骨《ぶこつ》な礼儀《れいぎ》正しさを見せるのと同じで、イギリス人ならではの態度だったのでしょう。わたしたちはその声を聞きながら、手を引かれ、荷物をもってもらい、地下室の階段を上《のぼ》って愛するわが家の残骸《ざんがい》を踏《ふ》み越《こ》え、裏庭に出ました。その後ろから、ほかの兵士たちも上がってきます。砲撃《ほうげき》の轟音《ごうおん》や震動《しんどう》に満ちた夜の闇《やみ》の中、わたしたちはジェイコブを手押《てお》し車の上に座らせました。銃《じゅう》はジェイコブが包帯を巻いた手で握《にぎ》りしめ、わたしのスーツケースとジェイコブの背嚢《はいのう》は彼《かれ》の両脇《りょうわき》に押《お》しこみました。敵に撃《う》たれたり、目的地に着くより先に、凍《こご》え死ぬか、溺《おぼ》れるのではないかと思うほど冷たい雨が降りしきる中、わたしたちは出発しました。ディルクが先導し、ヘンクが手押《てお》し車を押《お》し、わたしはその横を歩いて。重苦しい胸の内で心臓が激《はげ》しく打ち、渇《かわ》いた喉《のど》にかたまりがつかえているようで、思いは千々《ちぢ》に乱れました。

わたしは、だれにも、あんなつらい出発を経験してほしくはありません。

そしてまた、隠《かく》れ家《が》に着いた時のあの冷たい歓迎《かんげい》も。

8　ジェイコブ(5)

人は自分が目にしているものになる。

――ウィリアム・ブレイク

「目を開けてみろよ」

ダーンはジェイコブの背後に立ち、両肩《りょうかた》に手を置いたまま言った。二人は国立博物館の小さめの展示室のひとつにいた。ダーンはこの部屋に入る前に、薄目《うすめ》を開けたりしないと約束させたうえで、ぶらぶら歩く見学者を縫《ぬ》って、ジェイコブをここまで連れてきたのだった。

目を開けると、すぐ前の壁《かべ》にジェイコブ自身の肖像画《しょうぞうが》がかかっていた。古い油絵だった。腰《こし》から上の肖像《しょうぞう》だ。こちらから見てやや左に顔を向けている。全体に赤さび色がかった濃《こ》い茶色が使われているが、あごのとがった見慣れた顔だけは青白い。原寸大で描《えが》かれているようだ。顔はまるで日の光を浴びたように輝《かがや》いて見えるが、頭にかぶった僧服《そうふく》の頭巾《ずきん》が顔のまわりを暗く縁《ふち》どっている。目を伏《ふ》せ、まぶたは重そうになかば閉じていた。ハチに刺《さ》されたような肉厚の下唇《したくちびる》をした大きな口が、恥《は》ずかしそうに控《ひか》えめな自己満足の笑みを浮《う》かべたところを、画家は捉《とら》えていた。その目鼻立ちの中で、もっともジェイコブの注意を引いたのは、自分の顔の大嫌《だいきら》いな部分、つまり先が球根のように丸くなった、高くて線の太い鼻だった。父親の鼻も、祖父の鼻もこうだ。トッド一族の鼻。姉のポピーも弟のハリーもこんな鼻はしていない。二人は母親と同じ、すらりと細い鼻筋をしている。

今まで何度合わせ鏡を使って、この不愉快《ふゆかい》なでか鼻を、このぞっとするだんご鼻を、ふくれた象の鼻を、はれあがった排気器官《はいききかん》を、あらゆる角度からにらみつけたことか。時にはこの気恥《きは》ずかしくなるような送風機の先を、彫刻家《ちょうこくか》が粘土《ねんど》を成形するように、親指と人さし指でつまんだりこねたりして、かっこいいとまではいかなくても、少しは見ばえのいいしろものになりはしないかと期待したこともある。ジェイコブの思い描《えが》く魅力的《みりょくてき》な鼻とは、たとえばミケランジェロのダビデ像を美しく飾《かざ》る鼻であり、うっとりするほどハンサムな映画俳優、リバー・フェニックスの鼻だった。フェニックスと彼《かれ》の鼻については、最近もビデオで四度目の『マイ・プライベート・アイダホ』を見ながら子細《しさい》に研究したばかりだ。もちろん、それでなにがどうなるわけでもなく、気持ちをくじくような鼻のやつは、相変わらず悩《なや》みの種であることに変わりはない。

ジェイコブは、自分に生き写しの絵から目を離《はな》せないまま言った。「これはだれ?」

「ティトゥス。ティトゥス・ファン・レイン」

「聞いたことないな」

「でも、彼《かれ》の父親の方は知ってるはずだ」

「知らないと思うよ」

「レンブラントの自画像はだれが描《か》いた?」

「え?」

「レンブラントの自画像はだれが描《か》いたか、って聞いたんだ」

「レンブラントに決まってるじゃないか！」

「フルネームは、レンブラント・ファン・レインだ」

「そうか！　でも、これはいくつかある自画像のひとつじゃないよね。だって、この絵の人物はティトゥスっていう名前なんだろう？　ということは、この肖像画《しょうぞうが》を描《か》いたのはレンブラントだけど、この人は……」

「僧服《そうふく》を着た彼《かれ》の息子だ。ティトゥスが十九歳《さい》だった一六六〇年に描《か》かれたものだ」

この時になってようやく思いついたジェイコブは、絵の横にある説明文に目を走らせ、ダーンが作り話をしているわけではないことを確かめると、これでもかというくらい絵に近づき、ティトゥスとして描《えが》かれている自分の顔をなめるように観察し始めた。

相撲《すもう》とりのような体つきをした仕事熱心な女性警備員が近づいてきた。

ティトゥスはまるでそこに存在しているようで、絵の中の青年が今にも顔を上げ、まっすぐこちらを見つめてしゃべり始めるのではないかと思われるほどだった。自分を鏡に映したような顔に指をふれてみたくてたまらない。ジェイコブは、無意識のうちに片手を上げていた。

「下がりなさい」警備員の声がした。「後ろに下がって」

ジェイコブは一、二歩下がりはしたものの、絵から目を離《はな》すことができなかった。まるで催眠術《さいみんじゅつ》にかかったようだ。が同時に、奇妙《きみょう》だと思った。というのは、ぱっと人目を引くような絵ではなかったからだ。ひとりでぶらぶら見学していたら、目にとめることもなく前を通りすぎていたかもしれないし、事実、ほかの人たちはそうしている。絵の大部分はあまりに暗くて、なにが描《えが》かれているのか見わけられないほどだ。ティトゥスの背後に紅葉《こうよう》した木々の葉が描《えが》かれていることはわかる。茶色い僧服《そうふく》はいかにも厚手でごわごわした重い生地に見えるうえ、頭を見るかぎりでは青年には大きすぎる。服というより、よろいを身に着けているみたいで、樽《たる》のような胴《どう》とぶかぶかの袖《そで》ですっぽりおおわれている。しかし、すべてをのみこむ暗い背景の中から光を放つように、ティトゥスの顔は生き生きと精気に満ちて輝《かがや》いている。肌《はだ》はほんのり金色に光り、伏《ふ》せた目は思慮《しりょ》深《ぶか》く、少し寂《さび》しげで、ふくよかな下唇《したくちびる》は、たった今なめたばかりかと思われるほどあざやかに赤く、官能的でありながら同時に無邪気《むじゃき》な繊細《せんさい》さも感じさせる。無垢《むく》、という言葉がジェイコブの頭に浮《う》かんだ。

「気に入ったかい？」ダーンが横に並びながら言った。

今まで見た絵の中で、これほど惹《ひ》きつけられ、夢中にさせられたものはなかった。そこまで言いたくはなかったジェイコブは、「うん」とだけ答えた。

「それなら、もう少し歳《とし》をとってからの、赤い帽子《ぼうし》をかぶったティトゥスの肖像《しょうぞう》も見るといい。その絵では、彼《かれ》はまっすぐにこっちを、見る者の目を見つめてくるぞ。それに、どんな髪《かみ》をしているかもわかる。この絵では見えないからな。きみとちがって、長い茶色の巻き毛なんだ。きれいだぜ。どうだい、きみもそういう髪《かみ》にしてみちゃ」

「遠慮《えんりょ》しとくよ」

「似合うと思うけどな。その肖像画《しょうぞうが》は、きみなら簡単に見られる。ロンドンのウォレス・コレクションにあるんだ。おれは、この絵よりそっちの方が好きだ。技術的にも優《すぐ》れてるし、それにこの肖像《しょうぞう》は少し、その、なんていうんだっけ……ヌッフィフ……澄《す》ましてるだろう。マドンナのポーズでさ」

「マドンナだって！」

「歌手のマドンナじゃないぜ。キリストの母親、聖母マリアの方だ」

二人は笑った。

「で、ティトゥスのどこが聖母マリアなんだい？」

「ポーズさ。頭をたれた、汚《けが》れを知らぬ忍従《にんじゅう》の姿勢だ。手は膝《ひざ》の上で組み、僧服《そうふく》を身にまとっている。まるで聖者のように純潔そうだ。とりすましてる。何千とある処女マリア像とそっくりだ。それにベイ・ホット、神かけて言うけど、ティトゥスはいかにも童貞《どうてい》って感じだろ？　聖母マリアが処女だったように」

ジェイコブは肖像《しょうぞう》から目を離《はな》さないまましゃべった。「ダーンは、そういう知識はすべて美術史を勉強して身につけたんだね」

「ちがう。先にレンブラントを知ったからこそ、美術史を勉強し始めたんだ」

「どういうこと？」とくに知りたいわけでもなかったが、ダーンにしゃべらせておけば、そのあいだはティトゥスを見つめていられる。

「おれにとってレンブラントは、この世に現れたもっとも偉大《いだい》な画家だ。彼《かれ》は中世の終わりと近代の始まりに位置している。おれは『夜警《やけい》』を初めて見た時から彼《かれ》の虜《とりこ》になってしまった。ここに来る途中《とちゅう》にあった巨大《きょだい》な絵だ。父さんがあの絵を見せるためにここへ連れてきてくれたのは、おれが八歳《さい》の時だった。その時はあの絵がとてもドラマチックに思え、興奮し、キャンバスの中へ昇《のぼ》っていきたくなった。本当だぜ！　絵の中に入り、あの情景の一部になりたかった。もちろん今は、あれはすべて劇的な効果を計算して描《か》かれたもので、写実とはほど遠いことを知っている。光のあたり方は不自然だし、人物の配置もオペラのようで、一人一人がわざとらしい大げさなポーズをとっている。演劇性がとても強い。それが効果を生んでるんだ！　でも八歳《さい》のおれにとっては、あの絵は、まわりでひしめきあって絵を見てる人たちよりリアルだった。その時から、レンブラントについて学ぶべきことはすべて学ぼうとしてきた。見られる作品はすべて見るようにしてる。彼《かれ》の作品や生涯《しょうがい》を調べる。あらゆることを。些細《ささい》なことまでひとつ残らず。卒論のテーマはティトゥスなんだ。レンブラントの生涯《しょうがい》にティトゥスが果した役割。だれもあつかってないテーマだ。独立した研究対象としてはね」

ジェイコブは半分うわのそらで聞いていたが、そのうちに目の前のティトゥスにすっかり心を奪《うば》われた。ダーンも話を続けようとはしなくなった。

しばらく沈黙《ちんもく》があって、気がつくとダーンが腰《こし》に腕《うで》をまわし、ジェイコブを絵の前から引き離《はな》した。

「こっちを見てくれ」ダーンは、ひとつおいて隣《となり》にかかっている、ティトゥスより少し大きめの絵の前へジェイコブを連れていった。

ごつごつした顔の老人の絵で、頭には白と黄色のタオルを巻きつけたような帽子《ぼうし》をかぶり、その下からは正気の人とは思えないぼさぼさの巻き毛がはみ出し、つりあげた眉《まゆ》のせいで額にはしわがたくさん寄っている。涙《なみだ》ぐんだような目は、ジェイコブの左後ろに立つダーンを見つめているようで、両手に大きな本を広げてもっているところは、まるでたった今までその本を読んでいて顔を上げたばかりのように見えた。ティトゥスの肖像《しょうぞう》と同じように、すべての光、すべての強調が顔に集められている。そして、やはりティトゥスと同じ鼻――大きく、ごつごつして、先が丸くふくらんだ鼻をしていた。

ジェイコブはくすりと笑った。「なんだかぼけ老人みたいだな」

「五十五歳《さい》のレンブラント、死ぬ八年前だ」

「今にも死にそうに見えるけど」

「聖パウロの扮装《ふんそう》をした自画像だ。僧服《そうふく》を着たティトゥスの肖像《しょうぞう》の一年後に描《か》かれたものだ。来いよ。少し離《はな》れて立ってみな」ダーンの片手が肩《かた》にかかり、ジェイコブは後ろにひっぱられた。「ここからだと両方の絵が見える。並べて見ると、お互《たが》いを見てるのがわかるか？　ほぼ同時期の父と息子だ」

ジェイコブは負けじとそれにつけ足した。「そして、二人とも自分以外のだれかのふりをしてる」

「でも、伝わってくるのは、見てとれるのは、アクテーレンじゃなくて——」

「演技？……見せかけ、かな」

「そう、見せかけじゃない……ヘット・ドゥン・アルスオフ《だれかのふりをしている》じゃなくて……」

「人間としての真の姿が伝わってくる、って言いたいのかい？」

「そのとおり。真の姿だ。そう思わないか？」

ジェイコブは二枚の絵のそれぞれをよく見て、考えた。「うん。そう言われればそうだ」たしかにそうだ。それはジェイコブにもわかった。「顔のせいかな？」

「おれがレンブラントが大好きな理由のひとつはそれだ。真実を求める姿勢。つねに真摯《しんし》なんだ。人間を愛してる、ただありのままの姿をね。あるがままの生を恐《おそ》れない」

ジェイコブは思った。これはもう遊びじゃない。ダーンの話し方がちがう。真剣《しんけん》だ。本気で言ってる。会ってすぐの時とはちがう。ぼくたち二人の関係は変わったんだ。

ジェイコブはふたたび、ダーンの中に、これと特定できないなにかを感じとっていた。好ましいと思う一方で、落ち着かない気分にさせるなにかだった。

「で、なぜティトゥスについて書くことにしたの？　この人物のなにがそんなにおもしろいんだい？　きみが心酔《しんすい》してるのはレンブラントの方なんだろ？」

「そうだな、まずひとつには、レンブラントが破産に追いこまれた時――」

「そんなことが？」

「ああ。レンブラントは大金をかせいで、大成功をおさめ、ばりばり絵を描《か》いていた。働いて、働いて、働きづめだった。でも、同時に金づかいも荒《あら》かった。蒐集癖《しゅうしゅうへき》があったんだ。博物館ができるほど、ものを集めた。ありとあらゆる種類の品物をね。家の中は足の踏《ふ》み場もなかったらしい。最後には借金がふくれあがって返せなくなった。で、彼《かれ》の所有していたものはすべて没収《ぼっしゅう》され、競売にかけられた。ティトゥスはその競売に出かけていって、自分の金をはたき、できるかぎり買いもどしたそうだ。父親に必要と思われるものをね。その中には、レンブラントが自画像を描《か》く時に使っていた、黒檀《こくたん》の枠《わく》に入った美しい鏡もあった。競売のあとで、ティトゥスは買いもどした品物をすべて荷馬車に積みこんだ。ところが家に帰る途中《とちゅう》、どういうわけか、その鏡が割れてしまった」

「へえ！　そりゃ大変だ」

「そう、大変だった。ティトゥスがどんな気持ちだったか、想像できるか？　それに、彼《かれ》が父親の品物を買いもどすためにできるかぎりのことをしたのはなんのためだったか、考えてもみろよ。父レンブラントが大切だと思っていた唯一《ゆいいつ》のこと、つまり絵が続けられるように、という一心だったんだろう。歴史家や批評家、いろいろな人たちが、レンブラントはティトゥスから盗《ぬす》みを働いたと言っている。息子を食い物にして、ティトゥスの母親サスキアが死んだ時に息子に遺《のこ》した金を使いこんだ、とね。つまり、レンブラントは自分の仕事や幸福しか考えない、わがままで親の権威《けんい》をかさに着た人物だと言ってるわけだ。でも、おれはそんなことはこれっぽっちも信じちゃいない。それに、ティトゥスが競売に行って鏡を買ったというエピソードは、彼《かれ》がレンブラントを愛していて、父親を支え、助けるためならなんでもするつもりだった証拠《しょうこ》だとおれには思える。実際、ティトゥスがいなかったら、レンブラントは絵を描《か》き続けられなかったんだ。なぜなら、当時、破産は商売をたたむことを意味していたんだから。レンブラントをそうした苦境から救い出すために、ティトゥスは自分が父親を雇《やと》う形にして絵を描《か》かせたんだ」

ジェイコブは二枚の肖像画《しょうぞうが》を、それまでとはちがう目で見た。父親を雇《やと》った息子は、モデルとして父親に雇《やと》われていたのだ。

「いい話だね。ティトゥスはなにをしてた人なんだい？」

「職業はなんだったか、という意味か？　画家になろうとしたが才能はまったくなかったといわれている。おれには、彼《かれ》が本当に画家を志していたとは思えないがね。彼《かれ》がしていたこと、彼《かれ》が何者だったかといえば、父親のモデルだったんだ。ティトゥスが愛したのは、父親のために座っていることだったと思う。父親にじっと観察され、父親の目を一身に集めることを愛し、父親が仕事をしているのを見守るのが好きだったんだ」

「父を見る息子を見る父、ってわけか」

「そうだ。一人は相手を描《か》き、一人は自分が描《か》かれていることを知っている関係だ。それが大切なのさ」

「どういうこと？　ぼくにはよくわからない」

「こんなふうに考えてみてくれ。おれはこの前、ヘールトラウに尋《たず》ねてみた。愛とはなにか——本当の愛、真の愛情とはなんだと思う、って。ヘールトラウはこう答えたよ。わたしにとって本当の愛とは、相手を見つめ、同時に相手からもほかのことをいっさい忘れて自分だけを見つめてもらうことだ、とね。もしそれが正しいとすれば、真の愛を知るには、ティトゥスを描《か》いたレンブラントの絵を見るだけでいい。ティトゥスの肖像《しょうぞう》はたくさんあるが、どれを見ても、二人が互《たが》いを愛していたことがわかる。なぜなら、それこそがきみの目に映るものだからだ。いっさいを忘れて、互《たが》いを見つめあう姿だ」

ジェイコブは父から子へ、子から父へと視線を移してみて、ダーンのいわんとすることを理解した。

「でも、そうなると……」ジェイコブは思いつくままにしゃべった。「すべての芸術は愛ってことになる。だって、どんな芸術でも、よく観察することが求められるだろう？　対象をよく見ることが」

「画家は筆を動かしながら子細《しさい》に観察し、鑑賞《かんしょう》する者は描《えが》かれたものを子細に観察する。そうだな。真の芸術ならあらゆるものにあてはまる。絵画。著作——文学もそうだし。きみの言うとおりだと思う。まがいものの芸術は、対象を一心不乱に観察することを怠《おこた》っている。おれがなぜ美術史が好きなのかわかるだろう？　美術史っていうのは、生のありようを一心に見つめる方法の研究なのさ。愛の歴史だな」

「で、どうなったの、ティトゥスは？」

「銀細工師の娘《むすめ》と結婚《けっこん》した。でも、七カ月いっしょに暮らしただけで、ティトゥスはペストで死んだ」

「黒死病だね」

「当時はそれで大勢の人が死んだんだ。彼《かれ》は西教会に葬《ほうむ》られた」

「アンネ・フランクの家の近くだ」

「その一年後、レンブラントも死んだ。ペストのせいじゃない。おそらく、気落ちして、ということだろう。レンブラントの遺体は西教会のティトゥスの隣《となり》に埋葬《まいそう》されたことになってるが、墓は見つかっていない」

それ以上なにも思いつかなかったので、ジェイコブはダーンの腕《うで》から離《はな》れ、ティトゥスの肖像《しょうぞう》をもう一度よく見るために近寄った。ダーンもあとをついてくる。扉《とびら》のそばから例の警備員がじっと二人を見ていた。

「どうだい」とダーンが言った。「おれの言うとおりだろ？　ティトゥスはきみにうり二つだ」

「ぼくはぼうず《モンク》の猿《モンキー》まねはしないけどね」

ダーンは下手な冗談《じょうだん》を無視した。「どんな気がする？」

「気味が悪いよ。どんな人物だか知ったあとだと、いっそう気味が悪い」

警備員が一歩近づいた。

「きっとぼくらがこの絵を盗《ぬす》むと思ってるんだ」ジェイコブはささやいた。

「最近ちょっとした事件があったのさ」

「事件？」

「ティトゥスにキスしたやつがいる」

「それって、だれかが実際にこの絵に近寄って、ティトゥスの唇《くちびる》に音でもたててキスしたってこと?」

「そう」

「へーえ! で、どうなった?」

「目撃者《もくげきしゃ》がいないんだ」

「じゃあ、どうしてキスしたとわかったんだ?」

「犯人が口紅の痕《あと》を残していったからさ」

「信じられない!」

「口紅ってのは、絵を傷つけずにとりのぞくのがとても難しいんだ」

「で、だれがやったのかわからないわけ?」

「たしかなことはね」

ジェイコブはダーンの顔をちらりと見た。「でも、きみには見当がついてる?」

「ネー、ネー《いや、とんでもない》!」

「いや、見当はついてるんだろ。顔に書いてあるぞ!」

ダーンはにやりと笑った。

「ねえ、教えてくれよ! だれなんだい?」

「おれの唇《くちびる》は封印《ふういん》されてる。英語ではそんなふうに言うんじゃなかったっけ?」

「ティトゥスも口をきくことはない! スウォーク!」

「スウォーク?」

「SWALK。頭文字をつなげて読むんだ。Sealed with a loving kiss.（愛をこめてキスで封印《ふういん》を。）よく若い連中がラブレターに書く文句さ」

ダーンはさげすむような笑みを浮《う》かべた。「オランダじゃあそんなことはしないな」

二人は黙《だま》って立ったまま、ティトゥスの肖像画《しょうぞうが》を見つめていた。ほかの見学者たちはちらりとながめてはぶらぶらと通りすぎ、立ちどまってそれ以上の時間をかける者は少ない。

しばらくしてジェイコブは口を開いた。「初めて見た時からずっと感じてるんだけど、あと一分も待てば、ティトゥスが立ちあがって絵から抜《ぬ》け出し、ぼくたちと話し始めるような気がする」

ダーンはなにも言わずに、ふたたびジェイコブの肩《かた》に片手を置くと、人混みを抜《ぬ》け、もと来た方へ戻《もど》り始めた。そして売店に立ち寄り、僧服《そうふく》を着たティトゥスと、聖パウロに扮《ふん》したレンブラントの絵葉書を買った。

「ほら」ダーンはその二枚の絵葉書をジェイコブにさし出した。「若いきみと、年老いたきみだ」

大理石の階段を下りて出口に向かいながら、ダーンは哀切《あいせつ》なメロディーをかすれ声で歌い始めた。

「メイン・へーレ・レーヴェン・ゾホト・イック・ヤウ、
オム、エインデルック・ヘフォンデン、
トゥ・ヴェーテン・ヴァット・エーンザーム・イス」

「いったい、それはなんの歌?」

「オランダの詩人、ブラム・フェルミューレンが書いた歌だ」

「英語に直すと、どんな歌詞？」
ダーンは階段の下で立ちどまると、少し考えてから、もったいぶった声色《こわいろ》で答えた。
「わたしは生涯《しょうがい》かけておまえを探してきた、
ようやく今、おまえを見つけたというのに、
孤独《こどく》の意味を知っただけだ」

9　ジェイコブ(6)

ウラジーミル　生きていたというだけでは不足なのだ。
エストラゴン　それについて語らずにはいられない。
ウラジーミル　死んでいるというだけでは不足なのだ。
エストラゴン　それでは満足できない。

――サミュエル・ベケット『ゴドーを待ちながら』

「ずいぶん長かったね」ジェイコブが言った。

ダーンは、電話で母親と三十分以上も話したところだった。ジェイコブは自分の名前が何度も出てくるので、落ち着かない気分を味わった。

「テッセルはすっかりまいってた。一日じゅうヘールトラウに手こずらされたらしい。ジェイコブはどこにいるのか、と何度も聞かれたそうだ。ヘールトラウはきみに会いたがってる」

「そんなに人気があるとはうれしいかぎりだね」

ダーンがこの冗談《じょうだん》にとりあってくれなかったので、ジェイコブはふたたび軽いパニックに襲《おそ》われた。いっしょにティトゥスの肖像《しょうぞう》を見ているあいだは、打ちとけたと思っていたが、今はまた、自分が場ちがいなところにいるような気がする。

「なにがあったか説明しといたよ」と、ダーン。

「それはまたずいぶん手際《てぎわ》がいい」

「言ったろう。テッセルはきみに対して責任を感じてるんだ。ところがヘールトラウがあれこれ言って悩《なや》ませるものだから、どうするのが一番なのかわからなくなってる」

「ぼくはイギリスに帰った方がよさそうだな」

「それはだめだ。明日はヘールトラウに会わなくちゃならない」

「会わなくちゃならない……?」

「いや、きみさえよければの話だが。日曜にはテッセルがきみをオーステルベークで開かれる式典に連れていく。その日はおれがヘールトラウのそばにいることにした。今夜はここに泊《と》まってくれ。テッセルには話をして、それが一番だと納得させた」

「そいつはどうも」

「きみもそうしたいだろうと思ったんだが。ここに泊《と》まる方がいいだろ、な? それに、だれにとってもその方がありがたいんだ」

「ぼくの荷物は全部、きみの両親の家にあるんだぜ」

「ひと晩くらい、なんとでもなるさ。明日ヘールトラウのところから帰ってくる時にとってきて、そのままこっちにいればいい」

「ちょ、ちょっと待ってくれ! 悪いけど話が早すぎてついてけないよ。先に進む前に——ほら、言ってたじゃないか。きみはまず、きみのお母さん、テッセルと話をして、そのあとでぼくに説明することがあるって」

「ああ」

「かなり深刻な話なんだろ」

「そのとおり」

「あの、無理言うつもりはないけど、まずその話ってのを聞いておきたいな、先の計画をたてる前に」

「みんなどうしてこう……なんていうんだっけ――オンヘルスト――心配ばかりするんだろうな」

「そうかもしれないけど――」

「わかってる、わかってるって！　おれはよくバーズィフだっていわれるよ。主人づらかな？」

「親分づらだろ」ジェイコブは笑いながら答えた。

「ヤー《うん》、親分づらするっていわれるんだ。自分じゃそんなつもりはない。でも、なにかやらなきゃいけないって時に、ぐずぐず迷うのは我慢《がまん》できないんだ。父親ゆずりさ。おれの親父もそうなんだ。テッセルは難しい局面になると、こうしようか、ああしようかと迷う。いつも、エル・オム・ヘーン・ドゥラーイエン……クリストス《くそっ》！　英語でどういうんだっけ？　ほら、なにも決められずにうろたえて――」

「……おろおろする？」

「おろおろ？　そうだっけ？」

「ああ」

「オーケー。ダンクー《ありがとう》。おろおろね！　とにかく、おれはそういうのが我慢《がまん》できないんだ」

「わかったよ。でも……」

「ああ、そうとも。わかってる。問題は、テッセルが自分の口から説明する、と言ってることだ。ゆずらないんだ。今の電話でも、そう言って聞かなかった」

「でも、いつ？　だって、ぼくは……ほら、きみのお祖母さんに会う前に知っておきたいじゃないか――」

「当然だ。だからおれが話してやるしかない。ただし、テッセルには、なにも聞いてないふりをしてくれ」

「なんだって？」

「知らないふりをするんだ」

「そんなことできない」

「それが一番なんだ。テッセルは、ただでさえまいってるんだから」

「でも、ぼくにはできない。それじゃあ嘘《うそ》をつくことになる。嘘《うそ》はいやだ」

「なにも言わなくていい。ただテッセルの話を聞いてればいいんだ。それなら嘘《うそ》をつくことにはならない」

「そうかな？」

「倫理学《りんりがく》でも論じあうつもりか？」

「今は遠慮《えんりょ》しとくよ。それに、どっちみち無駄《むだ》さ。ぼくは顔に出るたちなんだ。隠《かく》しごとしてても、いつも顔でばれる。しょっちゅうそういわれてる」

ダーンは笑った。「開いた本みたいに中が丸見えってわけだな」

「『まるでいろいろなことが読める本のような』」

「え？」

「ごめん、シェイクスピアだ。例のスコットランドの話さ」

「例のって？」

「スコットランド王の話だよ、知ってるだろ？」

「いや、知らない。どうしておれが知らなきゃならないんだ？」

「題名は言えない」

「なぜ？」

「ばちがあたる」

「きみは迷信深い方なのか？」

「いや、そうでもない。ただ、これは演劇界の伝統なんだ」

「だからどうだっていうんだ？」

「この劇の名をずばり口にしてしまったら、手をたたき、三度まわって厄《やく》ばらいしなきゃならない」

「クレッツ《くだらん》！」

「本当なんだよ。ぼくはこの劇に出たことがある。学校でやったんだ。ぼくの役はマルカム、殺される王の息子だった。退屈《たいくつ》な役でね。それにせりふもだいぶカットされてた。もっとも、それで助かったんだけど。なにしろぼくは、芝居《しばい》はうまくないから。それはともかく、みんなこの劇の題名をずっと口にしてて、おかげで大変なことになった」

「大変なこと？」

「ある晩はだれかが脚《あし》を折ったかと思うと、次の晩は戦闘《せんとう》場面でほんとに刺《さ》されるやつが出る。そんなぐあいさ」

「偶然《ぐうぜん》だろ」

「かもしれない。かなり激しい劇だからね、『マクベス』は。それにしても……」

「ああ、『マクベス』か」

「しまった！」

「ということは、手をたたいてくるくるまわるとかいう、ばからしい厄《やく》ばらいをいっしょにやってくれっていうんだろうな？」

「だね」

二人は立ちあがって向きあった。

「クランクズィニフ《正気のさたじゃないね》！」

「あとで悔《く》やむよりましさ」

二人は手をたたいて三度まわってから、もとの位置にどさりと腰《こし》を下ろし、くすくす笑った。

ダーンが言った。「おれがこんなことをするとはね」

「きみみたいな合理主義者は、少しは反省した方がいいんだ」

「ばからしい」

「大人げないなあ」ジェイコブは言った。本当にそう思ったからというよりは、この言葉がなんとなく気に入っていたからだ。そして笑っているのは、おもしろいからというより、どうふるまえばいいのかわからなくなりそうだった時に、ほっとひと息つけたからだ。そして、そんな心の内をダーンに悟《さと》られないことを願っていた。

ダーンはキッチンへ行き、辛口《からくち》の白ワインを開けた。六時過ぎのことで、この時間になるとヘールトラウがいつもそうしていたので習慣になってしまった、とダーンは言った。

「『夕べの一杯《ぱい》』。ヘールトラウはそう呼んでた。でもこれはただのエーン・フートコープ・ヴェインチェ——ええと——安物だから」

「プロンク（安ワイン）」

「だから少しトニックウォーターを足すことにしてる。スプリッツァーにするんだ。きみはどうする？」

「同じものでいいよ」

「自分の好みってものはないのか？」

「プロンクについてはね。いや、それをいうならどんなワインでも同じか。きみとちがって飲みつけてないから」

「じゃあ、おれが教育してやろう」

「悪の道に誘《さそ》うってことだろ？」

「その二つは同じって考え方もある。ちがうか？」

「そうかな」

「なにかを学べば、もう純粋無垢《じゅんすいむく》のままじゃいられない」

「ものは言いようだね」

「どっちから入っても行き着く先は同じなんだ」

「悪いけど、そんな話をする気にはなれない。またいずれ、ってことに」

二人はグラスを手にして座った。外は夕暮れで、部屋はすでに薄暗《うすぐら》くなっている。ダーンがソファの近くの照明をつけると、薄暮《はくぼ》の中で二人のまわりだけが島のように浮《う》かびあがった。頭上にはがっしりとした梁《はり》が何本か、ぼんやりと見えている。ジェイコブには、今まで以上に自分たちが古い帆船《はんせん》の甲板《かんぱん》の下に座っているように思えた。岸からはすでに遠く離《はな》れ、どこに向かっているかわからない船の中で。

二人の雰囲気《ふんいき》はふたたび重苦しいものに変わった。ダーンは何かを計算するような目でジェイコブをじっと見ている。おれの方が歳上《としうえ》だ、とはっきり言っているような目つきで。ジェイコブは、あてもなく流されている気分になりながらも、おそらくワインが力を貸してくれたのだろう、ダーンの目を見つめ返した。「オランダ人の勇気」（酒の勢いを借りたから元気のこと）だな。ジェイコブはにこりともせずに思った。

ようやくダーンが口を開いた。「さあ、お待ちかね、ってやつだ。いいか？」

「いいよ」

「ヘールトラウが病気だってことは知ってるな」

ジェイコブはうなずいた。

「じつは、ただぐあいが悪いってだけじゃない。胃癌《いがん》なんだ」

ダーンは口をつぐみ、ジェイコブがなにか言うのを待った。だが、ジェイコブはなにも言えず、ただごくりと唾《つば》をのむしかなかった。まるでとがった石が喉《のど》につまりかけたように喉《のど》ぼとけが上下するのがわかり、今聞いた言葉に感染したみたいに胃がぎゅっとしめつけられた。

「もう治らない」ダーンが先を続けた。「それに激しい痛みもある。耐《た》えられないほどの激痛がしょっちゅう襲《おそ》ってくるんだ。しかも、その回数がどんどん増えてる」

「それはひどい」ジェイコブはしぼり出すように言った。

「医者は薬を使ってせいいっぱいのことをしてくれてる。でも、最近じゃ、それも間に合わなくなってるんだ。痛みというのは、薬を餌《えさ》にして、だんだん強く、ひどくなるものなんじゃないか、って思うこともあるよ」

ジェイコブはグラスを置かずにはいられなかったが、それでもなんとかしゃべった。「でも、なにかできることがあるんじゃないの？」

ダーンは首を振《ふ》った。「末期癌《まっきがん》なんだ」

「つまり、もうあまり長くはないってこと？」

「数週間だろう。でも、息を引きとる前の痛みは……」ダーンは、自分まで急に激痛に襲《おそ》われたかのようにひとつ大きく息を吸った。「医者の一人に聞いたんだが、最悪の拷問《ごうもん》よりつらいらしい」

ジェイコブは、ダーンの言う拷問《ごうもん》をうわまわる痛みとはどんなものなのか、理解しようとした。しかし、自分の日常にはそんな恐怖《きょうふ》を想像する手がかりは見つけられない。ジェイコブは、なにか言わなければという思いだけで口を開いた。「で、本当に医者ができることはもうなにもないの?」

「ニーツ。ほとんどない《なにもない》」ダーンは顔をそむけた。「たったひとつをのぞいては」

そう聞いたとたん、ジェイコブはこれからどんな話を聞かされるのか悟《さと》った。体はそれにそなえて硬《かた》くなったが、同時に力が抜《ぬ》けていくような気もした。あとには、硬《かた》くなった肉体の内側に、ぐにゃりとした弱さが閉じこめられている感覚だけが残った。

ダーンは間をおかず、避《さ》けて通れない話をしてくれと求められた者によくあるように、なさけ容赦《ようしゃ》ないペースで先を続けた。

「医者は彼女《かのじょ》の死を早めることができる。ヘールトラウもそれを望んでいる。そして、そうすることになった。もう決まったことだ。わかるか?」

ジェイコブはうなずいた。「安楽死だね」そう言ってから、「学校のディベートでテーマにしたことがある」とつけ加えた。が、言いながらすでに、その言葉がなんとそらぞらしく響《ひび》くことかと思った。

「で、きみはその時なんと言った?」

「ほとんどの生徒は反対した。生の否定だってね。権力を握《にぎ》った人たちが、自分たちに都合《つごう》の悪い者を排除《はいじょ》するような状況につながる、という意見も出た」

「ドイツのヒトラーとナチスのようにか」

「ああ。それに、ドイツだけじゃない。スターリンだってやり方はちがうけど似たようなものだろう。ポル・ポトもそうだ。現代では寿命《じゅみょう》が延びて、高齢《こうれい》の人が増えている。高齢者《こうれいしゃ》の医療《いりょう》にどれだけ金がかかるか、さんざん聞かされてるじゃないか。だから、もし安楽死が認められたりしたら——」

「オランダじゃあ、そういう議論はもうすんでる。で、きみ自身は、そういうほかの生徒たちの意見に賛成したのか？」

「うん。今言ったようなことについてはね。でも……」

「でも？」

「人はだれでも尊厳《そんげん》を保って死ぬ権利をもつ、と主張した生徒もいた。自分の死について決める権利があるって。だれも生んでくれと頼《たの》んだわけじゃないが、死ぬ時くらいはものを言う権利があるはずだ、って。とくに、体がもう……、その、ちゃんと機能しなくなってしまった時には……。これは個人の自由の問題だっていうのさ」

「で、きみは？　きみ自身はどう思うんだ？」

「その意見には賛成だ。尊厳をもって死んでいくことや、自分の死に方を決める権利があるってことには」ジェイコブはひややかな目でダーンを見た。「でも、口で言うのは簡単さ」

ダーンはワインを飲み干した。「オランダでは、必要な手続きをすべて踏《ふ》みさえすれば認められていることなんだ。病気が末期に入っていて、激しい痛みをともなう場合でなければならない。ヘールトラウはそうだ。二人の医師の同意が必要。それもすでに得ている。さらに、当局に依頼《いらい》された外部の医師が個々のケースを審査《しんさ》し、同意しなければならない。この手続きもすんでいる。近親者に諮《はか》って、同意を得なければならない。おれたちは同意している。ただ、簡単じゃなかった。親父とおれは、すぐにこの話を受け入れた。でも、テッセルはがんとして受けつけなかった。理性的な判断で反対したんじゃない。気持ちのうえで受け入れられなかった。とにかくいやだ、といって。おれたちは――テッセルとおれは、この件で大げんかしたよ。お互《たが》いにそれはもうひどいことを言いあった。テッセルは、この部屋を売って金を手に入れたいからヘールトラウに消えてもらいたいんだろう、といっておれを非難した。ここはヘールトラウの遺言《ゆいごん》でおれのものになるからね。おれはおれで、テッセルのことを、ヘールトラウが苦しむのを見たいんだろうとなじった。なにしろ——、その、まあ、今まで身内でいろいろあったものだから。どうやら人間ってのは、ああいう時になると、言ってはならないことまで言いあってしまうものらしい。仲直りはしたよ。でも、まだしこりは残ってる。だからこそテッセルは、この話をそっくり自分の口からきみに伝えたかったんだと思う。自分なりの話し方できみに聞かせたいと思ったのさ。昨日、きみにここの住所を教えなかったのも同じ理由からだ」

ダーンは二杯《はい》目のワインをつぐと、楽な姿勢に座り直した。

「まあ、それはともかく、ヘールトラウのそばでだれよりも長い時間を過ごし、彼女《かのじょ》の苦しみに接していなければならないのはテッセルなんだ。おかげで疲《つか》れはててる。そこへもってきて、ヘールトラウがある時は強硬《きょうこう》に言いはり、ある時は懇願《こんがん》し、何度もこの話をくり返したものだから、とうとうテッセルも、自分がどう思おうが、大事なのはヘールトラウがなにを望んでいるかだ、と納得せざるをえなかった」

沈黙《ちんもく》が降りた。ジェイコブは口の中がからからになっていた。ワインに手を伸《の》ばしたが、グラスが震《ふる》えないよう両手で支えなければならなかった。よく冷えたさわやかな液体が食道に刺激《しげき》を与《あた》えながら駆《か》けおり、熱くなった腹の中を冷ました。ちらりと目をやると、ダーンはソファに身を沈《しず》めたまま、じっとこっちを見つめている。刺《さ》しつらぬくような青く美しい瞳《ひとみ》は、もの問いたげで、なにか探《さぐ》ろうとしているように見えた。ジェイコブは、ここに来てから今まで、ときどきダーンがこんな目つきで自分を観察しているのに気づいていた。なぜだろう？　なにを探《さぐ》っているんだろう？　なにか求めるものがあるんだろうか？

ジェイコブは汗《あせ》ばんだ額を、グラスにふれて冷たくなった指でぬぐった。

「九日後」ダーンが言った。「次の次の月曜日だ」

ジェイコブは顔面を殴《なぐ》られたような衝撃《しょうげき》を受けた。なにも言えなかった。なんと言えばいいかわからない、とさえ言えない。

その代わり、ふいに、思いもかけず涙《なみだ》がにじんできて、目からあふれて頬《ほお》を伝い、顎《あご》から胸へとしたたった。ジェイコブはそれをこらえようとも、ぬぐおうともしなかった。泣きじゃくるわけでもなく、あえいだり、洟《はな》をすすったりもせず、静かに、身じろぎひとつせずに座ったまま、顔を上げ、暗い影《かげ》に埋《う》もれた細長い部屋の奥《おく》をじっと見つめていた。あのいつもの大嫌《だいきら》いな苦痛の種――自分がぶざまで、ばかで、なんの能力もなく、身の置きどころがないような感覚が湧《わ》いてきたが、この時ばかりは気にならず、それをどうこうするつもりもなかった。ネズミの夢が脳裏《のうり》をよぎった。アンネ・フランクのこと、今朝、彼女《かのじょ》の家を――いや、あれは家ではない、展示館だ――訪れた時のことが思い浮《う》かぶ。そして今、この話を聞き、涙《なみだ》を流している。こうしたことがみな、どこかでつながっているように思えた。

しばらくしてダーンが、静かに、しかし、きっぱりと言った。「ヘールトラウのために泣くのはよしてくれ。彼女《かのじょ》はそんなことは望まない」

「そのせいで泣いてるわけじゃない」ジェイコブはそう言ったとたん、はたと悟《さと》った。

「じゃあ、なぜ泣く？」

「ぼくが生きてるからだ」

10　ヘールトラウ(4)

わたしは今でも、ディルクがあのドイツ兵を殺さずにすんでいたら、と思わずにはいられません。暗《くら》闇《やみ》の中、わたしたちは家から家へ、通りから通りへ、ハルテンステイン・ホテルの裏にある公園の木から木へと苦労して移動しながら、オーステルベークの村を抜《ぬ》けていきました。ドイツ軍の拠点《きょてん》を攻撃《こうげき》するイギリス軍の雷鳴《らいめい》のような砲声《ほうせい》につねにおびえ、氷のように冷たい雨にぐっしょり濡《ぬ》れながら、わたしは、だれも死にませんように、と祈《いの》っていました――そのころはまだ、わたしもお祈《いの》りをしていたのです。兄のヘンクも、わたしたち兄妹の友人ディルクも、同盟国イギリスの兵士ジェイコブも、わたし自身も死にませんように、そして、ドイツ兵も一人も死にませんようにと。もう人殺しはたくさんでした。わたしはあの戦争や殺戮《さつりく》を招いた悪を心底憎《にく》んでいました。その悪はわたしたちの心の中に湧《わ》き出した毒素で、わたしたちの魂《たましい》をむさぼり食っているように思えたのです。

もう少しで村から出られそうだという時に、それは起こりました。ヘンクとディルクは幼いころからの友だちで、そのあたりのあらゆる場所で遊んだことがあり、互《たが》いの家まで歩いたり自転車に乗ったり、さまざまな経路で何度となく行き来していました。途中《とちゅう》にある土地は、それこそ一ミリ四方までもれなく知りつくしていたのです。ですから、夜でも、そしてこんなにひどい天候でも道がわかるし、ドイツ兵を避《さ》ける自信がありました。わたしたちが知るかぎり、ドイツ兵たちは西側の戦線に沿った林の中の、かなり間隔《かんかく》をおいて掘《ほ》った塹壕《ざんごう》にしかいないはずだったのです。うまく村を抜《ぬ》けたと思い、気をゆるめかけた時、突然《とつぜん》、一人のドイツ兵が目の前の地面からぬっと立ちあがりました。

彼《かれ》がわたしたちに気づいていたとは思えません。たぶん、そのドイツ兵が立ちあがったのは、こわばった手足を伸《の》ばし、居心地の悪い、狭《せま》い塹壕《ざんごう》の中で体の位置を変えようとしただけだったのでしょう。なんであれ、わたしたちが驚《おどろ》いた以上に、彼《かれ》の方が驚《おどろ》いたようでした。そのおかげでわたしたちは命拾いしました。運よく、そのドイツ兵が一瞬《いっしゅん》ためらったからです。ジェイコブは家を出てからずっと、銃《じゅう》をいつでも発砲《はっぽう》できるようにかまえていました。ところが、あの寒さと雨の中、手押《てお》し車の上に一時間以上も座っていたので、ただでさえ弱っていた体はがちがちに硬《かた》くなっていました。ですから、なんとか銃口《じゅうこう》を相手に向けはしたものの、凍《こご》えきった指では引き金をうまく引けませんでした。そのあいだにドイツ兵がわれに返り、銃《じゅう》をかまえました。同時にヘンクが手押《てお》し車を放し、飛びかかるようにしてわたしを地面に押し倒《たお》し、おおいかぶさりました。わたしを守ろうとしたのです。

だからわたしは、次になにが起きたのか見ていません。ジェイコブの銃《じゅう》の発射音を聞いただけです。頭を上げて初めて、ヘンクがわたしを押し倒《たお》すのと同時に、ディルクがジェイコブの銃《じゅう》をむしりとり、ねらいを定めて引き金を引き、ドイツ兵の顔面を撃《う》って即死《そくし》させていた、とわかりました。農家の息子であるディルクは散弾銃《さんだんじゅう》のあつかいには慣れていましたが、ジェイコブのもっていたイギリス製の軽《けい》機関銃《きかんじゅう》など使ったことがありません。ディルクのとった行動は、一瞬《いっしゅん》の興奮状態の中、本能的にしたことだったのです。同じように、ヘンクは兄としての本能からわたしを地面に押し倒《たお》し、自分の体を盾《たて》にして守ろうとしました。

ドイツ兵がこちらに気づかないまま立ちあがったのは運がよかっただけで、彼《かれ》が躊躇《ちゅうちょ》したことも、ディルクがあんなにすばやく動けたことも、ジェイコブの銃《じゅう》が発射できる状態になっていて、さらに、悪条件下できちんと作動したことも、運がよかったとしかいいようがありません。あのような場面で、そしてとりわけ戦争においてはよくあるように、運よく、ああいう結果になっただけなのです。けっして、英雄的《えいゆうてき》な行為《こうい》のたまものではありません。英雄的《えいゆうてき》な行為《こうい》が理性で考えた末のものであるとするならば、あの時、なにか考える時間などなかったのですから。あの結果はあくまでも、運という、不合理で、気まぐれで、不公平なものから生まれたのです。

その時わたしは、ヘンクに押し倒《たお》され、すぐにまた引き起こされたとしか感じませんでした。そしてわたしたちは、木立の中で手押《てお》し車を押《お》せるせいいっぱいの速さで先を急ぎ、銃声《じゅうせい》や炸裂《さくれつ》する砲弾《ほうだん》や死んだあのドイツ兵や、近くの塹壕《ざんごう》で大切な自分の命を守るために地面の中に身を縮めているかもしれないほかのドイツ兵たちから逃《に》げていきました。彼らが頭を上げられずにいたのはイギリス軍の砲撃《ほうげき》のせいだったことを考えると、最近、軍関係の政治家たちが見えすいた言葉のごまかしで「友軍の砲火《ほうか》」と呼んでいるものにあたってわたしたちが死ななかったのもまた、運がよかったからだと思います。（国を治める人たちによる皮肉な言葉のごまかしがなくなることは、けっしてないのでしょうね。）

農場にたどりついたのは午前三時ごろのことでした。わたしたちを迎《むか》えるヴェッセリング夫妻の態度は、心のどこかで望んでいたような温かい歓迎《かんげい》ぶりとはいえませんでした。もちろん、息子の姿を目にし、けがもなく無事であると知って喜んではいました。でも夫妻は、最初から、ディルクが家を出てイギリス軍の手助けをすることなど望んでいませんでしたし、こんなことを言うのは残念ですが、すべてヘンクのせいだと思っていました。ヘンクがディルクを説《と》き伏《ふ》せ、親の思いに反する行動をとらせたのだ、と信じていたのです。公平に見れば、夫妻を責めることなどできません。ディルクは一人っ子でしたし、ヴェッセリング夫人は、息子を失うかもしれないと考えてとり乱していました。そこへディルクが、父親のいう「意地っぱりの愚行《ぐこう》」から夜の夜中に戻《もど》ってきて、夫妻にとっては要注意人物である友だちとその妹ばかりか、負傷して自分の面倒《めんどう》さえ見られないイギリス兵まで連れ帰ったのです。万一、このイギリス兵といっしょにいるところをドイツ軍に見つかったら、彼《かれ》の存在そのものが、わたしたち全員の名前を記《しる》した死刑執行令状《しけいしっこうれいじょう》になるのです。こうした状況《じょうきょう》を考えれば、夫妻がわたしたちの到《とう》着《ちゃく》に大喜びするなどと期待する方がまちがっていました。

ジェイコブはひどい状態で、意識が薄《うす》れ、痛みも激しいようでした。わたしたちは彼《かれ》を家の中に運び入れ、体をふき、びしょぬれの服を脱《ぬ》がせてディルクの服を着せました。二人はちょうど同じくらいの体格だったので、服はぴったり合いました。そのあとで、ヘンクとディルクとわたしも体をふき、乾《かわ》いた服に着《き》替《が》えました。それが終わるまで、だれもほとんど口をききませんでした。ヴェッセリング夫妻は善良で現実的な田舎の人たちで、騒《さわ》ぎたてたり感情を表に出したりするのを嫌《きら》い、このような、いざという時には落ち着いてきぱき対処し、秩序《ちつじょ》正しい日々の暮らしをとりもどすために必要なことをやってのける人たちでした。わたしたちのせいで自分たちの身に降りかかってきた問題を夫妻がどう考え、どう感じていたにしろ、その姿勢に変わりはありませんでした。

みなの着《き》替《が》えが終わるとすぐ、ヴェッセリング夫妻はこれからのことを相談しようと、食べ物を用意してディルクとヘンクを連れて客間に入り、わたしはジェイコブの世話をするためにあとに残されました。わたしたち二人は台所の料理用ストーブのそばに座って、すばらしい焼きたてのパンをかじり、豆のスープを食べました。ジェイコブの手はまだスプーンを使える状態ではなかったので、スープはわたしが食べさせてやりました。

それまでの数日間、食べるものにもこと欠いたあとでは、まるで天国にいる気分でした。雨に濡《ぬ》れずに暖かくしていられる天国、おなかいっぱい食べられる天国、危険なこともなく、砲声《ほうせい》や砲弾《ほうだん》の炸裂《さくれつ》する音を聞かずにすむ天国、清潔で整頓《せいとん》された家の中で、心慰《なぐさ》められる室内の様子や音や匂《にお》いに囲まれている天国。でも、心ゆくまで楽しめる天国ではありませんでした。なぜなら、わたしは、自分たちが逃《に》げ出してきたばかりの地獄《じごく》に閉じこめられたままの両親のことを考えていたからです。イギリス軍が撤《てっ》退《たい》してしまえば、復讐《ふくしゅう》に燃えるドイツ兵たちの怒《いか》りにさらされ、二人はさらに未知の危難《きなん》に直面することになるでしょう。わたしは椅子《いす》の背にもたれ、ストーブの火を見つめながら両親のために祈《いの》りました。

その記憶《きおく》を最後に、わたしは数時間後、ヘンクに起こされるまで眠《ねむ》りこんでいました。天国がすばらしすぎた証拠《しょうこ》でしょう。疲労《ひろう》と不安の中で暮らし、それに負けてはいけないと気を張っていた日々のあとでは、食べ物と暖かさと安全と、心地よい静けさは、わたしを眠《ねむ》りの中へ引きこみました。それがあまりに安らかで深い眠《ねむ》りだったので、みんなが台所に戻《もど》ってきた音にも気づかなかったのです。四人は、わたしだけでなくジェイコブもぐっすり眠《ねむ》っているのを見て、そのまま朝まで寝《ね》かせておくのが一番だと考えたのでした。夫妻は寝室《しんしつ》に戻《もど》りましたが、夜が明けるまでは、最初はディルク、次にヘンクが、ドイツ軍がやってきはしないか、二階の窓から見はっていたそうです。ヴェッセリング夫妻とディルクが目を覚まして一日の仕事にかかろうかという時刻になって、ヘンクはようやくわたしを起こし、コーヒーを飲ませ、話し合いで決まったことを静かな声で教えてくれました。

あなたは当時のオランダの農家の造りなど知らないでしょうから、わたしたちがこのあと数カ月にわたってどんな毎日を送り、なにが起きたかわかってもらうために、まずそれを説明しておかなければなりません。

オランダの大半の農家と同じように、ヴェッセリング家の母屋《おもや》には大きな牛舎が隣接《りんせつ》して建てられていました。それぞれ独立した出入口がありましたが、牛舎内のバターやチーズを作る作業場のドアを抜《ぬ》ければ、外に出なくても母屋と牛舎のあいだを行き来することができるようになっていました。牛乳を運びこむのに便利に造られていたのです。牛舎は二十頭以上の牛が飼える広さで、牛たちは左右に一列ずつ並び、一頭ごとに仕切りの中に入って、頭を中央の通路側にあるかいば桶《おけ》に、尾《お》を壁《かべ》に沿って作られた糞《ふん》を受ける溝《みぞ》に向けて立っていました。中央の通路は干し草をのせた手押《てお》し車が通れるだけの幅《はば》があり、牛舎のむこう端《はし》には大きな両開きの扉《とびら》があって、そこから手押《てお》し車を押《お》したまま出入りできるようになっていました。屋根のすぐ下には、壁際《かべぎわ》にぐるりと回廊《かいろう》のように床《ゆか》が張ってあり、そこは、干し草や使われていない道具類を保管するのに使われていました。この回廊《かいろう》へははしごで上《のぼ》るのですが、ヴェッセリング家の場合、はしごの一番上の横木が回廊《かいろう》の床《ゆか》の縁《ふち》に結びつけてありました。そして、一番下の横木に結んだロープが上に伸《の》び、屋根の梁《はり》にとりつけられた滑車《かっしゃ》に通してあります。このロープを引けば、不要の場合、はしごを屋根近くまで引きあげておくことができるのです。

イギリス軍がやってくるまでの「地下生活」のあいだに、ディルクとヘンクはこの回廊《かいろう》の隅《すみ》に隠《かく》れ部屋をこしらえていました。まず、古い木箱からとった材木で隅《すみ》に新たに壁《かべ》を立て、四角い部屋を造りました。そしてその壁《かべ》の前に丸く束ねた干し草のかたまりを積みあげ、さらにその上にばらの干し草を山のように積んだのです。ほかの三つの隅《すみ》にも似たような干し草の山を作ったので、どれもまったく同じように見えました。この隠《かく》れ部屋に入るには、ばらの干し草を農作業用の大きなフォークでとりのぞいたうえに、どの干し草のかたまりを動かせば板壁《いたかべ》に作ってある入口代わりの隙間《すきま》が現れるのか、知らなければなりません。手順を知っていればすばやく簡単に出入りすることができます。もちろん、ドイツ兵たちも、干し草の中に人が隠《かく》れることは予想しています。でも、かなり疑わしいと思うか、あるいはあらかじめ情報を得ていないかぎり、フォークや銃剣《じゅうけん》でつつきまわすだけで、わざわざ時間をかけて干し草の山をそっくり動かすようなことはめったにしませんでした。手間がかかりすぎるし、重労働だったからです。

隠《かく》れ部屋の中は案外広く、造りつけの二段になった寝棚《ねだな》と、小さなテーブル、椅子《いす》代わりに搾乳《さくにゅう》用の腰《こし》かけが二つ、オレンジの箱を二つ積んで作った物入れがありました。箱は手前からものが出し入れできるように積んであり、中には食べ物や飲み物、ナイフやフォーク、お皿やコップといった最低限の食器類、着替《きが》えの服、本、チェスのセットなどが入っていました。一日や二日なら、二人が姿を現さずに生活できる必需品《ひつじゅひん》はすべてそろっています。しっかりふたが閉まる簡易トイレまで作ってありました。斜《なな》めになった屋根には、ちょうど頭の少し上くらいの高さに明かりとりの窓があって、新鮮《しんせん》な空気を入れられますし、腰《こし》かけの上に立てば、家の表側に広がる田園風景を見渡《みわた》すこともできました。居心地のいい小部屋といってもいいくらいです。兄たちはここがとても気に入っていて、母屋にいるより、こちらにいる方が好きだったのではないかと思います。男の子は、いったいいくつになったら大人になるのでしょう。

当然のことながら、兄たちは自分が食べるぶんは働くようにと言われていました。かつてヴェッセリング家で働いていた人たちはもう一人も残っていませんでしたし、ヴェッセリングさんだけではとうていこなせない量の仕事があったのです。そこでディルクとヘンクは牛の世話をしました。乳をしぼり、餌《えさ》をやり、糞《ふん》を片づける作業は牛舎の中でできるので、ふいの訪問者があっても姿を見られずにすみます。また作業場では、牛乳からクリームを分離《ぶんり》してバターを作る機械を操作しました。馬やブタ、メンドリに餌《えさ》をやったり、糞《ふん》を片づけたりもします。安全だと思われる時には、壊《こわ》れた排水管《はいすいかん》を直すなど、ヴェッセリングさんがやってほしいと言った雑用はなんでもやりました。

農場の表側には並木があり、広々とした畑を渡《わた》って吹《ふ》きつける風から母屋とその他の建物の一部を守っていました。ですから、その並木の内側で働くことは、どちらか一人がつねに見はってさえいれば、それほど危険ではありませんせん。畑を抜《ぬ》ける一本の長い小道が表の道路と農場を結んでいるのですが、近づいてくる人が見えてからでも、ディルクとヘンクが牛舎の中に駆《か》けこみ、秘密の小部屋に隠《かく》れるだけの時間はじゅうぶんありました。しかし、万一、ふいをつかれた時のために、二人は農場の建物ひとつひとつに一時的に逃《に》げこむための穴をこしらえていました。

「まるでネズミみたいだろ」ヘンクは、イギリス軍がやってくる前、ここを訪れたわたしに言ったことがあります。「それに、捕《つか》まえるのもネズミくらい大変だぞ！」ディルクも言いました。二人とも満面の笑みを浮《う》かべ、まるで楽しんでいるかのようでした。たぶん、本当に楽しんでいたのだと思います。権威《けんい》に逆らうこと、これもまた男の子の本能なのですから。

正式な捜索許可《そうさくきょか》を得てやってくるドイツ軍の分隊もやっかいでしたが、町では買えない食材やごちそうを求めて、非番の時に一人、もしくは二、三人で現れるドイツ兵たちにも注意が必要でした。そういう行為《こうい》はつつしむようにと厳しく命じられているはずでしたから、彼《かれ》らはわざとらしいほど礼儀《れいぎ》正《ただ》しく、愛想よくふるまったものです。もし農場主が上官に苦情を言ったりすれば面倒《めんどう》なことになる、と知っていたからです。彼《かれ》らの一番のお目当てはソーセージと作りたてのチーズでしたが、卵やバター、果物もほしがりました。彼《かれ》らは、きちんと金を払《はら》うから、と言ったり、腕《うで》時計など、農場主やその奥《おく》さんには魅力的《みりょくてき》だろうと思われるものと交換《こうかん》をもちかけてきました。

こうしたドイツ兵たちは、本当はここにいてはいけないという負《お》い目がありますから、ありがたくない訪問者でしたが、あしらいやすい相手でした。ただし、彼《かれ》らが上官に報告するかもしれないような疑わしいところはいっさい見せないことが肝心《かんじん》で、もし報告されたら、上官たちが正式な捜索隊《そうさくたい》とともにやってくるのはまちがいありませんでした。あるいは、同じくらいやっかいなことですが、彼《かれ》らはそれをねたに農場主をゆすり、好きな時に現れてほしいものを要求するようになるかもしれません。それに、もしかしたら、食料をあさりに来たごくふつうの非番の兵士のふりをしていても、じつは、レジスタンス活動を摘発《てきはつ》する任務を帯びているかもしれないのです。本来ならドイツ軍に徴用《ちょうよう》されているはずの健康そうな若者が二人、建物のまわりでうろうろしていたり、説明のつかないよけいな数の人間が農場にいる気配がすれば、これ以上疑わしいことはありません。

やってくるのはドイツ兵だけではありませんでした。食料や燃料の乏《とぼ》しくなった都市部に住むオランダ人たちも、よく助けを求めて訪れてきました。イギリス軍が撤退《てったい》したあとの数カ月間は『飢餓《きが》の冬』と呼ばれ、食料事情は絶望的で、ドイツ軍でさえ食料不足に陥《おちい》っていました。あまりに多くの人たちが農場に続く私道を足を引きずるようにしてやってくるので、自分たちの身を守らなければならないと思い始めたくらいです。こうした人たちは同じオランダ人ではありましたが、やはり用心しなければなりませんでした。だれがＮＳＢ（全国社会主義運動）、つまりオランダ・ナチス党の党員かしれないからです。オランダにもナチスがあったという事実はこの国の歴史に残された汚点《おてん》であり、わたしたちは無理に忘れようとしていますが、これはつねに記憶《きおく》にとどめておくべきことだと思います。なぜなら、油断していれば、わたしたちのだれもがそうなるかもしれないと思い出させてくれるからです。このような人たちは、狂信的《きょうしんてき》イデオロギーという、人類につねにつきまとう不幸のもとに導かれて、わたしたちを敵の手に売りわたしていたかもしれないのですから。

でもそのほかのオランダ国民の大多数は、世界一誠実な国民だ、そうわたしたちは思いがちです。しかし、本当にそうでしょうか。人は絶望的になると、恵《めぐ》まれていた時には絶対にしないような行動をとるものです。それを非難するのは簡単ですが、自分が窮地《きゅうち》に追いこまれた経験が一度でもあれば、軽々しく非難することなどできないはずです。

これが、一九四四年九月二十六日火曜日の朝の状況《じょうきょう》で、隠《かく》れ部屋はすでにできていたわけです。前夜のオーヴァーレフで、ヴェッセリング夫妻は、わたしが夫妻といっしょに母屋で暮らすことを決めて相談いました。もしだれかに尋《たず》ねられたら、わたしは一家の知り合いで、イギリス軍との戦闘《せんとう》が始まった時にちょうどここを訪れていて、オーステルベークの家に帰れなくなってしまったのだ、と説明すればいいのですから。わたしの身分証明書類もそろっていましたし、この筋書きなら信じてもらえるだろう、ということでみなの意見も一致《いっち》していました。ディルクとヘンクは以前と同じように家の内外で働き、夜は隠《かく》れ部屋で寝《ね》ることになりました。

問題はジェイコブでした。体力もなく、ぐあいも悪かったし、立ちあがることもできず、歩くことなどもってのほか。そんなジェイコブを兄たちのいる狭苦《せまくる》しい小部屋で看病するのは、だれにとっても大変なことでした。できるだけ早く体力をつけさせ、動きまわれるくらいに回復させなければなりません。そのためには、暖かくてなにかと便利な母屋のまともなベッドで世話してやるのが一番でした。ヴェッセリング夫妻は、そんな危険なことをするのは気が進まないようでしたが、数日間は母屋の寝室《しんしつ》のひとつにジェイコブを寝《ね》かせておいた方がいいだろう、と言ってくれました。ドイツ軍が戦闘《せんとう》後の事態収拾に追われ、戦闘《せんとう》地域からかなり離《はな》れたこの農場をわざわざ捜索《そうさく》したり、なにかを求めて訪れたりしないことを願うばかりでした。

でもヴェッセリング夫人は、わたしたちに、とくにわたしに向かって、ジェイコブの看護や、それに必要なものをもってきたり運び出したりするのはわたしの仕事だし、ほかに家の中の雑用も手伝ってほしい、とはっきり言いました。わたしたちが来ただけでもやることは増えたのに、負傷兵の世話などとてもできない、第一、言葉が通じないんだから、と。

わたしは反対も、言い争いもせず、こう答えました。家でもジェイコブの看護はわたしの役目だったし、いっしょにここへ来たのも自分で決めたことです。世話をするのはわたしの責任だとわかっています、と。

ヴェッセリング夫人はしっかりした、厳格な、といってもいい女性で、ドイツ兵たちに自分の家族や家をかきまわす口実など絶対に与《あた》えるまいと決めていました。夫人は、家族と家に自分の身をすっかり捧《ささ》げていた、というべきでしょう。しかし、彼女《かのじょ》がわたしにこうした要求をしたのには、ほかにもわけがあったのです。

わたしたちはみな、ディルクのわたしへの気持ちを知っていました。数週間前、ディルクはわたし自身にだけでなく、彼《かれ》の両親にもその気持ちをはっきり明かしていました。ディルクはわたしに結婚《けっこん》を申しこんでいましたが、わたしは色よい返事をしていませんでした。ディルクのことが嫌《きら》いだったからではありません。そうではないのです。ディルクはハンサムな若者でしたし、わたしが知っている中でもっとも優しくて思いやりのある人の一人でした。でも、そのころのわたしは、結婚《けっこん》するなら、相手を愛していなければならないと思っていましたし、ディルクのことは、そういう意味では愛していなかったのです。

それに、ヴェッセリング夫人が、わたしでは一人息子の嫁《よめ》にふさわしくないと思っていることもわかっていました。なぜわかったかというと、ある日、夫人と二人きりになった時、あからさまにそう言われたことがあったからです。「ディルクは農家の息子よ。いつかこの農場を継《つ》ぐことになるし、それは何世代にもわたって続いてきたことなの。あの子には農場むきに育ったお嫁《よめ》さんが必要だわ。別に、あなたという人がどうというわけじゃないの。あなたは『いい娘《むすめ》さん』よ。でも町の出で、楽で快適な中流家庭の暮らしに合った育てられ方をしてきた。田舎のしきたりも、農家の嫁《よめ》のつらい仕事も知らないでしょう。『馬は子どものうちから働かせないと、大きくなっても働かない』ってね。あなたはもう手遅《ておく》れだわ」夫人は、さらにこうも言いました。「いくら無理して合わせようとしても、けっして幸せにはなれない。あなたが妻として幸せじゃなかったら、息子も夫として幸せにはなれない。あの子も、今はのぼせあがってるけど、まだ若いわ。そのうち熱も冷めて分別がつくでしょう。だから、あなたがどう思ってるのか知らないけど、お願いだからディルクとは距離《きょり》をおいておいてね」

わたしはなにも言い返しませんでした。ディルクと結婚《けっこん》するつもりはなかったからです。それにヴェッセリング夫人は、自ら称《しょう》するように「自分の気持ちに縁飾《ふちかざ》りをつけずにしゃべる」人でしたが、そういう人はたいてい、人から同じ調子で言い返されるのが大嫌《だいきら》いで、夫人も例外ではありませんでした。ですから、わたしは自分のためにふたこと三言、思ったままを言い返したかったのですが、黙《だま》っていました。夫人とけんかしたりすれば、ヘンクとディルクの、そしてわたし自身とディルクの友情にもひびが入りかねないと思ったからです。ディルクはわたしにとっても、とてもいい友だちでしたから。

それに、ヴェッセリング夫人を責めるつもりもありませんでした。彼女《かのじょ》はただ、一人息子が一生とり返しのつかないあやまちを犯さないよう、守ってやろうとしただけなのです。たぶん、わたしもヴェッセリング夫人の立場なら同じことをすると思いました。わたしの愛する母さんだって同じでしょう。母親と息子、これ以上固い愛情の絆《きずな》があるでしょうか？　あるとすれば、父と娘《むすめ》の絆《きずな》だけでしょう。よく思うのですが、この二つの愛のちがいは、母親が息子のために世の中と戦うとすれば、父親は娘《むすめ》を独占《どくせん》するために戦う、ということではないでしょうか。

わたしたちが農場に着いてから一週間、十日と時がたつにつれ、ヴェッセリング夫人は、わたしをディルクから遠ざけておくために、ほかの手も考えていることがわかってきました。どんなに注意して見はっていても、家の中でどんなにきつい仕事をさせておいても、わたしとディルクが二人きりになりたいと思えば、その機会はたくさんあったでしょうし、農場の内外には人目につかない場所はいくらでもあります。たぶん夫人にはそれがわかっていて、わたしに骨の折れる退屈《たいくつ》な作業や不快な仕事をたっぷりさせれば――たとえばニワトリの羽をむしったり、内臓をとったり、便所の汲みとりをしたり――自分の息子と結婚《けっこん》したら避《さ》けて通れない農家の暮らしがいやになり、結果としてわたしがディルクから離《はな》れていく、そう思っていたのでしょう。

でも、わたしはこの件についてもさして気になりませんでした。忙《いそが》しくしている方が好きでしたし、ヴァウル・ヴェルク《汚れ仕事》を恐《おそ》れることもなく、それに母さんからは、言われたことをきちんとこなすしつけをみっちり受けていました。もっとも母さんとのあいだでは、そのしつけも、機知に富んだユーモアや気楽な笑い声にあふれ、だいぶ口あたりのいいものになっていたのですが、ヴェッセリング夫人の厳格なやり方には、ユーモアや笑いはかけらもなかったと言わざるをえません。きっと、夫人の信じる厳格なカルヴァン派（キリスト教のプロテスタントの一派）の神は、夫人が生まれる時、ユーモアのセンスを心の中に入れ忘れたのでしょう。かわいそうな女性です。この神様がよく犯すあやまちなのです。でも、そのことも気にはなりませんでした。わたしは若かった。若い時は、毎日がはずむように過ぎてゆくものです。

第一日目の日が暮れるころには、すべてヴェッセリング夫人が望むようになっていました。ジェイコブは二階の階段横にある寝室のベッドで、布団をかけてぐっすり眠《ねむ》っていました。階段を下りると裏口に続く廊下《ろうか》があり、廊下《ろうか》には作業場に続く扉《とびら》もついていて、そこから作業場を通って牛舎に入ることができます。ドイツ兵が小道を近づいてくるのが見えても、母屋までやってくる前に、ジェイコブを牛舎の隠《かく》れ部屋に避難《ひなん》させる時間があるだろうと、わたしたちは踏《ふ》んでいました。もちろん、すでにディルクとヘンクは、それまでと同じように隠《かく》れ部屋を自分たちの居場所にしていました。わたしたちがやってきた痕跡《こんせき》や、ヴェッセリング夫妻とわたし以外のだれかが住んでいることを示すようなものは、みな細心の注意をはらってとりのぞきました。すべてがすみ、平常に、いえ、あの状況下《じょうきょうか》で望めるかぎり平常に戻《もど》ると、ヴェッセリング夫人とわたしは夕食のあと片づけをし、皿を洗い、昼間の洗濯物《せんたくもの》にアイロンをかけました。そのあいだ、男たちはラジオを隠《かく》してある小屋にこもり、BBCがロンドンから放送していたオランダ語放送、ラーディオ・オランユのニュースを聞いていました。

今、ここにあるのは記憶《きおく》。わたしにはもう記憶《きおく》しかありません。記憶《きおく》と痛みだけ。人生はすべて記憶《きおく》です。痛みは今だけのもの、消えたとたんに忘れ去られます。でも、記憶《きおく》は生きています。成長します。そして変わっていきます。この窓から見える雲のように。時には輝《かがや》きながら波のようにうねり、時には隙間《すきま》なく空をおおい、風にちぎれて飛ぶこともあれば、薄《うす》く、長く、高くたなびくこともあります。低く灰色にたれこめる時もあれば、一片の雲もなく、ただ青空だけが広がっていることもあります。なんて静かな、無限の空。ああ、あんなふうになりたい。でも、死について話すのはやめておきましょう。雲の話だけ。いつも同じなのに、けっして同じではない。だから不確《ふたし》かであてにならず、予想もつかない記憶《きおく》の話だけに。

残念なことに、わたしは今日までの長い歳月《さいげつ》、日記をつけてきませんでした。記憶《きおく》を残しておくには、経験している時に書き残すのが一番でしょう。もしそうしていれば、わたしがジェイコブと過ごした日々を、ずっとたくさんあなたに伝えることができたでしょうに。でも今は、記憶《きおく》の雲は見えない風に吹《ふ》かれるままにわたしの心をよぎり、あのころの出来事は、あと先が確《たし》かでないものもあります。戦闘《せんとう》のさなかのことは、起きた順番どおりに思い出せるように思うのですが、農場でともに過ごした時間は、最後の場面をのぞいては、つぎはぎだらけのフィルムのようにしかよみがえらず、それも、そのたびごとにけっして同じ映像にはなりません。いつも思い出すいくつかの場面は、わたしの一番の宝物です。けれど、何年も思い出さずにいる場面もあります。しばしば思い出しはするものの、脈絡《みゃくらく》のないものもあります。わたしにとって、これは喜ばしいことです。思い出すたびに驚《おどろ》きがあるのですから。でもあなたにとってはこれだけ、わたしが語ることだけしかないのですよね……？　ともかく、せいいっぱいやってみることにしましょう。

ジェイコブが母屋《おもや》で回復を待っていた期間、毎朝彼《かれ》を起こすのがちょっとした儀式《ぎしき》になったのですが、それは最初の朝に始まったことでした。ジェイコブはよく眠《ねむ》る人で、自分でも寝《ね》るのが好きだと言っていました。「夢をたくさん見るし、その夢が楽しいんだ。すばらしい映画のような夢もよく見る」眠《ねむ》りが深く、子どものころから起きるのがいやでしかたなかった、とも言いました。たしかに、起こすのはいつもひと苦労でした。

そんなことは最初の日の朝には知りませんでしたが、あれだけいろいろな出来事をくぐりぬけてきたあとだけに、ぐっすり眠《ねむ》っていても驚《おどろ》きはしませんでした。わたしはコーヒーを入れたお碗《わん》をもっていきました。コーヒーといってもにせもの、代用品で、戦時中もそのころになるともうそれしか手に入らなかったのですが、熱いうちにヴェッセリングさんの飼っている蜂《はち》からとった蜂蜜《はちみつ》で甘《あま》くすれば、まあまあの飲み物になりました。

わたしはコーヒーを手にしてジェイコブのベッド脇《わき》に立ち、名前を呼びました。でも、返事はなく、重々しい寝息《ねいき》をたてているだけです。肩《かた》を揺《ゆ》すってみました。それでも目を覚ます気配はありません。額に汗《あせ》が光っていました。わたしはサイドテーブルの上にコーヒーを置くと、熱くなった額を何度もなでてやりました。それでもまだ身じろぎもしません。わたしの冷たい手でさえも、ジェイコブの目を覚ませなかったのです。

わたしはベッドの端《はし》に腰《こし》を下ろし、そっと名前を呼びました。「ジェイコブ。ジェイコブ」なんの反応もありません。眠《ねむ》っているジェイコブは、まるで幼い男の子のようでした。あまりにクヴェッツバール——無防備で、無邪気《むじゃき》に見えました。

本能的に、つまり、じつはかなり多くの場面でわたしたちの行動を支配している生物学的な反応で、わたしは母親が子どもに歌ってやるように歌い始めました。

ファーダー・ジェイコブ、ファーダー・ジェイコブ、
スラープト・ヘイ・ノッホ？　スラープト・ヘイ・ノッホ？
アレ・クロッケン・ラウデン。アレ・クロッケン・ラウデン。

ビム・バム・ボム。ビム・バム・バム・ボム。
（ジェイコブ父さん、ジェイコブ父さん、
まだ、おねむ？　まだ、おねむ？
どこでも鐘《かね》が、ほら鳴ってるよ。
ビム・バム・ボム。ビム・バム・ボム。）

これもききめがありません。でも、この童謡《どうよう》をもう一度歌い、熱くなった額を冷たい手でなでているうちに、ジェイコブはようやく生きている印を見せました。まぶたがぴくぴく動いたのです。唇《くちびる》が横に広がり、満足そうな笑みが浮《う》かびました。布団の下で身動きするのもわかりました。そして、とうとう目を開き、まっすぐにわたしの目を見てくれたのです。

わたしが歌い終えると、しばらくはどちらも口をききませんでした。ようやくジェイコブが言いました。

「『優しく髪《かみ》をくしけずり、わたしの頭をなでなさい、

そしたら、麦仙翁《ムギセンノウ》パンあげましょう』（ジョージ・ピールの詩）」

「え？」わたしはなにを言われたのか、さっぱりわかりませんでした。

ジェイコブはただ笑みを浮《う》かべ、静かな声でこう言っただけでした。「天使マリア、またぼくを救ってくれたね」

「でも、今日は眠《ねむ》りの国から助け出しただけよ。神さまに感謝しなくちゃ」

「感謝する神がいるのなら、ぼくたちは今ここにいないさ」

「また謎《なぞ》かけね。なにが言いたいの？」

「なんでもない」

「さあ」わたしはテーブルのお碗《わん》を手にとり、ジェイコブの口もとにもっていきました。「これを飲んで。あなたの『なんでもない』病を治すには、これが一番だわ」

ジェイコブは笑い、わたしも笑いました。

こうして、これが毎朝の儀式《ぎしき》になりました。目覚ましの歌を歌い、額をなでてやり、「なんでもない」を言いあってから、コーヒーを飲ませてあげることが。日によっては、近づいてみると、ぐっすり眠《ねむ》っているわけではないと気づく時もありました。それどころか、いつもの儀式《ぎしき》をしてほしいがために寝《ね》たふりをしていることさえあったのです。ジェイコブはこの儀式《ぎしき》を楽しみにしていました。そして、わたしも。

この幸せなひと時に終止符《しゅうしふ》が打たれた、あの朝までは。

11　ジェイコブ(7)

わたしは感じることのできる目でものを見、
見ることのできる目で感じる。

――J・W・フォン・ゲーテ

「なあ」と、ダーンが言った。「今日はきみも大変な一日だったろう。なにか食べた方がいい。おれも腹が減った。角を曲がったところに行きつけのカフェがある。行こうぜ」

ダーンは、からになったワインボトルやグラスをせかせかと片づけ始めた。ジェイコブは、いやだ、ひとりにしてくれと言いたかったが、ふいにどうしようもない疲労《ひろう》と脱力感《だつりょくかん》を覚え、こうと決めたら揺《ゆ》るがないダーンの勢いに流されるにまかせた。決断の早い相手の言いなりになるのは、ほっとするし、喜びですらある。

その小さなカフェは、バーや手ごろなレストランが並ぶ狭《せま》い通りにあり、店内は若者、というか、見た目は若そうな男女で、すでに混みあっていた。大半の客が煙《けむり》を吐《は》き出しているように思え、煙《けむ》った室内には煙草《たばこ》やマリファナの燃えるつんとした臭《にお》いが漂《ただよ》い、ジェイコブは鼻をひくつかせた。ダーンは、二、三度立ちどまっては挨拶《あいさつ》を交わしながら、席が二つ空いている隅《すみ》のテーブルまで先に立って歩いていった。テーブル横の窓からは表の狭《せま》い通りが見える。ダーンがまたどこかへ行ってしまったので、残されたジェイコブは、ほかの客たちの視線を避《さ》けるため、外をぶらぶら歩きすぎる観光客をながめていた。

ジェイコブは、この和気あいあいとした喧噪《けんそう》の中でひとり、力を抜《ぬ》いてくつろごうとしてみたが、窓ガラスに映った表情は硬《かた》かった。いつになったらひとりで人前に出ても、リラックスした自然体でいられるようになるんだろうか？　待てよ、自然体の自分ってなんだ？　そもそも、「自然」とはどういう意味なんだろう。それがわかれば、とジェイコブは思った。一部の人たちは（いや、大部分かも？）はなっから、つまり生まれた時から、この世の中でくつろいでいるように思われ、自分がだれで、なにをすべき人間で、いるべき場所がどこなのか知っているように見える。たとえば、ダーンがそうだ。でも、こいつは、ぼくは、みんながジェイコブと呼ぶこの人間は、そうではない。そんな思いは今までより強くなった。まるでこのなじみのない国に来てからの（何時間になるんだろうか？　そうだ）三十時間――たった三十時間だぞ！――で、身を守る皮を一枚はぎとられ、裸《はだか》にされたような気がする。自分自身についてこれはまちがいないと思っていたわずかな確信もむしりとられ、あとにはただ、進むべき方向がわからず、居場所も失った自分が残されているだけだ。

どうすれば、自分が今どんな状況《じょうきょう》にいて、なにをすればいいかわかるんだろう？　ただ疲《つか》れているだけなのか？　それとも、ちょっと酔《よ》っぱらってるのか？

ダーンは、ずいぶんたってから、男たちからかかる声を楽しそうに受け流している胸の大きなウェイトレスといっしょに戻《もど》ってきた。二人は、パスタやサラダを盛った皿、パンの入ったバスケット、グラスワイン、ナイフ、フォークを運んできた。

「どうぞ、ごゆっくり」ウェイトレスは運んできたものをテーブルの上に無造作《むぞうさ》に並べると、英語でそう言って戻《もど》っていった。

「どうしてぼくがイギリス人だとわかったんだ？」ジェイコブは尋《たず》ねた。

「そう見えるからだろ」ダーンは答えた。

「ぼくはそんなに、いかにも、って感じかい？」

「そう見られまいとしてる時は、かえってね」

「ダーン！」全身黒の革ずくめで、首のまわりに真っ赤なスカーフを巻いた大男が、混みあった店内を平泳ぎでもするようにかきわけ、ジェイコブたちのテーブルに近づいてきた。

ダーンは立ちあがって男を迎《むか》えた。「コース！」

二人はしっかと抱《だ》きあうと、三連発のすばやいキスを——右の頰《ほお》、左の頰《ほお》、また右の頰《ほお》という順で——交わした。この国では友人同士ならだれでもやる挨拶《あいさつ》で、初めて見た時はいくぶん驚《おどろ》きの目でながめていたものだが、もうだいぶ慣れてきた。イギリス人は低い声で「んー」と言いながら一回だけの軽いキス、フランス人はこれ見よがしに二回、オランダ人なら音をたてて三発、というわけだ。ジェイコブは、そのキスが唇《くちびる》にどれだけ近いかで、互《たが》いの友情、愛情にどれだけ信頼《しんらい》をおいているかわかることにも気づいていた。形式だけの挨拶《あいさつ》なら、唇《くちびる》はほとんど頰《ほお》にふれず、場所も頰《ほお》の高い位置、耳に近いところをねらってする。肉体関係のない、気のおけない友人なら頰《ほお》の中央に軽く。仲のいい友人や家族なら口の近くに優しく。とても親しい友人や恋人同士《こいびとどうし》なら、唇《くちびる》をしっかりと相手の口の端《はし》に押《お》しつけ、さらに気持ちが高ぶっていれば、三番目のキスはマウス・トゥー・マウスになり、人命救助法を借りて親密な共犯関係を確認しあうというわけだ。

ダーンとその「頬《ほお》の真ん中キス友だち」が頭上でオランダ語を交わしている下で、ジェイコブはパスタを食べ始めながら考えた。今のところ、ぼくには、頬《ほお》の端《はし》にかすめるだけでも、三連発のキスをしてくれるような人はいないし、ましてや、すぼめた唇《くちびる》をぼくの唇《くちびる》に押《お》しつけてくれる人なんてだれもいない。アンネが日記に、どれほどキスしてほしいと思っているか書いていたのを思い出す。（そしてそれを読んだ時、アンネといっしょに隠《かく》れ家《が》で暮らしていたのにキスしなかったなんて、きっとペーター・ファン・ダーンは意気地なしだったんだ、と思ったことも覚えている。）かわいそうなアンネ。キスは最高の快楽のひとつなのに……。

でもなぜ、とサラダのドレッシングが舌になめらかにからむのを感じながら思った。なぜ人は、湿《しめ》った口唇《こうしん》の表皮を他人の同じ場所にくっつけるなんていう滑稽《こっけい》な動作をしたがるんだろうか？　どこからそんな衝動《しょうどう》が生まれるんだろう？　キスがこれほど広く行われ、望まれるという現象は、ダーウィンの進化論でいえば、進化や人類の存続といったいどんなかかわりがあるのか？

どういう理由があるにせよ、ジェイコブにわかっているのは、自分がずいぶんごぶさたしていて、したくてたまらないということだけだ。もう何カ月も、キスをするような相手とはつきあっていない。正直いって、今この瞬間《しゅんかん》にも、目の前にあるサラダやパスタなんかより、そういう瞬間《しゅんかん》を望んでいたし、自分のことをキスに値《あたい》すると思ってくれる人がここにいればいいのに、と思っていた。と、突然《とつぜん》、トンの唇《くちびる》が一度だけかすかに唇《くちびる》にふれて離《はな》れていった感触《かんしょく》がよみがえり、喜びに体がぞくりと震《ふる》えた。

ちょうどその時、ダーンが友人と別れの握手《あくしゅ》を交わし、腰《こし》を下ろした。

「きみを紹介《しょうかい》しなかったけど、コースは急いでたんでね。おれの耳に入れときたいことだけしゃべって、帰るつもりにしてたみたいだから」

「おかしな名前だね」

「おかしい?」

「変わってる、ってこと」

「おれたちにしてみれば、そんなことはない」

「ああ……そうか。ごめん。失礼なことを言うつもりはなかったんだ」

「きみは自分の名前がおかしいと思うか?」

「いや」

「コースはヤーコプ、つまりジェイコブの愛称《あいしょう》なんだぞ」

「本当?」

「ああ。それにトッド(Todd)っていうきみの姓《せい》は、おれには奇妙《きみょう》に聞こえる」

「どうして?」

「オランダ語(tod《トート》)だと、『ぼろ』の意味になるからさ。ほら、破れた布きれのこと。だからこそ、こっちじゃそういう名前の人はいないんだろうけど」

「そいつはおもしろいな。だって昔、中世のころには、イングランドでトッドといえば——ぼくの姓《せい》とちがって、todのdはひとつだけど——羊毛の重さを計る単位だったんだ。今でいえば十六キロくらいかな」

「物知りだな」

「名前のことをいろいろ調べるのは好きなんだ。隠《かく》れた意味や逸話《いつわ》もたくさんあるしね」

「じゃあ、ドイツ語でトッド（tod）《トート》といえば『死』を意味するのも知ってるんだろうな」

「うん、知ってる」

「オランダ語とドイツ語を混ぜあわせれば、きみは『死んだぼろきれのコース』ってことになる」

「おいおい、どっちが失礼かわからないじゃないか。英語では、『オ《ひ》ン・ユア・トッド』といえば『オン・ユア・オウン《とりで》』って意味になるんだけど、それは『アロウン《ひとりで》』と語尾《ごび》で韻《いん》を踏《ふ》む俗語《ぞくご》からきてる。『アプルズ・アンド・ペアーズ《リンゴとナシ》』が『ステアーズ《階段》』の意味になるようなものだ」

「『トッド』と『アロウン』がどうして韻《いん》を踏《ふ》んでるんだ？」

「少しばかりこみ入ってるんだけど、昔、トッド・スロウンっていう有名な競馬騎手《けいばきしゅ》がいたんだ。とてもうまい騎手《きしゅ》で、いつも圧倒的《あっとうてき》な独走で、つまり『ひとりで』一着に入ってくる。で、『アロウン《ひとりで》』と韻《いん》を踏《ふ》んでる『トッド・スロウン』と『オン・ユア・オウン』が混じって縮められてできたのが『オン・ユア・トッド』」

「で、きみは考えたわけだ。われわれオランダ人の名前は変《オッド》だって」

「ファン・リートっていうきみの姓《せい》はどういう意味？」

「『アシの《リート》』って意味さ」

「アシ、って、あの水辺に生えてる葦《あし》？」

「そうだ。オランダ人にはじつにふさわしい姓《せい》だと思わないか？」

「イギリスじゃあ、昔、屋根を葺《ふ》くのにも使ってた」

「こっちでもそうさ。リートはほかにも、籐《とう》や竹をさすことがある。つまり家具やかごになる、とても役にたつ植物、ってわけだ」

「ダーン（Daan）は？」

「英語のダン（Dan）と同じさ。あれはダニエル（Daniel）が縮まったんだろ。オランダ語でもダニエル（Daniël）は似たような発音だ。考えてみると、こいつはきっとフランス語から入ってきた名前なんだろうな」

「ダニエルは、ひとりでライオンの棲《す》む洞窟《どうくつ》に入っていった勇気ある男の名だ」

「そうなのか？」

「聖書だよ」

「大好きな小説ってわけじゃないからな」

ジェイコブはダーンに向かって、愛想笑いを浮《う》かべながら尋《たず》ねた。「ってことは、きみは信心深い方じゃない？」

ダーンは鼻を鳴らすと、からになった皿を脇《わき》へ押《お》しやった。猛烈《もうれつ》なスピードでたいらげてしまったのだ。「おれがこの思考力のある頭をたれるのは、股《また》ぐらにある思考力のない神に対してだけだ」

ジェイコブはサラダの残りに向けていた目をちらりと上げ、ダーンがふざけているのか確かめようとした。どうもそうではないらしい。ふたたび、ダーンになにかを探《さぐ》られているような気がした。また同じことをしてる。ぼくを追いこんでるんだ。ちょうどティトゥスの肖像《しょうぞう》を見ていた時や、ヘールトラウの話をしてくれた時のように。雰囲気《ふんいき》を一変させ、思いもかけない方向から突然襲《とつぜんおそ》いかかって。

「だれの股《また》ぐらにある思考力のない神のことを考えてたんだい？」ジェイコブは心の揺《ゆ》れを見せまいとしながら尋《たず》ねた。

「今に限っていえば、とくにだれかのことを考えてたわけじゃない。でも、あそこにいるおれの友人はそうじゃないらしい。きみの顔から目が離《はな》せなくなって、もう五分にはなる」

ふりむくと、トンがカウンターの前に立ち、おだやかにほほえみながらこちらを見ていた。ジェイコブはなんとか会釈《えしゃく》だけはしてみせたが、向き直り、うつむいて、どうやら真っ赤になっているらしい自分の顔をダーンにじろじろ見られないことを願った。トンがダーンの友だちだって？　なんてこった、全部ばれちゃうじゃないか！

もちろん、ダーンはジェイコブの様子に気づいていた。「トンを知ってるのか？」

ジェイコブは紙ナプキンで口や指をぬぐうと、丸めてぽいと皿の脇《わき》に投げたが、いかにもとってつけたようだった。

「きみの友だち、って言ったよね？」

「そうだ」

ジェイコブは椅子《いす》の上でもぞもぞした。ダーンはきっとトンをこっちに呼ぶだろう。本当のことを言っておいた方がよさそうだ。ジェイコブは、思いきってダーンと視線を合わせた。

「覚えてるかな。今朝、ひったくりにやられる前に、女の子と知り合いになって、ビールをおごってもらったって言っただろう？」

「ああ」

「じつは、その、女の子だと思いこんでたんだけど、その子が席を立つ直前、あの、ちょっとしたことがあって、で、わかったんだ。女なんかじゃなくて、男だってことが。それが彼《かれ》さ」

「トン？」

「うん、そういう名前だと言ってた。トン、って」

「トンは女の名前だと思ったのか？」

ジェイコブは肩《かた》をすくめた。「英語じゃないんだもの。そんな名前、聞いたことなかったし」

ダーンはしばらく真面目くさった顔でジェイコブを見つめていたが、ふいに表情を崩《くず》し、発作のように笑いだした。その笑いは、しかたないやつだと言っているように聞こえた。ダーンは立ちあがり、トンのところへ行った。二人は三連発の挨拶《あいさつ》を交わしたが、まちがいなくかなり親密な関係を暗示するキスだった。二人はふたこと三言話して大笑いすると、そろって戻《もど》ってきた。トンが長い指をした手をさし出すと、ジェイコブは、まるで禁断の果実にふれるように、すばやく、おずおずと握《にぎ》り返した。こうして見ると、トンを女の子と思いこんだのも無理はない。小柄《こがら》でほっそりした、きゃしゃな体つきで、顔はひげそり跡《あと》のないなめらかな肌《はだ》をしていて、目鼻立ちも女の子のように小造りで上品だ。

「結局また会ったね」トンが言った。

「うん」そして、ジェイコブは思わずひとこと、こうつけ加えていた。「うれしいよ」

二人は共犯者めいた笑みを交わしながら腰《こし》を下ろした。ダーンは自分の席をトンにゆずり、オランダ語でなにごとか言うと、テーブルを離《はな》れ、カウンターのそばに立っているグループに加わった。ダーンはこうした動作を、今や彼《かれ》の特徴《とくちょう》だとジェイコブにもわかっている、まったく迷いのない態度でやってのけた。

「あいつらもダーンの知り合いだから」トンが言った。「それに、ぼくたちだけで話したいんじゃないか、って」

沈黙《ちんもく》のあとで、ジェイコブは無理やり口を開いた。

「今朝は……思いこんじゃって……。ほら、きみの名前。そういう名前、聞いたことなかったから」

「アントニウスからきてるんだ。英語なら、アントニー。縮めると、トニーかな」

「トニーって名前は好きじゃない。きみがそうじゃなくてよかったよ」

自意識過剰《じいしきかじょう》になるといつもそうなのだが、自分の声が、まるでこだまのように少し遅《おく》れて聞こえてくる気がした。そのせいで偶然《ぐうぜん》の語呂《ごろ》合わせに気づき、もちまえの言葉にこだわる遊び心が刺激《しげき》され、思わずくすりと笑ってしまった。

トンは、それにつきあうようにほほえみながら言った。「おもしろいジョークでも思いついたの？」

「いや、そうでもない。ただ、トン（Ton）を後ろから綴《つづ》ると『not』だろ、で、ぼくが『I'm glad you're not!《きみがそうじゃなくてよかった》』って言ったから……」いつものように、ジョークのおもしろさは説明しているうちに消え、ジェイコブの笑いもどこかへ行ってしまった。

一瞬《いっしゅん》、ぽっかりと間が空いたが、トンがすぐに言った。「Not not but Ton, and when not Ton, not.《ノットじゃなくてトン。トンじゃない時はノット》」

おかげで二人は、ほっと力を抜《ぬ》いて笑いあうことができた。

「たしか、名前はジャックだって言ったよね？」

「うん」

「でも、本当はジャックなんだって？」

「家ではジャックって呼ばれてるんだ。とにかく親父はそう呼ぶ」

「それでわかったよ」

「なにが？」

「ダーンからきみのことは聞いてたんだ。でも、今朝きみに会った時は、その……話に聞いてた人だとは思わなかった」

「だろうね。気がつく方が不思議なんじゃない？」

ジェイコブはトンが話し続けてくれれば、と思った。そうすれば、こっちで言うことを考えずにすむ。今日はもうずいぶんたくさんの話を聞いたし、自分がしゃべらなければならないこともたくさんあったので、気力がつきかけていた。初対面の人といっしょにいるだけでも慣れていないのに、ましてそれが外国で、相手も外国人となればなおさらだ。できればひとりになって、『魂《たましい》が肉体に追いつく』のを待ちたかった。（セアラなら、きっとそんな言い方をする。）でも、しばらくはそういう時間はもてそうにない。

ところがトンは、ジェイコブの顔から一度も視線をはずさないまま、黙《だま》って座っていた。こんなに静かな雰囲気《ふんいき》をもった同年代の人間に出会ったのは初めてだった。ぼーっとしてるとか、単に無気力だとかいうわけではない。きどっているのでもないし、ひっこみ思案《じあん》だからでもない。トンを、彼《かれ》の存在を、意識しないわけにはいかないのだが、それでいて空気のように希薄《きはく》で軽い。まるで幽霊《ゆうれい》だ。不思議な美しさがあり、どこかこの世のものとは思えない雰囲気《ふんいき》がある。容姿《ようし》もそうだが、きっとトンのそんなところに、今朝、あれほどすぐに惹《ひ》きつけられたんだろう。それが女の子と思いこんだ原因でもあったのだ。それとも、これはただの言いわけだろうか？　言いわけってなんの？　自分のとまどいの？

これ以上つきつめるのはやめようと思い、ジェイコブは口を開いた。「プレゼント、ありがとう」

トンはほほえんだ。「もう使った？」

「いや、運がなくて」

「そりゃあ、なんとかしてあげないと」

「ありがたいね」

「で……」トンは真面目な口調に戻《もど》った。「ぼくが書いておいた文句、わかった？」

「ああ、友だちの助けを少し借りたけど」

「ダーン？」

「ちがう。ひったくりにあったあと、助けてくれたおばさん」

トンは手を伸《の》ばし、ジェイコブの腕《うで》にふれた。「ひったくり？　いつ？」

「きみが行ってすぐ。赤い野球帽《やきゅうぼう》の若いやつだった。ぼくのアノラックをとって逃《に》げたんだよ」

「なくしたものはたくさんあるの？」

「お金。列車の切符《きっぷ》。じつは、なにもかもだ。あの時もってたものは全部」

「そんな！」トンはもう一方の手で口をおおった。「そういえば思い出した！　きみの後ろに座ってたやつだろ。やせてて。ひどい——英語でなんていうんだっけ？——ぶつぶつ？」

「にきび？」

「にきび。オランダ語ではユーフトパウシェス、『若者のぶつぶつ』っていうんだ。ああ、たしかに見たよ。ひどい顔だったな。ぼくがいっしょにいれば、そんなことにはならなかったのに。責任感じるな」

「どうして？　大切なものはなくしてないよ。ほら、パスポートとか、クレジットカードなんかは。そういうものはあの時もってなかったから、運がよかった。なくしたのはお金が少しと、地図とか、そんなものさ。さっき、ダーンから聞かなかった？」

「ただ、きみが会いたがってる、とだけしか」

「ダーンがそう言ったのか！　ぼくがきみに会いたがってる、って？　そんなこと言ってないぞ！」

「じゃあ、もう、ぼくとは会いたくなかったってこと？」

トンが困った顔をしたので、ジェイコブはあわてて打ち消した。「ちがう、そうじゃない。きみには会いたかった。本当だって。ただ、ダーンにそう言ったわけじゃないってことさ。そこんとこは作り話だ」

「まったく、ダーンときたら！」トンは腰《こし》を浮《う》かせ、ふり返ってきょろきょろしたが、ダーンはこちらに背を向けて立っていた。「ティピス《あいつらしい》！」トンはそう言うと、椅子《いす》をジェイコブのそばに寄せて座り直した。カフェ内の喧噪《けんそう》は耳ざわりなほど大きくなり、ふつうの声では聞きとりにくくなっている。「ダーンは人の気持ちをいじくるのが好きだから」

ジェイコブは笑った。「ぼくもそれには気づいてた」

さっきのウェイトレスが現れて、二人のあいだを押《お》しわけるように手を伸《の》ばし、空いた皿やグラスを片づけながら、オランダ語でトンになにか言った。

トンはジェイコブに尋《たず》ねた。「なにか頼《たの》む？」

「お金もってないんだ」

「一杯《ぱい》ならおごるよ。二杯《はい》目は、また会って、きみがおごるってことで。ね、だから、おごらせて」

ジェイコブはほほえんだ。「わかった。じゃあ、コーヒーを」

ウェイトレスは戻《もど》っていった。

「ワインは、ふだんあまりたくさん飲まないんだ。ダーンはすごく好きみたいだけど」ジェイコブは少しふらふらするし、肌《はだ》が汗《あせ》ばんでいるのに気づいていた。

「そういえば、きみはダーンの両親の家に泊《と》まってるんじゃなかったの？」

「ひったくりにあったあと、ダーンがこっちに住んでるのを思い出したんだ。彼《かれ》のお父さんから聞いてたから。思い出してよかったよ。でなきゃ身動きとれなくなってた。ダーンが、今夜は泊《と》まってけって。戦時中、ぼくのお祖父ちゃんはアルネムで戦って負傷した。その時面倒《めんどう》を見てくれたのがダーンのお祖母さんと家族なのさ。でも、お祖父ちゃんはこっちで死んでしまったんだ」

「うん、その話は知ってる」

「知ってるの？　じゃあ、きみはダーンとかなり親しいんだね？」

トンは笑った。「そうだね、かなり親しいね」

同じウェイトレスが、トンのビールとジェイコブのコーヒーをもってきた。

ウェイトレスが行ってしまうと、ジェイコブはそれ以上好奇心《こうきしん》をおさえられなくなった。「ひとつ聞いていいかな？」

「どうぞ」

「個人的なことなんだけど」

「『ひとつ聞いていいかな』なんて前置きする時は、いつだってそうなんじゃないの？」

「きみはゲイなのか？」

トンはくすりと笑った。「旗を立ててるみたいなもんだろ。見てわからないかい？」

「じゃあ、もうひとついいかな？」

「なんなりと」

「今朝きみは……ぼくを誘《さそ》おうとしたのか？」

「誘《さそ》おうとしたんじゃなくて、誘《さそ》ったんだ」

「そうなの？」

「でも、途中《とちゅう》でやめた」

「どうして？」

「相手をまちがえたってことに気づいたから」

「相手をまちがえた？　どういうこと？」

「ぼくのこと、女の子だと思っただろ」

「ダーンがしゃべったんだな」

「そうじゃない。きみが言ったのさ」

「ぼくが！　いつ？」

「いっしょに地図を見てる時」

「なんて？」

「大したことじゃない。でも、それだけでわかった。あの時のこと、ダーンに話した？」

「ああ」

「ぼくを女の子と思いこんでて、あとでそうじゃないってわかったことも？」

ジェイコブはうなずいた。

「とっても。見てただろう、さっきダーンがきみのところへ行く直前さ。腹をかかえて笑ってたの」

「ダーンはおもしろがっただろうね」

「じゃあ、さっき話したばかりなんだ」

「うん。ダーンが、きみとは友だちだって言うから、全部白状しといた方がいいと思って」

「ジャック、きみはほんとにすれてないね」

「ごめん、きっとそうなんだろうな」

「いや、それって、いいことなんじゃない？　ぼくは好きだな。あんまりいないから、そういう人。でも……」トンは真顔になった。「危険な時もある。今朝だってそうだろ。上着を椅子《いす》の背にかけておいて、財布《さいふ》が入ってることまで見せちゃったんだ。しかも、それをあのレイツェ広場でやるんだから。あそこは、ほかの場所ほど物騒《ぶっそう》じゃない、ダム広場とか中央駅の裏にくらべればね。それでも、気をつけないとあぶないことに変わりはない」

「もうそのへんにしてくれ。今日はいい勉強になったよ」

「でも、きみがそういうふうだから、ぼくは責任を感じてるんだ。もっとちゃんときみの面倒《めんどう》を見てやるべきだったってね。アノラックのことを注意してやるとか、もっとましな場所に連れてってやるとかすればよかった」

「どうして？　あの時はまだ、ぼくのことをよく知らなかったのに」

「でも、知りたかった。いいかい、ぼくはこれを商売にしてるわけじゃないし、そのために町を歩いて相手を探《さが》すわけでもない。とんでもない、そんなんじゃないんだ。ぼくは細かいことにうるさいからね。英語でどういうんだっけ？　すぐにいやになっちゃうんだよ。わかる？」

「好みがうるさい？」

「そんな言いまわしだっけ？　とにかく、きみが席に着いたあの時、ぼくは二、三列離《はな》れたテーブルにいた。ぼくは、きみの外見がとても気に入った。ウェイターは来ない。きみはとても寂《さび》しそうだ。で、きみももしかしたらゲイかもしれない、と思ったのさ。ただ、経験は浅いんじゃないかって。ほら――すれてないゲイかな、って。いかにもカモにしてください、って感じだったよ。ぼくは助けてやりたかった。守ってあげたくなったんだと思う。それって、ちょっといい気持ちなんだ。いつもは逆だからね。いつもはまわりの人がぼくを守りたいと思ってくれる。たとえばダーンがそうだ。でも、今度はぼくの番だって感じで、正直、いい気分だった。友だちになれるかもしれない、町を少し案内してあげてもいい、なんて考えてた。ぼくはアムステルダムが大好きなんだ。こんなすばらしい町はない。この町をいっしょに楽しみたいな、って。で、きみの隣《となり》に座って、おしゃべりを始めた。そしたら、きみはとても優しくて、ぼくのために、あのださいアノラックを脱《ぬ》いでくれた。きみがあの服をなくしちゃってうれしいよ。もっとましなやつが買えるようになったんだから」

「なぜ脱《ぬ》いだかなんて、よくわかったね？　そんなに見え見えだったかな？」

トンはしばらく考えてから答えた。「ぼくみたいにゲイだって公然と認めてる人間にとって、この町はよそにくらべれば暮らしやすい。でも、そのアムステルダムでさえ、相手がどう出るかすばやく察することができないと生きていけないんだ。人がなにかしたら、その理由はなんなのかつかまないとね。いつだって目を皿のようにしてなきゃならない。危険信号に気づかないとだめなんだ。そして、もめごとを避《さ》けるには――なんていったらいいのか――先まわりしなくちゃならないのさ」

「予測するってこと？」

「そう、予測するんだ。さもないと、われわれが暮らすこのすばらしい世界、つまり、個性や、自分らしくあることの価値が重んじられるこの世界では……、建前はそうだろ？」

「自分がそうありたいものであるべきだと、みんなが信じてる世界」

「ありのままの自分でいること――」

「自分に忠実であればいい――」

「それに、みんな心がとっても広い、だろ？　で、あれやこれやを考えあわせると……えーっと、なにしゃべってたんだっけ？　英語で話してるうちにわかんなくなっちゃったよ！……ああ、そうだ――いつも予測しておかないと、このすばらしい世界では、自分らしくあることがぼくみたいにしてることだと、たちまち頭をたたき割られるか、もっとひどい目にあう。それが言いたかった」

「わかる。わかるよ」

驚《おどろ》いたことに、トンはなんの前ぶれもなくすっと片手を上げ、指の背でジェイコブの頰《ほお》をなでおろし、笑みを浮《う》かべて言った。「いいや、ジャック。きみにはわからない。話に聞いたことはあるだろうし、本で読んだこともあるかもしれない。でも、きみはわかってない。わかっているなら聞いたりしないさ」

ジェイコブは頰《ほお》をなでられてすっかりどぎまぎし、同時に少しむっとしながらうつむいた。感情を隠《かく》すためにカップに口をつける。コーヒーはすっかり冷めていて、舌にまとわりつくように苦かった。

ジェイコブは衝動的《しょうどうてき》に言ってしまった。「じゃあ、教えてくれよ」

「教えてくれだって！」トンの顔が、その朝、二人でアムステルダムの地図を見ていた時と同じくらい近くにあった。「なにを教えろっていうのさ？」トンの息がかすかにジェイコブの額にかかる。「ぼくがぼくらしくしてるっていうのはどういうことか教えるのか？　それとも頭をたたき割られること？　それともぼくとセックスしたらどんなふうかってこと？」

ジェイコブは肩《かた》をすくめ、椅子《いす》に背をあずけると、片手で髪《かみ》をかきあげた。胃が縮みあがり、吐《は》き気がする。

「わからない」ジェイコブはやっとのことで言った。「なぜこんなことを聞いたのか、自分でもわからない」

「いいさ。また今度ってことにしよう。きみがその時もまだ知りたかったらね」トンはそう言うと、一転して心配そうな顔でジェイコブを見た。「だいじょうぶ？　ぐあいが悪そうだよ」

「平気さ」ジェイコブは嘘《うそ》をついた。

「きっと、いろんなことがありすぎたんだね。ダーンを呼んでくる。家に帰った方がいいよ」

トンは止める間もなく席を立った。すると騒々《そうぞう》しい声や笑いが、まるで今まではトンが防いでくれていたかのように、急に直接襲《おそ》いかかってくるように思え、肺に入ってくる空気まで煙《けむ》たくなった気がした。ジェイコブは心を閉ざし、殻《から》にこもった。


「家に帰った方がいい」トンの言葉が頭の中で響《ひび》いていた。ダーンのアパートが「家」か！　ああ、本当に家に帰れればいいのに。そう思いながら、セアラの家の自分の部屋を思い浮《う》かべた。ところが、この時初めて、はっとするような衝撃《しょうげき》とともに、あの部屋も自分の家ではなく、セアラの家の一室にすぎないことに気がついた。

かつて暮らしていた両親の家では、生まれてから祖母と暮らすと決めるまでずっと自分のものだった部屋も、今は弟のハリーのものになっている。ハリーはこう言ったものだ。だってこっちの方が広いし、兄さんはもうこの家に住んでないのに、ぼくは住んでるんだ。兄さんがひと晩二晩、泊《と》まりたい時は、一番狭《せま》い、もとのぼくの部屋でいいじゃないか、と。ジェイコブは反論しなかった。どうしてできるだろうか。自分で家を出ていくことを選んだのだし、どこかよそで暮らす方がいいと思ったのだ。いや、正確には、だれかほかの人と暮らす方がいいと思ったのだが……。あの時は、自分がやりたいことをしようとしていたから、部屋をとられることなど、どうでもよかった。それどころか、ひそかに喜んでさえいた。幼いころから使っていたあの部屋は、自分の子ども時代そのものだ。その部屋を出ていけば、子ども時代が終わると思った。部屋をゆずることで、大人への、つまり自分のことは自分で決められる人間への一歩を踏《ふ》み出したのだと。

そういう身分になることを、もの心ついてからずっと望んでいた。ジェイコブは子どもでいることが心の底から好きだと思ったことはなく、いつも、大人になりたい、独立して自分に責任をもちたいと願っていた。そして人生を好きなように生きるために、できるだけ多くの自由を手に入れたいと思っていた。とはいえ、自分でも認めざるをえないが、どんなふうに生きたいのか、まだはっきりわかっていたわけではなかった。

だが今、どこであれ、これまで家と呼んできた場所から遠く離《はな》れ、よその国の見知らぬ町の裏通りに隠《かく》れた、人でいっぱいの煙《けむり》だらけの騒々《そうぞう》しいこのカフェの中で、ようやく、ひとりで生き、自分に責任をもつことの現実が、高ぶった神経にしみこみ、乱れた心に根を下ろした。

まるで記憶《きおく》がこの瞬間《しゅんかん》を待ち望んでいたかのように、午後、ティトゥスの肖像《しょうぞう》を見たあとでダーンが歌った、あの短い哀切《あいせつ》なメロディーと、英語に直してくれた時の声がよみがえった。「わたしは生涯《しょうがい》かけておまえを探してきた、ようやく今、おまえを見つけたというのに、孤独《こどく》の意味を知っただけだ」

そういうことなのか！　長い話を短くいえば、とどのつまりはそのひとことってことか？　ひとり、ひとり、ひとりぼっち。おまえひとりだ、トッド《On your tod》。それが成長すること、大人になることなのか？　孤《こ》独《どく》が？

肩《かた》に手が置かれ、トンの声が聞こえてきた。「ジャック？」

ジェイコブはびくりとして、少年とも少女ともつかない顔を見あげ、トンの手に自分の手を重ねてほほえんだ。

「ダーンは今来るから。またすぐに会えるよね？」

ジェイコブはうなずいた。

トンはにっこり笑うと、身をかがめ、三度キスをした。口の左端《ひだりはし》に、次は右に、そして最後のキスの感触《かんしょく》はジェイコブの唇《くちびる》にしばらく残っていた。

12 ジェイコブ(8)

『初めから始めろ』

王さまは重々しい声で言った。

『そして最後までしゃべるのだ』

――ルイス・キャロル

ジェイコブは、アムステルダムからブルーメンダールへ向かう、昼前の列車の窓から外をながめていた。ダーンと二人、ヘールトラウを訪れるために乗った列車だったが、待ち受けるつらい出会いのことを心の外へ追いやりたくて、目に映る景色に意識を集中した。

この国に来る前、オランダは退屈《たいくつ》だと聞かされていた。小さな箱のようなこぢんまりした赤い屋根の家が、おもちゃの町みたいに整然と立ち並び、町と町のあいだにはどこまでも続くまったいらな畑や牧草地、それに運河があるだけで、ほかに大したものはない国だと。でも実際は、そんなことはなかった。とくにこの朝のジェイコブにとっては……。

たいらな風景は広く低い空の下でもやにかすみ、大地と空がとけあっているようで、気持ちが落ち着いてくる。きちんと手入れされた家々や庭、農場や畑、運河や堤防《ていぼう》、そして今、目の前を過ぎてゆく工場や近代的なオフィスビル群でさえ、清潔さや秩序正《ちつじょただ》しさが好ましかった。それだけではない。その色だ。古い煉瓦《れんが》や屋根瓦《やねがわら》のつややかな赤。農地はみずみずしい緑や茶色で四角く色わけされ、その境界には太い鉛筆《えんぴつ》で線を引いたように黒い水路が走っている。空を映した帯のような運河は、馬に曳《ひ》かれた荷船が通れば銀色に波立つ。また、人々のものごしには、目的をもち、あわてず騒《さわ》がず日々の暮らしを送っている雰囲気《ふんいき》があり、それもジェイコブの気に入った。今の今まで、こうしたことには気づかなかった。こっちに来て初めて、この国が好きになりかけていた。でも、なぜ今、瀕死《ひんし》の老女に会いに行く列車の中でそんなことを考えるのか？　自分の思いを自分に説明するのはとても難しい時がある。思いはただそこにあり、理解できない時が。

ダーンはむかいの席に座り、新聞を読んでいた。『de Volkskrant《デ・フォルクスクラント》』という新聞名が、昔風だが洗練された書体で印刷されていて、気難しく、いかめしい感じがした。眼鏡《めがね》をかけたダーンを見るのは初めてだったが、楕円形《だえんけい》の小さめのレンズを黒くて細いメタルフレームにはめた眼鏡は、これまた昔風だが洗練されたデザインで、ダーンをやはり少しばかり気難しく、いかめしい人間に見せていた。ダーンは昨夜からほとんど口をきいていない。朝食に食べるものがどこにあるのかぶっきらぼうに教え、アパートを出る時間や、帰りにジェイコブの荷物をとってくる手はずを手短《てみじか》に説明しただけだ。ダーンはこんなふうに言いわけした。「朝はからっきしだめなんだ。夜型でね。しゃべらないからといって悪気《わるぎ》があるわけじゃない」ジェイコブはとやかく言う気はなかった。やはり、口をきく気分ではなかったからだ。

意外にも夜はよく眠《ねむ》れた。ぐっすりといってもいい。あれだけいろいろなことがあったというのに——昨日の恐怖《きょうふ》、災難、動揺《どうよう》、初めての家の初めてのベッド。でも、それだけじゃない、今思うとうれしいこともあった――トン、ティトゥス、アルマ。夜中に一度だけぼんやり目を覚ました時、腕《うで》時計の針は二時半をさし、下の広い居間からは話し声や笑い声が聞こえた。ひとつはダーンの、もうひとつはトンの声だったが、ジェイコブはあっという間にふたたび深い眠《ねむ》りに落ちてしまった。

今朝、目を覚ましてみると、頭がスポンジのようで、手足に力が入らず、ベッドから出るのに無理やり動かさなければならなかった。シャワーを浴びて元気をとりもどしたのだが、来客用の浴室があるので、だれかが待っているのではないかと気をつかうこともなく、時間をかけ、ゆっくり浴びることができた。ダーンの両親の家では浴室がひとつしかなく、そういうわけにはいかなかったのだ。ダーンは着《き》替《が》えとして、青いトランクスと赤いTシャツ、そして、ジェイコブのくたびれたセーターの替《か》えに、Tシャツの上に着ろと言って、古い黒のジャケットを貸してくれた。ジャケットはゆったりしたスタイルで、少し大きめだったが、気に入った。はおってみると、昨日とちがって少しオランダ人らしく、つまり、イギリス人だということが目立ちにくくなる気がしたからだ。おもしろいことに、ジャケットの内側についているブランド名は『Vico Rinaldi《ヴィコ・リナルディ》』、イタリアのデザイナーだった。

駅は混雑していた。土曜日なので、列車の中もどこかへ出かける乗客でいっぱいだった。荷物をもった旅行客や買い物の袋《ふくろ》をさげた地元の人もいるが、薄汚《うすよご》れたバックパックやスポーツバッグを横に置いた若者たちの姿が多い。おしゃべりは聞こえてくるが、うるさくはなかった。人々の外見やしぐさは、頑健《がんけん》で率直で快活そうだ。イギリス人とちがうのはひと目でわかるが、まったく異質というわけでもない。今の自分にはないが、あればいいのにと思うようななにかがある。それがなんなのか、オランダ人たちのどんなところに惹《ひ》かれるのか、ひとことで表そうとしてみたが、「攻撃的《こうげきてき》ではない自信」というよりふさわしい言葉は思い浮《う》かばず、そうこうするうちに列車はハールレム駅に入り、乗客はあらかた降りてしまった。

ダーンは新聞をたたむと、ジェイコブに向かって身を乗り出した。「次の駅だ。テッセルはフェルプレーフハウスで待ってる。長居はしないよ、ヘールトラウが疲《つか》れてしまうからな。看護婦たちにもきみが来ると言ってあるから、担当の医師が、おれたちがいるあいだくらいは痛みをおさえておけるよう、特別な処置をしてくれてるはずだ。帰るころあいだと思ったらおれが教える。だからだいじょうぶ、きみがあわてるようなことはなにも起こらないさ」

「きみがあわてるようなことは」のひとことに、ジェイコブはしかられたような、いや、決めつけられたような気さえした。まるで、おまえはこんなことには耐《た》えられない、死にかけた女性の痛みを直視できるほど強くない、だから守ってやる、そう言われたようだった。さらに、おまえは部外者で、家族の一員じゃない。お客さんなんだから、礼儀に従って、われわれ家族の苦しみなど味わわせるつもりはない、そう言われたようでもあった。ジェイコブは、この決めつけにも、家族ではないという事実にも腹がたった。でも、と走り続ける列車の中で考えた。こんなふうに腹をたてるべきなんだろうか？　だって、たまたまそういう言いまわしになっただけで、ダーンは、ぼくが受けとったような意味で言ったわけじゃないんだろうから。が、そのつもりで言ったかどうかはさておき、ダーンの言葉は気にさわった。

背筋《せすじ》のあたりに力が集まってくるような気がして、決心が固まった。なにを知ることになったとしても、顔をそむけたり、拒絶《きょぜつ》したりせずに受け入れよう。正面からとり組もう。それは自分のため、己《おのれ》の自尊心のためなんだ、と。

そこまでの心がまえはできた。これは驚《おどろ》きであり、喜びでもあった。つまるところ、ぼくはそんなに意気地なしじゃないぞ、たぶん。

ジェイコブが老人ホームと聞いて抱《いだ》いていたのは、居心地よさそうなこぢんまりした建物で、ひと握《にぎ》りの老人たちが、仕事熱心な看護婦たちから行き届いた介護《かいご》を受けながら最後の日々を静かに過ごしている、そんなイメージだった。ところがダーンに連れられてやってきたのは、ばかでかい建物の前だった。三階建てで、中央の本館から翼棟《よくとう》がいくつか延《の》びている。建物の周囲はよく整備された公園のようだ。樹木や草花がふんだんに植えられ、そこここに花壇《かだん》があって、この場所を郊外《こうがい》にある金持ちの大邸宅《だいていたく》か温泉地の贅沢《ぜいたく》な保養所に見せようとしているのは明らかだった。しかし、なにをもってしても、いかにも病院然とした「ホーム」の無骨《ぶこつ》な建物と、ひっきりなしに出入りする乗用車やバン、バスやバイク、さまざまな医療《いりょう》関係車両、そして、乗り降りする人々——患者《かんじゃ》やお見舞《みま》いの人、医師やスタッフ——の姿を隠《かく》すことはできない。そう、ここは言葉の本来の意味からして、けっして「ホーム」などではなく、お年寄り、高齢者《こうれいしゃ》、呼び名はなんであれ、人生の秋を迎《むか》えた人たちを悩《なや》ませるありとあらゆる慢性疾患《まんせいしっかん》や機能低下、事故や災害による傷害を治療《ちりょう》し、死をみとることまでする忙《いそが》しい病院なのだ。

人は婉曲《えんきょく》な表現で自分たちをあざむくことになんと熱心なのだろう、とジェイコブは思った。いわく、逝《い》く、亡くなる、最期《さいご》を迎《むか》える、他界する、息を引きとる、神に召《め》される、世を去る、永眠《えいみん》する、などなど。さらには、家族を失ったばかりの人たちの前では使えない滑稽《こっけい》な言いまわしもある。たとえば、爪先《つまさき》を上に向ける、魂《たましい》を捨てる、ギャーと鳴く、バケツを蹴飛《けと》ばす、アウトになる、造ったやつに会いに行く、フックから落ちる、ロウソクの芯《しん》を切る。どれも意味するところは「死」以外のなにものでもない。そのものずばりを言い表す言葉はこれひとつしかないのだ。だからこそみんな、この言葉を使いたがらないのだろう。

ジェイコブがそんなことを考えているうちに、二人は正面入口から中に入っていた。ダーンが、ここは「ふれあい広場」(またもや婉曲《えんきょく》表現だ)と呼ばれてる、と言った。小さな地方空港の出発ロビーを参考にして設計されているように見えたが、考えてみると、その発想はこの場にぴったりだ。チェックイン・カウンター(レセプシー、インフォルマーシー)《受付案内》だけでなく、売店や図書室、花屋、カフェ、椅子《いす》を並べたスペース、会議室まであった。あちこちに置かれたずんぐりしたプラスチック製の鉢《はち》からは、植木が枝を伸《の》ばし、葉を茂《しげ》らせている。そして、そこにいる人たちはみな、飛行機を待つ乗客や見送りの人たちと同じで、平静を装い、明るくふるまってはいるが、退屈《たいくつ》や不安、いらだちや安堵《あんど》、そしてこんなところにいたいわけではないという共通の思いを隠《かく》しきれてはいない。すべての人が、そうした気配を汗《あせ》のように発散していた。これから入院する人やつきそってきた人、見送る人と見送られる人、そそくさと立ち去る親戚《しんせき》や友人、あとに残されるやがて死を迎《むか》える人。(死んだ人の遺体は、患者《かんじゃ》にしろ見舞《みま》い客にしろ、生きている人たちが、ここに来た本当の理由をつきつめて考えずにすむよう、どこか建物の裏にある目立たない出口から運び出されるのだろう。)

ジェイコブは、ダーンがぐずぐずせずに、すぐにエレベーターに向かったのでほっとした。二人は二階へ上がり、広い廊下《ろうか》を歩いていった。壁《かべ》のあちこちがくぼんだところに窓があり、そこから下の公園のような庭をながめている人たちがいる。とても快適で近代的な建物だとは思ったが、やはり病院は病院で、それらしい音や臭《にお》いがあった。最悪なのは、生ぬるい病院特有の空気だ。消毒液臭《くさ》く、湿《しめ》っているようでいてからからに乾《かわ》き、そのうえ、熱っぽい肺に何度も吸いこまれては吐《は》き出され、外気にふれたことなどないように思える空気。それでも、いたるところに配慮《はいりょ》の跡《あと》が、ここを別の場所に見せようとする工夫の跡《あと》が見える。気持ちを落ち着かせる淡《あわ》い壁《かべ》の色、立派な額におさめられた絵、あちこちに二、三鉢《はち》ずつバランスよく置かれた鉢植《はちう》え、座り心地のよさそうな椅子《いす》、明るい模様のカーテン——なにをとっても、ジェイコブがイギリスで行ったことのあるどの病院より優《すぐ》れていた。腰《こし》の手術でオランダに来られなくなった祖母のセアラが、その手術を受けたけっこう新しい病院も、ここにはかなわない。

ヘールトラウは個室にいた。病棟《びょうとう》内で個室を与《あた》えられている患者《かんじゃ》は彼女《かのじょ》だけらしい。ほかの部屋はみな、六人部屋か四人部屋、せいぜい二人部屋なのだ。ダーンからは、特別あつかいだと聞いていた。最期《さいご》を迎《むか》えようとする者の特権だと。

ダーンが祖母に歩み寄り、声をかけているあいだ、ジェイコブは戸口でためらいながら、その様子を見守っていた。ヘールトラウは重ねた白い枕《まくら》に白髪《しらが》頭をあずけ、白いスチール製のベッドは、遺体を包む布のような（それしか形容のしようがない）白い上《うわ》がけでおおわれている。部屋の壁《かべ》はピンクだった。ベッド脇《わき》の白いキャビネットの上には、色あざやかな静物画、オレンジ、リンゴ、洋ナシやバナナを盛った陶製《とうせい》の鉢《はち》、赤いバラをいっぱいに生けた青いガラスの花びん、男性二人、女性一人の写真を入れたブロンズ製の三つ折りになる写真立てが並んでいる。写真の女性は若いころのダーンの母親、ファン・リート夫人だとわかった。男性の一人はダーンで、もう一人は見たことのない人だった。医療器具《いりょう》は見あたらず、病人であることを示すものはなにもない。たぶんわざわざそうしたのだろう。来客にそなえて居間を片づけるようなものだ。しかし空気は張《は》りつめ、ぎごちない沈黙《ちんもく》が部屋を支配している。

この人は蛾《が》のようだ、とジェイコブは思った。冬に向かって身を横たえ、冬眠《とうみん》にそなえる蛾《が》だ。しかし、落ちくぼんだ大きな目は鋭《するど》く、ダーンが身をかがめ、ゆっくりと優しく三回のキスをするあいだも、ダーンの頭の左右からこちらに視線を送り、じっとジェイコブを観察していた。

ファン・リート夫人はベッドの横にあるひとつしかない肘《ひじ》かけ椅子《いす》に座っていたが、立ちあがって、ジェイコブの前までやってきた。

「災難だったわね。大変だったでしょう」彼女《かのじょ》は低くおさえた声で言った。「ダーンのアパートで困ることはない？」

「ええ、ご心配かけてすみません」

「明日はわたしといっしょにオーステルベークの式典に行きましょう。九時十五分に迎《むか》えに行くわ。すぐに出られるようにしておいてね。列車に乗り遅《おく》れると大変だから。話はその時に」

「九時十五分ですね。わかりました」

「あなたが母と話してるあいだ、わたしはコーヒーでも飲んでくるわ。母は、二人だけで話したいと言って聞かないの」

ファン・リート夫人は、不幸の気配を飛行機雲のように残しながら廊下《ろうか》を歩み去った。

ダーンはヘールトラウのベッド脇《わき》に立ち、ジェイコブが近づくのを待っていた。ヘールトラウはじっと横たわったまま、薄《うす》いブルーの瞳《ひとみ》でジェイコブを見つめている。

「ヘールトラウ」ダーンが言った。「ディット・イス・ジェイコブ《ジェイコブだよ》」

ジェイコブは動かなかった。動けなかったのだ。するとヘールトラウがほほえみながら言った。

「こっちへ、来て」

ダーンは、ヘールトラウが頭をもたげなくてもジェイコブが見える位置に椅子《いす》を置いた。

ジェイコブは「卵の上を歩くような」という表現がどういうことか初めて実感しながら近づいていき、椅子《いす》の端《はし》におそるおそる腰《こし》を下ろした。落ち着かない気分になったのは、ヘールトラウが強いまなざしでじっとこちらを見つめているせいだった。この女性とはとても言い争う気になれない。背筋《せすじ》を伸《の》ばして相手をしなければならない、そんな気がした。しかし、彼女《かのじょ》の体にはほとんど存在感がない。上がけの下に本当に体があるんだろうかと思えるほどで、まるで体のない頭と二本の腕《うで》だけが布団《ふとん》の上にあるようだった。腕《うで》の先にある形のいい小さな手は、老齢《ろうれい》による茶色のしみでまだらになっていなければ、少女の手にも見えただろう。

「こんにちは、ヴェッセリングさん」ジェイコブは言った。「祖母のセアラが、よろしくとのことです。おみやげと手紙をあずかってきたんですが、それはぼくの荷物の中で……。あの、もう聞いてますよね?」

「説明はすんでる」ダーンが言った。「二人で話すといい。廊下《ろうか》の少し先にいるよ。帰ってほしいと思ったら、ヘールトラウからきみに、おれを呼んできてくれと頼《たの》むそうだ。いいかい?」

ジェイコブはうなずいた。ダーンは「あまり長い時間はだめだぞ」という顔でジェイコブを見てから、オランダ語で祖母に話しかけ、またキスをした。ダーンがあんな声で話すのは聞いたことがない。とても柔《やわ》らかく、優しく、明瞭《めいりょう》だ。まるで恋《こい》する男が最愛の人に話しかけるような声だ。

そのあいだもずっと、ヘールトラウはジェイコブの顔から目をそらさなかった。

ダーンが出ていき、ドアが静かに閉まった。

長い沈黙《ちんもく》のあと、ようやくヘールトラウが口を開いた。

「あなたはお祖父さんと同じ目をしてるわ」

ジェイコブはほほえんだ。「祖母も同じことを言います」

「笑顔も同じ」

「それも言われます」

「性格はどうかしら?」

「あまり。どうも、ぼくは祖父ほど器用じゃないみたいです。手先が、ってことですよ。道具のあつかいが、です。祖父はものを作るのが好きだったそうですから」

「知ってるわ」

「家具まで作ったんです。そのうちのいくつかは、今でもセアラが使っています。それに庭いじり。祖父は庭いじりが大好きだったようです。ぼくは大嫌《だいきら》いですけど。よく本を読む人だったそうで、そこはぼくも同じです。でも、ぼくは祖父ほど勇敢《ゆうかん》ではありませんね、きっと」

「そうならなきゃいけない理由があるの?」

「勇敢《ゆうかん》になる理由ですか?　なにか理由が必要ですか?」

「理由がなきゃ、勇敢《ゆうかん》になんてなれるはずないわ」

ヘールトラウは、ジェイコブが部屋に入ってから初めて目をそらしたが、ジェイコブの方は目をそらすことができなかった。それでも、見られていなければ、肩《かた》の力を抜《ぬ》き、椅子《いす》に背をあずけることができる。

しばらく黙《だま》ったあとで、ヘールトラウが言った。「お祖母さまと暮らしてるんですって?」

「はい」

「ご両親とではなく」

「ええ」

ジェイコブは待った。事情を聞きたがっているのはわかったが、気づかないふりをしていた。ヘールトラウは言葉巧《たく》みに話を引き出そうとするだろうか、それとも、ずばり核心《かくしん》をついてくるだろうか? ジェイコブは、セアラ相手にもよくこうした駆《か》け引きをする。

「なぜだか説明してくれる?」

ずばりきた。暇《ひま》つぶしの駆《か》け引きをするような人ではない。もっとも、残された時間がこんなに少なくなっているのだから当然ではあるが。

「そうしてほしいとおっしゃるのなら」

「お願い」

こういう雰囲気《ふんいき》にもなじみがある。なにか話をして、わたしを楽しませてちょうだい。これが今日のぼくの仕事、ぼくが今ここにいる理由なんだろうか? 幼い子どもは眠《ねむ》れるようにお話をしてもらいたがるが、もしかしたら老人たちも、安らかに死ねるように物語を聞きたがるのかもしれない。まあ、もしそれが、ぼくがここにいる理由なら、それはそれでかまわない。なににも劣《おと》らない大事な役目だ。それに会話するよりはずっと楽だ。『「初めから始めろ」王さまは重々しい声で言った。「そして最後までしゃべるのだ」』

「知ってると思いますが、ぼくにはペネロペという姉とハリーという弟がいます。ペニーは――父さんはポピーと呼んでますけど――ぼくより三つ歳上《としうえ》です。ハリーは十八カ月歳下《としした》ですから、今、十五歳《さい》と半年ですね。父さんはペニーを溺愛《できあい》してます。というより、二人はお互《たが》いべったりで、ぼくに言わせれば、わいせつ罪寸前ってとこです」ジェイコブは笑ったが、ヘールトラウからはなんの反応もなかった。

「たしか精神分析医《ぶんせきい》のフロイトは、息子は母親に恋《こい》をし、父親を殺したいと思うものだと言ったはずですが、わが家ではまったくちがうんです。困ったことに父親が娘《むすめ》に、そして娘《むすめ》の方も父親に恋《こい》してるんです。少なくとも、二人は母さんを殺したがってはいないようですけど」やはり、なんの反応もない。

「ああそうだ、息子が母親を慕《した》うのはエディプス・コンプレックスっていうんでしたよね？　父親と娘《むすめ》の愛情にも名前がありましたっけ？」

「エレクトラ」ベッドの上から声が返ってきた。

「エレクトラ？」

「エレクトラ・コンプレックスよ。ギリシア神話のアガメムノンとクリュタイムネストラの娘《むすめ》。知らない？」

「ええ、知りませんでした」

「エレクトラは弟のオレステスを説《と》き伏《ふ》せて、殺された父親の敵討《かたきう》ちのために、母親とその愛人アイギストスを殺させたの。あなたの話を続けて」

「はい。よくわかりました。ええっと、ペニーはブティックのチェーン店で副店長をしてます。ぼくと姉さんは全然そりが合いません。ぼくは姉さんのことをファッションおたくの能なしだと思ってますし、姉さんはぼくのことを退屈《たいくつ》でもったいぶったきどり屋だと思ってるんです。まあ、それが姉さんから聞いた悪口の最新版です。ハリーは母さんのお気に入りです。末っ子だからというのもありますけど、生まれるとき難産だったものですから。スポーツが得意で、だから父さんもハリーが大好きで、それに地元の青少年オーケストラでオーボエまで吹《ふ》いてるんです。おまけにとてもハンサムで。ここまでハリーがなんでもかんでもできちゃうと、ぼくがあいつを憎《にく》んでも当然なんでしょうが、そんなことはありません。ぼくは弟が大好きで、鼻が高いと思ってるくらいです。ハリーとはうまくいってます。ハリーは音響《おんきょう》関係のエンジニアになりたがってます。

「ぼくはスポーツが苦手で、ピアノを弾《ひ》けば近くにいる人は顔をしかめますし、特別ハンサムなわけでもなく、人の中にいるよりひとりでいる方が好きです。というわけで、ぼくは家族の中で仲間はずれの変わり者なんです。でも、別に気にしてません。なぜって、ぼくは前から祖母のことが特別に好きで、祖母もそう思ってくれてるからです。母さんに言わせれば、ぼくは生まれてすぐ、祖母のセアラにとられてしまったんだそうです。祖父の名をとってジェイコブという名前にしようと言いはったのは、セアラだったんですから。母さんはそれでよかったんですが、父さんは反対したそうです」

「なぜ？」

「父さんは、もちろん自分の父親のことを知りません。祖父のジェイコブは、父さんが生まれる前に亡くなってるんですから。ああ、そのへんの事情は全部ご存じなんですよね。セアラの話では、父さんをみごもったのは、祖父が戦地へ送られるほんの二、三日前の、最後の週末休暇《きゅうか》の時だったそうです。それに父さんは、セアラが祖父を偶像化《ぐうぞうか》したり――父さんはそう言うんです――、三年間の結婚《けっこん》生活をロマンチックに語る――これも父さんのせりふですけど――のが、ずっといやでしかたなかったみたいなんです。病的だ、って。だいたい、いくらひと組の男女が愛しあっていたとしても、セアラが、自分と祖父ジェイコブの関係がそうだったと言いはるような、完璧《かんぺき》な夫婦なんてあるわけがない、って言ってます。ぼくにはわかりませんけど。ただ、セアラがそれきり再婚《さいこん》しなかったのは事実です。男友だちはずいぶんいたけど、ジェイコブほどの人は一人もいなかった、ってよく言ってます。セアラはなぜか、祖父の死が二人の愛を終わらせたのではなく、永遠のものにしたように感じてるらしいんです。とてもがんこですからね、セアラは。いったんこうと決めたらそれでおしまい、てこでも動きません。石頭、と父さんは言ってますが。

「父さんとセアラは、今まで本当にしっくりいったことはないと思います。母さんによれば、二人は親子なのに、チョークとチーズみたいに、見た目はともかく、中身はまるでちがうんです。ひとつ部屋に二人だけにしておいたら、五分後には第三次世界大戦勃発《ぼっぱつ》ですよ。それに父さんには、自分は父親を知らないというコンプレックスがあるのもたしかです。ぼくが父さんのことでなにか不平を言うと、必ずこう返ってきたものです。『不平を言う父親がいるだけありがたいと思え』

「でも、そう言われるとかえって頭にくるだけです。一度、あんまり頭にきたんで、父さんに向かってどなったんです。『父さんこそありがたいと思えよ。ぼくは父親なんかいない方がいいんだ。とくに父さんみたいな父親は』って。ぼくが十一歳《さい》くらいの時でした。腹をたてた勢いで思わずそんなことを言っただけだと思うんです。ほら、わかるでしょう、家族同士で口げんかしてる時の感じって。でも、父さんはそうは受けとらなかった。殴《なぐ》られるんじゃないかと思ったのは、子ども時代を通じてその一回きりですね。殴《なぐ》られはしませんでしたけど。父さんは暴力が大嫌《だいきら》いなんです。でも、あんなに怒《おこ》ってとり乱した父さんは、その後も見たことがありません。部屋を飛び出して工作部屋に閉《と》じこもり――父さんは日曜大工にはまってるんです――そのまますいぶん長いあいだ出てきませんでした。母さんはかんかんに怒《おこ》って、ぼくに超弩級《ちょうどきゅう》の雷《かみなり》を落としました。姉のペニーはずいぶんうれしそうでしたっけ。

「父さんとは、ぼくが小さいころはうまくいってたんです。十歳《さい》くらいまでは。いったいどうしてこうなってしまったのかわかりません。いえ、ほんというと、いろいろありました。そのころ、父さんはようやく、ぼくが、サッカーが人生で重要な意味をもつとは思ってないこと、そしてまちがっても工作好きにはなりそうにないことを認めざるをえなくなったんです。ぼくはぼくで、父さんとペニーがべたべたし始めたのがいやでしかたありませんでした。父さんは本当に姉さんのことで頭がいっぱいになり、それは今でも続いています。ともかく、ぼくと父さんはちょくちょく大げんかをやらかすようになりました。

「ばからしい話に聞こえると思いますが、転機になったのは、ぼくが十三歳《さい》くらいだったある日でした。突然《とつぜん》、父の冗談《じょうだん》がもうおもしろいとは思えないことに気づいたんです。それでおしまいでした。その後は、あの人はたまたまぼくの父親ではあるけれど、たいていは恥《は》ずかしいとしか思えない、六十年代の遺物《いぶつ》になってしまいました。ぼさぼさの長髪《ちょうはつ》なのに頭のてっぺんが薄《うす》くなりかけてるし、おばあさんがかけるみたいな変な金縁眼鏡《きんぶちめがね》をかけ、目のまわりにはいつも、徹夜《てつや》明けみたいな隈《くま》ができてるんです。おまけに、いつもはいてる古着加工したジーンズの上にぽってりした腹がせり出してるし、たるんだ尻《しり》もジーンズのせいでよけい目立つ。まるでジョン・レノンが老いぼれたって感じなんですよ。もちろん父さんはジョン・レノンを崇拝《すうはい》してて、ビートルズこそ、父さんのセンスでは音楽の最高峰《さいこうほう》なんです。セアラに言わせると、六十年代の終わりごろ、アメリカから大西洋を越《こ》えて漂《ただよ》ってきた頭のいかれたヒッピーたちの毒に、二十代だった父さんはすっかりやられた、ってことになるんですが。だいたい、父さんが母さんと出会ったのは、ローリング・ストーンズの、コンサートといえるのか、まあ、その会場でのことらしいです。すみません、なんだか悪口ばかりになってしまって」

　ジェイコブは調子に乗りすぎたことに気づき、口をつぐんだ。しゃべっているうちについついよけいなことまで話してしまった。やりすぎだったろうか？　ヘールトラウは目を閉じていたが、聞いてくれていることはわかっていた。おもしろがるような笑みを浮《う》かべているのを見て、ジェイコブは先を続ける気になった。

「とにかく、十四の時にはもうだいたいそんな調子で、そのころちょうど母さんが大きな手術を受けることになり、その後も回復のためにしばらく入院しなければならなくなったんです。父さんとペニーの二人がいればなんとか家事はやれましたし、ハリーは、なんといってもハリーですから、心配いりません。でも、ぼくはそうじゃなかった。問題児だったんです。母さんが入院した最初の週、父さんとペニーとぼくのあいだでけんかがどんどんひどくなって、セアラが、母さんが家に戻《もど》って元気になるまで、自分のところでいっしょに暮らしたらどうか、と言ってくれたんです。だれにとってもその方が楽になるよ、って。この時ばかりは父さんも賛成しましたね。

「セアラのところは、両親の家から四マイルほど離《はな》れた村にある小さな家ですが、必要があれば自転車ですぐに帰れますし、それでいて、互《たが》いの気にさわらないくらいには離《はな》れています。それに、話したように、セアラとぼくはとてもうまが合うんです。好きなものが同じなんですよ——音楽、読書、芝居《しばい》とかですけど。それに二人とも、長い時間ひとりでいるのも好きですし。

「そうこうするうちに、ようやく母さんが元気になりました。四カ月あまりかかりましたけど。でも、そのころにはセアラの家がすごく居心地よくなっていて、帰る気がしなくなってました。わかると思いますが、それを聞いてみんな喜びました。母さん以外は。言いましたっけ？　言ってませんよね。ぼくは母さんが大好きなんです。

「母さんは父さんみたいに六十年代にかぶれたままではないし、老いぼれてもいません。若者のまねをしてるわけじゃないですよ、そういうことじゃないんです。なんていうか、年相応に落ち着いていきながらも、心は若いまま、って言えばわかりますか。じつはハリーのルックスがいいのは母さんゆずりなんですよ。それに、ハリーは性格も母さんによく似てるところがあって、ぼくがあいつとすごく仲がいいのも、きっとそのせいなんだと思います。母さんはハリーを目の中に入れても痛くないほどかわいがってる、ってセアラは言いますけど、ぼくは気にしてません。ぼくと母さんも親友みたいな関係だってわかってますから。最近思うようになったんですけど、そう言える親子関係が最高ですよね。母さんには昔からなんでも話せましたし、どんなことでも相談してきました。だからこの時も母さんと話しあって、ぼくはそのままセアラの家で暮らす、ただし、家に戻《もど》りたいと思えば、いつ戻《もど》ってもかまわない、そう二人で決めたんです。もっとも、あそこはもう自分の家だとは思ってませんけど。

「そういう事情で、ぼくは祖母と暮らすようになりました」


病院の音が廊下《ろうか》からドア越《ご》しにもれ入ってくる。

ヘールトラウが目を開けた。

そして初めて頭を動かした。

二人は互《たが》いの顔を見て、視線を合わせた。

ようやくヘールトラウが口を開いた。「で、あなたは彼《かれ》を赦《ゆる》したの？」

「だれを赦《ゆる》すんです？」

「あなたのお父さんを」

「父さんの、なにを赦《ゆる》すんですか？」

「あなたの父親であることを」

ジェイコブはうろたえた。「ぼくが……？　赦《ゆる》す……？」

ヘールトラウは少し間をおき、さらに尋《たず》ねた。「あなた、生きていて幸せ？」

ジェイコブはひとつ大きく息を吸った。心臓の鼓動《こどう》が速まり、顔が赤らむのがわかった。この人は衰《おとろ》えつつある蛾《が》のように見えて、獰猛《どうもう》なロットワイラー犬のような鋭《するど》い攻撃《こうげき》をしかけてくる。

ジェイコブはなんとか答えた。「ええ。そうですね、だいたいは。そうでない時もありますけど。ときどきひどく落ちこむことがあって、そうなると、いっそこのままと思ったりも……。セアラはそれをネズミ気分と呼んでいて、年齢《ねんれい》とともにそういうこともなくなるよ、って言うんですが……」

ヘールトラウが短く乾《かわ》いた笑い声をたてた。砂利道を踏《ふ》む足音のようだ。

「人間の生理だってわけね」

ジェイコブには、ヘールトラウが皮肉で言っているのかどうか確信がもてなかったが、笑いを浮《う》かべてあいづちを打つチャンスができたのがうれしかった。「そうなんです！」

ヘールトラウは顔をそむけ、また目をつむった。

そして、しばらく黙《だま》りこんでから言った。「ダーンは、わたしがどういう処置を受けることになってるか、あなたに説明したのかしら？」

ヘールトラウが目を閉じているというのに、ジェイコブはうなずくのがやっとだった。

「わかってくれる？」

ジェイコブはもう一度深く息を吸って、ようやく答えることができた。「ええ、たぶん」

「あなたは認めてくれてるの？」

「いえ、その──」

「ごめんなさい」ヘールトラウはそう言ってさえぎった。「認める、というのは言葉がちがうわね。認めるとか認めないとかは、あなたのすることじゃないもの。ちょっと待って」

ふたたび沈黙《ちんもく》が続いてから、ヘールトラウは言い直した。

「わたしの立場だったら、あなた、同じことをすると思う？」

ジェイコブはこの質問と格闘《かくとう》し、昨日の涙《なみだ》を思い出し、また泣いてしまうかもしれないと恐《おそ》れた。今は泣く時ではないだろう。時はありあまっている。なのに、あまりに時がなさすぎる。

時、時！　ふいに、なにもかもが時と関係しているように思えてくる。この世に生きている時間。あれをすべき時、これをすべき時。人生最高の時。生きるべき時。残り時間ゼロ。死ぬべき時。

「わかりません」ジェイコブは真剣《しんけん》に、落ち着いて答えた。「本当にわからないんです。頭では、同じことをすると思うのですが、でも、きっといざとなると……あまりにも……」

言葉が出なくなった。胸の奥《おく》で声が止まった。

ヘールトラウは、砂利を踏《ふ》むような音をたてて咳《せき》ばらいした。「じゃあ、あなたはまだ生きてて幸せなのよ」

それは意見の表明であり、質問ではなかった。

ジェイコブは一拍《ぱく》おいて答えた。「そうですね。たぶん、そうなんでしょう」

「たとえ、あなたの気分が、その、なんでしたっけ？」

「ネズミ気分」

「そう、たとえネズミ気分の時でも、あなたは自分の存在を断《た》つという考えをもてあそんでるだけだわ」ヘールトラウはもう一度咳《せき》ばらいした。「わたしたちが生きたい、死にたくないと思うのは、生物としての欲求なのよ。それも人間の生理ってことね。だけど、同じように一生物として、死にたい、もう生きたくないと思う時がやがてくるものなの。大切なのは――」

ふいに、ヘールトラウの顔に苦痛が走った。息をのんだまましばらく呼吸を止めている。肌《はだ》に汗《あせ》が浮《う》かび、上がけの上に置いた手がかぎ爪《づめ》のように固く握《にぎ》られた。

ジェイコブははっとした。「だいじょうぶですか？　だれか呼んできましょうか？」

ヘールトラウは握《にぎ》ったままの手を上げて、やめて、というように振《ふ》ってみせた。

しばらくすると、彼女《かのじょ》はまた体の力を抜《ぬ》いた。

「そろそろ帰る時間ね」ヘールトラウの声は張《は》りつめていた。「でも、その前に、あなたに頼《たの》みたいことが二つあるの」乾《かわ》いた唇《くちびる》を結び、こすりあわせる。「明日はオーステルベークでしょ。月曜日に、またわたしに会いに来てくれる？　あなたにあげたいものがあるから」

「ええ、いいですよ」

「じゃあ、二つ目ね。声に出して読んでほしいものがあるの。短い詩なんだけど」

死にかけた女性の頼《たの》みをだれがことわれようか？

「ぼくでよければ。上手にできるかどうか――」

「あなたのお祖父さんはこの詩が好きだった。わたしに読み聞かせてくれたわ。わたしも彼《かれ》のお墓の前で読んであげた。どうしてもあなたにそれを読んでもらいたいの」

ジェイコブはただうなずくばかりだった。

「キャビネットの引き出しよ。本が入ってるわ。紙がはさんであるページ」

くたびれた、あちこち角を折りこんである本だった。赤とクリーム色の表紙は色あせ、薄汚《うすよご》れている。

「ベン・ジョンソンですか？」

ヘールトラウは顔をこちらに向け、真剣《しんけん》なまなざしで食い入るようにジェイコブを見た。

ジェイコブはその詩を知らなかった。何行か目を走らせ、頭の中で読んでみたが、慣れない十七世紀初めの英語につっかかるのではないかと心配だった。

ああ、もう時間がない。

ひとつ息を吸い、自分に言い聞かせる。落ち着け、集中しろ、言葉だけを見て、行を追い、句読点どおり切ればいい。ちょうど、あのスコットランドを舞台《ぶたい》にした劇の稽古《けいこ》で教わったように。

ジェイコブは大きく息を吸うと、読み始めた。

　樹木のように太く大きくなったとて、
　優れた人になるわけでなし、
三百年、樫《かし》の木のように立ったとて、
切り倒《たお》されて、葉をなくし、残るは干からび乾《かわ》いた丸太のみ。
　それにひきかえ、たったひと日《ひ》の命でも、
　五月の百合は麗《うるわ》しい、
たとえその夜に伏《ふ》して死すとも。
そは内なる光を映す花。
小さきものの中にこそ、われらは美を見出し、
わずかな時にこそ、人生は全《まった》きものとなりぬべし。

廊下《ろうか》で、医療《いりょう》器具を運ぶ音が響《ひび》いた。
部屋の中の沈黙《ちんもく》が、病院の空気で包まれた。

13　ヘールトラウ(5)

無邪気《むじゃき》で幸せなひと時に終止符《しゅうしふ》が打たれたのは、ある朝早くのことでした。

その前日まで、わたしたちの毎朝の習慣は次のようなものでした。まずご主人が起き出すのが五時半。ヴェッセリングさんは台所のストーブの火をおこしてから農場の仕事に出ていき、ついでにディルクとヘンクに目を覚ましているかと声をかけます。すると二人は起きてきて乳《ちち》しぼりをします。六時にヴェッセリング夫人が起き、七時から食べられるように朝食を作ります。わたしは夫人に続いて起き、朝食の支度《したく》ができるまでそのほかの雑用をします。みんなで朝食をすませたあと、わたしはコーヒーをもってジェイコブの部屋へ行き、二人だけの目覚ましの儀式《ぎしき》をするのです。

しかしその朝、ヴェッセリング夫人とわたしがまだベッドの中にいて、ご主人が火をおこそうとしていると、牛舎からディルクが大あわてで飛びこんできて、みんなに聞こえるよう大声で叫《さけ》びました。

「ドイツ兵だ！　ドイツ兵が来た！」

まるで呪文《じゅもん》を聞いたように、わたしたちはすぐさま猛烈《もうれつ》な勢いで動きだしました。ディルクは隠《かく》れ部屋で着替えていて、明かりとりの窓から、一台のドイツ軍トラックが表の道路から農場に続く私道に入ってくるのを運よく目撃《もくげき》したのです。急を告げるディルクの叫《さけ》び声を聞くやいなや、ヴェッセリングさんは兵士たちを途中《とちゅう》で捕《つか》まえ、家の中に入ってくるまでなるべく時間をかせごうと、外へ飛び出していきました。夫人の方は二階の寝室《しんしつ》を出て階段の上まで走ってゆくと、ディルクに向かって、すぐ隠《かく》れ部屋に戻《もど》りなさい、とどなりました。わたしはというと、まず考えたのはジェイコブのことでした。ベッドから飛び出すと、名前を呼びながらジェイコブの部屋へ急ぎました。彼《かれ》を起こし、すぐにどこかに隠《かく》さなければならないことはわかっていましたが、でも、いったいどこに？　わたしがジェイコブのベッドに着き、揺《ゆ》すり起こした時には、ヴェッセリング夫人もやってきました。夫人はわたしと同じようにまだねまきのままで、寝乱《ねみだ》れた髪《かみ》をたらしていました。ディルクが母親の心配をよそに、裸足《はだし》で階段を駆《か》けあがってきました。

「ドイツ兵はどこ？」夫人がディルクに向かって叫《さけ》びました。

「トラックに乗って私道に入ってきた。父さんが途中《とちゅう》で止めに出ていったよ」

その時わたしは、なにが起きているのかジェイコブに説明し、ベッドから下りるのを助けようとしていました。でも、ジェイコブの足はまだ体重を支えることもできず、それどころか、動かすと激しく痛む状態でした。ですから、ディルクが入ってきた時、ジェイコブはベッドの端《はし》に腰《こし》かけているだけでした。

「さあ、急いで。ぼくが背負《せお》ってくよ」ディルクが言うと、ヴェッセリング夫人が大声で止めました。

「だめ、だめよ。時間がないわ。絶対にそんなことしちゃだめ。やつらはいっせいに散らばって調べるんだから。戻《もど》って、戻《もど》りなさい！　あとはわたしたちでなんとかするから」

わたしが、いの一番にジェイコブのことを考えたように、夫人にとってはディルクが一番でした。ほかのだれが捕《つか》まろうが、たとえそれが夫人自身だとしても、一人息子だけは捕《つか》まってはならないのです。ディルクは逆らおうとしましたが、夫人は気も狂《くる》わんばかりの勢いで息子の両腕《りょううで》をつかみ、体ごとぶつかるようにして部屋の外に押《お》しやりながら叫《さけ》びました。「隠《かく》れて、ディルク、隠《かく》れて、隠《かく》れて！」そのころにはもう、ドイツ軍のトラックが前庭に乗り入れる音が聞こえ、わたしも気が動転しかけていました。「ああ、どうしよう？」気がつくと声に出しています。「ジェイコブをどこに隠《かく》したらいいの？」

恐ろしいほどのパニックでした。生涯《しょうがい》であれほどうろたえたことはないと思います。それでもわたしはジェイコブが立ちあがるのを助けようとし、一方、ジェイコブはなにごとか早口で吐《は》き捨てるようにしゃべっていましたが、もちろんそれは英語で、なにを言っているのかその時はまだ理解できないような言葉でした。あとで聞いたところによると、その前の数日間すっかり気を抜《ぬ》いていた自分を、口《くち》汚《ぎたな》くののしっていたのだそうです。こういう非常事態が起きたらどうするか、みんなで話しあっておくべきだった、と。でも、その数日間というのは、ジェイコブいわく、ぽっかりと宙に浮《う》いたような気がしていて、時間にも場所にもしばられず、過去も未来もなく、終わりのない、その中だけで満ち足りている、魔《ま》法《ほう》をかけられ、時間が止まった日々だったのです。でも、もうその魔《ま》法《ほう》も解けてしまいました。どなるようなドイツ語の命令が前庭に響《ひび》き、トラックから飛びおりる兵士たちの靴音《くつおと》がバタバタと聞こえてきて、ディルクもようやく時間がないことを悟《さと》り、母親の言葉に従って、ころがるように階段を下り、作業場を通って牛舎へ戻《もど》っていきました。牛舎ではヘンクが待っていて、ディルクが上《のぼ》ったらはしごを天井《てんじょう》に引きあげ、隠《かく》れ部屋の中に入るとすぐに入口を閉ざす準備をしているはずでした。二人は間一髪《かんいっぱつ》でそれをやってのけました。

ヴェッセリングさんは兵士たちが入ってくるのを遅《おく》らせようと、なにしに来たのか尋《たず》ね、許可証を見せてくれと言ったのですが、指揮をとる将校はそれを一蹴《いっしゅう》し、兵士たちは農場内の建物をすべて調べるために散っていきました。指揮官と二人の兵士が台所の戸口から母屋に入り、別の二人の兵士が牛舎の端《はし》にある大扉《おおとびら》から中に入りました。ヴェッセリングさんはトラックのそばにとどまるよう命じられ、運転してきた兵士に見はられていました。

ディルクが出ていくと、ヴェッセリング夫人はすぐに自信に満ちた平静さをとりもどしたので、わたしはびっくりしました。夫人についてはわたしもいろいろ言うかもしれませんが、これだけははっきりさせておかなければなりません。彼女《かのじょ》は賞賛すべき自制心と際《きわ》だった勇気をそなえた人でした。

「落ち着いて」夫人はわたしだけでなく自分にも言い聞かせるように、小声で言いました。それから、まるですべての感情が抜《ぬ》け落ちてしまったような目で、ジェイコブに肩《かた》を貸して立たせているわたしを一瞥《いちべつ》し、部屋の中をぐるりと見まわしました。わずかな時間だったのでしょうが、永遠にも思われるあいだ、夫人はなにごとか考えていました。そしてようやく、楽しげなといってもいいような表情を浮《う》かべたのです。

「さあ、早く」夫人はそう言うと、ベットステーの前へ行き、扉《とびら》を開けました。

イギリスにはベットステーのようなものはないと思うので説明しておきますが、壁《かべ》の中に作りつけたベッドのことです。オランダの古い家にはよく見られ、多くは台所と居間を兼《か》ねた部屋の、暖炉《だんろ》のそばに作られています。昼間は扉《とびら》やカーテンを閉めて隠《かく》しておくことができ、夜になると寝心地《ねごこち》のいいベッドが現れるわけです。これなら、ベッドがじゃまになったり、日中目ざわりになることもなく、狭《せま》くて部屋数が少ない昔の家をできるかぎり広く使うことができるのです。一部の裕福《ゆうふく》な農家がそうであるように、ヴェッセリング家には二階があり、そこには寝室《しんしつ》もいくつかありました。それでも、ベットステーがあれば、必要な時に予備のベッドとして使えます。運よく、ジェイコブが寝《ね》ていた部屋にもそなえつけてありました。わたしは、ヴェッセリング夫人が扉《とびら》を開けるまで、ベットステーのことなど考えたこともありませんでした。

「ここへ入れなさい、ここへ」夫人はそう言うと、わたしに手を貸し、ジェイコブをほとんどかかえあげるようにして連れていきました。片足でぴょんぴょんはねるジェイコブに、どうするつもりなのか説明してやると、彼《かれ》はころげこむようにベットステーに身を横たえました。

「今度はあなたよ」夫人は、ジェイコブがマットレスの上にあおむけに寝《ね》ると、すぐにそう言いました。

「えっ！　どうして？」わたしは気が動転していましたし、ジェイコブを運んだあとなので、息を切らしながら尋《たず》ねました。

「言うとおりにしてちょうだい。その人の上に寝《ね》るのよ。早く！」

ああいう時には、話しあったり、説明を聞いたりする時間さえないものです。すでにわたしたちの耳には、階下で石の床《ゆか》を踏《ふ》む兵士の靴音《くつおと》や、将校の鋭《するど》い命令が聞こえていました。それに、ヴェッセリング夫人がこうと決めこんだら、逆らうことなどできません。

そこでわたしはベットステーの中へよじのぼり、ジェイコブの上にぴったりと体を重ね、あおむけに寝《ね》ました。と思う間もなく、わたしの体は羽布団でおおわれました。夫人がジェイコブのベッドからはぎとって、わたしたち二人の上にさっとかけたのです。

「どうするつもりだ？」ジェイコブがささやきました。

「静かに」わたしはささやき返しました。「息もしちゃだめよ！」

ドスドスと階段を上《のぼ》ってくる兵士の靴音《くつおと》が聞こえます。

「病気のふりをして」ヴェッセリング夫人はささやくなりドアに向かい、そのまま立ちどまりもせずに勢いよく階段の上まで出ていくと、ちょうど上がってきた兵士と顔をつきあわせたようでした。

「ちょっと、ここでなにしてるの？　なんの用？」ドイツ語で問いただす、怒《いか》りに満ちた夫人の声が聞こえてきます。

「命令だ。どけ」

「よくもまあ！　どんな命令？　その命令ってのを見せなさいよ！」

「上官殿《どの》は下にいらっしゃる。どかないか」

兵士の鋲《びょう》を打った靴底《くつぞこ》が二階の廊下《ろうか》を踏《ふ》み鳴らし、一番奥《おく》の部屋まで進んでいくのが聞こえました。そのあとを、ヴェッセリング夫人の裸足《はだし》の足音がペタペタとついていきます。夫人は兵士に向かって休まずわめき続けていました。「あたしたちがここでなにしてると思ってるの？　部隊のひとつもかくまってるとでもいうの？　うちは農家で、あんたみたいな人たちに食べさせる食料を、なにがあろうとがんばって作ってるんじゃないの。なのに、よくまあこんなふうにずかずか入ってこられるわね？」すると兵士は、部屋を順に調べてまわりながらどなり返しました。「黙《だま》らんか。あっちへ行け！」

この兵士はあまり仕事熱心ではなかったのか、それともただ、できるだけ早くヴェッセリング夫人から逃《に》げ出したかっただけなのか、ベッドの下をのぞき、衣装戸棚《いしょうとだな》の中を調べ（戸棚《とだな》の奥《おく》をライフルの銃《じゅう》床《しょう》でたたくのですが、それは、戸棚《とだな》の裏の壁《かべ》の中によく隠《かく》れ場所が作られていたからです）、天井《てんじょう》や壁《かべ》を二、三度たたいて、中に空洞《くうどう》があることを示すうつろな音がしないか確かめる以上のことはしませんでした。

そして、とうとう兵士はジェイコブの部屋に入ってきました。ヴェッセリング夫人はわざと先に中に入り、ドアのすぐ内側で足を止め、部屋の奥《おく》にあるベットステーに目をやりました。兵士が部屋に入ると、夫人は声をひそめて言いました「あずかってるのよ。この子は病気でね」

近づきかけていた兵士の足がぴたりと止まりました。

「病気？」警戒《けいかい》するような声でした。

「肺結核《はいけっかく》なの」夫人は、あきらめたような手ぶりをすると、そっと言い足しました。「かなりひどくてね、かわいそうに。治る見こみはないわ」

羽布団の縁《ふち》からのぞいていると、兵士は、まるで恐《おそ》ろしい病気の臭《にお》いが嗅《か》ぎとれるかのように、鼻をぴくりと動かしました。

「くそっ！」兵士は、くるりと踵《きびす》を返し、ドカドカと部屋を出て、階段を下りていきました。

「そのまま」ヴェッセリング夫人はわたしに向かって口を動かすと、兵士のあとを追って出ていきました。

わたしは言われたとおり、しばらくベットステーの中でジェイコブの上に横たわっていました。トラックのエンジン音が遠ざかり、ヴェッセリング夫人が息を切らしながら階段を上《のぼ》ってきて、兄とディルクも見つからずにすんだと知らせてくれるまで、さあ、どれくらいの時間だったのでしょう。十分、十五分、それ以上たっていたのか、わたしにはわかりませんでした。当時は、今のようにどこにでも時計があるわけではなく、それほど時間にしばられていなかったから、というわけではありません。わたしは別のことで頭がいっぱいで、時間を知ろうとしたり、ドイツ兵のことを考えたりする余裕《よゆう》がなかったのです。

あの兵士が、ほかの寝室《しんしつ》をガタガタ音をたてて調べているあいだ、わたしはベットステーの中で、恐怖《きょうふ》に身を硬《かた》くして、じっと横たわっていました。必死に呼吸を整えながら、今にも心臓が破裂《はれつ》するのではないかと恐《おそ》れていたのです。ところが、兵士が捜索《そうさく》をやめて階下へ下りてゆくと、安堵感《あんどかん》がどっとあふれ、骨がパン生地になったように力が抜《ぬ》けて身動きもできず、ねまきを汗《あせ》でぐっしょり濡《ぬ》らしたまま、じっとしていました。その時です。わたしの下にジェイコブの体があることを意識したのは。

わたしの体重はすっかりジェイコブにかかり、彼《かれ》の頭はわたしの左肩《ひだりかた》の下で横むきに押さえつけられ、呼吸するたびにわたしの背中の下で胸が上下し、彼《かれ》のごつごつした腰《こし》はわたしの柔《やわ》らかな太腿《ふともも》の下に、わたしの脚《あし》は彼《かれ》の脚《あし》のあいだに伸《の》びていました。ジェイコブの体温が、汗《あせ》に濡《ぬ》れてからみつく二人のねまきをしみとおるように伝わってくるのを感じ、彼《かれ》の骨格や、わたしの体を受けとめる筋肉の柔《やわ》らかさまで感じとれました。

わたしが彼《かれ》の上にころがりこんだ時、ジェイコブはとっさにわたしの腰《こし》に腕《うで》をまわしてしっかりかかえ、一方わたしは羽布団をつかんで顎《あご》までひっぱりあげ、外からはわたしの顔以外、二人の体のどこも見えないようにしました。わたしたちは、そんなふうにひとつになって横たわり、最初は部屋から部屋へと移りながら近づいてくる脅威《きょうい》のことだけを考えていたのですが、今度は、ぴったり押《お》しつけあった互《たが》いの体のことしか考えられなくなりました。それまで、あんなふうにわたしを抱《だ》きしめた人はいませんでしたし、自分の体に押《お》しつけられた男性の体を手にとるように感じたこともありませんでした。これだけでもわたしを仰天《ぎょうてん》させるのにじゅうぶんだったはずです。それがいやだったわけではありません。むしろ逆でした。事実、ついさっきまで恐怖《きょうふ》に駆《か》られて早鐘《はやがね》のように打っていたわたしの心臓が、今度は興奮で高鳴っていたのですから。でもその時、また別のあること、わたしをさらに驚《おどろ》かせるようなことが起きたのでした。わたしの腿《もも》のあいだで、ジェイコブの性器がふくらんでくるのを感じたのです。まるで空気入れでふくらませるように。

なにが起きているのかわからなかったといえば嘘《うそ》になるでしょうが、それが「わたしにとって」どんな意味をもつのかすっかりわかっていたといえば、それも嘘《うそ》になります。わたしはどうすればいいの？どんな反応を示せばいいのでしょう？

きっとあなたは、そんなことは信じられないと思うのでしょうね。今では若い人なら、いえ、子どもたちでさえ、体の性的な働きを知っているのですから、十九歳《さい》の若い女性がそれを知っていながら、男性の硬《かた》くなっていくペニスに関して、無知だとはいわないにしても、どういう態度をとればいいのかよくわからない、なんて、きっとありえないと思われるでしょう。それはよくわかっています。でも、本当にそうだったのですから、あなたには、あの時のわたしの複雑な思いを理解してもらうようお願いするしかありません。それは、驚《おどろ》きと、それまで味わったことのない体の芯《しん》がぞくぞくする感覚、そして自分がどうしたいのか、どうすべきなのかわからないというもやもやとした感情、その三つが入りまじったものでした。わたしは恥《は》ずかしくてたまらなくなり、身動きできませんでした。わたしの中には、どうすればいいかはっきり知っているわけではないのに、ジェイコブの変化に応じようとする部分がありましたが、実際には、恥《は》ずかしさのあまり麻痺《まひ》したようになにもできませんでした。また一方で、逃《に》げ出した方がいいと感じるわたしもいましたが、それもできません。わたしは体じゅうの細胞《さいぼう》に未知のうずきを覚えながら、そして自分たち二人の体と、お互《たが》いのどんなかすかな動きまでも、ひどく敏感《びんかん》に感じとりながら、ただじっとしているしかなかったのです。

それ以上のことはなにも起きませんでした。わたしたちは宙ぶらりんの欲望をどうすることもできず、鋳型《いがた》にはめられたように固まったままでした。わたしは動揺《どうよう》のあまり彼《かれ》の体から下りることができず、ジェイコブの方はそれ以上気恥《きは》ずかしい思いを味わったり、わたしの気持ちを傷つけたりしたくなかったので、動こうにも動けなかったのです。そんな金《かな》しばりのような状態は、ヴェッセリング夫人が戻《もど》ってきてようやく解けました。わたしは、みなの無事を告げる夫人の声を背中で聞きながら、逃《に》げるように自分の部屋へ戻《もど》りました。気持ちが顔に出てしまうのが怖《こわ》くて、ひとりになって気を落ち着かせてからでなければだれとも目を合わせられない、と思ったのでした。

ジェイコブについていえば、かわいそうに、別にしようと思ってしたのではありません。生理が分別をうわまわっただけで、悪いのは人間の生理です。考えてもみてください。性的に正常な若者が、何週間も家を離《はな》れ、気が狂《くる》う人が出るほど激しい戦闘《せんとう》のストレスや緊張《きんちょう》、興奮や落胆《らくたん》に何日も耐《た》え、戦死はまぬかれたものの傷を負い、控《ひか》えめながらそれなりに魅力《みりょく》のある若い女性に大事に介護《かいご》されて、日々快方《かいほう》に向かっていたのです。そして突然《とつぜん》、気がつくと、狭《せま》いベッドの中で、まさにその若い女性の下敷《したじ》きになっていて、そこに危機が迫《せま》り、去っていけば、一度は緊張《きんちょう》した神経がゆるみ、アドレナリンがどっと血管に流れこむでしょう。そんなことになれば、この若者の肉体がどんな反応を見せるか、だれだって予想がつくというものです。狩《か》りのあとに雄《おす》ライオンの肉体が雌《めす》ライオンに見せる反応、あるいは春になると若芽が冬の氷を突《つ》き破《やぶ》るのと同じことなのです。

わたしたちは間一髪《かんいっぱつ》で危機をのがれました。いうまでもないことですが、みなひどく動揺《どうよう》していました。ドイツ軍がふいに現れ、あっという間に家に入ってきて、もう少しで言いわけのできない現場を押《お》さえられるところだったのですから。そこで、これ以上ジェイコブを母屋に置いておくのは危険すぎる、ということになりました。ジェイコブはもう、牛舎の隠《かく》れ部屋に移せるくらいには回復していました。でも、男三人が寝《ね》るには、隠《かく》れ部屋はあまりにきゅうくつなので、ディルクとヘンクは交代で、農場内のほかの建物に作った、とっさの時のための隠《かく》れ場所のひとつで眠《ねむ》ることになりました。

移動は、その朝、ドイツ軍の捜索《そうさく》のすぐあとに行いました。でも数日もたたないうちに、わたしは、この移動のせいで自分の毎日に予想外のありがたくない変化がもたらされたことに気づいたのです。それまで三週間のあいだ、最初はわが家の地下室で、そして農場に来てからも、わたしの意識の大半はジェイコブの世話に向けられていました。それどころか、ジェイコブはわたしの生活の中心になっていたのです。若い娘《むすめ》がなにかに打ちこむ力がどれほど強いものか、歳《とし》をとるにつれて忘れてしまいがちです。でも、わたしは忘れていません。たぶん、当時の経験があまりに強烈《きょうれつ》だったからなのでしょう。あのころを思い出すと、今でもまったく同じ感覚があざやかによみがえってきます。

それは突然《とつぜん》のことでした。おそらくそれまでは、たとえかすかに揺《ゆ》れていたとしても、意識の隠《かく》れた深みにとどまっていた思考や感情、情念や肉体的感覚が、ベットステーの中で過ごした緊迫《きんぱく》の数分間のせいで表に現れてから、わずか一時間後、そうしたものを呼び覚まし、引きずり出した当人が、突然《とつぜん》わたしの手からとりあげられてしまったのです。彼《かれ》が意識を失ったまま地下室に運びこまれてきて以来、初めてのことでした。

こうして急に引き離《はな》されてしまったことがわたしにとってどういう意味をもつのか、すぐには理解できませんでした。それから二、三時間のあいだ、わたしたちはジェイコブを寝《ね》かせるために隠《かく》れ部屋の準備をし、彼《かれ》をそこへ運びあげ、母屋の「彼《かれ》の」部屋をきれいに片づけ、シーツ類を洗濯《せんたく》しましたが、その時はまだ気づいていませんでした。さらに、その日の夜までの時間も、いつもの家事に忙《いそが》しく動きまわり、ジェイコブの食事を隠《かく》れ部屋まで運び、彼《かれ》が食べているあいだは横に座っていましたが、それでもわたしは気づかなかったのです。やることは山のようにあったし、ドイツ軍の捜索《そうさく》によってかきたてられた不安で頭がいっぱいで、それがもたらした結果にまでは気がまわらなかったのです。その時わたしがもっぱら感じていたことは、ジェイコブが捕《つか》まらなくてよかったという安堵《あんど》と、彼《かれ》がまだわたしといっしょにいるという喜びでした。

しかし、日が落ちて、とくにその夜ベッドに入ってからは、心にぽっかり穴が開いている気がしました。ジェイコブはもう、同じ屋根の下、すぐ隣《となり》の寝室《しんしつ》にはいないのです。一日の仕事のあとで、そばに座って言葉を交わすこともできません。夜中になにか助けがいるのではないかと、耳を澄《す》ましている必要もなくなりました。朝がきても、部屋でひとり、いつもの心なごむ朝の儀式《ぎしき》でわたしが目を覚ましてやるのを待つジェイコブはもういません。

その夜、わたしはジェイコブにおやすみを言いに隠《かく》れ部屋に行きました。すると、ディルクとヘンクがいっしょで、三人は自家醸造《じょうぞう》のビールを飲み、いやな臭《にお》いのする戦時中の粗悪《そあく》な煙草《たばこ》を吹《ふ》かしていました。その雰囲気《ふんいき》はあまりになじみのないもので、女であるわたしを寄せつけないところがありました。そのあと、ベッドに入って初めて、涙《なみだ》が出てきたのです。その涙《なみだ》が乾《かわ》くと、今度は若い娘《むすめ》が初めて知った性的願望が妄想《もうそう》に変わりました。自分の体がふたたびベットステーの中でジェイコブの体に押《お》しつけられているように思え、彼《かれ》の勃起《ぼっき》を腿《もも》の後ろに感じました。ああ、ジェイコブの手がわたしにふれ、ジェイコブの声がわたしの耳もとで優しくささやいてくれたら、そう願いました。つい昨日の夜、サムの本の中から朗読してくれた詩のような言葉を……。

夏のひと日《ひ》にたとえようか？
いや、あなたは、より美しく、つつしみ深い。
五月に吹《ふ》き荒《あ》れる風は愛らしいつぼみを揺《ゆ》らし、
夏と呼べる日々はたちまち過ぎる。
天に輝《かがや》く日輪は、時にあまりに熱く、
その金色のおもては、しばしばくすむ。
美しきものもみな、いつかは衰《おとろ》え、
期せずして、あるいは自然の移ろいに、飾《かざ》りをとりはらわれる。
しかし、あなたは色あせることのない永久《とこしえ》の夏、
その美しさを失うことはなく、

あなたが死の陰《かげ》を往《ゆ》くのを、死神が誇《ほこ》ることもない、
あなたが永遠の詩行の中で、時と一体になりさえすれば……。
人々が息をし、瞳《ひとみ》に光があるかぎり、
この詩は生き、あなたに命を与《あた》えるだろう。
（シェイクスピア作『ソネット十八番』）

なかなか時間が過ぎていかない闇《やみ》の中で、わたしはありったけの想いを隠《かく》れ部屋にいるジェイコブに送りました。わたしのところへ来てほしい。静かに、ひそかに。そしてわたしのベッドに入ってきて、と。もちろん、ジェイコブが助けを借りなければはしごを下りることさえできないのは知っていましたし、牛舎からここまで足を引きずりながらやってくるなど、考えられないことでした。それでもわたしは、ジェイコブならなんとかやってのけるはずだ、そう自分に言い聞かせていたのです。熱い思いが募《つの》るうちに、わたしが彼《かれ》を慕《した》っているくらい、彼《かれ》もわたしを慕《した》ってくれていれば、どんなことでもできるはずだ、そう信じこんでいたのです。じりじりと時が過ぎていく中、わたしはあおむけに寝《ね》たまま、ジェイコブが来ることを念じながら、寝静《ねしず》まった家の中のあらゆるきしみや空気の揺《ゆ》らぎに耳を澄《す》まし、どんなにかすかでも、ジェイコブの到来《とうらい》を告げるような音が聞こえれば、はっと息をつめて待ったのですが、結局そうではないとわかり、身もだえするほどの落胆《らくたん》を味わい、しだいに気落ちしていきました。
ジェイコブが来たとしても、彼《かれ》になにをしてもらいたいのか、はっきりわかっていたわけではありません。大した知識《ちしき》もなく、経験もなかったため、ふつうなら一番に思《おも》い浮《う》かべるはずの快楽を想像することができなかったのです。ただ、そばにいてほしい、キスして抱《だ》いてほしい、今まで聞いたことのあ

るどんな言葉より親密な言葉をかけてほしい、ジェイコブに包まれ、抱《だ》かれ、くるまれていたいと強く願うばかりでした。たぶん恋愛《れんあい》小説からしこんだ、こんな漠然《ばくぜん》としたイメージよりほかに、自分の感じている、やむにやまれぬ欲望を説明する言葉をもたなかったのです。

というわけで、その夜わたしは、せつなくも甘《あま》い大人への目覚めに苦しんでいたのですが、相談相手がいなかったこともあり、これはわたしにとって大問題でした。もし自分の家にいて、戦時中でなかったら、母さんに話し、親しい友人たちにも自分の冒険《ぼうけん》を語り聞かせることができたでしょう。でも、母さんとは連絡《れんらく》がとれず、なんでも話せる友だちは散りぢりになり、どこにいるのかさえわかりません。けれど、農場にはだれがいるというのでしょう。話すとすればヴェッセリング夫人しかいませんが、わたしの気持ちを理解し、助けてくれると思えるほど、夫人を信用することはできませんでした。ですから、このもやもやは自分の胸のうちにおさめておくしかなかったのです。そして、わたしは知りました。内に秘めた情熱ほど心を苦しめるものはないと。

ジェイコブをとりあげられてしまっただけでも心が痛みましたが、それをさらに耐《た》えがたいものにしたのは、隠《かく》れ部屋に移ったことでジェイコブ自身に生じた変化でした。ディルクとヘンクに混じり、三人の若い男同士で狭《せま》い場所に閉じこもる時間が長くなると、ジェイコブはあっという間に、「いたずらぼうずの一人」になってしまいました。わたしの知らない、がさつな男になってしまったのです。そして狭《せま》い秘密の根城でひと晩じゅう顔をつきあわせて過ごすうちに、三人それぞれの虚勢《きょせい》や大げさなもの言いがしだいに目立ってきました。口にはしないものの、わたしをめぐるディルクとジェイコブの嫉妬《しっと》や競争心がそれをあおっていたのですが、その時のわたしはまったく気づいていませんでした。ディルクがほとんど英語を話せず、ジェイコブもオランダ語がわからないので、ヘンクが二人のために通訳してやらなければならなかったのですが、だからといって、それで事態がましになったわけでもありません。

わたしが行くと、三人はよくわたしをからかいましたが、それはわたしをおもしろがらせたり（わたしはおもしろいふりをしましたが）、困らせたり（そういう時は困っていないふりをしました）するためだけでなく、互《たが》いに自分の方が上だと張りあうためでした。ああ、大の男がこういう子どもじみたまねをすると、どんなにうんざりさせられることか！　敬愛する兄と、将来わたしと結婚《けっこん》したがっている男、そしてわたしの心を奪《うば》った兵士。でも、醜《みにく》い幼稚《ようち》さをあらわにしている時は、三人とも大嫌《だいきら》いでした。

四日が過ぎ、五日が一週間になり、二週間がたちました。彼《かれ》らはしだいに手に負えなくなっていきました。いたずらぼうずのような三人の男たちは、妙《みょう》にはしゃいで騒々《そうぞう》しくなり、閉じこもることにじれてきたのです。

二週目も終わりに近づいたある日、ジェイコブとディルクの仲が険悪《けんあく》になり、ヘンクが懸命《けんめい》にそれをとりなすということがありました。なにがあったのか、三人ともわたしには話そうとしません。兄のヘンクと二人きりになった時に尋《たず》ねてみても、じきにおさまるさ、としか答えてくれませんでした。たぶん、二人はわたしのことで言い争ったのではないかと思います。

理由はどうあれ、ジェイコブは負傷した脚《あし》を強くし、寝《ね》てばかりいて弱った体をもとに戻《もど》すための運動を、計画的にやり始めました。ところが、これもまた競争をあおる原因となり、ディルクまで、今でいうトレーニングのようなことを始める始末。おまえにできることはなんでも、おれの方が上手に、しかもたくさんできるぞ、というわけです。わたしは、ジェイコブの傷口がまた開いてしまうのではないかと思い、やめるよう説得しましたが、彼《かれ》は聞く耳をもちませんでした。今までのような毎日を過ごすわけにはいかない、そう言うのです。なんとか敵地を突破《とっぱ》して、イギリス軍に合流しなければならないんだ、と。

ここで説明しておいた方がいいと思いますが、連合軍のオランダ領内への侵攻《しんこう》は、わたしたちが予想し、望んでいた速さでは進んでいませんでした。各国軍の動向については、ラジオを通じて知っていました。でも、近隣《きんりん》の町や村でなにが起きているかを知るには、食料を求めて農場を訪れる人々や、たまに届く親類や友人たちからの手紙が頼《たよ》りでした。あの戦闘《せんとう》のあと、ドイツ軍がオーステルベークから撤《てっ》退《たい》したことも、そんなふうにして知ったのです。村の大半は破壊《はかい》されてしまったようでしたが、ドイツ軍当局の特別な許可なしには、だれも村の廃墟《はいきょ》を訪れることすら許されませんでした。

十月の下旬《げじゅん》、ようやく母さんからわたしあてに手紙が届きました。母さんと父さんは、アペルドールンの父さんのいとこたちの家に身を寄せたことがわかりました。手紙には、ドイツ軍が十六歳《さい》から五十歳《さい》までのオランダ人男性を、労役《ろうえき》をさせるためにかなりあわてて駆《か》り集めている、と書かれていました。街角のポスターには、報酬《ほうしゅう》もよく、家族には食料を余分に配給する、と謳《うた》ってあったそうです。でも、自分で申しこむ人はほとんどいませんでした。すると、通りに男たちの死体が次々に放置されるようになった、というのです。死体には拷問《ごうもん》の跡《あと》が残り、服にピンでとめられたビラには「テロリスト」と、ただひとこと書いてあるのだそうです。これはもちろん、住民たちへのおどしで、効果はてきめんでした。母さんは、男の人たちを満載《まんさい》した荷馬車のあとを、さらに徒歩の男たちが、数名のドイツ兵に見られながら長い列を作って歩いていくのを目撃《もくげき》したそうです。じつは父さんが連れていかれたのもこの時のことだったのですが、母さんはそれをわたしへの手紙には書きませんでした。父さんは、自分が隠《かく》れようとして発覚すれば、母さんやいとこたちが報復を受けると考え、進んで敵の手に身をゆだねたのです。

ほかの人たちからも、各地で同じようなことが起きていると聞きました。オランダ最北の都市のひとつフローニンゲン、中央部のアーメルスフォールト、西のハーグ、東では、わたしたちのいる農場にも近いデーヴェンターなど、いたるところで。そして、ドイツ軍の意図がなんなのか、ラジオの英語ニュースを聞いてようやくわかりました。そのニュースによれば、連合軍がオランダ最南部の町のひとつ、ベルギー国境に接するマーストリヒトを解放した際、町にはほとんど成人男性が残っていなかったというのです。つまり、強制労働をさせるためだけでなく、連合軍がやってきた時、協力できないようにするためでもあったのです。

こうした情報が少しずつ耳に入ってくるにつれ、とくにディルクが、そしてヘンクも、しだいに怒《いか》りを募《つの》らせ、欲求不満をためていきました。二人の言いまわしを借りれば、このまま「閉じこめられ」ていたら、祖国を占領《せんりょう》し、これほどの苦難を国民にもたらした憎《にく》き敵軍を打ち負かす手助けがなにひとつできない、じっとしてるなんて臆病者《おくびょうもの》のやることだ、というのです。若者の一途《いちず》な憤慨《ふんがい》は、やがて好戦的態度へと高じていきました。二人は、昼間は農場の仕事に精を出しながら、夜は密室となる隠《かく》れ部屋の中で、ドイツ兵を混乱させ、殺す計画をひとつ、またひとつとたて始めたのです。ドイツ軍の司令所を吹《ふ》き飛ばす手作り爆弾《ばくだん》、偵察隊《ていさつたい》への待《ま》ち伏《ぶ》せ、田舎の一本道に針金を張り、オートバイや自転車に乗ってやってくるドイツ兵を始末する罠《わな》。どれほど無茶に思えても、ありとあらゆる作戦を考え出していきました。

ヴェッセリングさんは、我慢《がまん》しろと二人に言い聞かせました。連合軍がもうすぐ来るんだから、おまえたちのような若者はその時を待ち、解放後の祖国再建に力をつくす準備をしていた方がいい。命がけの危険な冒険はレジスタンスの専門家にまかせておけ、と。ヴェッセリング夫人はディルクに向かって、お父さんの言うことを聞いて、早まったことはしないでちょうだい、と懇願《こんがん》し、わたしもヘンクを止めようとしました。兄はいったんこうと決めたらディルクの気持ちを動かせるけれど、反対に兄の方がディルクに動かされることも、同じくらいあるとわかっていたからです。二人は初めて出会った幼い少年のころから、切っても切れない大の親友で、一人がなにかすれば、もう一人も忠誠心から同じことをする仲でした。ヘンクの方が頭がよく、冷静でしたが、同時にのんびりしたところがあるので、ひっぱられる側にまわることが多かったのです。ディルクが動きたくてうずうずしていたので、わたしはヘンクの身が心配になりました。

こうした話をしているあいだ、ジェイコブは黙《だま》っていましたが、それは賢明《けんめい》なことでした。もしジェイコブがわたしの肩《かた》をもてば、逆にディルクをたきつけることにしかならなかったでしょうから。

二度目の捜索《そうさく》を受けなければ、すべてはうまくいっていたかもしれません。今度は夕暮れ時のことで、ドイツ兵たちはそれほど真剣《しんけん》ではありませんでした。彼《かれ》らが来るのに早めに気づいたので、ヘンクたちが隠《かく》れる時間はじゅうぶんありました。兵士たちは正規の命令を受けていましたが、はなから、捜《さが》し物（たぶん徴用《ちょうよう》できる年齢《ねんれい》の男性）は見つからないだろうと思っているのが見てとれました。指揮をとっていた将校は、品薄《しなうす》になった食料を二、三渡《わた》せば、大して面倒《めんどう》をかけずに引きあげることを匂《にお》わせました。彼《かれ》らは大きな布袋《ぬのぶくろ》をひとつもって立ち去りましたが、ふくれた袋《ふくろ》の中には自家製チーズ、卵、バターひとかたまり、そして、言葉にこそしませんでしたが、わたしたちの心からの軽蔑《けいべつ》がつまっていました。

ディルクはあとで顚末《てんまつ》を聞くと烈火《れっか》のごとく怒《おこ》りだし、父親に向かって、そんなふうに言いなりになったら、何日かしてまた来てくれと言ってるようなものじゃないか、次は、もっとたくさんよこせと言われるぞ、とどなりました。何度でも同じことがくり返され、そのたびごとにひどくなる。もしこばんだりしたら、若い男や武器、不法なラジオを捜《さが》すとかなんとか、将校が思いついた口実で家じゅうひっくり返される。そんなことになってみろ、今度は絶対に牛舎の上の干し草束を降ろすだろうから、隠《かく》れ部屋も見つかってしまう。

「やつらのことはわかってるだろう。規則は守らせておかなきゃいけないんだ。さもないとこっちを見くだして、やりたい放題し始める。正規の許可がないかぎり、食料を徴発《ちょうはつ》するのは規則違反《きそくいはん》だ。やつらもそれはわかってる。なのに、こっちからその規則を破って、強請《ゆすり》に負けてしまったんだ。やつらはまたやってきて、もっとくれと言うはずだ。ここはもう安全じゃない」

その夜はみな、意気消沈《いきしょうちん》し、不安を抱《いだ》きながらベッドに入りました。

翌朝、ディルクとヘンクは姿を消していました。ジェイコブの銃《じゅう》と弾薬《だんやく》をもって……。それぞれが急いでしたためた書き置きを残していました。ディルクは両親に、ヘンクはわたしにあてて。わたしは今でもその時の兄の書き置きをもっています。

わたしあての手紙の最後には、ディルクもひとこと書きそえていました。

わたしはそれきり二度とヘンクに会うことはありませんでした。

最愛の妹へ

もうこれ以上待てない。祖国を侵略者《しんりゃくしゃ》の手から解放する手助けをしなくては。ディルクの言ったことは正しい。この先ドイツ兵は頻繁《ひんぱん》にこの農場を捜索《そうさく》に来るだろう。連合軍が近づいてくれば、ここを接収して司令部にしたり、大砲《たいほう》を配置して砲撃《ほうげき》の拠点《きょてん》にしたりするはずだ。もしそんなことになったら――いや、必ずそうなる。そうしたら、ぼくら二人は捕《つか》まってしまう。そしてドイツ兵にひどい目にあわされる。いや、ぼくらだけじゃない。おまえやヴェッセリングさんたちも……。いつだって、ドブネズミは追いつめられた時が一番たちが悪いものだ。ディルクとぼくは、戦える可能性がある今のうちにここを出る方がいいと考えた。座して捕《つか》まったり、殺されたり、やつらのために働かされるなんてまっぴらだ。それに、おまえにとってもこうするのが一番いい。ぼくらがここにいなければ、おまえがひどい目にあう可能性も減るはずだ。同じ理由で、ジェイコブも動けるくらい回復したらすぐに、手を貸して、ここから出ていくようにさせろ。先延《の》ばしにするなよ。

ぼくらはレジスタンスとの接触《せっしょく》を試みることにした。もし使ってもらえなかったら、南にいるイギリス軍をめざす。何カ月も前にこうすべきだったんだ。少なくとも、わが家が破壊《はかい》されたあの戦闘《せんとう》のあとすぐに。

おまえが動揺《どうよう》するのはわかっている。事前に話してもよかったんだが、そんなことをしたら、兄さんはおまえの涙《なみだ》に負けてしまっただろう。今からやろうとしていることは、やらなくちゃならないことなんだ。ディルクを裏切ることはできないし、自分の誇《ほこ》りのためでもある。わかってくれ。

ディルクとぼくは必ず、すぐにまた戻《もど》ってくる。その時には、おみやげに自由をもち帰るよ。それまでのしんぼうさ、いとしい妹よ。おまえの命は、ぼく自身の命より大事だと思ってる。なによりもまず、自分の身の安全を第一に考えてくれ。

兄、ヘンクより。

きみはいつもこの胸の中にいる。

愛をこめて、ディルク。

14 ジェイコブ(9)

遠すぎた橋。

——F・A・M・ブラウニング中将（「アルネムの戦い」で空挺《くうてい》作戦を指揮《しき》した英軍指令官）

わたしは今でも、同じベッドで寝《ね》ている妻にあざをこしらえてしまうほどすさまじい悪夢を見ることがある。うらんでいるわけではない。オーステルベーク墓地に眠《ねむ》る哀《あわ》れな戦友たちより五十年近くも生きながらえてきたのだから。あの時はよい作戦に思えたのだ。あれは賭《か》けだった。賭《か》けは勝つ時もあれば、負ける時もある。われわれは負けたのだ。

——ジョー・キッチナー曹長《そうちょう》（「アルネムの戦い」で英軍グライダー・パイロット連隊に所属）

一九九五年九月十七日（日）

〇八時〇〇分。ジェイコブは目を覚ました。アムステルダムのアウデゼイス運河沿いに立つヘールトラウのアパートのロフトに、むかいの窓に反射した朝日がもやを通してさしこんでいる。明るく暖かい晩夏の一日になりそうで、こちらに来てからの三日間、毎日降られていたにわか雨にも、今日はあわずにすみそうだ。

階段を下りてトイレへ行ったが、ダーンの姿は見えず、なんの物音も聞こえなかった。きっとまだ、キッチンより奥《おく》にある中国風の屏風《びょうぶ》のむこうで寝《ね》ているのだろう。ジェイコブはさっと顔を洗い、用を足すと、ようやくとりもどした自分の服に着替《きが》えた。黒のトレーナーに清潔な青緑色のジーンズ、赤いソックスに薄茶《うすちゃ》のエコー社製タウンブーツという格好だ。オランダに着いてから一番自分らしい気分になって、トースト、蜂蜜《はちみつ》、紅茶で簡単な朝食をすませる。キッチンでは、どこになにが入っているのかまだよくわからなかったので、ダーンの目を覚まさないようできるだけ音をたてずに動いた。早朝の不機嫌《ふきげん》なダーンとは顔を合わせたくない。それでなくとも頭の中は不安や心配でいっぱいなのだ。昨日、ヘールトラウとの面会で生じた感情が、今日はなにを目にするのかという想像とぐちゃぐちゃにからまりあっている。

ヘールトラウのところを出たあとは、ダーンに連れられてファン・リート夫妻の家へ荷物をとりに行き、ファン・リート氏もまじえて三人で食事をした。食事中は、ほとんどダーンと父親がオランダ語で身内の話をしていた。二人はそのことを謝ったが、ジェイコブは気をつかいながら会話する気分ではなかったので、かえって助かったと思っていた。ヘールトラウとの面会で心をかき乱され、自分でもまだ、その心の乱れをうまく説明できない状態だったのだ。

アムステルダムに戻《もど》ると、ジェイコブはゆっくりと熱い湯にひたり、寝《ね》るまでの時間をひとりで過ごした。ありがたいことに、ダーンは人と会う約束があり、帰りは遅《おそ》くなると言い残して外出してしまった。よく知らない人たちとずっといっしょにいたあとでは、ひとりになれ、しかもこのアパートならではの楽しみを独占《どくせん》できて、いい息ぬきになった。本棚《ほんだな》の本をあれこれ手にとったり、最新のオーディオ機器で音楽を聴《き》いたり、数えきれないほどあるテレビのチャンネルを次々に変えたり、ときおり表の窓から運河のむこうにあるホテルの部屋をのぞき見たりもした。（カーテンを開け放しにしている人が多いのは驚《おどろ》くほどで、部屋は照明のあたった小さな舞台《ぶたい》、中にいる人たちはそれぞれ一人芝居《ひとりしばい》をしている役者のようだった。荷物を解き、服を脱《ぬ》ぎ、お金をえりわけ、化粧《けしょう》をし、下着姿でベッドに横になる。ダーンの話では、異性相手にしろ同性同士にしろ、セックスしているところや、若い女性がすっ裸《ぱだか》で部屋じゅう踊《おど》りまわるのが見え、その手のお楽しみにはこと欠かないらしい。ついてないのはいかにも自分らしいと思ったが、この時ジェイコブが見たもので目を引いたのは、ぶざまに太った中年男が、ランニングシャツにトランクス姿で足の爪《つめ》を切ろうとしていたことくらい。男は爪切《つめき》りを爪先《つまさき》にもっていこうと、体をひねったり曲げたりいろいろ試していたが、うまくいかず、結局その企《くわだ》てをあきらめたようだった。）

しかしジェイコブは、そんなことをしているあいだも、十二時過ぎに眠《ねむ》りに落ちるまでずっと、ヘールトラウと過ごした時間のことをくよくよと思い悩《なや》み、乱れた思いを整理しようとしていた。が、今朝になっても相変わらず心は乱れ、うずいたままだった。

朝食を食べ終えると、キッチンを出て、スペイン製タイルを敷《し》きつめた広々とした冷たい床《ゆか》をペタペタ歩いて横切り、タラップのような階段を上《のぼ》って上部甲板《かんぱん》のような客用の寝室《しんしつ》に戻《もど》った。そして、キッチンで見つけておいた、ロゴマークと『Bijenkorf《ベイエンコルフ》』（「蜜蜂《みつばち》の巣」という意味なのは、昨夜調べた）という文字が記されたビニール袋《ぶくろ》に、オリンピアのカメラと、雨にそなえてダーンが貸してくれたビニール製のジャンパーを入れた。

あと十分でファン・リート夫人が迎《むか》えに来るはずだ。会計士をしているきちょうめんなダーンの父親によれば、〇九時三二分発の列車に乗り、一〇時〇〇分にユトレヒト駅の12a番線に到着《とうちゃく》、六分後に4b番線から出る列車に乗り換《の か》えて、オーステルベーク着は一〇時四七分、そこから戦没者《せんぼっしゃ》の共同墓地まで歩いていけば、一一時〇〇分に始まる式典にちょうど間に合うはずだった。

一九四四年九月十七日（日）、イングランド南部

〇九時四五分。早朝から霧《きり》が出ていたがやがて晴れ、太陽が顔を見せていた。三百三十二機のRAF（英国空軍）機と百四十三機の米軍機、そして、それらの航空機にワイヤーとフックでつながれ、LZ（着陸ゾーン）まで牽《ひ》いていかれる三百二十機のグライダーが、約五千七百名の兵士と、ジープや小型砲《こがたほう》もふくむ各種装備をのせ、史上最大の降下作戦を遂行《すいこう》するために、リンカーンシャーからドーセットまで、イングランド南部に点在する八つの英軍飛行場、十四の米軍飛行場で離陸《りりく》準備を終えていた。

この作戦には総勢一万一千九百二十名の兵士が参加することになっており、第一陣《だいいちじん》にふくまれなかった残りは、翌日、月曜日の第二波で戦線《せんせん》へ送られることになっていた。DZ（降下ゾーン）に指定されているのはヴォルフヘーゼ村近くの農地で、オーステルベークの西三マイル、作戦目標となる、今では「遠すぎた橋」として有名なライン川にかかる橋まで七マイルの地点だった。橋はアルネムの中心部に位置し、ドイツ国境まで十二マイルほどしかない。

〈ジェイムズ・シムズ二等兵。当時十九歳《さい》。「アルネムの戦い」で、英国第一空挺師団落下傘連隊《くうていしだんらっかさんれんたい》第二大隊S中隊に所属〉

土曜の夜、大半の者はのんびりと過ごしていた。サッカーやダーツに興ずる者もいれば、本を読んだり、手紙を書いたりする者もいた。わたしは食堂へ行って椅子《いす》に腰《こし》を下ろし、火のついていないストーブに両足をのせた。いつもの猫《ねこ》が膝《ひざ》の上にそっとはいのぼってきたので、耳の後ろを掻《か》いてやると満足そうに喉《のど》を鳴らした。C中隊の兵の一人が、家から届いたばかりの小包に入っていた教会の小冊子をわたしに見せた。表紙に風車の絵と、「ゾイデル海に消える」という言葉があった。彼《かれ》はそれが悪い前兆だと言った。たしかに奇妙《きみょう》な符合《ふごう》だった。（始まろうとしていた作戦は極秘にされていたからだ。）その後ベッドに入ったが、わたしは驚《おどろ》くほどぐっすり眠《ねむ》れた。

日曜の朝はいつもと変わらぬ朝に思えたが、ただ、よくいう腹の中に蝶《ちょう》がいるような、そわそわした気分だった。「朝食はしっかり食え」と言われた。「次の食事はいつとれるかわからんぞ……」

わたしと、やはりまだ若いジョーディーは、覚悟《かくご》しておけよ、とおどされた。わたしたち二人は大隊に入って日が浅かったので、砲弾《ほうだん》の運搬《うんぱん》係に指名され、一発十ポンド（四・五キロ）ある迫撃砲《はくげきほう》の砲弾《ほうだん》を六発おさめたハーネスを渡《わた》され、戦場まで運ぶことになっていたのだ。ほかに支給されたものは、占《せん》領下《りょうか》のオランダで使われていた通貨、地図、脱出《だっしゅつ》用ノコギリ、・三〇三口径ライフル用銃弾《じゅうだん》四十発、・三六手榴弾《しゅりゅうだん》二個、対戦車用手榴弾《しゅりゅうだん》一個、発煙手榴弾《はつえんしゅりゅうだん》一個、つるはしとショベルを兼《か》ねる携帯《けいたい》用工具、そして、すでに支給ずみのライフルがこれに加わった。

（ジェイムズ・シムズ著『アルネムの槍《やり》――一兵士の物語』五十～五十一ページより）

〈ジェフリー・パウエル少佐《しょうさ》。第四落下傘《らっかさん》旅団一五六落下傘《らっかさん》大隊C中隊を指揮し、第二波として降下〉

毎度のことだが、落下傘《らっかさん》のハーネスに体をねじこむのはひと苦労だった。戦闘服《せんとうふく》と空挺《くうてい》用の上衣を身につけ、その上からすでに装備をすべて装着しているのだ。地図、懐中《かいちゅう》電灯、そのほかこまごましたものを入れた背嚢《はいのう》、防毒マスク、水筒《すいとう》、方位磁石、ホルスターにおさめた拳銃《けんじゅう》と弾薬《だんやく》ケース、そして胸につけた二つの袋《ふくろ》はステン軽機関銃《けいきかんじゅう》用の弾倉《だんそう》と手榴弾《しゅりゅうだん》でふくれている。腹に巻きつけた物入れには、二日ぶんの携帯《けいたい》食料と食器、予備の靴下《くつした》、タオルと石鹼《せっけん》、セーター、ブリキのコップ、そして仕上げにホーキング対戦車手榴弾《しゅりゅうだん》がつめこまれている。首には双眼鏡《そうがんきょう》がぶらさがり、空挺《くうてい》用の上衣のポケットには幅広《はばひろ》の包帯とモルヒネの注射器が押《お》しこんである。その上から、こうした装備を押《お》さえつけ、落下《らっか》傘《さん》の索具《さくぐ》が突起物《とっきぶつ》にからまるのを防ぐために、デニム製の降下用ジャケットで体を包みこむ。さらにその上に救命胴衣《きゅうめいどうい》を着け、首のまわりにカモフラージュ用ネットを巻き、頭には、やはりカモフラージュのネットでおおわれた落下傘兵《らっかさんへい》用の鋼鉄製ヘルメットをかぶった。次に、右脚《みぎあし》に大きなバッグを結びつける。中にはステン軽機関銃《けいきかんじゅう》と長方形をしたトランシーバー、小さく折《お》りたたんだ塹壕掘削《ざんごうくっさく》用スコップが入っていた。このバッグには簡単にはずせるとめ金がついていて、空中ではずすことができる。細いロープでぶらさがったバッグは、わたしの体より先に地面にあたることになる。ここまで身につけてから、ようやくハリスン二等兵の助けを借りて落下傘《らっかさん》を背負《せお》い、わたしもハリスンが背負うのを助けてやり、そのあとで、バッグのとめ金がきちんと作動するか確かめあった……。ずいぶん悩《なや》んだあげく、わたしは戦闘《せんとう》には役だたない贅沢品《ぜいたくひん》を二つだけもっていくことにしていた。赤いベレー帽《ぼう》とオックスフォードの英詩集である。

（ジェフリー・パウエル著『アルネムの兵士たち』十九～二十一ページより）

九時十五分きっかりに、ファン・リート夫人が母親のアパートの呼《よ》び鈴《りん》を鳴らした。ジェイコブは『ベイエンコルフ』のビニール袋《ぶくろ》をもち、タウンブーツを鳴らしながら急なタラップ状の階段を下りた。アパートから出る前に、ドア横の壁《かべ》にかかった鏡で身なりをチェックしていると、屏風《びょうぶ》の奥《おく》のベッドからダーンが声をかけてきた。

「いい一日を《ハヴ・ア・ナイス・デイ》」アメリカ人のよく使う挨拶《あいさつ》をわざとらしく言ったように聞こえたが、それにしては声に力がなく、からかっているわけではなさそうだ。「母さんによろしく言ってくれ」ダーンはさらにつけ加えた。やはりあてこすりではないらしい。

ダーンの声に続いて、聞き覚えのない眠《ねむ》たげな女の声が聞こえてきた。「トッツィーンス《またね》、エンゲルスマン《イギリス人さん》」

反射的に「じゃあ、またあとで」と返事したが、途中《とちゅう》に二つ踊《おど》り場のある階段を下りていくあいだ、ダーンのベッドにいるのはだれだろう、と好奇心《こうきしん》がくすぐられた。

ファン・リート夫人は扉《とびら》の外のストウープ《段》の上で待っていた。白髪《しらが》が混じり始めた短めの髪《かみ》が、はおっているグレーのフードつきハーフコートとよく合っている。コートの下は、グレーと濃紺《のうこん》の幾何学《きかがく》模様《もよう》の膝下《ひざした》まである麻《あさ》のドレスで、ジェイコブのタウンブーツとよく似た薄茶色《うすちゃいろ》の、使いこんだ革のバッグを肩《かた》ひもで腰《こし》の高さにかけ、頑丈《がんじょう》そうなこげ茶のウォーキングシューズをはいていた。疲《つか》れているようだったが、笑顔でジェイコブを迎《むか》えてくれた。その優しい表情は、ジェイコブの母親が病気になり、手術を受ける前によく見せていた表情に似ていた。セアラは、「切りぬけるための笑顔」と呼んでいたっけ。ジェイコブはたちまち罪の意識を覚え、この人を喜ばせ、自分がお荷物になっている償《つぐな》いをするためなら、どんなことでもしようという気になった。

二人は軽く握手《あくしゅ》して、少し堅苦《かたくる》しく、おはようを言いあった。ジェイコブは、それをいくぶん時代遅《じだいおく》れに感じながらも、好ましく思った。だが、ファン・リート夫人に会うたびに感じることだが、今もまた、夫人が自分にいやいや会っているような気がしてならなかった。いや、そうじゃない。ジェイコブはいっしょに通りを歩きだしながら考えた。きっとこの人は内気なんだ。つまり、この人の母親や息子とはちがうタイプで、それをいうなら、話し好きのご主人ともちがう。そう考えると、夫人に親しみを覚えた。自分と同じ弱みをもつ人に会った時、よくそんな気持ちになるものだ。

「うちの息子は……」と、ファン・リート夫人が話し始めた。「あなたの面倒《めんどう》をちゃんと見てあげるような性格じゃないでしょ。だから、うちに泊《と》まってくれた方がよかったんだけど」

内気かもしれないが、かなり率直でもある。

「いいえ、ぼくならだいじょうぶです。とてもすてきな部屋ですし」

「そうね、母のアパートは、独特っていえばいいのかしら。でも、息子の暮らしぶりときたら……。まあ、あなたがすっかりほうっておかれたのでなければいいんだけど。きっと、わたしよりはあなたみたいに若い人の方が、息子のことがわかるんでしょうね。あの子にいわせれば、わたしはかなり頭が固いから」夫人はややあってからつけ加えた。「いつでもハールレムのわたしたちの家に戻《もど》ってくれていいのよ」

「ありがとうございます。でも、本当にだいじょうぶです。ダーンはすごくよくしてくれてます。ぼくもダーンがとても好きになりましたし」

「ご家族の手前、あなたの面倒《めんどう》を見なくちゃいけない気がするんだけど」

「ぼくは十七歳《さい》、もう子どもじゃありません。自分の面倒《めんどう》は見られますよ、本当です。でも、心配してくださって感謝してます、ファン・リートさん」

「あなたさえよければテッセルって呼んで。その方が気楽でしょ」

「はあ、そうですね」

二人は交差点でプリンス・ヘンドリックカーデという通りを渡《わた》り、駅舎に近づいていった。信号に気をとられ、行きかう人や車の流れを縫《ぬ》うのに忙《いそが》しく、話をするどころではない。たくさんの人の流れにトラムとバスと自転車がつっこんでくるので大変だった。駅前広場は昨日より一段と混雑していた。しかもその真ん中をふさぐように分厚い人垣《ひとがき》ができ、民族衣装（ペルーのものだろうか？）を着た六人組が、木製のパンパイプやずんぐりした太鼓《たいこ》で陽気なメロディーを演奏していた。駅に入ると、コンコースは日曜の行楽客でごった返していた。テッセルはジェイコブの先に立ち、まっすぐにプラットフォームへ向かった。

「さっき買っておいたの」テッセルは切符《きっぷ》をさし出しながら言った。「はぐれた時のために自分でもってた方がいいわ」笑顔を浮《う》かべてちらりとジェイコブを見る。「すりには気をつけてね！」テッセルは思い出したようにハンドバッグをかかえ直した。

プラットフォームでは、まだ二、三分待ち時間があった。

「当時兵士だった人たちが、昨日、パラシュートで降下した話は聞いた？」テッセルが話しだした。

「いいえ」

「あの戦いに参加して、生き延《の》びた人たちの一部よ。今朝の新聞で読んだんだけど、一九四四年に降下したのと同じ場所に降りたらしいわ。考えてもみて！　ほとんどは七十代後半よ。去年、五十周年記念にやる予定だったんだけど、天候が悪すぎたらしいの。で、その代わりに昨日やったというわけ。安全を確保するために、それぞれ若い兵士と体を結びあわせて飛んだんですって」

「びっくりですね！」

「ええ、わたしも驚《おどろ》いたわ。たしか、一人は八十歳《さい》だったとか」テッセルは笑いながら続けた。「中の一人が、着地の時にのみこむといけないから、入れ歯をはずした方がいいだろうか、って聞いたらしいわ」

ジェイコブも笑った。「で、入れ歯も落とさずに、みんな無事に降りられたんですか？」

「そのようね。今朝、電話で母に話したら、わたしも現地で見たかった、って」

「行ってたら、自分も飛びたがったんじゃないですか」

「まちがいないわね。あなた、もう母のことわかってるじゃない」

「あの人を見てると、セアラを思い出すんです。祖母なら言いそうなことですから」

「母は、戦闘《せんとう》が始まった日に降下してくる兵士たちを見てるの。その話、しなかった？」

「いいえ」

「そう、意外ね」

その時、二人の乗る列車が入ってきた。

満員の車両で、向きあった四人がけの座席に二人並んで腰《こし》を落ち着けると、テッセルはまるで会話がとぎれてなどいなかったように先を続けた。

「その話をするのが好きでね。わたしなんか、子どものころから何度聞かされたことか」

「戦争そのものは話題になりませんでした」

「なると思ってたんだけど。あなたが帰ったあと、母はほとんどしゃべらなかったから。あなたのこともひとことも言わなかったし」

その口ぶりは、なにを話したのか教えてくれと尋《たず》ねているに等しかった。

「あの人は――あなたのお母さんは――」

「ヘールトラウと呼んで」

「ああ、ヘールトラウ。ごめんなさい、あまりうまく発音できないものだから」

「英語流にいえばガートルードね」

「ええ。ガートルードですね。ハムレットの母親だ」ジェイコブはもう一度発音しようとして、やはりうまく言えなかったが、前よりはましになっていた。それでも、うがいをするようなオランダ流の「ヘ」と、牛がモーと鳴く音に近い「ラウ」がうまく言えず、二人は顔を見あわせてほほえんだ。

列車が動きだした。

プラットフォームが見えなくなったところで、ジェイコブは話し始めた。「どうして祖母と暮らしてるのか、と聞かれました。その話をしすぎてしまったように思います。それで時間をずいぶん使ってしまいました。正直、ぼくは緊張《きんちょう》してしまって」

「母に会うと緊張《きんちょう》する人は多いわ。じつをいうと、わたしでさえときどきそうなるんだから。看護婦さんたちもそう。みなさん、母のことを好いてくれてるのに、ちょっぴり怖《こわ》がってもいるの」

「明日、また会いに来てほしいと言われました。その時、戦争の話をしてくれるのかもしれません」

隣《となり》にいるテッセルの体がこわばるのがわかった。となりあって座っている時に、不作法と思われずに横を向いて表情をうかがうのは難しい。

「うちの者にとって、今はとてもつらい時なの。わかってくれる?」

「ええ」

「ヘールトラウは意志の堅《かた》い人でね」

「はい」

「話したように、あなたをこちらに呼ぶのにも、わたしたちにはなんの相談もなかったわ。少なくとも、わたしや夫には。ダーンには言ったのかもしれないけど。あの二人はとても仲がいいから。わたしに教えてくれたのは、あなたが来るほんの二、三日前だったのよ」

ここでジェイコブはテッセルの方に顔を向けた。

「なんだかとても申しわけない気がしてます」

「いいえ、あなたが悪いんじゃないわ。わたしもこの話を蒸《む》し返したりしなきゃよかったのよね。言いたかったのは、母はずっといろんな秘密をかかえてきた人だってことなの。そして、意志が堅《かた》くて……がんこ、といった方がいいかもしれないわね。最近はそれがずっとひどくなって、ほら、痛みをおさえる薬を飲んでるでしょう、だから頭が混乱するんでしょうね」テッセルは肩《かた》をすくめた。「それが母の今の状態」

ジェイコブは前に座っている若い女性――膝《ひざ》があたらないようにするのが大変だった――のむこう、車両の奥《おく》に目をやったが、とくになにを見ているわけでもなかった。テッセルが、セアラとの電話でとり決めたとおり、空港に出迎《でむか》えに来てくれた時のことが頭に浮《う》かんでくる。

テッセルは気を張っていて、無愛想で、ジェイコブに対していらだっているようにさえ見えた。これはオランダ人によくあることなのか、それとも彼女《かのじょ》だけの態度なのか、どっちなんだろう、と思ったものだ。テッセルは神経質になっているようでもあり、車の鍵《かぎ》を落としたり、高速道路の分岐《ぶんき》をまちがえたり、英語が下手ですまないと謝ったりし続けた。(実際は、ジェイコブがたまげるほどテッセルの英語は流暢《りゅうちょう》で、こちらがオランダ語をろくに覚えてこなかったことが恥《は》ずかしいほどだった。)家に着くと、「あなたの」部屋よ、といってジェイコブを部屋に案内し(中にあるポスターや服、その他のものから判断して、ダーンが十代だったころの部屋らしく、あらゆるものが博物館みたいにきちんと整頓《せいとん》されていた)、ひと息つく時間をくれた。

そのあとで濃《こ》いオランダ風コーヒーをいれてジェイコブを座らせると、ややうろたえた口ぶりで、滞《たい》在《ざい》中、あなたの相手はあまりしてあげられないんだけど、と切り出したのだった。日曜日にはオーステルベークへ連れていくけれど、それまでは自分で時間をつぶしてほしい、と。ジェイコブは、もちろんいいですよ、なんの問題もありません、と答えた。するとテッセルは、それ以上胸にしまっておけなくなったらしく、ヘールトラウが勝手にジェイコブを招いたという話を、口からあふれ出るように始めたのだった。そのころには、ジェイコブは腹の中がむずむずし、自分がじゃま者あつかいされているように感じ、来なければよかったと思っていた。

明日はひとりでアンネ・フランクの家を見に行ったらどうか、と言ってくれたのはご主人のファン・リート氏だった。そして、そのあと一時間半もかけてあれこれ教えてくれた。まずは列車の乗り降りについて説明し、次にアムステルダム中心部の地図を広げ、アンネ・フランクの家がどこにあるか、そこまでトラムで行くにはどうすればいいか示した。

話はそこからトラムについての講釈《こうしゃく》に移り、さらにファン・リート氏は、ジェイコブが行きたがるのではないかと思う場所をいくつも挙げてくれた。国立博物館へ行けばレンブラントやフェルメールが鑑賞《かんしょう》できるし、歴史博物館には、数世紀にわたるアムステルダムの発展がわかるすばらしい展示がある。昔のアムステルダムの家の模型があってね、それを見ると、丸太を水びたしの砂地に打ちこんで作った土台の上に、頑丈《がんじょう》な木の枠組《わくぐみ》を立てて家が作られてることがわかる。昔も今も、砂の下にあるのはその丸太の土台だけなんだ。つまり、と、ファン・リート氏は笑いながら続けた。聖書には、砂の上に建てた家は長持ちしないと書いてあるが、あれはまちがってるってわけさ。アムステルダムじゃあ、砂の上に三百年前に建てられた建物が通りごとそっくり残っていて、今も当時と同じように優雅《ゆうが》で美しい。そういう家を手っとり早く、いい角度から見たければ、運河をめぐる遊覧船に乗るといい。ファン・リート氏は、どこで乗れるか地図に印をつけ、料金がいくらかも教えてくれた。

この話ではたと思いついたファン・リート氏は、ジェイコブがオランダの通貨を知っているかどうか確かめ、十分ほどかけてお札の絵や硬貨《こうか》に刻まれた柄《がら》にどんな意味があるのか説明し、自然とイギリスの通貨との比較《ひかく》や、換算《かんざん》するといくらになるか、という話に移っていった。そこから横道にそれ、できるだけ早い時期に導入されることになっているヨーロッパ共通通貨ユーロ（オランダでは二〇〇二年に導入された）の重要性を語りだした。ただ残念なのは、とファン・リート氏は続けた。提案されている共通通貨のデザインが、わたしに言わせれば、今のオランダ通貨にくらべて魅力《みりょく》もセンスも全然ないってことだな。でも、貿易や政治経済面での利点の方が単なる見かけより大切だからね。われわれはみな、なにがヒトラーを権力の座につけたのか忘れちゃいけない。経済の不安定と弱い通貨が原因だったんだ。ああ、もちろん、かたよったものの見方や人種的偏見《へんけん》をヒトラーがうまく利用したせいでもある。でも、経済が安定し、貿易が活発であることが、健全な国家には欠かせない要素なんだ……。

　食後の個人講義が終わると（ジェイコブはほとんどなにも言わず、ただときおり聞いている印にあいづちを打ち、興味があるふりをするために二、三ちょっとした質問をしただけだった）、ファン・リート氏は犬を夜の散歩に連れていくからつきあわないか、と言った。（犬は、元気はいいが、少しよだれをたらす、歳《とし》をとった、もちろんいやな臭《にお》いのする、小型のシーリハムテリアだった。）そして、この散歩の途中《とちゅう》で、ファン・リート氏はジェイコブにダーンの住所を教え、夫人にはこのことは言わないように、と釘《くぎ》を刺《さ》したのだった。じつは身内の話なんだが、目下のところ、家内と息子は、家内の母親のことでもめていてね。うちのやつは虫の居所が悪いんだよ。いや、きみが心配するようなことはなにもない。ほら、わかるだろう、女ってやつが――ファン・リート氏はここでくすりと笑った――とくにある年代の女性がどうなるかってことはさ。なにか困ったことがあれば、ダーンは喜んできみを助けるよ。それに、もともと、息子はきみに会いたがってたんだから。

この話を聞いたジェイコブは、身の置きどころがないように感じ、よけいに来なければよかったと思ったのだった。

〈ジェイムズ・シムズ〉

われわれは「搭乗《とうじょう》!」の号令でよじのぼるように輸送機に乗りこんだ。(ダグラス社製ダコタC47・スカイトレインの)双発《そうはつ》エンジンが耳をつんざく轟音《ごうおん》とともに息を吹《ふ》き返し、機はがくんと揺《ゆ》れて滑走《かっそう》路《ろ》に向かって進み始めた。米軍パイロットたちはV字形に編隊を組んでダコタを走らせていく。われわれの機は滑走路《かっそうろ》の端《はし》で機体をかたむけながらむきを変え、停止した。左右に一機ずつ、後ろにはさらに三機が機体を揺《ゆ》らしながら並んだ。

エンジンの回転が上がり、機体が激しく震《ふる》えた。動きだしたダコタはしだいに速度を上げ、まもなく雷鳴《らいめい》のような音をたてて滑走路《かっそうろ》を疾走《しっそう》し始めた。その音は、機体をはずませながら滑走《かっそう》するうちに吹《ふ》きすさぶ嵐《あらし》のような音に変わった。われわれは小さな窓に顔を押《お》しつけ、隣《となり》の機の仲間たちに手を振《ふ》った。このまま突進《とっしん》して外周のフェンスに激突《げきとつ》するのではないかと思ったが、機体の揺《ゆ》れにかすかな変化が生じ、離陸《りりく》したことを知った。それを確認するように、ウッズ中尉《ちゅうい》が左右に伸《の》ばした両手を上げ、笑みを浮《う》かべた。午前十一時半ごろのことで、ふと冷静になって考えてみると、基地に残る連中が昼食を食べ終わる前に、機はオランダ上空に入るはずだった……。

機体が重たげに天に向かって昇《のぼ》るにつれ、見慣れたイギリスの大地が下へ下へと遠ざかっていく。ダコタは鈍重《どんじゅう》な飛行機で、しかもなにひとつ火器をそなえていない。そこで、空を行くわが一大編隊が海岸線に達するあたりで、援護《えんご》してくれる戦闘機《せんとうき》の編隊と合流した。その大半は、機関砲《きかんほう》やロケット弾《だん》を装備したＲＡＦ（英国空軍）のホーカー社製戦闘機《せんとうき》、テンペストとタイフーンだった。われわれには「戦闘機《せんとうき》による最大限の支援《しえん》」が約束されていた。つまりそれは一千機の戦闘機《せんとうき》を意味し、心強いかぎりだった。

この堂々たる空挺《くうてい》部隊がむきを変え、北海上空を飛行し始めると、われわれはようやく腰《こし》を落ち着けた。肋材《ろくざい》のむき出した機体の中には、左右にベンチ型の座席があり、片側八名ずつが腰《こし》かけていた。小隊はさまざまな民族・出身で構成され、まさにイギリスの縮図だった。イングランド人、アイルランド人、スコットランド人、ウェールズ人。同じイングランドでも、北のタイン川沿岸やリヴァプールの出身者、首都ロンドンから来た者、中部地方から来たブラムのようなやつもいれば、南のケンブリッジ、ケント、サセックス出身の連中もいた。わたしの小隊には、サセックスの保養地、ブライトン出身者が三名いた。商店員もいればセールスマンもいるし、農業をやっていた者、手押《てお》し車でものを売り歩いていた男、密猟《みつりょう》で食べているやつまでいた。

ウッズ中尉《ちゅうい》は一番に降下するので、すでに扉《とびら》を開けた乗降口のすぐ横に座っていた。わたしは十五番目だ。最後に降下する予定でわたしの後ろに控《ひか》えていたのは、モーリス・カリコフだった。（彼《かれ》は軍曹《ぐんそう》で、ロシア系ユダヤ人であり、第一級の兵士というだけでなく、わたしが今まで出会った中でもっともすばらしい人物の一人でもあった……。）

これは今までずっと待ち望んできたことなんだ、そうわたしは自分に言い聞かせた。落下傘《らっかさん》部隊の赤いベレーや翼形《つばさがた》の記章、降下手当をもらっているのもこのためだ。高度約四千フィート（千二百二十メートル）に達していて、眼下には日の光を反射する一面の雲が波打ちながら広がり、まるでもう天国にいる気分だった。人生に数回しか訪れない、純粋《じゅんすい》の美を感じる瞬間《しゅんかん》だ。ダコタはうなるような低音をたてながら北海上を進んでいく。話しても声が聞こえないので、われわれはうとうとするか、本を読むかしていた……。

オランダの海岸線が近づき、しっかりつかまってろ、と命じられた。機は雲を破っておよそ二千フィート（六百十メートル）まで急降下した。機がまだ北海上を飛んでいる時、ドイツ海軍の艦艇《かんてい》が発砲《はっぽう》してきた。幸いにも小さな船で、機関銃《きかんじゅう》一門しかそなえていなかった。わが機を操縦《そうじゅう》する米軍パイロットはただちに回避《かいひ》行動をとったので、われわれは互《たが》いの体にしがみつき、大丈夫《だいじょうぶ》かと思うほどかたむいた床《ゆか》の上で足を踏《ふ》んばった。糸を引く曳光弾《えいこうだん》が、最初はゆっくりと曲線を描《えが》きながら近づいてきたかと思うと、開けたままの乗降口の外を、怒《おこ》ったスズメバチのようにヒュンとかすめていくのを、われわれは魅入《みい》られたように見つめていた。

もうすぐオランダ上空だ、と言われ、またもや胃が宙返りしたような気分になった。水びたしになったオランダ（ドイツ軍は連合軍の上陸を阻止《そし》しようと堤防《ていぼう》を切り、沿岸地域を水びたしにしていた）の海岸線を示す唯一《ゆいいつ》のものは、一本の長い線のように見える堤防《ていぼう》だけで、それは絶滅《ぜつめつ》した有史以前の動物の背骨のようにも見えた。内陸に入るに従って水は徐々《じょじょ》に引き、あちこちにリボンのように地面が見え始め、やがて一面の畑になった。

（ジェイムズ・シムズ著『アルネムの槍《やり》——一兵士の物語』五十二～五十五ページより）

ユトレヒトでの乗《の》り換《か》えはすぐにすんだが、プラットフォームや階段は混雑していた。二人はまた並んで座った。今度はジェイコブが窓際になったので、さっきよりながめを楽しむことができた。列車が東に進むにつれ、しだいにあたりはまったいらではなくなり、あちこちに林が現れ、格子状に走る運河は目につかなくなった。

「アルネムの戦いのことはよく知ってるの?」テッセルが尋《たず》ねた。

「よく、とはいえませんね。本を二、三冊、興味があったので読んでみました。まあ、祖父のことがありますから。もちろん、あの映画、『遠すぎた橋』は見ましたよ。アンソニー・ホプキンスが威勢《いせい》のいい将校役で、なんか変な感じでした。実際はああではなかったと思います」

「映画ってそういうものでしょう。どうやったって事実と同じにはならないわよ」

「読んだ本のうち一冊は歴史の教科書みたいでした。一番よかったのは、戦闘《せんとう》に参加したごくふつうの兵士、将校ではなく、一兵卒が書いたものです。きっと、祖父もこんな兵士だったんじゃないかって思いました。あまり上手に書けてはいないけど、細かいところまでわかるんです。そういうことって、戦《せん》闘《とう》全体を描《えが》こうとする歴史学者の本には出てきませんから。その場にいた人にしかわからないことが書いてあるんですよ。それに、書いたのがふつうの兵士だから、なんでも歴史家や将校とはちがう視点で見てるんです。とくに勇敢《ゆうかん》な兵士だったわけではないようですけど、著者は自分がそこにいて、参加したことを誇《ほこ》りに思ってるんです。だから、戦闘《せんとう》の記録というだけじゃなく、おもしろい読み物に仕上がってました」

「わたしは、あの戦闘《せんとう》に関する本は一冊も読んだことがないわ。母から、もうたくさんっていうくらい聞かされてきたんですもの。そもそも、どんな戦争だって恐《おそ》ろしくてひどいものなんだから、そんな話を聞きたいとは思わない。それに、あの戦争、ヒトラーが起こした戦争は、オランダでは今でも頻繁《ひんぱん》に話題になっていて、きりがないのよ。まるでつい昨日終わったことみたいに。もうそんな話はやめてもらいたい。あれほどの苦痛を味わったのに、なぜこんなにたくさんのことをいつまでも覚えてなきゃならないの？　忘れてしまった方がよっぽどいい。でも、みんなはこう言うのよ。だめだ、あんなことが二度と起きないように、われわれはつねに記憶《きおく》を新たにしておかなければならない、って。でも逆にわたしはこう尋《たず》ねたい。いったい人類が過去の戦争を忘れたことなどあるのか？　覚えていたからといって、新たな戦争が起きるのをどれぐらい防げたっていうの？」

「ぼくにはよくわかりません。でも、その意見には賛成できないな。『アンネの日記』のことは知ってますよね？」

「今では知らない人はいないんじゃない、きっと」

「アンネがどれほど有名な作家になりたかったかも知ってますか？　彼女《かのじょ》は捕《つか》まる少し前から、日記を書き直し始めていたんです。あるオランダ閣僚《かくりょう》の発言をラジオで聞いたからです。その閣僚《かくりょう》は、すべての国民に、占領下《せんりょうか》で書いたもの、手紙や日記などをとっておいてほしい、と呼びかけたんです。戦争が終わったら、それを集めて国立の図書館におさめ、戦時下の一般庶民《いっぱんしょみん》の暮らしがどんなものだったか、将来、人々が知ることができるようにしよう、歴史の専門家が書いた本だけに頼《たよ》らずにすむようにしよう、と」

「そのとおりになったわ。アムステルダムにある国立戦時資料研究所がそうよ」

「すばらしい考えだったと思いませんか？　過去の出来事が本当はどんなふうだったのか、人々の暮らしぶりはどうだったのか知るのはいいことだと思いませんか？　ぼくが言いたいのは、実際に経験した人がその時書いたものから知るのが大切だ、ってことです」

「ええ、それはそのとおりだと思うわ。ただわたしは、戦時中のことをまるでそれだけが過去だといわんばかりに、いつまでもくり返し話題にするのがいやなの」

「ああ、それはわかります。でも、それをいうなら、どんなことでもだらだら続けられたらいやけがさしますよね」ジェイコブは、ファン・リート氏のことを思い浮《う》かべながら言った。

「そうね、たしかに」テッセルは笑った。

「ときどき、祖父の手紙や日記が残っていたらいいのに、と思うことがあります。別にアルネムの戦いを戦争の記録として知りたいわけじゃなくて、あの戦いが祖父にとってどういうものだったかを知りたいんです。祖父がなにをして、祖父の身になにが起きたのか。すべてのことを、祖父自身の目を通して。ぼくはそれが知りたい。知れば、祖父はぼくにとってもっと生きた存在になると思うんです。つまり、アンネ・フランクがぼくにとっては生きているのと同じような意味で。なぜなら、アンネのような書き方で書かれたものを読むと、なんだか自分もその人と同じ時を生きているような気がするからです。その人の頭の中に自分が入りこんだような、っていえばわかってもらえるかな」

「ええ、わかるわ。もちろん、ヘールトラウにもあなたに話せることがたくさんあるでしょうけど、それはあなたの言ってることとはちがうのよね。どのみち、ヘールトラウが覚えているようにしか伝えられないんですもの。それに、記憶《きおく》は……わたしの経験からいえば、信用できない。記憶《きおく》というのは、実際の出来事を記憶《きおく》そのものが望む姿にゆがめてしまう。わたしはそう思ってるの」

「父も同じことを言います。祖母が架空《かくう》の祖父像をでっちあげているといって、しょっちゅう非難してますから。父に言わせれば、祖母が口にしているのは実在した人物ではなく、そうあってほしかったと祖母が思っている男性像だって」

「で、セアラはそれに対してなんて？」

ジェイコブは笑った。「父をフライパンでたたくんです」

「なんですって？」

「すみません。比喩《ひゆ》です……たとえ、っていえばわかりますか？」

「アッハ《ええ》、わかるわ」テッセルは笑った。「なるほどね！　そう、セアラならやりそうね。あら、ちょっと外を見て。ちょうどこのあたりが、兵士たちが降下した畑よ」

窓の外には広々としたたいらな土地が続き、刈《か》りとりあとの畑は淡《あわ》い黄金色に染まっていて、むこう端《はし》には並木が、手前の線路脇《わき》にもシラカバの木が少し並んでいた。降下中に上空から、あるいは降下直後に地上で撮影《さつえい》された写真で見た風景とまったく変わらない。その瞬間《しゅんかん》、妙《みょう》な感じがして、以前本で読んだことと目の前に見えている風景がとけあい、自分がその場にいるような、今ではなくその時、一九九五年ではなく一九四四年のここにいるような気がした。そして隣《となり》には祖父がいる。祖父は今のジェイコブよりわずか五、六歳《さい》上でしかなく、ちょうどダーンくらいの若者だ。ジェイコブは雲湧《わ》きあがる晴れた空を見あげながら想像した。この地上でどんな危険が待ち受けているか知らずに、祖父とともにあの空に飛び出す自分の姿を。

〈ジェイムズ・シムズ〉

操縦席《そうじゅう》をのぞいていた米軍の搭乗員《とうじょういん》が戻《もど》ってきて、降下のために七百フィート（二百十四メートル）まで高度を下げているところだ、とみなに告げた。われわれは頭にぴったり合ったヘルメットをかぶり、ゴム製の顎《あご》あてを調節した。自動開傘索《かいさんさく》の金具を装着し、迫撃砲《はくげきほう》の砲弾《ほうだん》六発、携帯《けいたい》用つるはしとショベル、ライフル、小さな背嚢《はいのう》の入った装備袋《そうびぶくろ》を引き寄せて脚《あし》につけると、専用の網状《あみじょう》ストラップで固定した。少なくとも一人百ポンド（四十六キログラム）の装備をもち、揺《ゆ》れもほとんどなく、かなりの速度で降下《こうか》するので、敵の機関銃手《きかんじゅうしゅ》からすればねらいを定めにくいはずだった。われわれは背筋《せすじ》を伸《の》ばして立つと、前の兵士の背にぴたりと体を寄せ、一列に並んだ。右手で装備袋《そうびぶくろ》の把手《とって》を握《にぎ》り、左手を前の兵士の肩《かた》に置く。だれかが冗談《じょうだん》を言った。「車両の奥までおつめくださーい」また別のやつが、わたしの落下傘《らっかさん》をひっぱって言った。「おやおや、カウボーイくん、これは落下傘《らっかさん》じゃなくて、古毛布だぜ」

肝心《かんじん》なのは、前の兵に続いて間髪《かんはつ》入れずに飛ぶことだった。少しでも躊躇《ちゅうちょ》すれば、DZ（降下ゾーン）にばらばらに着地して、困ったことになる。開いた乗降口に立つウッズ中尉《ちゅうい》の姿は、額縁《がくぶち》に入れられたようで、中尉《ちゅうい》のヘルメットにかぶせたネットが、プロペラの後流にあおられてもどかしげに震《ふる》えていた。灯《とも》っていた赤いライトに加え、緑のライトがぱっと点灯した。

「行くぞ！」中尉《ちゅうい》の姿が消えた。われわれは、盛んに上下動をくり返すダコタのデッキ上をすり足で前進した……三……四……五……米軍の航空兵が記録映画用のカメラをすえてわれわれが飛びおりていく様子を撮影《さつえい》している……六……七……八……メイドストン出身のやつが半回転してこちらを向き、にやりと笑いながらなにごとか叫《さけ》んだが、エンジンの轟音《ごうおん》にかき消された……九……十……十一……乗降口のむこうに、すぐ横を牽引《けんいん》されて飛んでいる巨大《きょだい》なハミルカー・グライダーの機体が見える。片翼《かたよく》が被弾《ひだん》して炎上《えんじょう》しているというのに、パイロットは親指を立ててみせた……十二……十三……十四……前の兵士が少し前かがみになって飛び出していった。彼《かれ》のヘルメットが視界から消えるか消えないかのうちにわたしも飛んだが、プロペラの起こす気流に捕《つか》まって体が回転し、落下傘《らっかさん》の索《さく》がよじれてしまった。やむなく装備袋《そうびぶくろ》の把手《とって》を離《はな》し、さらによじれていく索《さく》を止めようとした。傘体《さんたい》までよじれてしまったら一巻の終わりだ。エンジンの轟音《ごうおん》がぱたりと聞こえなくなり、イギリスを発《た》って初めて、ほかの音が耳に入ってくるようになった。

四方八方どちらを見ても、ダコタからどんどん落下傘兵《らっかさんへい》が吐《は》き出されていて、わたしはその絹の雪《ゆき》嵐《あらし》のまっただ中にいた。落下傘《らっかさん》は虹《にじ》の七色に光り、生涯《しょうがい》忘れられない光景だった。そして、自分は史上最大の降下作戦のひとつに参加しているのだという思いを抱《いだ》いたが、その興奮も直面する問題のせいで半減した。幸いにも、よじれていた索《さく》はもとに戻《もど》り始めたが、それにつれて体はその下で回転した。やが降下する自分が鷲《わし》になったとはとても思えず、どちらかというと絞首刑《こうしゅけい》にされている気分だった。やがて傘体《さんたい》はすっかり開ききってくれたが、今度はまた別の問題がもちあがった。右脚《みぎあし》が、結びつけてある装備袋《そうびぶくろ》の重みでまっすぐ下にひっぱられ、ふたたび袋《ふくろ》を引きあげようにも、把手《とって》に手が届かないのだ。

眼下では、蟻《あり》のような無数の人間が、集合場所を示す、大隊ごとに色をちがえた発火信号めざしてDZの中を急ぎ足で移動してゆく、秩序《ちつじょ》ある混沌《こんとん》とでもいうべき光景が展開されていた。どなり声や銃《じゅう》声《せい》が上空まで切れぎれに聞こえ、ときおり、機関銃《きかんじゅう》の炸裂音《さくれつおん》が加わった。米軍パイロットたちがわれわれを目標地点に正確に運んでくれたので、第二大隊の集合地点を示す黄色い発火信号を見つけるのは造作《ぞうさ》なかった。空から降り立った兵士たちがすばやく組織としてまとまり始めるにつれ、いたるところで混沌《こんとん》から秩序《ちつじょ》が生まれていく。今の今まで、はるか足の下にあるように思えた大地が、回転しながら恐《おそ》ろしい勢いで迫《せま》ってきた。わたしは着地を待ち望む気分ではなかった。片足が装備袋《そうびぶくろ》の重みにひっぱられて真下にぶらさがり、どうしようもなかったからだ。こういう体勢で着地すると、十中八九、足の骨を折るといわれていたが、それも、もうあと少しで本当かどうかわかる。

ドスッ！　わたしは恐《おそ》ろしい衝撃《しょうげき》とともに地面にたたきつけられたが、どこも負傷せずにすみ、すぐさま落下傘《らっかさん》のハーネスをもがくように脱《ぬ》ぎ捨《す》てると、装備袋《そうびぶくろ》を束《たば》ねているひもをナイフで切り、ライフルをとり出した。なにをおいても、まず一番にやるべきことだ。遠くで時限爆弾《じげんばくだん》がいくつも爆発《ばくはつ》し、盛大に土くれを噴《ふ》きあげた。これは二十四時間前に落としてあったもので、ドイツ軍にまたいつもの爆撃《ばくげき》だと思わせるための仕掛《しか》けだった。なんと楽観的な！

（ジェイムズ・シムズ著『アルネムの槍《やり》――一兵士の物語』五十五～五十七ページより）

ほどなく列車はオーステルベークに到着《とうちゃく》した。駅は、深い切り通しの底に作られた郊外《こうがい》の仮停車場のようなところで、プラットフォームは新しそうだが、駅舎はなく、雨よけの待合い所があるだけだ。二人のほかにも数人の乗客が降り、中には花束を手にしている人もいたが、ジェイコブが予想したような混雑はなかった。式典には多くの人が出席するわけじゃないいんだろうか？　去年、ＢＢＣ放送のニュースで見た時は、立錐《りっすい》の余地もないほど大勢の人たちが、肩《かた》をふれあわんばかりにして墓地に入っていくところが映っていたが、あれは五十周年の節目だったからなのか。

二人は階段を上《のぼ》って道路に出た。少し人が増え、みな跨線橋《こせんきょう》を渡《わた》り、右に折れて、線路に沿った通りに入っていく。『アルネム・オーステルベーク戦没者墓地《せんぼつしゃぼち》』と記《しる》された控《ひか》えめな看板《かんばん》が出ていた。一戸建ての高級そうな家が並んでいる風景は、イギリスの中流階級が暮らす住宅地によく似ていた。樹木の茂《しげ》る広い庭があり、きれいに刈《か》りそろえた高い生け垣《がき》やぐるりとめぐらせた塀《へい》は、富裕《ふゆう》な人たちがプライバシーを守るために建てた城壁《じょうへき》のようだった。住宅地側には手入れの行き届いた芝生《しばふ》が、線路が走っている切り通し側には並木が続いている。かつて、落下傘《らっかさん》で降下した兵士たちは、同じ線路をどってアルネムに向かおうとしたのだが、結局ドイツ軍に阻止《そし》され、この村に閉じこめられて包囲されてしまったのだ。しかし当時はまだ、こうした住宅などなかったはずで、このあたりには林が広がり、村は線路のむこう、南側から始まっていたのだろう。
二、三百メートル歩くと、道は鋭角《えいかく》に左に折れた。前方にちょっとした広場が見え、木々のあいだに車やバスが駐車《ちゅうしゃ》してある。墓地の入口には、四角い煉瓦造《れんがづく》りの塔《とう》が二つ立っていた。その左には、どこか不似合いな金網《かなあみ》のフェンス越《ご》しに、右は低い生け垣《がき》のむこうに、墓地が広がっていた。同じ形の白い墓石が規則正しく列を作っているようだが、ぎっしりと周囲を囲む人々で、墓石がよく見えないほどだった。
テッセルと二人、中に入り、端《はし》の方に空いている場所を見つけて立った時、ジェイコブはようやく、墓地の中央が墓石のない大きな十字形の芝生《しばふ》になっていて、そこは今、年老いた人たちで埋《う》めつくされていることに気づいた。老人たちは、十字の中央にある屋根つき舞台《ぶたい》を四方から見る形で、何列も並べられた椅子《いす》に座っている。男性はほとんどが青いブレザー姿で、赤や青のベレー帽《ぼう》をかぶった人もたくさんいた。ジェイコブは一瞬《いっしゅん》、その老人たちがコンサートを聞くために墓の下から出てきたような気がした。奇妙《きみょう》な考えかもしれないが、ある意味それはあたっているように思う。なぜなら、この人たちはあの戦争から生きて帰った兵士とその妻たち、そしておそらく、生きて帰れなかった兵士の妻たちだからだ。

ジェイコブは、何千という人々（六千、いや一万人くらいいるだろうか？）が、死者が整然と並ぶこの場所に集まっていることに驚《おどろ》いていた。千七百五十七の墓のうち二百五十三が、身元のわからない無名戦士のものなのだそうだ。そして今なお墓の数は増え続けているという。あの戦いの最中に仮の墓として掘《ほ》られ、それきり忘れられていた埋葬場所《まいそうばしょ》から、遺骨が見つかるからだ。

テッセルはジェイコブの腕《うで》をとると、視界をさえぎる人たちをすまなそうに押《お》しわけながら、前へ進んでいった。

「あなたのお祖父さんのお墓にできるだけ近づかなくちゃ」テッセルは小声で言い、やがて立ちどまると指さした。「あそこ、ほら、三列目に、墓碑《ぼひ》と同じくらいの高さの赤いバラが植わっているお墓があるでしょう」

「ああ、はい、見えます」

「あなたのお祖母さんとヘールトラウが、前回二人でここに来た時にいっしょに植えたバラよ。ダーンが年に二度、枝を刈《か》りこんだり、肥料をやったりしてるの」

墓を見たジェイコブは言葉を失った。祖父の写真は見たことがある。（これが子どものころのお祖父ちゃんよ。あなたもこれくらいの歳《とし》には、立ってる姿がそっくりだったわ。これは自分のオートバイの横に立っている若いころのお祖父ちゃん、当時はずいぶんつっぱってたわね。これはわたしと結婚《けっこん》する直前のお祖父ちゃん。とってもハンサムだった。ほら、これは最後の休暇《きゅうか》を二人で過ごしたウェストンでの写真。そしてこれは軍服姿のお祖父ちゃん。）ジェイコブは祖父の写真を見るのが好きだった。自分が名前をもらった人、似ているところがたくさんあるといわれる人と会っておきたかった、そう思いながら隅《すみ》から隅《すみ》までながめたものだ。でも今、こうして祖父の墓の近くに立つと、また話がちがった。この墓の下には、自分とそれほど歳《とし》が変わらない若者の骨が埋《う》まっているのだ。写真は影《かげ》をなぞったようなものでしかなく、写っている人そのものではない。

今、ジェイコブの目の前、三、四メートルのところ、身長ほどの深さの土の下には現実がある。祖父の遺体が――いや、今となっては大して残っていないかもしれないが――あるのだ。だが祖父の遺体ではあっても、祖父という人間そのものではない。とたんに、それまで一度もそんなふうに感じたり、考えたりしたことはなかったのに、頭の中でカチリと音がするような気がして、ジェイコブは悟《さと》った。祖父という人間が遺《のこ》したもの、その存在の芯《しん》となるものは、土の下の肉体の残滓《ざんし》にあるわけではない。祖父の存在の一部は、今、タウンブーツをはいてここに立つ孫息子の中にあって、死んだ当人の墓を見つめているのだ。

ジェイコブはその考えにうろたえた。まるで自分の中に亡霊《ぼうれい》が宿ったような気分だった。ひとつ大きく息を吸い、目をそらし、空を見あげてみる。すでに日は高く昇《のぼ》り、雲ひとつないドームのような青空の下には、椅子《いす》に腰《こし》かけた戦争体験者たちの列が絨毯《じゅうたん》のように広がり、そのまわりに、腕《うで》に抱《だ》かれた赤ん坊から杖《つえ》をついた老人まで、人々が五重にも六重にも立っていた。ジェイコブのそばには、赤いベレーをかぶり迷彩服《めいさいふく》を着た若い落下傘兵《らっかさんへい》の一隊や、色あざやかな晴れ着を着た二人の中年女性、ナイキのシューズをはいた少年たちの一団、白いTシャツにジーンズ姿の少女たち、そしてグレーのスーツ姿の男が三人、脱《ぬ》いだ上着を腕《うで》にかけ、ワイシャツの袖《そで》をまくりあげて立っていた。

だれもみな口をつぐんでいるが、まったく音がしないわけではない。教会の静寂《せいじゃく》とはちがうし、葬《そう》式《しき》のように沈《しず》みきってもいない。人々は厳粛《げんしゅく》な様子でも、言われるままにしているわけでもなく、じっと動かずにいるわけでもなかった。あちこちに人の動きが見られ、入ってくる者も出ていく者もいて、遅《おく》れてやってきた人たちが、一人、二人と絶えず群衆に加わる。しかし、せわしなく動きまわる係員はいないし、騒《さわ》ぎもなく、ものものしい行列や派手《はで》な儀式《ぎしき》が始まる気配もない。人々は待っているのだが、それでいて待っているわけではない。むしろ、待たれているものは、すでに人々とともにあるようだ。それはここにあり、同時に、ここにはないものだ、とジェイコブは思った。存在していながら、存在しない。不在であるがゆえの存在。

〈ジェイムズ・シムズ〉

(フロスト中佐《ちゅうさ》が)アルネムに向かって前進する命令を下し、ライフル中隊が先に動き始めた。われわれはそれを援護《えんご》するために、三インチ(七・六二センチメートル)迫撃砲《はくげきほう》をもって後ろに続いた。数名のドイツ兵をすでに捕虜《ほりょ》にしていた。彼《かれ》らは、ぱりっとした正装の軍服に身を包んではいたが、おそらくその時点で、ドイツ軍でもっとも恥《は》ずかしい思いを味わっている兵士たちだったろう。なにしろ、畑の中でオランダ人のガールフレンドたちといちゃついているところを捕《つか》まったのだ。落下傘兵《らっかさんへい》たちがにやにやしながら投げつける言葉の意味を悟《さと》るにつれ、しだいにドイツ兵たちの顔が赤らんでいった。「立てーっ！」号令が響《ひび》き、われわれはいくつかに分かれて、それぞれ一列縦隊を組み、道の端《はし》を歩き始めた。空襲《くうしゅう》にそなえた、いわゆる「アクアク」と呼ばれる隊形だ。オランダの田園地帯は戦時下にしてはきちんと手入れが行き届き、道には木々の枝が張り出し、畑の周囲には針金が張ってあった。あちらこちらに点在する家々から、住民が子どもを連れて出てきては、手を振《ふ》りながら、われわれが通るのを見ていた。牛乳、リンゴ、トマト、マリーゴールドの花などがさし出された。住民たちは兵士のヘルメットのネットに花をさし、運搬《うんぱん》用の手押《てお》し車も花で飾《かざ》ってくれた。「四年間、あなたたちを待っていました」と言うのが彼《かれ》らの英語ではせいいっぱいのようだったが、このせりふは、にこにこ笑った親しげなオランダ人たちの口から、何度も何度もくり返された。彼《かれ》らは、われわれが来たのだから戦争はもう終わったも同然だ、と思っているようだった。

われわれは、降下したヴォルフヘーゼ地区から、ヘールスムの方角へ南下していった。道の両側の空地はシダにおおわれていて、待《ま》ち伏《ぶ》せを受けやすい危険な行軍となった。実際、前方のそれほど離《はな》れていない場所で小火器の発射音が聞こえ、あわてて物陰《ものかげ》に隠《かく》れたこともあった。大隊の先頭を進んでいた部隊が敵と遭遇《そうぐう》したのだが、銃声《じゅうせい》はすぐやみ、われわれはふたたび前進を続けた。こぜりあいがあった場所にさしかかると、コルダイト爆薬《ばくやく》の煙《けむり》と臭《にお》いがあたりに漂《ただよ》っていた。道の脇《わき》には金髪《きんぱつ》で背の高いライフル中隊の軍曹《ぐんそう》が横たわっていた。見るとその軍曹《ぐんそう》は、わたしがストリートという町にある軍の訓練所にいた時、対戦車砲《たいせんしゃほう》のコースをいっしょに履修《りしゅう》していた元近衛兵《もとこのえへい》だった。彼《かれ》の顔は痛みとショックで蒼白《そうはく》だった。脚《あし》の横に機関銃《きかんじゅう》の弾《たま》を受けていて、同じ部隊の兵士たちは包帯を巻いてやってはいたが、すでにその場を離《はな》れていた。われわれは横を通りすぎながら、ぼそぼそと励《はげ》ましの言葉をかけ、キャンディーや煙草《たばこ》をほうってやった。わたしが次にこの軍曹《ぐんそう》を見かけたのはスタラグⅪB（ドイツにあった戦時捕虜収容所《ほりょしゅうようじょ》）でのことで、彼《かれ》は片足を失っていた。

ふたたび銃声《じゅうせい》が響《ひび》き、またあわてて物陰《ものかげ》に伏《ふ》せたが、今度発砲《はっぽう》したのは味方の兵たちだった。ドイツ軍の将校用車両が一台、路上で停《と》められていた。フロントガラスがこなごなに割れ、タイヤは撃《う》たれてちぎれている。助手席のシートには、死んだドイツ軍将校がぐったりともたれかかっていた。その隣《となり》でハンドルにおおいかぶさっているのが運転手だ。後部座席にはもうひとつドイツ軍将校の死体があり、死んだ運転手の肩《かた》に片手を置いたまま前のめりになっている。イギリス軍の落下傘兵《らっかさんへい》たちが車の前に飛び出して発砲《はっぽう》した時、この将校が運転手に警告しようとしていたのは明らかだった。助手席の将校はどうやら位の高い将官らしい。おそらく、この出来事は敵軍にとって大打撃《だいだげき》だったはずだ。わたしは興味津々《しんしん》でその将校用車両に近づいていった。というのも、それまでドイツ軍の士官など見たことがなく、それればかりか、死体を見たこともなかったからだ……。

わたしは子どものころ、母から、死体の額に指で十字を書けば夢に見ないですむ、と教えられたことがあった。わたしはおそるおそる、一人のドイツ軍将校の、石のように冷たい額に指をふれた。

「おい、なんのまねだ！」軍曹《ぐんそう》がどなった。「さっさと歩かんか。そういうものはこの先すぐに、いやになるほど見ることになるんだ！」

（ジェイムズ・シムズ著『アルネムの槍《やり》――一兵士の物語』六十〜六十二ページより）

イギリス人の牧師とオランダ人の司祭が舞台《ぶたい》に上がった。ジェイコブのいるところからは見えなかったが、楽隊が演奏を始め、賛美歌の声が湧《わ》きあがった。「おお、神よ、あなたは過ぎ去りし幾年月《いくとしつき》のわれらが助け、世々永久《とこしえ》に、われらが望み（英語）」「おお、神よ、あなたはわれらが父祖を支えたもうた、吹《ふ》きすさぶ嵐《あらし》の夜も（オランダ語）」英語とオランダ語の入りまじった何千という歌声が、さえぎるもののない空に吸いこまれていく。ジェット機がぽつりと一機、はるか上空を動いていたが、あとに残る飛行機雲はあまりに細くまっすぐで、まるで青空に定規《じょうぎ》をあてて線を引いたようだった。その光景が不思議とこの場にふさわしいように感じたジェイコブは、カメラをかまえ、シャッターを切った。ファインダーの下の方に芝《しば》と墓石と人々、そのむこうに泡立《あわだ》つように見える木々の梢《こずえ》を入れると、その上に抜《ぬ》けるような青い四角形の空が広がり、左上から白い飛行機雲の線が、対角線を描《えが》くように右下隅《すみ》の緑の木立に向かって伸《の》びていった。

まわりの人たちはみな、賛美歌の歌詞を載《の》せたプログラムをもっていた。どこでもらったのだろう？配っている人を見た覚えはない。ジェイコブはテッセルを見た。テッセルはほほえむと、反対隣《どなり》に立っていた二人組の男性にオランダ語で話しかけ、すぐ隣《となり》の男性からプログラムを一部ゆずってもらった。歌詞は左側に英語で、右側にオランダ語で書かれていた。「苦しみが続くかぎり、あなたはわれらが守り、われらが永久《とこしえ》の住まいとなりたまえ（英語）」「嵐《あらし》の時も、夜も、われらを導き、永遠にわれらが家となりたまえ（オランダ語）」

http://www.tokuma.jp/kodomonohon/

徳間書店

読者と著者と編集部をむすぶ機関紙

子《こ》どもの本《ほん》だより

2018年7月／8月号　第25巻　146号

児童文学『タイコたたきの夢』より　Illustration © REINER ZIMNIK

頭は柔軟に！

編集部　田代 翠

先日、東京・庭園美術館で行われていた「鹿島茂コレクション　フランス絵本の世界展」を見にいきました。古書蒐集家《しゅうしゅうか》としても知られる仏文学者の鹿島茂氏の蔵書から選んだ絵本から、十九世紀のフランスで絵本がどのように生まれ、二十世紀にどう発展してきたかをたどることができる、興味深い展覧会でした。

古書の現物を見られたのも良かったのですが、印象深かったのは、絵本の発展の転換点には必ず編集者の斬新なアイディアがあったということ。たとえば十九世紀半ばの編集者エッツエルは、本といえば「文章が主、絵は従」が当たり前だった当時、動物を主人公に、絵が主となる、現代にも通じる絵本を生み出しました。大雑把《おおざっぱ》なストーリーだけをまず画家に伝え、絵を先に描いてもらい、文はあとからつける、という、当時としては型破りの方法を取ったとのこと。その絵本は大人気となったそうです。

普段していることを当たり前と思わなければ、新しいアイディアを生む余地はいくらでもあるはず。発想を柔軟にし、いつもとちがうことをするよう心がけねば、と思わされました。

子どもの本の本屋さん〈第128回〉

千葉県
柏市

柏《かしわ》の葉《は》 蔦屋書店《つたやしょてん》

柏の葉キャンパス駅の近くにある蔦屋書店を訪れ、児童書担当の濱田《はまだ》知佳《ちか》さんにお話を伺《うかが》いました。

Q　お店の概要を教えてください。

A　ここは、柏の葉Tサイトという「子どものいる暮らしへの提案」をテーマにした生活提案型商業施設です。蔦屋書店のほかに、カフェや雑貨、インテリアのショップ、写真スタジオ、子ども向けのスクールなどが入っています。二階が子ども向けのフロアで、児童書と、子ども向けのショップとなっています。

Q　どんなお客様がおみえになりますか？

A　小さなお子様のいるファミリーが多いです。また、子ども向けのイベントやワークショップ、習い事のスクールもあるので、週末には小学生のお子様も多くいらっしゃいます。

Q　どんなイベントがありますか？

A　定期的なイベントとして、読み聞かせを、年末年始をのぞき毎日行っています。そのほかに、わらべ歌や紙芝居の会が月に数回。また有料ですが、英語の絵本の読み聞かせ、「絵本の中の主人公になろう」というイベントも行っています。

Q　広い店内のあちこちに、小さな家の形をしたベンチがあるのが目立ちますね。

A　蔦屋書店の共通のコンセプトでもありますが、お客様に「書店で過ごす時間と空間、そして本をゆっくり楽しんでいただきたい」と思っております。そこで特にこの売り場では、まるでおうちにいるように、親子でくつろいで本を読める場所を作ろうということで、家の形のベンチを配置しました。おとな一人と子ども一人で座るとちょうどいいサイズになっているんですよ。絵本を通じて、親子の毎日のコミュニケーションがより豊かになることが願いです。

小さいおうちのベンチは、大人気！ここで親子で楽しく絵本を読み、家に帰ってからもそういった時間を過ごしてほしい、という願いがあるそうです。

Q　そのほか、売り場ではどんな工夫を？

A　探していた本がただ見つかるというだけでなく、この売り場にくることで、お客様の興味がどんどん広がるような空間作りを心がけています。

　例えば、今ちょうど「父の日」のコーナーを作っていますが、このコーナーでは、お父さんが出てくる本やお父さんにプレゼントしたい本を置くだけでなく、テーマとは離れているような本も一緒に並べています。親御さんのなかには、お子さんに自分で考える力、自分で生きていく力を身につけてほしいと、願っておられる方が多いと思います。そこで、子ども向けのお料理の本や、子どもが自分で部屋を使いやすくするための楽しいインテリアの本、暮らしを工夫するアイディアの本なども、「父の日」向けの本と一緒に並べています。一見、コーナーのコンセプトと関係ないように見えても、違うジャンルの本を並べることでお客様の興味が色々な方向につながっていく、ということを狙っています。

広い店内のスペースを生かしてこういったコーナーやフェアをあちこちに配置し、お客様の足が止まるようにしています。フェアの内容は、八名のスタッフで常に様々な切り口を考え、どんどん試していきます。

店内は、赤ちゃん絵本、絵本、読み物、自然科学、保育などにジャンル分けしていますが、お客様に興味をもっていただけそうならば、別ジャンルの本をいっしょに置いてみたりもします。

Q　濱田さんが書店員になったきっかけを教えてください。

A　子どものころから映画や音楽が大好きだったので、学生時代にレンタルショップのツタヤでアルバイトをしていました。それが縁で入社し、最初は大阪の枚方市にあるTサイトに勤務しました。その後、昨年三月にオープンした当店にきて書籍の担当になりました。

音楽と映画の売り場にいたころは、常に新作を意識していたので、ロングセラーのほうがむしろ人気がある児童書は新鮮、という濱田さん。

Q　児童書売り場の仕事はいかがですか？

A　映画や音楽は、常に新しいものが求められますが、児童書は、新刊本だけでなく、既刊本やロングセラーの本が人気があるという点が、最大の特徴であり魅力ですね。

私は小学生のころ、寺村輝夫の「こまったさん」「わかったさん」シリーズ（あかね書房）が好きでしたが、今でもこの本がふつうに棚に並び、売れているのを見ると、とてもうれしくなります。

Q　徳間書店の児童書はいかがでしょうか。

A　『マップス　新・世界図絵』を中心に、大型本が人気がありますね。もうすぐ夏休みですから、『マップス』を中心にして、冒険・探検絵本フェアを展開しています。

Q　抱負を教えてください。

A　売り場全体としては、いろいろなナンバーワンを目指しています。例えば、本が探しやすい店ナンバーワン、イベントが楽しい店ナンバーワンなど。それを積み上げていって、関東一、最終的には日本一の児童書売り場にしたいです。

フェア「親子で冒険・探検の世界に出かけよう！」が展開中！

私自身の個人的な目標は、もっともっと勉強して、お客様から、この人のおすすめの本を聞きたい、と頼りにしていただけるようになることです。

ありがとうございました！

お店の情報

柏の葉　蔦屋書店

〒272-0871
千葉市柏市若柴227-1

TEL：04-7197-1400

午前9：00－午後9：00
不定休

https://store.tsite.jp/kashiwanoha/

つくばエクスプレス
柏の葉キャンパス
徒歩７分

絵本の魅力にせまる！

絵本、むかしも、いまも…

第125回「怖いもの見たさの楽しみ」町田尚子《まちだなおこ》 絵『いるのいないの』

文：竹迫祐子《たけさこゆうこ》
1956年生まれ。安曇野ちひろ美術館副館長。趣味はドライブ。

近年、「怖い絵本」が人気。何しろ、子どもは、コワイもの好き。躾《しつけ》のために…とかの宣伝文句がついていると筋違いな気がしますが、魅力的な「怖い絵本」は、大人もわくわくします。

町田尚子が、京極夏彦の文章に絵を描いた『いるのいないの』は、何の変哲もない日常のなかにある、目には見えない怖いもの、言ってみれば怖い「気配」が描かれています。

田舎のおばあちゃんの家で暮らすことになった「ぼく」は、慣れない古い日本家屋で過ごすなか、見えない気配を日々感じるようになります。畳敷きの木造の家は、大層高い天井に太い梁《はり》が張られ、そこからぶら下げられた電灯の上は、暗くて何も見えません。その梁に怒った顔をした「誰か」がいる—。ぼくは、そんな気がしますが、おばあちゃんは、「みなければ　いないのと　おんなじだ」と言います。

町田尚子（一九六八年〜）は、武蔵野美術大学短期大学部を卒業後、エディトリアル・デザインの仕事をする傍《かたわ》ら、イラストレーションを描き、不定期に展覧会を行っていました。一九九四年「第四回グラフィックアートひとつぼ展」に入賞。次第にイラストレーションの仕事が増えていく中、二〇〇二年一月から六年間、月刊「新潮45」の表紙を描きました。絵本デビューは、デザインの仕事をしていた絵本の専門雑誌「月刊MOE」を出している白泉社から出版した『小さな犬』。その色調は比較的、明るいものですが、キャンバスにアクリル絵の具を使った独特の質感がある町田の絵は、全般的には暗い色調が特徴的で、魅力。

『いるのいないの』は三冊目の絵本。この話には町田尚子の絵がいいと、京極が選んだといいますが、これは慧眼《けいがん》。この時点では、町田も開眼していなかった自身の作品世界の可能性を、京極が見抜いたといえます。

この絵本の制作にあたって、民家園を訪れ、日本の古い家を撮影しスケッチして、そこから独自に、物語の舞台となる家の間取りを考えていったという町田は、その家を舞台に、さまざまなアングルの場面を作っていきます。

この絵本の怖さは、色調もさることながら、「ぼく」を捉《とら》える巧みに変化する視点。俯瞰《ふかん》していたかと思うと、低い三和土《たたき》から見上げる等々。いつもどこかから主人公が覗《のぞ》かれているようで、居心地悪く不安な思いを読者に抱かせます。特別怖い「もの」は出てきません。広い家に、音も会話も少ない、極めて静かな祖母と孫の暮らしが、古い水屋や戸棚など家財道具とともにリアルに描き出されています。そのリアリティ故に、超現実の「怖い」が増幅されるのです。直截的に怖い場面は、ひとつだけ。ただ、それが現実なのか、非現実＝ぼくの空想なのか、答えはなく、読者は何ともすっきりしないモヤモヤを抱えて、この絵本を閉じることになります。

「キモ可愛い」ならぬ、「コワ可愛い」町田の世界。これからどんな絵本を描くのか、楽しみです。

『いるのいないの』
京極夏彦 文
町田尚子 絵
東雅夫 編
岩崎書店 刊

野上暁の児童文学講座

「もう一度読みたい！'80年代の日本の傑作」

第54回 岩瀬《いわせ》成子《じょうこ》『あたしをさがして』（一九八七年／理論社）

文：野上《のがみ》暁《あきら》
児童文学研究家。著書に『子ども文化の現代史〜遊び・メディア・サブカルチャーの奔流』（大月書店）ほか。

誰もがかつては子どもだったのに、大人はその頃の気持ちなどすっかり忘れて、「子どもはこういうものだ」という枠にはめ込もうとしがちです。岩瀬成子は、デビュー作の『朝はだんだん見えてくる』（一九七七年、理論社）以来、大人たちが思い描く子どもらしさを逆なでするかのように、「子ども」という枠組みに抗《あらが》いながら、自分を探す少女たちの姿を執拗《しつよう》に描き続けています。

この作品も、大人たちの身勝手に翻弄《ほんろう》されながら現実と心象世界を往還し、子どもという迷路の中で「あたし」を探す、小学五年生の少女の物語です。少女の語りで、ゆらめくように場面が動いていき、そのつながりはあいまいです。

ママのお母さんが危篤だと早朝に電話があり、少女はママと、連休で満員の新幹線にすし詰めにされてママの実家に向かうのですが、気持ちが悪くなって途中下車し、ベンチで休んでいるときにママを見失ってしまいます。途方に暮れていた少女は、見知らぬ女の人に施設から逃げ出した非行少女と間違われ、デパートでワンピースやパジャマや洗面用具などを買ってもらいます。人さらいかと思うのですが、だんだんその非行少女が自分自身のように思えてきて、その女の人に危うく施設に連れていかれそうになります。

同じ喫茶店で働いていた少女の両親は、独立して自分たちの店を持ったのですが、パパが家に帰らないことが多くなり、少女に、離婚の危機を予感させています。

少女は、客のいない焼肉屋で、マスターから、赤ちゃんのときから面倒を見ていた女の子への片想いを延々と聞かされます。マスターが語るその女の子との会話が、いつのまにかマスターと自分が話しているかのように少女には思えてきます。また、クラスの友だちからは、虐待されている子を救出するために誘拐しようという計画が告げられ、何人かでその子をかくまうエピソードはスリリングですが、実は誘拐された子の姉の作り話に巻き込まれたという結末も、どこまでが少女の妄想だったのか？

少女は、自分より利発で生意気な小学三年生の妹あっちゃんに常に振り回されています。けれども、両親の深夜の口論や、ママの実家でのママと祖母との話を盗み聞きして、生まれてこなかった妹がいたことを知り、その妹を「あっちゃん」と名づけて、自分の心の中に住まわせていたことが、物語の後半でわかります。

新幹線から途中下車した場面に戻り、しばらくベンチで寝ていたら気持ち悪さも治り、立ち上がるとママの後ろ姿が人混みに飲み込まれていくラストの描写からは、それまでの出来事がすべて寝ていた間の夢だったようい読み取れます。奇妙で不気味なエピソードを随所に入れ込みながら、どこまでが現実で、どこまでが少女の空想なのか…。大人の事情と少女の心象をモザイクのように散りばめて、少女の心の迷宮をさまよう内面のドラマは、同年代の少女たちの共感を呼ぶでしょう。

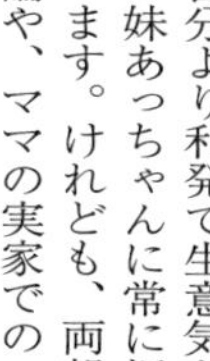

『あたしをさがして』
岩瀬成子 作
飯野和好 絵
1987年
理論社 刊

著者と話そう　こだまともこさんのまき

今回は、翻訳家のこだまともこさんにお話を伺いました。

Q　どんな子ども時代でしたか？

A　口数が少ない子どもで、親は心配して病院に連れていこうと思っていたほどだったそうです。ほかに兄妹が三人いてにぎやかだったので、しゃべる必要がなかったのかもしれませんね。

　本は幼いころから好きでした。東京・中野区立の小学校に通ったのですが、そこはただの図書室ではなく、二階建ての図書館がある珍しい学校だったのね。その図書館の本を片っ端から読んでいました。私があまりにも読むから、図書館の先生が「週に一度の貸し出しだけど、あなたは特別に毎日借りにきていい」と言ってくださったのがうれしかった。戦争が終わったばかりで、今まで出せなかったような本を出版しようと各社がはりきっていた時代だったと思います。偉人伝や動物の本をたくさん読みましたね。

Q　中学高校時代は？

A　クリスチャンだった祖父のすすめで、キリスト教系の女子校へ行きました。知っている人がひとりもいなかったから、「今までとは違う自分になろう」と一大決心して入学したのを覚えています。とても自由で、やりたいことをなんでもやらせてくれるような校風。あるとき、授業では取りあげない「蜻蛉日記《かげろうにっき》」を読んでみたいと思って、友だち数人と国語の先生に相談にいきました。そしたら昼休みに毎週一回、私たちだけのために特別講義をしてくださって、一年間かけて蜻蛉日記を読みました。勉強しろとは言わないのだけれど、こちらから勉強したいと言えば、先生方は喜んで手を差し伸べてくれました。実は今でも、当時の社会科の先生（八十六歳）に月一回、卒業生たちで世界史を習っているんですよ。英語の先生からも、卒業後ずっと英語を習い、英米文学を読む講義を受けていました。この先生には、後輩にあたる翻訳家のさくまゆみこさんや斎藤倫子さんも、在学中にとてもお世話になったそうです。

　でも、最初から英語に興味をもっていたわけではないんです。英語がおもしろいと思ったのは高校時代。東大の大学院生から英文学を習う勉強会に参加していて、アメリカの短編小説を原文で読んだときのこと。ある作品を読み、日本語の文章を読んで感動するように、英語の文章が心に響く感覚を初めて覚えました。

Q　高校卒業後の進路は？

A　文学者を輩出していたというところに惹《ひ》かれて、早稲田大学へ進学しました。そのころは新聞記者に憧れていて、英字新聞を作るクラブに入りました。

　結局、新聞社には入らず、文化出版局という出版社に就職し、ファッション雑誌の編集部に配属されました。同僚に児童文学がとても好きな人がいて、あるときその人から井上洋介さんの『箱類図鑑』（新芸術社）という本を見せてもらいました。それがとてもおもしろくて衝撃で、彼女の所属していた「こだま児童文学会」という会へ出入り

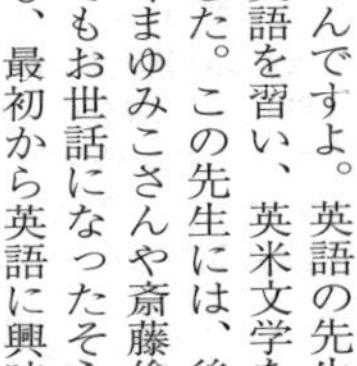

翻訳者を育てる仕事も長く続けておられる、こだまともこさん。

するようになりました。乙骨淑子《おっこつよしこ》さん、山下明生《やましたはるお》さん、掛川恭子《かけがわやすこ》さんなど、そうそうたるメンバーがいらして、自分でも書いてみたいという気持ちがわき、お話も書くようになったんです。そうやって、偶然、児童文学の世界へ入ったような気がします。その後、自作の絵本が出版され、絵本の翻訳のお仕事もいただきました。そのうち創作意欲はなくなり、翻訳がメインになりました。

Q 翻訳家になって四十五年ということですが、長く続けてこられた秘訣は？

A 最初は大変だったんですよ。締切のプレッシャーがあって。楽しいと思うようになったのはここ数年のような気もしますけれど。でも先日、若いころに訳した作品を復刊することになり、読み返したら、とてものびのびと訳していて…だからやっぱり楽しかったのかな。いい作品に恵まれたことも、長く続けてこられた大きな理由でしょうね。

Q 今年は、徳間書店から猫の絵本を二冊訳していただきました。

A 『このねこ、うちのねこ！』はずいぶん前にどこかで原書を買って、気に入ったので訳をつけて徳間書店に持ち込んでいた作品です。とても好きな絵本だったので、出版できてうれしかったです。もう一冊の『ふしぎなしっぽのねこ　カティンカ』（詳細はP12）は編集部からご依頼いただいた作品ですが、九十歳を過ぎた作者自身のようなおばあさんが出てくるお話で、これも楽しかったです。たまたま猫の本が続いて、昔飼っていた猫のことを思い出しました。

『このねこ、うちのねこ！』（ヴァージニア・カール作）は、味わい深いとぼけた感じのイラストとユーモラスなお話がマッチした絵本。

Q たくさんの作品を翻訳されておられますが、とくに思い入れのある作品は？

A 児童文学『レモネードを作ろう』（徳間書店）と、「メニム一家の物語」シリーズ（講談社）でしょうか。どちらも原書を読んで好きになり、自分で出版社へ持ち込みました。

Q 最近の子どもの本や翻訳について思うことは？

A 翻訳作品の出版はＹＡ作品が多くなっていますが、もっと小学生向けの作品も出るといいですね。幼少期の読書はとても大切ですから。翻訳家を目指す人たちの学校で教えているとき、こんな質問を受けたことがあります。「行間を読め、と言われますが、私は行間を読むことが苦手です。どうやったらできるようになりますか」と。そういった感性は、子ども時代からの読書の積み重ねで培われると思いますから、それを大人に教えるのはとても難しいことです。私自身も、子ども時代の読書がベースになっていますし、その時期にいい作品に出会える環境があるといいですね。

Q 今後の抱負をお聞かせください。

A 二〇〇八年からジョーン・エイキンの「ダイドーの冒険」シリーズ（冨山房）を訳しています。全十一巻もあり、六作目まで出しました。結構体力がいるんです。あと五冊残っていますから、まずはこれを最後まで仕上げることが目標です。

ありがとうございました！

こだまともこ　東京生まれ。早稲田大学文学部卒業。創作に『三じのおちゃにきてください』『まいごのまめのつる』（福音館書店）。翻訳に『ワニくんとパーティーにいったんだ』『屋根裏部屋のエンジェルさん』（徳間書店）、『きみなんかだいきらいさ』（冨山房）、「アーチー・グリーンと魔法図書館」シリーズ（あすなろ書房）ほか多数。

私と子どもの本

第121回「十年後の答え」『大おとことおもちゃやさん』

文:久慈美貴
岩手県生まれ。大学非常勤講師。訳書に『アリーの物語 Ⅱ―Ⅳ』、『野獣の薔薇園』『ヴァイキングの誓い』『ポケットのなかのジェーン』などがある。

小学一年生のときはじめて、じぶんで選んだ本を買ってもらいました。それまで買ってもらった本はほとんどが兄妹みんなの共有物で、本屋さんでじぶんで選び、じぶんのものにしていい本を買ってもらったのは、そのときがはじめてでした。

ふたごの姉はディヤングの『びりっかすの子ねこ』、わたしはサーバーの『大おとことおもちゃやさん』でした。よほどうれしかったらしく、いま見ると函の裏にひらがなでじぶんの名前が書いてあります。

お話の舞台は山に囲まれた小さな町。町のおもだった人たちの職業が変わっていて、服屋・靴屋・肉屋などはわかるとして、パン屋（パイやクッキーも焼く）とお菓子屋（ショコラティエ？）が別にあるとか、ランプの火ともし屋さんや夜まわりさんなど、聞いたこともない仕事が出てきました。

主人公のおもちゃ屋さんはキローという名で、このひとも、とっても変わっています。小さくて、タンポポの綿毛みたいな白い髪をして、仕掛けおもちゃを作る天才です。町の大人たちからは軽く扱われているようですが、からかわれても怒らない。といって、お人好しいっぽうというわけでもない。そのあたりの兼ね合いが、読んでいていつもふしぎでした。

大男ハンダーから無理な要求を突きつけられた町民たちが、さまざまな計略を口にすると、キローは「だめだめ、そんなの」ときっぱり否定します。なのにじぶんの考えが固まるまでは打ち明けようとしません。大男の衣食住をまかなうために徹夜で仕事をして疲れた男たちから「おまえなんて楽なものさ」といいたげな皮肉を聞かされても黙っています。

キローの計略が図にあたり、やがて大男は海で溺れたと噂が届きます。大成功の大団円、のはずですが、お話の終わりもやっぱり変わっています。口から口へ噂が伝わっていくのに、キローのお店へ報せ《しら》にくるのは、ランプの火ともしやさん一人だけ。町じゅうのひとが押しよせて、万歳したりキローを胴上げしてもよさそうなものなのに。

当のキローはいつもの通りお店にいて、じぶんの姿をした小さな人形を手のひらにのせ、ふーっと吹きとばして笑います。あっけらかんとして、さみしいような、ほんとうにふしぎな終わり方でした。

そのことを思いだすのは、ずっとあとに『指輪物語』のさいご、フロドとサムの別れを読んだときです。中つ国を離れるフロドを見送り、ホビット庄に帰ったサムが玄関さきで「いま帰ったよ」というときの、なんともいえないさみしさと、じぶんはここで生きていくんだ、という静かな思い。

キローもやはり、大きな仕事のあとでふつうの顔をして、小さな町で生きてゆくのです。出てゆくことも動かないと決めることも、どんなにすごいことか、ようやく腑《ふ》におちた気がする物語の終わりでした。

何年もあとにわかる答えがあることを教えてくれた一冊です。なお、96年に版元を変えて『おもちゃ屋のクィロー』というタイトルで出版されています。

『大おとことおもちゃやさん』
ジェームズ・サーバー 作
那須辰造 訳
柏村由利子 絵
偕成社 刊

上大崎発 読書案内

『ないしょですれば…』

編集部おすすめの本をご紹介します。

手をつないで歩きだそうとする二人の小さな女の子の姿が描かれた表紙は、淡い緑とピンクと黄色。かわいらしい印象のこの本、『ベーロチカとタマーロチカのおはなし』は、「あるおかあさんのところに、ふたりの女の子がいました。」という文章で始まります。ちょっと大きなほうがタマーロチカ、小さいほうがベーロチカ、という紹介に続く最初のページの最後の文章に、ちょっと驚かされます。

「ふたりとも、いうことをきかない女の子でした。」

あれ？　かわいい女の子たちの話だと思っていたのに、予想していない方向に進んでいきそう…。案の定、おかあさんに「だめ」と言われたことを次々としていく二人。

「ないしょですれば、おかあさんなんか、気がつかないもん。」このセリフに、小さい読者の胸はどきどきしてしまうでしょう。

この本には、三つの短いお話が収められています。

一つめの「海へいく」では、二人だけで海に行き、「水にはいらずに、砂浜で遊ぶだけですよ」と言われていたのに、服をぬぎ、まるはだかで水遊びを楽しみます。うちに帰ろうと水から出ると、砂浜においておいた服がありません。どろぼうに盗まれてしまったのです！　しかたなく、はだかのまま通りを歩いて、うちに帰るはめになりました。

二つめは、はじめて森に行き、きのことりをする話。おかあさんからきのこの説明を聞いているうちはよかったのですが、二人できのこをさがすことになると、わざとおかあさんから隠れます。でも、気がつくと、二人はまいごになっているのです。とちゅうで雨がふりだし、おおかみが出るのでは、と不安でいっぱいになり、泣き出してしまいますが、おなかがすいたら、見つけたコケモモの実を食べたりして、けっこうしっかりしています。ぶじ家に帰ることができて、読者もひと安心。

三つめのタイトルは「おおそうじ」。ふたりは、おるすばんをしているときに、入るのを禁じられていたおとうさんの部屋からインクを持ってきて、それを倒してしまい、きれいなテーブルかけを汚し、洗濯しようと持ってきたたらいをひっくり返し、部屋じゅうを水びたしにして…と、大変なことに！

この本の魅力は、なんといっても、子どもの行動にリアリティがあること。ひとりならやらないことも、二人になると、たがいにはりあって、行動がエスカレートしていくのは、どの時代のどの国も同じなんですね。そして、子どもがうそをついたり、いけないことをしたりしているときの、後ろめたいけれど、ちょっとわくわくする気持ちもきちんと描いています。

娘が五歳のとき、寝る前にこの本を読み聞かせたことがあります。はだかで道を歩くあたりは楽しそうに聞いていましたが、森の中で迷子になる場面で、小さくしゃくりあげる声が…。二人の不安な気持ちにすっかり同調してしまったようで、とうとう大泣きに。おかげで、なかなか最後まで読み終えることができませんでした。いまでは高校生になった娘も笑っていますが、そんなエピソードからも、忘れがたい一冊です。

（編集部　小島）

『ベーロチカとタマーロチカのおはなし』
L・パンテレーエフ さく
内田莉莎子 やく
浜田洋子 え
福音館書店 刊

徳間のゴホンー！

第119回　「もしお人形が動いたなら…」

「人形が動いたらな」とか「これが魔法の人形ならいいのに」と思ったことのある方も多いのではないでしょうか。物語のなかなら、それも自由自在。人形が活躍する本をご紹介します。

『あかちゃんがどんぶらこ！』は、人形やぬいぐるみたちが、力を合わせて、乳母車ごと波にさらわれた赤ちゃんを助けるお話。波にゆられる乳母車の中で、赤ちゃんにミルクをあげたり、水をかいだしたり、最後は助けを呼びにいったりして大活躍。赤ちゃんを助けようとがんばる人形たちのけなげな様子がかわいい、楽しい絵本。

『くるみわりにんぎょう』は、バレエで知られる有名なクリスマスの物語を絵本化したもの。クララがもらったくるみ割り人形は、真夜中、ねずみの王様を倒すと、人間の王子さまに姿を変えました。お菓子の国に招待されたクララは、華やかなお菓子のお城のパーティーでうっとりするような時間を過ごし帰宅。翌朝、くるみ割り人形を手に目覚めます。木製の硬いくるみ割り人形と、すてきな王子さまとのギャップが印象的です。

『ポケットのなかのジェーン』は、物語の名手ルーマー・ゴッデンによる幼年童話。『人形の家』（岩波書店）で知られるゴッデンは、ほかにも人形を題材にした作品をいくつか書いていて、これもそのひとつ。主人公は、小さな人形のジェーン。おそらく親子や親戚のあいだで、「お下がり」として世代を超えて受けつがれてきた人形です。ジェーンは人形ですが、心は持っていて、強くなにかを願うと、人形を大事に思う子にはその思いが伝わるのです。ジェーンの願いは、ポケットに入れて外につれていってもらうこと。あるときギデオンという男の子に出会い、ジェーンはポケットに入れてもらうだけでなく、男の子たちの遊びに混ざるようになります。

人形が口をきくような場面はほとんどなく、人形で遊ぶ楽しさを知っている読者はかえってリアリティを感じ、共感できるのではないかと思います。

『ふしぎをのせたアリエル号』に登場するのは、親のいない孤独な少女エイミイと、エイミイの生まれた日にお父さんが作ってくれた船長の人形「キャプテン」。エイミイが本を読んで聞かせていたおかげでキャプテンは命をふきこまれ、エイミイが十歳のとき、本物の人間になります。ところが、エイミイのほうは、つらいことが重なって、お人形になってしまいます。やがて、二人は、アリエル号という帆船で旅に出て、大冒険をするのです…。人形が人間になるだけでなく、人間が人形になってしまう場面には驚かされますが、長さを気にせずどんどん先を読みたくなる、読書の楽しさをたっぷり味わえる物語です。

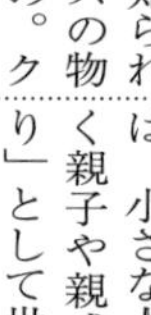

さまざまな人形の物語をぜひお楽しみください。（編集部　田代）

絵本　『あかちゃんがどんぶらこ！』アラン・アールバーグ文／エマ・チチェスター・クラーク絵／なかがわちひろ訳　『くるみわりにんぎょう』E・T・A・ホフマン原作／A・アンダーソン再話／アリソン・ジェイ絵／蜂飼耳訳

児童文学　『ポケットのなかのジェーン』ルーマー・ゴッデン作／プルーデンス・ソワードさし絵／久慈美貴訳／たかおゆうこ装画　『ふしぎをのせたアリエル号』リチャード・ケネディ作／中川千尋訳・絵

編集部のこぼれ話

○月×日

『こんにちは、長くつ下のピッピ』など、リンドグレーン作品を多数訳されている石井登志子さんの講演を聞く機会がありました。お話は、訳書『リンドグレーンの戦争日記』（岩波書店）について。この本は、第二次世界大戦に参戦しなかったスウェーデンで、まだ作家ではなく主婦だったリンドグレーンが、新聞やラジオから戦争についての情報を集め、記録した日記です。石井さんは実際にリンドグレーンにお会いになった経験も披露しながら、複雑なヨーロッパの戦争の状況をわかりやすく説明してくださいました。平和を大切に思うリンドグレーンの代表作「ピッピ」の出版は、終戦の年一九四五年。お話をうかがって、リンドグレーンの全作品を読み直したい！　という気持ちになりました。

○月×日

東京・上野にある国立科学博物館で行われた恐竜のイベントに行ってきました。テーマは「デイノニクス」。恐竜の研究者・真鍋真《まなべまこと》さんが、化石の複製な模型を組み立てながら、後ろ足に大きなカギヅメをもつデイノニクスの特徴や、そこからわかってきた鳥類への進化について解説してくださいました。真鍋さんは、今年、徳間書店で出版した大判絵本『世界恐竜アトラス』の翻訳の際にお力を貸してくださった研究者のおひとりです。質疑応答の際は、まだ小学生には見えないような小さな恐竜博士が大人顔負けの質問をしているのがほほえましく、こういった人たちがさらに新しい発見をしていくのだろうなあと思った夜でした。

『世界恐竜アトラス』は夏休みの読書にもおすすめ！

■緑陰図書に選ばれました！

以下の二冊が「夏休みの本（緑陰図書）」（全国学校図書館協議会選定）に選ばれています。

『チトくんとにぎやかないちば』

お母さんにおんぶされて買い物にきたチトくんが、市場の人たちにもらった食べ物を、お母さんのかごに次々にぽいっと入れて…？　アフリカの市場を舞台にした楽しい絵本です。

『ビーおばさんとおでかけ』

やりたいことは押し通すちょっと迷惑なおばさんと一緒に海に行った三人兄弟は、おばさんのせいでとんでもない目にあい…。「ファンタジーの女王」D・W・ジョーンズの短編に佐竹美保のカラーさし絵をたっぷり入れた読み物。

この機会にぜひお読みください！

■「長くつ下のピッピの世界展」

スウェーデンを代表する児童文学作家、アストリッド・リンドグレーンに関する展覧会が開催されます。「ピッピ」や「やかまし村」の挿絵の貴重な原画をはじめ、著者リンドグレーンの生原稿や愛用品など、約二百点が展示されます。夏休みにお出かけになってはいかがでしょうか。

「長くつ下のピッピの世界展」
七月二十八日〜九月二十四日まで
東京富士美術館（東京都八王子市）
（以後、各地巡回）
詳細はこちら
→http://www.pippi-ten.com

メールマガジン配信中！
ご希望の方は、左記アドレスへ空メールを！（件名「メールマガジン希望」）
→tkchild@shoten.tokuma.com

児童書編集部のツイッター！
ツイッターでは、新刊やイベントなどの情報をお知らせしています。
→@TokumaChildren

絵本・児童文学７月新刊

ふしぎなしっぽのねこ　カティンカ　7月刊　絵本

カティンカは、ごくふつうのかわいいねこ。ちょっと変わったところといえば、ふわふわのしっぽぐらい。やさしいおばあさんと、なかよく気ままに暮らしています。

ある晩のこと、おばあさんが夜中に目を覚まし、ふと外を見ると、森へ向かうカティンカが見えました。

ところが、しっぽが光っていて、なんだかいつもと様子がちがいます。気になったおばあさんがカティンカを追いかけて森へいくと…？

ジュディス・カー作・絵
こだまともこ訳
２９cm／３２ページ
３歳から
定価（本体一五〇〇円＋税）

英国の人気絵本作家ジュディス・カーは、今年九十五歳になります。現在もなお、次々と作品を発表しつづけるカー。今回の新作には、カー自身と思われるようなおばあさんが登場！歳を重ね、ますますのびやかな作者の発想がゆかいな絵本です。

タイコたたきの夢　7月刊　文学

ある日、ひとりの男が町の通りをねりあるき、タイコをたたいてさけびだしました。

「ゆこう　どこかにあるはずだ　もっとよいくに　よいくらし！」

町の人びとは、平和な町を乱すタイコたたきを捕らえようとしますが、タイコたたきの言葉はしだいに広がり、ついに、町じゅうでタイコの音がひびくようになりました。

タイコたたきたちはやがて、よりよい国と暮らしをもとめて、旅に出ますが…？

ライナー・チムニク作・絵
矢川澄子訳
Ａ５判／１１２ページ
小学校低中学年から
定価（本体一四〇〇円＋税）

『熊とにんげん』『レクトロ物語』などで知られる、ドイツの絵物語の名手ライナー・チムニクの代表作を復刊します。作者自身が描く繊細な線画の挿絵は、物語の不思議な味わいを演出し、魅力的。また、日本語版では今回初めて、チムニクの描くドイツ語版のカバーの絵を使用しました。

ノンフィクション7月新刊

ミツバチのはなし

とろりとして甘いハチミツは、ミツバチが作ってくれるものです。ミツバチは、どんなふうにハチミツを作っているのでしょう。人間は、いつからミツバチを飼うようになったのでしょう。

人類に、はじめて「甘味」をもたらした重要な昆虫、ミツバチ。恐竜のいた時代から現代まで、自然のなかでの役割や、人間とのかかわりなど、ユーモアあふれるイラストで、ミツバチにまつわるすべてを描いた絵本です。

7月刊　ノンフィクション

ヴォイチェフ・グライコフスキ文
ピョトル・ソハ絵
武井摩利訳
原野健一日本語版監修
38cm／71ページ
小学校低中学年から
定価（本体二八〇〇円＋税）

内容は、さまざまなジャンルに渡っています。

・ミツバチの先祖が入った、太古の琥珀が見つかった！
・古代の洞窟壁画に、ハチミツをとる人間が描かれている！
・アレキサンダー大王の遺体は、ハチミツにつけて運ばれた！

世界二十二言語に翻訳され、ドイツ児童文学賞ノンフィクション部門賞や、ポーランドのもっとも美しい本児童書部門賞など、各国でさまざまな賞を受賞している話題の絵本、いよいよ日本上陸です！

■好評既刊　徳間書店のノンフィクション絵本

ネコ博士が語る科学のふしぎ

重力、原子、音波など、身の回りにあふれる科学や物理について、ネコ博士がとてもわかりやすく教えてくれる絵本。小学生だけでなく、物理や科学を本格的に学びはじめる中学生にもおすすめです！

ドミニク・ウォーリマン文／ベン・ニューマン絵／田中薫子訳／米沢富美子日本語版監修／小学校中高学年から／定価（本体二三〇〇円＋税）

アンダーアース・アンダーウォーター　地中・水中図絵

地面の下、水の下には、どんな世界が広がっているのでしょう。下水道やトンネル、地中にすむ動物、化石、深海の生き物、海底の世界、マグマ、さらには地球の核まで、ふだんは見えない足元の世界を掘ってもぐって冒険していく絵本です！

A・ミジェリンスカ&D・ミジェリンスキ作・絵／徳間書店児童書編集部訳／小学校中学年から／定価（本体三二〇〇円＋税）

絵本・児童文学8月新刊

ねこは まいにち いそがしい

8月刊

絵本

ジョー・ウィリアムソン作・絵
いちだいづみ訳
27cm／32ページ
5歳から
定価（本体一六〇〇円＋税）

ぼくは、ねこ。毎日とってもいそがしい。朝から晩まで家族のために、いろんなことをしてあげてる。あのひとたち、ぼくがいないとだめなんだ。朝はやく、家族を起こして、家の外を見はって、だれかがきたらあいさつをして、ゆうびんを調べて、おばあちゃんのあみもののお手伝いをして…。

えらそうなのに、にくめない。仕事も遊びもいっしょうけんめいで、家族が大好きなねこの、いそがしい一日を描きます。

英国の絵本作家ジョー・ウィリアムソンが、犬の目線から描いたおしゃれでユーモラスな絵本『しあわせな　いぬに　なるには　～にんげんには　ないしょだよ』（徳間書店）につづき、今度はねこの目線から描いた一冊。

すべてのねこ好きに贈る、ゆかいで楽しい、読み聞かせにぴったりの絵本です。

四つの人形のお話2

ゆうえんちのわたあめちゃん

8月刊

文学

ルーマー・ゴッデン作
プルーデンス・ソワードさし絵
久慈美貴訳／たかおゆうこ装画
A5判／88ページ
小学校低中学年から
定価（本体一四〇〇円＋税）

人形のわたあめちゃんは、移動遊園地でジャックという若者が開く「ココナッツあて」の店の幸せのおまもりです。

わたあめちゃんはいつも、店の前に置かれたオルゴールの馬の上にちょこんと座り、ジャックの犬といっしょにお客さんをむかえます。皆はいっしょに、町から町へと旅をしながら、とてもたのしくくらしていました。

ところがある日、クレメンティナというわがままな女の子がやってきて、わたあめちゃんをさらっていってしまいました。クレメンティナは、大きな家に住んでいておもちゃもたくさんそろっているのに、いつも「あーあ、つまらない」と言っている子です。わたあめちゃんは「ジャックのところにかえりたい！」と強くねがいますが…？

物語の名手ゴッデンの珠玉の幼年童話を、カバーを新しくして復刊します。『ポケットのなかのジェーン』に続く、シリーズ第二弾。全四巻を予定。

ノンフィクション8月新刊

池の水をぬいた！
ため池で外来生物がわかる本

8月刊

ノンフィクション

著者

池の水をぬくことを「かいぼり」といいます。むかし、水田の近くの池では、三〜五年おきに行われていましたが、現在は、農家の数が減り、働く人もお年寄りが増えたため、行われなくなっています。

そんな「かいぼり」が、最近注目を集めています。水をきれいにするうえに、外来生物のアメリカザリガニやアカミミガメ、アリゲーターガーのようなサカナが出てくるのです。

でも、外来生物ってなんでしょう？　外国からきた生きもののこと？　外来生物は、みんな悪者なの？　かいぼりを通してそんな疑問にこたえる、外来生物が一からわかる本。

日本に池はいくつあるのか、なぜため池を作ったのか、など歴史的な側面からもかいぼりに迫ります。

テレビ番組「池の水ぜんぶ抜く！」「クレイジージャーニー」「ザ・鉄腕ダッシュ」などでも活躍する、静岡大学で保全生態学研究を行う農学博士・加藤英明がわかりやすく解説します。

加藤英明文
31cm／48ページ
小学校中学年から
定価（本体一七〇〇円＋税）

■好評既刊　ねこの絵本

ねこのなまえ

のらねこと人間の女の子の交流をあたたかく描く。
いとうひろし作・絵／3歳から／定価（本体一三〇〇円＋税）

ニャーロットのおさんぽ

ニャーロットはさんぽ先で、次々にごちそうを食べて…？
パメラ・アレン作・絵／野口絵美訳／3歳から／定価（本体一四〇〇円＋税）

ねずみにそだてられたこねこ

こねこは、自分がねずみだと、ずっと思っていたのに…？
ミリアム・ノートン文／ガース・ウィリアムズ絵／とたにようこ訳／5歳から／定価（本体一四〇〇円＋税）

ねこがおおきくなりすぎた

子ねこの「チビ」は、どんどん大きくなって…？
ハンス・トラクスラー作・絵／杉山香織訳／5歳から／定価（本体一六〇〇円＋税）

◆読者のみなさまへ◆

「子どもの本だより」を定期購読しませんか？

徳間書店の児童書をご愛読いただきありがとうございます。編集部では「子どもの本だより」の定期購読を受けつけています。お申し込みされますと二カ月に一度「子どもの本だより」をお送りする他、絵本から場面をとった絵葉書（非売品）などもお届けします。ご希望の方は、六百円（送料を含む一年分の定期購読料）を郵便振替（加入者名・㈱徳間書店／口座番号・００１３０・３・１１０６６５番）でお振り込みください（尚、郵便振替手数料は皆様のご負担となりますので、ご了承ください）。

　ご入金を確認後、一、二カ月以内に第一回目を、その後隔月で「子どもの本だより」（全部で六回）をお届けします（お申し込みの時期により、多少、お待ちいただく場合があります）。

　また、皆様からいただくご意見や、ご感想は、著者や訳者の方々も、たいへん楽しみにしていらっしゃいます。どうぞ、編集部までお寄せ下さいませ。

読者からのおたより

●このコーナーでは編集部にお寄せいただいたお手紙や、愛読者カードの中からいくつかを、ご紹介しています。

●絵本『くまくん はるまで おやすみなさい』

　二歳半になる娘のために購入しました。いろいろな動物が次々に出てくるので、動物の名前を覚えるのも楽しいようです。「もう一回、もう一回」と毎日何度も読んでいます。

　絵がとても優しいので、親もおだやかな気持ちになります。

（愛知県・松井聡美さん）

●絵本『世界恐竜アトラス』

　どんな恐竜がどんな場所にいたのか、細かく描かれていてすごくわかりやすいです。

　中生代の海のようすや、ちょっとした現代との融合がおもしろかったです。恐竜や海生爬虫類の特徴が書いてあったり、絵の場面の解説が書いてあったりして、勉強にもなりました。

（岐阜県・渡邉《わたなべ》珠生《みう》さん・十歳）

●絵本『おたすけこびと』

　働く車が大好きなうちの子のために、知人がプレゼントしてくれました。ほかの知人からも『おたすけこびととあかいボタン』をプレゼントしてもらいました。それくらい働く車が大好きなので、この本はうちの子にとって、働く車図鑑！　毎日かわるがわる読んでもあきず、毎日色々と新たな発見をして楽しんでいるようです。一番のお気に入りは、ヘリコプターが飛んでくるところ。毎日いっしょに読んでいます。

（埼玉県・Ｅ・Оさん）

●児童文学『佐賀のがばいばあちゃん』

　毎日六年生の子どもたちに、少しずつ読み聞かせをしていました（小学校教員です）。ばあちゃんの言葉にみんなで笑ったり、おもわずほろりときたり…。読み終えた後に感想を聞いたら、全員が楽しかった！　という評価でした。

（三重県・Ｓ・Ｓさん）

●アニメ絵本ミニ『スタジオジブリの乗りものがいっぱい』

　ジブリののりもののことが、くわしくかかれてあって、わかりやすかったし、とてもおもしろかった。

（新潟県・Ｈ・Ｓさん・十一歳）

大佐《たいさ》だという人がマイクの前に立ち、聖書の一部を朗読した。詩篇《しへん》百二十一章、第一節から第八節。

「目を上げて、わたしは山々をあおぐ。わたしの助けはどこから来るのか。わたしの助けは来る、天地を造られた主のもとから……」ジェイコブはこの言葉がシェイクスピア同様、昔から人々が口にしてきたものだと知っていた。その飾《かざ》り気《け》のない美しさは、食べ物が豊饒《ほうじょう》の角《つの》（ギリシア神話で豊かさの象徴とされるヤギの角。中から食べ物や飲み物があふれ出るとされる）からあふれ出るように、スピーカーから流れ出て梢《こずえ》を飾《かざ》り、大気の中できらめいた。ふいに、自分でもとまどいを覚えるほど、ジェイコブは英語で語られるこの一節を誇《ほこ》らしいと感じた。今まで生きてきて初めて、はっきりと、英語は自分の言葉だと自覚した。

祈《いの》りが捧《ささ》げられ、二つ目の賛美歌が歌われた。「われとともにおわしませ。すでに日は暮れ、闇《やみ》は深まる。主よ、ともにおわしませ（英語）」「われとともにおわしませ、闇《やみ》が降り、夜の訪れとともに光が失われた時には（オランダ語）」ジェイコブがどうしても好きになれない賛美歌のひとつだった。歌詞は重々しいうめき声のようだし、メロディーは甘《あま》ったるく、聞くといらいらしてくる。この歌が形のあるものだったら蹴《け》り飛ばしてやりたいくらいだ。希望を抱《いだ》かせたり、慰《なぐさ》めを与《あた》えるところはまったくなく、息苦しい感傷でくるんだ死の予感にどっぷりひたっている気がする。しかし、これがもっとも人気のある賛美歌のひとつなのもたしかだった。ふたたび、二カ国語の入りまじった数千人の歌声がとけあい、空に昇《のぼ》っていった。こうした場合にはよくあることだが、熱心に歌っている人もいれば、口を動かしているだけの人もいる。

賛美歌のあとには当然、説教が続いたが、プログラムには「an Address（式辞）」と印刷されていた。しかも、ひとつ（an）ではなく、二つあるらしい。説教、と思っただけでジェイコブは座りこみたくなったが、そんなことをしたら幼児と同じ目の高さになり、人の脚《あし》や膝《ひざ》、突《つ》き出した尻《しり》しか見えなくなってしまうので、しかたなく立ち続けていた。きっと牧師たちにも短めに切りあげるくらいの分別はあるだろう……。

まず、イギリス人の牧師が話をした。従軍牧師として第十大隊とともにアルネムの戦いに参加したそうで、一応、戦闘《せんとう》の体験者なのだ。ジェイコブは奇妙《きみょう》な違和感《いわかん》を感じて、この高齢《こうれい》の牧師に注目した。話しぶりや外見は、しばしばからかいの対象にもなるような、イングランド国教会の田舎牧師の典型で、語り口は柔《やわ》らかく、ものごしもおだやかで、従順な聖職者に見えるが、この同じ人物が五十年前には苛《か》烈《れつ》な戦闘《せんとう》をくぐりぬけ、生きのびたのだ。

牧師は、昨日、一年延期されていた五十周年記念のパラシュート降下を行《おこな》った人たちの話をした。予行演習をした時、老兵たちは、それぞれ若い兵士と組になり、兵士の膝《ひざ》の上に座るような形で飛べ、と言われたのだそうだ。牧師が、わたしの時代のやり方とはどうもちがうようですが、と冗談《じょうだん》めかして言うと、ジェイコブはトンのこと、そして先日カフェで交わした会話を思い出した。こんなところに来てまで、ちょっとした軽口を聞いたくらいで過剰《かじょう》に反応し、セックスを連想してしまう。なにもこんな場所で、とジェイコブは思った。目の前の土の下には死体がずらりと横たわり、死にいたるまでのこの世でそうだったように、死んだあとも仲よく肩《かた》を並べているというのに。

ジェイコブはジェイムズ・シムズのこと、彼《かれ》のような一万人のことを思った。そのうちの何人かは、今ここに座っていて、彼《かれ》らにとっては戦友との絆《きずな》こそが、地獄《じごく》のような日々の最良の記憶《きおく》であるにちがいない。その記憶《きおく》こそが、彼《かれ》らをここに来させる原動力なのだろう。五十年のあいだ毎年、死者を思い出すためにここへ帰ってくる人々は、きっと、それを愛と呼んではばからないはずだ。

　説教はだいたいそういう流れになるものだが、老いてなお勇ましい男たちが落下傘《らっかさん》で降下した話は、いつの間にか道徳的な訓話へと変わっていった。訓話を導くための糸口は、若い兵士の一人が老いたパートナーにかけたという次の言葉だった。「わたしの手に身をゆだね、リラックスして、楽しんでください。だいじょうぶ、必ずあなたを無事に地上まで送り届けますから」牧師は、この言葉はまさに人生を、そして神を語るものだと言った。わたしたちが学び、実践《じっせん》しなければならないことは、わが身を神の手にゆだね、ゆったりとかまえて人生を楽しみ、神がわたしたちを無事に目的の地へ送り届けてくださると信じることなのです……。だいたいそんな内容だったが、はっきりとはわからなかった。なぜなら牧師の言葉は、歌声と同じように、空に吸いこまれて消えていくように思えたからだ。しかしありがたいことに、少なくともこの牧師の説教は短かった。

　続いてすぐに、オランダ人のローマカトリックの司祭が舞台《ぶたい》に上がり、用意してきたオランダ語の原《げん》稿《こう》を読みあげた。それを聞きながら、テッセルはジェイコブに顔を寄せ、笑みを浮《う》かべながら小声で言った。「ほんとにオランダ人らしいわ。イギリス人の牧師さんはなんの準備もしてこなかったみたいに話して、しかもユーモアがあった。オランダ人の司祭は言いたいことをあらかじめ書いておいて、それをにこりともしないで読みあげるんですからね」が、ともかく、こちらの説教も、思いやり深いことに短めに切りあげられた。

　最後の賛美歌が歌われた。「わが魂《たましい》よ、天なる神をたたえよ、主の足もとに賛辞をもちきたれ（英語）」「天なる神よ、わが存在のすべて、あなたは闇《やみ》の中の光、道を示したまえ（オランダ語）」今までの歌より明るく、生き生きした曲だった。人々は力強い歌詞に合わせて、改まった儀式《ぎしき》の終わりを予感しながら、ほっとしたように体を揺《ゆ》すった。

だが、ジェイコブは別のことに気をとられていた。賛美歌が歌われているあいだに、男女入りまじった十歳《さい》から十六歳《さい》くらいの子どもたちが、それぞれ花束を手に墓地の入口から入ってくると、二列に分かれて墓地を囲むように進み、そこから今度は墓地の中に一人一人分かれて入り、ひとつの墓碑《ぼひ》の前に一人ずつ立ちどまっていった。儀礼的《ぎれいてき》な堅苦《かたくる》しさはない。子どもたちは色とりどりのカジュアルだがおしゃれな服を着こなしていたし、行儀《ぎょうぎ》よく静かにしてはいるが、規律でしばられている様子はなく、務《つと》めを果たそうという気持ちが顔に表れてはいるが、真面目くさった無表情ではなく、恥《は》ずかしそうにしている子どももわずかしかいない。

賛美歌が終わるころには、めいめいが、あらかじめ定められていたらしい墓碑《ぼひ》の前に着いていた。ところどころに教師や父兄らしい大人が立っていて、迷ったりまちがえたりした子どもたちに指示を出している。主の祈《いの》りが唱えられているあいだ、子どもたちはそれぞれの墓の前に守護天使のように立っていた。ポケットに手を入れている子ども、頭をたれている子ども、きょろきょろしている子もいれば、周囲の参列者たちに笑いかけている子もいたが、みな、この追悼《ついとう》の行事で自分が果たす役割を心得ているようだった。

〈ジェイムズ・シムズ〉

すでにおなじみになった空薬莢《からやっきょう》の臭《にお》いがあたりに漂《ただよ》い、硝煙《しょうえん》も残っていたが、その場の様子からして、どうやら、激しいがあっという間の交戦だったらしい。ライフル兵たちはすでに次の目標めざしてすみやかに移動していた……。が、一人だけ、あとに残された兵がいた。川を見おろす草地の中、木のベンチにもたせかけられている。木々が陰《かげ》を作り、ライン川下流の美しい風景を見渡《みわた》せる気持ちのよい場所、恋人《こいびと》たちが将来を語り、老人たちが昔をなつかしむのにうってつけの場所だった。しかしこの日は、恋人《こいびと》たちの姿も老人たちの姿もなく、ライフル中隊の若者がただ一人、膝《ひざ》を折り、ヘルメットを脱《ぬ》がされてへたりこんでいた。戦闘服《せんとうふく》の胸は血まみれで、だれかが止血のために、白いタオルをシャツのふところにつめたらしいが、この荒《あら》っぽい善意も無駄《むだ》のようだった。蠟《ろう》のような蒼白《そうはく》の顔で前を見つめる彼《かれ》の目は、われわれをすどおりして、死後の永遠をのぞきこんでいた。彼《かれ》の恐《おそ》るべき眠《ねむ》りを覚ますのをはばかるように、われわれは足音をしのばせて前を通りすぎた。

（ジェイムズ・シムズ著『アルネムの槍《やり》――一兵士の物語』六十五ページより）

〈**ジャック・ヘリンゴウ中尉《ちゅうい》、第一落下傘《らっかさん》大隊第十一小隊所属**〉

わたしたちは手前の家のドアを破ってなだれこむと、階段を駆《か》けあがり、まっすぐに屋根裏部屋へ向かった。ドイツ軍が一斉射撃《いっせいしゃげき》を加えてきた。銃弾《じゅうだん》が屋根や窓をつらぬき、部屋の中でヒュンヒュン音をたてて、背後の壁《かべ》にめりこんだ。彼《かれ》らはその一軒《けん》の家を、文字どおり穴だらけにするつもりらしかった。

テレット二等兵が、ブレン軽機関銃《けいきかんじゅう》で屋根のスレートを何枚か吹《ふ》き飛ばし、垂木《たるき》にその機関銃《きかんじゅう》をのせ、こしらえた穴からねらいを定めた。敵の銃弾《じゅうだん》がどこから飛んでくるかはすぐにわかった。こちらより高い場所に立つ家や庭から撃《う》っているのだ。百五十ヤードから二百ヤード（百三十七～百八十三メートル）ほどしか離《はな》れていなかったので、ドイツ兵の動きがよく見えた。アルネムでの戦闘《せんとう》の大部分は、このようなかなりの接近戦だった。わたしが撃《う》てと命じ、テレットが少なくとも弾倉《だんそう》二つぶんはからにしたころ、敵はこちらの位置をつきとめて反撃《はんげき》し、その一発がテレットを直撃《ちょくげき》した。銃弾《じゅうだん》は機関銃《きかんじゅう》の照星を吹《ふ》き飛ばし、テレットの片方の頬《ほお》と目をそっくり奪《うば》い、わたしたちは二人とも垂木《たるき》のあいだを落下して、下の寝室《しんしつ》にたたきつけられた。わたしは撃《う》たれていなかったが、テレットはぴくりとも動かなかった。だれかが手早く包帯を巻き、テレットは引きずられていった。彼《かれ》は死んだものとばかり思っていたが、戦後何年もたってから、生きていると知った。大変な驚《おどろ》きだった。テレットは片目を失っていたが、頬《ほお》は上手に整形されていた。

（マーティン・ミドルブルック著『空挺隊《くうていたい》の戦い――九月十七日～二十六日』百七十八～百七十九ページより）

これから行われる儀式《ぎしき》は、ジェイコブも、セアラからよく聞かされていたのであらかじめ知っていた。地元の学校に通う生徒たちが墓に花を捧《ささ》げるのだ。この儀式《ぎしき》は、戦いがあった翌年、一九四五年の第一回の追悼式《ついとうしき》以来、毎年行われている。つまり五十年続いているのだ。ジェイコブは計算してみた。最初に花束を捧《ささ》げた子どもたちも、今は六十や六十五にはなっているわけで、もう孫がいてもおかしくない。彼《かれ》らの子どもたちも花を捧《ささ》げ、そのまた子どもたちが今日花を捧《ささ》げる。花の家系図だ。

どの子が祖父ジェイコブの墓の前に立つのか確かめようと、じっと見守っていると、十三歳《さい》くらいだろうか、ほっそりした少年がやってきた。短く刈《か》った赤褐色《せきかっしょく》の髪《かみ》が、形のいい丸い頭と、少女のようなところの残る卵形の顔を引きたてている。くすんだ緑色のジッパーつきベストに赤さび色のシャツ、明るいグレーのジーンズにハッシュパピーの編《あ》みあげ靴《ぐつ》という服装だ。少年は赤ん坊《ぼう》を抱《だ》きかかえるように、野の花で作った花束を腕《うで》にかかえていた。ジェイコブにわかるだけでも、青いつり鐘《がね》のような花をつけたイトシャジン、バラ色のフヨウ、セアラがラヴェテリアと呼んでいるピンク色の花、ラベンダー色をしたヤナギラン、茎《くき》の長いキンポウゲまであり、それにこげ茶色の葉巻のような穂《ほ》のついたガマを合わせ、ツタの葉をあしらっている。どの子も腕《うで》を花でいっぱいにしていたが、この少年のもっているような花束はほかになかった。少年は自分の場所までやってくると、墓石の周囲の地面を見渡《みわた》し、かがんで落ち葉を何枚か拾ったが、どこに捨てたらいいかわからず、ジーンズのポケットにつっこんでしまった。それからうつむいて、じっと待っていた。

さっきとはまた別のオランダ人司祭が子どもたちについてふたこと三ことしゃべり、彼《かれ》らに来てくれた礼を言った。

そして式典のクライマックスがやってきた。子どもたちが身をかがめ、墓石の根もとに花束を供《そな》えたのだ。その時の静寂《せいじゃく》には、それまでのどの場面より気持ちのこもった緊迫感《きんぱくかん》があり、空気まで揺《ゆ》らめいているようだった。ジェイコブは祖父の墓の前にいる少年から目をそらすことができなかった。少年はほかの子どもたちと同じように、色あざやかな花束を捧《ささ》げたが、そのあとで、まるで花瓶《かびん》に生けるように、細心の注意をはらって花を広げ、いろどり豊かな扇形《おうぎがた》に整えた。それが終わると、腰《こし》を落としたまま、胸をそらしてできぐあいを確かめては、二、三度前かがみになって花をあちこち直し、見ばえをよくした。少年はその作業を、まるでまわりにだれもいないみたいに、根気よく一心にやっていたので、ジェイコブはなにか秘密のことに熱中する人を盗《ぬす》み見ている気がして、思わず目をそらした。

少年はまだしゃがんでいたが、ほかの子どもたちがそれぞれの場所で立ちあがったころ、さっきのイギリス人牧師が、こういう時にしばしば引用される、戦争で命を落とした者たちを謳《うた》ったローレンス・ビニヤンの詩を英語で、ついでオランダ語で暗唱した。「彼《かれ》らは齢《よわい》を重ねず、残されたわたしたちは老いてゆく……わたしたちは彼《かれ》らを忘れない」ラッパ手が消灯ラッパと起床《きしょう》ラッパを吹《ふ》くと、その音色は音符《おんぷ》となって木立の枝の五線譜《ごせんふ》に書きこまれるのではないかと思うほど、はっきりと、もの悲しく響《ひび》きわたった。楽隊がイギリス国歌を演奏し、式典は終わった。

短い宙ぶらりんの間があった。いかにもイギリス人らしい空白で、だれも一番に動きたがらないのは、あつかましいでしゃばりだと思われたくない、いや、もっと悪くすると、なにかまちがったことをしでかして恥《はじ》をかくのはごめんだ、という心理が働くからだ。が、やがて、それまでせいいっぱい行儀《ぎょうぎ》よくしようと張りつめていた緊張《きんちょう》を吐《は》き出すように、いっせいにため息をもらす音が聞こえ、人々は話したり、笑ったり、歩きまわったり、挨拶《あいさつ》を交わしたり、連れを紹介《しょうかい》しあったり、墓碑銘《ぼひめい》をじっと見たり、墓石の前にかがんで祈《いの》りを捧《ささ》げたり、写真を撮《と》ったりし始めた。まるでパーティーが始まったようで、ジェイコブはセアラの住む村の夏祭りに行かされた時のことを思い出したが、全体の雰囲気《ふんいき》には、ほどよい節度があり、この場所や今日の目的にふさわしいものだった。

花束を捧《ささ》げた子どもたちはたちまち両親や親戚《しんせき》らしい大人たち、同年代の友だちや、イギリスからの訪問客にとり巻かれた。だれもがうれしそうに、子どもたちに注目している。まるで今日の式典は、じつはこの子どもたちのためのもので、盛大な地域ぐるみの誕生パーティーに、外国に住む祖父母たちが特別に招かれたかのようだった。そして、外国から来た祖父母たちも、違和感《いわかん》なくとけこんでいる。それもまた、今日の行事に独特の空気を与《あた》えている不思議な点だった。イギリス人たちはここでは客の立場だというのに、まるで自分の庭にいるようにわがもの顔で歩きまわり、オランダ人たちは自分の土地だというのに、近所に住む家族のパーティーに招かれた隣人《りんじん》のように見える。つまり、お互《たが》いが招いた側であると同時に招かれた側として、主人かつ客としてふるまい、並んだ墓石はその舞台背景《ぶたいはいけい》、子どもたちは楽しいだしもののように見えた。

〈ヘンドリカ・ファン・デル・フリスト、オーステルベーク村のスホーンオールト・ホテルのオーナーの娘《むすめ》、当時二十三歳《さい》〉

だれかが呼んでいます。イギリス人たちがやってきたのです。医者と当直下士官を乗せたジープが前庭に停《と》まっていました。

一時間以内に、このホテルを病院として使えるようにしてほしいと頼《たの》まれました。

「そうしたいのはやまやまですが、中はそれはひどい状態で、従業員もいません」

「近所の人たちに助けを求めてください」医者が言いました。

「わかりました。できるだけのことはやってみましょう」

その時ふいに、もう建物内の電灯がつかなくなっていることを思い出しました。昨夜（日曜日）、ドイツ軍が電線を切ってしまったのです。

たぶん、あちこちの窓から明かりがもれていたのでしょう。ドイツ軍は、明かりを消すにはそうするのが一番だと思ったのかもしれません。

でも、そんなことは言っていられませんでした。

デザートのプディングはテーブルの上に残されたまま手つかずになりました。ほかにすべきことができたからです。わたしはまず、通りのむかいに住む人たちのところに走っていって、助けを求め、それから、ほかの家にも頼《たの》みに行きました。ユトレヒト通りを横切るとき、デネンカンプ家の屋敷《やしき》の前で、路上に腹《はら》ばいになっているイギリス兵たちを見かけました。屋敷《やしき》内に立てこもったドイツ兵を銃《じゅう》でねらっていたのです。

ピータースベルフ通りからも爆発音《ばくはつおん》が聞こえました。(ホテルはユトレヒト通りとピータースベルフ通りのまじわる角に立っていました。) この通りでは、ドイツ兵たちは「オーヴェルズィヒト《監視所》」と呼ばれる家にいました。戦争はわたしたちのすぐそばまで来ていたのです。

でも、あれこれ考えている暇《ひま》はありませんでした。

次々に、ほうきやバケツ、モップをもった人たちが、手を貸せることを喜び、勇んで駆《か》けつけてくれました。わたしたちが四年半のあいだ、仮病《けびょう》を使ったり、ひそかに妨害《ぼうがい》活動をして抵抗《ていこう》してきたドイツ兵たちが見たら、どう思ったでしょうか。

男も女も、若者も老人も、懸命《けんめい》に働きました。一時間というのはなんて短いんでしょう! 母は一階でみんなに指示を出していました。わたしは二階をとり仕切りました。

「床《ゆか》を掃《は》いてくれると助かるわ。そのあとでモップをかけてもらえますか?」

「カーヤ、あなたに頼《たの》みたい大切な仕事があるの。あのゴミをそっくりゴミ捨て場までもっていかなくちゃならないのよ。そのご立派なヒトラーの肖像画《しょうぞうが》はどうしましょう？（それまでは、ドイツ軍がホテルを兵士の宿舎に使っていました。）そうね、お望みならさしあげるわ……すてきなおみやげになると思わない？　さもなきゃ、たたきこわしちゃってもいいわよ」

「その汚《よご》れた絨毯《じゅうたん》は丸めて屋根裏へしまった方がいいんじゃないかしら？　汚《よご》れたものを敷《し》いておくより、なにもない方がいいわ。そうすれば、そっくりモップをかけることもできるし」

「支度《したく》はできた？　それじゃ、十一号室に行って掃除《そうじ》してきてくれる？」

「十四号室を掃《は》いてもらえませんか？　すぐにだれかにモップをかけるよう頼《たの》みますから」

「ほら、カーヤ、ここにもまだゴミが残ってるわよ」

「この階の洗面台を全部きれいにしていただけませんか？　そこにブラシがありますから」

下に下りていくと、母がまわりを見まわし、満足そうな笑みを浮《う》かべていました。さっきとはまったく別の場所みたいでした！　進んで働く人たちがこれだけいれば、こんなにも短い時間で、きれいに片づけることができるのです。

藁《わら》が運びこまれ、小さな応接室の床《ゆか》に敷《し》かれます。広いロビーにはベッドが何列も並べられました。ベランダと大食堂はそのままにしておきました。大理石をちりばめたセメントの床《ゆか》だったので、けがをした人たちを寝《ね》かせるには冷たすぎると思ったのです。

そうこうするうちに――まだ、準備は終わっていませんでしたが――負傷兵が次々にやってきました。担架《たんか》で運ばれてくる人もいれば、歩いてやってくる人もいました。歩くのが大変そうな人もいれば、腕《うで》や手をけがしているだけなのでふつうに歩ける人もいました。

みな、とても静かでした。口をきく者はほとんどいません。掃除《そうじ》をしていた人たちは途中《とちゅう》で切りあげました。作業はだいたい終わっていたのです。

わたしたちは手早くバケツやほうきを片づけました。だれにもつまずいたりしてほしくありませんでしたから。

そんなことをしているうちにも、ますます多くの患者《かんじゃ》たちが入ってきました。

（ヘンドリカ・ファン・デル・フリスト著『オーステルベーク一九四四年』十一〜十二ページより）


「祖父の墓に花を供《そな》えてくれた男の子の写真を撮《と》りたいんですけど」ジェイコブはテッセルに言うと、少年がどこかへ行ってしまわないうちに捕《つか》まえようと、人混みを縫《ぬ》って歩きだした。テッセルもあとをついてきた。ジェイコブは、少年がベストのポケットからカメラをとり出し、花束と墓碑《ぼひ》を撮影《さつえい》しようとしているところへ近づいていった。

少年が撮《と》り終えるのを待って、ジェイコブは声をかけた。「ちょっといいかな？」

少年は澄《す》んだ緑の瞳《ひとみ》をこちらに向けた。

「英語話せる？」

少年はうなずいた。「少し」

「きみがこのお墓の横に立っているところを、写真に撮《と》らせてくれない？」

テッセルがオランダ語でなにか言った。少年はにっこり笑うと、ジェイコブに向かって尋《たず》ねた。「この人、お祖父さん？」

「そう」

「ちょっと待ってて」少年は後ろを向くと、あちこち見まわしていたが、やがて三列むこうの墓のそばに集まってにぎやかにおしゃべりしている、ジェイコブと同じくらいの歳《とし》の若者たちの輪の中に、捜していた人を見つけたようだった。

「ヒレ！」少年は一人の少女に向かって声をかけ、手招きした。少女は近づいてくるにつれて、鏡に映したように少年とそっくりなことがわかった。同じような丸い頭に、短く刈《か》った赤茶色の髪《かみ》、少し離《はな》れ気味の大きな目、唇《くちびる》の厚い大きな口も似ているし、きれいな肌《はだ》をした卵形の顔は、少年の顔がまだ女の子のようなところを残しているのに似て、どこか男の子のようなおもかげを宿していた。大きめの白い長袖《ながそで》のポロシャツを着て、裾《すそ》はブルージーンズに入れ、脱《ぬ》いだ紫色《むらさきいろ》のセーターの袖《そで》を腰《こし》のまわりにまわし、前で結んでいた。

少年がオランダ語でなにか言うと、少女も、ジェイコブに向かってにっこり笑いかけてきた。

「弟は、これがあなたのお祖父さんのお墓だって言ってるけど？」

「そうなんだ」

二人は、共通の友人に意見をあおぐように墓石に目をやった。

ジェイコブはセアラが撮《と》ったこの墓石の写真を見たことがあったが、今、こうして現実に対面してみると、自分自身の名前が刻まれているのを見る不思議さに初めて気がついた。J. TODD。祖父の遺体の上に立っているのだと思うと、足がむずむずしてくる。祖父が土の下から手を伸《の》ばし、自分の両足首をつかみ、墓の底に横たわる体の上に引きこむのではないか、という気味の悪い想像が働いた。死体にキスされたことはあるかい？　ジェイコブは自分の想像にたじろぎ、そもそもそんなことを考えたことに後ろめたさを覚えた。

「J、ってなに？」少年が尋《たず》ねた。

「ジェイコブだ。ぼくの名前も同じなんだよ」

ジェイコブと少女は、互《たが》いの顔に視線を戻《もど》した。

「わたしはヒレ」少女が言った。「こっちは弟のウィルフレット」

「テッセルよ」ファン・リート夫人が言った。

「ああ、そうでした、すみません」ジェイコブは大人の礼儀《れいぎ》を思い出した。「こちらはファン・リート夫人」

これをきっかけに、四人はみなそれぞれに握手《あくしゅ》を交わしたが、ウィルフレットが大真面目にしゃちこばって握手《あくしゅ》するのを見て、ヒレとジェイコブはその変わりように笑みを交わした。

ジェイコブが言った。「きみの弟と花束を入れて写真を撮《と》りたかったんだ。きっと祖母が喜ぶと思って」

「わたしもウィルフレットと同じ歳《とし》の時、一度だけこのお墓に花を供《そな》えたことがあるの。わたしも写真に入った方がいいと思わない？」

ジェイコブは、からかわれているのかもしれないと思ったが、「そうだね」と答えた。

「お母さんもやったんだよ」ウィルフレットが言った。「このお墓に花を置いたんだ」

「子どものころにね。もちろん、もう何年も昔の話よ！」ヒレが言った。「でも、母は今日は来てないの。うちは明日引越《ひっこ》しだから、忙《いそが》しくて」

ヒレとウィルフレットは墓の左右に分かれ、それぞれ片手を墓石の上に置いた。ジェイコブは少し下がってしゃがみ、墓石全体と花束と二人がおさまるようにシャッターを切り、いつものように、念のためもう一枚撮《と》った。

「とてもいい絵になってたわ」テッセルが言った。「ジェイコブ、あなたの写真も撮《と》ってあげる」

ジェイコブはヒレとウィルフレットに代わって墓石の横に立ち、テッセルとウィルフレットがそれぞれのカメラで撮影《さつえい》した。それを見ていたヒレが、わたしもジェイコブといっしょに写してほしい、と言い、もう一度、二台のカメラがシャッター音を響《ひび》かせた。するとウィルフレットが、三人で撮《と》ってほしいと言いだし、テッセルが、双方《そうほう》の家族に写真が残るよう、それぞれのカメラで一枚ずつ写した。そうするとテッセルだけが写っていないことになり、ヒレが、それはいけない、と言いだした。そこで、テッセルの写真をジェイコブと一枚、ヒレとウィルフレットといっしょにもう一枚写した。

撮影《さつえい》が終わると、四人は死んだジェイコブをおおう芝草《しばくさ》の上に立ち、顔を見かわし、笑いながら、なにを話そうかと考えた。

「ここに来たのは初めて？」ヒレがジェイコブに尋《たず》ねた。

「うん」

「ちょっと歩いてみない？」

「いいよ」

二人は人混みを縫《ぬ》って歩き始め、その後ろを、ウィルフレットとテッセルがオランダ語で話しながら続いた。

「ほら、いくつで死んだのか計算してみてよ」ヒレが言った。「この人は十九、この人は二十二、こっちは二十歳《はたち》よ」

「ばかげてるって言われるだろうし、自分でもなぜかよくわからないんだけど、ぼくは心のどこかで、ここにいたかった、って思ってる。戦いの最中にね」

「まったく男の人っていうのは！」ヒレが鼻を鳴らしながら言った。「だから戦争がなくならないのよ」

「戦争は嫌《きら》いだよ。っていうか、どんな時でも暴力は嫌《きら》いなんだ」

「ここにいたかったなんて思うのは、あなたの中にある男性ホルモンのせいよ。テストステロンってやつ。自分ではどうにもならないんだから、かわいそうなものね」

「で、もしぼくがここにいたら、つまり戦闘《せんとう》に加わっていたら、まちがいなく、今ごろはここのお墓のどれかに入ってて、生き残ってはいないと思うんだ。ぼくは英雄《えいゆう》ってタイプじゃない、絶対にね」

「そんなものはないの。だれも英雄《えいゆう》なんかじゃない」

「でも、ほかの人より勇気を示せる人、勇敢《ゆうかん》な人って、いると思わない？」

「あなたは思うの？」

「ああ、うん、いると思うな。たとえば、ここであった戦いの最中に兵士たちがしたことを読んだりすると ね。戦ったってだけじゃなくて、自分の命を賭《か》けて仲間を助けたとかさ。ふつうの人ならやろうなんて思わない、驚《おどろ》くようなことをした人たちがいるんだ」

「で、その人たちは帰国してからなにをしたの？」

「え？」

「家に戻《もど》ってからなにをしたのかってこと。奥《おく》さんや恋人《こいびと》にどんなふうに接したの？　同じ職場で働く人たちにはどうふるまってたのかしら？」

「わからない」

「そういうことって大事だと思う？　もし、その人たちが英雄《えいゆう》だとして」

ジェイコブはその質問の答えを考えながら、ヒレはどういう子なんだろう、と思った。

「ああ、思うよ。大事なことなんじゃないかな？　で、なにが言いたいのさ」

「あなたはばかじゃないわね――」

「それはどうも、ありがたいお言葉を！」

「――なにを言いたいかわかってるくせに。わたしは勇敢《ゆうかん》さとか勇気とかがどうでもいいと思ってるわけじゃないのよ。ただ、たいていの人は勇敢《ゆうかん》で勇気があると思うの。でも、その示し方にはいろいろあって、いろいろな――ヘレーヘンヘーデン、英語でどういうんだっけ？――ああ、そうだわ、いろいろな『場面』で発揮《はっき》されるんじゃないかしら」

「じゃあ、特別に勇敢《ゆうかん》な人なんていないってこと？」

「出産する女性がそうだ、って、かの有名なわれらがアンネ・フランクが書いてるわ」

ジェイコブは、はたと足を止めた。

「きみは『アンネの日記』を知ってるんだね？　いや、つまり、あの本が好きなの？」

「ええ、でもなぜ？」

「ぼくもなんだ！　愛読書さ」

「そう」

二人はいっそう興味を引かれて互《たが》いの顔を見つめあった。

「ぼくも『日記』はかなりよく知ってると思ってた。暗記してるところもあるしね。でも、出産する女性の勇気の話は記憶《きおく》にないな」

「古い本には出てないわ」

「どういう意味、古い本って？」

「今まで出ていた版のこと」

「ほかにもあるの？」

「ええ、今はね。もってないの？　オランダ語では『デ・ダッハブッケン・ファン・アンネ・フランク』という題名なんだけど、英語だと『アンネ・フランクの日誌』……、『日記』になるのかしら？」

「でも、それならぼくのもってる本の題名と同じだよ」

「そうなの？　オランダ語では、今までの版は『ヘット・アハターハウス』って題だった。つまり、壁《かべ》の後ろの家という意味ね」

「で、その新しい本はどこがちがうの？」

「日記のすべて、アンネが書いたことが全部載《の》ってるの、父親が編集したものじゃなくて。そのことは知ってるでしょう?」

「出版する前に父親のオットーが一部をカットしたってこと? それは知ってる。でも、日記が丸ごと出版されてるなんて知らなかった」

「とっても厚い本で、きっと気に入るわ。日記に関するいきさつを解説した章がいくつかあって、どうやって日記が失われずにすんだかとか、にせものじゃないことを証明するためにオランダ政府がやった、科学的な検証のことも書いてあるわ。頭にくるけど、ネオナチ（新ナチ主義。第二次大戦後もヒトラーのナチズムを信奉し、反ユダヤ主義などを唱える右翼勢力）の人たちが日記はにせものだって言いはったりしてるから。まったく、ああいう人たちは大嫌《だいきら》い！ とにかく、ほかにもいろいろなことが載《の》ってて、すばらしい本よ。わたしは誕生日のプレゼントに母からもらったの」

「その本の話は聞いたことがなかったな」ジェイコブは怒《いか》りをふくんだ不安に襲《おそ》われ、なければ生きていけない情報を今まで知らされずにいたような気分になった。

「どうかした?」ウィルフレットと二人で歩いていたテッセルが、追いついてきて尋《たず》ねた。ヒレとテッセルがオランダ語で話し始めたかたわらで、ジェイコブはいらだちを隠《かく》せずに突《つ》っ立っていた。

「どうしてもその本がほしい。手に入れないわけにはいかない」

「きっと、まだ英語に翻訳《ほんやく》されてないのよ」テッセルが言った。「オランダ語版しかないんじゃない?」

「アムステルダムに英語専門の書店があるわ」ヒレが言った。「スパウ通りに。あそこへ行けばきっと教えてくれる。行ってみたら?」

「行く、行く、絶対行く!」ジェイコブがあまりに勢いこんで答えたので、ヒレとテッセルは笑いだしたが、ウィルフレットはなにがおかしいのかわからず、相変わらず真面目くさった顔でみんなを見ていた。

四人はまた歩き始めた。

ジェイコブが口を開いた。「アンネは、出産をする女性の方が男性より勇敢《ゆうかん》だと言ってるんだね？」

「そこはとってもすてきな箇所《かしょ》だわ」ヒレはジェイコブの方をちらりと見た。「でも、お父さんがカットしてたの」

四人は入口と反対側にある、墓地のいわば焦点《しょうてん》ともいうべき場所にやってきた。白い十字架《じゅうじか》が台座の上にそびえ立っている。まわりを大勢の人がとり巻き、その多くが花環《はなわ》や花束を供《そな》えていたが、あまりの数に、花はすでにピラミッドのように積みあがっていた。人の輪に加わったジェイコブとヒレは、山積みになった花のむこうに、年老いた男性が三人、そろいの青のブレザーとグレーのスラックス姿で立っているのに気づいた。一人は落下傘《らっかさん》部隊の赤いベレーをかぶり、あとの二人は青いベレーをかぶっていて、それぞれ胸にずらりと勲章《くんしょう》をつけている。中央の男性は、白い手袋《てぶくろ》をはめた手にたたんだ軍旗をもっていた。すぐ横に大勢の人が群がっているというのに、三人は姿勢を正したまま、静かで厳粛《げんしゅく》な表情を崩《くず》さない。ジェイコブは衝動的《しょうどうてき》にカメラをかまえ、シャッターを切った。

とたんに、まるで盗《ぬす》みを働いたような気がして、自分の行為《こうい》が許せないと感じた。

「祖母に見せてやろうと思って」ジェイコブは、謝らなければならない相手がヒレであるかのように弁解した。

しかしヒレはその言葉が耳に入っていないようで、頭上にそびえるほっそりした白い十字架《じゅうじか》を見あげていた。石でできた十字架《じゅうじか》の表面には巨大《きょだい》なブロンズ製の剣《つるぎ》がはめこまれていて、柄《つか》と刀身と鍔《つば》が作る十字がちょうど石の十字に重なっていた。

「剣《つるぎ》がキリストのように磔《はりつけ》にされて、オールロフの十字架《じゅうじか》ね」

「オールロフ？」ジェイコブはせいいっぱい発音をまねてくり返した。

「戦争って意味よ。悲しいと思わない？」

「悲しい？」

「十字架《じゅうじか》と剣《つるぎ》がくっついてるなんて」ヒレは答えた。「どうしようもないわ。もうおしまい、ってこと」

そう言うと、ヒレはゆっくりと十字架《じゅうじか》から離《はな》れた。


〈ある匿名《とくめい》の士官の言葉〉

アルネムについては、つらい思い出ばかりだ。あまりにも多くの友人を失ったからね。戦争が終わってすぐに結婚《けっこん》したんだが、結婚式《けっこんしき》の時につきそい役をつとめてくれたのは、頼《たの》みたかった順番からいうと九番目のやつだった。八番目まではみな戦死したか、体が不自由になってた。アルネムのことは、その後何年も、話題にしたり、書かれたものを読んだりすることができなかった。読むようになってからは、あれはすべて（陸軍元帥《げんすい》B・L・）モンゴメリー（当時の英国軍総司令官）のような、自分は人より利口だと見せたがる連中が、派手《はで》なことをやろうとしたせいで起きた、という結論に達したよ。

（マーティン・ミドルブルック著『空挺隊《くうていたい》の戦い――九月十七日～二十六日』四百五十二ページより）

〈ハリー・スミス上等兵、サウス・スタッフォードシャー連隊所属〉

今でもその感じはうまく説明できませんが、なにかにとりつかれたようになるんです。気持ちが内むきになり、ひとりになって何日も黙《だま》っていたくなります。それから、わたしの心は――わたし自身というべきかもしれません――突然《とつぜん》アルネムに戻《もど》っていきます。ひとつまちがえればどうなっていただろう、とか、あれは起こるべくして起こったことなんだろうか、じゃあ、これはどうだ、などとつきつめてしまい、しばらくはそうした恐《おそ》ろしい考えに悩《なや》まされます。そして、いつもの自分に戻《もど》るには時間がかかるのです。

（マーティン・ミドルブルック著『空挺隊《くうていたい》の戦い――九月十七日～二十六日』四百五十二ページより）

〈アン・クレーマー、当時オーステルベークのスタシオーン通り八番地に居住〉

あの時の戦闘《せんとう》はわたしにとても強烈《きょうれつ》な印象を残しました。怖《こわ》くはありませんでしたが、あちこちに倒《たお》れているけがをした人や死んだ人、それに、死んでいく人を見るのは、なんともいえない気持ちでした――あの時の気持ちをなんと呼べばいいのかわかりません。ある兵士が撃《う》たれるところを見ましたが、その人は「グッドバイ」と三度叫《さけ》んでから死にました。そのせいで、わたしは今でも「グッドバイ」という言葉をめったに使いません。もう本当にこれでおしまい、という言葉に思えてしまうからです。

そのような出来事はずっとわたしの中に残っていて、しょっちゅうというわけではないし、まして意識してということはないのですが、今でもたまに、だれかの顔やなにかの臭《にお》いや音、ある状況《じょうきょう》などがきっかけになって、時にはおぼろげな記憶《きおく》が、時には鮮明《せんめい》な場面がよみがえり、それと結びついている悲しみまでがふたたび湧《わ》いてくることがあります。あの人たちは、わたしにとって友人です。絆《きずな》を感じます。彼《かれ》らに会えば、楽しく過ごさせてあげたい、居心地よくさせてやりたいと思います。わたしたちを解放しに来てくれたのですから、わたしは彼《かれ》らに感謝しているだけでなく、借りがあると思っています。知りあえた人も、知らないままになった人も、あんなに多くの人たちが苦しみ、死んでいったのですから。「感謝している」というだけではとても足りません。言葉では表しきれない思いがあるのです。

（マーティン・ミドルブルック著『空挺隊《くうていたい》の戦い——九月十七日〜二十六日』四百五十二〜四百五十三ページより）

四人は墓地の入口に戻《もど》ってきた。

「あなたのお祖父さんのことを、どうしても知っておきたいわ」ヒレが言った。「わたしたちが花を捧《ささ》げてきたあのお墓の下に眠《ねむ》る人は、いったいだれで、どんな人なんだろうって、ずっと思ってたのよ。でも、母が花を供《そな》えていたころも、わたしが供《そな》えた時も、ここにやってきて、これはうちの肉親の墓だと言う人はいなかった。だから聞けなかったのよ、今日まではね。コーヒーでもどう？　カフェに行って話さない？」

ジェイコブにとっては願ったりかなったりだった。この少女のすべてに惹《ひ》かれていた。容姿。話すこと。話をする際にときおり見せるいっぷう変わった、ちょっと攻撃的《こうげきてき》な態度。そして、アンネ・フランクだ。ジェイコブは女性に魅力《みりょく》を感じるといつも、その人にふれたくなるのだが、この少女には、ふれあい以上のなにかを求めたかった。

が、そんな考えは、見すかされないように頭の外へ追いやり、答えるまでの時間かせぎに、テッセルの姿を捜した。テッセルはウィルフレットといっしょに、少し後ろをゆっくりと歩いていた。

「いいね。でも、今日はファン・リート夫人と、ああ、テッセルといっしょだし、その――」

「わたしはかまわないわよ」ヒレは独特の割りきった口調で答えた。「とてもいい人みたいだし。でも、そうなるとちょっと雰囲気《ふんいき》はちがっちゃうかな？」

ジェイコブがちらりと目をやると、ヒレは、ウィルフレットの握手《あくしゅ》に見せたのと同じ、共犯者めいた笑みを浮《う》かべていた。

「そうだね。きっと」

「わたしからお願いしたら、いやな顔されるかしら？」

「きみの思いどおりになるとは思うけど。いつも、そうしてるんじゃないの？」

「ええ、そういうのすごく得意なの。あなたの言うとおりよ」

「でも、いいのかな。テッセルの世話になってて、今日はここまで連れてきてもらったのに、別行動するのは礼儀《れいぎ》に反する気がするんだ」ジェイコブは肩《かた》をすくめた。「それに、こみ入った事情もあってね」

「わたしへの礼儀《れいぎ》はどうでもいいってことなの、イギリス人さん？」

ジェイコブは笑った。「しかたないんだ。ほら、カエルに川を渡《わた》してもらってるサソリが、川の真ん中で毒針《どくばり》でカエルを刺《さ》して両方とも溺《おぼ》れ死んじゃう、っていう昔話、あれと同じだな。そう生まれついてるのさ」

「それは困ったものね。その性格、わたしたちでなんとかしなくちゃ」

「『わたしたち』？」

「そうよ。もっと楽しくやらなきゃ、そう思わない？」

「本心を言うと、礼儀正《れいぎただ》しくしてるのが好きなんだ」

「見ればわかるわ」

「その方がなにかと楽だから。礼儀《れいぎ》は暮らしの潤滑油《じゅんかつゆ》だ、って祖母は言ってる」

「マザコンは聞いたことあるけど、お祖母ちゃんコンプレックスっていうのもあるのかしら。あなた、そうなの？」

ジェイコブは居心地悪そうにくすりと笑った。「その気《け》はあるね。しかたないよ。いっしょに暮らしてるんだから」

「兵士だったお祖父さんの奥《おく》さん？」

「そう」

「で、あなたもジェイコブなのね」

「近親相姦《きんしんそうかん》みたいだよな」

「なんてことを！」ヒレは、よく言うわ、といった目つきでジェイコブを見た。

「きみはどうなんだい？　ファザコンなのかな、ぼくの姉さんみたいにさ？」

今度はヒレが、さっきのジェイコブと同じようにくすりと笑った。「その気《け》はあるかも。しかたないでしょ。いっしょに暮らしてるんですもの」

二人は声をそろえて笑った。

そしてヒレは、どうだ、といわんばかりにつけ加えた。「アンネもそうだったわ」

「そうだね」ジェイコブは認めた。「そのとおりだ。でも、うちの姉とはちがうな。姉さんはただのファザコンじゃない。あえて言うけど、父さんにべったりで、いやらしいくらいなんだ」

「お姉さんのこと、好きじゃないのね」

「うん、あんまり」

「残念ね。わたしと弟のウィルフレットはうまくやってるわ。というより、わたし、あの子が大好きなの。とっても真面目な子なのよ！　どんなことでもすごく真面目に受けとめちゃって、おかしいくらい。もう少し気楽にかまえてもいいと思うんだけど。でも今のままのウィルフレットが、わたしは大好き」

「きみたちはほんとによく似てるよな」

「みんなそう言うけど、できすぎた笑い話みたいね」

「どうして？」

「あの子は養子なの。母はわたしを産んだあと、もう子どもが産めなくなってしまったんだけど、男の子がほしかったからウィルフレットを養子にしたの。わたし、とってもうれしかった。あの子はわたしが選んだのよ」

「ほんとに？」

「ほんとよ！　母からはそう聞いてる。わたしはまだ四歳《さい》だったんだけど、ひと目でウィルフレットを気に入ったらしいの。で、両親はこの子にしよう、って決めたんですって」

「でも、似てるよ。きみたちはほんとによく似てる」

「ええ、わかってるわ。わたしもそう思う。それに、そう言われても気にはならないの。だって、あの子はとってもきれいだから」

ジェイコブはそのとおりだ、と言いたかったが、それを言うと、自分のヒレへの感情が、あまりにはっきりと知られてしまいそうな気がした。

ヒレは、後ろを歩いていたテッセルが追いついてこないうちから、早口のオランダ語で話しかけた。テッセルはにっこり笑ってうなずき、ときどきこちらをちらちら見ながら答えていたが、ジェイコブは二人がなにを言っているのかほとんど理解できず、ただ自分の名前とアムステルダム、コッフィー《コーヒー》、という言葉が聞きとれただけだった。

「もちろん、あなたがそうしたいのなら、ヒレといっしょにいて話をしてあげてちょうだい」ヒレとの話がすむと、テッセルが言った。「わたしは全然かまわないわ。その方がいいくらいよ。直接ヘールトラウのところへ行けるから。でも、だいじょうぶ? ダーンのところへ帰れる?」

「まかせてください」ヒレはにやりと笑うと、ジェイコブに向かって、さっき聞いた説教の言葉をぎょっとするほどの正確さでまねてみせた。「わたしの手に身をゆだね、リラックスして、楽しんでください。だいじょうぶ、必ずあなたを無事にアムステルダムまで送り届けますから」

15　ヘールトラウ(6)

ヴェッセリング夫人は息子の行動を知って錯乱《さくらん》状態になり、何日も部屋から出てきませんでした。まるでディルクが死んでしまったかのように、もう二度とあの子には会えないんだ、と呪文《じゅもん》のように何度もくり返していました。悲しみにくれる夫人は、ディルクを言いくるめて出ていく気にさせたのはヘンクだ、といって兄のことを非難しました。そして、農場にやってきてディルクの心を乱したという理由でわたしをなじり、ジェイコブを連れてきて、一家を以前よりさらに危険な状態に陥《おとしい》れたのもわたしだ、と責めました。ご主人にも、息子にもっと断固とした態度で接してくれていれば、と非難を浴びせましたが、激情に駆《か》られた夫人がした中で最悪のことは、こんなことになったのはわたし自身のせいよ、といって自分を責めたことでした。ヘンクとディルクが隠《かく》れ部屋にこもると決めた最初の日にヘンクを追い出しておけばよかった、とか、わたしたちがやってきた夜のうちに三人とも追《お》いはらっておくべきだった、などと言ったばかりか、ジェイコブをベットステーに隠《かく》したりせず、ドイツ兵に見つけさせておけばよかった、そうすれば少なくともディルクの命は救えただろうに、などと言いだす始末です。

ヴェッセリング夫人が悩《なや》み苦しむ姿を見るのはつらいことでした。ご主人にもわたしにも、その苦悩《くのう》をやわらげることはなにひとつできませんでした。それまでは、どんな時も自制心を失わず、けっしてへこたれない強い女性としか思っていなかった大人が、あんなに突然《とつぜん》ぼろぼろに崩《くず》れ、悲嘆《ひたん》に暮れて、子どものようになってしまったことは衝撃《しょうげき》でした。これもまた、人間がいかにもろいものかを示す出来事で、生涯《しょうがい》でもっとも深くわたしの心に刻まれた例となりました。息子の手紙を読むわずかなあいだに、歳《とし》を重ねて分別も経験もあり、家内を仕切っていた女性が、まるで自我という衣服を織りあげていた糸が解きほぐされるように崩《くず》れ、もつれからまる糸の山になりはてたのです。結局ディルクは帰ってきたのですが、ヴェッセリング夫人はもとの自分を完全にはとりもどせず、以前のような自信あふれる押《お》しの強い人ではなく、神経質で不安げな、内にこもりがちで笑わせることの難しい、つねに最悪の事態を考える女性として残りの人生を過ごしました。

ディルクが出ていってからというもの、ヴェッセリング夫人の変わらぬ楽しみとなったのは、足踏《あしぶ》みオルガンを弾《ひ》くことでした。わたしはよく、それしか夫人の心を慰《なぐさ》めるものはないのではないかと思ったものです。オルガンは夫人が小さいころに習った楽器で、十代で一度やめていたのですが、中断期間などなかったようにふたたび弾《ひ》き始めました。夫人は、ただ自分自身のためだけに、時には何時間も続けて弾《ひ》き、だれかに聴《き》かれることを好まず、それまで息子にそそぎこんできた自分のすべてをオルガンにそそいでいるようでした。オルガンを弾《ひ》いている時は、まるで別の人生を、つまり、失望に終わった現実の暮らしではなく、けっして裏切られることのない別の人生を生きているかのようでした。そしてとうとう晩年には、夫人にとっての世界はオルガンを弾《ひ》くことと、オルガンのレコードを聴《き》くことだけになってしまいました。ほかのものはすべて消えうせ、ご主人も、息子も、以前の暮らしも忘れ去られてしまったのです。夫人の記憶《きおく》に残ったのはただ、音楽と鍵盤《けんばん》の配列だけでした。ヴェッセリング夫人は六十代前半で癌《がん》を病み、かけ布団《ぶとん》の上で指を動かし、彼女《かのじょ》の耳にしか聞こえない曲を奏《かな》でながら息を引きとりました。

少し先走ってしまったようですね。ディルクとヘンクが出ていったあとのことに話を戻《もど》しましょう。

ヴェッセリングさんももちろん気落ちしていましたが、夫人よりは事態を前むきに、楽観的に捉《とら》えていました。二、三日すれば戻《もど》ってくるさ。怒《いか》りが薄《うす》れ、ゲリラみたいに戦うなんて思ってたほど簡単じゃないとわかればな、そう言っていました。そして最初のうちは、夫人のひきこもりについても、同様に現実的な受けとめ方をしていました。ヴェッセリングさんはあれこれ想像するような人ではなく、感情の揺《ゆ》れの少ない、なにごとも運命と考えるタイプの人でした。彼《かれ》にとっては、つねにものごとはあるがまま、それが人生、その人生を最大限生かすよう、せいいっぱいのことをやればいい、というわけです。ヴェッセリングさんがよく口にする言葉は、「みんな自分にふさわしいものしか手に入らない、それが神のおぼしめしだ」というものでした。そのうえ、女性は彼《かれ》にとっては謎《なぞ》で、説明のつかない奇《き》妙《みょう》なものと考えているようでした。女性の守備範囲《しゅびはんい》は家の中と家畜《かちく》だと思っていて、それについては干《かん》渉《しょう》しません。

ですから奥《おく》さんが部屋にこもった時も、単に悪い知らせを受けた女性特有の反応として片づけ、夫人の世話はそのほかの「女の仕事」とあわせてわたしにまかせきりにし、わたしにもほとんどなんの配慮《はいりょ》も見せませんでした。ただ、「兄さんのことは心配だろうが、きっとだいじょうぶだ。二人とも機転がきく若者だからな」と言っただけでした。それでこの話はおしまい。あとはいつものように仕事に精を出すだけです。農場の仕事は容赦《ようしゃ》なく続く重労働で、動物や作物はけっして休みをとらず、世話をする人間は息を抜《ぬ》くことが許されません。土地は残酷《ざんこく》な主人なのです。けれども、ヴェッセリングさんのいいところは、農場を愛し、身も心も捧《ささ》げて切り盛《も》りしていたということです。それはほかの欠点を補う最大の長所でした。そして、これは言っておかなければなりませんが、わたしはいつもヴェッセリングさんが好きで、仲よくやっていました。

しかし、ヴェッセリング夫人の言葉はあたっていました。わたしは農場で生まれ育ったわけではなく、農場暮らしに向いた人間でもありませんでした。ですから、ジェイコブがいなかったら、その後の数日間をどうやって切りぬけていたかわからないほどです。彼《かれ》がいなかったら、たぶんわたしは、たとえどれほど罪の意識に悩《なや》まされたとしても、仕事を投げ出し、兄さんやディルクと同じように、突然《とつぜん》あの家を出ていたでしょう。

でも、ジェイコブのことはすべてわたしひとりの肩《かた》にかかっていました。みんなの反対を押《お》しきって連れてきたのはわたしですし、あそこでジェイコブを見捨てることは、自分を見捨てることを意味しました。そんなことをしたら、そのあと自分と折り合いをつけて生きていくことは絶対にできなかったでしょう。わたしはジェイコブのためにヴェッセリング家にとどまり、どれほど疲《つか》れ、悩《なや》んでいても、まわってきた仕事はどんなことでもやるほかありませんでした。そして、あらゆる手をつくして、ジェイコブが生きぬいていけるよう回復を助けてやらなければ、と思いました。あえて「逃《に》げのびられるよう」とは言いません。なぜなら、心のどこかでぼんやり認めているだけでしたが、わたしはすでに、ジェイコブがわたしから離《はな》れていく日が来ることを恐《おそ》れていたからです。

というわけで、ヴェッセリング夫人は部屋に閉じこもり、ご主人は農場の仕事に没頭《ぼっとう》し、わたしはといえば、時間さえあれば、家事の重荷をのがれてジェイコブと過ごしていました。

ともに過ごせるのは、たいてい夕食をすませたあとの時間でした。ヴェッセリングさんはイギリスからのラーディオ・オランユを聞きに行き、わたしはジェイコブのところへ行くのですが、そのための言いわけも考えてありました。幹線道路と農場に入る私道を見はるには、隠《かく》れ部屋の屋根にある明かりとりの窓が一番だから、ヴェッセリングさんがラジオを聞いているあいだ、歓迎《かんげい》できない訪問者が来ないかどうか見はっていてあげる、というものでした。ヴェッセリングさんはあとからわたしたちのところに顔を出し、戦争の最新情報を教えてくれ、ジェイコブの回復ぐあいを確かめ、そのあとは、わたしたち二人を残して奥《おく》さんの様子を見に行きます。ご主人は英語がほとんどできなかったので、わたしたちのところに長居することは一度もありませんでした。

それまではジェイコブの方が、体が不自由だったせいでわたしにすっかり頼《たよ》っていたのですが、このころにはわたしの方が、ジェイコブを心の支えとして頼《たよ》るようになっていました。ジェイコブはわたしが胸の内を開かすことのできるただ一人の相手でした。男性で聞き上手の人はめったにいません。（少なくとも、わたしが若いころはそうでした。今はちがうんでしょうか?）でも、ジェイコブは聞き上手でした。ですから、ヘンクが出ていった直後の一日、二日は、彼《かれ》はとてもたくさんのことを聞かされるはめになりました。わたしが、兄がいなくなった悲しみや両親についての不安、ヴェッセリング夫人への不平、自分の孤独《こどく》な境遇《きょうぐう》、そして、みんながそれぞれどうなってしまうのかという恐《おそ》れなどをどっと吐《は》き出したからです。

それまで、そうしたことはみな注意深く胸の内にしまいこみ、ジェイコブには悟《さと》られないようにしていました。回復のじゃまにならないよう、いつも元気よくふるまい、落ちこませたりせぬよう気を張っていたのです。わたしは自分のことをジェイコブの救済者、看護婦、そして彼《かれ》が呼んでいたように、守護天使とさえ考えていたのだと思います。「ぼくのマリア」だと。ところが、それはたった一日で変わってしまいました。堤防《ていぼう》が決壊《けっかい》し、わたしの感情は洪水《こうずい》のようにどっとあふれ出て、今度はジェイコブがわたしの逃《に》げ場、わたしの保護者、わたしの話し相手になったのです。

ああ、おかげでどれほどほっとしたことか！　いつも強い自分でいる必要はなくなり、明るく楽観的なふりをすることも、てきぱきことを運ぶ必要もなく、なにがあっても動じずにいる必要もなくなったのです。もう、それほど自分をいつわらなくてよくなりました。ただ、あるがままでいればいいのですから。わたしはその贅沢《ぜいたく》にひたりきっていたと思います。少なくとも一日、二日のあいだは。ジェイコブもそれをやめさせようとはしませんでした。なんという解放感！　まるで鎖《くさり》を解かれた囚人《しゅうじん》のようでした。

ある晩、隠《かく》れ部屋の中で、小さな間に合わせのテーブルをはさんで座っていると、下の囲いの中にいる牛たちの音や臭《にお》いが干し草の壁《かべ》を通して感じられました。話をしていたわたしは思わず泣きだしてしまいました。狭《せま》い部屋の中に閉じこめられているというのに、埃《ほこり》っぽい屋内で長い時間過ごしたあと、雨の降る中へ出ていったような気がしたからです。

すると、雨の中を歩く友だち同士のように、ジェイコブが手を伸《の》ばし、わたしたちはテーブル越《ご》しに手を握《にぎ》りあいました。そんなふうに親密にふれあったのは初めてでした。今まで書いてきたように、わたしは、もっとも個人的な部分もふくめて、この人の体を何度も洗ってやっていました。うちの地下室にいたころ、けがで一番苦しんでいた時は、眠《ねむ》るジェイコブを抱《だ》いてあげたこともあります。赤ん坊《ぼう》にするように、ひとさじ、ひとさじ食べさせてもあげました。傷に巻いた包帯を替《か》え、用を足す時に手を貸してもきたのです。ジェイコブの体でわたしが知らないところ、手をふれたことのない部分は一カ所もありません。でも、それはあくまで忠実な看護婦、天使マリアの手だったのです。

もちろん、ベッドステーでの出来事があり、欲望や夢想がかきたてられたことは事実です。でもわたしはそうしたものをおさえるように努め、考えないよう自分を律していました。今ではもう、だれも真面目な意味では使わなくなってしまった昔風の言葉でいえば、わたしは純潔のままでいたのです。そして、あの時起きたことは単なる事故のようなものだ、いつまでもこだわっていてはいけない、そう自分に言い聞かせていました。とはいえ、夜になるとあの時のことがよみがえり、さらに悪いことに、夢の中にまで現れていたのですが。

しかし、この時は、天使マリアがジェイコブにふれたのではありませんでした。彼《かれ》の方がテーブル越《ご》しに手を伸《の》ばし、このわたし、ヘールトラウという人間にふれたのです。ジェイコブに手を握《にぎ》られ、わたしは話しながら涙《なみだ》を流しました。こらえようとは思いませんでした。あの瞬間《しゅんかん》、ジェイコブに手を握《にぎ》ってもらう以上に、慰《なぐさ》めや喜びを与《あた》えてくれることはありませんでした。同時に、胸の内ではさまざまな感情が交錯《こうさく》し、渦《うず》を巻きました。日常の不安や恐怖《きょうふ》が、夜、わたしを眠《ねむ》らせてくれない欲望や願いと混じりあい、しかも、わたしの手を優《やさ》しくさするジェイコブの指がその欲望や願いにようやく応《こた》え、はけ口を与《あた》え、答えを返し、肌《はだ》で確かめる機会を与《あた》えてくれたのですから。

彼《かれ》の手がわたしの手にふれた瞬間《しゅんかん》、わたしはもう、ジェイコブを負傷兵、逃亡兵《とうぼうへい》、外国人とは思わなくなりました。そして、正直にいえば、結婚《けっこん》している男性だとも思わなくなったのです。ただもう、ジェイコブはわたしのもの、わたしはジェイコブのものになりました。あの瞬間《しゅんかん》、ほかの考えは入りこむ余地もなく、わたしは自分自身をそっくり彼《かれ》にゆだねました。しかも意識的に、自ら望んでそうしたのです。（言っておきますが、「望まれて」ではなく、「自ら望んで」です。）その日から今まで、ジェイコブとわたしのことを、それ以外の関係として考えたことはありません。

はっきりさせておきたいのですが、わたしはこの件に関して、一秒の数分の一たりとも自分の気持ちをおさえたり、それに逆らったり、疑ったりしたことはありません。弁明も言いわけもしませんし、これっぽっちの後悔《こうかい》もありません。むしろまったく逆です。わたしはあの瞬間《しゅんかん》、あの決断は正しかったと今でも信じています。そして、その結果をしっかり受けとめています。わたしの生涯《しょうがい》で、ジェイコブへの愛ほどたしかなものはありません。もしジェイコブが生きていたなら、彼《かれ》をつなぎとめておくためにできることはすべてやっていたでしょう。

その晩、わたしたちは、いつの世も恋人《こいびと》たちが初めて互《たが》いを意識しあった至福の時にするように、語りあい、手を握《にぎ》り、互《たが》いの瞳《ひとみ》を見つめました。でも、それだけです。キスさえ交わしませんでした。なのにわたしたちにとっては、あの仮ごしらえの秘密の部屋に、二人の人生のすべてがつまっているようでした。前に挙げたあの大好きな詩もこう謳《うた》っています。「わずかな時にこそ、人生は全《まった》きものとなりぬべし」あのようなひと時は二度とないでしょう。あんなすばらしいことはほかにありえません。あの晩、ジェイコブとわたしがともに過ごした二時間は、完璧《かんぺき》と呼んでもいい時間でした。けれど、そのひと時にも終わりがやってきました。ヴェッセリングさんがわざわざやってきて、もうずいぶん遅《おそ》い時間だぞ、と下から声をかけ、そのまま待っていたからです。わたしは急いでジェイコブにおやすみを言い、はしごを下りました。

わたしはじゃまされたことに腹をたてたりはせず、むしろヴェッセリングさんのことが好きになったくらいでした。なぜなら、呼びに来てくれたことで、かえってあの晩の興奮が増しただけでなく、わたしのことを父親のように見守ってくれる人がいる、という安心感を覚えたからです。あのころのわたしは、親元を離《はな》れて気の休まらない日々を送ったあとだったので（わたしはそれまで、あんなに長いあいだ両親から離《はな》れていたことはありませんでした）、初めて恋《こい》に落ちた者の揺《ゆ》れ動く情熱に身を投じることを望んでいたのと同じくらい、安心させてくれる父親の愛情を必要としていたのです。

きっと想像がつくでしょうが、その夜はほとんど眠《ねむ》れませんでした。新しい希望に心がはずんでいたこともわかってもらえるでしょう。ジェイコブとの将来はどんなものになり、わたしたちはどこで、どのような暮らしを送ることになるのか、期待はふくらみました。恋《こい》に落ちたばかりの時は視野が狭《せま》くなります。網膜《もうまく》は映画のスクリーン、そこに映し出されるのは恋愛《れんあい》の理想に沿って造り直された世界なのです。

しかしあくる日、造り直されることのなかった世界は、前日ととくに変わるところはなく、それどころかいっそう悪くなっていました。寒さは厳しく、ぬかるみもひどくなり、埃《ほこり》も増え、空気は冷えびえしているように感じられました。自分のつらい境遇《きょうぐう》――ヴェッセリング夫人にとっては小間使い、ご主人にとっては農場の働き手兼家政婦《かせいふ》――がいつになく重荷に思えました。わたしが心の底から願っていたのは、ジェイコブと二人きりになること、ただそれだけでした。でも、遺伝子に感謝しなくてはなりませんが、わたしは活発な性格に生まれついていました。気分が落ちこめば落ちこむほど、忙《いそが》しく立ち働こうという衝動《しょうどう》が湧《わ》いてくるのです。これは母さんから受け継《つ》いだものです。ですから、わたしは抑圧《よくあつ》された欲望を仕事にぶつけ、必死に働きました。

ところが、人間というのはなんとひねくれた生き物なのでしょう。その日わたしは、朝食や昼食をもっていったり、体を洗うお湯や洗濯《せんたく》した衣類を届けたりしてジェイコブと会うたびに、どうしようもない恥《は》ずかしさに襲《おそ》われ、ろくに目を合わせることもできませんでした。できるだけ事務的にふるまい、忙《いそが》しくて立ち話もできないかのようにせわしなく動きまわり、二人のあいだはなにも変わっていない、わたしはこれまでと同じように優しい看護婦マリアにすぎない、というふりをしようとしました。でも、もちろん、そんなことはうまくいきません。すべては変わってしまったのです。目を合わせるよりつらいのは、ジェイコブの体にさわること、一番つらいのは、ジェイコブの方からさわられることでした。

いつもわたしは、朝食のあとでジェイコブの負傷した脚《あし》の包帯を替《か》えていました。ところがこの日の朝、彼《かれ》の脚《あし》はもはや単なる傷を負った手足のひとつではなく、愛する人のいとしい肉体の一部となり、その脚《あし》に口づけし、愛撫《あいぶ》したい思いに駆《か》られました。そこでわたしは、ヴェッセリング夫人のことで急いで片づけなくてはならないことがあるとかなんとか、もごもご言いわけし、包帯を替《か》えるのを先に延《の》ばしました。少し時間をおけば、心の準備もできるだろうと思ったのです。

その「先」というのは昼食のあとにやってきました。わたしたちはいつも、その時間に三十分ほどいっしょに過ごし、午後の仕事にかかる前の息ぬきにしていました。その日の午前中、ヴェッセリングさんは牛舎の糞《ふん》や古くなった藁《わら》を運び出していました。ジェイコブは回廊《かいろう》の上を脚《あし》を引きずりながら歩きまわり、フォークできれいな干し草や藁《わら》を下にいるヴェッセリングさんに向かって落としていました。昼時には、ジェイコブは埃《ほこり》まみれで汗《あせ》びっしょり、包帯も薄汚《うすよご》れてゆるくなり、気持ちが悪そうでした。昼食をもっていくと、きみが包帯を替《か》えたくないのなら自分でやる、といらだたしげに言うではありませんか。でも、それはわたしが許しませんでした。たとえジェイコブ本人の手だとしても、わたし以外の人の手が、わたしの患者《かんじゃ》、わたしのいとしい人の世話をするのはいやだったのです。なんという嫉妬《しっと》心《しん》！　わずかでもそんな気持ちを抱《いだ》いたことは、それ以前には一度もありませんでした。それまでは、嫉妬《しっと》は弱さから生まれる醜《みにく》い感情だと考え、軽蔑《けいべつ》していたくらいなのです。それがこの時ばかりは感情が痙攣《けいれん》し、発作でも起きたように明らかな嫉妬《しっと》に駆《か》られ、ふいをつかれていっそう動揺《どうよう》しました。

わたしはひとことも言わずに急いで隠《かく》れ部屋を出ると、湯を入れた水さしと新しい包帯をとりに走りました。戻《もど》ってみると、ジェイコブは下着姿でベッドに座り、すでに冷たい水でできるだけ自分の体をふいていました。それまでも、わたしの「患者《かんじゃ》」がそんな姿でいるところを見たことはしばしばありましたが、前夜、心の揺《ゆ》れ動くひと時をともに過ごしてからはこれが初めてでした。ジェイコブの腕《うで》の中に身を投げ出したくなりましたが、わたしはいつもと変わりない自分を演じようとしました。でも、せかせかとぎごちなく動くことしかできません。たらいに水さしの湯をそそぐと、こぼれた湯がまわりを濡《ぬ》らしました。ジェイコブの足もとにしゃがもうとして痛いほど膝《ひざ》をぶつけました。震《ふる》える手でゆるんだ包帯の端《はし》をつまみ、ほどき始めましたが、指がいうことを聞かず、ほどいた包帯を巻きとろうとして手をすべらせ、横に置いてあったたらいの湯の中に落としてしまったのです。なさけなくて、まるでたらいの湯がわたしの目と管でつながっているように、涙《なみだ》がつっと流れました。涙《なみだ》のことは知らんふりしようと自分に言い聞かせると、わたしはジェイコブに見られないよう顔を伏《ふ》せたまま、スローモーションのような動きでたらいに手を入れて濡《ぬ》れた包帯を拾いあげ、脚《あし》に残っていた包帯を不自然なほど慎《しん》重《ちょう》にほどいて巻きとり、汚《よご》れた布のかたまりをかたわらに置きました。立ちあがり、汚《よご》れた湯を捨て、たらいをきれいにぬぐい、床《ゆか》の上に置くと、ぬるくなってしまった湯をふたたびそそぎました。

ジェイコブの脚《あし》の上に身をかがめ、傷口をおおうガーゼをはがしかけた時のことです——ここが一番つらいところで、しみ出た血でガーゼが傷口に貼《は》りつき、はがすと痛むのです——ジェイコブが両手をわたしの肩《かた》に置き、それを支えに立ちあがると、そのまま手を離《はな》さずにじっとしているではありませんか。わたしはもう、うつむいたままではいられず、立ちあがって、ジェイコブの顔を、そして最後には彼《かれ》の目を見ないわけにはいかなくなりました。初めて会った時からわたしの心を惹《ひ》きつけた、あの瞳《ひとみ》を。

ああいう瞬間《しゅんかん》、ああいうぎりぎりの均衡《きんこう》はそう長いあいだしんぼうできるものではありません。進むか退《しりぞ》くか、受け入れるかはねつけるか、認めるか拒否《きょひ》するか、どちらかしかないのです。あの時のわたしにとって、前に進み、受け入れて、認める以外なにができたでしょう？　わたしはなにも考えず、本能の命ずるまま、ためらわずに片手を上げ、指でジェイコブの顔を、額からこめかみ、唇《くちびる》から顎《あご》へとなぞっていきました。ひげをそっていない、ざらりとした頬《ほお》の感触《かんしょく》が指先から体に伝わり、腿《もも》が震《ふる》えました。わたしの指が顎《あご》を包むと、ジェイコブは顔をこちらに近づけ、わたしの唇《くちびる》に余韻《よいん》の残る優しいキスをしました。わたしは両手でジェイコブの頭をつかみ、爪先立《つまさきだ》ちすると、閉じかけた彼《かれ》の右のまぶたに、次に左にキスしました。それからジェイコブの首に両腕《りょううで》を巻きつけ、自分の体を、わたしのすべてを、ジェイコブにしっかり押《お》しつけました。彼《かれ》の性器のふくらみが、ふたたび、今度は下腹部に感じられます。わたしはその事実に、ジェイコブがわたしを欲している印に、打ち震《ふる》えるような喜びを覚えました。そして、自分の身内にかきたてられた力の正体を知りたくてたまらなくなりました。

　言葉はなく、聞こえるのはただ、愛の言語ともいうべき吐息《といき》と恍惚《こうこつ》のささやきばかりでした。

（こんなことまで書くなんて、わたしはなんておろかなおばあさんなんでしょう！　こと細かに書いたところで、あなたにとってなんの意味があるのでしょう？　ただ、気恥《きは》ずかしい思いをさせているだけではないかしら？　そもそも、愛を交わす方法は万国共通、変わりはないのですから、なにを語っても陳腐《ちんぷ》に聞こえるに決まっています。それでも、休暇《きゅうか》から戻《もど》った人が、退屈《たいくつ》なおきまりのスナップ写真を見せたがるように、わたしはどうしようもない衝動《しょうどう》につき動かされ、すべてを明かさずにはいられないのです。ひょっとしたら、わたし自身があの時を追体験したいからなのでしょうか？　その後のわたしの一生を決めてしまった出来事を、なにかの形で残しておきたいから？　本当にあったことだと確かめるため？　なんであれ、そうせずにはいられません。）

　わたしたちは互《たが》いの体にしがみつき、深くキスを交わしました。それはずいぶん長い時間のように思えて、身もだえするほど短い時間でもありました。そこまでで終わりになってしまったからです。ヴェッセリングさんが牛舎の仕事をするために戻《もど》ってきた物音が聞こえ、わたしたちは、しぶしぶ体を離《はな》しました。

　わたしはジェイコブの傷に手早く包帯を巻き直し、猛烈《もうれつ》な勢いで仕事に戻《もど》りましたが、血は沸《わ》きたち、頭は混乱し、もっと、もっと、と求める気持ちがいつまでも静まりませんでした。

　ほかに、わたしがどんな状態だったか、ながながと書くつもりはありませんが、たとえば頬《ほお》は赤く染まり、ジェイコブと胸を合わせた記憶《きおく》に乳首はつんと立ち、子宮は痛いほどうずき、腋《わき》の下や腿《もも》の内側は濡《ぬ》れていました。ありがたいことに、家の中には、わたしがうろたえたり、有頂天《うちょうてん》になったりしていることに気づく人はだれもいません。夕食の時間になるころには平静をとりもどしていましたが、ジェイコブに食事をもっていけば、たとえすぐに隠《かく》れ部屋を出たとしても、またとり乱してしまうことはわかっていました。そこで、夕食はヴェッセリングさんにもっていってもらい、あとで行く、と伝言を頼《たの》みました。

でも、わたしは行きませんでした。夕食のすぐあとには、という意味ですが……。わたしはすっかり不安に駆《か》られていたのです。自分に自信がもてませんでした。自分はなにをするんだろうか？　なにをすればいいんだろう？　ジェイコブはどうするんだろうか？　それにどう応《こた》えたらいいんだろう？　その場になればわかるだろうか？　わたしの燃えるような想いの中には、願望だけでなく恐《おそ》れも混じっていたのです。

さらに、突然《とつぜん》、自分が彼《かれ》にふさわしい状態ではないと感じたせいもあります。体は汚《よご》れているし、服は色あせてみすぼらしく、形も崩《くず》れて、みっともないものでした。わたしはどんな臭《にお》いがするのかしら？　夕食の料理の臭《にお》い？　家の埃《ほこり》の臭《にお》い？　たった今、夜にそなえてニワトリを入れてきた鶏小屋《とりごや》の臭《にお》いかしら？　しぼりたての牛乳からクリームを分離《ぶんり》するために三十分ほど器械を操作していたから、作業場のチーズの臭《にお》いがするかもしれない。それとも自分の体から出た汗《あせ》や性的な臭《にお》いだろうか？　そんなふうに考えるとぞっとしました。もう一刻も自分自身に我慢《がまん》なりませんでした。まるで外側の自分は使い古された薄汚《うすぎたな》い甲羅《こうら》や硬《かた》い殻《から》のようなもので、中に閉じこめられている新しい自分がその殻《から》を破って外に出ようともがいている気がしました。わたしは蛇《へび》が脱皮《だっぴ》するように、蝶《ちょう》がサナギから出るように、その殻《から》を打ち捨ててしまいたいと思いました。思いました？　いいえ、どうしても捨てなければならなかったのです！　捨てられるかもしれないとか、捨てられたらいいのに、ということではありません。それは避《さ》けて通れない、絶対に必要な、生きていくための条件といってもいいくらいでした。

わたしは何日か入浴していませんでしたが、それは特別なことではありませんでした。当時はみな、今ほど頻繁《ひんぱん》に風呂《ふろ》に入りませんでしたし、シャワーなど、少なくともわたしが暮らしていたあたりでは聞いたことがありません。みんな、今ほど自分たちの体に気をつかっていなかったのです。それでも、オーステルベークの家には浴室があったのに、ヴェッセリング農場にはありませんでしたから、いやでもそのちがいは意識させられました。なにより、体を洗うのが面倒《めんどう》なのです。農場では、そのために大量のお湯を沸《わ》かして、入浴用の大きなたらいを用意し、それを必ず台所の料理用ストーブの前に置きます。そうすれば暖かいし、湯沸《ゆわ》かし釜《がま》からたらいまで湯を運ぶのが楽だからです。さらに、入浴後もたらいをからにして洗う手間がかかります。そのうえ、礼儀《れいぎ》やつつしみの問題もありました。女性たちが入っているあいだ、男性たちは近寄らないようにしていましたし、男性が入っていれば女性は近づきません。ヴェッセリング家では、男は金曜の夜に入浴し、女は土曜の夜と決まっていました。この決まりを少しでも変えれば目立ってしまいます。病気のあとや、なにか特別な機会——たとえば誕生日とか、旅行に出かける前ならいいでしょう。でも、思いつきだけで風呂《ふろ》に入ることはありません。ただ入りたいから、などということは許《ゆる》されなかったのです。

その日は木曜でした。ヴェッセリングさんは、その晩わたしが入浴すると知れば驚《おどろ》くでしょう。納得してもらうには、なんと言えばいいのでしょう？　あやしまれない理由はたったひとつしか思いつきませんでした。それを話題にしただけで、ヴェッセリングさんはどぎまぎしてあれこれ言いたくなくなるだろうとわかっていました。でも、わたしもまた、ひどく恥《は》ずかしい思いをすることになります。なぜなら、当時女性が、女としての体の状態を男性に話すなどというのは、たとえ相手がそういうことを聞き知っていたとしても、許されないことだったからです。今からすれば信じられないでしょうが、結婚《けっこん》している男性でさえ、そういう話を聞いたことのない人がたくさんいたのです。男女のあいだでは、女性特有の体の働きなど存在しないかのようにあつかわれていました。それを大っぴらに話題にするのは、少なくとも信心深いきちんとした家庭では、どんなに大目に見ても行儀作法《ぎょうぎさほう》に反すること、悪くすると、厳しい罰《ばつ》を受けねばならない社会的罪悪と考えられていたのです。でも、都合のいいことに、この口実は事実でもありました。生理が終わったのはその前日だったからです。わたしがつかなければならない唯一《ゆいいつ》の嘘《うそ》は、生理のせいでなんとなく不快だと、それとなく匂《にお》わせることだけでした。そうすればヴェッセリングさんは、なにも聞き返したりせずに外に出ていってくれるはずです。

実際、そのとおりになりました。ヴェッセリングさんは、ラジオを聴《き》き、ジェイコブの様子を見て、一時間ほどしたら帰ってくるが、それくらいあればいいか、と聞いただけでした。はい、もちろん、とわたしが答えると、ヴェッセリングさんは母屋を出ていきました。

入浴し始めてからようやく、こんなことをしているのは、自分のためではなくジェイコブのためなんだ、という思いが湧《わ》いてきました。花嫁《はなよめ》のように、ジェイコブをわたしの中に迎《むか》え入れる準備をしているのだ、と。

「わたしはジェイコブのところへ行こうとしてる」わたしは声に出して言いました。「あの人を自分の中に感じたいから」

われながら恥《はじ》を知らない自分の言葉に驚《おどろ》き、思わず声をあげてしまいました。自分がこれほど積極的になれるなんて、信じられませんでした！　なのに一方では、冷徹《れいてつ》といえるほど落ち着いて、目的を達するための計画を練り始めていました。入浴を終えたらあと片づけをして、ストーブの前で髪《かみ》を乾《かわ》かし、自分の部屋へ戻《もど》ろう。爪《つめ》にやすりをかけ、手足にオイルを塗《ぬ》り、体の隅々《すみずみ》まで調べて手入れをし、ラベンダーの香《かお》りを体に移し、髪《かみ》を整え、「晴れの日」のためにとっておいたわずかな衣服の範囲《はんい》でせいいっぱい着飾《きかざ》ろう。時間をかけ、そのひと時を楽しみ、ここ何週間かの緊張《きんちょう》や重圧を心から洗い流し、代わりにジェイコブへの想いだけで満たそう。ヴェッセリングさんがベッドに入り、あの噴火《ふんか》のようないびき（ヴェッセリングさんは眠《ねむ》ると必ずいびきをかくのです）が聞こえてくるまで待ち、そっとジェイコブのところへ忍《しの》んでいこう。

部屋に戻《もど》り、入浴で温まっていた体が、秋の夜の湿《しめ》った冷気であっという間に冷たくなって初めて、ぞくりとする寒気《さむけ》とともに、これほど望んでいるロマンチックなひと時が、困った結果を引き起こすかもしれないという考えが浮《う》かびました。

セックスの実際については（こんなことまで書く必要があるのかしらね？）、わたしは無知も同然でした。なにが、どこへ、どうやって入るのかさえ、ほんの初歩的なことしか知りませんでしたし、それもあてにならない知ったかぶりの友人たちから聞いたもので、親や教師や本から得た知識ではありません。わたしが学校で、「机の下に隠《かく》れて」仕入れたことの中には、いわゆる「安全期間」による避妊法《ひにんほう》もふくまれていました。生理が始まる七日前から、生理中の三、四日間、そしてその後の六、七日くらいまではセックスをしても大丈夫《だいじょうぶ》だ、というものです。それ以外であれば、必ず相手の男に、「最後の賛美歌の前に教会から出ていってもらわないといけない」と。（当時は絶対にほかの人たちにはわからないと思っていた、膣外射精《ちつがいしゃせい》を意味するこのばかげた隠語《いんご》を口にする時、女の子同士、どんなに笑ったことでしょう。そして、こうした大人の「事実」を知っていることに、どれほど自信満々で得意だったことでしょう。）

とにかく、前に書いたように、わたしの生理は前日終わったところでした。でも、と、わたしは考えました。友人たちは「安全期間」について本当に正しい知識をもっていたのかしら？　たとえ正しいとしても、「安全」とは、どれくらい安全なのだろう？　百パーセント？　疑いが、ロマンチックな理想の恋愛像《れんあいぞう》にしのびこみ、わたしはヴェッセリングさんの噴火《ふんか》のようないびきが始まってからも、しばらくはどうしようか迷っていました。でも、その少しのあいだに心が静まり、結局、危険のともなわない愛は愛といえないことに思いいたったのです。いつ、どうやって、そんなことを習い覚えたのかわかりませんが、当然のように、いつだって本物の愛は危険なものだと思えたのです。しかも、受ける者より、与《あた》える者にとってより危険なものなのだ、と。

わたしはそのころにはもう、戦争のせいで、人間の行動についての無用な幻想《げんそう》を失っていたのと同じように、人間の肉体がなにをしでかすかについても、かなり現実的に考えていました。肉体は、行動と同じように道をはずれることがあり、信用がおけず、あるべき規範《きはん》からふらふらとそれていきやすいものだと。どんな規則や法律も、それが自然界のものであれ、人間が作ったものであれ、例外をふくみ、逸脱《いつだつ》を引き起こすと。そして、自分が今から人としての規範《きはん》をいくつも破ろうとしていることもわかっていました。宗教的には姦淫《かんいん》、不貞行為《ふていこうい》の勧誘《かんゆう》、他人の夫に手を出すこと、法律的には親の許しを得ずに結婚《けっこん》できる年齢《ねんれい》より前にセックスすること、社会的には、両親や、命の危険を冒《おか》してまでわたしを引きとり、無償《むしょう》で面倒《めんどう》を見てくれている人たちの信頼《しんらい》を裏切ること、こうした罪を犯そうとしているのです。もし人に知られれば、このような多くの破戒《はかい》に対して重い罰《ばつ》が下されるでしょう。同じように、わたしの肉体も気まぐれを起こし、自然界の法則を破らないともかぎりません。こうしたことを受け入れる覚悟《かくご》はできているんだろうか？

わたしは冷たい夜気の中、ロウソクの光に照らされた鏡の中の肉体を観察しながら自分自身に問いかけました。問いに答えるわたしの声には、試練にさらされたことのない若者にありがちな、恐《おそ》れ知らずの傲慢《ごうまん》さがありました。「ええ。その覚悟《かくご》はあるわ」

こうして、決心を固めたわたしは、ジェイコブのもとへ行き、自分の身をゆだねたのです。

16　ジェイコブ(10)

成長とは、結局、自分だけのすばらしい体験だと思っていたものが、
じつは、だれにもある体験だとわかることにほかならない。

——ドリス・レッシング『黄金のノート』

「パネクックを食べてみたら？」ヒレが言った。

「なに、それ？」ジェイコブが尋《たず》ねる。

「パンケーキみたいなもの」

「卵や小麦粉をかきまぜて作った生地をフライパンで焼いたやつ？」

「そうだと思うわ。料理はあまり得意じゃないから。フランス人はクレープって呼ぶんでしょう？　オランダ人はこれが大好きなの」ヒレはメニュー越《ご》しに笑顔を見せ、肩《かた》をすくめた。「具をのせてもらえるわ。たとえばスペックとか、つまり、えーっと、ベーコンね。それから、リンゴとカネール——、英語でなんていうんだっけ？」

「ごめん、見当がつかない」

「あなたにおごってあげるのは大変ね」

「ごめん」

「ううん、いいのよ。英語の練習になるし」

「本気?」

「わたし、英語しゃべってるように聞こえない?」

「いや、おごってもらう話さ……」

「誘《さそ》ったのはわたしだもの」

「ウィルフレットも来たかったんじゃないの?」

「自分の持ち物を荷造りしなきゃならないから」

「じゃあ、ベーコンをもらおうかな」

「わたしはリンゴとカネールにするわ。そうすれば、あなたに食べてもらって、カネールがなんだか教えてもらえるもの。飲み物は?」

「白ワインはどう?」ダーンのおかげで、少し好きになりかけていた。

「いいわよ」

「『オランダ流で行って』もいいんだけど?」

「えっ?」

「『オランダ流で行く』。この言いまわし、知らない?」

「ええ」

「つまり、一人が二人ぶん払《はら》うんじゃなくて、それぞれ自分が食べたものの勘定《かんじょう》を払《はら》うってこと」

「どうしてそれがオランダ流なの?」

ジェイコブは笑った。「さあ。どうしてぼくに聞くのさ」

「だって、あなたの国の言葉じゃない」

「だから？　きみは自分が使うオランダ語の表現をすべて説明できる？」

「ううん。でも、できたらいいな、とは思ってるわよ」

「英語には、『オランダの』を使った言いまわしがたくさんある」

「たとえば？」

「『オランダのおじさん』。本当はおじさんじゃないのに、おじさんみたいにずけずけものを言ってくる人のこと。『オランダ人の勇気』。なにかやりたくないことをやろうとする時に、酒を飲んで借りてくるような勇気のこと……。えーっと、ほかにどんなのがあったっけ……？　『オランダ式オーブン』といえば口のこと。熱い息がいっぱいってことかな、たぶん」

「すてき」

「『オランダ式競売』。売値を安い方からつりあげていくんじゃなくて、高く設定した値段から始めて、だれかが買うまで少しずつ下げていく競売のこと」

「それは知ってるわ。それと『オランダ語が二倍』」

「意味不明のことをしゃべる、ってことだね」

「でも、どうして？」

「たぶんイギリス人にとっては、オランダ語が難しくて理解できそうもないから、それを二倍にすればちんぷんかんぷん、ってところじゃないの」

「それはどうも！　スウェーデン語の方が難しいわよ。それに中国語はどうなるの？　なぜ『中国語が二倍』って言わないのかしら。で、ほかには？」

「まだあるけど、ぼくが全部知ってるってわけじゃないから」

「みんなオランダ人に失礼なものばっかり？」

「失礼？　うーん、たぶん、ほとんどそうだな。どうしてなんだろ？」

「歴史のせいだと思うけど、ちがう？」

「つまり、敵味方に分かれて戦ったことがあるからってこと？」

「デンマーク人がスウェーデン人に無礼な態度をとるのと同じね」

「そうなの？」

「いつの時代のどこの人も、昔戦争をした相手の国については、ジョークのネタにしたり、意地の悪いことを言ったりするものだわ。わたしたちオランダ人が、ドイツ人にするみたいに。少なくとも祖父や祖母はよく言ってるわよ」

「憎《にく》しみは物覚えがいい」

「それも英語の言いまわし？」

「今はね。たった今ぼくが作った。ぼくが覚えてるかぎりは英語の言いまわしだ」

ヒレが笑い声をあげたので、ジェイコブは気をよくした。ジェイコブはますますヒレが好きになっていた。彼女の顔から視線をそらすことができない。とくに、よく動く、めくれたような下唇《したくちびる》をした大きめの口が気になる。それに真珠《しんじゅ》のような肌《はだ》の輝《かがや》きを見ていると、そっとなでたくてたまらない。

ウェイトレスが来て、注文をとった。

ウェイトレスが行ってしまうと、ヒレが言った。「今いるのがどういうところか知ってる？　このレストランが、って意味だけど」

店内は（イギリス人であるジェイコブの目には、パブとカフェとレストランの三つを混ぜたように見えた）年老いた往年の兵士たちでいっぱいで（頭に赤や青のベレーをかぶったままで、胸にもまだ勲章《くんしょう》をずらりとつけている）、みな、群がるようにテーブルを囲み、仲間といっしょに食べたり飲んだりしているのだが、十人中八人は英語を話している。ジェイコブとヒレはひとつだけ空いていた、隅《すみ》に押《お》しやられた小さな二人がけのテーブルに座っていた。ウェイトレスたちをのぞけば、二人はここにいる人たちの中でもっとも、それもずばぬけて若かった。それまでジェイコブはヒレのことで頭がいっぱいで、ほかのことはなにも目に入っていなかった。言われて見まわしてみると、当時の戦闘《せんとう》場面が描《えが》かれた絵が何枚か（座っているところからは本物か複製か見わけがつかない）、壁《かべ》の上の方にかかっていた。いくつかは本で見た覚えがある。

「わたしは、ここであった戦いのことをよく知ってるわけじゃないわ」ヒレが言った。「戦争は、英語でいえば、『好みのもの《マイ・カップ・オブ・ティー》』じゃないし。でも、ここはとても有名な場所なのよ」

「なんていう名前だっけ？　気にしてなかったから」

「スホーンオールト・ホテル」

「聞いたことあるな。病院として使われたんじゃなかったっけ？」

「同じ建物じゃないのよ。昔の建物も一部残ってたけど、損傷がひどくてとり壊《こわ》されたわ。これは同じ場所に戦後建てられたもの。どうしてわたしが知ってるかっていうと、ホテルの持ち主だった人の娘《むすめ》さんが、戦いの最中にあったことを日記に書きとめていて、それが出版されたから。ヘンドリカ・ファン・デル・フリストという人で、当時二十二、三だったの。よく書けてるわ。『アンネの日記』ほどじゃないけど。でも、あなたもきっと気に入るんじゃないかしら。英語版も手に入るし。前の道を少し行ったところに、あの戦いを記念した博物館があって、そこで見たことがあるもの。買いに行ってもいいわよ」

「うん、そうしよう」

「博物館は、当時イギリス軍の司令部が置かれてた建物だから、どっちみち見たいんじゃない？」

「ああ、それって、あのホテルだよね、ハートなんとか、っていう――」

「ハルテンステイン。あの戦いの解説映画も見られるし、地下には、戦いの最中にあそこが実際どんな状態だったのか、当時のものをそのまま使って再現してあるわ。人間は蠟《ろう》人形なの、わかる？　マダム・タッソーの蠟《ろう》人形館にあるようなの。スポークアハタッハだとわたしは思うんだけど。でも、おもしろいところよ。裏手には木がたくさん生えてるきれいな公園があって、散歩もできるし、とってもいいところなの」

「いいね。でもさ、ここは『オランダ流で行こう』よ。だって、ぼくのぶんまできみが払《はら》う必要なんてないんだから」

ヒレがそれに答えようとした時、ちょうどウェイトレスが頼《たの》んだものをもってきた。「お祖父さんの話はもうしてもらったから、今度は、食事代がわりにあなたのことを教えて」

「そんなことじゃないかと思ったよ」

「もちろん!　わたしはオランダ人なんですからね。交換《こうかん》条件なしに、なにかせしめようなんて思わないで」

「わかった、わかった!　休戦だ!」

ヒレは、ふいに真顔になり、乾杯《かんぱい》のグラスをかかげ、正面からジェイコブの目を見すえて言った。

「フレーデ、フォーエヴァー（フレーデはオランダ語で「平和」、フォーエヴァーは英語で「永遠に」）」

ちょうどその時、人が集まっているところでときどき起こるように、人々の会話がまったく同時にとぎれ、あの説明のつかない静寂《せいじゃく》が降りた。その静寂《せいじゃく》を、ヒレが口にした乾杯《かんぱい》の言葉が埋《う》め、まるでその場にいる人たち全員に呼びかけたように響《ひび》いた。二つの言葉がみなの胸にしみこむまで、ためらうようなわずかな間があったが、そのあとすぐに、まるでリハーサルをしてあったように、全員がグラスをかかげ、声を合わせた。

「フレーデ、フォーエヴァー!」

その声が静まったと思ったとたん、老兵たちの一人が大声で言った。「おれたちは、あんたたちのために戦ったんだ!」グラスが置かれ、だれもが笑い、拍手《はくしゅ》をし、テーブルをたたいて歓声《かんせい》をあげた。ヒレが「わたしはなにをしでかしちゃったの?」という顔つきでジェイコブを見ると、二人は気恥《きは》ずかしくなって、こみあげてくる笑いを必死におさえなければならなかった。

騒《さわ》ぎがおさまると、ヒレが言った。

「お皿を貸して。見せたいものがあるの。わたしのと替《か》えてあげるから、カネールの味見をして英語でなんていうのか教えてよ。ストロープ、かける？　えーっと……英語だと、シロップ？」

「たぶん」ジェイコブは自分の皿を渡《わた》し、ヒレの皿を受けとった。「ぼくの知ってるシロップとは少しちがうみたいだけど」

「甘《あま》くておいしいけれど、お砂糖みたいに甘《あま》ったるくはないのよ。これをパネクックにかけるの」

ジェイコブはヒレからもらったパンケーキの匂《にお》いを嗅《か》いでみた。「匂《にお》いだけでカネールがなにかかったよ。シナモンだ」

「そう、それ。シナモン。食べてみて」

ジェイコブは細く切って口に入れた。「おいしい」

「あなたも食べる？　もうひとつ頼《たの》んでもいいわよ」

「ずいぶん大きいし。ひとつでじゅうぶんだよ」

ヒレはシロップの容器を逆さにすると、細いそそぎ口から、蜂蜜《はちみつ》を薄《うす》めたようなシロップをジェイコブのパンケーキの上につーっとすばやくたらし、太いペンで字を書くように容器を動かした。それが終わると、ヒレは皿をもちあげてみせたが、見ると本当に字が書いてある。ジェイコブのパンケーキの上には、シロップが余分にこぼれたりたれたりすることなく、巧《たく》みにジェイコブの名前が書かれていた。ただ、綴《つづ》りが「ＪＡＫＯＢ」になっている（正しくはＪＡＣＯＢ）。

「おみごと。器用だな」

「あなたもわたしのに書いてみて」ヒレはシロップの容器を渡《わた》した。

ジェイコブはヒレをまねて容器を動かしてみた。が、もちろん、とろりとした液体は思ったよりずっと速く流れ落ち、できたものはほとんど判読不能の殴《なぐ》り書きで、ＨＩＬＬＡ（正しくはＨＩＬＬＥ）と綴《つづ》ろうとしたことがかろうじてわかる程度の、ふらふらと揺《ゆ》れ動く線でしかなかった。

「練習あるのみ」ヒレは皿をもう一度交換《こうかん》しながら言った。「わたしは毎日必ず一枚は、パネクックに字を書くことに決めてるの。ああ、それと、これがＡだとすると、ほんとはＥにしてもらわなくちゃ」

「それをいうなら」ジェイコブはからかうようなヒレの口調をまねた。「きみが書いてくれたこのＫはＣにしてもらいたいね」

「知ってたけど、わたしはＫの方が好きなんだもの。気に入らなかったら食べちゃって。そしたら消えてなくなるわ」

「そうするよ。そっちのＡもよろしく。じゃあ、このばかでかいフラップジャックのど真ん中にあるＫからやっつけて、そこから外へ道を切り開くかな」

「いいんじゃない……ところで、フラップジャック、って？」

「アメリカ人はパンケーキのことをそう呼ぶんだ」

ヒレはナイフをくるりと動かして、Ａの文字を切りとりながら言った。「たぶん、どんなことでも内側から始めて外側へ進んだ方がいいんだわ。外から内、じゃなくて。人生もその方がよくなるんじゃないかな。どう思う？」

「まさか、きみはパンケーキ・マニアってだけじゃなくて、哲学者《てつがくしゃ》だなんていわないだろうね」

「だって、そうなんだもの。わたしはものごとの意味を考えるのが好きなの。あなたは？」

「うん、ぼくもそうだ。いや、このパンケーキはほんとにうまいな」

「どんなことにも意味はあると思うの。意味なんてないそうに見えることほどそうだわ」

「ないそう、じゃなくて、なさそう」

「なさそう、なさそう。ああ、そうね。Kの入ったジェイコブ・トッドは、哲学者《てつがくしゃ》にはお似合いの名前だわ。ちょっぴり——アウデルヴェッツ。英語でなんていうんだっけ……？　昔っぽい、っていうの……？」

「古風？」

「そう、それ。古風」

「ぼくは古風かな？　そうかもしれない」

ヒレはむさぼるように食べていたので、パンケーキはジェイコブの三倍ほどの速さでなくなりかけていた。ヒレは顔を上げると、からかい半分、真面目半分といった顔でジェイコブをじろじろ見た。

「たぶん、そうよ。わたしも、あなたはアウデルヴェッツだと思う。時代遅《じだいおく》れとかいうんじゃないのよ。そういう意味じゃなくて、ただ古風なの」

ジェイコブはうつむいたが、それは、ヒレがどこへ話をもっていこうとしているのか、よくわからなかったからだ。冗談《じょうだん》を言ってるだけなんだろうか？　それとも、なにかぼくに伝えたいことがあるのか？

「それは悪いこと？」

「いいこと」ヒレはまたパンケーキをぱくつき始めた。「なんでもかんでも今風じゃなきゃだめっていう風潮にはうんざりなの。どうしてなにもかも最新でなきゃならないの？　たとえば、なにを着るかとか、どんな音楽を聴《き》くかとか、全部新しくなきゃいけないの？　前はわたしも、新しいって大事なことだと思ってたわ。でも、今は鼻につくのよね」

「ほんとに？」

「ええ、そう思ってるわ」

ジェイコブはほっとして笑いだした。

「本気で言ってるのよ！」ヒレは声を荒《あら》らげた。

「わかってる。ぼくもそうなんだ！」

「じゃあ、なぜ……」ヒレもつられて笑いながら尋《たず》ねた。「どうして笑ってるの？」

「どうしてって！……きみはどうして笑ってるんだい？」

「知らないわよ！……あなたが笑うからじゃない！」

「じゃあ、ぼくたちは、ぼくたちが笑ってるから笑ってるんだ！」

笑い声はやがておさまり、ほほえみが残った。

ジェイコブは肩《かた》をすくめた。

ふいに話すことがなくなってしまった。話したいことが多すぎるからだ。それに、これまで感じたことのない胸騒《むなさわ》ぎのようなものが体の中を駆《か》けめぐっていたからでもある。その感覚がなんなのか、ずばりひとことで表すのはためらわれた。

ヒレはパンケーキを食べ終え、テーブルに両肘《りょうひじ》をつき、握《にぎ》りこぶしに顎《あご》をのせてじっとこちらを見つめている。

しばらくしてヒレが言った。「あなたのこと、本当にはなにひとつ知らないけど、ずっと前から知ってたような気がする」

ジェイコブは、パンケーキが残っていて助かったと思った。もう食欲はないが、ヒレの視線を避《さ》ける口実にはなる。

ジェイコブがなにも言う気がないと見てとると、ヒレはさらにたたみかけた。「だれかのこと、そんなふうに思ったことある？」

声の調子が変わり、角がとれて、自信たっぷりなところがなくなった。

ジェイコブは少し間をおき、自分がなにを言いたいのかつきつめていった。ぼくたちの関係は、このままでいることもできるし、次の段階へ進めることもできる。でも、ずばりひとことで表すのがためらわれるこの感情に従って次へ進んだら、今まで怖《こわ》くてしたことのないやり方で、心の奥底《おくそこ》を別の人間にさらけ出すことになるだろう。そんな危険は冒《おか》したいと思ったこともない。内気なせいでずっと閉じこめてきた自分の一部、自分自身のためにさえ本気で探《さぐ》ったことのない部分をすべてさらけ出すことになるのだから。本能的にそれに気づいた時——頭で考えたとは思えなかった——鼓動《こどう》が早まり、体が熱くなった。

冷静さを保ったまま、ジェイコブは、なにを言おうとも嘘《うそ》はつくまいと心に決めた。自分でも今の心境はよく理解できていないが、少なくともせいいっぱい誠実に語りたいと。

わざとゆっくりパンケーキを食べ終え、ナイフとフォークを置き、顔を上げると、ジェイコブはようやくヒレの目を正面から見返し、静かな声で言葉を選びながら話し始めた。

「いや、だれかに対してそんなふうに思ったことはない。でも、今日、ぼくは感じた……どう言っていいかよくわからないけど……。生まれてから今まで、ずっと会うのを待ち続けていた人に会った、と言えばいいのかな……。生まれてからというのが大げさなら、そうだな……。長いあいだ待ってた人に」

ヒレはまばたきもしなかった。が、白い頰《ほお》が赤く染まり、ジェイコブはきっと自分の頰《ほお》も同じように赤くなっているのだろうと思った。

「なぜそんなふうに感じるのかはわからない。どうして突然《とつぜん》そんなことが起きるのか、どう説明したらいいいかもわからない」

ヒレはうなずいた。

時間が凝縮《ぎょうしゅく》したような緊張《きんちょう》にもうこれ以上耐《た》えられないと思った時、ヒレが握《にぎ》っていた指を開き、明らかに偶然《ぐうぜん》ではない動きで、右手をテーブルの端《はし》、ちょうど二人の中間に手のひらを上にして置いた。ジェイコブは、まるで鉄が磁石に引き寄せられるように、左手をヒレの手にぴったり重ねた。

ふたたび静寂《せいじゃく》が降り、二人は手のひらを通して通いあうものに神経を集中した。まわりの別世界ではにぎやかなざわめきが続いている。

「どこから始めよう?」ジェイコブがようやく口を開いた。「話したいことは山ほどある」

「内側から外へ向かっていけば?」

「なんだか、もうすっかり内側を見せちゃった気がするよ!」

ヒレはクックッと笑った。「わたしも!」

「外のものを心の中に入れる、ってのはどう?　気分転換《てんかん》に」

「公園のこと？　博物館の裏の」

「うん」

「いい場所がいくつかあるわ」

「そう？」

「林の中に」

「ふーん」

「日にもあたれるし。いい天気よ」

「そうだね」

「行きましょ」


ハルテンステイン博物館の中を見てまわり、ヘンドリカ・ファン・デル・フリストの手記、『オーステルベーク一九四四年』の英語版と、セアラへのおみやげに落下傘《らっかさん》連隊の記念Tシャツを買ったあと、二人はぶらぶらと公園の中へ歩いていき、木立の下にまわりから見えない場所を見つけた。


「アンネが初めてペーター・ファン・ダーンにキスされた時のこと、覚えてる？」ジェイコブが言った。

「髪《かみ》の上から半分耳に、半分頬《ほお》に、でしょ」ヒレが答えた。

「アンネはもうすぐ十五歳《さい》だった」

「最初に読んだ時は笑っちゃったわ。わたしは十三くらいだったと思うけど、もう自分はキスが大好きだって知ってたもの！」

「初めて真剣《しんけん》にキスしたのはいくつの時？」

「十一歳《さい》。相手はカーレル・ロートっていう男の子。十四歳《さい》だったわ。みんながボーイフレンドにしたがってたの。とってもハンサムだとみんな思ってて。今はドムコップ《うすのろ》になっちゃったし、キスの相手としてはスラックといい勝負ね。スラックが英語でなにかなんて聞かないで、知らないんだから。地面の上をはう、べとべとで湿《しめ》っぽいやつ」

「なめくじ？」

「ともかく、キスしたくなる相手じゃないわ。でも、そのころは彼《かれ》、上手だったのよ。あなたは？」

「ああ、何人か、ガールフレンドとね。でも、たぶん、きみほど上手じゃないだろうな。きっと、ぼくよりずっと練習を積んできたんだろ、シロップで字を書くみたいにさ」

「そんなに悪くないんじゃない？　とってもキスしたくなるような唇《くちびる》してるし。お望みなら、今ここで少し練習してもいいのよ」

「いい考えだ」

「アンネは、初めてのキスのあと、自分とペーターが隠《かく》れてしていることを父親に言うべきかどうか迷って、延々と書いてるよね。覚えてる？」ジェイコブが言った。

「屋根裏部屋で互《たが》いの体に腕《うで》をまわして座り、代わるがわる、頭を相手の肩《かた》にのせるのよね」ヒレが答えた。

「で、その時はまだ本当に唇《くちびる》を合わせてキスしてはいない。そういうキスをするまで、そのあと十二日もかかってる。そんなに長く待つなんて、想像してみろよ！　いざとなるとアンネが震《ふる》えたのも無理ないな」

「わたし、『日記』のことはよく知ってると思っていたけど、あなたにはかなわないわ」

「最初のキスのことをあれこれ覚えてるのは、ぼくが一時、ペーターという人物にこだわってたからなんだ。ぼくはあの本に線を引く時、いつもはオレンジ色のペンを使ってる。でも、ペーターにこだわってた時期は、彼《かれ》に関係する箇所《かしょ》には全部、緑色の線を引いた。で、あとでその緑色のところだけ一気に読むんだ。そうすると、アンネがペーターとしたことや、ペーターについて考えたことだけに注目して読める」

「なぜ？　どうしてそんなことしたの？」

「自分がペーターだったらなにをしただろう、とか、どうふるまっただろう、とかずっと考えてたからさ。もっとも長い緑色の文は二カ所あって、最初のキスと二度目のキスのことを書いたところだ。ぼくは不思議だった。なぜペーターはぐずぐずしてるんだろう？　なぜ一歩踏《ふ》み出さないのか？　ぼくだったらきっとすぐにしてただろう」

「そうかな。わからないわよ、本当にあなたがペーターだったらどうしてたか。いいえ、ペーターになるんじゃなくて、自分自身のままで、ちょうど今のあなたを、あの当時に連れていったら、っていうべきかな。だって、自分はいつだって自分でしかいられないんですもの、でしょ？　かわいそうなペーター。一九四四年という、人の暮らしぶりが、とくにセックスに関しては今と事情がちがう時代に、数部屋しかない隠《かく》れ家《が》に二年間も閉じこめられ、四六時中、自分の親やアンネの親たちから見られてたのよ。あなたならもっとうまくやれたっていえる?」

「わかってる。そのとおりだよ。でも、ぼくがそんなふうに考えたのは、まだ十四、五歳《さい》のころだったんだ」

「じゃ、赦《ゆる》してあげる」

「よかった! で、きみは、公園でイギリス人としたことをお父さんに話すつもり? アンネがペーターとしたことを父親に話したように」

「言うかもね。でも言わないかも。気になる?」

「話したら、お父さんはなんて言うかな?」

「楽しかったかい、って」

「それから?」

「それを知るには、もう少し続けてみないと」

「いい考えだ」


「きみには今、キスをするボーイフレンドはいる?」ジェイコブが聞いた。

「いいえ」ヒレが答えた。「三週間くらい前まではいたわ。でも今はいない」

「どうして別れたの?」

「ずばりきたわね! そうね、その人はハンサムだし、なにもかもそろってたの。セックスも上手で、おもしろい人だったし、いつもとっても優しくしてくれたわ。花をくれたり、なんでもない時にプレゼントをもってきたり、ラブレターもよこした。何通もね。そういうことがわたしは大好きだった……。今思えば、彼《かれ》が好きっていうより、そういうことが好きだったんでしょうけど。とにかく、わたしは彼《かれ》に夢中だった。そう、半年くらいのあいだは。初めてのほんとのボーイフレンドっていえる人だった」

「でも？」

「ひどいと思われるだろうけど、正直、だんだんトゥルアヘステルトになっちゃって……英語でどういうんだっけ？……がっかりした、かな？」

「がっかり？」

「言葉にするのは難しいわ。とくに英語にするのは……。アンネがペーターに感じた気持ちに似てるわね。アンネも同じことを言ってるのよ。わたし、アンネの書いた言葉をそっくり覚えてる。オランダ語のふつうの言い方じゃないし、初めて読んだ時とても気に入って、何度も口に出して言ってみたから。アンネはこう書いてるわ。ダット・ヘイ・ヘーン・フリント・フォーア・メイン・ベフリップ・コン・ゼイン……『彼《かれ》は、わたしの理解しているような友人にはなれない』っていうような意味ね」

「わたしを理解してくれる友人じゃない、ってこと？」

「それだけじゃないわ。ううん、ほんとはそういうことじゃないわね。心や精神のレベルが同じじゃないってこと……自分の本質っていうの……自分はだれか……そういうレベルがちがってるっていうか……ああ、なんていえばいいの！」

「魂《たましい》の通いあう相手じゃない、ってことかな」

「そんなところね。アンネの表現は、どこか詩的なところがあるから」

「つまり、生まれてからずっと出会いを待ってた人じゃなかったわけだ」

「もちろん！　とんでもない！　それに、彼《かれ》は——ヴィレムっていうんだけど——すごく真剣《しんけん》になっちゃって。それはもう大変。結婚《けっこん》の話までもち出すんだもの。ほんとよ！　わたしより三つ歳上《としうえ》だってことはわかるけど、でも結婚《けっこん》よ！　わたしの歳《とし》で？　まだそんな気ないもの。で、さよならしたの」

「ほかにはだれも？」

「ああ、かわいそうなわたし！　この先どうやって生きてけばいいの！　いないのよ、だれも」

「その空きにぼくが申しこんでもいいかな？」

「あなた、決まった人いないの？」

「完全失業中」

「難しい試験に合格しなきゃならないわよ」

「採用試験ってこと？」

「試験に通っても、雇用契約《こようけいやく》を結ぶまでに長ーい試用期間があるし」

「ぼくにだって同じことを言う権利があるんじゃない？」

「そうね、わかったわ。覚悟《かくご》しときましょう。じゃあ、相互契約《そうごけいやく》ってことで」

「よし、今すぐキスと抱擁《ほうよう》の実技試験の続きを始めよう。申しこむだけの価値がこの職にあるかどうか確かめなきゃ」

「いい考えだわ」

「人生って、とっても『もしも的』だと思わない？」ジェイコブが言った。

「どういう意味、もしも的、って？」と、ヒレ。

「だってさ、もしも、ぼくが父さんとけんかしなかったら、もし母さんがあの時病気になって、あんなに長く入院しなかったら、そしてもし姉さんがあんなに——さっき、きみがファーストキスした男の子をなんて呼んだっけ？　ドムなんとか？」

「ドムコップ《うすのろ》」

「意味はともかく、姉さんにぴったりの響《ひび》きだな。先を続けようか。もしも母さんが入院する必要がなくて、姉さんがあんなドムコップじゃなければ、ぼくはお祖母ちゃんの家で暮らすことにはならなかった。そして、もしお祖母ちゃんがぼくに『アンネの日記』をくれなかったら、もしぼくがアンネに恋《こい》をしなかったら、もしお祖母ちゃんが腰《こし》の骨を折ったりせず、自分でオランダに来ることができて、お祖父ちゃんの世話をしてくれた女性と会う役目をぼくに肩代《かたが》わりさせなかったら、それにもしお祖父ちゃんが落下傘《らっかさん》部隊に入らず、アルネムの戦いに参加して負傷してなかったら、そしてそのあと、オランダ人の一家に救ってもらわなかったら、さらに、面倒《めんどう》を見てもらってるあいだにお祖父ちゃんが死ななかったら……もし、こうしたすべての『もしも』のうちひとつでも現実とちがってたら、ぼくはきみと出会わなかったろうし、今こうしてここに座ってこそこそ、いちゃいちゃしたり——」

「どういう意味？」

「べたべた、でれでれ」

「わかんない！」

「恋《こい》に溺《おぼ》れてたわむれて」

「英語しゃべってよ、ドムコップ！」

「しゃべってるじゃないか。それをいうなら、オランダ語しゃべってよ、だろ？」

「あら、それ、いいんじゃない？　どうしてわたしの方が苦労して英語で話さなきゃならないの？」

「とにかく、今言ったみたいにさ、こういう『もしも』がひとつでもあったら、ぼくはきみとここにはいないだろう、ってこと。そしたらぼくは残念でしかたないだろうな」

「実際に起きてないことを、どうして残念だと思えるの？　もし出会わなかったのなら、あなたはわたしのことを知らないわけでしょ。そしたら、ここにいられなくて残念だなんて思えるはずないわ」

「まったく、オランダ人は理屈《りくつ》っぽいんだから。でも、起こらなかったことは、ぼくの別の人生で起きてるんだ。いいかい、最先端《さいせんたん》の科学者の説だと、ぼくたちは、ぼくたちが知ってるこの人生と並行して複数の別の人生を生きてるらしい。もしそうなら、そういう別の人生のひとつで起きてることが、ときどきもれて、こっちの人生を生きてる人間の意識の中に入ってきて、ああ、こっちよりあっちの人生の方がいいのになあ、って寂《さび》しく思うことがあっても不思議じゃないだろ。理由も思いあたらないのに落ちこんだりすることとってない？　ぼくはある。ひょっとしたら、それはそのせいなんじゃないのかな。別の人生からもれてきたものを感じとって、そっちへ行きたいって思うんだよ。ほら、小さいころ、アイスクリームが食べたくなって、冷蔵庫に入ってるのは知ってるのに、お母さんが食べさせてくれなかった時みたいに」

「いったん話しだしたら止まらないのね」

「相手によるよ。たしかに、この人となら話したいと思うと、よくしゃべっちゃうんだ。うんざりした？　黙《だま》ってようか？」

「ううん、楽しいわ。いつもはわたしがよくしゃべる側だから。それに、ほら、あなたのこのアダムスアペル《のどぼとけ》が、話すたびにひょこひょこ動くのを見てるとおもしろいし」

「要するに――あの、悪いけどその指をぼくの喉《のど》ぼとけからどけてくれないかな。パネクックを吐《は》きそうだよ――ぼくが言いたかったのは、人生はいかに『もしも』の連続かってことさ。だから、『もしも』がまったくなかったら、人生はどうなっちゃうんだろうって」

「死に等しいわね」

「え？」

「死んでるってこと。人生が死んじゃうのよ。『もしも』がなかったら、わたしたちはここにいないわ。だれもいない。わたしたちは存在しない。つまり、死んでるのと同じこと」

「それって、人生は丸ごと大きなひとつの『もしも』だってこと？」

「だって、そういうことにならない？」

「うん、そう言われるとそうだね。ああ、言われて気がついたけど、『人生（life）』には『もしも（if）』がひとつ入ってるよね？　綴《つづ》りの話だけど。L、i、f、e。つまり人生には『もしも』がついてまわるんだ。今まで気づかなかったな。なんてドムコップ《バカ》なんだ！」

「オランダ語だと入らないわよ」

「そう？　オランダ語で人生ってどういうの？」

「レーヴェン」

「綴《つづ》りは？」

「英語のアルファベットはときどき言いまちがえるから、手のひらに指で書いてあげる」

「L……e……v……e……n」

「そう。レーヴェン」

「ふーん。なんだか、ぞくぞくしたな。それと、今のでひとつわかったことがある。ほら、E、v、eが中にはさまれてるじゃないか。きみたちオランダ人は、人生の中に『もしも（if）』じゃなくて、『イヴ（Eve）』をもってるんだ。イギリス人はみんな『もしも（if）』で、オランダ人はみんな『アダムとイヴ』ってわけ」

「で、あなたはエンゲルス《イギリス》な人生より、オランダ的人生の方が好きなんじゃない？　さ、ドムコップなイギリスの『もしも』は忘れて、楽しいオランダの『アダムとイヴ』ごっこに戻《もど》りましょうよ」

「いい考えだ」


「さっき、きみは死に等しい、と言ったけど……」ジェイコブが話し始めた。

「今はキスする方がいいのに」ヒレが言った。

「真面目な話だ」

「わたしだって真面目よ」

「真面目に、真面目な話なんだ。ひとつ聞きたいことがある」

「いいわよ、どうぞ」

「きみにヘールトラウっていうおばあさんのことを話したろ？　昨日病院で会ったって」

「それが？」

「さっきは言わなかったんだけど、じつはその人、あと何日かで安楽死することになってるんだ」

「ヤー《ええ》……で？」

「うん……きみはそれをどう思うかな、って。安楽死そのものについてだよ、ヘールトラウの場合がどうということじゃなくて」

「その件は、オランダじゃ以前からずいぶん議論されてて、いいかげん聞きあきてるわ。学校の友だちで、テアっていう子がいるんだけど、その子のおばさんが安楽死したの。そのおばさん、痛みがひどくて、自分じゃもうなにもできなくなってたんですって。本人が望んでいたのは死ぬことだけ。まわりの人たちもみんな、それが一番だ、そうすべきだ、ってことで意見が一致《いっち》したそうよ。テアも、おばさんが大好きだったけど、賛成したの。でもあとになって、テアはほんとにつらい思いをしてたわ。あんまりつらくて、体調を崩《くず》して学校を何日も休むほどだった。罪の意識に悩《なや》まされて、とっても後悔《こうかい》してた。ほかにできることがあったはずだとか、自分たちはただ利己的だっただけで、安楽死に同意したのは、おばさんの痛がる様子にこっちまで苦しんだり、看護したりする必要がなくなるからだったんじゃないか、ってずっと考えてたそうよ。でも、学校を休んでた時も、頭では、自分たちは絶対に最善のことをしたんだとわかってた、っていうの。それでも、いたたまれない気持ちはどうすることもできなかった。

今でも、たまになにかで落ちこむと、その時の気持ちがよみがえってくるらしいわ。けど、テア自身、こんなことも言ってた。愛する人を失った時、罪悪感をもつのはよくあることで、その人がどんなふうに死んだとしても、残された人たちは罪の意識を感じるんだって。

「それは本当よ。わたしにもわかる。去年、お祖母ちゃんが死んだ時、とてもつらかったもの。心臓発作で突然《とつぜん》のことだったんだけど、なぜ死んだかは関係ないのよ。まるでわたしが殺したみたいな気がして、罪の意識を感じたわ。お祖母ちゃんを幸せにするために、もっとできることがあったんじゃないか、わたしがお祖母ちゃんをどれほど愛しているか、ちゃんと言っておけばよかった、って。たぶん、どんな死に方をしても、友人や家族がつらい思いをするのは変わらないのよ。わたしの意見は、人間にはファッツーンルックに死ぬ権利がある……英語でなんていったらいいんだろう？　適切に？……ちがうわね……きちんと……？」

「尊厳《そんげん》を保って？」

「そう、それ。尊厳《そんげん》。でも、それだけじゃなくて、インテフリテイトも必要だわ」

「完全性《インテグリティ》かな？　人格を失わずに、ってこと？」

「そう、尊厳《そんげん》をもって、人格を失わずに。だれでもそういう権利をもつべきだと思うの。安楽死に反対する人たちは、たとえばヒトラーのような悪人が、自分の気に入らない人や排除《はいじょ》したい人を殺すために安楽死法を利用するかもしれない、って言ってる。でも、たぶん、そういう悪人は法律なんてなくたって、どっちみち人を殺すんだわ。ヒトラーもそうだったし、スターリンもそう。あと、ほら――連続殺人犯とかも。だからこそ悪人なんだわ。それに、きちんとした安楽死法や規則がなくても、あと、なんていうんだっけ――セーフティ・ガード?」

「セーフ・ガード、事故防止規定かな」

「――どういう手段で、いつ行《おこな》ったらいいかに関する決まりね、そういうものがなくても安楽死は起きると思うのよ。だって、それを望む人たちがいるんですもの。でも法律がなかったら、ひどいやり方で法に反してやらなければならなくなって、本人を知っていた人たちはみんな、犯罪者の気分を味わわされるわ。そんなことがあってはならないでしょう? オランダでは医師たちと政府が協定を結んでいて、まだ正式な法律にはなっていないけれど、いずれそうなると思うわ」

「でも、肝心《かんじん》なのは、めいめいが自分の死に方を決める過程に参加すべきだってことじゃないのかな。なのに、もうその能力を失っていて参加できないケースがあるよね。病状が重かったり、頭に重傷を負ったりして」

「だからこそ、まだ若くて能力があるうちに、自分がなにを望むのかちゃんと決めておくべきなのよ。そして、決めたことを法的に有効な書類にして、サインしておくの。わたしもそういう書類をもってるわ」

「ってことはきみも、どうなったら死にたいか決めてるってこと?」

「死にたいかじゃなくて、どういう場合には生かされていたくないか、といった方が正しいわね。たとえば、道で車にはねられて二度と意識を回復しないとわかっていたり、考える力を奪《うば》われてしまうような病気に冒《おか》されたり、とかいう場合ね。だから、ユタナシーパス《安楽死パス》をもってて、いつも持ち歩いてるの。家族やかかりつけのお医者さん、うちで契約《けいやく》してる弁護士も、それになにが書かれてるか知ってるし、わたしが望んでいることをリストにしたものをもってるわ」

「そのパス、ここにある？」

「もちろん。万一、事故にでもあって、警察や運ばれた病院の医師が知る必要があるかもしれないでしょ」

「見せてくれる？」

「いいわよ……」

「パスポートに似てるな。そんな感じの写真を使ってるし」

「見ないで。ばかみたいな顔してるんだもの」

「わかったよ、見ない、見ない。で、ここに書いてあるのはなに？」

「関係者の住所よ。ナースステ・リラーシー、一番近い血縁者《けつえんしゃ》。ハウスアルツ、かかりつけの医師。ヘフォルマハトゥフデ、弁護士ね。警察とか、そういうところがすぐに連絡《れんらく》をとれるように」

「じゃ、こっちは？」

「わたしの考えた条件のリスト」

「どんな？」

「えーっと……もし脳が回復不能の傷害を負った場合や、ひとりでものを食べたり、自分のことが自分でできなくなった場合は、人工的な手段で延命しない、とか、まあ、そんなことね」

「ご両親は認めてくれてるの？」

「どうしてそんなこと聞くの？　わたしはまだ、自分の生命や将来について自分で決められる年齢《ねんれい》じゃないっていうの？　もちろん、話し合いはしたわ、大事なことだから。最初は二人ともあまり乗り気じゃなかったんだけど、説得したの。今はすっかり賛成してくれてるし、母も父も、二人とも自分のユタナシーパスをもってるわ。わたしは両親のことを本当に誇《ほこ》りに思ってる。だって初めは、わたしがパスをもつことは止められないとしても、自分たちがもつつもりなんて全然なかったんだから。パスをもつことに、わたしより抵抗《ていこう》があったのね。古い世代でしょう。戦後生まれではあるけれど、そんなにあとってわけじゃないし、祖父や祖母がずっと、戦争のせいでかたよったものの見方をしてたんだから無理ないわ。占領《せんりょう》、ヒトラー、死の収容所、『飢餓《きが》の冬』にあった出来事……。

「父方の家族はユダヤ人を一人かくまってたらしいけど、それは当時たくさんのオランダ人家庭がやっていたことなの。お祖父ちゃんたちはそういうことを全部覚えてるから、少しでも人を死なせるなんて話になると、とっても機嫌《きげん》が悪くなったわ。うちの両親はその影響《えいきょう》を受けて育ったんですもの。そういう事情はよくわかってるつもりよ。でも、尻ごみする必要はないんじゃない？

「たしかに解決するのは難しい問題だけど、だからといって必ずしも新しい試みを拒絶《きょぜつ》すべきだということにはならないわ。この問題は、わたしたちの世代が向きあわなければならなくなるもっとも重要な問題のひとつだと思う。これからはとても多くの人たちが長生きするだろうし、医学の進歩で、体がちゃんと動かなくなってからもずいぶん長く生きられるようになってるんですもの。だから、自分の死についての決定権を本人に与《あた》えるべきだと思うの。わたしが両親を誇《ほこ》りに思うのは、この問題と向きあって、わたしの話に耳をかたむけ、考え方を変えたから。二人にとっては勇気のいることだったと思うわ」

「さっき、きみが言おうとしてた種類の勇気だね?」

「そう。ふつうの人々の勇気。わたしはそれが真の勇気だと思うのよ。別にそれで勲章《くんしょう》をもらえたり、銅像が建ったりすることはないけれど。ところで、エンゲルスマンのジェイコブさん、こんなにしゃべったんで喉《のど》がからから。コーヒーでも飲みに行かない? 駅に戻《もど》るまで、それくらいの時間はあるわよ」

「いい考えだ」


二人は駅に着いた。まだ五分ある。ジェイコブが券売機でヒレの切符《きっぷ》を買ってやった。

話の糸はとぎれ、二人は黙《だま》ったまま肩《かた》を並べ、手を握《にぎ》りあって、がらんとした線路を見つめていた。ほかに待っている人はいない。むかいの斜面《しゃめん》の上に生えた木の梢《こずえ》で、一羽きりのブラックバードが鳴いていた。車が一台、跨線橋《こせんきょう》を渡《わた》っていく。頭上の雲は午後遅《おそ》い日の光を受けて色合いを変えていた。夏の名残りの空気には、冷たい秋の気配がかすかに感じられた。

ジェイコブは、急に力を使いはたしてしまったような気がした。今日という日の不思議さに圧倒《あっとう》されていた。今自分が外国にいて、たった六時間前、見知らぬ草原《くさはら》の一角にある祖父の墓の前で出会った外国の少女と手をつないでいる不思議さ。この状況《じょうきょう》を消化するには時間が必要だ。これからヒレといっしょにアムステルダムに戻《もど》ると思うと、頭が重くなり、体から力が抜《ぬ》けていく。ヒレとここで別れたいわけではない。だれかといっしょにいて、こんなに幸せな気持ちになれたのはずいぶん久しぶりだ。ヒレの隣《となり》にいるだけで、体のあらゆる部分が気持ちよくなってくる。が、同時に話し疲《つか》れてもいた。それに、アムステルダムでなにをしよう？　まさか、ヒレをすぐ次の列車で返すわけにもいかないだろう。アパートへ連れていった方がいいだろうか？　女の子を連れていってもダーンはいやがらないだろうか？　すべてがうまくいっている今のうちに別れることができたらいいのに。でも、そうしたらどうなる？　また会えるだろうか？　一日二日たって、頭が冷え、興奮が薄《うす》れた時、互《たが》いにまた会いたいと思うだろうか？　ヒレは、あれはまちがいだったと思うんじゃないだろうか？　自分はどうだろう？

ヒレに会った瞬間《しゅんかん》から今まで、いつもの内気の虫は一瞬《いっしゅん》たりともジェイコブのじゃまをしなかった。だが今、まるで質の悪い麻薬《まやく》を飲みすぎた時のように、あっという間に、内気の虫が体じゅうに広がった。しかもその麻薬《まやく》は自信を麻痺《まひ》させ、ふわふわした疑いを抱《いだ》かせるような、感情を沈《しず》みこませるタイプの薬だった。午後じゅうずっと、心が解放され、今までになく楽に自分をいつわらずにいられると感じていた。抑圧《よくあつ》され、押《お》しこめられ、表に出ることを許されなかった自己が解き放たれていた。ジェイコブは、この新しい自己が好きだった。それをまた閉じこめたりはしないぞ、と自分に言い聞かせた。

ジェイコブは意志の力を奮《ふる》い起こして言った。「会えてよかった」

「わたしも」ヒレは前を向いたまま答えた。

「とっても楽しかった」

ヒレはうなずいた。

「それを台なしにはしたくはない」

「どうして台なしになるの？」

「今日はいろいろあった。きみとぼくのあいだで、ってことだけど」

「そうね」

「それに、お祖父ちゃんのお墓を見たら……思ってたより、いろんなことを感じた」

ヒレはジェイコブの手を離《はな》し、向き直った。

「時間が必要だっていうのね」

ジェイコブはヒレの顔を見た。緑の瞳《ひとみ》。唇《くちびる》はもう、だれの唇《くちびる》よりよく知っている。

「ぼくの一部が――わかるかな――考える部分が、行動する部分に追いつくのを待たないと」

ヒレは笑みを浮《う》かべた。「言いたいことはよくわかるわ」

「ひとりでアムステルダムに帰れるから」

「その方がいい？」

「本当は、きみをここに置いていきたくはない」

「ユトレヒトまでついていってあげましょうか？　乗《の》り換《か》えをまちがえないように。それでいい？」

「一番いいのは……」

「なに？」

「ここでさよならして、また別の日に会うこと。きみがそうできるなら。もし、きみが会いたいなら。つまり、会ってくれるのなら」

「会いたいわ」

「ぼくも会いたい」

「絶対また会いたい！」

「やった！……ただ……いつにする？」

列車が近づいてくる。

「明日から週末までまた学校があるし、引越《ひっこ》しもしなきゃいけないの。でも、夕方からならアムステルダムに出られる日があると思う。それとも、あなたがこっちへ来られる？　学校の前で待ちあわせればいいわ」

「わかった。電話するよ」

列車がホームに入ってきた。

「番号教えてないわ」

「しまった！　そうだ、聞いてなかった」

「乗って。ヴォルフヘーゼまでいっしょに行くわ。次の駅よ。そんなに遠くないから、歩いて家まで帰れるし」

二人はドアの横に立った。列車が走り始めた。ヒレはペンをとり出した。

「どこに書いたらいい？」

ジェイコブはハルテンステイン博物館の袋《ふくろ》から、『オーステルベーク一九四四年』をひっぱり出した。

「ここに頼《たの》む。念のため、住所も書いといてくれる？」

ヒレは本を受けとると、裏表紙の内側にペンを走らせた。そのあいだに、ジェイコブはダーンの住所と電話番号を書いておいたカードを捜《さが》し出した。

「ほら、これもってて。先の予定は、その、ちょっとはっきりしないんだ。どこにどれくらいいるかもわからないし。でも、たぶん、ダーンのところに泊《と》まってると思う。それに、もしぼくがよそへ行っても、ダーンならぼくの居場所がわかるから。電話するよ。でも、できればきみから電話してほしいな。もしきみがそうしたいと思ってるなら」

ヒレはほほえんだ。「わかったわ、ドムコップさん。わたしはどうしても、なにがなんでも、あなたに電話したいわ。これでいい？」

「ごめん！　旅行してるとこうなっちゃうんだ。いつだって、少し気が大きくなって……」

「ほんとにいっしょに行かなくていいの？　せめてユトレヒトまででも？」

「だいじょうぶ。ただ……きみのせいで気が高ぶってるだけで――」

「あら、あなたがそうなったのはわたしのせいだっていうのね！　すべてはイヴが悪いのよね、ミスター・アダム！　いつだってそうなんだから！」ヒレは笑った。「もうすぐヴォルフヘーゼよ。気が高ぶってて、最後のキスなんかするどころじゃないかしら？」

「ほんとに最後のキスにならないといいんだけど」

「ならないわよ」ヒレは両手でジェイコブの頬《ほお》をはさんだ。「今日のところは最後のキス。どう？」

「いい考えだ」

17　ヘールトラウ(7)

その後の日々が――むしろ、夜が、といった方がいいかもしれません――至福の時だったとまでいうつもりはないけれど、人生で一番いとおしく思える時間だったことはまちがいありません。六週間。まばたきすれば消えてしまうくらい短い日々。けれど記憶《きおく》の中ではずっと長く思えます。今にいたるまでのどの一年間とくらべても、あれほど思い出がたくさんつまった日々はありません。わたしはあの時を思い出しながら死んでいくつもりです。あの時の彼《かれ》を。ジェイコブを。わたしの最愛のジェイコブを思い出しながら。

ヴェッセリング夫人が部屋から姿を現したのは、十日ほど閉じこもったあとの日曜の朝で、教会へ出かける身支度《みじたく》をしていました。わたしとヴェッセリングさんは朝食をとっていたのですが、夫人はご主人にもわたしにもひとことも声をかけず、自転車で出かけていきました。そして帰ってくると、ふだん着に着替《きが》え、なにごともなかったように家事にとりかかりました。夫人がオルガンを弾《ひ》き始めたのも、その午後のことです。その日も、そのあとも、夫人が部屋にこもっていたことは話題にされず、ほのめかされることすらありませんでした。

でも、夫人はすっかり別人になっていました。過去のヴェッセリング夫人は存在しなかったように消えうせ、新しい夫人は、以前と正反対の人物になっていました。なににつけても投げやりなのです。わたしに文句を言ったり、せきたてたりもしなくなりました。わたしがした仕事を点検もしません。立ち居ふるまいにけちをつけたり、仕事のやり方を教えたりもしませんし、毎朝指示を出すこともなくなりました。わたしは喜ぶより、むしろ気の毒に思いました。以前のヴェッセリング夫人は気難しくて、時には腹だたしく思うこともありましたが、生き生きとして活力に満ちた人でした。なのに新しいヴェッセリング夫人は、自動人形、ロボット、意志もなく自分の心さえない抜《ぬ》け殻《がら》のようで、ただ手順に従って家事をこなしているだけに見えました。機械というのはみなとても便利なものですが、それがもとは人間だったとなると、話は別です。

ただ一点、わたしにとって好都合なことがありました。ヴェッセリング夫人は、わたしがジェイコブのところへ行っても、もうなんとも思わなくなったのです。わたしがいつ、どれくらいジェイコブのところへ行っていようが、なにをしていようが無関心でした。たとえ、わたしが夜中に部屋を抜《ぬ》け出してジェイコブのもとへ行き、翌朝、起床《きしょう》時間の直前になって戻《もど》ってくるのに気づいていたとしても、なにも言いませんでした。ですから、わたしは好きな時に好きなことをしていましたが、注意を引いたり、怒《いか》りを買ったりしないよう、いつも目立たないようにはしていました。

わたしはこの時期のことを、ジェイコブとわたしが事実上、夫と妻としてともに暮らした時期だったと思っています。将来についての話はあまりしませんでした。この先の人生をともに過ごそう、そのために必要ならどんなことでもしよう、そこまでは話しあいましたが、それだけでした。二人の一番の関心事は、まずジェイコブの体を丈夫《じょうぶ》で健康な状態に戻《もど》すこと、そして二番目は戦争を生き延びることでした。

ジェイコブはもう、逃《に》げることを考えてはいませんでした。二人で話しあい、連合軍が解放しに来てくれるまで隠《かく》れ部屋にひそんでいよう、それから、そのまま二人いっしょに暮らすにはどうしたらいいか考えよう、と決めたのです。それが許されず、イギリスに帰るか、ふたたび戦闘《せんとう》部隊に加わるよう命じられたら、受け入れなければならない。でもそうなったら、ジェイコブは戦争が終わるのを待って、わたしのもとへ戻《もど》ることにしたのです。わたしたちは、やがて二人で暮らせることをみじんも疑っていませんでした。

芽生えたばかりの愛は輝《かがや》く星に似て、自らエネルギーを発散するものです。二人の若者がはぐくむ愛は、どこまでも広がる天空です。疑いの入りこむ余地はありません。しかも、わたしたちは農場に閉じこもっていたので、ほかの人たちから切り離《はな》され、繭《まゆ》の中で暮らしているようなものでした。平時だったら、友人や家族とまじわり、親しい相談相手には二人の愛のことや将来の希望や計画を打ち明け、励《はげ》まされたり、やめておけと言われたりして、現実を思い出し、地に足をつけておくのを助けてもらったはずです。でも、あの時のジェイコブとわたしは、自分たちで作り出したあぶくのような楽園に生きていました。恋愛《れんあい》初期の情熱に捕《と》らわれたすべての恋人《こいびと》たちに共通する能力で、ともに過ごす時間を少しでも傷つけたり、二人の将来をじゃましたりする考えは、すべて心の外に閉め出していました。見ようとしなければまわりは見えません。ただでさえ、恋《こい》は盲目《もうもく》というではありませんか。世界はわたしたちが願うとおりのものに見え、運悪くそうでなかったとしても、二人の力で変えてみせると思っていたのです。

でも、あぶくは簡単にはじけるものです。わたしたちのあぶくがあれだけもちこたえたのは、とても幸運だったのでしょう。

気づかないふりをしようとしていましたが、戦争は日々、わたしたちの身に迫《せま》っていました。冷たく雨の多い冬が始まりました。ますます多くの人たちが、農場に続く小道を足を引きずりながらやってきては食べ物をねだるようになりました。交換《こうかん》してくれといって貴重品をさし出す人もしばしばでしたが、そうした品物を見るとつらくてたまりませんでした。何代も一家に伝わってきた品々、恋人《こいびと》の髪《かみ》の毛を入れていた金のロケット、かつては大切な家族の写真をおさめていただろう銀の額、子どものころに集め始めた切手のコレクション入りアルバム、時には金の結婚指輪《けっこんゆびわ》までが、食料を手に入れようと必死になった人たちによってさし出されました。

会えば胸がふさぐようなこうした訪問者たちから、わたしたちは都市部のニュースを聞きました。ドイツ軍が相変わらず成人男性を労働に駆《か》り出していること。アペルドールンにあるファーバー社の文具工場が爆撃《ばくげき》を受けたこと。アルネムの住民はみな疎開《そかい》し、戦闘中《せんとうちゅう》、住民がイギリス軍を助けたことへの報復として、町がSS（ナチス親衛隊）による略奪《りゃくだつ》を受けたこと。連合軍の落下傘《らっかさん》部隊がベネコムの近くに降下し、付近で戦闘《せんとう》が続いていること。ある人がハーグの友人から聞いた話では、ジャガイモひと袋《ふくろ》が百八十ギルダー（これはとんでもない高値です）もしたそうです。ロッテルダムでは、四万人から六万人もの男性がドイツ軍によって連行されていました。

いたるところで学校が閉鎖《へいさ》され、鉄道員がドイツ軍に対するストライキを続けていたので、列車も走っていません。材料不足で靴《くつ》の修理ができず、農場にやってきた人たちの中には、なにか靴底《くつぞこ》にできるものはないかと聞く人もいました。大勢の人たちが疎開《そかい》した先では緊張《きんちょう》が高まり、食料や住居の不足から、疎開《そかい》していった人たちと地元民のあいだで言い争いや殴《なぐ》り合いのけんかまで起きているようでした。生活するのが難しくなった場所から、比較的《ひかくてき》暮らしが楽で安全だと聞いた場所へ移動する人たちが、あちこちで見られるようになっていました。北部のフリースラント州、フローニンゲン州、ドレンテ州では食料が豊富だといわれていたので、人々は噂《うわさ》だけを頼《たよ》りに、わずかな家財道具を荷車に積み、自転車にしばりつけ、安全を求めて家を出ていったのです。しかし、すでに南部の一部は解放され、事態は少しずつ好転しているようでした。「でも、いつになったらわたしたちのところまで来てくれるんだ？」「いつになったらあの野蛮人《やばんじん》どもから自由になれる？」「いつまでも終わらないんじゃないか？」人々は言いました。「あとどれくらいかかるんだ、ああ、神さま、あとどれくらい……」

農場の私道を引き返していく時、人々はわたしたちにうらめしそうな視線を投げかけました。農場ならたくわえているはずだと思っていた貴重な食料――バターやチーズ、果物、パン、肉類、小麦粉、牛乳などをあまり売ってもらえなかったからです。もっとも痛ましかったのは、幼い子どもを抱《だ》いた母親たちでした。彼女《かのじょ》たちは、子どもに食べさせるわずかな食料のためならなんでも、それこそどんなことでもする覚悟《かくご》で来ていました。

『飢餓《きが》の冬』が深まるにつれ、農場主たちは悪者あつかいされるようになりました。あまりに多くの人が助けを求めて訪れるので、そのすべてを満足させることはできなかったからです。助けを求めてきた人たちの中には、やけになって乱暴を働く者もいました。ついには多くの農場主が、自分たちの暮らしや命さえおびやかされていると感じ、やってきた人たちをすべて追い返すようになりました。戦争前だったら、彼《かれ》らもそんな冷たいことをすると考えただけで、驚《おどろ》き、恥《は》じ入ったことでしょう。

これもまた、日がたつにつれ、ますます回数が増えていましたが、戦闘機《せんとうき》が――ジェイコブは、スピットファイアやハリケーン（いずれもイギリスの戦闘機）だと言っていました――頭上を低空飛行で飛びすぎる轟音《ごうおん》をよく耳にしました。ドイツ軍の車両や、そのほかなんでも、敵らしいものを見つけしだい、機銃《きじゅう》掃射《そうしゃ》を加えるのです。表の道路を走っていた車両が機銃《きじゅう》掃射《そうしゃ》を受けるのを三、四回、目にしましたが、車は破壊《はかい》され、乗っていた人は死ぬか負傷するかして道に投げ出されました。そのたびにわたしたちは外に出て、まるで今起きた殺戮《さつりく》が、ゲームで上げた得点であるかのように、飛行機に向かって手を振《ふ》り、歓声《かんせい》をあげたものです。そして、車両の残骸《ざんがい》や死んだり傷ついたりしたドイツ兵はいつも、そのままほうっておきました。「自分の血や糞《くそ》にまみれて腐《くさ》っていくがいいさ」ヴェッセリングさんはそう言って唾《つば》を吐《は》き、仕事に戻《もど》っていきます。夜が来る前にドイツ軍が通りかかってあと始末をしなければ、闇《やみ》にまぎれてレジスタンスの人たちがやってきて、なにか使えるものはないか、あさっていました。

これほど奇妙《きみょう》な日々はありませんでした。日中はつきることのないつらい家事や農場の仕事に追われ、戦争のなりゆきを心配し、ヴェッセリング夫妻と波風をたてぬよう心を砕《くだ》いていました。なのに、日が落ちてからは、隠《かく》れ部屋の中でジェイコブとともに過ごし、情熱的で愛情のこもったセックスをし、二人だけの会話や冗談《じょうだん》を楽しみ、心を慰《なぐさ》め、二人で暮らす未来を思い描《えが》き、サムからもらった詩集（これしか英語の本はありませんでした）を読んだり、好きな詩を暗唱しあったりして気分転換《てんかん》していたのです。

ジェイコブが詩集を読んでくれたり、二人でおしゃべりをしている時、わたしはたいてい縫《ぬ》い物をしていました。縫《ぬ》い物！　当時、わたしたち女性はどれほどたくさんの縫《ぬ》い物をしたことでしょう。男性の靴下《くつした》をつくろい、下着やドレスを作り、シーツを長もちさせるために端《はし》と真ん中を入れ替《か》えて縫《ぬ》いあわせ、クッションやカーテン、テーブルクロスや椅子《いす》のカバーをこしらえてはまた作り直し、破れた作業服につぎをあて、シャツの裾《すそ》から新しい襟《えり》を作りました。いくらやってもきりがありません。今ではもう、こんなことはだれもやらなくなってしまいましたね。これも家事のひとつではありましたが、長い夜を過ごすのに、テレビやビデオ、ＣＤやコンピュータ・ゲームといった気晴らしもなく、戦時中はラジオも自由に聞けなかったのですから、縫《ぬ》い物は心休まり、気持ちがほぐれる手仕事でもあったのです。手先と目は、細かい針運びや反復作業に忙《いそが》しくても、心と舌は自由に動かせました。当時はよく、「小人閑居《しょうじんかんきょ》して不善をなす」といわれ（これもまた、よく聞く格言ですね）、こうした役にたつ仕事で忙《いそが》しくしていないのは罪だと見なされていましたし、静かなひと時を過ごすには、縫《ぬ》い物はちっとも退《たい》屈《くつ》な仕事ではありませんでした。それに、ヘゼルッフな感覚を増してくれるものでもありましたし。

ヘゼルッフ。この言葉をどう訳したらいいのかわかりません。これはオランダ人ならではの価値観で、文化や国民意識の深いところに根ざしています。手もとの辞書には、「居心地のいい、親しみのある、なごやかな、一体感」といった訳語が挙げられています。でも、わたしたちにとって、ヘゼルッフは、こうした言葉よりずっと多くの意味をもっているのです。たぶん最近では、わたしの若いころにくらべるとそうでもなくなっているのでしょうが、当時は、ほとんど神聖な、といってもいいくらいの価値観でした。ヘゼルッフを乱す者はだれでも、社会的な罪を犯したことになるのです。そしてジェイコブと過ごした時間は、まちがいなく、わたしにとって特別なヘゼルッフをそなえた時間でした。

ジェイコブが朗読しない時は、それぞれが好きな本の話をしました。ジェイコブはわたしが聞いたことのないイギリスの作家や本のことを話してくれましたが、戦後、わたしはそういう本を捜《さが》して読むようになりました。わたしも、すばらしいと思うオランダの作家たちの話をしました。流行歌を歌いあうこともありました。ジェイコブはイギリスでの生活や電気工の仕事、大好きなクリケットについて話してくれましたが、わたしはクリケットなど見たこともなく、いくら熱心に説明してもらっても、結局よくわかりませんでした。今でもクリケットのことはさっぱりです。わたしはまた、どうして母さんのように教師になりたいのか話しました。友だちのこと、自分の生い立ちも話しました。こうして時間は過ぎていきました。でも、わたしが一番好きだったのは、ベッドでいっしょに過ごす時間でした。

ジェイコブのそばを離《はな》れて隠《かく》れ部屋の外にいると、現実を避《さ》けて通ることはできません。家事や農場の仕事は終わりのない苦役《くえき》でしたし、食料を求めてやってくる人たちとの応対に神経はすりへり、野蛮《やばん》な戦争は終わらず、いつ捜索《そうさく》を受けてジェイコブが見つかり、わたしたち全員が捕《つか》まってしまうかもしれないという恐怖《きょうふ》にもつねに悩《なや》まされていました。心身ともに疲《つか》れきっていたのです！ 胸の内ではさまざまな感情が音をたててぶつかりあい、戦っていました。でも、こうした不安や罪の意識は、できるだけ心の奥《おく》に押《お》しこみ、気づかぬふりをしていました。

こうした日々を切りぬけ、生き延《の》びるには、昼も夜も、その瞬間《しゅんかん》を一秒一秒生きていくほかありません。あるのは「今」だけ。この瞬間《しゅんかん》だけ。ほかのことはすべて頭の外に追いやるのです。昨日は思い出さず、明日のことは考えない。ジェイコブのそばにいない時は、自分の気持ちを内に閉じこめ、彼《かれ》と離《はな》れている時間ができるだけ早く過ぎるよう、なにがあってもできるだけまどわされないよう、すべき仕事に没頭《ぼっとう》しました。そして、隠《かく》れ部屋に戻《もど》ると、自分を解《と》き放《はな》ち、ジェイコブに心を開き、彼《かれ》だけに気持ちを集中し、わたしのありったけをそそぎこむのです。ほかに言い表す言葉が見つからないのですが、ジェイコブはわたしにとって全世界でした。

あんなに奇妙《きみょう》な、凝縮《ぎょうしゅく》された時は、経験したことがありません。ジェイコブと過ごしたあの時にまさる、いえ匹敵《ひってき》する出来事でさえ、どうしてほかにありえるでしょう？　そして、人生のつねとして、あのような時間が長く続くものでしょうか？

もちろん、長続きはしませんでした。

終わりは、二、三週間ぶりに明るく晴《は》れわたった日に訪れました。その日は、冬にときおり見られる、過ぎた夏の記憶《きおく》とふたたびめぐりくる夏の予兆を感じさせる、郷愁《きょうしゅう》を誘《さそ》う天気でした。わたしは、あの九月の日曜日、農場から自転車で家に帰る途中《とちゅう》、空一面に散らばる落下傘《らっかさん》を見た時のことを思い出しました。それはもうずいぶん昔のことに思えました。今の自分が、あの時家に向かって自転車を飛ばしながら、「自由、自由よ！」とひとり叫《さけ》んでいた少女と、どれほどちがう人間になってしまったことかと思いました。

その日は風もなく暖かな晴天だったので、朝、庭にシーツを何枚か干していました。夜寝《ね》る時、シーツがさわやかな外気の匂《にお》いをさせていれば、きっと心地よいことでしょう。冬が来てから、シーツはいつも納屋の中に干していたので、干し草の臭《にお》いがしみついていたのですから。日が沈《しず》みかけたころ、わたしはシーツをとりこみに外へ出ました。ちょうど庭に面した部屋で、ヴェッセリング夫人が窓を開けたままオルガンを弾《ひ》いていました。その日は換気《かんき》のために家じゅうの窓を開け放っていたのです。夫人は長いあいだオルガンを弾《ひ》いていなかったので、子どものころに使った教則本でもう一度練習している時期でした。わたしは、夫人がその夕方に弾《ひ》いていた小曲を忘れることができません。ベクッチ作曲の素朴《そぼく》なワルツでした。シーツをとりこみ、たたんでいると、こぼれてきたメロディに包まれました。その日は、昼食後の時間をジェイコブと過ごしたのですが、彼《かれ》はいつになく性急で、欲望に満ち、わたしの体はその余韻《よいん》でまだほてっていました。ジェイコブは体をもとに戻《もど》そうと努力していましたし、傷の治りも順調で、ほとんどふつうに歩けるようになり、体力もかなりついてきていました。わたしは幸せのあまりぼーっとして、夜になればまたいっしょになれると思うと待ち遠しくてしかたなかったことを覚えています。

そんな思いにふけっていたので、後ろから近づいてくるジェイコブの足音が聞こえませんでした。気づいたのは、彼《かれ》の腕《うで》が腰《こし》に巻きつき、抱《だ》き寄せられてからのことです。わたしは小さな驚《おどろ》きの声をあげ、たたみかけていたシーツをとり落としました。

「なにしてるの！　こんなふうに外に出てきちゃだめじゃない。危険よ」ジェイコブはわたしのうなじにキスしながら、くすくす笑いました。「ヴェッセリングのおばさんに見られたらどうするの？」

そう言いはしましたが、わたしはジェイコブの腕《うで》を振《ふ》りほどこうともしませんでした。

「見やしないさ」ジェイコブはわたしの耳にささやきました。「楽譜《がくふ》を追うのに忙《いそが》しいからな」

ジェイコブはわたしをふりむかせると、腰《こし》に腕《うで》をまわし、お尻《しり》に手をあてて引き寄せました。わたしは腕《うで》を彼《かれ》の首に巻きつけ、彼《かれ》の頭を抱《だ》きました。押《お》しあてられた彼《かれ》のものが大きくなるのが感じられます。

「まったく、貪欲《どんよく》なんだから！」わたしは笑いながら言いました。これはジェイコブから教わった言葉で、彼《かれ》がわたしをからかう時に使った言いまわしでした。

「今、ここでやろう。外で、この庭で、きみの洗ったきれいなシーツを敷《し》いて。すてきだと思わないか？」

「ええ、とっても。でも、また今度ね」

ジェイコブはしばらく黙《だま》ったまま、じっとわたしを見つめていました。初めて出会ったあの時に、真っ先に目に飛びこんできて、あっという間にわたしを虜《とりこ》にしたあの茶色の瞳《ひとみ》で。ジェイコブはもう笑いもせず、冗談《じょうだん》も言いませんでした。ただ、こう言ったのです。

「踊《おど》ろう」

わたしたちは、ヴェッセリング夫人のおぼつかない指が奏《かな》でるゆっくりしたリズムに合わせ、小さくステップを踏《ふ》みました。冬のぬかるんだ土に足をとられ、ほとんど動けなかったからです。それでも、互《たが》いをいとおしむようにリズムに乗って体を揺《ゆ》らしました。

それから、その場でゆっくりとまわり始めました。とてもゆっくりと！　ジェイコブの頭が、二度シルエットになったことを覚えています。日の光が後光のようでした。二度目の回転が終わらないうちに、突然《とつぜん》ジェイコブが動きを止め、一歩後ろに下がりました。ぎごちない、ロボットのような、恐《おそ》ろしい一歩でした。わたしはそれを体で感じました。目で見ていたのは彼《かれ》の瞳《ひとみ》だけ。わたしは、ジェイコブと向きあってからずっと、彼《かれ》の瞳《ひとみ》しか見ていませんでした。彼《かれ》が突然《とつぜん》動きを止めた瞬間《しゅんかん》、その瞳《ひとみ》から生気が失われました。瞳《ひとみ》から彼《かれ》の存在が消えてしまったのです。自分の声が聞こえました。「ジェイコブ？」

返事は返ってきません。ジェイコブは崩《くず》れ落ちました。まるでだれかに殴《なぐ》られたように、地面に倒《たお》れてしまったのです。

わたしはいつもこう考えて、自分を慰《なぐさ》めてきました。少なくともジェイコブの死は急なことで、苦しんだとしても、ほんの一瞬《いっしゅん》だったはずだ。あれ以上楽な死に方はないだろう、と。

わたし自身については、あの日、自分の一部がいっしょに死んだとしかいえません。悲鳴《ひめい》を聞いたヴェッセリング夫人が家から走り出てきて、ご主人もすぐそのあとからやってきました。二人はジェイコブを生き返らせようと手をつくしましたが、それはただ、人の命はなんとしてでも永らえさせなくてはならない、できることはすべてやったと納得するまではあきらめきれない、という人間の本能にもとづく行為《こうい》にすぎませんでした。三人とも、ジェイコブが死んでいることは見たとたんにわかったからです。

息を吹《ふ》き返さないことがわかると、三人でジェイコブの体をシーツでくるみ、家の中に運びこんで、台所のテーブルの上に横たえました。二階の寝室《しんしつ》へ運びあげることなど考えもしませんでした。わたしたちはテーブルを囲み、白い布でおおわれた遺体を見つめていました。

「いったいどうしたのかしら?」ヴェッセリング夫人が言いました。

「心臓発作だろう」ご主人が答えます。「さあ、どうしたものかな」

わたしはなにも言えませんでした。ふいに体がぶるぶる震《ふる》えだし、そのままこなごなになってしまいそうでした。ヴェッセリング夫人がわたしをストーブのそばへ連れていき、椅子《いす》に腰《こし》かけさせると、ショールをもってきて肩《かた》にかけてくれました。

「熱いコーヒーをいれてくださいな」夫人はご主人に言いました。「蜂蜜《はちみつ》をたっぷり入れて。三人ぶんね」

コーヒーが入っても、わたしはカップをもつことができず、夫人にスプーンですくって飲ませてもらいました。

「医者を呼んだ方がいいんじゃないか？」ヴェッセリングさんが言いました。

「なんのために？　医者になにができるっていうの？」と夫人が言いました。

「じゃあ、牧師か司祭だ。きちんと葬《ほうむ》ってやらないと」

「宗派がわからないわ。それに、だれを信用していいかもわからないし」

「じゃあどうする？」

「遺体を埋《う》めましょう。ほかになにができて？」

「どこに？」

「さあ……。庭の隅《すみ》にでも」

このやりとりはすべて聞こえていましたが、意味のない雑音としか思えず、知らない外国語のようでした。なにか考えていたわけではありません。心が閉じてしまったのです。頭の中にはただ、白い布でおおわれたジェイコブの遺体しかなく、目をそらすことができません。

ヴェッセリング夫妻も黙《だま》ってしまいました。夫人は、コーヒーをわたしの口にひとさじひとさじ入れてくれました。スターンデ・クロック（縦型の大きな振り子時計）の音が耳につき、部屋じゅうチクタクという音でいっぱいになった気がしたのを覚えています。

しばらくしてわたしの震《ふる》えがおさまったころ、ヴェッセリング夫人が言いました。「こんなふうに座りこんでちゃだめ。よくないわ。自分の部屋へ行ってらっしゃい。あとはわたしたちにまかせて」まるで強壮剤《きょうそうざい》でも注射されたように、たちまちわたしの体じゅうの器官が活動し始めました。「だめ、だめよ」わたしは椅子《いす》に腰《こし》かけたまま、背筋《せすじ》を伸《の》ばしました。「わたしたちはいつもいっしょに切りぬけてきた。ジェイコブがうちの地下室に運びこまれてから、ずっとわたしが世話してきたんです。今も、わたしが世話してあげなくちゃ」

「でもな、ヘールトラウ」と、ヴェッセリングさんが言いました。「ジェイコブはもう死んでるんだ」まるで、わたしがその事実をまだ知らないと思っているような言い方でした。

わたしは笑みを浮《う》かべ、自分でも満足できるくらい落ち着いて答えたことを覚えています。「ええ、わかってます。遺体を埋《う》めなければならないことも、それはわたしたちだけでやらなければならないことも。わたしが遺体を清めます。おじさんはお墓を掘《ほ》ってくれませんか？　できるだけ早くすませた方がいいでしょう？」

今考えると、夫妻がなんの話し合いもなしに、十九の小娘《こむすめ》が言いだしたことを受け入れたのは驚《おどろ》きです。ヴェッセリングさんは、それから二、三時間かけて棺《ひつぎ》を作りました。厚板を釘《くぎ》で打ちつけただけの細長い箱にすぎませんでしたが、内側に防水布を張ってくれました。

ご主人が忙《いそが》しくしているあいだ、夫人は、わたしがジェイコブの遺体を清めるのを手伝ってくれました。服を脱《ぬ》がせ、体を洗い、また、下着から始まって白いシャツ、黒いズボンに黒い靴下《くつした》を着せました。

どれも、夫人が見つけられた中では一番新品に近いものでした。それが終わると、台所を片づけ、ジェイコブを寝《ね》かせていたテーブルに赤いビロードの布をかけ、六本の背の高い真鍮《しんちゅう》の燭台《しょくだい》を磨《みが》いて、ロウソクに火を灯《とも》し、遺体の両脇《りょうわき》に三本ずつ並べました。ほかの明かりをすべて消し、スターンデ・クロックを夜中の十二時きっかりに止めました。

そのあとで、わたしはジェイコブのわずかな所持品をとってきて、軍の認識票といっしょに小麦粉が入っていたブリキ缶《かん》に入れ、ドイツ軍が捜索《そうさく》に来ても見つからないことを祈《いの》りながら、ヴェッセリング夫人と二人で、シーツ類がしまってある戸棚《とだな》の奥に隠《かく》しました。戦争が終わったら、遺品《いひん》を家族に送り返したいと思ったからです。実際、わたしはそうしました。自分のためには、戦闘服《せんとうふく》にとめてあった落下傘《らっかさん》部隊の記章と、あとでふれますが、形見となるものをひとつ残しただけでした。

それ以上できることもなくなったので、わたしは二人を説得して、寝《ね》てもらいました。あとは朝までひとりきりで、ジェイコブのかたわらで通夜を務《つと》めたのです。サムの詩集から、二人のお気に入りの詩を声に出して読んでは、涙《なみだ》を流しながら。

外で動けるくらい明るくなるとすぐ、ヴェッセリングさんは菜園に出ていき、一番遠くの隅《すみ》に墓穴を掘《ほ》り始めました。絶対見つからない深さまで掘《ほ》るには、三時間ほどかかり、掘《ほ》り終えた時には、すでに八時をまわっていました。その間《かん》ずっと、夫人は農場に近づく者がいないか見はっていました。

墓の準備ができると、ヴェッセリングさんは棺《ひつぎ》を手押《てお》し車に乗せ、台所の戸口までもってきました。そして、わたしと二人で棺《ひつぎ》を部屋の中に運びこみ、テーブルの横の床《ゆか》に置くと、ヴェッセリング夫人とご主人が、わたしの愛する人、わたしの恋人《こいびと》を棺《ひつぎ》の中に横たえました。わたしはヴェッセリングさんがもっていたふたのしっかり閉まるタバコ用の缶《かん》を、ジェイコブの横に入れました。缶《かん》の中には、ジェイコブの名前、生年月日と、簡単な事情を書いたカードを入れておきました。オランダ解放前にわたしたち三人の身になにかが起き、その後だれかが墓を見つけたら、と考えたのです。

ヴェッセリングさんが、防水布をとっておいてくれたので、それでジェイコブの遺体をおおいました。とうとう、胸をかきむしられるような瞬間《しゅんかん》が来ました。ヴェッセリングさんが棺《ひつぎ》のふたを閉じ、釘《くぎ》で打ちつけたのです。

それがすんでも、わたしたちは黙《だま》って立ちつくしていました。きっとヴェッセリング夫妻もわたしと同じように、ほかになにかすべきことが、言うべきことがあるはずだ、と感じていたにちがいありません。あの寒々とした瞬間《しゅんかん》がすべての終わりであっていいものでしょうか。戦火をくぐり、ジェイコブの負傷、農場までの移動、ドイツ軍の捜索《そうさく》にも耐《た》えぬき、彼の回復のためにあんなに力をつくし、ともに愛しあう日々を過ごしたあとで、なぜあんな終わり方しかなかったのでしょう？　人生は、なぜこんなにも不公平なのでしょうか？

「急がないと」ヴェッセリングさんが静かな声で言いました。「時間がない」

三人で、外に置いてある手押《てお》し車まで棺《ひつぎ》を運びました。ヴェッセリングさんが頭の方を、夫人とわたしが足の方をもちました。ヴェッセリングさんが棺台《かんだい》となった手押《てお》し車を押し、家から菜園の隅《すみ》までのわずかな距離《きょり》を、葬列《そうれつ》は進んでいきました。わたしは、今この瞬間《しゅんかん》にドイツ軍が捜索《そうさく》に来てもかまわないと思いました。来るなら来い。わたしを連行すればいい。好きにしていい。殺すなら殺せ。生きることに未練はない。ジェイコブはもういない――死んでしまったんだから。わたしは頭の中でその言葉をくり返しました。死んでしまったんだから。墓穴まで歩いていきながら、わたしはジェイコブといっしょに死ねたら、と思っていました。

降り続いた雨のせいで、地面は水をふくんでいました。すでに穴の底には水がたまっています。それを見たわたしは心を閉ざし、自分たちがなにをしているのか考えないようにしました。どうやって棺《ひつぎ》を墓穴に降ろしたのかさえ覚えていません。覚えているのはただ、スコップを手にとり、わたしが棺《ひつぎ》に土をかぶせる、と言いはったことだけです。土をすくってはかけ、すくってはかけしているうちに、募《つの》る怒《いか》りが力に変わり、しだいに手の動きが速くなっていきました。やがてヴェッセリングさんが、わたしの腕《うで》を押《お》さえて言いました。「もういいだろう。疲《つか》れてしまうぞ。あとはわたしがやるから」とたんに体から怒《いか》りがもれていくような気がして、気がつくと、力が抜《ぬ》け、立っていられないほどでした。

ヴェッセリング夫人が腰《こし》に腕《うで》をまわして支えてくれ、わたしたち二人は、ご主人が墓穴を埋《う》め終え、残った土をならすのを見ていました。

「あとで上に敷石《しきいし》を並べておくよ」終わると、ヴェッセリングさんが言いました。

「安らかに眠《ねむ》りますように」夫人が言いました。「なんて悲しいこと……」

「解放後に、きちんと葬《ほうむ》ってやろう」ヴェッセリングさんが言いました。「今はこれがせいいっぱいだ。家畜《かちく》たちの世話もあるしな」

ヴェッセリングさんは墓《はか》に背を向け、手押《てお》し車を押して仕事に戻《もど》っていきました。そしてわたしは、夫人に連れられて家に入りました。

その日はずっと、墓の前でジェイコブに送る言葉をかけてやらなかったことが気になってしかたありませんでした。そんな些細《ささい》なことでくよくよするのは奇妙《きみょう》に思えるかもしれませんが、悲しみに暮れている時、人の心はその痛みをごまかすために、さまざまな方法を見つけるものです。そこでわたしは、日暮れ時になるとひとりで外へ出ていき、ジェイコブの墓の前に立つと、サムの詩集の中でジェイコブが大好きだった詩のひとつ、ベン・ジョンソンの頌歌《しょうか》を暗誦《あんしょう》しました。ジェイコブは最後の二行がとくに好きで、ほかのどんな言葉より人生をうまく言い表している、と言っていたものです。

樹木のように太く大きくなったとて、
　優れた人になるわけでなし、
三百年、樫《かし》の木のように立ったとて、
切り倒《たお》されて、葉をなくし、残るは干からび乾《かわ》いた丸太のみ。
　それにひきかえ、たったひと日《ひ》の命でも、
　五月の百合は麗《うるわ》しい、
たとえその夜に伏《ふ》して死すとも。
そは内なる光を映す花。
小さきものの中にこそ、われらは美を見出し、
わずかな時にこそ、人生は全《まった》きものとなりぬべし。

18　ジェイコブ(11)

人生の大きな目的は知覚――
つまり、自分が存在すると感じとることである。
――バイロン卿《きょう》

翌日、目を覚ましたのは遅《おそ》くて、十時半。それまでは死んだように眠《ねむ》っていた。起き出したのも小便がしたくなったからだ。すぐにベッドに戻《もど》るつもりだったが、トイレへ行くまでのあいだに、公園でヒレとしたあれこれがあざやかによみがえり、用をすませるころには、記憶《きおく》の中の感覚が今また肌《はだ》に感じられるような気がしていた。もう一度あの時の興奮を味わいたいという欲望がふくれあがり、この、もうひとつの生理的欲求をマスターベーションで満たさずにはいられなくなった。ここしばらく味わったことのない満足感があった。そりゃそうだよな、とジェイコブは思った。だって、今日は実在するある人《サムバディ》を思い浮《う》かべてしたんだから――そう、ある人《サム・バディ》の体と心を。幻想《げんそう》でもなく仮想現実でもない、この手で実際にふれられる、本当の現実に刺激《しげき》されて。

セックスの代替行為《だいたいこうい》をすませたジェイコブは、寝乱《ねみだ》れた髪《かみ》をした、自慰《じい》のあとの汗《あせ》ばんだ自分を鏡で見ながら、ほほえみ、ウィンクして、声に出して言った。「肌《はだ》、肌《はだ》、人の肌《はだ》が好きだーっ」

オランダに来て初めての幸せな気分だった。昨日ヒレといる時もきっと幸せだったんだろうが、幸福のさなかだったので、自分が幸せかどうかなんて考えなかった。人は、幸福が過去のものにならないと自分が幸せだと気づかないものなのだろうか？　実際に幸福が進行している時間は幸福感を生む源《みなもと》でしかなく、幸せだと感じるのは、それを思い出している時なのだろうか？　セアラなら議論の対象にしたがるような疑問だ。ヒレはどうだろう？　ジェイコブは、その答えがイエスだと知っているのがうれしかった。朝食をすませたらヒレに手紙を書かなければ。いや、これは義務じゃない。書きたいから書くんだ。義務《ぎむ》のように考えたこと自体が、罪の意識となってちくりと心を刺《さ》した。そうだ、セアラにも書こう。でもそれは書きたいからとはいえず、書かなくてはならないからだ。葉書《はがき》一枚でもいいからそろそろ送っておかないと、セアラは傷つき、忘れられたと思うだろう。こちらに着いた日に無事を知らせる短い電話をしただけで、その後は連絡《れんらく》してない。気にしていないふりをするだろうが、でも本当は気にするたちなのはわかっている。電話より手紙や葉書の方が好きなこともわかっていた。

ともかく、ジェイコブは上機嫌《じょうきげん》で歯を磨《みが》きながら、ぼくは幸せだ、と心の中でくり返した。上機嫌でシャワーの下に立ち、上機嫌で髪《かみ》を洗い、上機嫌で全身に石鹸《せっけん》をなすりつけ、シャワーのノズルをもてあそぶように、上から下から横から上機嫌で体じゅうに湯をかけ、上機嫌でシャワーを終え、上機嫌でタオルを使い、今回母親からもらった携帯《けいたい》用旅行セットの中にちんまりおさまっていた小型のハサミで、上機嫌で手足の爪《つめ》を切り、上機嫌で髪《かみ》をとかしながら、この旅にそなえて短く刈《か》っておいてよかったと思い、シャワーに洗われ、清潔で、つやつやになった鏡の中の肉体を上機嫌でながめた。

この世で一番美しいのはだれ？
それはきみだ、って言った方が身のためだぜ、
さもないとたたき割っちまうぞ。

この時ばかりは、鏡に映る自分の姿にかなり満足していた。とくにペニスには満足で、今やそいつは、かまってくれとばかりにまた頭をもたげている。いや、こいつはあとまわしだ。まずは腹の虫の相手をしてやらないと。（昨日オーステルベークから帰ってきた時は、疲《つか》れきっていたし、いろんなことで頭がいっぱいだったので、なにも食べずにまっすぐベッドに入ってしまった。それは、ひとりになりたかったし、ダーンと話をせずにすむからでもあった。あとで起きてなにか食べるつもりだったが、横になったとたん、あっという間に眠《ねむ》りに落ち、朝まで目覚めなかった。）

ジェイコブは服を着ながら、ヒレのことを考え続けた。今まで女の子に対してこんな気持ちになったことはない。たしかに何人か、寝《ね》てみたいと思った子はいたし、友だちにはなってもその気になれなかった子もいる。でも、ヒレのように、心も体も「動揺《どうよう》」させられた女の子はいない。もちろん、今朝のように幸せな気分にしてくれた子などいなかった。怖《こわ》いくらいだ、ジェイコブはキッチンに向かいながら考えた。そして、ひと晩たって、ヒレはぼくのことをどう思っているんだろうか、とも思った。

キッチンのカウンターの上にある照明のかさに、大きな黄色い紙に書かれたダーンからの書き置きが貼《は》りつけてあった。紙はたれ幕のようにぶらさがっている。

ジェイコブへ
　予定が変わった。
ヘールトラウ
　今日ではなく
　明日、十一時に
　きみに会いたいそうだ。
おれ
　ヘールトラウのところへ行く。
　十八時ごろ戻《もど》る。
　昨日の話を
　聞かせてほしい。
きみ
　くつろいでくれ。
　好きなようにしろ。
ひとりじゃ寂《さび》しいなら……
　トンはきっと、
　きみからの電話を待ってる。

楽しんでくれ。

ダーン

ジェイコブは歓声《かんせい》をあげ、朝食にとりかかった。冷蔵庫の中にラップでくるんだメロンが半分あったので、スプーンでじかに果肉をすくって食べる。冷たくてさわやか、ジューシーな前菜だ。お次は、オランダに入《い》ってはオランダ人に従え。この国では朝食に薄切《うすぎ》りのチーズと、やはり薄切《うすぎ》りのハムを食べる。冷蔵庫にたくさん入っていた。パンケースの中にあったのはきめの粗《あら》いパンで、あまり新しくはなかったがトーストにすれば問題ない。バターもある。チーズとハムをのせて食べたあとは、マーマレードもないし、どのみちオランダ式でやるつもりなんだから、このチョコレートなんとか、そう、『ハーヘルスラッフ』とかいう、ネズミの糞《ふん》に似たものをためしてみよう。オランダに来て二日目の朝、テッセルが朝食の時にパンに振《ふ》りかけていたもので、あの時はティータイムに食べるケーキのトッピングを連想し、また奇妙《きみょう》なことを、と思った。

ティーといえば、オランダ人の紅茶好きに驚《おどろ》いていたので、昨日そう言ったら、ヒレが、オランダ人と、かつての植民地——たしか、今のインドネシアって言ってた——との歴史的な結びつきを教えてくれたので謎《なぞ》が解けた。ちょうどイギリス人が喫茶《きっさ》の習慣を身につけたのが、彼《かれ》らが（われわれが、というべきなのだろうが、自分とはなんのかかわりもないように感じるし、かかわりたいとも思わない）インドを支配している時代だったように、オランダ人も、植民地からこの習慣をもち帰ったのだ。が、紅茶はアールグレイしか見つからず、これは好きな銘柄《めいがら》ではなかった。香《かお》りが強すぎる。でも大丈夫《だいじょうぶ》。

めげちゃいけない。そうとも、オランダ・コーヒー、『ダウヴェ・エグバーツ』があるじゃないか。なんだか不吉《ふきつ》な黒い袋《ふくろ》に入ってるが、おもしろそうだぜ、ホー、ホー、ホー、おまけに、ラムがひとびんだ（スティーヴンソン作の小説『宝島』より）。食器の水切り台に置いてある、銀色に輝《かがや》くこぎれいな二杯《はい》用のカフェティエール（ガラス製の容器にフィルターをつけた金具を押しこんでコーヒーや紅茶をいれるもの）でいれよう。

それにしても、なぜオランダ人は、いや、少なくともオランダ人のダーンは、電気ポットを使わず、レンジでいちいち湯を沸《わ》かすんだろう？（帰る時には、お礼に電気ポットをプレゼントすればいい。セアラからは、感謝の気持ちを示すためにそういうことをしなくちゃいけない、とやかましく言われている。でも、電気ポットじゃ、少し所帯じみてないか？ これから結婚《けっこん》する人にあげるならまだしも。プレゼントになにをあげるか決めるのは昔から得意じゃない。おっと、今日はネズミ気分はごめんだ。うせろ、ぼくの胸の中から出ていけ。たぶんヒレなら、もっとふさわしいものを考えてくれるさ。）

ヒレ・バッベ殿《どの》

「キス相手のボーイフレンド募集《ぼしゅう》」という先般《せんぱん》の貴求人広告につき、昨日実施《じっし》されました私《わたくし》の面接及び実技試験の結果が満足のいくものであったことを願っております。もし私の適性を見きわめるために、二度目の面接及びさらなる実技試験が必要とお考えでしたら、私のオランダ滞在《たいざい》がきわめて短期のものであるゆえ、誠に恐縮《きょうしゅく》ではありますが、可及的《かきゅうてき》すみやかなる面会日時の設定をご提案申しあげる次第です。今回の求人にふさわしい人材であることをお見せしたいと願う私《わたくし》の熱意を、どうぞお汲《く》みとりくださいますように。

バッベ様

あなたは、昨日話題に上《のぼ》りました求人のための第一回適性試験を無事終了《しゅうりょう》され、これまでの受験者中、最高の成績をおさめられましたことを、ここにつつしんでご連絡《れんらく》申しあげます。あなたの成績はずばぬけて優《すぐ》れたものでした。当方としては、この好成績にかんがみ、ただちに雇用契約《こようけいやく》を結びたい所存であります。しかしながら、契約《けいやく》にあたり貴方の希望する条件がございますなら、それに添《そ》えますよう、喜んで検討させていただきます。ご都合つき次第お目にかかりたく、ご連絡《れんらく》をお待ち申しあげます。

ヒレへ

きみがこの手紙を読む前に、たぶんぼくたちは電話で話してるだろうね。でも、今話したいことがあるのに、きみは学校にいて電話できないから、手紙を書くことにした。(今は朝の十一時、ぼくは起きたばかりだ。)それだけじゃなくて、ぼくには、電話で話せることと話せないことがあるし、文字でしか表せないこともある。この手紙に書いてあることがそうだというわけじゃないよ。ぼくが今手紙を書いてるのは、きみのそばにいられないから。今ぼくが一番望むのは、きみのそばにいることだ。会ってなにか言いたいわけじゃない。いっしょにいられれば、それでいいんだ。

昨日から今まで、昨日あったことをずっと考えてる。まあ、それは完全な真実とはいえない。そんなことはありえないからね。たとえば、寝《ね》てるあいだも考えてたか?(それはわからないし、思い出せない。人は寝《ね》てるあいだも考えるものなんだろうか? それが夢の正体? 睡眠《すいみん》思考だな。昨夜は丸太みたいにぐっすり寝《ね》てたし――きみはどう？――、なにか夢を見たとしても思い出せない。きみは昨日の夢を覚えてるかい？　もし返事が「イエス」なら、それはどんな夢だった？）それに、朝食になにを食べるか考えてた時間もあるし（きみは今朝、なにを食べた？　一番好きな朝食はなに？）、きみがいない一日をどう過ごすかも考えてたからね。（ぼくのいないきみの一日はどうだった？　もしも答えが「あなたといるよりましだったわ」なんてやつだったら、言わないでくれ。）でも、それでもなお、そういう日常的なことを考えているどこか下の方で（上や横かもしれないし、並行してかもしれないけど）ぼくの心の別の部分が絶えず昨日あったことを考え続けてたんだ。いや、正確に言おう、昨日のことじゃない。きみのことだ。そうだとわかってる。なぜって、目が覚めてからずっと、たぶんみんなが「幸せ」という言葉で表したがるものをずっと感じてるからだ。

きみが、そして昨日のことが、今日、ぼくを幸せにしてくれたんだ。

ところで、幸せといえば、このアパートの書棚《しょだな》で見つけた英語の辞書を今引いてみたら、「happy」は「幸運」を意味する古代スカンジナビア語「happ」から来た言葉で、その「happ」は、「好都合な」という意味の古期英語「geheaplic」や、「運命」を意味する古期スラブ語「kobŭ」とも関係があるんだそうだ。つまり、きみのことを考えるだけで、ぼくは今まで一度もなかったくらい「happ」－yになれるんだから、もしかしたら、ぼくにとっては「幸運」で「好都合な」ことに、きみはぼくの「運命」の人だ、って思わない？

きみに聞いてみたいことは数えきれないほどある。たとえば、「きみはこれからの人生をどんなふうに生きるつもりか」といったやさしい質問から始まって、「流れに身をまかせるのと、流れをよけてしまうのと、どちらがいいか」とか、「ローレルとハーディーの映画と、チャーリー・チャップリンの映画と（いずれも一九〇〇年代前半に活躍した喜劇俳優）どっちがおもしろいか（どっちもおもしろくないか）」「永遠とは、ぼくがきみといっしょにやりたいことをすべてやれるくらい長いのか」なんていう、とっても大事な質問までね。

　この手紙がこれ以上ばかげたものになる前に、筆を置いた方がいいみたいだ。書き直してしまえば、ぼくがとんでもないばかになることがあると、きみに知られずにすむんだろうが、そうはしないでおくよ。なぜなら、ぼくたち二人がお互《たが》いをよく知って、友人になろうとするのなら（そうなればいいなと思ってるし、正直にいえば、この手紙で一番言いたかったのはそれなんだ）、きみには最初から、ぼくがどんなにばかなことをするやつか、知ってもらった方がいいと思うから。

あててみようか。きみは詩が好きだろ。ぼくもだ。だから、とくにきみのために作ってみた。

ヒレへ
　きみのために
　大地は回り
　空は奏《かな》で
　水は歌い
　石は揺《ゆ》れ
　時は燃え
　火は鎮《しず》まる

ぼくの中で

ジェイコブ

「トン?　ぼくだ、ジェイコブだよ」

「ジャック!　やあ、元気かい?」

「起こしちゃった?」

「いや、いいんだ。気にしないで」

「じつは……」

「なに?」

「今日は、ぼくひとりなんだ」

「ヘールトラウのところへ行くんじゃなかったの?」

「行かない。予定が変わったんだ。今日はダーンが行ってる。じつはその、手紙を出したいんだけど、やったことがなくて。もちろんオランダで、って意味だけど、それで、もしかしたら、きみが……ほら、言ってただろう、覚えてる?……アムステルダムを案内してもいい、って」

「今、何時?」

「十二時半ぐらい。もし無理なら——」

「ううん、だいじょうぶ。大歓迎《だいかんげい》さ。ちょっと考えてただけだよ。二時にダーンのアパートの外に出てくれる?」

「二時だね。わかった」

「雨が降ってなければの話だよ。降ってたら部屋にいて」

「雨が降ってなかったら、ダーンのアパートの外に、二時。今は降ってないよ。というより、いい天気だ。日も照ってるし」

「そう？　よかった。よし、じゃあ、そっちへ行くから。びっくりするようなものをもってくよ」

「びっくりするようなもの？　それってどんな？」

「足は生えてないね。ああ、それと、ジャック……」

「なに？」

「電話してくれてうれしいよ。トッツィーンス《じゃ、またあとで》」

セアラお祖母ちゃんへ
まったく、時のたつのは早いね！　腰《こし》のぐあいはどう？　こっちに来られればよかった、って思ってるんじゃない？　ぼくは来てよかった。キルゴア・トラウト（カート・ヴォネガットの小説に登場する売れないSF作家）の口ぐせじゃないけど、人生は続く、ってとこかな。A・Fの家も見てきたし（予想とは全然ちがっていたけれど、でも、この話は帰ってからまた、ゆっくりするから）、ハールレムやアムステルダムの町を少し、レンブラントを何点か見て（よかった）、ファン・リート家の人たちや、いろんなタイプのオランダのヨングフォルク《若い連中》に会った。
一番よかったのは昨日だね。式典はすばらしかった。泣きそうになる瞬間《しゅんかん》が何度かあったよ。何千人も集まっていて、地元の若い人たちもたくさんいた。でも、お祖母ちゃんは知ってるよね、見たことあるんだから。天気も最高だった。心配してたけど、式典には気恥《きは》ずかしくなるような、時代がかったことはなにもなかった。いかにも軍隊じみたこともやらなかったし、旗を振《ふ》ったり、英雄《えいゆう》をたたえたりもしなかった。宗教がらみのことも許せる範囲《はんい》だったしね。ぼくがどれだけ神さまがどうのっていうたわごとが嫌《きら》いか知ってるだろ。なのに賛美歌まで歌っちゃったんだ。信じられる？　賛美歌だよ！　聞くといつもは少し落ちこむのに、昨日は思わずにっこりした。でも、悲しいけど幸せ、って感じの笑いだったな。全体的には追悼式《ついとうしき》というより、大きなファミリー・パーティーみたいだった。お祖父ちゃんを知ってた元兵士の人たちもいたはずだよね。もう遅《おそ》いけど、そういう人を見つけて話をしてみようとするガッツがあればよかった。どうしてこういつも、あの時こうすればよかったのにってあとになってから思うのかな!?

　お祖父ちゃんのお墓の前に立った時が一番涙《なみだ》が出そうだった。お墓に花を供《そな》えてくれたオランダ人二人に会った。女の子とその弟、ヒレとウィルフレットのバッベ姉弟。おばあちゃんのために写真を撮《と》っておいたよ。式のあとでヒレ（彼女《かのじょ》は十七歳《さい》だ）と食事した。また会いたいと思ってる。早合点しないで。でも、とってもすてきな子なんだ。うん、慎重《しんちょう》にやるよ、言われなくてもわかってるって。一時の感情に流されるんじゃないよ、すぐにのぼせあがっちゃいけないよ、だろ。「あなたのお顔は、領主殿《どの》、いろんなことの書いてある本のような（『マクベス』より）」。なんでもすぐに顔に出しちゃいけないんだよね。

　ぼくはいつだって、お祖母ちゃんがぼくのためを思って言ってくれることをちゃんと聞くようにしてる。でも今度ばかりは、お祖母ちゃんが正しいのかどうかよくわからない。正しいのかもしれないけど、ぼくがもうそれを守らないっていったらいいのかな。なぜそんなふうに考えるのかはわからない。たぶん、こっちに来たことと関係があるんだろう。ヘールトラウと会ったこと。昨日の記念式典。心の底にある感情を、四六時中だれかれかまわず見せてもいいといってるわけじゃないよ。でも、ほうっておくと、そういう感情をいつもほとんど隠《かく》したままにしちゃうんじゃないかって思い始めてる。その想いや相手の人が自分にとって大切なら、時には危険を冒《おか》して自分の感情を外に出すことがあってもいいんじゃないかな？　表に出さず、内にかかえこみ、本当は感じてもいないことを感じているふりをする——それでいいはずないよ。もしかしたら、ぼくはちょっと混乱してるのかもしれないけど、少なくともこれだけは認《みと》めてくれるよね？　ぼくは努力してる。これも、お祖母ちゃんからいつも言われてることなんだから！　（ああそうだ、今のところ、ひどいネズミ気分にはなってない。一度だけ、逃《に》げてく尻尾《しっぽ》がちらりと見えたけど。）

今日の午後、ダーン・ファン・リートの知り合いで、ゲイの男の子が、アムステルダムを案内してくれることになった。ぼくは今、ダーンのアパート（本当はヘールトラウのもので、とてもいい部屋）に泊《と》めてもらってる。これにはいくつかわけがあって、お祖母ちゃんはおもしろがるだろうけど、こみ入ってて手紙に書くのは大変だから、帰って説明するよ。とにかく、みんなぼくのことを気づかってくれてるってこと。

家には午後、葉書を出しておく。（お祖母ちゃんは、ぼくあての葉書、いつもどおり出してくれた？　出してくれてなかったら、すごくがっかりだな。今まで何年も続けてくれたんだから、とぎれさせないでよ。今週のぶんはファン・リート夫妻の家に送ってくれてるよね？）

そろそろ出かけなきゃ。楽しんでくるよ。ほら、わかるだろ、旅に出てるってことは、次から次にお祭り騒《さわ》ぎしてるようなものだから。とりあえず、ぼくが無事で、元気に楽しくやってることを知らせたかったんだ。旅人のみやげ話はまた、帰ってからたっぷりするよ。

かわいい孫息子　ジェイコブより

アムステルダムのあちこちで、二時の鐘《かね》がさまざまな音色を響《ひび》かせるころ、ジェイコブはアパートの外の木の段の上に立っていた。明るく晴れた日で、ときおり優しいそよ風が狭《せま》い通りを吹《ふ》いていく。適度に暖かく、さわやかな涼《すず》しさも感じられる、ジェイコブの好きな天候《てんこう》だった。通りにはちらほら人影《ひとかげ》が見えたが、ほとんどは地元の人らしい。この通りには、観光客が好きそうな店や名所がないので、わずかしかいない観光客はさまよう亡霊《ぼうれい》のように見える。

トンが呼ぶ声がした。地面の下から聞こえるような気がしたが、まさにそのとおりで、トンは運河から上がってきた。

「そんなところでなにしてるの？」ジェイコブは言った。トンはジェイコブの両肩《りょうかた》に手を置き、先日と同じように三連発のキスをしたが、三つ目が唇《くちびる》をかすめ、ジェイコブはとまどい半分、うれしさ半分だった。

「迎《むか》えに来たのさ」挨拶《あいさつ》を終えたトンは答えた。「足のない、きみを驚《おどろ》かせるもので」

もちろん船のことだ。船尾《せんび》にスマートな船外機のついた大きめのボートで、とても美しい舟《ふね》だった。しみひとつないほど手入れが行き届き、木製の船体は真新しい栗《くり》の実のような茶色で、つややかにニスがかかり、真鍮《しんちゅう》の金具類はぴかぴか、座席は濃い青の耐水性《たいすいせい》クッションのおかげでソファのように見え、船首にはアムステルダムの紋章《もんしょう》をあしらった細長い三角旗がひるがえっていた。血のような赤地の中央に、旗の先端《せんたん》に向かって黒い帯が走り、その帯上に白い×が三つ一列に並んでいるもので、×印はそれぞれ、昔この町を苦しめた災厄《さいやく》、つまり火事、黒死病（ペスト）、洪水《こうずい》を表している。舳先《へさき》には白地に黒い文字で『Tedje《テッチェ》』という船名が描《か》かれていた。

「わお！　かっこいいなあ。きみの？」

「だといいんだけどね。金持ちの友だちから借りてきた。モークムを見るには一番だから」

「モークム？」

「アムステルダムっ子が自分たちの町を呼ぶ時のベイナームさ。あだ名？」

「愛称《あいしょう》かな？　ロンドンっ子がロンドンを『ザ・スモーク』って呼んでたのと同じだね」

「あっ！　今気がついたんだけど、きみ、泳げる？」

「たぶん、岸まで泳ぎつくくらいなら」

「じゅうぶん。じゃ、行こうか」

トンは、どこをどう進んでいるかジェイコブにもわかるよう、地図を持参していた。ボートはタンタンとエンジン音を響《ひび》かせながらアウデゼイス運河の狭《せま》い水路を出て、『涙《なみだ》の塔《とう》』を過ぎ、プリンス・ヘンドリックカーデ通りを支える橋をくぐり、左に折れて広い水路に出ると、教会を左手に見て中央駅の前を進んでいく。駅前の路上はトラムやバス、自転車や人々で混雑していたので、ジェイコブは水の上に二人だけでいる優越感《ゆうえつかん》に、自分がちょっといやなやつになった気がした。さらに乗客を待つしゃれたガラス張りの遊覧船の横を通り、左に曲がってクモの巣の一番内側の横糸にあたる運河、シンゲルに入ったが、すぐに右に折れ、橋をくぐってブラウヴェル運河に入った。地図で見ると、この運河は旧市街の西半分を南北に走る運河の北端《ほくたん》をすべてつないでいる。ボートはヘーレン運河とケイゼル運河の始まる地点を過ぎ、左に折れてプリンセン運河へと入っていった。

「大好きなんだ、このへんは」トンが言った。「雰囲気《ふんいき》が一番あったかい。ふつうの人むきっていうの？　このあたりには人が暮らしてるハウスボート（運河に繋留したまま、住居として使われている船）がたくさんあるし、ほら、あっち、右側にはヨルダーン地区の通りが見えるだろ。昔は召使《めしつか》いだとか、そういう労働者階級の人たちが住んでた地区で、今ぼくが住んでる場所でもある。友だちの家の二部屋を借りてるんだ。教会の塔《とう》が見える？　進行方向、左側だ」

「うん」

「西教会だ」

「アンネ・フランクの家の近くだね」

「ダーンから、きみがアンネにどれほど夢中か聞いたよ。彼女《かのじょ》の家を水の上から見てみたいんじゃないかと思ってね」

ブスブスとエンジン音をたてながらアンネの家の横を通りすぎていくと、いつものように行列ができていて、暖かい午後ということもあり、三、四列に並んだ人たちの列が運河沿いの通りに百五十メートルほど伸《の》び、教会の先のラートハウス通りに面した広場に達しようとしていた。ラートハウス通りはダム広場に通じるにぎやかな大通りで、ジェイコブが逃《に》げるようにアンネの家を飛び出し、この通りをよろよろと渡《わた》ったのはほんの三日前のことだった。もう一年も前のことに思える。

「反対側を見てくれ、こっちだ」トンはヨルダーン地区を指さしながら説明し始めた。「小さな店があるだろう。新しいコーヒー豆を買うにはあそこが一番だ。このあたりには、小さいけどいい店がたくさんある。チーズしか置いてない店、ワインだけの店、それ専門って店がね。ぼくがアムステルダムをすごく気に入ってる理由のひとつは、どこへ行っても小さな店があって、いろんな種類の商品をそれぞれ売ってることなんだ。この近くにはオリーブオイルしか置いてない店もある。まるで最高級ワインみたいにあつかってて、買う前に味見しなきゃならないんだ。それに、この町にはなにもかも同居してるってとこも好きだな。高級美術品専門の店の隣《となり》に古着屋があったり、自転車修理屋の隣《となり》がポルノ本の店、オーダーメイドの靴屋《くつや》の隣《となり》が特殊《とくしゅ》な金属製品だけを売ってる店だったりする。アムステルダム全体が、といってもクモの巣に似た地区の中は、ってことだけど、まだごくふつうの人たちが暮らしていて、ほしいものはなんでも手に入る大きな村みたいなものなんだよ。都市の中心っていうのは、金持ちとホテルに泊《と》まる観光客だけになってしまったり、夜になるとだれもいなくなっちゃう、ってところが多いだろ。でも、ここはそうじゃない。

「じつは、ぼくはアムステルダムが都市だとは思ってない。都市であって都市じゃない、ここでは、すべてがそんな感じで、こうと決めつけられない。それに、現代的でもないしね。建物が、ってことだよ。見てよ。ほとんどは、もう何百年も前に建てられたものだ。それでいて人の暮らしぶりや、ここでなにができるかを考えれば、現代都市でもある」

このころにはもう、ジェイコブは青いクッションを置いたソファのような座席ですっかりくつろいでいた。前方にはさえぎるもののない運河の水面が延《の》び、バタバタと騒《さわ》がしいエンジン音も気にならない。右隣《どなり》に腰《こし》かけたトンは、ぴかぴかの真鍮製《しんちゅうせい》レバーでエンジンを、やはり真鍮製《しんちゅうせい》の小さな舵輪《だりん》で舵《かじ》をあやつっている。ジェイコブはゆったりとベンチの背にもたれ、晴れた日におだやかな水を静かに分けて進んでいく小さなボートならではの贅沢《ぜいたく》を味わい始めていた。

前にも同じような気分を味わったことがあるが、それはイングランドで、ノーフォークにある湖沼地《こしょうち》帯《たい》や、あちこちにある水路でロングボート（運河を通れるように細長く作った船。中で寝泊まりができる）に乗って家族といっしょに休暇《きゅうか》を過ごした時のことで、まわりは田舎の景色だった。こんな町中《まちなか》で船に乗り、ゆったりと椅子《いす》にもたれてくつろいだことはない。船で田舎を抜《ぬ》けていった時は違和感《いわかん》もなく、周囲の風景にとけこむような気がしたものだ。が、ここでは、トンが言うように、どっちつかずの気がする。田舎でもなく、都会でもない。水の上ではあるが、川ではない。町中《まちなか》を通っているのに、道路じゃない。川でもなく、道路でもないが、そのどちらでもある。自分はのんびりと椅子《いす》の背にもたれているのに、左右の岸では、車やトラック、自転車や人がせわしなく行きかっている。まるで人生の二つの面、二つの暮らし方がこすれあっているようだ。水は煉瓦《れんが》を洗い（運河の岸壁《がんぺき》は煉瓦《れんが》、建物の大部分も煉瓦《れんが》、運河沿いの道にまで煉《れん》瓦《が》が敷《し》きつめてあった）、ジェイコブとトンはのんびりと水の上を運ばれていくというのに、岸では人々が道の上を忙《いそが》しそうに行き来している。

水上では、ほかの船ともすれちがった。遊覧船の乗客たちはぽかんと口を開けて風景に見とれ、不格好な白いプラスチック製の足こぎボートには、たいてい元気のいい若い男の観光客が二人で乗っていて、決まって大声でハローと声をかけ、わめくようになにごとか話しかけてくる。水上警察のパトロール船や、いろんなタイプの頑丈《がんじょう》そうな作業船にも出会った。そうした船が残していく波が、テッチェ号を揺《ゆ》らした。

二人の乗るボートは、すでにプリンセン運河をだいぶ南下していて、まっすぐな水路にはハウスボートもまばらになり、運河自体の幅《はば》も広がったような気がする。視界が開け、心なしか水の輝《かがや》きも増したようだった。たぶんそれは、日ざしの角度や、頭上の真っ青な空、秋の装いに変わりかけた木々の葉とたわむれるそよ風のせいか、あるいは、左右にそびえる建物を谷間の崖《がけ》のように水面から見あげる視線のせいなのだろう。ジェイコブは、ここまで来て初めて運河沿いの並木を見た、というか、意識した。木々は左右の岸から運河を包みこみ、がっしりした高い老木、低くほっそりした若木、そしてその中間のさまざまな樹齢《じゅれい》の木々がひとつの大きな家族のように並んでいて、その緑が建物の赤や茶、灰色をいろどり、葉陰《はかげ》からは窓枠《まどわく》が白く塗《ぬ》られた縦長の四角い窓がのぞき、並木のおかげで建物正面のいかめしい印象がやわらいでいた。

建物はどれもせいぜい四、五階止まりで、屋根のてっぺんや破風《はふ》（屋根の山形になっている側のへり）には装飾《そうしょく》がほどこされている。白かクリーム色に塗《ぬ》られていることが多く、最初はどれも大して変わりがないように思えたのだが、しだいに、波打つような形やなめらかな曲線のもの、階段状のものや渦巻模様《うずまきもよう》、あるいは急傾斜《けいしゃ》のものなど、破風飾《はふかざ》りにもさまざまな形があることに気がつき始めた。十八世紀の紳士《しんし》たちがかつらや帽子《ぼうし》、頭巾《ずきん》をかぶったように、破風飾《はふかざ》りは建物の頭を飾っているのだ。こうして肩《かた》を並べ、頬《ほお》を寄せあうようにしてずらりと並んだ建物は、本棚《ほんだな》の上に、厚さが不ぞろいで高さが少しずつ異なる本をぎっしりつめこんだ様子を連想させる。家を並べた本棚《ほんだな》だ。とても美しい。あまり気にかけていなかったし、好きでもなかった人をふと見つめてみたら、男にせよ、女にせよ、とても魅力的《みりょくてき》なことに気がついた、そんな感じだった。(男か女か、さあ、どっちだろう? 煉瓦《れんが》の壁《かべ》を見せてすっくと直立する男らしさと、弧《こ》を描《えが》きながら流れる水のような女らしさの両方がある。トンもまた、そのどちらでもなく、同時にどちらでもあり、すべてをそなえている。アムステルダムは見かけどおりではない。)

「この町についてきみが言いたいことがわかってきたよ。とっても魅力的《みりょくてき》だ」ジェイコブは笑い声をあげた。「ぼくも、はまっちゃうかもしれない。いや、もう、はまりかけてるかな」

「うれしいね。仲間が増えたってわけだ! 言ったろ、モークムを知るにはここから見るのが一番だって」

「きみはこの町の出身?」

「ううん、そうじゃない。でも、小さいころ、そう五、六歳《さい》の時かな、この町を初めて見た時から住みたいと思ってた。生まれたのは南部の小さな町さ」

「両親はまだそっちに?」

「女二人、男四人のきょうだいたちもね」

「きみも入れたら七人?」

「敬虔《けいけん》なカトリック信者だからね。子どもができるのは神さまのおぼしめしってわけ」

「きみは何番目?」

「末っ子」

「お父さんはなにを？」

「子作りのほかにかい？　タンドアルツ、歯医者さ。それに筋金《すじがね》入りの同性愛嫌《ぎら》いでもある」トンはくすりと笑った。「ドゥ・マール・ヘヴォーン、ダン・ドゥ・ユ・アル・ヘック・ヘヌッフ」

「つまり？」

「そうだな、『ふつうにふるまえ、それだけでもうじゅうぶん狂《くる》ってる』。ほかの連中と少しでもちがったことはやるな、ってこと。こいつはぼくの父親の座右《ざゆう》の銘《めい》さ。みんな同じじゃなきゃいけない。われわれオランダ人の一番悪いところだ」

「きみはふつうじゃない？」

「父さんから見ればね。子どもの一人がホモになったことで、自分が赦《ゆる》せないらしい。ぼくみたいなやつが生まれてくるなんて、自分たちはなにか罰《ばち》あたりなことをしたか、ってしょっちゅう母さんに聞くんだ。家を出る時は、ぼくもうれしかったけど、父さんも同じくらいうれしそうだった。父さんは、自分の友だちがどこでぼくと出くわすかしれないと思うと、居ても立ってもいられなかったんだ。父さんの態度を見たら、このことが知れたら身の破滅《はめつ》だと思ってるのがわかる。ぼくを遠ざけておくために金まで出してくれてるんだから」

「仕送りしてくれてるのは、きみを家に帰らせないためだっていうのかい？」

「家？　どこが家？　ぼくの居場所はここだって思えたのは、この町だけだ。アムステルダムがぼくの家さ。ここの通りと運河が家なんだ。そう、たしかに、わがすばらしき父親は、ぼくをこっちにいさせるために大金を払《はら》ってる。金はあるんでね。なにごとにも値段があるんだ、だろ？　ホモ嫌《ぎら》いでいるための値段は、そいつが払《はら》えるだけ高くしておけばいい」

「お母さんはどう思ってるの？」

「ときどき会いに来るよ。三、四週間に一度は週末をいっしょに過ごす。楽しいよ。買い物。ナイトクラブ。映画。音楽。母さんとは仲がいいんだ。ずっとそうだった。ぼくが自分のことを打ち明けたのも母さんが最初さ」

「いくつの時？」

「十四」

「なんて言われた？」

「楽しくやりなさい、って」

「まさか！」

「どうして？」

「たいていの母親は、そんなこと言うとは思えないもの。とくに、きみのところみたいなカトリックの家庭じゃさ」

「母さんはたいていの母親じゃない」

「でも、お父さんが——」

「母さんは父さんを愛してるよ。なぜと聞かれても困るけど」

「だれかとだれかが結婚《けっこん》する理由なんてよくわからないよね」

「結婚《けっこん》だって！」

「結婚《けっこん》は好きじゃない？」

「きみはしたいの？」

「そりゃね。この人、って相手となら」

「変だと思わないか？　二人の人間が、死ぬまで連れそって、あなた以外の人はだれも愛しませんって誓《ちか》うんだよ——」

「いや、ぼくはそんなふうに考えてもおかしいとは思わないけど——」

「そんなふうでも、どんなふうでも同じさ！」

「じゃあ、ぼくに聞くなよ」

「うまくいくはずないだろ？　友だち——いないとやっていけない。恋人《こいびと》——もちろん、いるに越《こ》したことはない。いっしょに暮らす相手——いいんじゃない、それがいいと思って、うまくいってるあいだは。でも、死ぬまで？——ありえないね。永遠に続くものなんてなにもない」


ボートはちょうど橋をくぐろうとしていた。地図によれば、ここはジェイコブが知っているはずの場所で、次の橋までのあいだに、雨宿りをしていてアルマに助けられた家の前を通るはずだった。

「岸に寄せて、少し停《と》まってくれないかな？」ジェイコブはそう言うと、アルマとの一件を説明した。

家は運河沿いの通りのむこうに簡単に見つかった。その家と隣《となり》の家だけが、玄関《げんかん》に上がる階段が建物の中にひっこんでいるタイプだったからだ。ほかの家はみな、階段が外側、つまり歩道の上に出ている。それにアルマの部屋の地面すれすれの窓のまわりに、おびただしい数の鉢植《はちう》えが見えたこともあった。

「運河のこっち端《はし》、つまり町の南の方に住めるといいよね」トンが言った。「家賃も高いけど」

「アルマから借りたお金を返しに行って、助けてくれたお礼を言っておけばよかったな」

「じゃあ、今からそうすればいい。なにか手みやげをもってかなきゃ」

「うん」

「チョコレートなんかどう?」

「いいんじゃないかな」

「ついておいでよ」

ボートをつなぎ、フェイゼル運河通りを歩いていくと、アルマが連れていってくれたカフェの前を通りかかった。

「『パニーニ』だね。ここは有名だ」トンが言った。

カフェの外に新聞スタンドがあり、その前に葉書を入れた回転式のラックが置いてあった。

「ちょっと待って」ジェイコブが言った。「親に出す葉書を買って、手紙といっしょに出したいんだ」

それは簡単にすんだ。葉書のほとんどはよくあるアムステルダムの風景写真だったが、中の一枚がジェイコブの目を引いた。二人のアムステルダム市警の警官の後ろ姿を写したものだ。晴れた日で二人ともシャツ姿、一人は太めの女性警官で、立派な胴《どう》まわりがベルトのおかげでよけいに目立っている。ベルトは拳銃《けんじゅう》のホルスターや電話など、警官の装備で重そうにたれ、同僚《どうりょう》が彼女《かのじょ》の尻《しり》を指でつついていた。

切手もそのスタンドで手に入った。ジェイコブは葉書に短いメッセージを書きつけた。「元気だ。楽しくやってる。よくしてもらってるし。みんなも元気で。じゃあまた、ジェイコブ」書き終えるころには、トンがプリンセン運河の近くにポストを見つけていた。

次に立ち寄ったケーキとチョコレートの店『ホルトカンプ』は、セアラが気に入りそうな、ちょっと昔風の店だった。女性店員たちは襟《えり》と袖《そで》に白いレースのついた黒いドレスを着ていて、とても礼儀正《れいぎただ》しい。客が四、五人も入れば身動きできないほど狭《せま》い店だ。トンがオランダ語で注文してくれた。造花とリボン飾りのついたしゃれた小箱に、四角形や三角形をしたおいしそうなチョコレートをいろいろつめてもらう。濃《こ》い茶色のチョコレート、薄茶色《うすちゃいろ》のミルクチョコレート、ホワイトチョコレートをそれぞれ数個ずつ、あとはひとつずつ、小さな球形のもの、つややかな果物の薄切《うすぎ》りをのせたもの、ライムグリーン、あざやかなオレンジ、明るいレモン色のものを入れてもらい、全部で十五個になった。値段は『パニーニ』で食事ができるくらい高く、その数字がレジのデジタル表示に現れた時、ジェイコブは思わず息をのんだ。

「高すぎる？」トンがにやりとしながら言った。

ジェイコブは首を横に振《ふ》った。「かまわないさ。それだけの恩がある」

二人はボートに戻《もど》り、運河を横切って、アルマの家のそばの繋留《けいりゅう》場所に船をもやった。空気が湿《しめ》ってきて、空はぼんやりかすんでいる。

「ぼくはここで待ってる」トンが言った。「オランダ人は約束なしに人を訪ねないからね。まあ、年輩《ねんぱい》の人はとくにそうだ。でも、その人はきっと、きみに会ったら喜んでくれるよ」

トンの言うとおりだった。ジェイコブが鉄格子のあいだから扉《とびら》のガラス窓をノックすると、扉《とびら》が開き、こちらを見たアルマはすぐに満面の笑みを浮《う》かべた。

「まあ！　あなただったのね。またひったくりにあったの？」

ジェイコブは笑った。顔を合わせたとたん、こっちの気分を明るくさせる人がいるものだ。

「近くまで来たものですから」ジェイコブはチョコレートの箱をさし出した。「助けてもらったお礼を言おうと思って」

「こんなことしなくてもよかったのに」アルマはいかにもうれしそうに箱を受けとった。「『ホルトカンプ』へ行ったのね。さあ、入って」

「いえ、けっこうです。友だちといっしょなんで。彼《かれ》のボートで来たんです。待たせてるものですから。運河を案内してもらってるんですよ」

「お友だちができたのね。よかったわ。それで、あなたはあの時のショックから立ち直った？」

「ええ。ダーンのところにいます。覚えてますか？　電話をかけてくれましたよね」

「覚えてるわよ。ちょっと待っててちょうだい」

アルマは穴蔵《あなぐら》のような家の奥《おく》にひっこんだ。ジェイコブは身をかがめて見える範囲《はんい》で、部屋の中をのぞきこんだ。こぢんまりした四角い部屋で、磨《みが》きこまれた明るい色の木の床《ゆか》や、壁《かべ》の本棚《ほんだな》、大きな黒いテレビやステレオのセット、深みのある茶色のアンティークらしい丸テーブル、座り心地のよさそうな肘《ひじ》かけ椅子《いす》と、そのそばにある黒い鉄製の丸形ストーブを模《も》したヒーターが見えた。きれいに片づいた、心がなごむような小部屋だった。

戻《もど》ってきたアルマは、ジェイコブにチョコレートを四つ入れた紙袋《かみぶくろ》を手渡《てわた》した。

「あなたとお友だちへのおすそわけよ」

「でも、あなたのために買ってきたんですから」

「わたしひとりで食べるわけにはいかないわ。そんなに欲ばりじゃありませんからね。あなたたちにも食べてもらいたいのよ」

「あっ、忘れるところだった」ジェイコブはそう言うと、ジーンズのポケットを探《さぐ》った。「貸してもらったお金を返さなきゃ」

「いいのよ。大した額じゃないし。あなたがいらないのなら、だれかいる人にあげてちょうだい。あの赤い帽子《ぼうし》の男の子はどう？」

二人は顔を見あわせてほほえんだ。

「それと、イギリスに帰る前にコーヒーを飲みにいらっしゃい。あなたの冒険談《ぼうけんだん》を聞かせてほしいわ。うちの電話番号を書いてあげるから、来る前に電話してね」

ジェイコブはなんだか誉《ほ》められているような気がした。

「ありがとう。もう行かないと」

「さようなら。楽しんでらっしゃい」

ジェイコブがふと思いついてアルマの方に身をかがめると、アルマは一瞬《いっしゅん》ためらってから頬《ほお》をさし出した。ジェイコブは壁《かべ》に手をつき、体を二つ折りにする不自然な体勢だったが、できるだけ礼儀正《れいぎただ》しく、ごくふつうの知人同士がするような三回のキスを無事にやってのけた。ジェイコブは、キスをした自分に満足した。

トンの待つボートに戻《もど》ると、二人は、エンジン音を響《ひび》かせ、一番低速でボートを走らせながら、時には静かにもの思いにふけり、時にはふざけて冗談《じょうだん》を交わし、おもしろい逸話《いつわ》を教えあってはそれぞれの身の上話を積み重ねていった。時にはただ座って黙《だま》りこんだまま、トンはジェイコブを見つめ、ジェイコブはあたりの風景に見入っていることもあった。

ボートは暖かな午後の空気の中をゆったりと進み、プリンセン運河からレフリール運河を抜《ぬ》けてケイゼル運河へ、ケイゼル運河を北上し、ふたたびブラウヴェル運河を通ってヘーレン運河へ、ヘーレン運河を南下してアムステル川へ入り、アムステル川を下ってシンゲルに入ると、そこから中央駅へと引き返し、ダーンのアパートの前に戻《もど》った。

「迷路を抜《ぬ》けたってわけだ」ボートがふたたびアウデゼイス運河に入ると、ジェイコブが言った。

「クモの巣をぐるぐるひとめぐりさ」トンが答えた。

二人は声をそろえて笑った。

ジェイコブは思った。まるで前から知っていたような気持ちにさせてくれるだれかと知り合いになることは、とてもすばらしい。そう、並行する別の人生で、ずっと親友中の親友だったみたいなだれかと。

19 ヘールトラウ(8)

ジェイコブが死んで二カ月後、あの人の子をみごもっていることがたしかになりました。でも、だれにも言いませんでした。そんなことをしたら生きていけないほどつらい目にあったでしょう。ヴェッセリング夫人はわたしを追い出していたでしょうし、生まれた子どもはとりあげられてしまったはずです。当時、結婚《けっこん》していない女性が妊娠《にんしん》すれば、どれほど恥《はじ》さらしなことと思われたか、今の人は知らないでしょうし、想像さえできないでしょうね。それは最悪の罪と見なされていたのです。その女性がカトリックなら、尼僧《にそう》たちが運営する施設《しせつ》に送られるのがふつうでした。そこで罪をつぐなうために苦行《くぎょう》を強《し》いられ、子どもは生まれるとすぐにとりあげられてしまうのです。生後数日間は、授乳のために赤ん坊《ぼう》が連れてこられますが、その時も、子どもを見ることができないよう目隠《めかく》しされたり、抱《だ》くことができないよう両手をベッドにしばりつけられたりしました。そうしておいてから、乳を飲むあいだ、尼《に》僧《そう》たちが赤ん坊《ぼう》を胸に押《お》しあてておくのです。これがいかに残酷《ざんこく》なことか、母親になった経験のある人でないと本当にはわからないでしょう。赤ん坊《ぼう》はできるだけ早く養子に出されるか、孤児院《こじいん》に送られるかで、その子の一生は悲惨《ひさん》なものにならざるをえません。死ぬまで、不義《ふぎ》の子、私生児、というのの しりや汚名《おめい》に耐《た》えなければならないのです。もちろん、父親である男性の方はこうした非難に苦しめられることはいっさいありません。「父親の罪はその子に報《むく》いる」という祈禱書《きとうしょ》の言葉がこれほどぴったりあてはまる例もないでしょう。ただ、こうつけ加えるべきです。「その子と母親に報いる」と。

プロテスタントの女性たちも、これほど無慈悲《むじひ》ではありませんが、やはりひどい仕打ちにあいました。多くは、口さがない隣人《りんじん》たちの目にふれぬよう、家から遠く離《はな》れた親戚《しんせき》や友人の家にやられたのです。出産後、子どもは、たとえ養子に出されたり孤児院《こじいん》に送られたりしなかったとしても、親戚《しんせき》の女性に引きとられ、その人の実の子として育てられたものです。大人になって初めて、親だと思っていた人たちがじつは祖父母で、おばや姉だと思っていた人が本当の母親だと知った、という例を、わたし自身もいくつか知っています。

これ以外の選択肢《せんたくし》としては、表に出た例よりはるかに多くの女性たちが試みたことなのですが、自ら流産を招いたり、屈辱的《くつじょくてき》でいまわしい違法《いほう》な堕胎《だたい》をしてもらう手がありました。しかし、こうした堕《だ》胎《たい》には命にもかかわるようなさまざまな恐怖《きょうふ》――肉体面、感情面、精神面だけでなく、魂《たましい》の根源にかかわる恐怖《きょうふ》がともないました。そのような試練に耐《た》えた女性たちは、運命や周囲の人々によって背負《せお》わされた罪の意識や傷ついた自尊心を、不治の病のように一生かかえて生きなければならなかったのです。

こうした倫理観《りんりかん》を尊いものとして人々に押《お》しつけるような社会、国家、宗教は、それがどんなもので、どこの国の話であっても、文明的とは呼べませんし、そうした規範《きはん》が変わらないかぎり、そんな社会や宗教に忠誠を誓《ちか》う価値はないと強く思います。

平時でも、わたしはそんなあつかいには抵抗したでしょう。ところが、オランダ解放を数週間後に控《ひか》えたそのころは、ますます深まる混沌《こんとん》にどうすることもできず、両親との連絡《れんらく》もとだえ、信頼《しんらい》できる医師も、助けてくれる友人もそばにいませんでしたし、ジェイコブの死の悲しみがまだわたし自身を墓の下に誘惑《ゆうわく》している時期でもありました。わたしはそんな中で、道に迷い、見捨てられ、無力となった者の絶望と恐慌《きょうこう》を感じていました。でもだからこそ、おなかの中のジェイコブの子は、絶対に他人にやってしまったり、生まれぬままに死んでいく運命にゆだねたりはすまい、とも思っていました。おなかの子だけが、彼《かれ》がわたしに遺《のこ》してくれたただひとつのものだったのです。そして、どうしようもない絶望感に襲《おそ》われた時、ジェイコブの分身であるこの子どものためという一心で、わたしは命を永らえ、この地上を歩み、自分の身をジェイコブのかたわらに埋《う》めずにすんだのです。

ジェイコブの死後、悲しみに暮れていたわたしは、二人で「結婚《けっこん》」生活を送った隠《かく》れ部屋を片づけてしまうことに耐《た》えられず、ヴェッセリングさんに、元気になって自分の手で片づけられるようになるまで、そのままにしておいてほしい、と頼《たの》みこみました。ヴェッセリングさんが承知してくれたのは、あれ以上わたしにみじめな思いをさせるのが怖《こわ》かったからだと思います。

わたしはあの部屋に、時には何時間も、生ける屍《しかばね》のように座り、ジェイコブが使っていたこまごましたもの、ナイフやフォーク、コップ、ひげそり用のブラシといった品物を握《にぎ》っていたり、わたしたちが大好きだった詩を読んだりしていました。また、まるでジェイコブはどこか知らないところへ行ってしまっただけで、いつか戻《もど》ってくるとでもいうように、長い長い手紙をしたためもしました。戻《もど》ってきたら、きっとあの人は、二人が離《はな》れていたあいだにわたしがなにをしていたか、なにを考えていたか知りたがるだろうから、そしたらこの手紙を渡《わた》して読んでもらおう、そんなことを考えていたのです。

そういうわけで、自分の妊娠《にんしん》に気づくころには、隠《かく》れ部屋はわたしの聖域となっていました。身を隠《かく》す安全な避難所《ひなんじょ》であり、同時に、神聖な場所、失われた愛を祀《まつ》る社《やしろ》にもなっていたのです。わたしはそこで庇護《ひご》と慰《なぐさ》めを求めて神に祈《いの》りましたが、そのころにはもう、神とは、昔思っていたような神さまではなく、もろい人間の全存在を支える、名前もつけられず、はっきり知ることもできない力の源であると悟《さと》っていました。

わたしの性格からして、悲しみはひとりでいる時にしか表に出せませんでしたし（人前で個人的な感情をあらわにするのは大嫌《だいきら》いです）、自分の体の変調についても、毎日顔を合わせるたった二人の人たちから隠《かく》しておかなければなりませんでした。なにしろ食べ物や住まいや、生きていくのに必要なすべてをその二人に頼《たよ》っていたのですから。隠《かく》れ部屋だけが、あの家の中で自分をとりもどし、緊張《きんちょう》を解き、感情を表に出せる唯一《ゆいいつ》の場でした。涙《なみだ》を流し、声をあげて泣き、あれこれ思いをめぐらせ、ジェイコブの匂《にお》いがかすかに残るあのベッド、「わたしたちの」ベッドで丸くなっていても、だれかに見られたり、突然《とつぜん》入ってこられたりする心配がなかったからです。あの部屋はわたしにとって、かけがえのないものとなりました。今までの人生で住まった部屋をすべて思い出してみても、一番愛着がありますし、ふたたび目にすることができないのが残念なのはあそこだけです――にわか造りの、寒くて、まともな家具もなく、干し草の匂《にお》いがして、ときおり牛の鳴き声が聞こえてくる、あの隠《かく》れ部屋だけなのです。

父とわたしが習い覚えた英語の格言には、こんな言葉もありました。「もっとも暗きは夜明け前」。たしかに、わたしにとってはそのとおりでした。

一九四五年三月のわびしい夜のことです。隠《かく》れ部屋で、抜《ぬ》け出せる見こみのない自分の窮地《きゅうち》についてあれこれ思い悩《なや》んでいると、だれかがはしごを上《のぼ》ってくる音が聞こえました。その瞬間《しゅんかん》、わたしの頭はおろかしいかなわぬ願いでいっぱいになり、ジェイコブだ、と思いました。が、すぐにそんなことはありえないと気づき、だれだろう、と考えました。というのも、そのころにはもう、ヴェッセリング夫人は牛舎にさえけっして入ってくることはありませんでしたし、ご主人は用があれば下から声をかけてきたからです。

わたしが見に行こうと体を起こしかけた時、部屋の入口にはもうディルクが立っていました。テーブルに置いたびんの中で燃える一本きりのロウソク。その光に照らされてぼんやり浮《う》かびあがるディルクの姿。とてもなつかしく、よく知っている顔なのに、それでいて見知らぬ人の顔でした。経験は、時間や距離《きょり》に劣《おと》らず、人と人とを遠くへだててしまうものです。ある人の身に相手の知らないところで起きた出来事は、互《たが》いを異邦人《いほうじん》にしてしまうのです。最後に顔を合わせてからの数週間で、ディルクもわたしも、自分が変わってしまうような経験をしていました。わたしたちはもう、ただの若者ではありませんでした。大人という人生の新しい領域に足を踏《ふ》み入れていたのです。二人とも相手の目を見たとたん、ひとことも交わさないうちからそのことに気づきました。ですから再会の挨拶《あいさつ》は、それ以前ならばもっとにぎやかなものになっていたのでしょうが、静かで、少しぎごちない、でも、ずっと気持ちのこもったものになりました。

抱《だ》きあいながらわたしが言った言葉には、心の底からの安堵《あんど》がにじんでいました。「まさかの友は真の友」という格言どおりになったのですから。「帰ってきたのね！」すると、ディルクは答えました。「ああ、帰ってきたよ」（こんな時、どうして人はわかりきったことしか言えないのでしょう！）わたしは腕《うで》をほどき、一歩下がって尋《たず》ねました。「ヘンクもいっしょ？」「いや。あいつはここにいると思ってた」

二人はレジスタンスのために働いていたそうですが、なにをしていたかはあとで説明する、とディルクは言いました。ともかく、それがうまくいかず、二人は身の危険を感じて逃《に》げ出し、別行動した方がいいと判断して、農場で落ちあうことに決めたのだそうです。ヘンクが捕《つか》まって射殺されていたことは、何カ月もたってから知りました。でも、ディルクが帰ってきたこの夜から真相を知るまでのあいだ、わたしとディルクは希望をもち続け、きっとどこかに隠《かく》れている、ヘンクは逆境に強いし、戦争が終わったらここへ戻《もど》ってくる、そう言いあっていました。わたしは本当にそう信じていたわけではありません。でも、こういう時、人間は自分に対してさえ信じているふりをするものです。さもないと、毎日を生きていくことができなくなってしまうからです。イギリスの詩人がこんなことを言っていますよね。「人間はあまりに多くの現実には耐《た》えられない」と（エリオット作『バーント・ノートン』より）。

わたしたちは、ちょうどジェイコブとわたしが何度もそうしていたように、テーブルをはさんで座っていました。ディルクは、隠《かく》れ部屋へ来る前に両親に会った、と言いました。「だけど、ヘールトラウ、母さんはどうしちゃったんだ？」ディルクは、ヴェッセリング夫人が大喜びで自分を迎《むか》え、幼い子どものようにあつかって、なにくれとなく世話を焼くものだとばかり思っていたのに、夫人は冷たいといっていいほど落ち着きはらって、こう言ったというのです。「おや、じゃあ、結局戻《もど》ってくることにしたんだね！　おまえを一番必要としてる時に出ていったくせに、今日はこうして戻《もど》ってきた。きっと困ったことになったか、なにかほしいからなんだろ、え？」ディルクは説明しようとしたのですが、夫人は聞く耳をもたなかったそうです。まだ話をしているというのに、オルガンのところへ行き、弾《ひ》き始めたというのですから。ディルクは、わたし自身、夫人がオルガンを弾《ひ》いているところを見てしばしば思っていたことを口にしました。「母さんは、ぼくたちのそばにいるんじゃなくて、別世界に生きてるみたいだ」

ディルクがお母さん子であることは、わたしの目には以前からはっきりと見えていました。彼《かれ》を真剣《しんけん》な交際相手として考えた時、二の足を踏《ふ》んだのはそのせいもあったのです。ディルク自身は、それまで自覚していなかったのだと思います。でもこの時、内にひきこもる母親の姿を見て味わった心の痛みから、彼《かれ》にもはっきりわかったようでした。わたしは、お母さんは神経衰弱《しんけいすいじゃく》にかかっているのよ、と言って慰《なぐさ》めようとしました。恐《おそ》ろしいことが次々に起きている今、自分の中にひきこもることで身を守っているのだ、と。占領《せんりょう》が始まってからというもの、夫人は大変な気苦労をし続け、わたしたちが来たことで、さらに気苦労が増《ふ》えてしまった。追い打ちをかけるように、人生でもっとも大切な一部である一人息子が、突然《とつぜん》いなくなった。もう二度と息子に会えないかもしれないと思うことは、忍耐《にんたい》の限界をこえていたのだ、と。だから、自分を守るために心を閉ざしてしまった。今、あなたに対してそんなふうにふるまっているのは、ふたたび息子を失って心をいためるのが怖《こわ》いから。オルガンの件は、たぶん、あれを弾《ひ》いている時は本当に別世界に生きているんでしょう。最初に習い始めた子どものころの世界、今のような恐《おそ》ろしいことなどなにひとつ存在しなかった幸せな世界に。きっと戦争が終われば、また元気になって、以前のようなお母さんに戻《もど》るわよ、そう言って慰《なぐさ》めたのでした。

ディルクは落ち着きをとりもどすと、ジェイコブのことを尋《たず》ねてきました。なにがあったかヴェッセリングさんから聞いてはいたのですが、それはかいつまんでの話でしかありません。ディルクは、もっと詳《くわ》しく話してくれと言いました。ジェイコブの名を聞いたとたん、わたしは涙《なみだ》がこぼれそうになりました。それまで、ジェイコブとのことや彼《かれ》の死については、だれにも話していませんでした。話す相手がいなかったからです。ちょうど、びんにつめてふたをしておいたようなもので、いったん口が開くと、コルクを抜《ぬ》く前にびんを振《ふ》っておいたシャンパンのように、二人のあいだにあったことがすべてあふれ出てきました。

人は、なぜこうも、告白せずにはいられないのでしょうか。聖職者に、友人に、精神分析医《せいしんぶんせきい》に、親戚《しんせき》のだれかに、敵に、ほかにいなければ自分を拷問《ごうもん》する者に対してまで、相手がだれであれ、思いのたけを打ち明けられさえすればそれでいいのです。どんなに秘密主義の人でも、日記に書くだけかもしれませんが、告白をしない人はいません。物語や小説、詩を読むと、とくに詩はそうですが、わたしはよくこう思います。これらはみな、創作の技法を使ってわれわれ読者になにかを打ち明けている、作者自身の告白にすぎないのではないか、と。事実、わたしが生涯《しょうがい》変わらずに情熱をもち続けてきた、読書という、心の支えとなり、つねに唯一《ゆいいつ》最大の楽しみであった営《いとな》みをふり返って見る時、それこそが、わたしにとって読書がこんなにも大きな意味をもっていた理由だと思うのです。もっとも価値のある本、価値のある作家とは、わたし自身が告白したいと思っている、人生についてのさまざまなことがらを、わたしに向かって、あるいはわたしに代わって、語ってくれる本や作家なのです。

話がそれてしまいましたね。はっきりさせたかったのは、あの夜、わたしはディルクに、ジェイコブの子をみごもった経緯《けいい》まで、包《つつ》み隠《かく》さず、すべてを語ったということなのです。彼は口をはさまず、身動きもせず、顔色ひとつ変えずに聞いてくれました。思い出してほしいのは、ディルクはほんの数カ月前、わたしを愛しているとみなに告げ、結婚《けっこん》を申しこんだその人だということです。この話を聞いてひどく苦しんだにちがいありません。わたしは今でも彼《かれ》に感謝しています。話を聞いてもなにも傷つく理由のない友人であっても、あれほどの思いやりをもって耳をかたむけることはなかなかできないと思うからです。

話し終えると、静寂《せいじゃく》だけが残りました。下で牛が咳《せき》をしたのを覚えています。それほど遠くない場所で大砲《たいほう》がドーンと鳴りました。目の前のテーブルでは、ロウソクの炎《ほのお》に、戦時中の不純物の多い蠟《ろう》から出た小さな水滴《すいてき》が混じり、ジッ、ジッと音をたててはぜています。使い古された表現を借りれば、世界が静止したとか、心臓が鼓動《こどう》を止めた、ということになるのでしょうか。

ああいう瞬間《しゅんかん》を表す斬新《ざんしん》で生き生きした言葉を見つけるには、さっき言ったような優《すぐ》れた作家を連れてくる必要がありますね。わたしは一読者であって、作家ではありませんから、もう最期《さいご》が近い、疲《つか》れはてたわたしの頭で思いつくだけの言葉で我慢《がまん》してもらうほかありません。たぶん、あの瞬間《しゅんかん》を表す言葉は、オランダ語ならハーピング《gaping》、英語なら「間隙《かんげき》」あたりでしょうか。（そして——これは下手なだじゃれですが、あなたのお祖父さんは言葉遊びが大好きでしたから——たしかに、この「間隙《かんげき》」はぽかんと口を開けていた《gaping》（英語）のです！）わたしにいえるのは、なにかがしばらく宙ぶらりんになっていて、ディルクとわたしもそれとともに宙づりになり、ただふわふわ浮《う》かびながら、「なにか」の意味を、その重《い》みをつかもうとして、空白の中にぶらさがっていた、ということだけです。

沈黙《ちんもく》を破ったのはディルクでした。いとしい、いつも頼《たよ》りになるわたしのディルクです。

「ぼくと結婚《けっこん》してくれないか」

この時こそ、わたしはそれこそ口をぽかんと開けてディルクの顔を見るばかりでした。

「お願い、冗談《じょうだん》はやめて。今日は冗談《じょうだん》はなし。これから先も、そのことを冗談《じょうだん》にするのはやめて」

ディルクはテーブル越《ご》しに手を伸《の》ばし、わたしの頰《ほお》の涙《なみだ》をはらうと、わたしが口にあてていた手をとって握《にぎ》り、くり返しました。「ぼくと結婚《けっこん》してくれ」

「本気だとは思えないわ」

「本気だ」

「どうして？　何があったか話したでしょう？」

「条件が二つある」ディルクはいつものように、事務的に、ずばりと要点に入りました。戦後、彼《かれ》が興《おこ》した建設会社があんなに繁盛《はんじょう》したのも当然です。「まず、子どもがジェイコブの子だとはだれにも言わないこと。きみもぼくも、この子はぼくの子だと言い通すんだ。二つ目は、今夜から二人の暮らしを始めること」

わたしはディルクの目をのぞきこみました。子どものころから知っている、オランダ人らしいまっすぐな誠実さをそなえた男性、最愛の兄の親友の目を見つめながら、その時まで自分の中にあるとは知らなかった一面、どちらかといえばそうなりたくないと思っていた部分に気づきました。わたしは打算的な人間になれるのです。揺《ゆ》れ動く感情の中で——たとえそれがどんな感情で、どれほど強かったとしても——流されず、距離《きょり》をおき、数学者が数字をあつかうように、状況に応じて次になにをするのが最善かを計算する部分がわたしの中にある、そういえばわかるでしょうか。

わたしはこの時初めて、自分がそういう計算をしていると自覚したのです。そして、内なる打算家は、これは願ってもない好機だ、とささやきました。おそらくほかに道はない、と。わたしはまた、こんなことまで計算していました。つまり、わたしがディルクを必要としているように、ディルクもわたしを必要としているのだ、と。その夜、わたしが計算高い人間になれると悟《さと》ったように、独占欲《どくせんよく》の強い母親に育てられてきたディルクも、初めて、自分自身についてあることを知ったのです。自分は母親の束縛《そくばく》から自由になる必要があり、そのためにわたしの手を貸りることができる、と。わたしの気持ちは固まりました。ディルクのことは好きでしたし、彼《かれ》はいっしょにいれば楽しく、頭の切れる、頼《たの》もしい人で、なにより、わたしを深く愛してくれていました。わたしが彼《かれ》をどれほど愛せたとしても、とうていかなわないほど深く。

でも、のちに自分でメフラウチェ・アウトへコークトと呼ぶようになる、わたしの中の打算家が、すぐに「はい」とは答えるな、と止めました。（アウトへコークトとは「利に聡《さと》い」とか、時に「狡猾《こうかつ》な」という意味までふくむ言葉で、メフラウは「ミセス」あるいは「ミス」、チェという接尾辞《せつびじ》は「小さい」「かわいい」という意味を加えることになります。つまりわたしは、自分の中の計算高い部分を「小さな狡猾《こうかつ》夫《ふ》人《じん》」とでも呼んでいたことになります。孫のダーンは、「リトル・メフラウ・スマートアス（スマートアスは英語で、小利口でいやなやつの意）」と言ってますけどね。あの子は、楽しいからなのか、英語の上達のためなのかわかりませんが、アメリカのテレビ番組の見すぎです。）迷っているふりをしなくちゃいけない、メフラウチェ・アウトへコークトは言いました。自分をそんなにすぐに、あるいは簡単に安売りするのは得策じゃない。おまえが自分を大切にしているところを少しは示し、相手にも大切にしてくれと求めれば、この男は、それだけいっそうおまえを評価してくれるだろう、と。

そこでわたしは、ディルクに礼を言い、この申し出にどれほど驚《おどろ》いているか、どれほどうれしく思っているかを伝えました。(これはどちらも真実で、口先だけのことではありませんでした。)でも、今この場では決心できない、とつけ加えたのです。(これは真実ではありません。自分がいずれは「イエス」と言うのはわかっていました。)そして、丸一日よく考えてみた方がいいんじゃない? どちらにとっても、とても大きな一歩を踏《ふ》み出すことになるのだし、と言いました。とくにあなたは、妻に迎《むか》える女が、自分を一番に選んだわけではないと知っているばかりか、他人の子を引き受けることになるのだから、と。

ディルクは納得しました。わたしの言葉に満足しているようでした。結婚後《けっこんご》しばらくたって初めて、ディルクはてきぱきとした行動力はあっても大きなお母さん子だとわたしが前から知っていたように、彼《かれ》も、わたしの中のメフラウチェ・アウトへコークトに以前から気づいていたことを知りました。ディルクに言わせれば、それはわたしの一番好きなところのひとつなのだそうです。「スヘルプズィナッハじゃない女だったら、結婚《けっこん》する気にはならなかったよ」(スヘルプズィナッハというのは、頭の切れる、利口な、といえばいいでしょうか。)ディルクから聞いた中でも、これは最高の誉《ほ》め言葉でした。二年前、ディルクが亡くなるまで続いた結婚《けっこん》生活を通じて、わたしたちが互《たが》いによき伴侶《はんりょ》でいられたわけが、ジェイコブ、あなたもそろそろわかってくれているといいのですが。四十八年間、わたしたちはいつも互《たが》いに正直であろうと努めてきましたし、どのみち、相手の胸の内が透《す》けるようにわかるので、ごまかすことなどできなかったのです。

次の日の夜、ディルクとまた隠《かく》れ部屋で会いました。リトル・メフラウ・スマートアスは夜になっても働いていました。わたしは言いました。あなたと結婚《けっこん》します。喜んで、そして感謝して。でも、わたしにもいくつか条件があります、と。

ひとつ目は、ディルクが終戦までこの農場にとどまり、二度とレジスタンスとともに戦ったり、手伝ったりするために出ていかないこと。これまでにもう、いろいろなことが起こり、別れも、死もあったし、わたしたちのまわりにはまだ多くの危険が残っているのだから、もうたくさん。わたしの夫になるつもりなら、わたしのそばにいなくてはならない、そう言いました。

二つ目の条件は、解放後、ディルクがなにをしてもかまわないけれど、わたしにこの農場で暮らしてくれとだけは言わないでほしい、ということ。わたしは、自分が農場主の妻には絶対なれない、とわかっていました。

そして三つ目です。わたしはこう言いました。なぜあなたがわたしと寝《ね》たがっているかはわかる。そうすれば、いつでも正直に、わたしたちはいっしょに寝《ね》ていた、と言えるからでしょう。それが正確にいつからだったかなんて言う必要はないし、みんな、子どもはあなたの子だと思ってくれる。こちらからなにか説明する必要もなくなる。いいわ、あなたといっしょにベッドに入ります、文字どおりの意味で、あなたといっしょに眠《ねむ》ります。でも、そこまで。赤ちゃんが生まれるまでは、それ以上なにかするなんて考えられない。わたしがジェイコブや彼《かれ》の子どもに抱《いだ》いている想いを冒瀆《ぼうとく》することになるし、ディルク、それはあなたへの冒瀆《ぼうとく》でもあるのよ。そして、この隠《かく》れ部屋のベッドで寝《ね》ることもできない。ここはわたしにとって、いつまでもジェイコブと暮らした場所であってほしい。だから、今からあなたの手を借りて、ジェイコブの思い出になるものをすべて片づけてしまいたいの。そのあとで、この隠《かく》れ部屋をすっかり壊《こわ》してしまいましょう。ここにあるわたしの人生の一部を、二人の手できれいに片づけるのよ。そうしたら、わたしはあなたとの人生を始められる。

続けて、こうも言いました。あなたに条件をつけるなんて、自分がそんな立場にないことはわかっています。でも、この三つの条件を受け入れてくれなければ、あなたとは結婚《けっこん》しません。もしあなたがこれを受け入れられないのなら、きっとわたしたちは生涯《しょうがい》お互《たが》いを尊敬できずに終わるでしょうし、二人の幸せをつかむこともできないと思うから、と。

そのあと、二人で長いあいだ話しあいました。おそらく三、四時間は話したと思います。ディルクが異論を唱《とな》えたとか、わたしの条件を受け入れなかったとか、そういうことではありません。彼《かれ》はすぐに、それでかまわない、と言ってくれました。そんなに長い時間話をしたのは、わたしたち自身や二人の将来について、話しあっておかなければならないことが山のようにあったからです。それに、どちらもよくしゃべるたちでしたから、どうしてもそれくらいはかかってしまったのです。話の中身については、ここに書くつもりはありません。あなたに伝えなければならない、わたし自身やあなたのお祖父さんのこととは無関係だからです。でも、きっとどんな話だったか想像はできると思います。

その気になれば朝まで話していることもできたのですが、すぐに同じベッドで寝《ね》ようというディルクの条件と、隠《かく》れ部屋を壊《こわ》すというわたしの条件を満たそうと思えば、途中《とちゅう》で話を切りあげ、やるべきことにとりかからなければなりませんでした。二人で作業を終えるのに、さらに二、三時間かかりました。（なにかを壊《こわ》す作業は、作る時にくらべて、なぜああいつも、ずっと短い時間ですんでしまうのでしょうか。あの隠《かく》れ部屋を作るのに、ディルクとヘンクは丸二日かけたうえに、そのあと、部屋をできるだけ快適な場所にするのに、さらに多くの時間を必要としたのですから。)

解体がすむと、今度は自分たち二人のこれからのために、母屋へ戻《もど》りました。ヴェッセリング夫人はすでに床《とこ》についていましたが、ご主人はいつもの就寝《しゅうしん》時刻をとっくに過ぎているのに、ストーブのそばに座っていました。居眠《いねむ》りをするふりをしていましたが、本当はディルクを待っていたのがわかりました。わたしは自分の部屋へ行きました。親子はそのあとも、一時間ばかり話していました。(わたしはじりじりしながら、古い大きな振《ふ》り子時計が時を告げる音を聞いていました。)やがて二人の足音が階段を上《のぼ》ってきました。「おやすみ」とささやきあう声が聞こえ、それぞれの寝室《しんしつ》のドアが開きます。さらに待っているうちに、十五分おきに鳴る時計が、二度、時を告げました。

この間《かん》ずっと、ベッドに横になっていましたが、それはもちろん、暖《だん》をとるためでした。恐ろしく寒い夜でした。今か今かと人が来るのを待っている時にはよくあることですが、わたしはいらつき、待たされていることに腹がたってきました。こんな時、もう来ないかもしれないと思い始めると、うとうとと眠《ねむ》りに落ちていくものです。その夜のわたしもそうでした。気がつくと、ディルクが優しくわたしの肩《かた》を揺《ゆ》すっていました。はっと目を覚まして飛び起きると、ベッドがきしみ、家じゅうの人を起こすほど大きな音をたてたので、わたしたちは笑いを嚙《か》み殺しました。二人の暮らしはこうして始まり、喜ばしいことに、その後も笑い声とともに続いたのでした。

二週間後、ディルクとわたしは、当時村長をしていた信頼《しんらい》できる人の立ち会いで、ひそかに結婚式《けっこんしき》を挙げました。秘密にしておかなかったら、ディルクは強制労働のためにドイツ軍に連行されていたでしょう。あの農場のあたりは、その直後の四月に解放されました。ジェイコブの子、娘《むすめ》のテッセルが生まれたのはその年の八月です。テッセルというのは、あなたも知っているように、メフラウ・ファン・リート、ダーンの母親のことです。あの子は、あなたのオランダのお母さんといってもいいかもしれません。そうなると、ダーンはオランダのお兄さんですね。ジェイコブの遺体はその年のうちに掘《ほ》り出され、オーステルベークの戦没者墓地《せんぼつしゃぼち》に埋葬《まいそう》されました。

わたしは夫ディルクとの約束を守り、彼《かれ》が生きているあいだは、テッセルの本当の父親のことをだれにも言いませんでした。でも二年前、ディルクが死んだ時、テッセルには知らせるべきだと考えました。あの子にとっては、簡単に受け入れられることではなかったようですが、たとえつらくて、傷つくとしても、真実を知るのが一番いいと、わたしはいつも信じてきました。娘《むすめ》には、自分の出生にまつわる真実を知っておいてもらいたかったのです。自分がどこからやってきたのか、だれが自分を人生という旅に送り出したのかは大事なことで、途中《とちゅう》でほかの人が父親役を果たしてくれたとしても、それは変わりません。ちょうど、自分が今この世でどういう立場にいるのかを知るのと同じくらい大事なことなのです。

それに、前にも書いたように、告白したいという衝動《しょうどう》、隠《かく》し通してきたジェイコブとのいきさつを打ち明けたいという欲求もありました。嘘《うそ》は、たとえそれが沈黙《ちんもく》による嘘《うそ》であったとしても、カトリックの人たちにいわせれば怠慢《たいまん》の罪であり、人の魂《たましい》を癌《がん》のようにむしばんでいきます。わたしは肉体の癌《がん》をわずらっているだけでたくさんです。死ぬ前に、言葉にしたことのない真実という癌《がん》をわたしの良心からとりのぞいておきたかったのです。

もう一人、告白しなければならない相手がいました。あなたのお祖母さん、セアラです。もちろん、自分がセアラに対して罪を犯していたことはわかっていました。あなたのお祖父さんもわたしも若かったから、とか、戦時下の緊張《きんちょう》や周囲の事情のせいだ、とか、わたしたちは二人とも、戦争が終わったらセアラに対してできるだけ誠実に向きあい、心配りをするつもりだった、などと言ったところで、言いわけにはなりません。たしかに、今挙げたことはどれも事実です。だからといって、それでわたしたちの罪が赦《ゆる》されるわけではなく、無実の証明や、正当な理由になるわけでもありません。

今回、あなたのお祖母さんに、わたしに会いに来てほしいと頼《たの》んだ時、本当のことを打ち明けるつもりでいました。今ではあなたも知っているような、わたしの病《やまい》や訪れようとしている死についてはなにも伝えませんでした。すると返事が返ってきて、自分は行けないが、代わりにジェイコブ、つまりあなたを招いてほしいと頼《たの》まれたのです。あなたはもうものごとがわかる年齢《ねんれい》だから、祖父の墓に参らせ、最後の日々の様子を、セアラの書いてきたとおりにいえば、「馬の口から」（一番たしかな人から直接に、という意味の英語の表現。馬の年齢は歯を見ればわかることから）聞くためにわたしに会わせたいということでした。（「馬の口から」というのは、父とわたしが習い覚えた英語の言いまわしのひとつでもあります。）

面と向かってセアラに告白できなくなってしまうと知って、わたしはうろたえました。手紙にしたためることもできたでしょうが、文章でだれかに告白するのは、口で言うのとはちがいます。直接話をすれば、さえぎるもののないむき出しの感情を見せあうことになります。生々しくならずにすませることはできません。逃《に》げ隠《かく》れする場所がなくなるのです。罪を告白する者は、その罪によって傷つけられた者の怒《いか》りや寂《さび》しさ、悲しみや憎しみ、涙《なみだ》やあざけりに耐《た》えるべきなのです。そしてまた、告白された者が理解や赦《ゆる》しを示したなら、それを甘《あま》んじて受ける屈辱《くつじょく》に耐《た》えるべきなのです。この二つの苦行《くぎょう》以上に、罪を灼《や》き清めてくれるものはありません。不思議なことに、相手の激しい怒《いか》りに向きあえば、告白者は、自分のありのままの姿が、変える必要のないものとして受け入れられたように感じます。告白することによって罪はぬぐわれたと感じ、正しいことをしたのだと思うでしょう。一方、おだやかに赦《ゆる》しを与《あた》えられ、静かに寛大《かんだい》な理解を示されれば、告白者は自分のあやまちを再認識し、その悪行をふたたび胸につきつけられ、退路を断たれて、改心を求められている気がするでしょう。けれど、もし自らの告白をただ紙に書き、送ってしまえば、手の届かない、傷つけられないだけの距離《きょり》ができ、こうしたことはすべて避《さ》けてしまうことになるのです。

あなたに告白すればいい、というのはダーンが言いだしたことでした。セアラに話せないなら、孫のジェイコブに話せばいい。親の因果《いんが》は子に報いる、これは若いジェイコブが受《う》け継《つ》ぐべき遺産で、それはヘールトラウの罪をおれが受けとめるのと同じだ、と。あとは、彼《かれ》の好きなようにさせればいい。どうにかするさ、おれだってどうにかしてきたんだから、そう言ったのです。(きっと、あなたはもう、ダーン一流の口のきき方にも慣れていることでしょうね。)

そういうわけで、もともとは、直接あなたに話そうと思っていたのです。話したいことを書きとめ始めたのは、英語で正しく話を伝える助けにするためでした。最初、わたしの英語は少しさびついていました。というのも、英語の本をたくさん読んではきましたが、ここ何年かは、英語であまりものを書いていなかったからです。ところが、書いているうちに、語りは物語になっていきました。やがてわたしは、あなたもお祖父さんの話をきちんと書かれたものとして受けとりたいのではないか、と思い始めたのです。手もとに置いておき、いつかあなた自身の子どもたちに渡《わた》すことのできる文章になっていれば、その子どもたちは、家族の歴史の一部を「馬の口から」直接読むことができるのですから。（もちろん、その子どもたちにとっては、大昔の出来事に思われるのでしょうが。）

というわけで、今あなたの手にあるのがその物語です。

そして、これといっしょに、あなたに受けとってほしいものが三つあります。

ひとつは、落下傘《らっかさん》部隊の記章です。わが家の地下室で過ごした最初のころ、ずたずたになったあなたのお祖父さんの戦闘服《せんとうふく》からはずしたもので、戦後、ほかの持ち物をセアラに送り返す際、これだけは自分のためにとっておいたのです。ジェイコブと、抜《ぬ》けるような青空から落下傘《らっかさん》が降りてくるのを見た日の、思い出の品です。

二つ目は、かわいそうなサムからもらった詩集です。これは当時わたしたちの手もとにあった唯一《ゆいいつ》の英語の本で、お祖父さんとわたしがいっしょに暮らしていた時、毎日のように朗読しあった本です。

三つ目は、あとで説明するといった形見の品です。ジェイコブとわたしは、愛を打ち明けあった時、こういう時にだれもがするように、なにか記念になるものを交換《こうかん》したいと思いました。ジェイコブは指輪を交換《こうかん》しようと言いました。でもわたしは、それはいけない、と言いました。たとえ二人のあいだでどう思っていようと、結婚《けっこん》したわけではなかったのですから。

代わりにジェイコブが考え出したのは、そっくり同じ形の小さなお守りを二つ作ることでした。このアイディアは、彼《かれ》が、農場で昔からよく見られる飾《かざ》りから思いついたのです。その飾《かざ》りは、木や藁《わら》、あるいは金属で作った一種の魔《ま》よけで、納屋の破風《はふ》や積み藁《わら》のてっぺんに、災いを遠ざけ、福を招くためにとりつけるものです。ジェイコブは隠《かく》れ部屋のまわりの干し草置き場で見つけた小さなブリキ片を、軍支給のポケットナイフで削《けず》り、わたしの爪《つめ》やすりで端《はし》をなめらかにし、銀製品用のクリームで磨《みが》きあげました。それに、型を切り出す際、あらかじめてっぺんに小さな輪をこしらえ、できたお守りに鎖《くさり》を通して、服の下でいつも身につけておけるようにしてくれました。

こうしたヘーヴェルテーケン、棟飾《むねかざ》りには、さまざまな形のものがあり、それぞれに意味があります。ジェイコブがわたしたちの愛の印として選んだデザインは、雷《かみなり》をはらいのけるほうき、生命の樹、日輪、聖杯《せいはい》、つまりカップを表す形を組みあわせたものでした。「きみへのぼくの愛、そしてぼくへのきみの愛を表すこの印が」お守りを交換《こうかん》するちょっとした儀式《ぎしき》をした時、ジェイコブは言いました。「ぼくを愛したがためにきみを襲《おそ》うかもしれない雷鳴《らいめい》のような怒《いか》りをはねのけ、輝《かが》かしい生命の樹の力をきみに与《あた》え、輝《かがや》く黄金の太陽を永久《とこしえ》にきみの頭上に呼び、ぼくの愛でつねにきみの杯《さかずき》を満たしますように、愛するヘールトラウ！」（このころにはもう、ジェイコブはわたしの名前をほぼ正確に発音できるようになっていました。）

ジェイコブがわたしにくれたお守りは、ダーンにあげました。わたしがジェイコブにあげたお守りを、今、あなたにあげましょう。

これで三つすべてがそろいました。あなたのお祖父さんが戦った戦争の象徴《しょうちょう》。わたしたちが暗唱しあった詩句。そして、あの人のわたしへの愛を表すお守り。どれもわたしにとってはとても大切なもので、その想いを言葉で言い表すことはとうていできません。あなたの国の言葉でも、わたしの国の言葉でも。

さあ、受けとってください。

あなたのオランダの祖母　ヘールトラウ

20　ジェイコブ(12)

今あることはすでにあったこと、
これからあることもすでにあったこと。
追いやられたものを、神は尋《たず》ね求められる。

——『旧約聖書、伝道の書（コヘレトの言葉）』

「ダーンは、わたしがなぜ今日あなたに会いたいと言ったか、説明してくれた？」ヘールトラウは言った。

彼女《かのじょ》はぱりっと清潔なベッドに上体をなかば起こし、この前と同じく、驚《おどろ》いたように目を見開いて天井《てんじょう》を見つめている。ジェイコブも、やはりこの前来た時のように、病室の同じ椅子《いす》に腰《こし》かけ、同じように気づまりで居心地の悪い思いをしながら答えた。「いいえ。なにも」

沈黙《ちんもく》。空気は、指でさわることができたなら、音をたてて鳴っただろう。

「あなたに渡《わた》したいものがあるの」ヘールトラウは、はっと息を継《つ》ぐと、そのまましばし口をつぐみ、ジェイコブを見た。「そうしたら、お別れを言わなくては」

喉《のど》がからからになり、ジェイコブはしゃべれなかった。

「キャビネットの引き出しよ」

どうにか引き出しを開けたが、関節が固まり、筋肉はとけてしまったような気がした。

「包みがあるでしょう」

それはノートパソコンくらいの大きさで、つややかな深紅の紙で包まれ、空色のリボンが十字にかけてあった。

「とって」

ジェイコブは包みをヘールトラウの横、ベッドの上に置いた。

「あなたのよ」

ジェイコブはまだなにもしゃべれなかった。

「アパートに帰ってから開けて。それまではだめ。約束してくれる?」

ジェイコブはうなずいた。

「あなたに話せることは、すべてその中にあるわ」

ジェイコブは、その包みを、今にもしゃべりだすのではないかというようにじっと見つめた。

ふたたび沈黙《ちんもく》。空気が裂《さ》けてばらばらになりそうだ。

ヘールトラウが言った。「お互《たが》いの苦しみを引き延《の》ばすのはやめましょう」

ベッドの上で動きがあった。

顔を上げると、ヘールトラウはネズミのような手をさし出している。

ジェイコブは立ちあがった。

ヘールトラウの手は折れてしまいそうに弱々しい。ジェイコブは両手で、そっと包みこんだ。

「ファールヴェル《これでお別れね》。さようなら」

ジェイコブはなにか言おうとしたが、やはり言葉は出てこなかった。

その代わり、心の命ずるままに、身をかがめ、体が思わぬ動きをせぬよう細心の注意をはらいながら、ヘールトラウに三度キスをした。ひとつ目は右の頰《ほお》に、二つ目は左の頰《ほお》に、そして三つ目の一番優しいキスは、薄《うす》い唇《くちびる》の上に。

包みこむ手の中で、ヘールトラウの手がびくりと動いた。

ジェイコブが体を起こすと、ヘールトラウの手はベッドの上に落ちた。

顔を合わせることができないまま、ジェイコブはベッドから包みをとりあげて固く胸に押《お》しあて、やっとのことで病室の扉《とびら》まで歩いた。

扉《とびら》の前まで来ると、かぼそい声がかろうじて聞こえた。「ジェイコブ」

ヘールトラウの目は涙《なみだ》で曇《くも》っていたが、顔にはほほえみが浮《う》かんでいる。

ふり返ったジェイコブは、言えるものならなにか言いたかった。

が、うなずき、ほほえみ返すのがせいいっぱいだった。

21　ジェイコブ(13)

×××　アムステルダムに愛とキスを。

「そう、おれが手伝った」ダーンが言った。

　二人はヘールトラウのアパートにいて、ダーンはソファ、ジェイコブは運河を見おろす窓を背に、いつもの肘《ひじ》かけ椅子《いす》に座っている。ヘールトラウの手記はA４サイズの紙に百二十五ページあり、オレンジ色のリングファイルに綴《と》じられていた。今は、二人のあいだにあるコーヒーテーブルにのっている。

「手伝った？」

「タイプライターで打ってやったのさ。ヘールトラウの手書きなんて、きみには絶対読めなかっただろう。それに、書けないほど体調が悪いことも多かったんで、口述《こうじゅつ》もしたんだ。ヘールトラウはずっと英語の勉強を続けていたし、しょっちゅう英語の本も読んでる。BBCのテレビもよく見てるから、英語はかなり使いこなせる。それでもときどき助けが必要だった。慣用句を見つけたり、辞書で言葉を調べたり。それに、時には、その……薬物《やくぶつ》治療《ちりょう》のせいでいろいろとね」ダーンは肩《かた》をすくめた。「ま、いってみれば、おれはヘールトラウの編集者ってとこかな」

「でも、これは全部あの人の話？　つまり、全部本当にあったことなの？」

「作り話だと思ったのか？」

「だって、信じられないような話じゃないか。きみのお祖母さんと、ぼくのお祖父ちゃんなんだぞ」

「たしかに、一カ所おれが代わりに書いたところがある。ヘールトラウはずいぶんとり乱して、口述もできなかったから」

「どのあたり？」

「ジェイコブが死んだ直後の話だ」

「じゃあ、きみが創作したってこと？」

「とんでもない。ヘールトラウはあったことをオランダ語でしゃべったのさ。心が乱れるようなことは、母国語の方が話しやすいものだ」

「じゃあ、きみがその話を聞いて……？」

「そう。あとで英語に直した。できるだけヘールトラウが書いてるような感じでね。それから読んで聞かせて、ヘールトラウが何カ所か変えた」

「たとえば？」

「そうだな……。時計のところとか。チクタク音をたててた時計を真夜中に止めるだろう？　最初、そんな話はしてなかったんだ。おれが書いたものを読んでやってる時に、急に思い出したのさ。ヘールトラウは聞きながら、まるでその時の様子をもう一度目の前に見てるようだった。そんなことがあるものか、と思うかもしれないが、ヘールトラウは、こんなに年月がたってるのに、今でもジェイコブの死を悲しんでる」

ヘールトラウとの面会から戻《もど》ってきたジェイコブは、すぐに上の部屋へ行き、包みを開けて中身を確かめると、そのまま手記を最後まで読み通した。三時間後、読み終えたジェイコブは、水の中から浮《う》かびあがってきたばかりのように息苦しかった。じっと座っていられなくなり、気持ちが乱れ、なにを考えたらいいかわからず、ダーンと話をしたくてたまらなくなった。

ジェイコブは言った。「ヘールトラウは冗談《じょうだん》半分に、きみはぼくのオランダの兄だと書いてるけど、きみのお母さんは、本当にぼくのおばさんだ。つまり、きみとぼくはいとこ同士ってことになる」

「いやか？」

「まさか。うれしいよ」

「おれもうれしい」

ジェイコブはみぞおちをつかまれたような気がした。

「ああ、どうしよう！」

「なんの話だ？」

「セアラだよ」

「セアラがどうした？」

「なにも知らないんだぞ」

「だれも知らないいさ。知ってるのは、きみと、おれと、おれの両親だけだ」

「でも――」

「気にするな」

「セアラはお祖父ちゃんを偶像化《ぐうぞうか》してる」

「偶像化《ぐうぞうか》？」

「まあ、それに近い。お祖父ちゃんはセアラにとってのすべて、人生そのものだ。ぼくの両親を説《と》き伏《ふ》せて、無理やり同じ名前をぼくにつけさせたくらいなんだから。まったく、ぼくはお祖父ちゃんの生まれ変わりだと思われてるんだぞ」

「そいつは困ったな」

「さっき、ヘールトラウは今でも悲しんでるって言ったよね。セアラはそのまま再婚《さいこん》もしなかった。お祖父ちゃん以上の人がいなかったんだ。セアラは、自分とお祖父ちゃんは完璧《かんぺき》な結婚《けっこん》生活を送ったって信じてる」

「そんなものはない」

「セアラはあると思ってる」

「なら、そういうことにしておこう。たぶん、そうだったんだろう――結婚《けっこん》してた期間はどれくらいだ？」

「三年」

「でも、そのあと、われらがフロートファーダー《祖父》は、ドイツという竜《りゅう》を退治しにこの地へやってきて、最初に出会ったオランダ人少女が彼《かれ》に首ったけ、その少女の熱は五十年たっても冷めてないってわけだ。このメンス《人》（オランダ語）はきっと、大したメンシュ《人》（ドイツ語）だったんだろうよ、われらが祖父は。だろ？

せいぜい、おれたちもその遺伝子をもってることを願おうぜ」

「遺伝子には、二十代で心臓発作を起こす予定も組みこまれてるかもしれないぞ」

ダーンは肩《かた》をすくめた。「死ぬ時は死ぬんだ」

「そういう冗談《じょうだん》はよしてくれ」

「冗談《じょうだん》?」

「ぼくは真面目に言ってるんだ」

「わかってる、わかってるって! きみは真面目だ、わがいとこよ、大真面目だ! 肩の力を抜《ぬ》けよ」

「そういう口先だけの言い方はやめてくれ。大嫌《だいきら》いなんだ。ぼくは心配なんだよ、当時あったことを聞いたらセアラがどう思うか」

「おいおい! ちょっと待てよ! まさか、セアラにしゃべるつもりじゃないだろうな?」

「しゃべらないわけにはいかない」

「いや、だめだ。そりゃまちがってる」

「まちがってるだって! 黙《だま》ってる方がまちがってるじゃないか」

「どうかしてるぞ。そんなことしてなんになる? それでなにかがいい方に変わるか? もっと悪くなるだけじゃないか。セアラはもう歳《とし》だ。そっとしておいてやれ」

「ヘールトラウは打ち明けるつもりだった。そうすべきだと思ってたんだ」

「おい、そろそろ彼女《かのじょ》の名前をちゃんと発音できるようになってもいいんじゃないか? それはともかく、ヘールトラウも歳《とし》だ。もうすぐ死のうとしてる重病の年寄りだ。一日の半分は、自分がどこにいるか、なにをしゃべってるか、ほとんどわからなくなってる」

「でも、なにをしゃべってるかちゃんとわかってる時に、セアラに知ってほしいと言ったんだぞ」

「そのとおり。でも、ヘールトラウは自分の口から伝えたかったんだ。面と向かって。だろ？」

「ああ、うん」

「ってことは、これはすべてあの二人のあいだのことなんだ。ヘールトラウとセアラのさ。年老いた女二人の……同じ立場同士での話だ。つまり、別の時代の人たちなんだよ。現代じゃないといってもいい。少なくともわれわれとは世代がちがう。世の中は変わった。これはおれたちがどうこうする問題じゃない。きみやおれの問題じゃないんだ。それに、あの二人の年寄りの残された日々を今よりつらいものにするのも、おれたちがすべきことじゃない。おれに言わせれば、年をとるってことは、どんなにうまくいってても、それだけでもうつらいことなんだから」

「でも、ヘールトラウの言う、嘘《うそ》が魂《たましい》を汚《けが》すという話はどうなる？　たとえ真実を隠《かく》してるだけの嘘《うそ》だとしてもさ。きみは自分の魂《たましい》を汚《けが》されていたいか？」

「魂《たましい》だって！　魂《たましい》のことなんかだれにわかる？　それにヘールトラウが言ってるのは、自分でついた嘘《うそ》のことで、人がついた嘘《うそ》を知った時の話じゃない。でなきゃ、おれたちはみんな生まれた時から汚《けが》れてることになる。ヘールトラウにとっては、嘘《うそ》は自分の中にある。それをかかえて生きてきた。人生の一部だ。たしかに、きみがそういう言いまわしを使いたいのなら、その嘘《うそ》はヘールトラウを汚《けが》しているのかもしれない。でも、きみやおれにとっては、その嘘《うそ》は自分の外にある。話を聞いただけじゃないか。ただの情報さ。それで傷つくことなんかない。自分で傷つこうとしないかぎりはね」

「傷つくんだよ。もしぼくがその嘘《うそ》のことで思い悩《なや》めば……」

「だから、今言ったじゃないか！　悩《なや》まないようにするのさ」

「しかたないんだ。生まれつき悩《なや》むたちなんだから」

運河の方から、若い男の大声と女の嬌声《きょうせい》が聞こえてきた。ジェイコブは立ちあがって窓際へ行った。二十歳《はたち》すぎくらいだろうか、おちゃらけた帽子《ぼうし》をかぶり、派手《はで》な遊び着を着た観光客の一団が、足こぎボートに乗ってふざけあっている。その屈託《くったく》のないばか騒《さわ》ぎをながめていると、サギが一羽、ジェイコブの目の高さを、運河に沿って中央駅の方へ飛んでいった。ゆったりと翼《つばさ》を上下させ、足を吹《ふ》き流しのように後ろに伸《の》ばし、長い首を折《お》りたたみ、コンコルドのようなくちばしで空気を切り裂《さ》いていく。三階の高さから鳥の目で、この新しくて古い、すべての人にすべてのものがそろっている町を見るのは、きっとすばらしいにちがいない。昨日、船の中から魚の目で見た時も似たようなことを思った。ジェイコブはトンのことを思い出した。ヘールトラウとセアラの一件を聞いたら、トンはどう言うだろう？　そして、ヒレは？　二人が今ここにいればいいのに。ああ、でも、二人いっしょはだめだ。ぼく一人じゃ手に負えない。

ドムコップ《うすのろ》どもが競争を始め、いたずらっ子のようにペダルをこいで、橋のむこうの飾《かざ》り窓《まど》地区のある方向へ去っていった。カモメたちが鳴きながら輪を描《か》いている。昔は目の前に帆船《はんせん》が繋留《けいりゅう》され、そびえ立つマストはこの建物より高かったはずだ。スキポール空港に着陸しようとするＫＬＭオランダ航空の双発《そうはつ》ジェットが上空を飛びすぎた。自分も木曜にはイギリスに向かって飛んでいるはずだ。あと二日。

ジェイコブは突然《とつぜん》あることに気づき、自分でも驚《おどろ》いた。帰りたくない。ここにいたい。帰るよりここにいる方が得るものが多い。むこうよりここの方が、ぼくがぼくらしくしていられる。

ジェイコブはふり返ると、ソファでくつろぐダーンをちらりと見て言った。

「ムネール《ミスター》・スマートアス《いやなやつ》」

ダーンは笑った。「ヤー《わかった》、ヤー《わかった》！ でも、兄貴の言うことは聞くもんだぜ、心配性のイギリスのいとこさん」

「まったく、きみら年寄りは、ぼくたち若者に忠告するのが好きだからな」

「言ってくれるじゃないか！ それはともかく、きみはお祖母さんの人生の最後の数年を、自分の手で台なしにしたいのか？ それでいいならやれよ。セアラにこのむごい秘密を明かせばいい。でも、きっとやらないだろうな、きみにかぎっては。きみはなにかをぶち壊《こわ》すようなタイプじゃない」

「侮辱《ぶじょく》してるのか、誉《ほ》めてるのか、どっちなんだ」

「好きなようにとってくれ」

ジェイコブは腰《こし》を下ろした。

「テッセルはなんて？」

「なにもかも気に入らないらしい。ヘールトラウがすべてそのまま秘密にしておいてくれたらよかったのにと思ってる。すっかり動揺《どうよう》してるんだ。テッセルは父親を愛していた――つまり、ディルクのことだけど。自分はヴェッセリング家の人間で、トッドなんて関係ないと言いはってる。ジェイコブのことはなにも知らない、ディルクに育てられたんだし、それも、ちゃんと育ててもらったってね。おれも祖父のディルクのことは大好きだった。テッセルは、自分はディルクの娘《むすめ》で、ジェイコブの娘《むすめ》じゃないと言ってる。聞かされたことを全部心の中から追い出そうとしてるが、もちろん、そんなことはできない。ヘールトラウが死んだら……そうしたら、たぶん……」

「じゃあ、きみのお母さんは、ぼくにも知らせない方がよかったと思ってるんだね」

「ああ、教えたのはまちがいだ、と思ってる。この件にはいっさいかかわりたくないらしい。おれたちがこの話をするのも嫌《きら》ってるし。今は、きみが聞いてショックを受けたんじゃないかと心配してる。テッセルは、きみをオランダへ来させたくなかったんだ。でも、日曜にいっしょに式典へ行って、きみが好きになったみたいだ。ずっときみの話ばかりしてるからな」ダーンはほほえんだ。「たぶん、おれがそうなってくれたらいいのにと思うような理想の息子に見えるのさ」

「そんなばかな」

「好きなようにとってくれ」

　これ以上なにをしゃべればいいかわからなくなった。あまりにたくさんのことがありすぎて、なにひとつ頭の前の方へ出てきてくれない。いつもはそのあたりに、考えていることを表す言葉が浮《う》かぶような気がするのだが。胃がしめつけられるように痛んだ。

　長い沈黙《ちんもく》のあと、ダーンは、「電話を一本かけてくる」と言って、キッチンへ立っていった。

　ジェイコブは動かなかった。体はまだ、ヘールトラウと過ごした、あれが最後になるはずの数分間にとどまっているかのようだ。一方、頭の中には、ヘールトラウの手記に出てきた出来事が映画のように映し出されている。やっかいなことに、その映像の中で、若き日のヘールトラウはヒレに、祖父ジェイコブはジェイコブ自身になっていた。

このままではネズミ気分に陥《おちい》る危険があるのはわかっていたが、どうやって止めればいいかわからない。

ダーンが戻《もど》ってきて、強い調子で言った。

「この話はひと晩じゅうでもできるけど、なにか結論が出るわけでもないだろう。おれたち二人に今必要なのは、いったん頭からこの話を追い出すことだ」

その勢いに、ジェイコブはわれに返った。ダーンの言うとおりだ。

「ごめん、堅苦《かたくる》しいことばかり言って」

「いや、いいさ。気持ちはわかる。そろそろなにか食べようぜ。トンに電話した。食事をしにこっちへ来る。そのあと映画を見に行ってもいいし。なにか作るから、音楽でも聴《き》いてろよ」

「いいこと思いついた。今までずっと、きみとトンには食べ物や飲み物をおごってもらったり、いろいろしてもらいっぱなしだろう。今日はぼくの番だ。食事を作るよ」

「できるのか？」

「そんなに驚《おどろ》いた顔するなよ。子牛の肉は好きかい？」

「オランダ人に向かって子牛が好きかだって！　もちろんさ！」

「よし、じゃあ必要なものは、子牛肉の薄《うす》切《ぎ》り、プロシュート（イタリアハム）の生ハム、生のセージ、トマト、上等のオリーブオイル、白ワインヴィネガー、ニンニク、生のバジルをたくさんだ。ええっと、ほかにいるものは、と。ああ、そうだ、野菜サラダの材料とパスタ、焼きたてのブレッドスティックがあるといいな」

「イタリアンだな。いいね。ここにあるものと、買ってこなくちゃならないものとある」

「ああ、金はぼくに払《はら》わせてくれよ。それと、デザートにアイスクリームってのは？」

「きっとトンにもてるぞ。あいつは大のアイスクリーム好きだからな」

『アイスクリームがなくたって、トンにはもうもてるさ。『さあ、先頭に立ってくれ、マクダフ』（『マクベス』より）」

「メイン・ヘーレ・レーヴェン・ゾホト・イック・ヤウ」ダーンは大げさなラクリモーソ（涙ぐんだように）で歌いながら、階段に向かって歩き始めた。「オム、エインデルック・ヘフォンデン、トゥ・ヴェーテン・ヴァット・エーンザーム・イス」

「わかった、わかった。もうその歌は聞きあきたよ」


スパゲッティはカッペリーニという極細《ごくぼそ》の種類を使い、ソースをからめた。ソースは、刻んだトマトとたっぷりの生バジルを混ぜ、オリーブオイル、少量のワインヴィネガー、つぶしたニンニク、ひとつまみの塩、胡椒《こしょう》を加え、さっと砂糖を振《ふ》って煮《に》こんだものだ。スパゲッティがゆであがると、冷めないように鍋《なべ》に戻《もど》しソースをからめた。

ここまでは料理がうまくいっていたし、ワインを飲んだこともあって、ジェイコブの頬《ほお》は上気していた。少し飲むのが速すぎたせいか、いたずら心が起きた。

ジェイコブはトンに向かい、無邪気《むじゃき》な顔を装《よそお》って言った。「このあいだ、ダーンがティトゥスの肖像《しょうぞう》を見に連れていってくれた」

トンとダーンはにやりとして、テーブル越《ご》しに顔を見あわせた。

「ダーンから聞いたよ」トンが答えた。「気に入ったんだって？」

「とてもいい絵だね。ちょっと茶色が強すぎるけど」

「でも、ティトゥスはきれいな顔してるだろ？」

「ぼくに似てるってダーンは言うんだ」

「そうは思わなかった？」

「ぼくはきれいとはいえない」

「そうかな？」

「ダーンの話じゃあ、ティトゥスの口に、だれかがキスしたみたいな口紅の痕《あと》が見つかったらしい」

ダーンはスパゲッティの皿に向かってくすりと笑った。無邪気《むじゃき》そうに見つめるジェイコブの目を見返しながら、トンが言った。

「うん。その話は聞いたよ」

「犯人は捕《つか》まってないんだって？」

「そうなの？」

「だれがやったか全然わからないらしい。ダーンはそう言ってる。でも、なんか変なんだ。ダーンは犯人を知ってると思うな」

「ダーン!」トンが言った。「そんなこと、ひとことも言わなかったじゃないか」

「知らないよ!」ダーンは、今度はワイングラスに向かってにやりとしながら答えた。「おれはなんにも知らない」

「ひどいことをするやつがいるよね」ジェイコブが言った。「だれだか知らないけど、なぜそんなことしたのかな?」

「たしかに、ぼくにも動機がわからないな」トンが答えた。

「たぶん、犯人の女は――」とジェイコブ。

「男かもね」トンが口をはさんだ。

「男?……ほんとに?」

「可能性はあるだろ?」

「まあね。じゃ、その男、あるいは女は、たぶん気が狂《くる》ってたんだ。おつむがおかしいんだよ。そう思わないか? だって、絵にキスしたんだぞ!」

ダーンが口を開いた。「カトリックの人たちは、ときどきキリストの磔刑像《たっけいぞう》にキスするぞ。ギリシア正教ならイコン(キリストや聖母の絵)だ。旗にキスする人だって見たことがある――愛国者やサッカーファンだ。スポーツ選手だって、勝ちとったトロフィーにキスするじゃないか」

「イギリスでも、ウィンブルドンのテニスの時やってるじゃない」と、トン。

「そういう連中はみんな気が狂《くる》ってるのか?」と、ダーン。

「じゃあ、つまり」ジェイコブは言い返した。「だれかがあの絵に心底ほれこんでるかなにかで、その女、または男は、神聖なものかトロフィーみたいに思ってキスしたって言いたいわけ？」

トンが言った。「でもさ、キスされるってことは、絵にとって最大の賛辞《さんじ》だと思わない？　その絵をものすごく好きになった人がいたら、キスしてもいいんじゃないの？　昼も夜も博物館の壁《かべ》にぶらさがってて、かたむいてても汚《よご》れてもいない、ニスでぴかぴかに光ってるだけの絵はかわいそうだよ。だれもさわっちゃいけないなんてさ。見に来た人たちは……ええっと、英語でなんていうんだっけ？　「ダーンに向かって」スハウフェレント――ほら、こんなふうにして」

　トンは立ちあがってやってみせた。

「足を引きずる、ってこと？」ジェイコブが言った。

「そう、それ」トンは席に戻《もど》った。「みんな足を引きずりながら通りすぎていくだけで、ほとんどの人はかわいそうなティトゥスには目もくれない。見てくれる人なんていやしない。哀《あわ》れな少年は壁《かべ》にかけられたまま、うつむいて、あのきれいで悲しげなほほえみを浮《う》かべながら、そんなことは気にしてないふりをしてるんだ。どんなに寂《さび》しがってることか！　だから、だれかが同情したんだ。ある男が、自分は――」

「または女が、だろ」ジェイコブが口をはさんだ。

「あっ、そうだった！　または女が！　気にかけてるよ、ってことを示したのさ」

「それだけじゃないよ！」ダーンがトンの口調《くちょう》を無理にまねて言った。「そいつらは、捕《つか》まる危険を承知のうえでやったんだ。捕《つか》まってたら、そりゃ大騒《おおさわ》ぎだったろうね。メイン・ホット、《なんてったって、》ヘット・レイクスムーゼウム《国立博物館なんだから》！　いやはや！　いい度胸《どきょう》だね！」

「わかったろ！」トンは祈《いの》るように両手を上げてみせた。「狂《くる》ってなんかないんだ」

「なるほどね」ジェイコブは答えた。「愛する者ゆえの抗議《こうぎ》ってわけか」

「たぶん……」トンが言った。「美術館に祀《まつ》って終わりってやり方に反対なのさ。なんていえばいいのかな——霊廟化《れいびょうか》？　こんな言葉あったたっけ？」

「今できた」とジェイコブ。

「よし、じゃあ、芸術の霊廟化《れいびょうか》への抗議《こうぎ》だ」

「やった男が満足してるといいね」

「あるいは女がね」と、トン。

「そう、そうだった。忘れてたよ。その男だか女だかが——」

「男と女」トンが言い直した。

「え？」とジェイコブ。

ダーンがこらえきれなくなったように笑いだした。

「男と女だよ」トンがくり返した。「かもしれないだろ……？」

「ああ、わかった。二人でやったってことか」

トンは肩《かた》をすくめた。

ダーンが言った。「もうそれくらいにしとけよ！　シェフを呼べ！　子牛を食おうぜ」

子牛の薄切《うすぎ》り肉は、それぞれ、上に生のセージの葉を一、二枚と、スライスした生ハムを楊枝《ようじ》で刺《さ》してとめ、弱火でさっと焼き、柔《やわ》らかくて肉汁《にくじゅう》が残っているうちにフライパンから上げる。野菜サラダは、ジェイコブが子牛肉にかかっているあいだに、ダーンがドレッシングであえた。当然、ワインがもう一本抜《ぬ》かれ、今度は、ダーンが選んだオルヴィエートだった。

「こういう料理はだれに教わったの？」トンがうまそうにぱくつきながら言った。

ダーンが口をはさんだ。「あててみようか。お祖母ちゃんのセアラだろ」

「あたり」とジェイコブ。

「われながら、よくわかったよなあ！」ダーンが茶化す。

「そういえば」とジェイコブ。「昨日トンと二人で出かけた時、結《けっ》婚《こん》の話が出て、トンが、恋愛《れんあい》とかセックスのことならきみの意見を聞いてみるといい、って言ったんだ」

ダーンがオランダ語でなにか言うと、トンは笑い声をたて、すまなそうに肩《かた》をすくめてみせた。

「おいおい、『豆をばらまいて（「秘密を明かす」という意味）』くれよ」とジェイコブ。

「なにをばらまけって？」ダーンが言った。

「豆」

「豆？　どうして豆なんだ？」

「知らないよ。英語じゃあ、そういうんだ」

「ホンゲル・マークト・ラウヴェ・ボーネン・ズット」トンが言った。

「それとはちがう」とダーン。

「豆が出てくる以外はね」とトン。

ジェイコブが尋《たず》ねた。「トンはなんて言ったの？」

本人が答えた。「『空腹は生の豆を甘《あま》くする』。腹が減ってりゃなんでもうまい、ってこと」

「とにかく」とジェイコブが言う。「ばらまこうが、甘《あま》かろうが、話をそらすなよ、ダーン」

「そんな話は、どうにも退屈《たいくつ》だね」ダーンが答えた。

「退屈《たいくつ》だって！　恋愛《れんあい》やセックスが退屈《たいくつ》？　きみみたいな年寄りには退屈《たいくつ》かもしれないさ、ほとんどそういう時期は過ぎちゃってるんだから。でも、まだなにも始めてない若者にとっては、退屈《たいくつ》とはほど遠いぞ」

トンが言った。「ダーンにとって、結婚《けっこん》は終わったことなんだ」

「終わった？　いつ始まったんだよ？」とジェイコブ。

「無意味だね。もう何年も前からそう思ってる」とダーン。

「ぼくの国じゃちがう」ジェイコブが言った。「そのことでいつもやりあってるんだから。政治家も、国民も。家庭生活の重要性がどうの、増加した離婚率《りこんりつ》がどうのって、きりがない」

「でもこっちじゃ」と、トンが始めると、ダーンがその先を引きとった。

「結婚《けっこん》なんて絶滅《ぜつめつ》寸前だ」

「どういうこと？」とジェイコブ。

ダーンはフォークを置いた。「講釈《こうしゃく》を聞きたいか？」ワインをひと口飲む。「よし、じゃあ聞かせてやろう。それでこの話はおしまいだ。いいな？」

「どんな話か聞く前にそう言われても」

「ごもっとも。でも、おしまいはおしまい。そしたら、アイスクリームを食おう。決まりだ」

「なんて独裁者だ。きみが政治家でなくてよかったよ」

「夫じゃなくて、ともいえる」トンが口をはさんだ。

「聞きたいのか、聞きたくないのか、どっちだ？」

「わかったよ、聞かせてくれ」

ダーンはナプキンで口もとをぬぐった。

「きみはもう、あらゆる議論を耳にしつくしてるだろう。聞かずにすますには、脳死状態にでもならないと無理だからな。結婚《けっこん》は時代遅《じだいおく》れの社会制度で、現代の生活様式になじまない。アブソルートな……絶対的な制度なんかじゃないんだ。人口をコントロールする手段にすぎない。あるいは、財産や土地の権利にかかわる制度だ。［トンに向かって］オーヴェルエルヴィング——？」

「相続」トンが答えた。

「そう、相続にかかわる制度だ。それから、純粋《じゅんすい》な……くそっ！［トンに向かって］ヘスラハトは？」

「えーっと……［ジェイコブに向かって］系統かな？」

「血統のこと？　家系とか」

「ああ、家系だ。結婚《けっこん》する時に女性が純潔で、そのあとも夫だけのものになってないと、男は生まれた子どもが自分の子かどうか確信がもてなかった。それに、妻になった女とやるのは自分だけでないと、その女は自分のものとは呼べない。結婚《けっこん》は遺伝子の保護と所有権にまつわる制度だ。こういう話はみんな、聞いたことあるよな？　でも、現代ではもう、そんなことは問題じゃない。なんの重要性もないんだ。王室とか偏執的《へんしつてき》な大富豪《だいふごう》とか、ごく少数の恐竜《きょうりゅう》の生き残りみたいな連中や、聖職者や弁護士、政治家のようにゆずるべき権益《けんえき》があるやつらだけだろう、結婚《けっこん》にそういう意味を感じるのは」

「もう、そうでもないんじゃないの、連中のやることを見てるとさ」トンが言った。「きみんとこの英国王室だってそうだよ。めちゃくちゃじゃないか、だろ？　見かけ倒《だお》しもいいとこだ！」

　三人は笑った。

　ダーンは先を続けた。「永遠の愛の話に移ろうか。死ぬまで一人の人を愛し、死ぬまでその人と暮らす。これほどあからさまな偽善《ぎぜん》が、ほかに思いつけるか？　そんなの幻想《げんそう》さ」

「セアラやヘールトラウはそうは思ってない」ジェイコブが言った。

「ふん！」ダーンはせせら笑った。「考えてもみろよ。その二人、つまりわれらがフロートムダス《祖母たち》が愛してるのはなんだ？　『だれ』じゃないぞ。『なに』だ。おれたちのイギリスの祖父さんは、あの二人が言うようなすばらしい人間だったと思うか？　そんなに完璧《かんぺき》な人物なのか？　本当にヘールトラウが祀《まつ》りあげてるようなロマンチックな英雄《えいゆう》か？　いや、そうじゃない。そんなわけがない。早く現実に目を向けよ、ヤーコプ」

「それをいうなら『現実に目を向けろ』だ。これもまた口先だけの言い方だけどな」

「口先だけって？」トンが言った。

「なんていえばいいのかな」ジェイコブはいらいらした口調で答えた。「考えてない、っていうの、言い古されてて、ばからしい」

「向け、でも、向けろ、でもかまうもんか！　ヘールトラウのジェイコブは幻想《げんそう》だ。フェルベールディングだ。夢物語さ」ダーンが言った。

ジェイコブはうろたえた。「ぼくは信じないぞ。たしかに今のヘールトラウは、バラ色の眼鏡でジェイコブを見てるのかもしれない。これだけの年月がたってるんだから。それはセアラも同じだ。でも当時、ヘールトラウとジェイコブのあいだにはなにか大きなことが起きたんだ。真実をふくむなにかが。幻想《げんそう》じゃないなにかがあった。絵空事じゃない。きみだってそれは否定できないはずだ」

「たしかに当時はな。でも、それはどれくらい続いた？　数週間か？　もしジェイコブがそのまま生きていたら……」

「それはあくまで仮定の話だ。どうなってたかなんて、だれにもわからない」

「よし！　わかった！　きみの言うとおりだ。ヘールトラウにとっても、セアラにとっても、大恋愛《だいれんあい》だった。そして、ジェイコブはえらいやつだ。まあ、きっとそうだったんだろう。彼《かれ》の孫なんだからおれたちはえらい、な？」

三人はそろって笑った。

ダーンは先を続けた。「たしかに、ジェイコブが生きていたら、今ごろヘールトラウとのあいだはどうなってたかなんて、だれにもわかりゃしない。そこが大事なところだ。きみはおれの意見に近づいてきてる。だれにもわからないのはなぜか。なぜなら、これだけの年月がたてば、あの二人のあいだにはもう大げさな感情はなくなってるかもしれない、と知ってるからさ。アブソルート《絶対的》なものなんてない。永遠なんてないんだ。だから、そういうものがあるふりをするな。それに関するルールや、それを前提にした法律も作るな。もしも永遠って言葉を言いあいたい連中がいるなら、勝手に言わせておけばいい。そいつらの問題だからな。でも、おれはおことわりだ。簡単にいえば、恋愛《れんあい》にルールはないと思ってる。だれを愛するか。何人の人を愛せるか。愛情は品物みたいなものなんだが、ただし、こいつはエインダッハじゃない……［トンに向かって］なんていうんだ？」

「エインダッハ、エインダッハ……」

「くそ！　英語でしゃべるのはうんざりだな。きみの方がオランダ語をしゃべっちゃどうだ、弟だろ？」

トンは立ちあがって本棚《ほんだな》の前へ行った。ダーンはワインをつぎ足した。トンが、蘭英辞典《らんえいじてん》のページをめくりながら戻《もど》ってきた。

「エインダッハ」トンは読みあげた。「『有限の』だって」

「有限？」ダーンが答えた。「わかった。有限ね……ったく、なにしゃべってたんだっけ？」

ジェイコブが答えた。「愛情は有限じゃない」

「ああ、そうだった。愛には限りがない。つまり、一人一人がもってる愛情の量に限りはないし、一度に一人の相手にしか与《あた》えられないわけでもないんだ。それに、一種類の愛情しかないってわけでもないし、一生を通じて一人の人だけしか愛せないわけでもない。そんなふうに考えること自体、ばかげてる。おれはトンを愛してる。お互《たが》いが望んだ時には、おれはこいつと寝《ね》るよ。あるいは、どちらかが寝《ね》たいと思えば、たとえその時、もう一人がそれを望んでいなくても。でも、おれはシモーネのことも愛してる――」

「シモーネ？」ジェイコブが尋《たず》ねた。

「この前、朝きみが出てく時ここにいたろ。きみに声をかけたじゃないか。シモーネはここから通り二つへだてたところに住んでるんだ。トンとシモーネは知り合いだ。おれが二人に会う前から友だち同士だった。おれたちは話しあった。トンは女とは絶対に寝《ね》ない。それがトンの流儀《りゅうぎ》だ。シモーネはおれとしか寝《ね》ない。それが彼女《かのじょ》の流儀だ。おれは二人のどちらとも寝《ね》る。それがおれの流儀だ。二人はどっちもおれと寝《ね》たいと思っている。それがおれたち三人の流儀だ。自分たちが望んだ関係なんだ。三人が、あるいは三人のうちだれかが、こんなのはいやだ、と思う可能性だってあるわけだが、それならそれでしかたない。性にまつわるいろんな言葉がいわれる。男性、女性、ホモ、両刀《りょうとう》使い、フェミニスト――こんな言葉に意味はない。永遠の結婚《けっこん》、っていうのと同じくらい時代遅《おく》れだ。その言葉も聞きあきたよ。おれたちはもう、そのレベルをこえてるんだ」

「きみはそうかもしれない」ジェイコブが言った。「でも、みんなそうだってわけじゃない。たぶん、ほとんどの人はそうは思ってないだろう。少なくともイギリスじゃちがう」

「もちろん、なにごとも、あっという間に変わりはしない。革命は失敗に終わるものと相場が決まってる。大勢の人間にかかわる大きなことは、一気にはやりとげられないものだ。だからといって、自分がそうは思ってないのに、今までのやり方が正しいと信じこんでる人たちに合わせなきゃならない法はない。そんなことをしてたら、なにも変わらない。で、言ってるように、おれは、こういう議論をするのはうんざりなんだ。新しいやり方についてこられないやつは、今までのやり方で好きにやればいい。でも、だれもおれを止められはしない。引きもどされるつもりもない。古い制度を存続させてる偽善《ぎぜん》に従って生きるつもりはないんだ」

ジェイコブは言った。「なんとも言えないな。ぼくには、きみが言うほどきれいに割りきれるものじゃないような気がするんだけど」

「割りきれるさ。おれは自分が愛する人を愛する。もし相手もそれを望んでいるなら、おれは愛する人と寝《ね》る。男か女かは関係ない。隠《かく》すこともなにもない。二人の仲が終わったら、それまでのこと。それが人生だ。痛みも人生の一部だから。痛みを感じなくなったら死んでるってことだ。おれにとって本当に大切なのは、自分が愛してる人たちだけだ。どうやってともに生きていくか。お互《たが》い、どうやって生き生きした関係を保っていけるかだけなんだ」

ダーンは椅子《いす》の背にもたれ、両の拳《こぶし》でテーブルをドンとたたくと、にやりとした。

「さあ、ここまでだ。これでおしまい。アイスクリームにしよう。いいだろ?」

テーブルに沈黙《ちんもく》が降りたが、やがてジェイコブが口を開いた。「きみがそう言うなら」

ダーンは席を立った。「そういう約束だからな。今夜はもうたくさんだ」

ジェイコブは動かなかった。トンは、ダーンが痛烈《つうれつ》に持論を展開しているあいだ、ジェイコブの顔をまばたきもせずに見つめていたが、今は手を伸《の》ばし、慰《なぐさ》めるようにジェイコブの腕《うで》を優しくなでた。

ジェイコブは言った。「日曜にテッセルが言ってたことの意味がわかったよ」

ダーンが応じた。「なんて言ったんだ?」

「ここにいて、ぼくはだいじょうぶか、みたいなことを。きみの暮らしぶりについてほのめかしてたけど、詳《くわ》しく説明はしなかった」

ダーンはふくみ笑《わら》いをもらした。「おれがきみを洗脳するのを心配してるのさ。テッセルはおれの生き方を見て、なんていうか、居心地の悪い思いをしてるからな」

ジェイコブはダーンの顔を見あげ、にやりと笑った。「で、そのつもりなのかい?」

「なにが?」

「ぼくを洗脳するつもり?」

ダーンは不愉快《ふゆかい》そうに顔をしかめ、キッチンに向かって歩きだしながら答えた。「布教《ふきょう》活動は大嫌《だいきら》いだ」

アイスクリームは三種類あった。バニラ、レモン、チョコレート。サクランボは、みんなでつまめるようにボウルに盛った。ワインの栓《せん》がまた抜《ぬ》かれた。

「きみがそんなにトンを愛してるのなら」ジェイコブは簡単には引きさがらなかった。「そして、シモーネをそんなに愛していて、二人もきみを愛してるのなら、どうして三人で住まないんだ?」

ダーンはアイスクリームを食べる手を休めず、うんざりした顔でトンを見た。

「それぞれが帰ることのできる自分だけの場所をもちたいからだよ」トンが答えた。「自立していたいからね」

「それに」やれやれといった口調でダーンが続けた。「そうしておけば、会う時はいつも新鮮《しんせん》な気持ちになれる。飽《あ》きることがない」

「ぼくたちはいつも、お互《たが》い客として招きあうんだ。会いたくなければ会わないしね」

「だからけっして――英語じゃあどういうんだ？――フィンデン・ディ・アンデル・ファンゼルフスプレーケント……？」

「当然のこと」と、トン。「お互《たが》いを当然と思う」

「そう、それ。おれたちはけっして、お互《たが》いがいて当然とは思ってない」

「ぼくたちはお互《たが》いのためにいる。でも、会うのは、会いたいと思った時だけ。なにか困ったことがあれば話は別だよ」

「それに」と、ダーン。「トンのところは、狭《せま》くて二人以上は暮らせない。ここはまだヘールトラウのものだ。シモーネはひとりが好きで、だれとも長い時間いっしょにはいたがらない。まあいつか、こういう状態も変わるかもしれないが」

「そうさ。ぼくらはまだ若いんだもの」

「でも今は、三人ともこのままが気に入ってる」

「これがいいんだ」と、トン。「そう思わない？」

「最高だろうね」ジェイコブは本気でそう思ったし、うらやましくもあった。

「きみも仲間に入ればいい」トンが笑いながら言った。

「まあ、いずれ」そういうのも悪くないと思う気持ちが声に出て、ジェイコブは頬《ほお》が熱くなった。

こうした時によくある突然《とつぜん》の沈黙《ちんもく》が、部屋を支配した。天使が通りすぎた、と年輩《ねんぱい》の人なら言うところだ。

ダーンは席を立ってトイレへ行った。トンは三皿目のアイスクリームを食べ終えた。ジェイコブはじっと考えにふけっていた。

まるで今耳にしたことが体の内側を揺《ゆ》り動かしたかのようだ。肉体の一部、心臓や胃や肝臓《かんぞう》といった内臓が動かされたのではなく、肉体の中に宿る内なる自己が揺《ゆ》すぶられたのだ。その自己というのは、柔《やわ》らかい小さなかけらでできた立体ジグソーパズルで、組み合わせによってその都度《つど》ちがった存在ができあがり、さまざまなジェイコブを作ることができる。今、そのかけらが動きまわって、自分でも仰天《ぎょうてん》するような自己を作りつつあった。新しく形になろうとしている自己が未知のものだから驚《おどろ》いているわけではない。むしろ逆だった。十五歳《さい》くらいの時から、こいつの姿がちらちら見え始め、しだいに回数も増えていた。この、もう一人の自分は、昼間の想像や夜の夢の中で主演俳優を務《つと》め、秘密の願いや口にできない欲求を頭の中で演じてくれていたのだ。驚《おどろ》いたのは、もう一人のジェイコブが、暗い陰《かげ》の中から明るい日ざしの中に歩み出るように、すっかり姿をあらわにしたからだ。

が、いつものように、テーブルの前に座っている現実のジェイコブには、それがどういう意味をもつのか理解できなかった。ただ、なにか大切な意味があるような気がする。読み解くにはひとりになる時間が必要だ。なんにせよ、それはヘールトラウの手記から知ったこと、ヘールトラウの病室を出る時に感じたこととごちゃごちゃに混じりあっている。さらにトンのこと、ヒレのこともある。すべてを消化しきるには、あまりに時間が少なかった。木曜にはここを発《た》って家（この言葉を考えるだけでいやになる）に帰らなければならない。いろいろなことを整理する時間があればいいのに。それも、こっちで。

ダーンは席に戻《もど》ると、ワインをつぎ足した。

「ずっと考えてたんだけど……」ジェイコブはそう切り出したが、実際にはその場で考えながら話しているだけだった。「もう少しこっちにいられないかな、その、月曜すぎまで……」ヘールトラウの死んだあとまで、とはさすがに口にできなかった。「その時はこっちにいたいんだ。お葬式《そうしき》にも出たいし」

「だめだ」ダーンが答えた。

ジェイコブは自分をおさえる間もなく、気がつくと言い返していた。「どうしてだめなんだよ？」われながらだだをこねる子どものような声だった。

「いられちゃ困る」

「そりゃないだろ！」

「きみには関係ないことだ」

「関係ないだって！　これだけいろんなことがあったっていうのに？　よくそんなことが言えるな！」

「認められない。もうすべて決まってる。内輪だけのことにするつもりだから」

「じゃ、ぼくは内輪じゃないっていうの？」

「おれたちはきみに残ってほしくない」

「おれたち？　おれたちってだれさ？」

「ヘールトラウ。テッセル。おれ」

「どうしてそんなことがわかる？　二人に聞いてみたのか？」

「わかるんだよ」

「いや、わかっちゃいない。ぼくが直接二人に聞く。ぼくはこっちにいたい。いるべきなんだ。ヘールトラウだってぼくにいてほしいと思うはずだ。ぼくにも権利が――」

ダーンが立ちあがり、テーブルが揺《ゆ》れた。

「ダーン！」トンが椅子《いす》から飛びあがり、早口のオランダ語でしゃべりだした。激しいやりとりがあったが、結局、ダーンは大股《おおまた》で部屋を出ていった。階段を下りる足音がしだいに遠ざかっていく。

ジェイコブは汗《あせ》を浮《う》かべ、小さく震《ふる》えていた。ショックで立ちあがれない。自分の言ったことが恥《は》ずかしく、トンの顔を見ることもできずにいた。

張りつめた空気がゆるんだころ、トンがテーブルの上を片づけ、皿洗いにとりかかった。手伝うべきだとわかっていたが、どうしようもなく体が重かった。石のように重い空気を体の中につめこまれた気がした。

「ちょっと歩きに行こう」トンが言った。

ジェイコブは動けなかった。

「見せたい場所があるんだ。観光客が来るとこじゃない。そんなに遠くないし。そこなら叫《さけ》んだってだれにも聞かれないよ。風の中で口笛を吹《ふ》いてもいい。吹《ふ》き方は知ってるよね、ジャック？『ただ唇《くちびる》をすぼめて息を出せばいい』（映画『脱出』でローレン・バコールがハンフリー・ボガートに言うせりふ）」

思わず笑みが浮《う》かぶ。トンがなにかのせりふをまねたのはわかったが、なんだったか思い出せないし、そもそも知らないのかもしれない。それでも、おかしかった。

立ちあがると吐《は》き気を覚え、しばらくテーブルに手をついていたが、やがてジェイコブはトンのあとについて部屋を出た。

すでにとっぷりと日は暮れ、四分の一ほど欠けた明るい月が、ちぎれ雲の合間に顔を見せていた。さわやかなそよ風に五感が研《と》ぎ澄《す》まされる。

トンはジェイコブを中央駅へ連れてゆくと、店舗《てんぽ》の並ぶ長い中央コンコースに入り、雑踏《ざっとう》を縫《ぬ》って線路の下をくぐりぬけ、駅を出て川沿いの道路につきあたった。小型フェリーが、川むこうにある住宅地に人々を送り届けるために桟橋《さんばし》を離《はな》れるところだった。

トンは左に曲がった。右手に並ぶ短い桟橋《さんばし》には、鉄でできた小さなタグボートらしき作業船が何隻《なんせき》か繋留《けいりゅう》されている。桟橋《さんばし》の列がとぎれると、見捨てられたような細長い土地が続き、今は使われていない無表情な四角い建物が並び、育ちの悪い雑草がひびわれたコンクリートのあいだから生えていた。

道は線路から離《はな》れ、水際に沿って大きく右にカーブした。ときおり車が横をすべるように過ぎてゆく。街灯の光が、かえってこの道を暗く沈《しず》んだ場所に見せていた。二人のほかに歩いている人はいない。

二十分ほど歩いたころ、道と川のあいだに続いていた細長い土地が川に向かって突《つ》き出ている場所に行きあたった。突《つ》き出た土地のまわりは高い金網《かなあみ》で囲われている。へこんだ看板が一枚ぶらさがっていた。『Verboden toegang《立入禁止》』とオランダ語で書かれているが、訳してもらわなくてもどういう意味かは見当がつく。看板の近くの金網《かなあみ》が切られ、かがめば通れるくらいの穴ができていた。縁《ふち》が折り曲げられ、亜鉛《あえん》メッキされたレース刺繍《ししゅう》のように見える。薄闇《うすやみ》の中、金網《かなあみ》のむこうは、でこぼこした地面と伸《の》び放題の茂《しげ》みがぼんやり見えるだけだ。忘れられた国への不法な入口。

トンは立ちどまりもせず、身をかがめてするりとくぐりぬけた。通りかかった車がまきあげた埃《ほこり》がジェイコブの顔を包み、口の中に入ってきた。泥《どろ》が乾《かわ》いてできた土埃《つちぼこり》だ。穴をくぐる時、袖《そで》がとがった金網《かなあみ》の端《はし》にひっかかった。

トンがジェイコブの手をとった。二人は、下り勾配《こうばい》のちょっとした荒《あ》れ地を、足もとに気をつけながら進んでいった。下りきったところに厚さ一メートルほどの壁《かべ》の残骸《ざんがい》があり、川に向かって突《つ》き出ていた。見ると、壁《かべ》は長方形の一辺で、四角く囲われた部分はテニスコート二面ぶんくらいあるだろうか。内側にはプールのように水がたまり、水面のあちこちに崩《くず》れかけたコンクリートの柱が五、六本顔をのぞかせている。

「ここはどこ?」

「ステーネンホーフトっていうんだ。英語でいえばストーン《石》ヘッド《の岬》だね」

「なんの跡《あと》? 建物かなにか?」

「倉庫じゃないかな。昔、ここで船の荷を降ろしてたところは」

「川に突《つ》き出てるね」

「先端《せんたん》まで行ってみる? 幅《はば》はあんまり広くないけど」

「行ってみたいな」

ジェイコブは、水の上に花道のように伸《の》びた壁《かべ》の上を歩きだした。右手はたまり水、川の水面は左側一、二メートル下だ。岸から離《はな》れるほど風が強まり、さえぎるものがなくなって容赦《ようしゃ》なく吹《ふ》きつけてくる。ジェイコブは一度下を見て、あやうくバランスを崩《くず》しかけた。足にぞくりと震《ふる》えが走る。それからは頭を上げ、前だけを見るよう心がけた。前方に広がる暗い水面のむこうには、対岸の建物の灯《ひ》が見える。別世界のように思えるが、実際は半マイルも離《はな》れていないはずだ。

ジェイコブは長方形の角にあたる先端《せんたん》まで行って、足を止めた。目の前に広がる川は海のようだ。風や波を切って進む船の舳先《へさき》に立っている気がした。

トンは不安そうにジェイコブの腕《うで》をつかんだ。「ぼくひとりだったら、こんなところまでは絶対来なかったよ！」

「怖《こわ》い？」ジェイコブは水面から目をそらさずに言った。

「少し。怖《こわ》くないの？」

ジェイコブは衝動的《しょうどうてき》にトンの肩《かた》に腕《うで》をまわした。

「いい気分だ。海で船に乗ってるみたいだもの」

「気に入ると思ってた」

もうすっかり夜になっていた。月が二人を照らしている。月影《つきかげ》が水面でちらちら揺《ゆ》れた。トンの腕《うで》がジェイコブの腰《こし》を抱《だ》き、引き寄せた。二人は肌《はだ》を刺《さ》す冷たい風に身を寄せあった。

「気持ちのいい風だ」ジェイコブが言った。

小さいが頑丈《がんじょう》そうな船室つきクルーザーのぼんやりとした影《かげ》が通りすぎ、それに合わせて航海灯の光が動いていく。船尾《せんび》の左舷《さげん》に小さな赤い光の点が浮《う》かんでいた。

「あんな船がもてれば最高だろうな」とジェイコブ。

「いつかいっしょにもとうよ。そしたらエイセル湖を走らせるんだ。きみとぼくの二人でさ。どう？」

「いいね。大賛成。で、船の名前はなんにする？」

「ティトゥス」トンは迷わず答えた。「どう、この名前？　ティトゥスっていう名の船」

ジェイコブは笑いだした。

まるで部屋のドアを閉じたように、風がぱたりとやんだ。二人の空想の船も止まった。

二人は腕《うで》を解くと、腰《こし》を下ろして足を川の上にぶらりとたらし、しばらくは静けさにじっと耳を澄《す》ました。トンが口を開いた。

「座る？」トンが言った。

「ダーンのこと、怒《おこ》らないで。ヘールトラウの件でまいってるんだ。家族のあいだでも、もめたらしいし。表には出したがらないけど、内心はすごく悩《なや》んでる。それに、その日が近づくにつれてつらくなってるみたいなんだ」

「ぼくはただ、このままこっちにいたいって言っただけなのに」ジェイコブの口調に不満の色はなく、後悔《こうかい》だけがにじんでいた。

「それだけじゃない。ダーンは嫉妬《しっと》してるんだ。ちょっぴりね」

「嫉妬《しっと》？」

「きみに」

「ぼくに！　どうして？」

「ダーンとヘールトラウはとても仲がいい。ダーンは献身的《けんしんてき》といってもいいくらいだ。ヘールトラウのためならなんだってするだろう。そこへきみがやってきた。ヘールトラウはきみのために手記を書いた。

ダーンは何日もかけてそれを手伝った。ヘールトラウはダーンにも、きみたちのお祖父さんの話を伝えはしたが、きみにしたように文字に残してはくれなかった」

「だからダーンはぼくに腹をたててるっていうのか？」

「腹をたててるわけじゃない。ダーンはきみが好きだ。でなきゃアパートに泊《と》めたりしない。でも、かえってそれが悪かった。ダーンは人と張りあう性格だ。そうじゃないふりをしてるけどね。でも、本当はそうなんだ」

「でも、ぼくは張りあうタイプじゃないし、別にダーンとなにかを争ってるつもりもない」

「ダーンもそれはわかってる。今夜、ダーンはヘールトラウのところへ行くつもりだったんだけど、きみと過ごすことにしたんだ。それは知ってたんだろう？」

「いや」

「きみが心配だったんだ」

「心配？」

「ヘールトラウの手記を読んだあとだからさ。きみが動揺《どうよう》してるだろうと思ったんだ」

「たしかに、それはそのとおりだけど」

「きみをひとりにしておきたくなかったんだ」

「ダーンがそう言ったのか？」

「電話してきた時にね。ぼくがついててやるから、って言ったんだけど、自分もこっちにいる、って。ぼくに来てくれと言ったのは、少しは助けになるかもしれないと思ったからさ」トンは肘《ひじ》でジェイコブをついた。「ぼくがきみに気があるのは、ダーンも知ってるからね！」

「じゃあ、どうしてあんなふうに怒《おこ》って出ていったんだよ？」

「ダーンは気が短いから。頭にきたのをそのままにしとくと、暴力をふるうこともある。ぼくが見たのは一度きりだけどね。そりゃあ、おっかなかったよ。ダーンは自分のそんなところがいやなんだ。暴力も大嫌《だいきら》いだし。だから、そうなりそうだと思うと出ていっちゃうんだ。気が静まるまでその場から離《はな》れるのさ。シモーネはそうなった時のダーンのあつかい方を知ってる。今ごろダーンは彼女《かのじょ》のところにいるはずだ」

「つまり、ダーンはぼくに腹をたてたわけじゃないってこと？」

「きみにじゃない。自分に腹をたてたのさ。ダーンはぼくが知ってるかぎり、だれより心の広い人間だよ」

ジェイコブはひとつ大きく息を吸った。水面からかすかにエンジンオイルの臭《にお》いが漂《ただよ》ってきて、鼻水が出そうになる。

ジェイコブは洟《はな》をすすって言った。「ほかにもなにか言いたいことがあるんじゃないのか？」

トンは、ジェイコブの肘《ひじ》に腕《うで》をすべりこませた。「ぼくはきみにまた会いたいと思ってる。きみのことを知りたいし、ぼくのことも知ってほしい。どんな形でもいいんだ。ぼくたちのあいだにはなにかがある。そんなことは言わなくてもわかってるよね。それがなんなのか見つけられたらすてきだろ？　でも、今はタイミングが悪い。ダーンにはこの先何週間か、シモーネとぼくで、せいいっぱいのことをしてやらなきゃならない。ぼくは、親戚《しんせき》や友人が安楽死を選んだ人たちを見てきた。すごくつらいことなんだ。みんな、あとになって苦しんでた。前よりあとの方がつらいこともある。ヘールトラウとはあれほど親密なんだから、ダーンはすごくつらい思いをするだろう。ぼくにはわかるんだ。打ちのめされると思う。実際どうなるかまではちょっと予想がつかないけど。

「これが終わって、ダーンが元気になったころに、またおいでよ。きみにまだその気があればだけど。ぼくたちみんなにとって、とてもいいきっかけになる。きみがぼくたちに新しいスタートを切らせてくれるはずだ」

ジェイコブは月明かりに照らされた川面《かわも》を見つめながら、暗闇《くらやみ》が二人を包んでくれていてよかった、と思った。揺《ゆ》れ動く水面をながめていて、トンの顔を見ていなかったことも。

しばらくしてトンが言った。「覚えておこうよ。ここでのことを。今夜のこの景色を。そして、また見に来よう……。その時、またこの続きを始めればいい……」トンは腕《うで》を放し、ジェイコブの顔を正面から見た。「ね、そうしよう?」

「ああ」ジェイコブはなんとか答えた。今はもう、鼻水が出るのが本当にオイルの臭《にお》いのせいなのか、よくわからない。「でも……あまりに……たくさんのことがあって。ぼくには自信がないよ――なんていうの――自分にそれだけの強さがあるかどうか。勇気があるかどうか。きみやダーンみたいに」

トンは吐《は》き出すように短く笑った。「勇気だって! ちがうよ。ぼくらはただ、人生はこうあるべきだって信じてるだけさ。みんなにそうしろと言ってるわけじゃない。でも、ぼくらや、ぼくらと同じ考えの人にとっては、こうあるべきなんだ。人は人生を生きながら、生き方を学んでくのさ。それが一番大切なことなんじゃないの?」

「この何日か、ぼくは自分の鼻を追っかけるように、ただ目をつぶって動いてただけのような気がする」

「立派な鼻だからね」トンはそう言ってから、真面目な口調に戻《もど》った。「ぼくがダーンを愛してる理由のひとつは、ひとりじゃ絶対考えないようなことを、あいつといっしょだと考えるからだ。ほかのだれかじゃだめなんだ。ぼくたちにとっては、セックスもそういう二人の関係の一部なんだよ」

「わかるよ。いっしょにいると考えつく、ってところはね。ダーンがこの前国立博物館に連れていってくれた時がそうだった」

「ダーンはレンブラントにとりつかれてる。世界的な権威《けんい》になりたいと思ってるんじゃないかな」

「シモーネは？　なにしてる人なの？」

「美大生だ。シモーネもとりつかれてるな」

「なにに？」

「自分の芸術に。それとダーンに。目下とり組んでることがあってね。シモーネは、ダーンにありとあらゆるポーズをとらせて、それをデッサンしたり撮影《さつえい》したりしてるんだ。全部ヌードで。千八十枚の絵を描《か》く計画らしい」

「その数に意味があるの？」

「円は三百六十度だろ？」

「うん」

「でも、それは平面上でのことだ。シモーネは三次元で、すべての角度からダーンを描《か》きたいんだってさ。そうなると、三百六十度かける三、つまり千八十枚のデッサンができる。写真も同じ数だけ撮《と》るらしい」

ジェイコブは笑った。「なんてこった！　そんなこと、今までにやったやついるのか？」

「ぼくの知るかぎりじゃいない」

「何年もかかるぞ」

「二年、ってシモーネは言ってる。もう二年目に入ってるんだ。完成したらそれを展示して、そのあと、えりすぐりのデッサンをもとに、二十六枚の油絵を描《か》くつもりらしい」

「二十六？」

「そのころにはダーンの歳《とし》が二十六になってるから」

「脇目《わきめ》もふらず、ってのはこのことだな」

「ヘールトラウの本当の愛と同じ？」

ジェイコブはうなずいた。

そして立ちあがった。

「帰らないか？　寒くなってきた」

トンはジェイコブの手をとると、つかまってバランスをとりながら立ちあがった。が、立ってからも手を放さない。

「ここでさよならを言っときたいな。夜の川を見ながら。記憶《きおく》の中に、この風景とぼくたち二人のことをいっしょに残したい」

「明日は会えないの?」

「母さんが月一回こっちに出てくる日なんだ。いっしょにいてやらないと」

「そう。わかった。じゃあ……」

トンはジェイコブの頭の後ろに片手をまわして伸《の》びあがり、一度だけ、名残《なご》り惜《お》しそうに唇《くちびる》にキスした。

「さよなら、ジャック。次に、またここで会う日まで」

ジェイコブも、同じようにトンの頭に片手をまわし、キスを返した。

「さよなら、トン。また会おう」

トンがジェイコブの体をしばらく抱《だ》きしめた。それから二人は花道のような壁《かべ》の上を歩き、荒《あ》れ地を抜《ぬ》け、道に戻《もど》っていった。

22　ジェイコブ(14)

人は幸せだから
歌うとはかぎらない。

――ピエール・ボナール

階下の物音で目が覚めた。八時半。どんよりと曇《くも》った水曜日。

起きてトイレへ行こうとすると、ダーンが出かけるところだった。

「メモを書こうかと思ってた」ダーンは言った。「今日はほとんど一日じゅう、ヘールトラウのところにいなきゃならない。テッセルもいっしょだ。片づけておかなきゃならないことがある。弁護士とか医者とか。夜は戻《もど》ってくるよ。七時ごろになる。ひとりでやれるか？」

「だいじょうぶ」

「すまないが――」

「わかってる。心配いらないよ。で、昨日の晩のことだけど」

「いいって」

「考えずにものを言ってた。ワインを飲みすぎてたし。とにかく、あれはみんな、なんていうか、その……話をややこしくするつもりはなかったんだ。謝るよ」

「謝ることなんか、なにもないさ」

「言っておきたいことがある」

「早くしてくれ。もうすぐ列車の時間なんだ」

「ぼくはただ、その、今はきみにとって、とてもつらい時だってことはわかってる。で、きみが、無理してぼくの世話をしたり、いろいろ引き受けてくれたこともわかってるんだ。だから、とにかくきみにはお礼が言いたいのと、この何日か、きみやヘールトラウやトンが——」

「またあとで話そう。それでいいだろ?」

「あ、ああ、そうだね」

二人は改めて互《たが》いの姿を見た。ジェイコブは白のTシャツに青いトランクス姿だったが、ひと晩それを着て寝《ね》たあとなので、よれよれで汗臭《あせくさ》い気がした。ダーンは洗いたての黒のジーンズに、首までボタンをかけたワイシャツ、青いデニムの上着というでたちで、ぱりっと清潔な印象だった。が、目は充《じゅう》血《けつ》し、疲《つか》れが見える。

「もう行かないと」ダーンはジェイコブの両肩《りょうかた》に手を置き、キスを三回、最後は唇《くちびる》にした。ざらりとした毛布のような感触《かんしょく》の男同士のキスだった。「なにがどこにあるかはわかってるよな。好きに使ってくれ。きみの滞在《たいざい》の最後の一日だ。楽しむといい」

ジェイコブは思いついて、ドアの外へ出ていくダーンに声をかけた。「ヘールトラウに、贈《おく》り物にとても感謝してるって伝えてくれないか。ほんとは、こんな言葉では言い表せないけど」

ダーンの足音が階段をカツンカツンと下りてゆく。

「伝えるよ」

朝食を食べ終えようかというころ、テッセルがやってきた。ヘールトラウに頼《たの》まれたものを捜《さが》しに来た、と言い、階段を上《のぼ》っていった。ジェイコブが入ったことのない、ドアが閉じられたままだった奥《おく》の部屋へ入ったらしい。きっとヘールトラウの寝室《しんしつ》なのだろう。テッセルはすぐに出てきて、小さな革のカバンを手にキッチンへ下りてきた。ジェイコブは昨日の夕食の洗い残しと、今朝、朝食で使った食器を洗っていた。

「よかったらコーヒーでも飲まない？」テッセルが声をかけてきた。「わたしも長居はできないけど」

「いいですね。でも、コーヒーをいれるのはお願いします。ぼくがやると味の保証はできませんから」

テッセルはコーヒーをいれながら、不安げな声で話し始めた。「ヘールトラウの手記を読んで、びっくりしたんじゃない？　いやな思いをしてないといいんだけど」

テッセルは、わざわざこれを確かめに来たんだろうか？「いえ、いやな思いなんてしてません。自分がどう思ってるのか、まだよくわかりませんけど。でも、いやだとか、そういうことはありませんから」

「ダーンから聞いたんでしょう？　ヘールトラウがお祖父さんとのことをあなたに教えるのに、わたしが反対した、って」

ジェイコブはうなずいた。ダーンのことを告げ口するのは気がひけたが、嘘《うそ》をつくわけにもいかない。

「それは本当よ。わたしは反対だった」テッセルは熱い湯をコーヒーの粉の上にそそぎながら言った。

「教えたくなかったからじゃなくて、これだけの年月がたってるんだから……そんなこと知って今さらなんになるのって、そう思ったからなの」

「なんになるのかはわかりません。でも、ダーンがぼくのいとこで、あなたがおばさんだと知ったことは本当によかったと思ってるんです」

テッセルはふりむき、アパートに入ってきてから初めて、まっすぐにジェイコブを見た。

「ほんとに？　そう言ってもらえるとうれしいわ」テッセルはにっこり笑った。「じつはね、わたしも自分があなたのおばだとわかってうれしいの」テッセルは目をそらし、カップにコーヒーをそそぎながら続けた。「ここ何カ月か、わが家にはあまり楽しいことがなかったから」

テッセルはコーヒーを窓際へ運び、テーブルの上に置くと、窓の方を向いている椅子《いす》に腰《こし》かけた。ジェイコブはあとに続き、ソファに座った。そうしながら、自分がダーンの場所に座ったことに気づかないわけにはいかなかった。

「あなたは、明日、帰ってしまうのね」

ジェイコブはコーヒーをひと口飲んでから答えた。「こっちであったことを考えると奇妙《きみょう》に聞こえるかもしれませんけど、ぼくはオランダへ来て、みんなと会えて、本当に楽しかったと思ってますし、それに――」

「もっとちゃんと、あなたの相手をしてあげなくちゃいけなかったんだけど」

「ぼくは全然そんなふうには思ってませんよ」

テッセルはジェイコブの顔を見た。「じつはね、わたし、ヘールトラウの話で驚《おどろ》くのはあなただけじゃないと思ってたから」

「セアラのことですか？」

テッセルはうなずいた。今日は日曜にくらべて、老《ふ》けて見える。頬《ほお》がこけ、やつれている。テッセルはコーヒーに少し口をつけてから、カップを置いた。

「あなた、あの手記をセアラに読んでもらうつもり？」

「そうしない方がいいと？」

「あれはもうあなたのものよ。あなたがしたいようにすればいいわ」

「ダーンも見せない方がいいと言ってます」

「でも、見せずにおくのは難しくなるわよね」

「それだけじゃないんです。ぼくは正しいことをしたいんですよ」

テッセルは鼻を鳴らした。「ええ、それはそうでしょうけど！」コーヒーをまたひと口飲む。「なにが正しいかは、そう簡単にはわからないものよ」

「正しいとわかってることをするのも、そんなに簡単とは限りませんよね」

ジェイコブはひとつの見方として言ったつもりだったが、口にすると批判めいたものになってしまった。

テッセルはジェイコブに鋭《するど》い視線を向けた。「わたしが逃げてると思ってるのね。それとも、正しいことをするなと言ってるとでも？」

ジェイコブは少しあわてた。「いいえ、そんなつもりで言ったんじゃありません。ただ、ぼくはこのことを進んでセアラに話したいわけじゃないし、セアラがどう受けとるか心配なだけです」

「つまり、言わないのは臆病者《おくびょうもの》のすることなんじゃないかって?」

「そうなんでしょうか?」

「あなたは自分が臆病者《おくびょうもの》になりたくないから話すわけね」

「そんなふうに考えてたわけじゃ……。そういうことになっちゃうのかな?」

「話してしまう方がもっと臆病《おくびょう》なのかも」

「どうしてです?」

「重荷を下ろしてしまえるから」

「重荷?」

「責任といってもいいわ」

「どんな責任ですか?」

「だれかを深く傷つけてしまう恐《おそ》れがあることをひとりでかかえこむ責任。そのだれかは、あなたが愛している人で、今まであなたに愛情や気配りを惜《お》しみなく与《あた》え、いってみれば自分の人生の多くをあなたのためにさいてくれた人。その人に深い傷を負わせないために、知っていてもそれを告げない責任ね」

「つまり、話すより話さない方が大変なことで、もしかしたら話さずにおく方がまし、いえ、その方がいいってことですか?」

「その方がまし、っていうのはあたってるわ。話すより話さない方がずっとまし。そう思ってるわ。それがわたしの本心」

ジェイコブはしばらく黙《だま》りこみ、自分なりの答えを出そうとしてみたが、この場の気まずさが気にかかり、なにも考えられなかった。テッセルは両手でごみをつまむようなしぐさをしたり、椅子《いす》の肘《ひじ》かけをいじったり、スカートのしわを伸《の》ばしたり、顔にさわったかと思うと、コーヒーカップを手にとり、飲まずにまた置いたりした。

ようやくジェイコブは口を開いた。「ぼくにはわかりません。まだ少しびっくりしてるんだと思います。ヘールトラウの手記をもう一度読み返してみないと。読んだことがちゃんと胸におさまってませんから。それに、正直いって、ぼくはいつも、自分がどう感じてるか、ものごとが自分にとってどういう意味をもつのか、腑《ふ》に落ちるまでちょっと時間がかかるんです」

テッセルはひとつ大きく息を吸った。「わたしの目には、それは欠点には映らないわ。『急いで行動、ゆっくり後悔《こうかい》』これ、英語のことわざじゃなかった？（正しくは『急いで結婚、ゆっくり後悔』）」

ジェイコブは笑みを浮《う》かべ、ほっとしたようにうなずいた。「ええ、まあ、そんな言い方もしますね」

テッセルはコーヒーを飲み終えると、椅子《いす》の前の方に座り直し、膝《ひざ》の上に重ねた自分の手を見つめながら話し始めた。「じつはね、わたし、お別れを言いに来たの。明日は、あなたを空港まで送っていってあげられないから。ダーンは、あなたひとりで行けるって言うんだけど、でも――」

「行けますよ。平気です。じつは、そうしたいくらいです」

「でもやっぱり、だれかついていってあげた方がいいと思うんだけど」

「そこまでしてもらわなくても。本当にだいじょうぶですから」

「もうひとつ、伝えたかったのは、あなたにはまたぜひこっちへ来てほしいと思ってるってこと。ほら……その、一段落したら――」

「ええ、喜んで。ぼくも来たいと思ってるんです」

「ダーンも喜ぶわ」

「約束しますよ。できるだけ早いうちにまた来ます」

テッセルは努《つと》めて明るく笑ってみせた。「なんといっても、わたしたちは、あなたのオランダの家族なんですものね。あなたはわたしたちの一人、家族の一員よ」

ジェイコブは心の底から笑った。

「次はもっと長くいるといいわ。そしてオランダ語を勉強してちょうだい」

「ダーンにもそう言われました。ダーンはもう、ぼくのことを弟って呼ぶんですよ。ぼくはいやなんですけど。だって、弟ってそう思うものでしょう」

テッセルは立ちあがった。

「もう行かないと」

コートとバッグをもつと、テッセルはドアのそばでジェイコブと向きあった。

「さようなら。心配性のおばさんの話にまどわされないでね。その時が来れば、どうするのが正しいのか、きっとわかるわ。そしたら、だれがなんと言おうとそうなさい。さあ、オランダのおばさんに、オランダ流のキスをさせてくれる?」

テッセルは身を乗り出し、かすかにふれる程度のキスを三回、ジェイコブの頰《ほお》にした。

「セアラによろしく伝えてちょうだい。そして、あなたがどうするつもりか知らせて。もし話すつもりなら、わたしからもセアラに手紙を書きたいから。約束してくれる？」

「わかりました」

「ありがとう。じゃあ、これでさよならね。今度来た時はおばさんらしいことをするわ。いっしょに楽しみましょうよ。田舎の方、干拓地《かんたくち》へ行けば、きっとあなたの気に入るような場所があるから。アムステルダムとはちがう、本当のオランダが」

「アムステルダムは気に入ってますよ。日ごとに好きになってます」

「そう、若い人たちはそうなのよね」

ジェイコブは、テッセルが足もとに気をつけながら階段を下りてゆくのを見送った。彼女《かのじょ》が来てくれたことがうれしかった。テッセルの中に、自分と共通する部分を見つけたからだ。ある種のつつしみ深さ。相手に対する思いやり。そして、セアラの言う「行儀《ぎょうぎ》のよさ」をつねに守らずにはいられないところ。祖父ジェイコブの血か、それともめぐりあわせか。偶然《ぐうぜん》の一致《いっち》か、遺伝か。どっちでもいいじゃないか。とにかく、ぼくとテッセルはそういう人間なんだし、ぼくはそれがうれしい。


テッセルが帰ったあと、ジェイコブは落ち着けなくなってしまった。なにをしても身が入らない。本が読めない。音楽を聴《き》いてもいらいらするし、なにか書くことなどもってのほかで、吐《は》き気をもよおしそうな気がする。それでいながら、ヘールトラウになにか書きたい、書くべきだと思っていたし、事情を知った今となっては、時間が残されているうちに言えることはすべて言っておかなければと思うのだが……。でも、なにを？　言うべきことはあまりに多く、言えることはあまりにも少ない。五日後に自らの決断で死のうとしている女性に、いや男女を問わず、いったいなにが言えるというのか。

結局、そわそわした気分をまぎらわせたくて、ジェイコブは外へ出た。最初はゆうべトンと行ったところへもう一度行ってみようかと思った。昼間はどんなところなのか見たかったたし、人が行かない場所でもあったからだ。が、駅まで歩くうちに考え直した。川に突《つ》き出た狭《せま》い壁《かべ》の上にひとりで座る気分ではない。

しばらく駅前の広場で大道芸人たちを見物した。ペルー人だろうか、例のバンドがまたいた。びんをお手玉のように投げあっている二人組がいる。トラムが、あたりの騒音《そうおん》に負けじと鐘《かね》の音を響《ひび》かせ、それぞれの路線へひっきりなしに走り出していく。ジェイコブはアムステルダムのトラムの、頭の丸い、鉛筆《えんぴつ》のような車体が気に入っていた。音もいい。鐘《かね》の音、ドアやブレーキを動かす、プシューッという圧縮空気の音、ウィーン、ブーンというモーターの音、車輪がレールにこすれる金属音。外見は古臭《ふるくさ》くてがっしりしてるのに、どこか現代風で小粋《こいき》な感じがする。背景となるこの町とよく似ていた。そうだ、このうちの一台に乗って終点まで行き、そこからまた引き返してくるっていうのはどうだ？　今度は、糸のように町を縫《ぬ》ってゆくトラムの目で見てやろう。

アムステルダムの市街地図が看板になっていたので、そこまでぶらぶら歩いていくと、トラムの路線が赤い線で示されていた。ジェイコブは二十五番線に乗ることにした。終点付近には、ジェイコブにも読める地名、マーティン・ルーサー・キング公園とケネディ大統領通りがある。ちょうどアムステル川が大きく曲がっているあたりだ。きっと近くにはカフェがあるだろうから、そこに座って川の景色をながめてから帰ってくればいい。

ジェイコブの乗ったトラムはカランカランと鐘《かね》を鳴らしながら駅前広場を出発し、鐘を鳴らしながら運河を渡《わた》り、鐘を鳴らしながらダムラック大通りに入っていった。左右に並ぶ、観光客目当てのけばけばしい店やバー——セックス博物館や拷問博物館《ごうもんはくぶつかん》なるものまである——のあいだを抜《ぬ》け、今は展示場や講演会場として使われている旧証券取引所を通りすぎ、高級デパート『ベイエンコルフ』の前にさしかかった。反対側にはダム広場と、そのむこうに王宮がある。王宮はどっしりと近づきがたい雰囲気《ふんいき》の灰色の石壁《いしかべ》でできていて、王宮というより刑務所《けいむしょ》に見えた。（なぜあの壁《かべ》を掃除《そうじ》して、明るい感じにしないんだろうか？）トラムは鐘を鳴らしながら、人でごった返すダム広場から行列のできたマダム・タッソー蠟《ろう》人形館前を通りすぎ、鐘を鳴らしながら、片側に洗練された店が並ぶローキン通りに入っていった。アンティークの店、ブティック、レストラン——ダーンが眼鏡《めがね》を買ったという店もあった。彼《かれ》の話では、この眼鏡屋の店内は昔ながらの美しい造りで、何代も同じ一家が商売を続けてきたのだそうだ。通りの左側に客を待つ遊覧船が浮《う》かぶ運河が見え始め、トラムは鐘を鳴らしながら混雑したカーブを曲がってフェイゼル運河通りに入った。

ここまで来て、ジェイコブは先週の金曜日、アルマに助けてもらったあと、この通りをトラムに乗って逆方向に走ったことを思い出した。あの日は、この町で過ごした最初の日、それまでの人生の最後の日だった。ということは、もうすぐアルマとおしゃべりしたカフェや、月曜にトンがいっしょにチョコレートを選んでくれた店の前を通るはずだ。月曜は（ジェイコブはそっとほほえんだ）この町に恋《こい》をした日だ。だって、そうだろう？　だれかに夢中になるのと同じじゃないか。この町と別れたくない、すべてを知りたい、ありのままが好きだ。いい面だけじゃなく悪い面も、美しいところだけじゃなく、それほどきれいではないところも、この町の音、匂《にお》い、色、形、奇妙《きみょう》さが好きだ。よそのどんな町ともちがうところが好きだ。この町の今だけじゃなく過去が、それに、謎《なぞ》めいたところが好きだ。理解できないことがたくさんある。そして、その見方を教えてくれる人たち、ダーンやトンが好きだ。

もちろん、この町のおかしさも好きだった。今まで、町がおかしいなんて考えたこともない。でも、アムステルダムはそうだ。今、この瞬間《しゅんかん》まで、町を見るだけで思わずほほえんでしまうことに気づかなかった。通りにはいくらでもそのネタがある。たとえば、ほら、人混みを抜《ぬ》けて足早に歩いているあの男だ。だれもが道を空けている。とても背が高く、スリムだが筋肉の発達したブロンズのような肌《はだ》の黒人で、おそろしく足が長い。身につけているものといえば、黒い革のTバックのショーツと、小さな黒い革製のホールター、そして、細い革紐《かわひも》でできた黒い帽子《ぼうし》のようなものだけだ。男はただ歩いているのではなく、自分の体を見せびらかすように練り歩いている。芸術作品なのだ。美術館にある作品に負けず劣《おと》らず美しい。生きて動く彫刻《ちょうこく》。

ケイゼル運河が近づいてきた。お次はプリンセン運河。今ではもう運河の順序も覚えているし、自信がふくらんでいくのが楽しい。プリンセン運河沿いにはアルマが住んでいる。アルマには、イギリスに戻《もど》る前に自分の「冒険談《ぼうけんだん》」を話すと約束したっけ。

トラムはプリンセン運河を渡《わた》り、『カフェ・パニーニ』の前で通りの中央にある停留所に停《と》まった。約束だぞ。そうじゃなくても、アルマには会っておきたい。とっさに席を立ち、すりぬけるように外に出ると、シューッと音をたててドアが閉まった。車道を渡《わた》っている時に、橋の上に花を売るスタンドがあるのに気づき、赤いティーローズの花束を買った。セアラに言われていたオランダ人の家を訪問する際の決まりごとに従ったからでもあるし、また、アルマに言われていた事前の電話をかけていない埋《う》め合わせでもあった。もしアルマがいなかったらどうする？　その時は、窓の外の格子に花束をはさみ、またトラムに乗ってカランカランと先へ行けばいい。

しかし、アルマは家にいて、心から歓迎《かんげい》しているとわかる温かい言葉で迎《むか》えてくれた。防犯用の鉄格子を開けてもらうと、ジェイコブは草花を飾《かざ》った窓つきのドアを抜《ぬ》け、小さな船のキャビンに下りるように、急な三段の階段を下り、きれいに片づいた洞穴《ほらあな》のような四角い居間に入った。ドアを閉めると、中は暖かくて居心地がよく、葉陰《はかげ》を抜《ぬ》けてほんのり緑に染まった柔《やわ》らかい光がさしこんでいた。隅《すみ》の棚《たな》に置いたスタンドが投げかける黄色い光の中に椅子《いす》が一脚《きゃく》あり、その上に、ジェイコブのノックに応《こた》えるまでアルマが読んでいたらしい本が広げたまま置いてあった。だれもが望むような、上品でいながらきどりのない部屋だ。

アルマがキッチンからもってきたコーヒーとカネール《シナモン》風味のビスケットの香りが、ヒレのことを思い出させた。キッチンは裏にあるらしいが、奥《おく》のドアのむこうは居間の半分くらいの部屋で、ラップスイセンのような黄色いカバーの羽布団をかけたシングルベッドの一部が見えるだけだ。アルマは隅《すみ》の椅子《いす》にジェイコブと向きあって座った。ジェイコブは通り側の壁際《かべぎわ》の、黒い布張りの柔《やわ》らかいソファに浅く腰かけている。ソファの上にある窓は玄関《げんかん》ドアの窓と対《つい》になっていた。

ジェイコブはコーヒーが運ばれてきた時、突然《とつぜん》訪ねたことをすでに詫《わ》びていた。アルマが歓声《かんせい》をあげて受けとったバラの花束は、もう花びんに生けられ、丸いアンティークのダイニングテーブルに飾《かざ》られている。バラの花は、歳月《さいげつ》を経たテーブルの深みのある栗色《くりいろ》の上で、血をまいたようにあざやかに浮《う》かびあがって見えた。すでに明日の出発の話はすんでいた――飛行機の出発時刻やチェックインに必要な時間を考えると、何時のスキポール空港行きの列車に乗ったらいいか、飛行時間はどれくらいか（一時間二十分）、だれが出迎《でむか》えに来てくれるのか（母親）、ブリストル空港から家までどれくらいかかるのか（車で一時間）。

こうした話のあとで、アルマが言った。「アンネ・フランクの家に行ったんでしょう？　どんなことを考えたのかしら？」

さあ、冒険談《ぼうけんだん》の時間だ。

「じつは、最初に会った時、あそこへ行ったあとだったんです」

「そうなの？　でも、なにも言わなかったわよね」

「ええ。そもそも、あまりそういう話をする気分じゃなかったし……。ひったくりにあったからじゃありません。その前からです。ぼくはあの前日こっちへ着いたばかりでした。ダーンの両親のところへ、ですけど。それは話しましたよね。で、その時、ダーンの母親のテッセルが――本当はとてもいい人だし、ぼくも大好きなんですけど――家族内のごたごたがあるから、って言ったんです。それがなにかは教えてくれず、ただ、テッセルの母親のヘールトラウの世話にとても手がかかる、とだけ言われて、で、とにかく、ぼくはあまり歓迎《かんげい》されてないというか、むしろいやがられてるような気がしました」

「あの時はそんなこと、ひとつも言わなかったじゃない」

「はい。あの日は一日アムステルダムへ行ってくれれば、と言われてたんですが、それはテッセルたちにはなにかすることがあって、ぼくを追《お》いはらっておきたいからだったんです。少なくとも、ぼくにはそう思えました。だから、あんまりいい気分じゃなかったんです」

「無理もないわね」

「それに、ぼくはいつも、知らない場所にひとりでいるとあまり楽しめないたちなんです。正直、大きな町は苦手で。ただ、アムステルダムは大好きになりましたけど。話を戻《もど》すと、この町へ来てすぐに、ぼくは落ちこんだ気分のままアンネ・フランクの家へ行ったんです。ぼくが知っていて行きたい場所はあそこしかありませんでしたから」

「もちろん、『日記』を読んでたからなのね」

「行列ができてました」

「いつものことだわ」

「ものすごく長い列で、沈《しず》んだ気持ちを晴らす助けには全然なりませんでした。行列となると、ぼくはあまりしんぼう強い方じゃないし。とりあえず並んだんですけど、なんだか、見世物小屋の前で、頭が二つある男とかひげを生やした女でも見るために待ってるような気がして。で、やっと中に入ると、ぼくの前にいる人たちも、後ろにいた人たちも、みんないっせいに階段をドスドス上《のぼ》り、部屋まで行きました。アンネの部屋へ。中はもう人でいっぱいで、一人残らずぽかんと口を開け、足を引きずりながらうろうろしてる、そんな感じでした。別に行儀《ぎょうぎ》が悪いわけじゃありません。むしろ逆です。みんな厳《げん》粛《しゅく》な態度で、とても静かでしたし、話す時はひそひそ声で、なにかを指さしたり、じっと見入ったりしてました。なのに……ふいに自分たちが、アンネのプライバシーを侵《おか》してるような気がしてきたんです。

アンネのことを踏《ふ》みつけにしてるような。でも、それだけじゃなく、ばかげたことですけど……」

「どうしたの？」

「ほんとにばかばかしい話ですけど、あそこにいた人たちは、大部分がぼくと同じくらいの年齢《ねんれい》で、みんな聖地にやってきた巡礼者《じゅんれいしゃ》みたいでした。それを見てたら、その、急にアンネがもうぼくのものじゃなくなってしまったんです」

「あなたのものじゃない？」

「そう。まわりにいるのはみな、アンネが暮らしていた場所に来たいと思った人たちです。彼女《かのじょ》が日記を書いた場所に。ぼくは考えました。『みんな、アンネは自分のものだと思ってるんだ』って」

「でもジェイコブ、アンネがどれほど有名かは知ってたんでしょう？」

「もちろん知ってました。でも、それとはまた話が別なんです。つまり、知ってる、というのにも二種類あるじゃないですか。頭では知ってました。統計数字みたいに、事実として。でも、胸の奥《おく》の方では知らなかったんです。アンネは有名だ――だから？　だからなに、っていう感じ。『日記』はしょっちゅう読み返してました。前に話したように、マーカーで線まで引いてます。でも、アンネが有名だってことをちゃんと考えたことは一度もなかったんだと思います。アンネはぼくの親友で、ぼくのために日記を書いたんだと、なんていえばいいのか、思いこんで、信じて、それが当然だと思ってました。ただ、ぼくだけのために書いたんだ、と」

「ところが、あなたは秘密の屋根裏部屋で、それだけ大勢の人を見てしまった――」

「とくに、アンネが寝《ね》ていた部屋で。それがどんなに小さな部屋か、アンネがどんなふうに壁《かべ》に絵や写真を貼《は》ってたか、知ってますよね――」

「ええ、知ってるわ」

「――絵葉書や雑誌の切りぬきだけがそのまま壁《かべ》に残されてるんです。家具はありません。これもばかげた話ですけど、ぼくは、アンネたちが暮らしてた部屋を当時のまま見られると思ってた。でも、そうじゃなかった。なにもなかったんです。からっぽでした。ケースにおさめられた人形の家みたいな模型で、当時の様子を再現してあるだけ。ぼくには大変なショックでした。たしかに、あとになって、部屋がそのまま残っているわけがないと気づきました。逮捕《たいほ》されたあと、ドイツ軍がそっくり没収《ぼっしゅう》してしまったことは知ってたんですから。だけど、それがなにを意味するか、胸の奥《おく》までは、まあ、しみこんでいなかったんでしょう。残されていたのは、アンネがベッド脇《わき》の壁《かべ》に貼《は》った数枚の切りぬきだけでした。

「あの切りぬきが引き金になったように思います。それを見た時、まるでアンネがまだそこにいるような気がしました。いえ、アンネではなく、アンネの亡霊《ぼうれい》が。すると突然《とつぜん》、ぼくの気持ちはばらばらに壊《こわ》れ始めたんです。ぼくは今までに何度となく『日記』を読んできました。『日記』はぼくにとってすべてでした。大事だからと印をつけた箇所《かしょ》はとくにそうです。アンネはぼくに語りかけてきます。頭の中にあることを言葉にしてくれます。ぼく自身の考えや感情を代弁してくれていたんです。それが突然《とつぜん》、あのむき出しのなにもない部屋を見てしまい、ぼくとアンネのあいだにあれだけの数の人たちが割りこんできたんです。しかもあの人たちもアンネのことを、ぼくと同じように考えてるんですよ。でも、当然といえば当然です。それがアンネの望んでいたことなんだし。アンネは有名な作家になりたかった、それこそが彼女《かのじょ》の望みだったし、実際、そうなった。いえ、今も有名な作家です」

「で、あなたは急いで外へ出た？」

「いえ。すぐに出たわけじゃありません。気をとり直そうとしたんです。自分でも、そんなふうに考えるのはおかしいとわかってましたから。喜んでいいはずだ、うれしいはずだ。こんなに大勢の人がぼくと同じようにアンネを愛してくれてるんだから、って。

「ぼくはどうにか人のあいだを縫《ぬ》って窓際の隅《すみ》へ行き、壁《かべ》に寄りかかって気を静めようとしました。体が木の葉みたいにぶるぶる震《ふる》え、冷たい汗《あせ》をかいていました。隣《となり》に男の人が立って、窓から外を見ていたのを覚えています。中年のイギリス人で、ちょっぴり父に似ていました。いっしょにいた女性のことをヨーケって呼んでましたから、女性はオランダ人だったんでしょう。ぼくがそこに立って気をとり直そうとしていると、男が言いました。『中庭のむこうに家が並んでるだろ？』女性が答えました。『家のむこうはケイゼル運河よ』すると男が、『あの中の一軒《けん》に哲学者のデカルトが住んでた、って知ってたかい？』と言いました。すると女性が『〈われ思う、ゆえにわれあり〉ね』そしたら男がこう言ったんです。『われ思う、ゆえにわれあり。われあり、ゆえにわれは見られる』って。二人は笑い、女性は男にキスしました」

ジェイコブはアルマを見た。

「『われ思う、ゆえにわれあり』」アルマはくり返した。「それから、なんでしたっけ？」

「『われあり、ゆえにわれは見られる』です」

「そこは聞いたことないわ」

「ぼくもです」

「デカルトじゃないわね」

「不思議だと思いませんか？　ぼくはその時聞いたやりとりを一言一句、そっくり覚えてるんです」

「そうね。で、あなたは気を静めたあと、どうしたの？」

「ほかの人たちについていきました。知ってるでしょう、隠《かく》れ家《が》から展示室に下りていくようになってるんです」

「アンネのことが写真で紹介《しょうかい》されている部屋ね」

「アンネの使っていたものが並んでいるガラスケースもありました」

「『日記』の実物もね」

「そう、『日記』そのものがあったんです。で、ぼくはその『日記』を見て、もうこれ以上耐《た》えられないと思いました。部屋に残されていた切りぬきだけでも大変だったんです。でも、壁《かべ》の切りぬきはまだアンネじゃなかった。アンネ自身じゃありません。でも、『日記』は……！　思えば、『日記』は当時のアンネそのものです。いえ、アンネはその中に今も生きています。『日記』はアンネなんです。アンネが書いた本。自分の手で書き残したもの。アンネが自分のペンで書いた、自分の言葉なんです。ぼくは『日記』を穴が開くほど見つめました。目をそらすことができませんでした。ガラスを割ってとり出したかった。胸に抱《だ》きしめたかった。匂《にお》いを嗅《か》ぎ、キスしたかった。盗《ぬす》んでしまいたい！　心底そう思いました。ほかの人たちも、まわりで押《お》しあいへしあいしながら、できるだけ『日記』に近づこうとしています。ぼくとまったく同じように。どなりつけてやりたかった。『あっちへ行け！　アンネをそっとしておいてやれ！　おまえたちにはここにいる権利なんてない！　出ていけ！』

「もちろん、そんなことは言いません。ただ外へ出ただけです。でも覚えてないんです。まったく。覚えてるのは、はっとわれに返ると、あやうくトラムにひかれるところだったことだけ。そこはレイツェ通りでしたが、その時は通りの名前は知りませんでした。その通りをたどってレイツェ広場に行きつき、ひったくりにあいました」

「そのあと、わたしがあなたを見つけたってわけね」アルマは、話を聞き終えた人がよくやるように、ため息をひとつついた。「あなたが落ちこんでたわけがよくわかったわ。ひったくりにあったからというより、アンネの家でのことがあったからなのね」

「そうなんです」

「ひったくりの犯人はお金を盗《ぬす》んだだけだけど、アンネの家でなくしたのは、もっとずっと大切なものだった」

「そう。ぼくもそう感じてます。でも、なにをなくしたのか、ずいぶんいろいろ考えたんですけど、まだわかりません」

「たぶん、あなたは子ども時代の無邪気《むじゃき》さを少しなくしたのね。人生について大切な教訓を得るたびに、なにかをなくした気がするものよ。わたしはそうだった。なにかを手に入れると、その代償《だいしょう》をはらわされるんだわ」

アルマの話を聞きながら、ジェイコブは自分がなんのためにここへ来たのか、はっきり悟《さと》った。前置きもことわりもなしに、ジェイコブはヘールトラウの手記のことをアルマに打ち明けた。セアラがどんなふうに受けとめるか心配だ、とは言ったが、ダーンもテッセルも、この話は胸にしまっておいた方がいいと考えていることは話さなかった。そして、話の終わりに、自分はどうしたらいいだろう、と一気にアルマに尋《たず》ねた。セアラに言うべきか、それとも言わずにおくべきか、と。

アルマは黙《だま》っていた。ジェイコブは自分の投げかけた問いが、二人の頭上に重たげにぶらさがっているような気がした。

あまりに不快な質問だったので、答える気にならないんじゃないかと思い始めたころ、ようやくアルマは口を開いた。

「あなたのお祖母さまが、なにがあったか知らないというのはたしかなの？」

ジェイコブははっと息をのんだ。そんな可能性は今までこれっぽっちも思い浮《う》かばなかった。

「知ってたらぼくに言うはずです」ジェイコブはやっとのことで言った。

「どうしてそんなことがわかるの？」

「ぼくたちはなんでも話しあってますから。言わないはずがありません」

「そう？　なんでも？　お祖母さまは、お祖父さまのお墓を見てこい、と言ってあなたを送り出したんでしょう？」

「ええ」

「なぜ今になって？」

「ぼくが理解できる年齢《ねんれい》になったから、と言ってました」

「理解するってなにを？」

「祖父がどんな死に方をしたか、だと思いますけど」

「で、どんな死に方を？」

「負傷はしてました。でも、死因は心臓発作だと思います」

「そう、心臓発作ね。で、お祖母さまはあなたをお墓参りに送り出した。でも、本当はあなたをヘールトラウに会わせたかったんじゃないかしら？」

「ヘールトラウは手紙でセアラを招待したんですけど、セアラは来られなかったんです」

「あなたはその手紙を見たの？」

「いいえ」

「じゃあ、なんて書いてあったか、どうして知ってるの？」

「知ってるわけじゃありません。セアラから聞いただけです」

しばらく沈黙《ちんもく》が続いたあとで、アルマがふたたび口を開いた。

「若い人たちはよく、年寄りを見ると、なにかあったら自分たちほどうまく切りぬけられないんじゃないかとか、真実をつきつけたらもう耐《た》えられないんじゃないかと思うようだけど、なぜかしらね？」

ジェイコブはアルマの顔を見つめ、なにを言われているのか、アルマが本当はなにを言いたいのか考えた。しかし、彼女《かのじょ》の視線は揺《ゆ》るがず、表情からはなにも読みとれなかった。

「つまり、たとえセアラが知らなかったとしても、受けとめる力はあると言いたいんですか？」

「わたしはあなたのお祖母さまを知らない。決めるのはあなたよ」

「そして、もしセアラがこの話をすでに知ってるとしたら、ぼくがどう報告するか聞きたくてうずうずしてるってわけですね」

「大変なジレンマね」アルマはほほえんだ。

アルマは、関節炎《かんせつえん》をわずらっている老人がよくやるように、膝《ひざ》を押《お》すようにして立ちあがり、からになったコーヒーカップをキッチンへ運んでいった。

そして、戻《もど》ってくると、明るく愛想のいい声で言った。「あなたのもってきてくれたお花はきれいね」

そろそろ帰って、ということだろう。ジェイコブは立ちあがった。

「もう行かないと」

「またアムステルダムに来る予定は？」

「ええ、戻《もど》ってきますよ、必ず」

「そうだと思ってたわ。またここへ来て、その件はどうしたか教えてくれる？」

「はい、約束します」

アルマは片手をさし出した。ジェイコブは握手《あくしゅ》すると、控《ひか》えめで礼儀正《れいぎただ》しいキスを三回、アルマの頬《ほお》にした。

「だいぶオランダのやり方が板についてきたわね」アルマは、そう言って笑った。

ジェイコブへ

ダーンの話では、あなたはわたしが最期《さいご》を迎《むか》える時、こちらにいたいと言ったそうね。でも、それはことわらなければなりません。

一番つらいのはテッセルとダーンでしょう。二人にはこれから先の毎日があります。ほかのだれかに気をつかう余裕《よゆう》はありません。

わたしはもう決めています。

テッセルとダーンがそばにいてくれればいいと。あとはお医者さんだけ。

でも、あなたもわたしのことを思っていてください。

予定は月曜の正午です。

テッセルとダーンは、金曜からずっとこちらに泊《と》まりこむことになっています。

三人で最後のお別れを言います。

お医者さんが注射でわたしを眠《ねむ》らせ、そのあと、命を断《た》つための注射を打ちます。

苦しみはありません。それどころか、これで最悪の苦しみが終わるのです。

お別れを言ってから最期《さいご》が来るまで、テッセルとダーンが、わたしの大好きな言葉を読んでくれることになっています。その中には英語の詩もひとつ入っています。

静かな最期《さいご》になるでしょう。

お葬式《そうしき》のあとで、わたしの体は火葬《かそう》に付されます。

テッセルとダーンが、遺灰をオーステルベークのハルテンステイン公園にまいてくれることになっています。

ディルクの遺灰も同じようにしました。わたしたちはヘンクとともに、あの村で育ち、子ども時代を過ごしたのです。

あなたのお祖父さんのお墓もさほど遠くはありません。

とてもうれしく思っています。

残された家族がやってきて、わたしたちを思い出すこともできます。

あなたもそうしてくれるといいのですが。

あなたの人生が幸せなものとなりますように。

愛をこめて
リーフス　ヘールトラウ

「ヒレ?」

「ジェイコブなのね」

「元気?」

「元気よ。あなたは?」

「どうしてもきみに会いたい」

「でも、明日出発なんでしょ?」

「午後だ」

「手紙、書こうと思ってたんだけど」

「ぼくの手紙は届いた?」

「ええ」

「きみの助けが必要なんだ」

「助け?」

「新しくわかったことがある。で、きみに会いたい」

「こっちは大混乱なの。引越《ひっこ》しやらなにやらで」

「どうしても会いたいんだ」

「でも、いつ?」

「明日。ぼくがオーステルベークに行くよ。そこから直接スキポール空港へ行けばいい」

「学校があるのよ」

「午前中だけでいいから」

「時間割を調べてみるわ」

「午後は出席できるよ」

「たぶんね」

「大切なことなんだ」

「わかった。じゃあ、わたしがそっちへ行く」

「いいよ。何時？」

「十時ごろになると思うわ」

「アパートで待ってる。どこだかわかるよね？」

「ええ」

「ありがとう。じゃあ、その時に」

「トッツィーンス《またね》」

23　ジェイコブ(15)

そもそも人がなぜ快楽を感じるのかは
謎《なぞ》である。

——ジョン・バージャー

「ぼくのお祖父ちゃんはどんな人だったのか、って聞いたよね」ジェイコブが言った。「これでわかっただろ」

ヒレは、二人のあいだにあるコーヒーテーブルの上にヘールトラウの手記を置いた。

「わたしが生きてるのが当時じゃなく、今でよかったわ」

「で、きみはどう思う？　ぼくのお祖父ちゃんとヘールトラウのことを」

「こういう例はたくさんあったのよ。とくに、戦争の終わりごろには。今年はそのための日があったくらいなんだから」

「そのためって？」

「オランダを解放してくれた兵士たちとオランダ女性のあいだに生まれた人たちのため。『和解の日』っていう名前だった。外国人兵士とのあいだに子どもをもうけて、真実を隠《かく》してきた女性たちの一部が、いいえ、その多くが、この日初めて自分の子どもに秘密《ひみつ》を明かしたの」

「公《おおやけ》の場で?」

「そうよ、そうしたい人はね。そして、初めからそのことを知ってたまわりの人たちが助けてあげたの」

「びっくりだな」

「どうして? わたしはいいことだと思ったわ。いい考えじゃない?」

「そんな日を設《もう》けるなんて、イギリスじゃあ想像できない」

「だって、あなたの国では必要ないんですもの。イギリスは占領《せんりょう》されたことが一度もないし、だから解放された経験もないでしょ」

「もしそういうことがあったとしても、そんな日はきっと作らないよ」

「たしかに、ちょっとオランダっぽいかも」

「ぼくなんか、自分のお祖父ちゃんにオランダ人の恋人《こいびと》がいて、こっちに娘《むすめ》と孫息子がいたってことがわかっただけでも相当ショックだったんだ。それが、今までずっと父親だと思ってた人が、ほんとは自分の父親じゃなくて、母親からは、今までずっと嘘《うそ》を信じさせられてたってわかったら、どんな気持ちがするか!」

「すっかり動転してしまった人もいたし、冷静に受けとめた人もいたわ。どうでもいいと思った人もいたみたい。いつだってそうなんじゃない? 大きな知らせを聞いた時、人がどうふるまうかなんて、だれにも予想がつかないものよ。自分がどうふるまうかだって、そうなってみないとわからないわ。少なくともわたしはわからない。お祖母ちゃんが死んだ時の話をしたでしょう? それまでは、自分が罪の意識を感じるなんて思ってもいなかった。だって、どうしてそんなふうに感じなきゃいけないの？　わたしがなにか悪いことしたわけじゃないし、お祖母ちゃんは歳《とし》をとって、病気だった。病気のお年寄りは死ぬものだわ。それが自然なんだもの。お祖母ちゃんが病気になったり歳《とし》をとったりしたのはわたしのせいじゃない。なのに、それでも罪の意識があった」

「不思議だな。だって……きみと話したかったことのひとつはその話なんだから。おとといから、考える時間さえあれば、ぼくはずっと罪の意識を感じてる。お祖父ちゃんのことで」

「どうして？　ヘールトラウと恋人同士だったから？」

「それは、そうでもない」

「ヘールトラウに子どもがいたから？」

「どうしてそうなったかは、わかるつもりだ。なぜ、そんなことになったのか。ああいう状況《じょうきょう》で、二人がどんなふうに思ったか。きっと、ぼくも同じようにしてただろう」

「じゃあ、なぜ？」

「ぼくがそのことを知ってしまったから」

「でも、大昔のことじゃない。それに、あなたにとってはそんなにつらいことじゃないんでしょう？　すてきなオランダの家族ができたことは？」

「うん、それは問題じゃない。うれしいくらいだ」

「じゃあなにが気になるの？」

「ぼくとちがって、きっとお祖母ちゃんはうれしいとは思わないだろうから」

ヒレはぴしゃりと腿《もも》をたたいた。「あなたのお祖母さんはなにも知らないのね！　わたしってなんてドムコップ《バカ》なの！　あなたのことしか考えてなかったわ！」

「そりゃどうも。とにかく、そのせいでぼくは罪の意識を感じてる。ぼくは知ってるのに、セアラは知らないんだから。まるで、ぼくがお祖父ちゃんで、セアラがぼくの奥《おく》さんみたいな気がしてるんだ。ばかげてるよな」

不安のせいで落ち着かなくなった。ジェイコブは、なぜ自分はいつもこの椅子《いす》に座るんだろう、と思いながら、立ちあがり、窓際へ行った。オオバンの親子が運河の上を水をかいて進んでいく。春に生まれたらしいひなたちは、もうずいぶん大きい。ホテルの窓には、ベッドを整える客室係の女性が一人見えるだけで、ほかにはだれもいない。薄汚《うすよご》れた教会の窓はいつものようにうつろで、なにも見えず、ただ金網《かなあみ》が張られているだけだ。

ヒレがソファから立ちあがる気配がして、靴音《くつおと》がコツコツとタイルの床《ゆか》を近づいてきた。後ろから腰《こし》に腕《うで》がまわされた。シャツを通して、背中に押《お》しあてられたヒレの胸がつぶれ、腰骨《こしぼね》が尻《しり》にあたるのが感じとれる。

「お祖母さんは相当ショックを受けるかしら？」

ヒレの息がうなじをくすぐった。ジェイコブはひと呼吸おいて言った。

「話した方がいいかな？」

ヒレも少し間をおいた。

「話さないつもりなの？」

「ダーンは話さない方がいいって言うんだ。テッセルもそう」トンやアルマのことにはふれなかった。ややこしくなるだけだし、ほかの人はみな反対してると思わせておいて、ヒレがどう答えるか聞きたかったからでもある。

ヒレは答える前に、さっきより長い間をおいた。ジェイコブは気にならなかった。こんなふうにヒレが抱《だ》きついてくれているのがうれしい。興奮する一方で、心が安らぎもする。このままでいてほしいばかりに、ジェイコブは身じろぎもせず、じっとしていた。

「さっき言ったでしょ。人がどうふるまうかは予想できないものよ。とくに悪い知らせを聞いた時には」

「どうしたらいいか決めるのに、きみの力を借りたかったんだ」

ヒレは腕《うで》を解き、一歩下がった。ジェイコブはヒレと向きあった。ヒレはジェイコブの両手をとり、包みこむように握《にぎ》った。そしていったん唇《くちびる》をぎゅっと結び、顔をしかめてから話しだした。

「もしわたしがあなただったら、セアラに話すわ。でも、わたしはあなたじゃないし、あなたのお祖母さんを知ってるわけでもない」

ジェイコブは笑みを浮《う》かべ、寂《さび》しそうに言った。「つまり、『それはあなたの問題よ、ジェイコブ』ってことだね」

ヒレはほほえんでうなずいた。「そこまで言うつもりはないけど、でも、結局はそうなんじゃない？それは認めなくちゃ」

ジェイコブはひとつ長いため息をついた。

「ぼくは六歳《さい》の時に字が読めるようになった。そのお祝いに、お祖母ちゃんは、つまりセアラは、ぼくに絵葉書を送ってよこした。本を読んでるウサギの絵がついてて、裏にはこう書いてあった。『おめでとう！　これであなたは世界の秘密をすべて知ることができます』ってね。次にセアラに会った時、葉書は気に入ったか、と聞くから、ぼくは答えた。『うん、とっても。毎週あんな葉書がほしいなあ、お祖母ちゃん』それ以来、セアラは毎週ぼくに絵葉書を一枚ずつ送ってくれるようになった。一度も欠かしたことがない。自分が病気の時も、休暇《きゅうか》で出かけてる時も。なにがあってもだ。毎週送ってくれる。今はいっしょに暮らしてるけど、それでもまだ送ってくれる。郵便でね。ストライキで郵便が使えないこともあったけど、そんな時は、その週の葉書を自分で家のポストに入れてくれるんだ。葉書の絵はいつも、セアラがぼくに見せたいと思うようななにか、たとえば有名な絵画や建物、人物や風景、ありとあらゆるものだ。そして裏には、セアラが書きたいことがなければ、その時読んでる本や、テレビで聞いたことからなにか引用して書いてくれたり、新聞や雑誌の切りぬきを貼《は》ったりする。いつも真面目な話ばかりってわけじゃない。笑い話や漫画《まんが》の時もある。ぼくはこうした絵葉書を一枚目から全部とってある。七百十一枚になった」

ヒレはジェイコブの顔をじっと見つめた。そして握《にぎ》っていた手を放し、ソファに戻《もど》ると、「それはまた、ずいぶん真面目なお祖母さんね」と言いながら座った。

ジェイコブもヒレの隣《となり》に腰《こし》を下ろした。

「セアラは、生涯《しょうがい》お祖父ちゃんだけを愛してきた。二度と結婚《けっこん》しなかった。なのにぼくはこれから、お祖母ちゃんがそんなにすばらしいと思っていて、今でも愛してる男が、じつは……、なんて話をしなくちゃならないんだぞ。こんな話を聞いたら、セアラは死んじゃうかもしれない」

「じゃあ、言わなければいい」

「そしたらぼくは、一生そのことで居心地の悪い思いをしなきゃならない。そうなることはわかってる。おまけに、セアラにはいつも言われてるんだ、おまえは気持ちが顔に出る、ってね」

「そのとおりよ。出てるわ」

「そりゃあどうも！　大いに自信がつくよ。ともかく、セアラはぼくがオランダにいるあいだにどんなことがあったか、聞きたがるに決まってる。いつだって、なんでも話してきたから。セアラに隠《かく》しごとをしたことはない。なにか隠《かく》してたら絶対に気づかれてしまう」

「それは困ったわね」

「そのとおり。困ってるんだ！　わざわざご指摘《してき》いただいてありがたいね」

ふたたび不安が募《つの》り、ジェイコブは落ち着きをなくした。

「トイレに行ってくる。きみが手記を読んでるあいだに、コーヒーを飲みすぎた」


戻《もど》ってくると、ヒレは壁《かべ》の本棚《ほんだな》を見ていた。後ろ姿にも、前から見た時と同じくらい魅力《みりょく》を感じる。なだらかな肩《かた》の線、ジーンズに包まれた尻《しり》のカーブ、後ろから見た立ち姿。ジェイコブは腕《うで》時計を見た。もうすぐ昼になろうとしている。ジェイコブはヒレに近づくと、ついさっきヒレがしていたように、後ろから彼女《かのじょ》の腰《こし》を抱《だ》いた。

「もうじきここを出ないと、午後の授業に間にあわなくなるよ」

「もう遅《おそ》いわ」

「じゃあ、帰らないんだね？」ジェイコブは声がはずまないよう努《つと》めたが、うまくいかなかった。どのみち、ヒレは体の動きで感じとるだろう。

「言いにくいことを人に伝えるって話だけど――」ヒレが言いかけた。

「その話は忘れよう。ぼくが出発しなきゃいけない時間まで楽しく過ごそうよ」

「何時に出るの？」

「ここを四時ごろ」

「あなたに話しておきたいことがあるの。座りましょう」

ヒレはジェイコブの腕《うで》をほどき、ソファに戻《もど》ったが、その様子は、ソファではなく、椅子《いす》のどちらかに座れ、と言っているようだった。ジェイコブはわざと、それまで座ったことのない、窓に向いた椅子《いす》に腰を下ろした。

ヒレは身を乗り出すと、膝《ひざ》に肘《ひじ》をつき、片手の拳《こぶし》を口にあてた。

「キス相手のボーイフレンド募集《ぼしゅう》のことだけど」

「ああ！」ジェイコブは予想される一撃《いちげき》にそなえて身がまえた。「だれかほかのやつに決めたのかな」

「いいえ」

「じゃあ、なに？」

「ひとつ言い忘れてた条件があるの」

「なに？」

「その人は、キスができるくらい近くで暮らしてないと……」

「ぼくは暮らしてない」

「そうね」

「ってことは、失格？」

「わたし、身近にいない人とはつきあえないわ。続けられそうにないもの」

ジェイコブは黙《だま》っていた。

「わかる？」

「もちろん。説明はいらない。手紙で言おうとしてたのはこのことなんだね？」

「ええ。友だちではいたい、ってことも書くつもりだったわ。あなたさえよければ」

「いいよ。でも、ほかの条件は全部クリアしてる？　あとは近くに住んでさえいればいいのかい？」

「ええ、そしたら採用決定よ」

「ほんとに？」

「ええ」

「その証拠《しょうこ》にキスしてもいい？」

ヒレは笑った。「いい考えだわ」

「ねえ」とジェイコブが言った。「出かけようよ。町を少し見てまわろう。おなか減ってない？」

「減ったわ」

「パンケーキはどう?」

「オランダ語で誘《さそ》ってくれたらね」

「ザル《どう》……ヘット・ゼイン《あります》……エル《そこに》……レイケン《たぶん》……エーン・パネクック《パンケーキひとつ》?」

ヒレはくすくす笑いだした。

「とりあえず、笑ってくれただけでも言ってみた価値はあったな」

「ごめん! がんばってくれたのに。アンネ・フランクの家のそばにいい店があるわ。店の名前は英語なのよ。『ザ・パンケーキ・ベイカリー』。だから、あなたにも発音できるわ」

「でも、それじゃあきみをあまり笑わせられない」

「まあ、どうなるかお楽しみね」

「出かける前に荷物をまとめておくよ。そうすれば、すぐに空港へ行けるから」

ジェイコブはヘールトラウの手記を手にとった。

ヒレが言った。「ヘールトラウからもらったほかのものも見せてくれない? 英詩の本と、お祖父さんがあげたっていうお守りを」

「いいよ。上においでよ。ぼくが荷造りしてるあいだに見ればいい」

ヒレはジェイコブについて階段を上《のぼ》り、ロフトに上がった。今回の滞在《たいざい》中に新しく増えた荷物は、『ベイエンコルフ』のビニール袋《ぶくろ》にまとめて入れてある。ジェイコブは祖父の記章、サムの本、お守りをとり出すと、ベッドの上に並べた。ヒレはその横に腰《こし》を下ろし、すぐにお守りを手にとった。指ではさんでなでる手つきに刺激《しげき》され、ジェイコブはまた落ち着かない気分になった。

ジェイコブは顔をそむけ、大型の旅行かばんに着替《きが》えをしまい始めた。トイレへ行って洗面用具をとってくると、ヒレがサムの詩集をぱらぱらめくっていた。

荷物をほとんどつめ終え、残りはビニール袋《ぶくろ》に入っていたものだけになったので、ジェイコブはベッドの前までとりに行った。

「ほかになにが入ってるの？」ヒレが言った。「見てもいい？」

「どうぞ」

ジェイコブはビニール袋《ぶくろ》の中身を空けた。ヒレはひとつひとつ手にとって見始めた。

「なにこれ？『三カ月で身につくオランダ語』ですって」ヒレは声をたてて笑った。

「昨日の夜ダーンがくれたんだ。別れのプレゼントにって。ダーンいわく、どっちかっていうと『すぐに戻《もど》ってこい』プレゼントだって」

「で、ほんとにそのつもり？」

「もちろん」

「三カ月でオランダ語を身につけるって話も？」

「やるだけやってみるさ。真面目な話、考えてるんだ。こっちで勉強しちゃいけない理由はなにもないだろ？　こっちの大学で、って意味だよ。ダーンの話じゃ、英語でやってる授業も多いっていうし。外国から学生を集めるにはそうしなくちゃならないらしい。それに、ダーンは、ここにいっしょに住んでもいいって。ってことは、それで住むところの問題は解決する。ここはぼくのもうひとつの家みたいなもんだ、って言ってくれてる」

「だから言ったでしょ、すてきなオランダの家族ができたのはいいことだって」

ヒレは詩集を置くと、ジェイコブがオーステルベークの墓地で使ったフィルムと式典のプログラムを押《お》しやり、ティトゥスとレンブラントの絵葉書を見つけた。

「これは？」

「ダーンは、ぼくがティトゥスに似てるって言うんだ」

ヒレはティトゥスの肖像《しょうぞう》の絵葉書を、ジェイコブの顔の横に並べた。

「ちょっと似てるかも」

「この絵は実物を見るといいよ」

「レンブラントは好き？」

「うん、とっても」

「わたしはフェルメールの方がいいな」

「そう？」

「うーん、フェルメールの方がいいってわけじゃないわ。そういう言い方はおかしいものね。でも、昔の画家の中ではわたしのお気に入りなの。今から見に行くのもいいんじゃない？」

「きみがそうしたければ」

次はアルマがくれた『パニーニ』の紙ナプキンだった。

「これは？」

ジェイコブは説明してやった。

「でも、どうしてこんな言葉を書いたの？」

「じつはひったくりにあう前、ぼくのテーブルに来て、隣《となり》に座ったやつがいて、そいつと話をしてたんだ。あとでダーンの友だちだとわかったんだけど、その時はもちろん知らなかった。で、彼が、もしぼくがまた会いたくなったら、って、電話番号をこの中に書いてくれた」

ジェイコブはトンにもらった「紙マッチ」をつまみあげた。

「ところが、彼《かれ》は電話番号だけじゃなくて、ひとこと書《か》きそえてた。訳してもらおうと思ってアルマに見せたら、アルマはおもしろがって、別れ際にこのナプキンにオランダ語のことわざを書いてくれたのさ」

ヒレはジェイコブの手から紙マッチをとり、開いた。そして、その正体に気づくと、笑いながら言った。「じゃあ、その人はゲイだったのね」

「ああ、ゲイだ」

「しかも、あなたに気がある」

「そうらしいね」

ヒレは開いた二つ折りの紙を指でつまむと、ジェイコブの顔の前で揺《ゆ》らしてみせた。「でも、まだ使ってないわ」

ジェイコブはほほえみながら首を横に振《ふ》った。

「使った方がいいと思わない？」

「そう？」

「家にもって帰りたいわけじゃないでしょ？」

「でも、だれと？」

「わたしと、っていうのは？」

「もしこれが、キス相手のボーイフレンド採用試験の一環《いっかん》なら――」

「そうよ」

「高得点で合格する自信はないな」

「たしかめてみましょうよ」

「あんまり上手じゃないよ。がっかりさせちゃうかも。経験不足なんだ」

ヒレはジェイコブのジーンズのベルトをゆるめながら言った。「採用後に実地研修すればいいわ」

「なぜこんなことを？」

「あなたが望んでるから」

「きみはどうなの？」

「わたしも望んでるわ」

「時間が足りないかもしれない。飛行機に乗り遅《おく》れたくはないな」

ヒレはくすりと笑うと、いたずらっぽく答えた。

「わたしの手に身をゆだね、リラックスして楽しんで。だいじょうぶ、必ずあなたを予定の飛行機に乗せてあげるから」

作者及び原書発行者は、以下の書籍《しょせき》からの引用を本文中に用いたことを感謝の意とともにここに記します。

★Anne Frank,『The Diary of Anne Frank』(アンネ・フランク著『アンネの日記』)、オランダ語から英語への翻訳《ほんやく》—B. M. Mooyaart、発行—Doubleday社。著作権—1947 by Otto Frank/1982 by Anne Frank-Fonds, Basel, Switzerland. 本書で使用したのは、1954年発行のPan Books社刊のイギリス版。
★Anne Frank,『The Diary of a Young Girl』The Definitive Edition(アンネ・フランク著『ある少女の日記』決定版)、編集—Otto H. Frank and Mirjam Pressler、オランダ語から英語への翻訳《ほんやく》—Susan Massotty、著作権—1991 by The Anne Frank-Fonds, Basel, Switzerland. 英語版著作権—1995 by Doubleday, New York.
★Martin Middlebrook,『Arnhem 1944 : The Airborne Battle, 17-26 September』(マーティン・ミドルブルック著『アルネム一九四四年——空挺隊《くうていたい》の戦い、九月十七日～二十六日』)、著作権—1994 by Martin Middlebrook、発行—Viking社 1994.
★Geoffrey Powell,『Men at Arnhem』(ジェフリー・パウエル著『アルネムの兵士たち』)、著作権—'Tom Angus' 1976, Geoffrey Powell 1986, 初版—Leo Cooper社 1976。本書で使用したのは、1986年発行のBuchan and Enright社発行の改訂版《かいていばん》。
★James Sims『Arnhem Spearhead : A Private Soldier's Story』(ジェイムズ・シムズ著『アルネムの槍《やり》——一兵士の物語』)、著作権—James Sims 1978, 初版—Imperial War Museum 発行。本書で使用したのは、1989年発行のArrow Books社版。
★Hendrika van der Vlist『Oosterbeek 1944』(ヘンドリカ・ファン・デル・フリスト著『オーステルベーク一九四四年』)、英語への翻訳《ほんやく》—著者。著作権・発行—by the Society of Friends of the Airborne Museum, Oosterbeek, 1992.
★Bram Vermeulen『Mijn hele leven zocht ik jou』(ブラム・フェルミューレン著『わたしは生涯《しょうがい》かけておまえを探してきた』)『Drie stenen op elkaar』70ページより、著作権—Bram Vermeulen、発行—Hadewijch社 Antwerp, 1992.

各引用文の最後に、上に挙げた著作の該当《がいとう》ページを記した。著作権者の了解《りょうかい》を得るために最大限の努力をはらったが、遺漏《いろう》があれば、今後、版を重ねる際に正したい。

本書を執筆中《しっぴつちゅう》にさまざまな援助《えんじょ》や情報をくださった、多くのオランダ人、フラマン人の友人たち、出版関係者に感謝します。

エイダン・チェンバーズ

日本の読者のみなさんへ

なにかを作るためには、まず自分がどのようなものを作りたいのかを知り、それにふさわしい素材を集めなければなりません。食事を作るためには、メニューを決め、料理法を知り、ふさわしい食材を集めなければなりませんね。小説を書くのも同じです。自分がこれからどんな物語を、どんな手法で語ろうとしているのかを知り、適切な「素材」を集める必要があるのです。小説にとっての素材とは、その物語を語るのにふさわしい言葉や、ふさわしい登場人物、背景、事件をさします。

『二つの旅の終わりに』のアイディアが浮《う》かんだのは、アムステルダム滞在中《たいざいちゅう》のことでした。そのころすでに、『アンネの日記』はわたしの長年の愛読書となっていましたし、レンブラントは大好きな画家の一人であり、アムステルダムそのものも、わたしの大好きな町になっていました。また、わたしはどこにいても、たとえそこが自分の生まれ育った国でも、つねに自分がよそ者であり、異邦人《いほうじん》であると感じていることもわかっていました。さらに、第二時世界大戦はわたしが子ども時代に経験した大きな出来事ですし、「アルネムの戦い」はイギリスが敗北を喫《きっ》した作戦ですが、わたしの興味をかきたててやまない戦いでもありました。そして、愛や友情や、自分が本当はどんな人間なのか、どんな人生を送りたいのかといったことは、わたしが青春時代に思いをめぐらせた大切なテーマでした。

こうして、この物語が想像の中でふくらみ始めたのです。素材は、よそ者であり異邦人《いほうじん》でもある、「自分探し」をしている少年。「なんでもあり」の町（アムステルダムはヨーロッパでもっとも自由で寛《かん》容《よう》な町であると同時に、もっとも洗練された上品な町でもあります）。すばらしい十代の作家（アンネ・フランク）と有名な著書。巨匠《きょしょう》と称《しょう》される画家（レンブラント）。そして、時代が少しずれていれば、わたしの祖父が戦って死んでいたかもしれない、アムステルダムからさほど遠くない場所であった戦闘《せんとう》。生と死と愛。英語とオランダ語という、一方はよく知り、もう一方はわたしの知らない二つの言語。

わたしは自問しました。こうしたさまざまな素材をひとつに結びつけるにはどうしたらよいだろうか、と。そして、何度もアムステルダムへ赴《おもむ》き、町を歩きまわりました。目に映るもので、わたしの興味を引き、楽しませ、不思議がらせ、考えさせ、心に強い印象を残したものすべてをノートに書きとめていきました。国立博物館でレンブラントの絵に目をこらしました。アンネ・フランクの家を訪れ、『アンネの日記』を読み返しました。「アルネムの戦い」で戦死した兵士たちが眠《ねむ》る墓地へ巡礼者《じゅんれいしゃ》のように詣《もう》でました。

六年かけて徐々《じょじょ》に、ジェイコブという主人公がわたしの頭の中で生まれ、育っていったのです。やがて物語がひとりでに動き始めました。そしてある日、わたしはその物語の最初の一行を書き、さらに四年後、ようやくこの小説が完成しました。アイディアが浮《う》かんでから本になるまで、あしかけ十年かかったわけです。その十年は、時を行き来し、町をめぐり、歴史をひもとき、そしてなにより、ジェイコブ・トッドという若者の内面を探《さぐ》り、オランダでの彼《かれ》の生き生きとした体験をつむぐ、心躍《こころおど》るすばらしい旅となりました。
わたしの作品の中で、この小説は、出版当初からもっとも高い評価ともっとも多くの賞を受けていま
す。英語以外にも、これまでオランダ語、スウェーデン語、ドイツ語、ギリシャ語、スペイン語など十
五カ国語に翻訳《ほんやく》され、多くの読者に受けいれられてきました。日本の読者のみなさんも、この作品を気
に入ってくださることを願ってやみません。

エイダン・チェンバーズ

訳者あとがき

みなさんは一人旅《ひとりたび》をしたことがありますか？　どこになにがあるかもわからず、まわりは知らない人たちばかり。まして、そこが外国だったら……？

本書の主人公、イギリスの高校生ジェイコブは、第二次大戦中にオランダで亡くなった祖父が当時世話になったオランダ人女性、ヘールトラウに招かれて海を渡《わた》ります。

ジェイコブは、短い滞在《たいざい》期間のうちに、病《やまい》に冒《おか》されたヘールトラウが安楽死を迎《むか》えようとしていること、さらに五十年前、自分と同名の祖父ジェイコブとヘールトラウのあいだにあった秘密を知り、衝撃《しょうげき》を受けます。ジェイコブを迎《むか》えてくれたヘールトラウの娘《むすめ》テッセルと孫の大学生ダーンは、ヘールトラウの安楽死と明かされた秘密に心を乱され、それぞれ葛藤《かっとう》をかかえています。

また主人公は、異国の町アムステルダムを舞台《ぶたい》に、ひったくりにあい、ゲイの少年と知りあい、オランダ人少女に心を惹《ひ》かれ、レンブラントの絵に自らのおもかげを重ね、運河をめぐり、不思議な魅力《みりょく》をもつ町そのものにも魅《み》せられていきます。そして、心の底では、イギリスに残してきた祖母セアラのことをいつも気にかけています。さまざまな出会いや出来事を通じ、本好きで、『アンネの日記』を愛読書とする、シャイで内省的なジェイコブは、いやおうなく自分と向きあい、心の中をのぞきこまざるを得なくなります。

ジェイコブはひとり異国の地を訪れただけでなく、ヘールトラウの手記を通じて、祖父ジェイコブや当時のオランダ人が体験した五十年前の戦争へと、いわば時を越《こ》えて旅をします。凝縮《ぎょうしゅく》された数日間の滞在《たいざい》で、驚《おどろ》くほど多くの体験をし、知らなかった、あるいは自分の目から隠《かく》してきた自己を発見していくのです。

作者チェンバーズは、この物語を語るのに、一九九五年のジェイコブのオランダでの日々と、第二次大戦末期の一九四四年~四五年をふり返るヘールトラウの手記を交互《こうご》に示す手法をとりました。一見複雑に見える構成ですが、緻密《ちみつ》な計算とたしかな表現力は、それぞれの出来事や登場人物の心の動きをあざやかに描《えが》き出し、かつ、両者が互《たが》いに響《ひび》きあってじつに読み応《ごた》えのあるすばらしい作品世界を生み出しています。

なにより感服するのは、登場人物たちの個性がくっきりと際《きわ》だっていること。外見や行動で描《えが》きわけるのはもちろん、一人一人が内面的にどういう人間なのかがよく考えぬかれていて、あたかも実在の人物であるかのように、いや、実在の人物よりリアルに感じられるほどです。しかも、五十年前の戦時下でのオランダ人、現代のオランダ人、イギリス人、若者と中年と老人と、時代や国境や世代を往来して描《えが》ききる力は見事です。われわれには表現できない人の心の動きを言葉で書き表してくれるのが作家だとするなら、まさにチェンバーズは一流の作家であり、言葉の力を再認識させられる点でも、本書は傑作《けっさく》といえるでしょう。

また、ヘールトラウの手記の形をとった戦時下のオランダ人少女の物語は、これだけでもひとつの作品と呼べるくらいの完成度があります。勝ち気で頑固《がんこ》ともいえる一人の女性が、時代に翻弄《ほんろう》されながら生きぬくさまが回想形式で描《えが》かれますが、感情のひだを性衝動《せいしょうどう》まで率直に明かして語る文章は圧倒的《あっとう》な実在感をともないます。ところが、作者はそれに終わらず、今に続く物語を用意しています。彼女《かのじょ》の「今」は、末期癌《がん》に冒《おか》され、自らの意志で安楽死を選択《せんたく》し、自分らしい生をまっとうしようとしている一人の人間なのです。それを知った若いジェイコブは激しく心を揺《ゆ》さぶられます。戦火の中でのイギリス兵とオランダ人少女の運命的な出会い、という「戦争もの」によくあるエピソードを用いながらも、それを今に生きる若者の心に重ねていくことによって、作品に優《すぐ》れた現代性と、若い読者に訴《うった》えかける力を与《あた》えたのです。

そして、オランダという国、アムステルダムという町を舞台《ぶたい》に選んだことで作品がいっそう輝《かがや》いている点も見のがせません。貿易で栄えたオランダは、大国に周囲を囲まれた中で、その独自性を保ち続けています。干拓《かんたく》事業や風車、乳製品やチューリップ、あるいは、江戸時代《えどじだい》、日本と唯一《ゆいいつ》関係を保っていた西洋の国として、そしてもちろん、アンネ・フランクが暮《く》らした国として、日本人にもなじみがあります。オランダの人たちは本書にも描《えが》かれているように、質素でねばり強く、保守的なイメージがある一方、アムステルダムでは麻薬や売春をなかば公認していたり、失業問題を解決するために労働時間を分けあうワーク・シェアリングを徹底《てってい》し、また、安楽死をいち早く認める、といった、合理的な側面ももちあわせています。

作品の中で、ダーンやトン、ヒレたち、現代のオランダの若者のとる行動や口にする考えは、やはり、われわれ日本人からすれば、「進んでいる」ように思えます。（それとも、訳者が歳《とし》をとった証拠《しょうこ》でしょうか？）そういう意味では、どちらかといえば保守的なイギリス人のジェイコブの感じることは、日本の読者に近いものがあるように思え、訳者には共感するところが大いにありました。

さて、作品の理解のために、いくつかの事項《じこう》について解説を試みたいと思います。

第二次世界大戦とオランダ、そして「アルネムの戦い」について。

第二次世界大戦は、一九三九年九月、ヒトラー率いるドイツ軍のポーランド侵攻《しんこう》によって始まりました。その後ドイツ軍は破竹《はちく》の勢いでヨーロッパ大陸諸国に攻《せ》めこみ、翌一九四〇年には中立を宣言していたオランダにも侵攻《しんこう》、ベルギー、フランスとともに支配下におさめます。オランダはイギリスに亡命政府を樹立《じゅりつ》し、国内ではレジスタンスが活動を続けましたが、ヒトラーのナチスに共鳴し、あるいは保身のためにドイツに協力した人々もいました。一方、同年、日本はドイツ、イタリアと三国軍事同盟を結び、さらに翌四一年の真珠湾攻撃《しんじゅわんこうげき》によって戦火は太平洋に拡大、日独伊《にちどくい》の枢軸国《すうじくこく》と、米・英・ソ連・中国を中心とする連合国が対立する世界大戦となりました。

当初は枢軸国《すうじくこく》側が優勢でしたが、一九四二年になると、アメリカの本格的参戦をきっかけに連合国側の反攻《はんこう》が始まります。四三年、ドイツ軍はソ連のスターリングラード（現ボルゴグラード）で敗北を喫《きっ》し、九月にはイタリアが降伏《こうふく》、四四年六月には、米英軍がフランスのノルマンディーに上陸作戦を敢行《かんこう》、八月、パリが解放されます。

本作品でヘールトラウが英兵ジェイコブと出会うのは、ドイツ軍が各地で敗退し始め、終戦への期待が高まっていた一九四四年九月のことです。すでにフランス・ベルギーは解放され、連合軍はオランダの南隣《どなり》のベルギー国境にまで迫《せま》っていました。

連合軍は九月十七日、オランダを解放し、ドイツの工業地帯ルール地方を抑《おさ》えて首都ベルリンに一気に迫《せま》るための大胆《だいたん》な作戦を開始します。「マーケット・ガーデン作戦」と名づけられたこの作戦は、簡単にいえば、オランダ国内を東西に走る何本かの川を渡《わた》って、南のベルギー国境からアルネムまで南北に貫《つらぬ》く幹線道路を支配することを目的としました。そのために、大量の空挺《くうてい》部隊を降下させて拠点《きょてん》となる橋を確保し（「マーケット作戦」）、その間にベルギー国境から戦車部隊と歩兵が一気にアルネムまで北上する（「ガーデン作戦」）はずでした。

しかし、作戦の準備期間が極端《きょくたん》に短かったことや見通しの甘《あま》さにさまざまな不運が重なり、二、三日で終わるはずだった作戦はずるずると長引き、連合軍は大きな損害を受けます。中でも、作戦地区の最北端《さいほくたん》の拠点《きょてん》アルネムでの戦いは熾烈《しれつ》をきわめました。

九月十七日、ヘールトラウが空いっぱいに広がる落下傘《らっかさん》に心躍《おど》らせた日、イギリス第一空挺《くうてい》師団は、アルネムの西方、ヴォルフヘーゼ近郊《きんこう》に降下します。そこから、ヘールトラウの住んでいたオーステルベークを通って、ライン川にかかるアルネム市内の橋をめざしました。しかし、ドイツ軍の激しい抵抗《ていこう》にあい、橋までたどりついた英兵はわずかで、橋の北側、数百メートルの範囲《はんい》を確保したものの、ドイツ軍に包囲され、孤立《こりつ》してしまいます。彼《かれ》らは、多大の犠牲《ぎせい》をはらって四日間橋を確保しましたが、戦車部隊は結局アルネムまで到達《とうたつ》できませんでした。アルネム橋が『遠すぎた橋』と呼ばれる由縁《ゆえん》です。(本書の中に引用されているフロスト中佐《ちゅうさ》はこのアルネムの戦闘《せんとう》での指揮官、シムズ二等兵はその部下にあたります。映画『遠すぎた橋』でアンソニー・ホプキンスが演じたのは、このフロスト中佐《ちゅうさ》役でした。)

さらに、アルネムに入れなかった英軍は、東西と北をドイツ軍に、南をライン川に囲まれたオーステルベークの非常に狭《せま》い地域に閉じこめられてしまいます。負傷したジェイコブがヘールトラウの家の地下室に運びこまれたのが、おそらく九月二十日、このころには、美しい保養地だったオーステルベーク村は、敵味方が入り乱れ、砲撃《ほうげき》にさらされて見るも無残な姿になっていました。連合軍は第二波、第三波と空挺《くうてい》部隊を投入、戦車部隊も十九日にはネイメーヘンまで北上してきました。しかし、アルネム・オーステルベーク地区のドイツ軍を破るにはいたらず、イギリス軍は二十五日の夜半から翌二十六日にかけて、闇《やみ》の中、雨をついてライン川を渡河《とか》し、南へ撤退《てったい》します。負傷兵たちはあとに残されて捕虜《ほりょ》となりました。ヘールトラウが兄たちといっしょにジェイコブを連れて農場へ脱出《だっしゅつ》した夜のことです。

アルネム・オーステルベーク地区には、イギリス軍、ポーランド軍、あわせて約一万名の将兵が投入されましたが、戦死者は千二百名を数え、さらにこの夜、脱出《だっしゅつ》に成功したのはわずかに二千名余だったそうです。もちろん、ドイツ軍も多大な損害をこうむり、さらに、オランダの一《いっ》般《ぱん》市民に老若男女、多くの犠牲者《ぎせいしゃ》が出たことはいうまでもありません。オランダ市民は、当初、国旗を打ち振《ふ》り、花束を手に、連合軍の進軍が滞《とどこお》るほど熱狂《ねっきょう》的に解放者を出迎《でむか》えたのですが、そのわずか九日後、「マーケット・ガーデン作戦」は失敗に終わり、翌年春の解放まで、市民は長く苦しい「飢餓《きが》の冬」に耐《た》えねばなりませんでした。

アルネム・オーステルベーク地区が完全に解放されたのは、翌一九四五年四月、ドイツの無条件降伏《こうふく》は五月でした。さらに、つけ加えておきたいのは、日本はこの時点でまだ戦争を続けていて、八月の原爆《げんばく》投下、ポツダム宣言受諾《じゅだく》で、ようやく第二次世界大戦が終結したということです。また、日本が戦時中占領《せんりょう》した地域には、当時のオランダ領東インド（現在のインドネシア共和国）もふくまれていて、捕虜《ほりょ》となったオランダ人の中には、今でも当時の日本軍のむごいあつかいにうらみを抱《いだ》いている人たちがいることを忘れてはならないでしょう。

本作品で、孫のジェイコブがオランダを訪れるのは一九九五年という設定ですが、この年の九月は、一九四四年の九月と、日付・曜日がぴたりと重なっています。英軍が降下した九月十七日（日）、現代のジェイコブはオーステルベークでの記念式典で、ヒレと出会います。英軍がアルネムの橋を放棄《ほうき》した二十一日（木）はジェイコブがイギリスへ帰る日。さらに、英軍がライン川を渡《わた》って撤退《てったい》した二十五日（月）は、ヘールトラウの安楽死の日なのです。五十年の歳月《さいげつ》をへだてて、イギリスからオランダの地に降り立った二人《ふたり》のジェイコブは、ヘールトラウの目にどのように映ったのでしょうか？

安楽死について。

作中で、もう一人の主人公ヘールトラウは「安楽死」を迎《むか》えることになっています。これは非常にデリケートな問題で、評価が分かれる点も多く、訳者にはくわしく論じる力はありませんが、調べた範囲《はんい》で整理してみたいと思います。まずは言葉の定義ですが、おおむね、以下のようにいえるようです。

「消極的安楽死」――過度の延命治療《ちりょう》をせず、自然死を迎《むか》えるようにすること。あるいは、苦痛除去のための医療行為《いりょうこうい》が結果として命を縮めるような場合（後者を間接的安楽死という場合もあります）。日本では、これらを「尊厳死」と呼ぶことが多いようです。

「積極的安楽死」――一定の条件を満たした場合に、医師が薬物の投与《とうよ》などによって患者《かんじゃ》を死にいたらしめること。罪に問われるかどうかは、定められた条件が満たされているかどうかによりますが、その条件は各国の法制度によって異なります。アメリカではこれを「尊厳死」と呼ぶのが一般的《いっぱんてき》なようです。ヘールトラウのケースはこれに該当《がいとう》するのでしょう。

「尊厳死」――こうした分類とは別に、本人が人としての尊厳を保ったまま、つまり、不本意な生き方、生かされ方を拒否《きょひ》し、自分の意志で死を選ぶこと、という広い意味で、この言葉を使う場合があります。この意味では、すべての人間の死は尊厳死であるべきだ、ともいえます。医師が消極的・積極的に関与《かんよ》する安楽死が、患者《かんじゃ》本人の意志に基《もと》づいているかどうかが、法律的にも倫理的《りんりてき》にも重要なポイントになるのは、まさにこのためであるといえます。

この問題は、医療《いりょう》・倫理《りんり》・法律・宗教など、さまざまな分野にまたがる大きな問題で、各国、各分野で活発な論議がなされています。そしてオランダが、世界でもっとも積極的に安楽死の問題にとり組み、法律でその実施《じっし》を認めている先進国であることはまちがいありません。

オランダで安楽死が注目を集めたのは、一九七一年、ポストマという女医が、病《やまい》に苦しむ自分の母親にモルヒネを注射して安楽死させた事件が発端《ほったん》でした。彼女《かのじょ》は有罪判決を受けますが、ごく軽い刑罰《けいばつ》にとどまります。これ以降、法曹界《ほうそうかい》、医学界が安楽死を検討し続け、一九八四年にオランダ医師会は、医師に対して安楽死に関する五つのガイドラインを示しました。簡単にまとめると、①患者《かんじゃ》の自由意志に基づき、②医師から充分《じゅうぶん》な情報をもらったうえでの熟慮《じゅくりょ》の結果であり、③患者《かんじゃ》の真摯《しんし》で継続《けいぞく》的な希望であること、④回復不能で耐《た》えがたい苦痛があること、⑤安楽死の臨床《りんしょう》経験のある医師に意見を求めること、の五つです。

その後、ほぼこのガイドラインに沿った内容であれば、国側も実質的に安楽死を認めていき、一九九四年発効の法改正により、一定の条件を満たしていれば安楽死を実施《じっし》した医師が罪に問われなくなりました。本作品でヘールトラウが安楽死を迎《むか》えるのは一九九五年のことです。さらに、二〇〇二年には、世界で初めて国家として安楽死を正式に認める法律を発効《はっこう》させました。未成年や、自分の意志を示せなくなった患者《かんじゃ》、あるいは精神の病《やまい》に苦しむ人に関しても条件つきで安楽死を認めている点で、この法律はさらにもう一歩踏《ふ》みこんだものといえます。

この問題は、ダーンに問われたジェイコブが賛否をすぐに表明できないように、非常に複雑な問題です。オランダでは毎年、数千件に上《のぼ》る安楽死が報告されていますし、報告されないものもふくめると、一万件を超《こ》えるのではないかという指摘《してき》もあり、ダーンが言うように、すでにひとつの死の形として広く認識されていることはまちがいありません。そこには、患者《かんじゃ》の知る権利が尊重され、ホームドクターが患者《かんじゃ》と長年のつきあいを保って精神的な支えになっているオランダの肯定《こうてい》的な側面がある一方で、医療放棄《いりょうほうき》だ、終末医療《いりょう》における苦痛の緩和《かんわ》技術が未発達だから だ、いや、そもそも人間が人間の命を断《た》つことが許されるのか、といった反対意見が依然《いぜん》根強いのも事実です。

ただ、ひとついえるのは、オランダには、この問題に正面からとり組み、自分の意志で自分の死を選ぶ人が多く存在するということです。オランダでも、本人の意志が明確に確認されない場合は殺人と見なされます。死に方を考えることは、生き方を考えることにつながるはずですから、意識的に自分の人生をとらえ、何かあれば他者と徹底《てってい》的に議論を交わして、具体的な行動に移そうとするオランダ人の一面がこの問題でもよく現れているといえるでしょう。こうした姿勢は、まさにヘールトラウの、あるいはダーンの生きる姿勢として本書によく描《えが》かれています。もちろん、テッセルのように、割り切れない思いを抱《かか》えている人たちもたくさんいるのでしょうが。

日本では、おおむね、消極的な安楽死を認める方向にあるようですが、まだはっきりとした方向性が固まっておらず、「安楽死」という言葉も、本人の苦しみをまわりが見かねて命を断つ、というイメージでとらえている人も多いようです。が、オランダの場合は本人の意志表示が必要条件であることを忘れてはなりませんし、また、日本の現状では、患者《かんじゃ》が自分の病気について知る権利が尊重されているとはいいがたく、終末医療《いりょう》を支える社会制度や設備の充実《じゅうじつ》はまだまだです。こうした環境《かんきょう》の改善と、安楽死あるいは尊厳死の問題を切り離《はな》して考えるのは危険に思えます。

賛美歌《さんびか》について。

本書の中で、オーステルベークの式典で賛美歌《さんびか》が歌われる場面があります。英語とオランダ語で同時に歌われる歌詞が青空に吸いこまれていく印象的なシーンですが、教会に通っている読者は、どの歌だろう、と思われたことでしょう。同じ賛美歌《さんびか》にもいろいろな歌詞がありますし、音節の関係で日本語の通常の歌詞では言葉の数が極端《きょくたん》に少ないため、できるだけ原作に忠実に二つの言語の歌詞を日本語に移しました。参考までに『讃美歌《さんびか》21』（日本基督教団出版局刊）の該《がい》当《とう》曲を挙げておきます。

本書274ページ——『讃美歌《さんびか》21』141番『主よ、わが助けよ』
275ページ——『讃美歌《さんびか》21』218番『日暮れてやみはせまり』
277ページ——『讃美歌《さんびか》21』14番『たたえよ、王なるわれらの神を』

アルネム・オーステルベークの戦いでは、極限状態の中、イギリス兵士やオランダ市民が、おりにふれて歌を歌い、こうした賛美歌《さんびか》を合唱することもあったといいます。

オランダ語の表記について。

作中にたくさん登場するオランダ語は、カタカナでその発音を表記してあります。現地生活も長く、オランダ人の友人も多い西村由美《にしむらゆみ》さんの協力で、現代オランダ語の一般的《いっぱんてき》な発音に近い表記を採用するよう努《つと》めました。二人のジェイコブが作中で「ヘールトラウ」という名前の発音に苦労するように、本来の発音はなかなか難しいようです。ただし、一部、日本人になじみのある地名などは、広く知られているものを採用しました。

著者について。

エイダン・チェンバーズ氏は、一九三四年生まれのイギリス人で、兵役を経験後、ロンドンで教職過程に学び、一九五七年から高校で教鞭《きょうべん》をとります。一九六〇年から六七年までは、教師のかたわら、キリスト教の修道士としても活動し、また、教育関係の講演や執筆《しっぴつ》を並行して行《おこな》っていました。そして、一九六八年、教職を辞し、文筆業を本業とします。以降、『ブレイク・タイム』(一九七八・未訳)、『おれの墓で踊《おど》れ』(一九八二・訳本は徳間書店より九七年刊行)、『ザ・トール・ブリッジ』(一九九二・未訳)など、寡作《かさく》ですが、優《すぐ》れた小説を世に送り出してきました。どの作品もあしかけ五年以上かけて執筆《しっぴつ》しているそうで、本書にいたっては、構想から出版まで十年近くかかったとのことです。緻密《ちみつ》なとり組みがよくわかります。

また六八年に結婚《けっこん》した夫人とともに出版社を興《おこ》し、児童書の書評誌の出版や、各国の優れた児童書をイギリスに紹介《しょうかい》する仕事をしてきました。他の作家の作品の編纂《へんさん》、新聞・雑誌への寄稿《きこう》、各地での講演などの活動も積極的に行《おこな》っています。こうした活動に対し、八二年、エリナー・ファージョン賞を贈《おく》られています。この分野の著書としては、『みんなで話そう、本のこと』(一九九三・訳本は柏《かしわ》書房《しょぼう》より二〇〇三年刊行)という、子どもの読書に関する本が日本で出版されたばかりです。

さらに、九九年には本書『二つの旅の終わりに』で、イギリス児童文学界の最高の栄誉《えいよ》、カーネギー賞を受賞、さらに、二〇〇二年には、児童文学への多大な貢献《こうけん》が評価され、小さなノーベル賞、とも呼ばれる国際アンデルセン賞を受賞しました。

現在は六作目の小説を執筆《しっぴつ》中とのこと。清少納言の『枕草子《まくらのそうし》』の形式を借りたものになるとのことで、楽しみです。

本書の翻訳《ほんやく》にあたって、訳者はチェンバーズ氏と何度かEメール、ファックスのやりとりをしましたが、あっという間に答えが返ってきて、とても助かりました。その中で、おもしろい裏話を教わり、ご本人の了解《りょうかい》を得ましたので、読者のみなさんにも紹介《しょうかい》しておきます。

本書の中で、アンネの家を訪れた若いジェイコブが、落ちこんで壁《かべ》にもたれているかたわらで、イギリス人らしき男性とオランダ女性がデカルトの話をする場面があります。これは、チェンバーズ氏がオランダの知人と初めてアンネの家を訪れた時に、実際、二人が交わした会話だそうです。映画監督《かんとく》ヒッチコックは、自作に端役《はやく》で必ず登場することで有名ですが、チェンバーズ氏も同じことをしたわけです。

また、作中のオランダ人の名前は、すべてこの時案内してくれたヨーケさんの家族の名前を借りているそうです。

なお、作中でヘールトラウと祖父のジェイコブが交換した、魔除《まよ》けの飾《かざ》りを模《も》したお守りについては、原書にあった絵を、扉《とびら》のタイトルの下に転載《てんさい》してあります。


最後になりましたが、翻訳《ほんやく》にあたって力を貸してくださったみなさんにお礼を申しあげたいと思います。

まず、作中の引用文翻訳《ほんやく》にあたっては、日本ですでに翻訳《ほんやく》出版されたものを参考にしていますが、とくに、シェイクスピアの『ハムレット』は新潮文庫版の福田恆存《ふくだつねあり》氏、『マクベス』は岩波文庫版の野上豊一郎《のがみとよいちろう》氏の訳文を一部使わせていただきました。また聖書の引用に関しては、日本聖書協会発行の新共同訳を参考にしています。

また、オランダ語の表記やオランダ事情に関して、くわしく、熱心に教えてくださった西村由《にしむらゆ》美《み》さん、ありがとうございました。西村さんの助けがなければ、ぞろぞろ出てくるオランダ語にどれだけ悩《なや》まされたことでしょうか。もちろん、最終的な訳語選択《せんたく》の責任は訳者にあります。そして、徳間書店編集部の上村令さん。スケジュール面ではわがままを聞いてもらい、訳文については綿密にチェックしてくださいました。ありがとうございます。

そして、訳者の質問にていねいに答えてくださり、かつ、暖かい人柄《ひとがら》を感じさせる励《はげ》ましをいただいた、作者エイダン・チェンバーズ氏に心からの感謝を捧《ささ》げます。

二〇〇三年八月

原田　勝

【訳者】
原田勝（はらだまさる）
1957年生まれ。東京外国語大学卒。
訳書に「弟の戦争」「ぼくの心の闇の声」「星の使者」（以上徳間書店刊）「ブック・オブ・ザ・ダンカウ」（フォレストブックス刊）「サブリエル　冥界の扉」「ライラエル　氷の迷宮」（主婦の友社刊）など。ヤングアダルト小説を中心に、英語圏の優れた児童書を意欲的に紹介している。

【二つの旅の終わりに】
POSTCARDS FROM NO MAN'S LAND
エイダン・チェンバーズ作
原田勝訳 translation © 2003 Masaru Harada
528p、19cm NDC933
二つの旅の終わりに
2003年 9 月30日　初版発行
2018年 7 月25日　6 刷発行
訳者：原田勝
装丁：鳥井和昌
フォーマット：前田浩志・横濱順美
発行人：平野健一
発行所：株式会社　徳間書店
〒141-8202 東京都品川区上大崎3-1-1　目黒セントラルスクエア
Tel.（048）451-5960（販売）（03）5403-4347（児童書編集）　振替00140-0-44392
本文印刷：本郷印刷株式会社　カバー印刷：日経印刷株式会社
製本：東京美術紙工協業組合
Published by TOKUMA SHOTEN PUBLISHING CO., LTD., Tokyo, Japan.　Printed in Japan.
徳間書店の子どもの本のホームページ　http://www.tokuma.jp/kodomonohon/

ISBN978-4-19-861744-8